ちくま学芸文庫

古今和歌集

小町谷照彦 訳注

筑摩書房

目次

凡例　006
仮名序　010
巻第一　春歌上　036
巻第二　春歌下　053
巻第三　夏歌　070
巻第四　秋歌上　078
巻第五　秋歌下　096
巻第六　冬歌　112
巻第七　賀歌　119
巻第八　離別歌　125
巻第九　羇旅歌　137
巻第十　物名　144

巻第十一　恋歌一 …… 155
巻第十二　恋歌二 …… 171
巻第十三　恋歌三 …… 185
巻第十四　恋歌四 …… 199
巻第十五　恋歌五 …… 215
巻第十六　哀傷歌 …… 234
巻第十七　雑歌上 …… 246
巻第十八　雑歌下 …… 264
巻第十九　雑躰 …… 282
巻第二十　大歌所御歌・神遊びの歌・東歌 …… 302
家々に証本と称する本に書き入れながら、墨を以ちて滅《け》ちたる歌 …… 310
真名序 …… 314
校訂付記 …… 330
補注 …… 332

凡例

○ 本書は、『古今和歌集』全二〇巻一一一一首の和歌について、現代語訳並びに注解を施したものである。なお、注釈本文の後に、校訂付記、補注、解説、参考文献、索引などを付した。

○ 『古今和歌集』の伝本は、完本として最も古いものとしては元永三年(一一二〇)書写の元永本があり、時期的に近接しているといわれる伝公任筆本も近年紹介された。それに続くものは、雅経本、清輔本、俊成本、定家本などの各系統が知られる。本書の本文は、二条家伝来の代表的な定家本、貞応二年(一二二三)書写本の一つで、近世に広く流布していた北村季吟の八代集抄の天和二年(一六八二)刊本を底本とした。

○ 本文は底本の形態を尊重したが、定家本の大勢から著しく逸脱しないように心がけて校訂した。その際、西下経一・滝沢貞夫両氏編『古今集校本』(笠間書院 昭和五二年)などを参照した。校訂箇所は、「校訂付記」として示した。

○ 本文は、読解の便を考慮して、なるべく通行の漢字を当てて理解し易くし、必要と思われる箇所には適宜振り仮名を付した。

○ 「仮名序」と「真名序」の注解は、左右に原文と現代語訳とを対比して掲げ、語釈や事項の解説を脚注として示した。

○和歌は、それぞれに国歌大観番号を付し、長歌は一句ごとに区切り、旋頭歌は三句ずつに分けた。注解はすべて、脚注に置いた。詞書、歌、左注に現代語訳を施した。さらに、語釈は数字番号を付し、趣向や表現技法、鑑賞の留意点は◎を表示して、それぞれに説明や解説を加えた。

○注解で本文頁に収まらないものは、↓補で指示し、補注として一括して掲げた。また、他の歌の箇所で既に解説したもの、参看すべき一連の類歌などは、↓に歌番号を付して示した。

○注解に当たっては、先行の注釈や研究の恩恵を受けることが多く、これらの業績を上げられた諸氏に深く感謝申し上げる。従来の注釈書や研究書を参考文献として掲げたが、研究の現況をできる限り展望できるよう、その内容の充実に努めた。

○「解説」は、和歌史的な展開、成立の経緯、部立と内容、表現の特質、本文などについて述べた。

○「一覧・索引」は、「歌合・屏風歌一覧」「作者略伝・作者名索引」「地名索引」「四季の景物一覧」「歌語索引」「初句索引」を収めた。「一覧」の「歌合・屏風歌」は和歌史の動向を反映するものとして、「四季の景物」は日本人の自然観や季節意識を確立したものとして、いずれも意義深い。「作者略伝」は『古今和歌集目録』(群書類従)に基づく。「索引」は表現の特質や美意識を考慮して、「地名」は用法を具体的に示し、「歌語」は歳時・天象・地儀・動植物・人事などを一括して検索できるように配列した。

古今和歌集

(1)やまと歌は、(2)人の心を種として、よろづの言《こと》の葉とぞなれりける。世の中にある人、(3)ことわざ繁きものなれば、心に思ふことを、見るもの聞くものに(4)つけて、言ひ出《いだ》せるなり。花に鳴く鶯《うぐひす》、水に住む(5)蛙《かはづ》の声を聞けば、(6)生きとし生けるもの、いづれか歌を詠まざりける。力をも入れずして(7)天地《あめつち》を動かし、目に見えぬ(8)鬼神《おにかみ》をもあはれと思はせ、男女《をとこをむな》の仲をもやはらげ、たけき武士《もののふ》の心をも慰むるは歌なり。

この歌、(9)天地《あめつち》開け始まりける時よりいできにけり。(10)天《あま》の浮橋《うきはし》の下にて、(11)女神《めがみ》男神《をがみ》となり給《たま》へることをいへる歌なり。しかあれども、世に伝はることは、(12)久方《ひさかた》の天《あめ》にしては(13)下照姫《したでるひめ》に始まり、下照姫とは、天稚御子《あめわかみこ》の妻《め》なり。兄《せうと》の神のかたち、岡谷《をかたに》に映《うつ》りて輝《かかや》くを詠める(14)夷《えびす》歌なるべし。これらは文字の数も定まらず、歌のやうにもあらぬことどもなり。あらかねの地《つち》にしては、(15)素戔嗚尊《すさのをのみこと》よりぞ起《おこ》りける。ちはやぶる神(16)

(1)漢詩を「からうた」と言うのに対して、和歌を「やまとうた」と言った。倭歌とも。
(2)心がもとになって歌となるのを、植物の種と葉にたとえた。
(3)事物と行為。
(4)託して。生活の中で生じた心情を、見聞した事物に託して表現する。
(5)かえるの歌語。春の鶯に対して、秋の河鹿《かじか》と言う。
(6)すべての生き物。和文特有の強調表現。
(7)天と地。
(8)霊魂と神祇《じんぎ》。
(9)天地開闢《かいびゃく》以来、和歌があったとする。「我が国にかかる歌をなむ神代より神も詠んたび」(土佐日記)。
(10)この部分は古注と呼ばれ、後から加えられたものと言う。
(11)伊奘諾尊《いざなぎのみこと》と伊奘冉尊《いざなみのみこと》が結婚した時に、唱和した言葉。

〔和歌の本質と効用〕

和歌は、人の心を本にして、多くの言葉となったものである。この世の中に生きている人は、かかわり合う事がらが多いものだから、それにつけてあれこれと思うことを、見るものや聞くものに託して、歌として表現するのである。花に鳴く鶯や水に住む蛙の声を聞いてみると、すべての命あるものは、いったいどれといって歌を詠まないものがあるだろうか。力をも入れないで天や地を動かし、目に見えない魂や神を感じ入らせ、男女の仲をもうち解けさせ、猛々《たけだけ》しい武士の心をもなごやかにさせるのが歌なのである。

〔和歌の起源〕

この歌は天地開闢《かいびゃく》の時より詠み出されている。（天の浮橋の下の磤《おの》馭《ご》慮《ろ》嶋《しま》で女神と男神が結ばれたことをうたった歌である。）しかしながら、人の世に伝わったのは、天上では下照姫《したでるひめ》の歌に始まり、（下照姫とは天稚彦《あめわかひこ》の妻である。その歌は兄神の味耜高彦根神《あじすきたかひこねのかみ》の美しき容姿が岡や谷に照り映《は》え輝くのを詠んだ夷曲《ひなぶり》の歌をいうのであろう。これらの歌は音数も一定せず、歌のようにも見えないものである。）下界では素戔嗚尊《すさのおのみこと》より起ったのである。神代には歌の音数も一定せず、飾りけなくものごとをそのままにうたったので、歌に詠む事がらの内容

「あなうれしゑや、うまし少男《をとこ》に逢ひぬること」「あなうれしゑや、うまし少女《をとめ》に逢ひぬること」（日本書紀・神代上）。

(12)「天」の枕詞。「地」の枕詞「あらかねの」と対応し、高天原と下界とが対比されている。

(13)大国主尊の娘で、天稚彦（天稚御子は誤り）の妻。天照大神に背き、怒りに触れて死んだ夫の葬儀の際、兄の味耜高彦根神の美貌を賛えて、「天《あめ》なるや　弟織女《おとたなばた》の　頸懸《うながせ》る　玉の御統《みすまる》の　あな玉はや　み谷二《ふた》渡らす　味耜高彦根」（日本書紀・神代下）と歌い、この歌を夷曲《ひなぶり》と言う。「したてるひめ」とも。

(14)夷曲の誤読か。

(15)天照大神の弟（兄は誤り）。高天原より追放されて、出雲の国（島根県）簸《ひ》川上

代には、歌の文字も定まらず、素直《すなほ》にして、事の心わきがたかりけらし。人の世となりて、素戔嗚尊《すさのをのみこと》よりぞ三十文字《みそもじ》あまり一《ひと》文字《もじ》は詠みける。　素戔嗚尊は天照大神《あまてるおほむかみ》の兄《このかみ》なり。女と住み給《たま》はむとて、出雲《いづも》の国に宮造《みやづく》りし給ふ時に、その所に(1)八色《やいろ》の雲の立つを見て詠み給へるなり。(2)八雲《やくも》立つ出雲八重垣《やへがき》妻籠《つまご》めに八重垣つくるその八重垣を。

かくてぞ、花をめで、鳥をうらやみ、霞《かすみ》をあはれび、露をかなしぶ、(3)心言葉多く、さまざまになりにける。(4)遠き所も、出で立つ足もとより始まりて、年月をわたり、高き山も、麓《ふもと》の塵泥《ちりひぢ》よりなりて、天雲《あまぐも》たなびくまで生《お》ひ上《のぼ》れるがごとくに、この歌も、かくのごとくなるべし。(5)難波津《なにはづ》の歌は、(6)帝の御初《おほむはじ》めなり。

(7)大鷦鷯《おほさざき》の帝《みかど》、難波津にて皇子《みこ》と聞えける時、春宮をたがひに譲りて位に即《つ》き給はで三年《みとせ》になりにければ、(8)王仁《わに》といふ人のいぶかり思ひて、詠みて奉りける歌なり。この花は梅の花をいふなるべし。(9)安積山《あさかやま》の言葉は、(10)采女《うねめ》の戯《たはぶ》

に至り、八岐大蛇《やまたのおろち》を退治して、奇稲田姫と結婚する。

(16)伊奘諾尊・伊奘冉尊の代までを神代、天照大神の代から後を人の世と解する説がある。「天」「神代」、「地」「人の世」が場所と時代を示して対応。「ちはやぶる」は「神代」の枕詞。

(1)「八雲」の「八」は数が多い意だが、それを八色と誤解したもの。

(2)結婚のために新築した家を祝う新室寿《にいむろほぎ》の歌。妻を住まわせるために、幾重にも垣をめぐらした立派な家を建てるという意。

(3)歌を成り立たせる心と言葉。

(4)白楽天・続座右銘「千里ハ足下ヨリ始マリ、高山ハ微塵ヨリ起ル、吾ガ道モ亦此《またかく》ノ如シ、之《これ》ヲ行フコ

をはっきりと理解していなかったらしい。人の世となって、素戔嗚尊からようやく三十一字の歌を詠むようになった。（素戔嗚尊は天照大《あまてらすおお》神《みかみ》の兄である。その歌は奇稲田姫《くしいなだひめ》とお住みになろうとして、出雲国に御殿を新しくお造りになった時、その場所に八色の雲が立ち昇るのを見てお詠みになったものである。雲がむらがり立つ出雲国の幾重にも垣をめぐらした御殿よ、妻を隠《こも》り住まわせるために御殿を造るのだ、そのすばらしい御殿よ。）

〔和歌の発展〕

このように短歌の形式が成立して、花の美しさを賞《ほ》め、鳥の楽しげな声をうらやみ、春の霞に感じ入り、秋の露を悲しむ、そのような心を言い表わした歌は、数も多く内容もさまざまになった。遠くへの旅も第一歩より始まって年月を経て達し、高い山も麓のわずかな塵や泥から積み重ねられて雲のたなびく所まで伸び届くように、この短歌も長い年月の成長によって発展したのであろう。難波津の歌は、仁徳帝の御代の初めを祝う歌である。（仁徳天皇が難波で皇子であられた時、弟皇子と春宮の位をたがいに譲り合って即位なさらず、三年も経ってしまったので、王仁という人が気がかりに思って、詠んで奉った歌である。この花は梅の花をさすのであろう。）安積山の歌は、采女

ト日ニ新《あらた》ナルヲ貴ブ」。

(5)難波津に咲くやこの花冬ごもり今を春べと咲くやこの花。後出。

(6)仁徳天皇の御代の初めを祝う歌とするのが通説だが、朝廷の公事に関する最初の歌、天皇の「貴人《うまひと》の」（日本書紀・仁徳）の歌とする説もある。

(7)仁徳天皇。応神天皇の没後、弟の兎道稚郎子《うじのわきいらつこ》と皇位を譲りあって三年経ったが、弟の死により漸く即位した。

(8)百済の帰化人の学者。

(9)安積山影さへ見ゆる山の井の浅き心を我が思はなくに（万葉集・巻十六・三八〇七）。後出の歌は下句を異にする。

(10)奈良時代の後宮の下級の女官。郡の少領《すけ》以上の子女の美しいものが選ばれ、御膳《ごぜん》・手水《ちょうず》などに奉仕した。

れより詠みて、(1)葛城王《かづらきのおほきみ》を陸奥《みちのおく》へ遣《つか》はしたりけるに、国の司《つかさ》、事おろそかなりとて、まうけなどしたりけれど、すさまじかりければ、采女なりける女の、土器《かはらけ》とりて詠めるなり。これにぞ王《おほきみ》の心とけにける。安積山影さへ見ゆる山の井の浅くは人を思ふものかは。この二歌《ふたうた》は、(2)歌の父母《ちちはは》のやうにてぞ、(3)手習ふ人の、始めにもしける。

そもそも、(4)歌のさま、六《む》つなり。唐《から》の詩《うた》にも、かくぞあるべき。その六種《むくさ》の一つには、(5)そへ歌。大鷦鷯《おほさざき》の帝《みかど》をそへ奉れる歌。

　(6)難波津《なにはづ》に咲くやこの花冬ごもり今は春べと咲くやこの花

といへるなるべし。

二つには、(7)かぞへ歌。

　(8)咲く花に思ひつく身のあぢきなさ身にいたつきのいるも知
　らずて

(1)橘諸兄（六八四―七五七）かと言われる。
(2)最初の歌であり、男女の歌なので、幼児の手習いの歌となり、尊重して父母によそえた。
(3)「難波津も何もふと覚えむ言《こと》を、と責めさせ給ふに」（枕草子・清涼殿の丑寅《うしとら》の隅の）、「難波津をだにはかばかしう続け侍らざんめれば」（源氏物語・若紫）などあり、幼児でもよく知っている必須の歌とされていた。好忠集などにこの両歌の文字を一つずつ歌の首尾においた沓冠《くつかむり》歌がある。
(4)歌の体。詠みぶり。心と詞、情と景とが関わりあって形づくられた歌の表現法。漢詩の六義による。
(5)暗喩の歌。景物になぞらえて詠み、裏に心情を託したもの。六義の風に当たる。
(6)冬落葉していたのが、春

が葛城王の機嫌をとるために遊び興じながら詠んだ歌であって、(葛城王を東北地方に派遣した時に、国司の応接の態度が粗略だということで、宴席の用意などしてあったが、座がしらけ興がのらなくなったので、都で采女として仕えていた女が、盃《さかずき》を取って酒を勧めながら詠んだ歌である。この歌によってやっと王の機嫌がなおった。安積山の影までが映って見える浅い山の井のように、わたしどもは心浅くあなたのことを思っておりません。)この二首の歌は、歌の父と母のように尊重され、習字をする人が最初に習うものとしている。

〔和歌の六つのさま〕

さて、歌の「さま」は六つある。漢詩においても同様であるようだ。その六種の第一には、「そへ歌」。仁徳天皇をよそえ申し上げた歌。

難波津に咲くよ、この花が。冬ごもりしていて、今は春になった
と咲くよ、この花が

という歌が、これに相当しよう。

第二には、「かぞへ歌」。

咲く花に心を奪われている身の空しさ、身に病気の取り付くのも
知らないで(拾遺集・物名・大伴黒主)

という歌が、これに相当しよう。(これはものごとをありのままに詠

になって芽ぶき花が咲いたことに託して、即位の時が到来したことを暗示している。「この花」は「木この花」とも。「冬ごもり」は、「春」の枕詞とする説もある。

(7)物名の歌。心情を詠んだ歌の中に、景物の名をちりばめ並べて数え上げていくもの。掛詞や縁語を用いたものが多い。六義の賦。

(8)鳥の名の「つぐみ」「あぢ」「たづ」が隠され、「いたつき」に病気と矢尻、「入る」と「射る」が掛けられている。

といへるなるべし。これは、(1)直言《ただこと》にいひて、ものにたとへなどもせぬものなり。この歌、いかにいへるにかあらむ。その心、えがたし。五つに、ただこと歌といへるなむ、これにはかなふべき。

三つには、(2)なずらへ歌。

(3)君に今朝《けさ》朝《あした》の霜のおきていなば恋しきごとに消えやわたらむ

といへるなるべし。これは、ものにもなずらへて、それがやうになむあるとやうにいふなり。この歌、よくかなへりとも見えず。(4)たらちめの親のかふ蚕《こ》の繭《まゆ》こもりいぶせくもあるか妹《いも》に逢はずて。かやうなるや、これにはかなふべからむ。

四つには、(5)たとへ歌。

(6)わが恋はよむとも尽きじ荒磯海《ありそうみ》の浜の真砂《まさご》はよみ尽くすとも

といへるなるべし。(7)これは、よろづの草木《くさき》鳥獣《とりけだもの》につけて、心を見する

(1)古注は、六義の賦から、心情をそのままに、述べた正述心緒的な歌と解している。
(2)比喩の歌。心情を景物になぞらえて詠んだもの。序詞や掛詞を用いたものが多い。六義の比。
(3)「朝の霜の」が「置き」に掛けて「起き」の序詞。「消え」は、霜が消える、身も消え入るように歎く、の両意を重ねる。
(4)「たらちめの」は「親」の枕詞。三句までが「いぶせく」の序詞。万葉集・巻十二・二九九一の類歌。
(5)比喩の歌。心情と景物が対比的に詠まれているものを言う。六義の興。
(6)「よむ」は、数える。「荒磯海」は波の荒い磯。後には越中（富山県）の歌枕となる。数え尽せない恋が浜の真砂に対比されている。
(7)古注は「たとへ歌」を暗

んで、ものになぞらえなどもしないものである。この歌は、どのように詠んだものであろうか。その意味が理解しにくい。五番目に「ただこと歌」と言っているのが、この例歌には相当しそうだ。）

第三には、「なずらへ歌」。

あなたが今朝、朝の霜が置くように、起きて私を置いて行ってしまったならば、恋しく思う度に、消え入るばかりに悲しみ続けることだろうか

という歌が、これに相当しよう。（これは詠みたい物事を何かになぞらえて、そのようであるというように詠むのである。この歌がよく適合しているとも見えない。母が飼っている蚕《かいこ》が繭《まゆ》にこもっているように、私の心はうっとうしいことだ、あの女《ひと》に逢えなくて。このような歌が、例歌には適当だろうか。）

第四には、「たとへ歌」。

私の恋の思いは、いくら数えても尽きることはあるまい。たとえ波の荒い磯の砂は数え尽すことができようとも

という歌が、これに相当しよう。（これはさまざまな草木や鳥獣に託して、心情を表現するものである。この例歌には隠れている所がない。だが、初めの「そへ歌」と同じようなので、すこし「さま」を変えて、例歌を挙げているのであろう。須磨の漁師の塩を焼く煙が、風

喩の歌と考えているようだが、「そへ歌」との区別が明らかでない。

なり。この歌は、隠れたる所なむなき。されど、はじめのそへ歌と、同じやうなれば、すこしさまを変へたるなるべし。(1)須磨の海人《あま》の塩焼く煙《けぶり》風をいたみ思はぬ方にたなびきにけり。この歌などや、かなふべからむ。

五つには、(2)ただこと歌。

(3)いつはりのなき世なりせばいかばかり人の言《こと》の葉《は》うれしからまし

といへるなるべし。(4)これは、事のととのほり、正しきをいふなり。この歌の心さらにかなはず。(5)とめ歌とやいふべからむ。(6)山桜飽くまで色を見つるかな花散るべくも風吹かぬ世に。

六つには、(7)いはひ歌。

(8)この殿はむべも富みけり三枝《さきくさ》の三つば四つばに殿づくりせり

といへるなるべし。(9)これは、世をほめて神に告ぐるなり。この歌、いはひ歌とは見えずなむある。(10)春日野《かすがの》に若菜つみつつ万代《よろづよ》をいはふ心は神ぞ知るら

(1)恋四・七〇八。
(2)心情や景物を比喩などは用いずに、平常の言葉でありのままに詠んだもの。「なぞ、ただことなる」(土佐日記)。六義の雅。
(3)恋四・七一二。
(4)古注は、政教上のことが正しく行なわれていることを詠んだものとしている。概して、古注は六義を直訳的に解している。
(5)未詳。求め歌(理想的なものを尋ね求める歌)などと言われる。
(6)兼盛集に見える平兼盛の歌。歌仙本兼盛集は、二句「飽くまで今日は」。この歌は、王充の論衡「太平ノ世ニハ、五日ニ一タビ風フキ、十日ニ一タビ雨フル、風ハ条《えだ》ヲ鳴ラサズ、雨ハ塊《つちくれ》ヲ破ラズ」に依ると言う。例歌から見て、古注は村上朝以後に記したものということになる。

が強いので、思いもかけない方向にたなびいてしまった。この歌などが適合するだろうか。）

第五には、「ただこと歌」。

　もし偽りがない世であったならば、どれほどか人の言葉が嬉しく
　　思われるだろうに

という歌が、これに相当しよう。（これは世の中のことが安定して正しく行われていることを詠んだ歌をいうのである。この例歌の内容はすこしも適合していない。「とめ歌」とでも言ったらよいだろうか。山桜の美しさを十分に味わい尽したことだ、花が散るように風も吹かないのどかな世なので。）

第六には、「いはひ歌」。

　この御殿はなるほど豊かに富んでいる。三棟にも四棟にも分かれ
　　て、殿造りをしている

という歌が、これに相当しよう。（これは世をほめたたえて神に告げる歌である。この例歌は、「いはひ歌」とは見えないように思われる。春日野に若菜を摘みながら、万世の繁栄を願う私の心は、きっと神がおわかりになるだろう。このような歌であったならば、すこしは適合するだろうか。大体、六種に分かれることは、とてもあり得ようもないことである。）

藤原公任の手になるなどとも言われる。

(7)祝意を表現する賀の歌で、祝福・賛美の心情がこもった歌語を用いたもの。六義の頌。

(8)催馬楽の歌。「三枝の」は「三つ」の枕詞。「三つば四つば」は、棟《むね》数の多い意。

(9)古注は、神を寿ぐ歌とする。「そへ歌」については古注がないが、政治の得失を知る参考にしたという民謡の風として解しているのだろう。

(10)賀・三五七。

む。これらや、すこしかなふべからむ。(1)おほよそ、六種に分れむことは、えあるまじきことになむ。

(2)今の世の中、色につき、人の心、花になりにけるより、あだ(3)なる歌、はかなき言《こと》のみ出《い》でくれば、色好みの家に(4)埋《むも》れ木の、人知れぬこととなりて、(5)まめなる所には、(6)花すすきほに出《い》だすべきことにもあらずなりにたり。その初めを思へば、かかるべくなむあらぬ。(7)古《いにしへ》の代々の帝《みかど》、春の花の朝《あした》、秋の月の夜《よ》ごとに、侍《さぶら》ふ人々を召して、事につけつつ、歌を奉らしめ給《たま》ふ。あ(8)るは花をそふとてたよりなき所にまどひ、あるは月を思ふとてしるべなき闇《やみ》にたどれる心々を見給ひ、(9)賢《さか》し愚かなりとしろしめしけむ。(10)しかあるのみにあらず、(11)さざれ石にたとへ、(12)筑波山《つくばやま》にかけて君を願ひ、(13)喜び身に過ぎ、(14)楽しみ心に余り、(15)富士の煙《けぶり》によそへて人を恋ひ、(16)松虫の音《ね》に友をしのび、(17)高砂《たかさご》、住《すみ》の江《え》の

(1)和歌を六つの「さま」に分類するのは不明確な点が少なくないので、古注も六義を踏まえて説明してはいるが、疑問を抱いている。末尾は「なむある」の省略。
(2)「今」は理想的な古代に対する現代で、世相人心が華美浮薄になって退廃したので、和歌が宮廷文学として顧みられなくなって衰微したと言っている。
(3)政教に役立たない歌は無益無用という見地から、恋歌ばかりが盛んなことを慨歎している。
(4)「色好みの家に埋れ」「埋れ木の人知れぬ」と、上下にかかる。
(5)「色好みの家」に対して、宮廷の晴れの場。士大夫の前。
(6)「ほ」の枕詞。
(7)君臣合体して折々に和歌を詠む。和歌のあるべき姿。
(8)花に心情を託して詠む。

〔和歌の本来の性格〕

現代は世の中の風潮が虚飾を求め、人の心も華美になって来たので、実意のない軽薄な歌やその場かぎりの空虚な歌ばかりが詠まれるようになったから、和歌は色好みの家に埋《うず》もれて人に認められないこととなって、改まった公的な場所には表立って出せるようなものではなくなってしまった。歌の当初の状態を考えてみると、このようなものではなかった。古代の代々の帝は、春の花の美しい朝、秋の月の澄んだ夜のたびごとに、侍臣たちをお召しになって、折々のものごとに何かとかかわらせては、歌を詠ませては献上させなさった。ある時は花に心情を託して歌を詠もうとして不案内の場所をさ迷い、ある時は月を慕って歌を詠もうとして案内者もいない闇路を辿る人々の心中を御覧になって、賢愚のほどをお見分けなさったのであろう。それればかりではなく、さざれ石にたとえて君の長寿を祝い、筑波山に託して君の恩寵を願い、喜びが身のほどを越えて楽しさが心にあり余るのを訴え、富士の煙に胸中の思いをなぞらえて人を恋い、松虫の鳴く音に友を懐しみ、高砂や住江の松も相共に生まれ育つように親しく思われ、男山の昔のような男盛りの過去の自分の姿を思い出し、女郎花の美しい盛りがほんの一時であるのを歎きかこつ、そのようなさまざまな場

(9)臣下の和歌の詠みぶりから、その才能を判断したというのである。
(10)以下、宮廷の公的な場ばかりではない、さまざまな和歌の詠作の場を具体的な例で示す。
(11)賀・三四三。
(12)東歌・一〇九五。
(13)雑上・八六五。
(14)大歌所御歌・一〇六九。「楽しび」とも。
(15)恋一・五三四、雑躰・一〇二八。
(16)秋上・二〇〇。
(17)雑上・九〇八、九〇九と九〇五、九〇六。

松も相生《あひおひ》のやうに覚え、(1)男山《をとこやま》の昔を思ひ出でて、(2)女郎花《をみなへし》の一時《ひととき》をくねるにも、歌をいひてぞ慰めける。また春の朝《あした》に(3)花の散るを見、秋の夕暮に木《こ》の葉の落つるを聞き、あるは、(4)年ごとに鏡の影に見ゆる雪と波とを歎き、(5)草の露、水の泡を見て我が身を驚き、あるは、(6)昨日《きのふ》は栄えおごりて、時を失ひ世にわび、親しかりしも疎くなり、あるは、(7)松山の波をかけ、(8)野中《のなか》の水を汲《く》み、(9)秋萩の下葉《したば》を眺め、(10)暁《あかつき》の鴫《しぎ》の羽掻《はねが》きを数へ、あるは、(11)呉竹《くれたけ》の憂き節を人に言ひ、(12)吉野川《よしのがは》をひきて、世の中を恨みきつるに、今は(13)富士の山の煙《けぶり》も立たずなり、(14)長柄《ながら》の橋も造るなりと聞く人は、(15)歌にのみぞ心を慰めける。

古《いにしへ》よりかく伝はるうちにも、(16)平城《なら》の御時《おほむとき》よりぞ広まりにける。かの御代《おほむよ》や(17)歌の心をしろしめしたりけむ。かの御時に、(18)正三位《おほきみつのくらゐ》柿本人麿なむ歌の聖《ひじり》なりける。これは、君も人も

(1)雑上・八八九。
(2)雑躰・一〇一六。
(3)散る花、散る紅葉の歌は多い。
(4)物名・四六〇。
(5)哀傷歌・八六〇、恋五・八二七。
(6)雑上・八八八、八九二などが相当すると言われるが、明確ではない。
(7)東歌・一〇九三。
(8)雑上・八八七。
(9)秋上・二二〇。
(10)恋五・七六一。
(11)雑下・九五八。
(12)恋五・八二八。
(13)富士山は九・十世紀にしばしば噴火しているが、古今集編纂の頃は煙が絶えていたのだろう。
(14)雑躰・一〇五一。
(15)時世が移り変っても、歌で心を慰めることは変らない。
(16)平城天皇の御代。「かの御時」より百年余十代という

合に歌を詠んで慰めたのである。また、春の朝に花の散るのを見、秋の夕暮に木の葉の落ちるのを聞き、あるいは年が経るごとに鏡に映って見える雪のような白髪と波のような皺を悲しみ、草の露や水の泡を見て我が身のはかなさを思って驚き、あるいは昨日は栄え奢っていた人が、今日は権勢を失って世を味気なく思い、親しかった人も疎遠になり、あるいは末の松山の波に託して愛情を誓い、野中の清水になぞらえて昔を偲《しの》び、秋萩の下葉の色付くのを眺めて独り寝のわびしさを歎き、暁の鴫の羽掻きの音を数えて来る人を待ちわび、あるいは呉竹の節にたとえて世の憂さを人に言い、吉野川を例に引いて夫婦の愛情のはかなさを恨むなど、あれこれと歌を詠んで来たのであるが、現在では富士山の煙も立たなくなり、長柄の橋もまた造るようになったと聞く人は、歌によってのみ心を慰めているのである。

〔万葉集賛美〕

古代よりこのように伝わった中でも、和歌は平城天皇の御代よりとりわけ世に広まったのである。その御代には和歌の本質をよく理解しておられたのであろうか、その御代に正三位柿本人麿が歌聖として帝に取り立てられて活躍していた。これは君も臣下も和歌を通して一体となっていたということであろう。秋の夕暮に龍田川に流れる紅葉を

叙述を論拠とする説に従う。人麿、赤人の存在や万葉集撰集は史実と矛盾するが、万葉集が人麿、赤人を協力者とする平城天皇の勅撰集とする伝承があって、それに依ったのだろう。他に、広く奈良時代の天皇とする説などがある。

(17)和歌の本質。政教主義的な君臣合体して従事する和歌のあり方。

(18)人麿の正三位は史実と反するが、伝承としてあったか。追贈説もある。

身を合はせたりといふなるべし。秋の夕《ゆふべ》、龍田川《たつたがは》に流るる紅葉《もみぢ》をば帝《みかど》の御目《おほんめ》には錦《にしき》と見給《たま》ひ、春の朝《あした》、(1)吉野の山の桜は、人麿が心には、雲かとのみなむ覚えける。また、山部赤人《やまのべのあかひと》といふ人あり。歌にあやしく妙《たへ》なりけり。(2)人麿は赤人が上《かみ》に立たむことかたく、赤人は人麿が下《しも》に立たむことかたくなむありける。平《な》城《ら》の帝の御歌　(3)龍田川紅葉《もみぢ》乱れて流るめり渡らば錦《にしき》中や絶えなむ。　人麿　(4)梅の花それとも見えず久方《ひさかた》の天霧《あまぎ》る雪のなべて降れれば。(5)ほのぼのとあかしの浦の朝霧に島隠れ行く舟をしぞ思ふ。　赤人　(6)春の野にすみれ摘みにと来《こ》し我そ野をなつかしみ一夜《ひとよ》寝にける。(7)和歌の浦に潮満ちくれば潟《かた》を無《な》み葦辺《あしべ》をさして鶴《たづ》鳴き渡る。この人々をおきて、またすぐれたる人も、(8)呉竹《くれたけ》の代々に聞こえ、(9)片糸のよりよりに絶えずぞありける。(10)これよりさきの歌を集めてなむ、万葉集と名づけられたりける。

ここに、古《いにしへ》のことをも、歌の心をも、知れる人、わづかに

(1)龍田川の紅葉を詠んだ平城天皇の歌は古注が挙げているが、吉野山の桜を詠んだ人麿の歌は見当らない。春上・五九、六〇が表現的に近い。貫之の虚構か。
(2)万葉集・巻十七・三九六九の題詞に「山柿之門」などと見え、人麿、赤人が並称されている。
(3)秋下・二八三。
(4)冬・三三四。
(5)羇旅・四〇九。
(6)万葉集・巻八・一四二四。
(7)万葉集・巻六・九一九。
(8)「代」の枕詞。竹などの節と節との間を「よ」と言うことから。「呉竹」は、淡竹《はちく》の一種。
(9)「よりより」(時々)の枕詞。糸を縒《よ》ることから。「片糸」は、まだ縒り合わせてない片方の糸。
(10)人麿、赤人の時代、すなわち平城天皇の御代以前の歌。

帝の御目には錦と御覧になり、春の朝に吉野山に咲く桜は人麿の心には雲かとばかり思われた。また、山部赤人という人もいた。和歌に不思議なほどすぐれていた。人麿は赤人の上に立つことはむずかしく、赤人は人麿の下に立つことはむずかしいといったありさまであった。（平城天皇の御歌　龍田川に紅葉が散り乱れて流れているようだ。川を渡ったら紅葉の錦が真中から断ち切れてしまうだろうか。　人麿　梅の花はそれとも見分けがつかない。霧のようにかき曇らせる雪が空一面に降っているので。ほのぼのと明けて行く明石の浦の朝霧の中で、島陰に隠れていく舟をしみじみともの思いにふけって見やっている。　赤人　春の野にすみれを摘みに来た私は、野に心ひかれて一晩泊ってしまった。和歌の浦に潮が満ちて来ると干潟が無くなって、葦の生えている岸辺をさして、鶴が鳴き渡っていく。）この人々のほかにも、またすぐれた歌人が御代ごとに評判となり、その時々に絶えず世に出ていた。それより以前の歌を集めて、万葉集と名付けられた。

万葉集を平城天皇の勅撰集と考えている。

〔六歌仙の歌〕

それ以来、古代の和歌のあり方をも和歌の本質をも心得ている人は、わずか一人か二人になってしまった。それでも、その人々はそれぞれ一長一短があった。平城天皇の御代よりこの方、年では百年余

一人二人《ひとりふたり》なりき。しかあれど、(1)これかれ得《え》たる所、得ぬ所、たがひになむある。(2)かの御時よりこのかた、年は百年《ももとせ》余り、代《よ》は十《と》つぎになむなりにける。古のことをも、歌をも知れる人、よむ人多からず。今、このことをいふに、(3)官位《つかさくらゐ》高き人をばたやすきやうなれば入れず。そのほかに、近き代《よ》にその名聞えたる人は、すなはち僧正遍照《そうじやうへんぜう》は、(4)歌のさまは得たれども、まことすくなし。たとへば、絵にかける女《をうな》を見て、いたづらに心を動かすがごとし。(5)浅緑《あさみどり》糸よりかけて白露を玉にも貫《ぬ》ける春の柳か。(6)蓮葉《はちすば》の濁りに染《し》まぬ心もて何かは露を玉とあざむく。(7)嵯峨野《さがの》にて馬《むま》より落ちてよめる　名にめでて折れるばかりぞ女郎花《をみなへし》我おちにきと人に語るな。

在原業平《ありはらのなりひら》は、(8)その心余りて、言葉足《た》らず。しぼめる花の色なくてにほひ残れるがごとし。(9)月やあらぬ春や昔の春ならぬ我が身一つはもとの身にして。(10)大方《おほかた》は月をもめでじこれぞこの積もれば人の老いとなるもの。(11)寝《ね》ぬる夜《よ》の夢をはかなみまどろめばいやはかなにもなりまさるかな。

(1)人麿、赤人以後幾人か歌人がいたが、これに匹敵する者はいないと言っている。
(2)平城天皇即位の大同元年（八〇六）より醍醐天皇の延喜五年（九〇五）まで、ちょうど百年。天皇は、嵯峨、淳和、仁明、文徳、清和、陽成、光孝、宇多を間に置いて、十代。
(3)官位の高い人を論評するのを避けたのである。真名序では小野篁や在原行平の名を挙げているが、むしろ漢文学で活躍したと言っている。
(4)詠みぶりは見事だが、心情がこもっていない。擬人法や見立てを縦横に駆使した表現技巧の冴えが、軽妙洒脱さを生み出しているが、一方では言葉の遊びを感じさせるのである。
(5)春上・二七。
(6)夏・一六五。
(7)秋上・二二六。「馬より

り、天皇の御代では十代を経過した。古代のことや和歌のことを良く理解している人、歌人は多くいない。ここでその実情について述べるが、官位の高い人については軽々しいようなので言及しない。官位の高い人以外で、近代の評判高い歌人をあげると、まず、僧正遍照は歌の「さま」は整っているが、真実味が足りない。たとえて言えば、絵に描かれた女性を見て、そのかいもないのに空しく心を動かすようなものである。(浅緑色の糸をより合わせて、白露を玉として貫いている春の柳だよ。蓮の葉は泥水の濁りに染まらない清らかな心を持っているのに、どうして葉の上の露を玉だと言って人をだますのだろうか。嵯峨野で馬より落ちて詠んだ歌　名前にひかれて折っただけだ、女郎花よ、私が堕落したと人に話さないでおくれ。)

在原業平は、歌に詠もうとする心情があり余っていて、表現する言葉がそれに及ばない。しぼんだ花の色つやが失せて、芳香だけが残っているようなものである。(月は去年の月と異っているのか、春は去年の春ではないのか、私一人だけは以前と変らないで。物事のあり方をよく考えてみれば、いいかげんな気持で月を賞美すまい。この月こそ積もれば人の老いのもとになるものだから。共寝した夜が夢のようにはかなかったので、帰ってうとうとしたら、ますますはかなく感じられるようになってしまった。)

落ちて」は遍照集に見えるが、古今集は「題知らず」。
(8)感動が深すぎて、心情があり余り、表現が追いつかない。切実な慕情や感慨が、表現との均衡を失して、舌足らずになっていると言うのである。
(9)恋五・七四七。
(10)雑上・八七九。
(11)恋三・六四四。

文屋康秀《ふんやのやすひで》は、(1)言葉巧みにて、そのさま身におはず。いはば、商人《あきひと》のよき衣《きぬ》着たらむがごとし。(2)吹くからに野辺《のべ》の草木のしをるればむべ山風を嵐といふらむ。(3)深草の帝の御国忌《おほむこき》に、草深き霞の谷に影かくし照る日のくれし今日《けふ》にやはあらぬ。

宇治山の僧喜撰《きせん》は、(4)言葉かすかにして、始め終り、たしかならず。いはば、秋の月を見るに暁《あかつき》の雲にあへるがごとし。(5)我が庵《いほ》は都の辰巳《たつみ》しかぞ住む世をうぢ山と人はいふなり。(6)よめる歌、多く聞えねば、かれこれを通《かよ》はして、よく知らず。

小野小町《をののこまち》は、古《いにしへ》の(7)衣通姫《そとほりひめ》の流《りう》なり。(8)あはれなるやうにて、強からず。いはば、よき女《をうな》のなやめる所あるに似たり。強からぬは、女《をうな》の歌なればなるべし。(9)思ひつつ寝《ぬ》ればや人の見えつらむ夢と知りせば覚《さ》めざらましを。(10)色見えで移ろふものは世の中の人の心の花にぞありける。(11)わびぬれば身をうき草の根を絶えて誘《さそ》ふ水あらば去《い》なむとぞ思ふ。　衣通姫の歌　(12)わが背子《せこ》が来《く》べき宵《よひ》なりささがにの蜘蛛《くも》のふるまひかねてしるし

(1)表現が巧みだが、詠みぶりだけが際立ち過ぎて、内容が伴わない。内容に比して外観が仰々し過ぎて、不調和なのである。
(2)秋下・二四九。「秋の」。
(3)哀傷歌・八四六。
(4)表現が不明確で、首尾が一貫しない。百人一首応永抄は、「我が庵は」の歌の末尾が「言へども」と逆接になっていれば意味が明らかなのに、「言ふなり」と曖昧な形で終っているのが、この評言に相当すると言う。
(5)雑下・九八三。
(6)喜撰の歌で確かなものは古今集の一首だけで、玉葉集・夏「木の間より見ゆるは谷の蛍かも漁りに海人《あま》の海へ行くかも」もその作とするが疑わしい。散佚した私撰集の樹下《じゅか》集にも「けがれなむ手《たぶさ》は触れじ極楽の西の風吹く秋の初花」の歌が

文屋康秀は、言葉の用い方は上手だが、かえって歌の「さま」が内容とそぐわない。言ってみれば、商人が立派な衣服を着ているようなものである。(吹くとたちまち野辺の草木がしおれるので、なるほど山風を嵐というのだろう。仁明天皇の御一周忌に 草深く霞が立ちこめた谷に姿を隠して、照り輝く日が暮れてしまった今日ではないか。)

宇治山の僧喜撰は、表現する言葉がはっきりとせず、一首のまとまりが明らかでない。言ってみれば、秋の月を見ていたら、明け方になって雲が出て来て隠れてしまったようなものである。(私の庵は都の東南の宇治山にあって、このように悠々自適して住んでいるが、世間の人は私が世を厭《いと》うていると噂しているようだ。) 喜撰の詠んだ歌はあまり多くは知られていないので、あれこれの歌を通じてその特色をよく理解することができない。

小野小町は、古代の衣通姫の系統の歌人である。その歌はしみじみと身にしみる所があるが、強くはない。言ってみれば、美しい女性が病気に悩んでいる所があるのに似ている。強くないのは、女性の歌だからであろう。(恋しく思いながら寝たので、あの人が夢に見えたのだろう。夢と知っていたならば、目が覚めなければよかったのに。それと目に見えないで色あせていくものは、世の中の人の心という花だった。この世に絶望して自分がすっかりいやになっているので、浮草

あったと言う。

(7)日本書紀によると、允恭《いんぎょう》天皇皇后の忍坂大中姫尊《おしさかのおおなかつひめのみこと》の妹で、肌が衣を通して照り輝くほどの美女であり、出仕したが、姉の嫉妬で帝との愛情を妨げられ、一一一〇の歌を詠んだと言う。古事記では、軽大郎女《かるのおおいらつめ》の別称とする。軽大郎女は允恭天皇皇女で、同母兄を愛して罰せられた。

(8)身にしみるような哀切感があって、優美で詠嘆的な風体の歌というのであろう。ものはかない身の上の哀歓を見据え、優艶繊細に歌うのが、女性の歌の特色であると言う。

(9)恋二・五五二。

(10)恋五・七九七。

(11)雑下・九三八。

(12)墨滅歌・一一一〇。

も。

大伴黒主《おおとものくろぬし》は、(1)そのさまいやし。いはば、薪《たきぎ》を負《を》へる山人の花の陰《かげ》に休めるがごとし。(2)思ひ出でて恋しきときは初雁《はつかり》のなきて渡ると人は知らずや。(3)鏡山《かがみやま》いざ立寄りて見てゆかむ年経《へ》ぬる身は老いやしぬると。

このほかの人々、その名聞ゆる、(4)野辺《のべ》に生《お》ふる葛《かづら》の這《は》ひ広ごり、林に繁《しげ》き木《こ》の葉のごとく多かれど、(5)歌とのみ思ひて、そのさま知らぬなるべし。

かかるに、(6)今すべらぎの天《あめ》の下しろしめすこと、(7)四つの時、九《ここ》のかへりになむなりぬる。あまねき御慈《おほんうつく》しみの波、(8)八洲《やしま》のほかまで流れ、ひろき御恵《おほんめぐ》みの陰、(9)筑波山《つくばやま》の麓《ふもと》よりも、繁《しげ》くおはしまして、(10)よろづの政《まつりごと》を、きこしめす暇《いとま》、もろもろのことを、捨てたまはぬ余りに、古《いにしへ》のことをも忘れじ、古《ふ》りにしことをも興《おこ》し給ふとて、今もみそなはし、後《のち》の世にも伝はれとて、

(1)詠みぶりが通俗的で、格調が低い。日常会話的な素朴な詠風で、用語など多少泥臭い点を言っているか。真名序で「頗《すこぶる》逸興有り」、面白味があると言っている部分があるのが、仮名序にはない。脱落かとも言う。
(2)恋四・七三五。
(3)雑上・八九九。
(4)野辺の葛と林の木の葉が対になって、歌人の多いことの比喩となっている。
(5)自己満足しているが、実際には詠みぶりが分かっていないと言うのである。
(6)「今すべらぎ」で、今上帝とする説もある。
(7)醍醐天皇即位の寛平九年(八九七)より、延喜五年(九〇五)は九年目。四季が九度で、九年となる。
(8)国土創成の神話により、日本を構成する八つの島。大八洲《おおやしま》。古事記では、

が根無しとなって漂い流れていくように、誘う人があればどこへでも行こうと思う。 衣通姫の歌 私の夫が訪れて来そうな今宵の様子だ。蜘蛛の動きから前もってそれとはっきり知られる。)

大伴黒主は、歌の「さま」が卑俗だ。言ってみれば、薪を背負った山住まいの人が花の陰に休んでいるようなものだ。(あなたを思い出して恋しくてたまらない時は、初雁のように、泣きながらあたりを歩きまわっていることを知っているか。さあ鏡山に立ち寄って、その鏡に映った我が姿を見ていこう。年月を経た自分の身が老い込んでしまったかと。)

このほかの人々で、歌人としてその名が知られているのは、野辺に生えて這い広がる葛のように世に広がり、林に茂る木の葉のように数多くいるが、それらの人は自分自身ではそれなりの歌とばかり思っていても、歌の「さま」を理解していないようである。

〔古今集の成立の経緯〕

このような事情の中で、今、帝の天下をお治めになること、四季が九度となった。余す所なく行き渡る御慈愛の波は日本の島々の外まで流れて行き、広い御恩恵の陰は筑波山の麓の茂みよりもこまやかでいらっしゃって、数限りない政務に携りなさる合間に、あらゆるものご

淡路・四国・隠岐・九州・壱岐・対馬・佐渡・本州。帝の慈愛を「波」によそえ、恩寵の「陰」と対になっている。
(9)筑波山の木陰を恩寵になぞらえる。東歌・一〇九五。
(10)後世に延喜の聖代と仰がれた醍醐朝は、藤原時平や菅原道真を左右大臣に任じ、天皇親政の下、律令制の理想を追求した時代だった。

延喜五年四月十八日に、(1)大内記《だいないき》紀友則、(2)御書所預《ごしよのところのあづかり》紀貫之、(3)前甲斐少目《さきのかひのさうくわん》凡河内躬恒《おほしかふちのみつね》、(4)右衛門府生《うゑもんのふさう》壬生忠岑《みぶのただみね》らに仰《おほ》せられて、(5)万葉集に入らぬ古き歌、みづからのをも奉らしめ給《たま》ひてなむ。それが中にも、(6)梅をかざすより始めて、時鳥《ほととぎす》を聞き、紅葉を折り、雪を見るに至るまで、また鶴亀につけて君を思ひ人をも祝ひ、秋萩夏草を見て妻を恋ひ、逢坂山《あふさかやま》にいたりて手向《たむけ》を祈り、あるは、春夏秋冬にも入らぬくさぐさの歌をなむ、撰ばせ給ひける。すべて(7)千歌《ちうた》二十巻《はたまき》、名づけて古今和歌集といふ。

かく、このたび、集め撰ばれて、(8)山下水の絶えず、(9)浜の真砂《まさご》の数多く積もりぬれば、今は、(10)飛鳥川《あすかがは》の瀬になる恨みも聞えず、(11)さざれ石の巌《いはほ》となる喜びのみぞあるべき。

それ、(12)まくら、言葉は、(13)春の花にほひ少なくして、空《むな》しき名のみ(14)秋の夜《よ》の長きをかこてれば、(15)かつは人の耳に恐《おそ》り、かつは歌の心に恥ぢ思へど、(16)たなびく雲の立ち居《ゐ》、(17)鳴く鹿《しか》の起き臥《ふ》し

(1)中務省に属し、詔勅や記録などを司る職。
(2)宮中の書籍を管理する役所で、別当（長官）に次ぐ職。
(3)甲斐の国（山梨県）の国司の四等官。前任。
(4)宮中諸門の守護などの役に付く右衛門府の下官。
(5)意図は別にして、実際には万葉歌が混入している。一九二、二四七、五五一、一〇七三、一〇八〇、一一〇七、一一〇八など。
(6)以下、和歌の部立を示す。春・夏・秋・冬・賀・恋・離別・雑の順になっている。他に、羇旅・物名・哀傷・雑躰・大歌所御歌などがあるが、主要なものを示したのであろう。
(7)通行の定家本では一一一一首。他に二八首ほど異本の歌が知られている。以後、金葉集、詞花集の十巻を除き、二十巻が勅撰集の基本的な巻

とをお見捨てにならない結果として、古代のことをも忘れまい、古びて顧みられないことをも復興しようとなさって、今も御覧になり、後世にも伝われということで、延喜五年四月十八日に、大内記紀友則、御書所預紀貫之、前甲斐少目凡河内躬恒、右衛門府生壬生忠岑などに仰せになって、万葉集に入らない古歌や自分たちの詠歌までも奉らせなさった。それらの歌の中でも、梅のかざしにする歌よりはじめて、時鳥《ほととぎす》を聞き、紅葉を折り、雪を眺める歌に至るまで、また、鶴亀に託して主君の長寿を願い、人をも祝い、秋萩や夏草を見やって妻を慕い、逢坂山に来て手向の神に旅の安全を祈り、あるいは春夏秋冬にも入らないさまざまな歌をお撰ばせになった。合わせて千首で二十巻、名づけて古今和歌集という。

このように、このたび撰集されて、和歌は山の繁みの下を流れる水のように絶えることなく、浜の細かな砂のように数多く集まったので、今は飛鳥川の淵瀬のようにはかなく移り変って衰微するという恨みごとも聞かれず、小石が巌になるように発展する喜びばかりがあることになろう。

さて、私たちは、歌は春の花のような色艶に乏しく、虚名だけが秋の夜のように長く続くことを歎いているので、一方では世間の評判を恐れ、一方では和歌の本質に対して恥ずかしく思っているが、たなび

数として固定した。
(8)「絶えず」の序詞。
(9)「数多く」の序詞。
(10)九三三を踏まえて、和歌の衰微を表す。
(11)三四三を踏まえて、和歌の永続と発展を表す。
(12)枕詞、序文などに解する説もあるが、真名序の「臣等」に相当するものと解して、一応「まうら」「われら」の誤写説に従っておく。
(13)「にほひ」の枕詞。
(14)「長き」の枕詞。
(15)詠歌の才能も乏しいのに撰者に抜擢されたことから、世評を恐れ、卓越した歌人が英邁《えいまい》な帝と君臣合体して和歌に従事するという理想的なあり方にもとることを恥じると言っている。周囲を配慮した謙辞であろう。
(16)「立ち居」の序詞。
(17)「起き臥し」の序詞。

は、貫之らが、この世に同じく生《む》まれて、この事(1)の時に逢へるをなむ喜びぬる。人麿なくなりにたれど、歌の事(2)とどまれるかな。たとひ時移り(3)、事去り、楽しび悲しび行き交《か》ふとも、この歌の文字あるをや(4)。青柳《あをやぎ》(5)の糸絶えず、松(6)の葉の散り失《う》せずして、まさき(7)の葛《かづら》、長く伝はり、鳥(8)の跡、久しくとどまれらば、歌のさまを知り、事の心を得たらむ人は、大空の月を見るがごとくに、(9)古《いにしへ》を仰《あふ》ぎて今を恋ひざらめかも。

(1)勅撰集編纂の時期。撰者たちがその時期に出逢うという解の他に、和歌の道が時に合って隆盛するという解もある。
(2)人麿が従事したと伝えられていた勅撰集編纂の事業を継承している意識だろう。他に、「言」に取り、歌集に記載された和歌と解する説もある。
(3)陳鴻《ちんこう》の長恨歌伝の「時移リ事去リ、楽シミ尽キ悲シミ来タル」に依る表現。
(4)強い詠嘆。
(5)「絶えず」の序詞。
(6)「散り失せ」の序詞。
(7)定家葛《ていかかずら》。蔓草の一種。「長く」の序詞。
(8)文字を暗示。鳥の足跡から文字が作られたという故事による。「久しく」の序詞。
(9)「古」と「今」で「古今集」を暗示。「古《いにしへ》」は、後世から見た過去の時代で、

く雲のように、立ち居するにつけ、鳴く鹿のように、起き臥しするにつけ、貫之らがこの世に同じく生まれ合わせて、この勅撰集編纂の時にめぐり逢えたことを非常な喜びとする。人麿はなくなったが、和歌の事業は留まっていることよ。たといこれから時勢が移り変り、物事が過ぎ去り、楽しみ悲しみが行き来しても、この歌の文字は必ずや永続するであろう。この歌集が、青柳の糸のように絶えることなく、松の葉のように散り失せずに、まさきの葛のように長く伝わり、鳥の跡のように久しく留まっていたならば、歌の「さま」を理解し、事業の本質をわきまえているような人は、大空の月を見るように、過去を仰ぎ見、現代を慕い憧れずにいられるであろうか。

延喜の聖代の「今《いま》」と同じ。他に、「古」を古代、「万葉集に入らぬ古き歌」、「今」を現代、「みづからの」歌と解する説もある。

古今和歌集　巻第一

春歌上

（1）ふる年に春立ちける日よめる　　在原元方

一　年のうちに春は来にけり（2）一年《ひととせ》を去年《こぞ》とや言はむ今年《ことし》とや言はむ

春立ちける日よめる　　紀　貫之

二　袖《そで》ひちてむすびし水のこほれるを春立つ今日《けふ》の（1）風やとくらむ

古今和歌集　巻第一
春の歌上

旧年中に立春となった日に詠んだ歌　　在原元方

一　暦の上ではまだ十二月だというのに、もう立春になってしまった。この一年を去年と言ってよいのか、それとも今年と言った方がよいのか。

（1）年内に立春となること。陰暦では新年と立春が重なるのが原則だが、当時はおよそ二年に一回年内立春があった。↓補　（2）諸説あるが、年始より年末までの一年とした。

立春の日に詠んだ歌　　紀貫之

二　夏に袖が濡れるほどに両手ですくった水が、秋も過ぎ、冬になって凍っていたのを、立春の今日の風が解かしていることだろうか。

（1）『礼記』月令「孟春ノ月、東風氷ヲ解ク」を踏まえる。

◎時間を凝縮して、四季を詠み込む。

三　題知らず　　よみ人知らず

春霞(1)立てるやいづこみ吉野《よしの》の吉野の山に雪(2)は降りつつ

四　二条后《にでうのきさき》(1)の春のはじめの御歌《おほんうた》

雪のうちに春は来にけり鶯《うぐひす》のこほれる涙今やとくらむ

五　題知らず　　よみ人知らず

梅が枝《え》に来ゐる鶯(1)春(2)かけて鳴けどもいまだ雪は降りつつ

六　雪の木に降りかかれるをよめる　　素性法師

春立てば花とや見らむ白雪のかかれる枝《えだ》に鶯の鳴く

三　題知らず　　よみ人知らず

春霞はいったいどこに立っているのだろうか。ここ吉野山ではまだ雪が降り続いて、一向に春らしくないが。

(1)「霞」は立春の景物。(2)「雪」は吉野山の景物。

四　二条后（藤原高子）が春の初めにお詠みになったお歌

雪がまだ残っているのに、立春も過ぎ春になった。きびしい冬の寒さで凍っていた鶯の涙も今はもう解けていることだろうか。

(1)天皇や后の作者名は詞書の中に書く。

◎廃后の失意の歌ともいう。

五　題知らず　　よみ人知らず

梅の枝に飛んで来てとまっている鶯は、春を待ちこがれて鳴いているけれども、まだ雪が降りしきっているよ。

(1)「鶯」は春を告げる鳥で、「梅」と取り合わされる。(2) 春だと請け負ってとも。

六　雪が木の枝に降りかかっているのを詠んだ歌　　素性法師

春になったので、花と見ているのだろうか。白雪の降りかかっている枝に、鶯が鳴いているよ。

◎「雪」を「花」に見立てる。→補

題知らず　よみ人知らず

七 心ざし深くそめてしをり(1)ければ消えあへぬ雪の花と見ゆらむ

ある人のいはく、前太政大臣《さきのおほきおほいまうちぎみ》の歌なり。

二条后《にでうのきさき》の、(1)春宮《とうぐう》の御息所《みやすむどころ》ときこえける時、正月三日《むつきみか》、御前《おまへ》に召して仰《おほ》せ言ある間《あひだ》に、日は照りながら雪の頭《かしら》に降りかかりけるをよませ給ひける　文屋康秀

八 春の日の光にあたる我なれどかしらの雪となるぞわびしき

雪の降りけるをよめる　紀　貫之

九 霞立ち木《こ》の芽もはるの雪降れば花なき里も花ぞ散りける

七 題知らず　よみ人知らず

花が咲くのを待ちかねていたので、消え残っていた雪が花に見えたのだろう。

ある人の説では、これは前太政大臣（藤原良房）の歌である。

(1)「居り」と解したが、「折り」と解する説もある。

◎「雪」と「花」の見立て。

八 二条后（藤原高子）が、まだ春宮の御息所と申し上げていたころ、正月三日に御前にお召しになってお言葉を賜っていたところ、日が照っていながら雪が私の頭に降りかかっていたのを、お詠ませになった歌　文屋康秀

春の日の光を浴び、春宮のお恵みを受けている私ですが、頭に雪が降りかかり、白髪となったのが情けないことです。

(1)春宮の生母である妃。↓補

◎「春の日の光」を春宮の庇護によそえ、「雪」を白髪に見立てる。

九 雪の降ったのを詠んだ歌　紀貫之

霞が立ち、木の芽もふくらむ春の季節の雪が降ると、まだ花が咲かない里も、花が散

春のはじめによめる　藤原言直《ことなほ》

一〇 春やとき花や遅きと聞き分かむ(1)鶯《うぐひす》だにも鳴かずもあるかな

春のはじめの歌　壬生忠岑

一一 春来《き》ぬと人は言へども鶯の鳴かぬかぎりはあらじとぞ思ふ

寛平御時后宮《くわんぴやうのおほむときのきさいのみやの》歌合の歌　源当純《まさずみ》

一二 谷風にとくる氷のひまごとにうち出《い》づる波や春の初花《はつはな》

紀友則

一三 花の香《か》を(1)風のたよりにたぐへてぞ鶯さそふしるべには遣《や》る

っているように見える。
◎「張る」に「春」を掛け、「霞立ち木の芽も」が序詞。「雪」と「花」の見立て。

一〇 春の初めに詠んだ歌　藤原言直
春が来たのが早過ぎたのか、それとも花が咲くのが遅過ぎるのか、聞いて確かめたいと思う鶯さえも、まだ鳴かないことだ。
(1)「鶯」は春を告げる鳥。

一一 春の初めの歌　壬生忠岑
春が来たと人は言っているが、鶯が鳴かないうちは、まだ春にならないと思う。

一二 寛平御時后宮歌合の歌　源当純
谷を吹く春風で解けた氷のすき間のそれぞれからほとばしり出て来る波こそが、春の最初の花なのだろうか。
◎「波」を「花」に見立てる。

一三 紀友則
花の香を風の便りに添えてやって、鶯を誘い出す道案内として送ろう。
(1)風の手紙。風信。
◎里の花で山の鶯を誘う。梅と鶯の変形。

大江千里

一四 鶯《うぐひす》の谷より出づる声なくは春来ることを誰《たれ》か知らまし

在原棟梁《むねやな》

一五 春立てど花もにほはぬ山里はもの憂《う》かる音《ね》に鶯ぞ鳴く

題知らず　よみ人知らず

一六 野辺近く家居《いへゐ》しせれば鶯の鳴くなる声は朝な朝な聞く

一七 春日野《かすがの》は今日《けふ》はな焼(1)きそ若草(2)のつま(3)も隠《こも》れり我も隠れり

一八 春日野の(1)飛火《とぶひ》の野《の》守《もり》出《い》でて見よいまいく日《か》ありて若菜(2)摘みてむ

大江千里

一四 鶯が谷から出て来て鳴く声が聞えなければ、春が来たことを誰が知ることができようか。

◎鶯の声で春の到来を知る。↓補

在原棟梁

一五 春になっても花も咲かない山里では、わびしい声で鶯が鳴いているよ。

◎山里のわびしさ。

題知らず　よみ人知らず

一六 人里離れて野辺近くに住んでいるので、鶯の鳴く声が毎朝聞えてくる。

◎常に鶯の声が聞ける喜び。

一七 春日野は今日は焼かないでおくれ。いとしい人も隠れているし、私も隠れているのだから。

(1)野焼き。(2)「つま」の枕詞。野にちなみ、若々しい容姿の形容にもなる。(3)男女共にいうが、女とする説が多い。

一八 春日野の飛火野の見張りよ、外に出て野のようすを見なさい。もう何日したら、若草が摘めるようになるかと。

(1)飛火野の番人。↓補　(2)「若菜」は春日野の景物。↓補

一九 深《み》山《やま》には松の雪だに消えなくに都は野辺の若菜摘みけり

二〇 梓弓《あづさゆみ》おしてはるさめ今日降りぬ明日さへ降らば若菜摘みてむ

二一 仁和帝《にんなのみかど》、親王《みこ》におましましける時に、人に若菜たまひける御歌

君がため春の野に出でて若菜摘む我が衣手《ころもで》に雪は降りつつ

二二 「歌奉れ」と仰《おほ》せられし時、よみて奉れる　貫之

春日野の若菜摘みにや白妙《しろたへ》の袖《そで》ふりはへて人の行くらむ

一九 山の奥ではまだ松の雪さえ消えないのに、都ではもう野辺に出て若菜を摘んでいる。

◎春の遅い山と早い都との対照。

二〇 あたり一面に春雨が今日やっと降った。明日もまた降るならば、いよいよ若菜を摘むことができるようになるだろう。

◎「梓弓」は押したわめて弦《つる》を張るので、「張る」「春」を掛けて、序詞的に「梓弓おして張る」「おして春雨」と二重文脈を形成。

二一 光孝天皇がまだ親王でいらっしゃった時に、ある人に若菜をお贈りになって詠み添えられたお歌

あなたのために春の野に出て若菜を摘む私の袖に、雪がしきりに降りかかっている。

二二 「歌を献上せよ」と帝が仰せられた時、詠んで献上した歌　紀貫之

春日野の若菜を摘みに行くのだろうか。白い袖を振りながら、人々がわざわざ出かけて行くのは。

◎「振り」に「ふりはへて」を掛ける。

題知らず　在原行平朝臣

二三　春の着る霞の衣緯《ころもぬき》をうすみ山風にこそ乱るべらなれ

寛平御時后宮《くわんぴやうのおほむときのきさいのみやの》歌合によめる　源宗于《むねゆき》朝臣

二四　常盤《ときは》なる松の緑も春来ればいまひとしほの色まさりけり

「歌奉れ」と仰《おほ》せられし時、よみて奉れる　貫之

二五　我が背子《せこ》が衣《ころも》はるさめ降るごとに野辺の緑ぞ色まさりける

二六　青柳《あをやぎ》の糸よりかくる春しもぞ乱れて花のほころびにける

(1)西大寺《にしのおほてら》のほとりの柳をよめる　僧正遍照

二七　浅緑《あさみどり》糸よりかけて白露を玉にもぬける春の柳か

題知らず　在原行平

二三　春が着ている霞の衣は横糸が弱いので、山風が吹くと乱れてしまいそうだ。

◎「春」を擬人化し、「霞」をその衣とする。

寛平御時后宮歌合に詠んだ歌　源宗于

二四　いつも色が変ることがない松の緑も、春になったので一段とあざやかになったことだ。

◎松の色を染物の色と見た。→補

「歌を献上せよ」と帝が仰せられた時、詠んで献上した歌　紀貫之

二五　私の夫の衣を洗い張りする春になって、春雨が降るたびごとに、野辺の草木の緑が色濃くなっていく。→補

二六　青柳が糸を縒《よ》って懸《か》けている春、そのような折も折、一方では糸が乱れて花がほころび咲いたことだ。→補

西寺のあたりの柳を詠んだ歌　僧正遍照

二七　浅緑色の糸を縒って懸けて、白露の玉を貫いている、春の柳だよ。

(1)西寺。→補

◎柳を糸によそえ、露を玉に見立てる。うす緑の柳の新芽と白い露とが色彩的に映発し合う。

題知らず　　　　　　　　　　よみ人知らず

二八 百千鳥《ももちどり》さへづる春はものごとにあらたまれども我ぞふりゆく

二九 をちこちのたづきも知らぬ山中《やまなか》におぼつかなくも呼子鳥《よぶこどり》かな

雁《かり》の声を聞きて、越《こし》へまかりける人を思ひてよめる　　凡河内躬恒

三〇 春来れば雁帰るなり白雲の道行きぶりに言《こと》やつてまし

帰雁《かへるかり》をよめる　　伊勢

三一 春霞立つを見捨てて行く雁は花なき里に住みやならへる

題知らず　　　　　　　　　　よみ人知らず

三二 折りつれば袖《そで》こそ匂へ梅の花ありとやここに鶯《うぐひす》の鳴く

題知らず　　　　　　　　　　よみ人知らず

二八　さまざまな鳥がさえずり鳴く春は、あらゆるものが新しくなっていくのに、私だけが年老いて古びていくことだ。↓補

二九　どこがどこやら見当もつかない奥深い山の中で、頼りなさそうに人を呼んでいる呼子鳥だよ。

◎「呼子鳥」を「呼ぶ」に掛ける。↓補

雁の鳴く声を聞いて、北陸に下って行った人を思って詠んだ歌　　凡河内躬恒

三〇　春がめぐって来ると、雁が北国に帰って行く。白雲の道を飛んで行くついでに、友人への手紙を言伝てしようか。

◎「白雲の道」「道行きぶり」を掛ける。前漢の蘇武の「雁信」の故事による。

帰る雁を詠んだ歌　　伊勢

三一　春霞が立つのを見捨てて帰って行く雁は、花がない里に住みなれているのだろうか。

題知らず　　　　　　　　　　よみ人知らず

三二　花を手折ったので、袖が薫っているのだが、梅の花があると思ってか、ここに鶯がやって来て鳴いているよ。

◎梅と鶯という類型に梅の香を結び付ける。

三三 色よりも香《か》こそあはれと思ほゆれ誰《た》が袖《そで》触れし
宿の梅ぞも

三四 宿近く梅の花植ゑじあぢきなく待つ人の香にあ
やまたれけり

三五 梅の花立ち寄るばかりありしより人のとがむる
香にぞしみける

梅の花を折りてよめる　東三条左大臣《とうさんでうのひだりのおほいまうちぎみ》

三六 鶯の笠《かさ》に縫ふてふ梅の花折りてかざさむ老い隠
るやと

題知らず　素性法師

三七 よそにのみあはれとぞ見し梅の花飽かぬ色香《いろか》は
折りてなりけり

三三 花の色よりも香の方がすばらしいと思われる。いったい誰が袖を触れて移り香を残していったこの家の梅なのだろうか。
◎かぐわしい梅の香を移り香とみる。

三四 家の近くに梅を植えまい。なさけないことに、待ちこがれているあの人の香とついまちがえてしまうから。
◎梅の香に待つ恋を託す。

三五 梅の花の近くにちょっと立ち寄るばかりいただけなのに、その時から人から誰の移り香かととがめられるほど、花の香が着物にしみついてしまった。
◎強い梅の香。

梅の花を折って詠んだ歌　源常《ときわ》

三六 鶯が青柳の糸を縒《よ》り合わせて笠に作るという梅の花を、折って頭に挿して飾りとしよう、老いの姿が隠れるだろうかと。
◎一〇八一を踏まえる。

題知らず　素性法師

三七 これまで遠くからだけ美しいと思って見ていた梅の花だったが、飽きることがない色香のすばらしさは、折り取ってみて初めて知ることができた。
◎女性の魅力を梅の花に託して言ったものか。

梅の花を折りて人に贈りける　　友則

三八 君ならで誰《たれ》にか見せむ梅の花色をも香をも知る人ぞ知る

くらぶ山にてよめる　　貫之

三九 梅の花にほふ春べはくらぶ山闇《やみ》に越ゆれどしるくぞありける

月夜に、「梅の花を折りて」と人の言ひければ、折るとてよめる　　躬恒

四〇 月夜にはそれとも見えず梅の花香をたづねてぞ知るべかりける

梅の花を折って人に贈った時に詠み添えた歌　　紀友則

三八 あなたでなくて他に誰に見せようか、この梅の花を。色にしても香にしても、そのすばらしさは本当にわかる人だけが味わえるのだから。

◎情趣を理解しあえる人どうしの交友。

くらぶ山で詠んだ歌　　紀貫之

三九 梅の花が美しく咲く春のころには、暗いという名を持つくらぶ山を闇夜に越えても、かぐわしい香で、梅の花のありかがそれとはっきりわかるよ。

◎暗いくらぶ山の闇夜でも、まぎれることない梅の花の香。暗夜の花の香は漢詩の享受によるという。

月夜に、「梅の花を折って下さい」と人が言ってきたので、折り取って贈る時に詠み添えた歌　　凡河内躬恒

四〇 月夜には白い光にまぎれて、梅の花はそれとも見分けがつかない。香の漂っている所を探し求めていって、花のありかを知ることができる。

◎月の光と梅の花との色のまぎれ。

春の夜、梅の花をよめる

四一 春の夜の闇《やみ》はあやなし梅の花色こそ見えね香《か》やはかくるる

初瀬《はつせ》に詣《まう》づるごとに宿りける人の家に、久しく宿らで、程《ほど》経て後《のち》にいたれりければ、かの家のあるじ、「かくさだかになむ宿《やどり》はある」と言ひ出《い》だして侍《はべ》りければ、そこに立てりける梅の花を折りてよめる

貫之

四二 人はいさ心も知らず故里《ふるさと》は花ぞ昔の香ににほひける

水のほとりに梅の花の咲けりけるをよめる

伊勢

四三 春ごとに流るる川を花と見て折られぬ水に袖《そで》や濡《ぬ》れなむ

春の夜に梅の花を詠んだ歌

凡河内躬恒

四一 春の夜の闇は筋道が立たないことをするものだ。梅の花は、色が見えなくても香は隠れようもないのだから。

◎擬人化した闇が隠しようもない梅の香。

長谷寺に参詣するたびに宿にしていた人の家に、長い間泊らないでいて、久しぶりに立ち寄ったところ、その家の主人が、「このように確かに宿はありますよ」と言い出したので、そこに立っていた梅の花を折り取って詠みかけた歌 →補

紀貫之

四二 あなたのお気持が以前と変りがないかどうか、さあよくわかりませんが、なじみ深いこの土地では、梅の花だけは昔と変らない香で美しく咲いています。

水ぎわに梅の花が咲いていたのを見て詠んだ歌

伊勢

四三 春になるたびに、流れる川の水面に映っている花の影を本当の花と見まちがえて、折ろうとしても折ることができずに、袖だけが水に濡れるのだろうか。

四四 年を経て花の鏡となる水は散りかかるをや曇ると言ふらむ

家にありける梅の花の散りけるをよめる　貫之

四五 暮《く》ると明《あ》くと目かれぬものを梅の花いつの人まに移ろひぬらむ

寛平御時后宮《くわんぴやうのおほむときのきさいのみやの》宮歌合の歌　よみ人知らず

四六 梅が香を袖に移して留《とど》めてば春は過ぐとも形見ならまし

素性法師

四七 散ると見てあるべきものを梅の花うたてにほひの袖に留《と》まれる

題知らず　よみ人知らず

四八 散りぬとも香をだに残せ梅の花恋しき時の思ひ出にせむ

四四 長年花を映す鏡となっている水面は、花が散りかかるのを、鏡に塵がかかるように、曇ると言うのだろうか。→補

自分の家に咲いていた梅の花が散ったのを見て詠んだ歌　紀貫之

四五 日が暮れても夜が明けても目を離すことがなかったのに、いったいいつこの梅の花は人の見ていない間に散ってしまったのだろう。

寛平御時后宮歌合の歌　よみ人知らず

四六 梅の花の香を袖に移して留めておいたならば、春が過ぎても思い出の品になるだろう。

素性法師

四七 花はいつかは散るものと未練を残さずに見ていればよかったのに、なまじっか手を触れたばかりに、梅の花の香が困ったことに袖に残って気をもませる。

題知らず　よみ人知らず

四八 散ってしまっても、せめて香だけでも残しておくれ、梅の花よ。恋しくなった時の思い出のよすがにしたいから。

人の家に植ゑたりける桜の、花咲きはじめたりけるを見てよめる　貫之

四九 今年より春知りそむる桜花散るといふことは習はざらなむ

題知らず　よみ人知らず

五〇 山高み人もすさめぬ桜花いたくなわびそ我見はやさむ

または、里遠み人もすさめぬ山桜。

五一 山桜わが見に来れば春霞峰にも尾にも立ち隠しつつ

染殿后《そめどののきさき》の御前《おまへ》に、花瓶《はながめ》に桜の花を挿《さ》させたまへるを見てよめる　前太政大臣《さきのおほきおほいまうちぎみ》

五二 年経ればよはひは老いぬしかはあれど花をし見ればもの思ひもなし

よその家に植えてあった桜が、花を咲かせ始めたのを見て詠んだ歌　紀貫之

四九 今年から春を知り花を咲かせるようになった桜の花よ、散るということはどうか見習わないでおくれ。

題知らず　よみ人知らず

五〇 山が高いので誰も目に止めない桜の花よ、そんなに悲しまなくてもよい。この私がとっくりと見て、美しさをもてはやしてあげるから。

別の本文では、「人里離れているので誰も目に止めない山桜よ」となっている。

五一 山桜の花を私が見に来ると、春霞が峰にも山裾にもたなびいて、花を隠している。

◎花を隠す霞という類型。以下、例は多い。

染殿后（藤原明子）の御前に、花瓶に桜の花を活けていらっしゃったのを見て、詠んだ歌　藤原良房

五二 長い年月が経ったので、私はすっかり年老いてしまった。けれども、この桜の花を見ていると、なんの憂いもない。→補

◎桜の花に明子をよそえる。娘が国母となり、良房自身は外戚として権力を掌握したことを自足する歌。

渚院《なぎさのゐん》にて桜を見てよめる　在原業平朝臣

五三　世の中にたえて桜のなかりせば春の心はのどけからまし

題知らず　よみ人知らず

五四　石《いし》ばしる滝なくもがな桜花手折《たを》りても来む見ぬ人のため

山の桜を見てよめる　素性法師

五五　見てのみや人に語らむ桜花手ごとに折りて家づとにせむ

花盛りに京を見やりてよめる

五六　見渡せば柳桜をこきまぜて都ぞ春の錦《にしき》なりける

渚院で桜を見て詠んだ歌　在原業平

五三　この世の中にまったく桜というものがなかったら、春の人の気分はどんなにかのんびりとしたものだろうに。

◎花への愛着を逆説的に表現。↓補

題知らず　よみ人知らず

五四　石の上を激しく流れるこの早瀬がなければよいのに。そうすれば、あの向う岸の桜の花を折り取って来ようものを、見られなかった人に土産にするために。

◎「石ばしる」は「滝」の実景的枕詞。

山の桜を見て詠んだ歌　素性法師

五五　この桜の花の美しさは、見ていって語るだけではとても伝えられない。さあ、めいめいが手折って土産に持ち帰ろう。

花盛りの時に都を遠くから眺めやって詠んだ歌　素性法師

五六　眺め渡してみれば、柳の葉と桜の花びらとをしごき散らし混ぜ合わせて、都はまさに春の錦そのものの美しさだったよ。

◎柳の緑と桜の紅とを錦に見立てたもの。「春の錦」は詩文的発想。↓補

桜の花のもとにて、年の老いぬることを歎《なげ》きてよめる　紀　友則

五七　色も香《か》も同じ昔に咲くらめど年経《ふ》る人ぞあらたまりける

折れる桜をよめる　貫之

五八　誰《たれ》しかもとめて折りつる春霞立ち隠すらむ山の桜を

「歌奉れ」と仰《おほ》せられし時に、よみて奉れる

五九　桜花咲きにけらしなあしひきの山の峡《かひ》より見ゆる白雲

寛平御時后宮《くわんぴやうのおほむときのきさいのみやの》歌合の歌　友則

六〇　み吉野《よしの》の山辺に咲ける桜花雪かとのみぞあやまたれける

桜の花の下で、年老いたことを歎いて詠んだ歌　紀友則

五七　桜の花は色も香も昔と変らずに咲いているようだが、年老いたこの身はすっかり変ってしまったよ。

◎三句に「桜」を隠した物名の歌。

折り取った桜を詠んだ歌　紀貫之

五八　いったい誰がわざわざ探し求めて折り取ったのだろうか。春霞がたなびいて隠していたであろう、この山の桜を。

◎花を隠す霞という類型。

「歌を献上せよ」と帝が仰せられた時、詠んで献上した歌　紀貫之

五九　桜の花がどうやら咲いたらしい、山の間から見える白雲は。

◎「あしひきの」は「山」の枕詞。「桜花」を「白雲」に見立てる。仮名序に「春の朝、吉野の山の桜は、人麿が心には雲かとのみなむ覚えける」とあった。

寛平御時后宮歌合の歌　紀友則

六〇　吉野山のあたりに咲いている桜の花は、まるで雪かとばかり見まがうほどだ。

◎「桜花」を吉野山の景物の「雪」に見立てたもの。

三月に閏月があった年に詠んだ歌

三月《やよひ》に閏月《うるふづき》ありける年よみける　伊勢

六一 桜花春加はれる年だにも人の心に飽かれやはせぬ

桜の花の盛りに、久しく訪《と》はざりける人の来たりける時によみける　よみ人知らず

六二 あだなりと名にこそ立てれ桜花年にまれなる人も待ちけり

返し　業平朝臣

六三 今日《けふ》来ずは明日《あす》は雪とぞ降りなまし消えずはありとも花と見ましや

題知らず　よみ人知らず

六四 散りぬれば恋ふれどしるしなきものを今日こそ桜折らば折りてめ

六一　伊勢
桜の花は春が一月増えた今年だけでも、人が十分飽き足りるように咲いてくれないものだろうか。↓補

桜の花が盛りの折に、長い間訪れることがなかった人がやって来た時に詠んだ歌　よみ人知らず

六二　桜の花ははかなくてあてにならないと評判になっておりますが、これこの通り一年に何度も来ないあなたのおいでをきちんと待っていたのですよ。

返しの歌　在原業平

六三　今日私が来なかったならば、明日はもう雪の降るように散ってしまっていたことでしょう。たとえ消えなくても、そうなれば花と見えるでしょうか。
◎花盛りの桜によそえた機智溢れた歌の贈答。伊勢物語・十七段に見える。多情と評判の女がちゃんと待っていたと言ったので、業平が明日になればどうだったかわからないと応酬したもの。

題知らず　よみ人知らず

六四　散ってしまえば、いくら恋しく思っても何の甲斐もない。花盛りの今日こそ、桜の花を折るものならば折ることにしよう。

六五　折り取らば惜しげにもあるか桜花いざ宿借りて
散るまでは見む

六六　桜色に衣《ころも》は深く染めて着む花の散りなむ後《のち》の形
見に　　　　　　　　　　　　　　　　紀　有朋《ありとも》

桜の花の咲けりけるを見にまうで来たりける人に、
よみて贈りける　　　　　　　　　　　　　躬恒

六七　わが宿の花見がてらに来る人は散りなむ後ぞ恋
しかるべき

亭子院《ていじのゐんの》歌合の時よめる　　　　　　　伊勢

六八　見る人もなき山里の桜花ほかの散りなむのちぞ
咲かまし

六五　この美しい桜の花を折り取ってしまったならば、なんとも惜しそうな気がするよ。さあ、宿を借りて散るまで見ていよう。

六六　桜色に着物を深く染めて着よう。花が散ってしまった後の思い出の品となるように。　　紀有朋

桜の花の咲いているのを見にやって来た人に詠んで贈った歌　　凡河内躬恒

六七　我が家の桜の花を見に来たついでに立ち寄るような人は、花が散ってから後にはもう来て下さらないでしょうから、その時になればさぞ恋しく思われることでしょう。

亭子院歌合の時に詠んだ歌　　伊勢

六八　見に来る人もない山里の桜の花よ、他の場所の花が散ってから咲けばよいのに。

古今和歌集　巻第二

春歌　下

題知らず　　　　よみ人知らず

六九　春霞たなびく山の桜花移ろはむとや色変りゆく

七〇　待てといふに散らでし留《と》まるものならばなにを桜に思ひ増さまし

七一　残りなく散るぞめでたき桜花ありて世の中果《は》ての憂《う》ければ

七二　この里に旅寝しぬべし桜花散りのまがひに家路忘れて

古今和歌集　巻第二
春の歌下

題知らず　　　　よみ人知らず

六九　春霞がたなびいている山の桜の花は、もう散りがたになったのか、色が変っていく。
◎霞と混り合う色あせた花の白さ。

七〇　待てと言うと散らないで留まるものならば、何を桜の花に思いつのらせることがあろうか。
◎散るからこそ増す花への愛着。

七一　何も残すことなく散ってしまうのがすばらしいのだ、桜の花は。生きながらえたところで、世の中は最後はつらくていやなことばかりだから。
◎散りぎわのよい花から憂き世に未練を持ってもしかたがないと人事へ転換。

七二　どうやらこの里に旅寝をすることになりそうだ。桜の花が散るのにまぎれて、家路を忘れてしまって。
◎花への愛着から一切を忘却する。

七三 うつせみの世にも似たるか花桜咲くと見しまに
かつ散りにけり

僧正遍照によみて贈りける　惟喬親王《これたかのみこ》

七四 桜花散らば散らなむ散らずとて故里人《ふるさとびと》の来ても
見なくに

雲林院《うりんゐん》にて桜の花の散りけるを見てよめる　承均《そうく》法師

七五 桜散る花の所は春ながら雪ぞ降りつつ消えがて
にする

桜の花の散り侍《はべ》りけるを見てよみける　素性法師

七六 花散らす風の宿りは誰《たれ》か知る我に教へよ行きて
恨みむ

七三 無常の人の世によくも似ていることか。桜の花は咲くと見ている一方で次から次へと散ってしまう。
◎「うつせみの」は「世」の枕詞。本来は現身《うつそみ》の意だったが、空蟬の意に解して、はかない現世を表現するようになった。

僧正遍照に詠んで贈った歌　惟喬親王

七四 桜の花よ、どうせ散るものならば早く散っておくれ。散らないからと言って、昔なじみの人が訪ねて来て見るわけでもないから。
◎「散る」を繰り返して、遍照を思う心情を強調する。

雲林院で桜の花が散ったのを見て詠んだ歌　承均法師

七五 桜が散っている花の名所ここ雲林院では、春だというのに、雪が降りしきって消えそうもないことだ。
◎散る花を降る雪に見立てる。→補

桜の花の散りましたのを見て詠んだ歌　素性法師

七六 花を散らす風の泊り場所を、どなたが知っていますか。私に教えて下さい。出かけて行って恨みごとを言いましょう。
◎風を旅人と見る。「宿り」は仮の宿泊場所。

雲林院にて桜の花をよめる　　　　承均法師

七七　いざ桜我も散りなむ一盛《ひとさか》りありなば人に憂《う》きめ見えなむ

あひ知れりける人のまうで来て、帰りにける後《のち》に、よみて花に挿《さ》して遣《つか》はしける　　　　貫之

七八　一目見し君もや来ると桜花今日《けふ》は待ち見て散らば散らなむ

山の桜を見てよめる

七九　春霞なに隠すらむ桜花散る間《ま》をだにも見るべきものを

雲林院で桜の花を詠んだ歌　承均法師

七七　さあ、桜の花よ、私もお前のようにいさぎよく散ってしまおう。一度盛りの時があれば、それから後は人にみじめな姿をさらすことになるだけだろうから。

親しく知り合った人が訪ねて来て、帰って行った後で、詠んで桜の花の枝に挿して贈った歌　紀貫之

七八　ほんのわずかお目にかかっただけのあのお方がまたひょっとして来て下さるかも知れないと、桜の花よ、今日はためしに待ってみて、それから散るのならば散ってしまいなさい。

山の桜を見て詠んだ歌　紀貫之

七九　春霞はなぜ桜の花を隠すのだろうか。はかない花がせめて散る間だけでも見たいと思っているのに。
◎花を隠す霞という類型。→補

心地そこなひて患《わづら》ひける時に、風に当らじとて、降《お》ろしこめてのみ侍《はべ》りける間《あひだ》に、折れる桜の散りがたになれりけるを見てよめる　藤原因香《よるか》朝臣

八〇 垂《た》れこめて春の行方《ゆくへ》も知らぬ間《ま》に待ちし桜も移ろひにけり

春宮《とうぐう》の雅院《がゐん》にて、桜の花の御溝水《みかはみづ》に散りて流れけるを見てよめる　菅野高世《すがのたかよ》

八一 枝よりもあだに散りにし花なれば落ちても水の泡とこそなれ

桜の花の散りけるをよめる　貫之

八二 ことならば咲かずやはあらぬ桜花見る我さへにしづ心なし

気分を悪くして病んでいた時に、風に当るまいとして、簾などを降ろして閉じ籠ってばかりしておりました間に、折って活けてあった桜が散りぎわになっていたのを見て詠んだ歌　藤原因香

八〇 家の中に閉じ籠っていて、春の季節の進みようも知らないでいる間に、花盛りになるのを待っていた桜も、もう散りぎわになってしまった。

春宮（保明親王）の雅院で、桜の花が溝に散って流れているのを見て詠んだ歌　菅野高世

八一 枝からはかなく散ってしまった花だから、溝の中に落ちても水の泡となることだ。

◎はかない花と水の泡。→補

桜の花が散ったのを詠んだ歌　紀貫之

八二 どうせ散ってしまうものならば、いっそ咲かなければよいのに。桜の花よ、あわただしく散っていくのを見ていると、私まで心が落ち着かなくなることだ。

◎花への愛着を逆説的に言ったもの。

「桜のごととく散るものはなし」と人の言ひければ、よめる

〈八三〉桜花とく散りぬとも思《おもほ》えず人の心ぞ風も吹きあへぬ

桜の花の散るをよめる　　紀　友則

〈八四〉久方《ひさかた》の光のどけき春の日にしづ心なく花の散るらむ

春宮の帯刀《たちはき》の陣にて、桜の花の散るをよめる　　藤原好風《よしかぜ》

〈八五〉春風は花のあたりを避《よ》きて吹け心づからや移ろふと見む

桜の散るをよめる　　凡河内躬恒

〈八六〉雪とのみ降るだにあるを桜花いかに散れとか風の吹くらむ

「桜のように早く散るものはない」とある人が言ったので、詠んだ歌　紀貫之

〈八三〉桜の花は早く散ってしまうとも思われない。人の心こそ風の吹き抜ける間もなく移ろってしまう。

桜の花が散るのを詠んだ歌　紀友則

〈八四〉日の光がのどかに照っている春の日に、どうして桜の花はあわただしく散っていくのだろう。

◎「久方の」は「光」の枕詞。春の日ののどけさと対照的な散る花のあわただしさ。

春宮（保明親王）御所の帯刀の陣で、桜の花が散るのを見て詠んだ歌　藤原好風

〈八五〉春風は花のあたりを避けて吹いておくれ。桜の花が自分からすき好んで散っていくものかどうか、確かめてみたいと思うので。↓補

◎花を散らす風という類型。八六、八七も同じ。

桜の散るのを詠んだ歌　凡河内躬恒

〈八六〉桜の花がまるで雪の降るようにしきりに散っているのに、この上どのように散れといって風が吹くのだろうか。

比叡《ひえ》にのぼりて帰りまうで来てよめる　貫之

八七 山高み見つつわが来《こ》し桜花風は心にまかすべらなり

題知らず　大伴黒主

八八 春雨の降るは涙か桜花散るを惜しまぬ人しなければ

亭子院《ていじのゐん》歌合の歌　貫之

八九 桜花散りぬる風のなごりには水なき空に波ぞ立ちける

平城帝《ならのみかど》の御歌

九〇 故里《ふるさと》となりにし奈良《なら》の都にも色は変らず花は咲きけり

春の歌とてよめる　良岑宗貞《よしみねのむねさだ》

九一 花の色は霞にこめて見せずとも香《か》をだに盗め春の山風

比叡山に登り、都に帰参してから詠んだ歌　紀貫之

八七 山が高いので、遠くから眺めながら私が帰って来た桜の花を、風は思いのままにしているようだ。↓補

◎花を散らす風を、恋の鞘当《さやあて》めかして詠んだもの。

題知らず　大伴黒主

八八 春雨が降るのは、涙が流れているのか。桜の花が散るのを惜しまない人はいないのだから。

◎春雨を、散る花を愛惜する涙と見る。

亭子院歌合の歌　紀貫之

八九 桜の花が散って行った風の名残りには、水のない空に花びらの余波《なごり》が立っている。

◎水のない大空の海に風が吹き散らした花びらの余波が立つという幻想的光景。「なごり」に名残り、余波の両意を掛ける。

平城天皇の御歌

九〇 廃都となってしまった奈良の都にも、色は昔と変ることなく、花が咲いていることだ。

春の歌として詠んだ歌　僧正遍照

九一 花の色は霞で隠して見せなくても、せめて香だけでも盗み出しておくれ、春の山風よ。

◎花を隠す霞という類型。

寛平御時后宮《くわんぴやうのおほむときのきさいのみやの》歌合の歌　素性法師

九二 花の木もいまは掘り植ゑじ春立てば移ろふ色に人ならひけり

題知らず　よみ人知らず

九三 春の色の至り至らぬ里はあらじ咲ける咲かざる花の見ゆらむ

春の歌とてよめる　貫之

九四 三輪山《みわやま》をしかも隠すか春霞人に知られぬ花や咲くらむ

雲林院親王《うりんゐんのみこ》のもとに、花見に北山《きたやま》のほとりにまかれりける時によめる　素性

九五 いざ今日《けふ》は春の山辺にまじりなむ暮れなばなげの花の陰かは

寛平御時后宮歌合の歌　素性法師

九二 花の咲く木だからといって、もう掘り取ってきて植えるようなことはするまい。春になって花が咲いてもすぐに移ろってしまうのを、人が見習って心変りするようになるから。

題知らず　よみ人知らず

九三 春の気配が至り、至らない里の相違はあるまい。それなのに、どうして咲いていたり、咲いていなかったり、花の違いがあるように見えるのだろうか。↓補

春の歌として詠んだ歌　紀貫之

九四 春霞は三輪山をこのようにすっかり覆い隠しているよ。その霞の奥にはまだ人目に触れたことがない花でも咲いているのだろうか。↓補

◎万葉歌を踏まえて、神域の花を詠む。

雲林院親王（常康親王）のもとに行こうとして、花見に北山の辺りに立ち寄った時に詠んだ歌　素性法師

九五 さあ今日は春の山辺に分け入って存分に楽しもう。暮れたならば、花の陰は立派な宿になるのだから。↓補

春の歌とてよめる

九六 いつまでか野辺に心のあくがれむ花し散らずは千代《ちよ》も経《へ》ぬべし

題知らず　よみ人知らず

九七 春ごとに花の盛りはありなめど会ひ見むことは命なりけり

九八 花のごと世の常ならば過ぐしてし昔はまたも帰り来《き》なまし

九九 吹く風にあつらへつくるものならばこの一本《ひともと》は避《よ》きよと言はまし

一〇〇 待つ人も来《こ》ぬものゆゑに鶯《うぐひす》の鳴きつる花を折りてけるかな

春の歌として詠んだ歌　素性法師

九六 私の心はいったいいつまで春の野辺に浮かれさまよっていることだろうか。花が散らなかったら、このまま千年も過してしまいそうだ。

題知らず　よみ人知らず

九七 春になるたびに必ず花の盛りはあるだろうが、それに出会うのは命あってのことだ。

九八 毎年咲く花のように、この世が常に変ることがなければ、過ぎ去ってしまった昔がまた帰ってくるだろうに。
◎毎年咲く花を不変恒常とする発想。

九九 吹く風にもしも注文がつけられるものならば、この花盛りの一本だけは避けてくれ、と言うのだが。
◎花を散らす風という類型。

一〇〇 待っている人も来ないので、誰に見せるあてもないのに、今しがたまで鶯が鳴いていた花の枝を折ってしまったよ。
◎花と鶯の類型で、つれづれを示す。

寛平御時后宮《くわんびやうのおほむときのきさいのみやの》歌合の歌　藤原興風

一〇二　咲く花はちぐさながらにあだなれど誰《たれ》かは春を恨みはてたる

一〇三　春霞色のちぐさに見えつるはたなびく山の花の影かも

在原元方

一〇三　霞たつ春の山辺は遠けれど吹き来る風は花の香《か》ぞする

移ろへる花を見てよめる　躬恒

一〇四　花見れば心さへにぞ移りける色には出《い》でじ人もこそ知れ

題知らず　よみ人知らず

一〇五　鶯の鳴く野辺ごとに来て見れば移ろふ花に風ぞ吹きける

寛平御時后宮歌合の歌　藤原興風

一〇二　咲く花はどれもみな散りやすくはかないものだけれども、そんな花を咲かせる春を誰が心から恨んだりしようか。

一〇三　春霞が色とりどりに見えるのは、たなびいている山の花の影が映っているからだろうか。

在原元方

一〇三　霞が立っている春の山辺は遠いけれども、吹いて来る風は花の香がするよ。◎霞の背後の花の香を吹き送ってくる風。

移ろった花を見て詠んだ歌　凡河内躬恒

一〇四　散りがたの花を見ていたら、私の心まで変ってしまった。だが、外には現わすまい。人が知ると具合が悪いから。

題知らず　よみ人知らず

一〇五　鶯が鳴く野辺に来て見ると、どこでも散りぎわになった花に風が吹いて、花を散らしている。

一〇六　吹く風を鳴きて恨みよ鶯《うぐひす》は我やは花に手だに触れたる

一〇七　散る花の泣くにし止《と》まるものならば我鶯に劣らましやは

典侍洽子朝臣《ないしのすけあまねいこ》

仁和《にんな》の中将の御息所《みやすむどころ》の家に、歌合せむとてしける時によめる

藤原後蔭《のちかげ》

一〇八　花の散ることやわびしき春霞龍田《たつた》の山の鶯の声

鶯の鳴くをよめる

素性

一〇九　木伝《こづた》へばおのが羽風《はかぜ》に散る花を誰《たれ》におほせてここら鳴くらむ

一〇六　花を吹き散らす風を、鶯は鳴いて恨んでおくれ。私は花に手さえ触れてもいないのだから。

◎二首ともに、花を散らす風と花が散るのを歎く鶯の類型によっている。

一〇七　散る花が泣くと留まるものならば、私だって歎き悲しむのは鶯に劣りはしないのだが。　藤原洽子

◎以下一一〇まで、花が散るのを歎く鶯という類型。

光孝天皇の御代に、中将の御息所の家で歌合を催そうとした時に詠んだ歌　藤原後蔭

一〇八　花が散ることが悲しくてたまらないのか、春霞が立っている龍田山のあの鶯の声は。

◎「春霞立つ」に「龍田山」を掛ける。

鶯が鳴くのを詠んだ歌　素性法師

一〇九　枝から枝へ飛び移ると、自分の羽風で花が散るのに、いったい誰のせいにして、鶯はこのようにしきりに鳴いているのだろうか。

鶯の花の木にて鳴くをよめる　　躬恒

一二〇　しるしなき音《ね》をも鳴くかな鶯の今年のみ散る花ならなくに

題知らず　　よみ人知らず

一二一　駒《こま》なめていざ見に行かむ故里《ふるさと》は雪とのみこそ花は散るらめ

一二二　散る花をなにか恨みむ世の中に我が身も共にあらむものかは

小野小町

一二三　花の色は移りにけりないたづらに我が身世にふるながめせしまに

鶯が花の咲いている木で鳴くのを詠んだ歌　　凡河内躬恒

一二〇　かいのない鳴き声をしきりに立てているよ、あの鶯は。今年だけ散る花でもないのに。

題知らず　　よみ人知らず

一二一　馬を連ねて、さあ見に行こう。昔なじみのあの土地では、今ごろは雪のように花がしきりに散っていることだろう。◎雪のように散る花という見立て。

一二二　散る花をどうして恨むことがあろうか。このはかない世の中に、花も我が身も共にいつまでも生きながらえていることはできないのだから。

小野小町

一二三　花の色はむなしくあせてしまった。私がうかうかと世を過してもの思いにふけっている間に、長雨が降って。◎「花の色」に容色を重ね合わせ、「経る」に「降る」、「眺め」に「長雨」を掛け、花の移ろいと我が身の衰えの二重文脈を形成。「いたづらに」も二句、四五句の両方に掛かる。

仁和《にんな》の中将の御息所《みやすむどころ》の家に、歌合せむとしける時によめる　素性

二四 惜しと思ふ心は糸によられなむ散る花ごとに貫《ぬ》きて留《とど》めむ

志賀《しが》の山越《やまご》えに、女の多く逢へりけるに、よみて遣《つか》はしける　貫之

二五 梓弓《あづさゆみ》春の山辺を越え来れば道もさりあへず花ぞ散りける

寛平御時后宮《くわんぴやうのおほむときのきさいのみやの》歌合の歌

二六 春の野に若菜摘まむと来《こ》しものを散りかふ花に道はまどひぬ

山寺に詣《まう》でたりけるによめる

二七 宿りして春の山辺に寝たる夜は夢のうちにも花ぞ散りける

光孝天皇の御代に、中将の御息所の家で歌合を催そうとした時に詠んだ歌　素性法師

二四　花が散るのが惜しいと思う心は糸に縒られてほしい。散る花の一つ一つをその糸で貫いて枝に留めておこう。

◎漢語の「心緒」からの発想か。

志賀の山越えの途中で、多くの女たちに逢った時に、詠んで贈った歌　紀貫之

二五　春の山辺を越えて来ると、道を避けることもできないほど、しきりに花が散っていた。↓補

◎散りしきる花に女たちをよそえる。

寛平御時后宮歌合の歌　紀貫之

二六　春の野で若菜を摘もうと以前に来たことがある道なのに、今度は散り乱れる花で迷ってしまった。↓補

◎過去の若菜摘みと現在の散る花と、同じ道での時間の重なり。

山寺に参詣した時に詠んだ歌　紀貫之

二七　山寺に籠って、春の山中に寝た夜は、夢の中でも花が散っていた。

◎夢の中の花の美しさ。

寛平御時后宮歌合の時によめる

一一八 吹く風と谷の水としなかりせば深山隠《みやまがく》れの花を見ましや

志賀より帰りける女《をうな》どもの、花山《くわさん》に入《い》りて、藤の花のもとに立ち寄りて帰りけるに、よみて贈りける

僧正遍照

一一九 よそに見て帰らむ人に藤の花這《は》ひまつはれよ枝は折るとも

家に藤の花咲けりけるを、人の立ち止《と》まりて見けるをよめる

躬恒

一二〇 我が宿に咲ける藤波《ふぢなみ》立ち返り過ぎがてにのみ人の見るらむ

寛平御時后宮歌合の時に詠んだ歌

紀貫之

一一八 花を吹き散らす風と花を流し運ぶ谷川の水がなかったら、奥山に隠れ咲く花を誰が見ることができようか。

志賀寺に参詣して帰ってきた女たちが、花山寺に入って来て、藤の花のもとに立ち寄ってそのまま帰ってしまった時に、詠んで贈った歌

僧正遍照

一一九 私の所にやって来ながら、よそよそしく遠くから見ただけで帰って行く人に、藤の花よ、その蔓《つる》をからみつかせて引き留めておくれ、たとえ枝は折れても。

◎花だけ見に来た人への皮肉。→補

我が家に藤の花が咲いていたのを、道行く人が立ち止まって見ていたのを詠んだ歌

凡河内躬恒

一二〇 私の家に咲いている藤波を、どうして道行く人は波が立ち返るように行ったり来たりして通り過ぎにくそうにばかりして見ているのだろうか。

◎「波」の縁語「立ち返り」による趣向。

題知らず　　　　　　　　　　よみ人知らず

一二一　今もかも咲きにほふらむ橘《たちばな》の小島の崎の山吹《やまぶき》の花

一二二　春雨《はるさめ》ににほへる色も飽かなくに香《か》さへなつかし山吹の花

一二三　山吹はあやなな咲きそ花見むと植ゑけむ君が今宵《こよひ》来なくに

吉野川《よしのがは》のほとりに山吹の咲けりけるをよめる

貫之

一二四　吉野川岸の山吹吹く風に底の影さへ移ろひにけり

一二一　題知らず　　　　よみ人知らず
今も昔と変ることなく美しく咲きほこっているこことだろうか、あの橘の小島の崎の山吹の花は。
◎山吹の花の名所。

一二二　春雨に洗われてつややかになった色だけでも見飽きることがないのに、香まで加わってしみじみと心ひかれる、このすばらしい山吹の花よ。
◎色香ともにすぐれた山吹の花。

一二三　山吹の花よ、かいのない咲き方はしないでおくれ。花を見ようと思ってお植えになったらしいあのお方が、今夜はおいでもなさそうだから。
◎待つ人への心遣い。

吉野川の川辺に山吹の咲いていたのを詠んだ歌　　　　紀貫之

一二四　吉野川の岸の山吹の花は吹く風に散って、水底に映っている花の影までが散ってしまった。
◎実像と重ね合わされて、虚像の山吹が散る、映像の美しさ。

題知らず　よみ人知らず

一二五 蛙《かはづ》鳴く井手《ゐで》の山吹散りにけり花の盛りに逢はましものを

この歌は、ある人のいはく、橘清友《たちばなのきよとも》が歌なり。

春の歌とてよめる　素性

一二六 思ふどち春の山辺にうちむれてそことも言はぬ旅寝してしが

春のとく過ぐるをよめる　躬恒

一二七 梓弓《あづさゆみ》春立ちしより年月の射《い》るがごとくも思ほゆるかな

三月《やよひ》に、鶯《うぐひす》の声の久しう聞えざりけるをよめる　貫之

一二八 鳴きとむる花しなければ鶯もはてはもの憂《う》くなりぬべらなり

一二五　題知らず　よみ人知らず

蛙の鳴く井手の山吹が散ってしまった。花盛りの時に出逢いたかったのに。

この歌は、ある人の説では、橘清友の歌である。

◎井手の山吹と蛙という類型。

一二六　春の歌として詠んだ歌　素性法師

親しい仲間どうしで春の山辺に連れだって出かけて行き、どこというあてもない気ままな旅寝をしたいものだ。

◎解放感を求める。

一二七　春が早く過ぎ去ることを詠んだ歌　凡河内躬恒

梓弓を張るという春になってから、年月が弓で矢を射るように早く過ぎ去ってしまうように思われるよ。

◎「春」の枕詞「梓弓」の縁語「射る」を活かした趣向。→補

一二八　三月に、鶯の声が長い間聞えなかったのを詠んだ歌　紀貫之

鳴いて散るのを留めようとした花がなくなってしまったので、鶯もしまいには鳴くのがいやになって止めてしまったようだ。

◎花が散るのを惜しむ鶯という類型。

三月《やよひ》の晦日《つごもり》がたに、山を越えけるに、山川《やまがは》より花の流れけるをよめる　深養父《ふかやぶ》

一二九 花散れる水のまにまに尋《と》め来れば山にも春はなくなりにけり

春を惜しみてよめる　元方

一三〇 惜しめども留《とど》まらなくに春霞帰る道にしたちぬと思へば

寛平御時后宮《くわんぴやうのおほむときのきさいのみやの》歌合の歌　興風

一三一 声絶えず鳴けや鶯一年《ひととせ》に二度《ふたたび》とだに来《く》べき春かは

三月の晦日の日、花摘みより帰りける女どもを見てよめる　躬恒

一三二 とどむべきものとはなしにはかなくも散る花ごとにたぐふ心か

三月の末ごろに、山を越えた時に、山川を花が流れていたのを詠んだ歌　清原深養父

一二九　花が散って流れている川に沿ってそのもとを尋ねて来ると、山でも花がすっかり散って、春はもうなくなってしまっていた。

春が過ぎ去るのを惜しんで詠んだ歌　在原元方

一三〇　いくら惜しんでも留まるものでもあるまいに、春霞が帰り道に立って、発《た》って行ったと思うと。

◎「立つ」に「発つ」を掛ける。春の象徴の霞が立ち去るのは、春が逝くこと。

寛平御時后宮歌合の歌　藤原興風

一三一　声を絶やすことなく鳴きなさい、鶯よ。一年に二度と来る春ではないのだから。

◎春が逝くのを惜しむ鶯という類型。

三月末の日、花摘みより帰って来た女たちを見て詠んだ歌　凡河内躬恒

一三二　とても留められるものでもないのに、かいもなく、散る花の一つ一つにひかれて、寄り添っていく心だよ。

◎散る花への愛惜に託して、はかない慕情をうたったもの。「散る花」に女たちをよそえる。

三月の晦日の日、雨の降りけるに藤の花を折りて、人に遣《つか》はしける　業平朝臣

一三三　濡《ぬ》れつつぞ強《し》いて折つる年のうちに春は幾日《いくか》もあらじと思へば

亭子院《ていじのゐんの》歌合に、春の果《は》ての歌　躬恒

一三四　今日《けふ》のみと春を思はぬ時だにも立つことやすき花の陰かは

三月末の日、雨が降っているのに、わざわざ藤の花を折って、人に贈った時詠み添えた歌　在原業平

一三三　雨に濡れるのも構わずに、あなたのために折り取った藤の花です。今年のうちに、春はもう幾日もあるまいと思いますので。

亭子院歌合に、春の終りの歌として詠んだ歌　凡河内躬恒

一三四　今日かぎりで春は終りだと思わない時でさえも、たやすく立ち去ることができる花の陰だろうか。

◎余情のこもった逝く春への愛惜。

古今和歌集　巻第三

夏歌

題知らず　よみ人知らず

一三五 我が宿の池の藤波《ふぢなみ》咲きにけり山時鳥《やまほととぎす》いつか来《き》鳴かむ

この歌、ある人のいはく、柿本人麿がなり。

四月《うづき》に咲ける桜を見てよめる　紀　利貞《としさだ》

一三六 あはれてふことをあまたにやらじとや春に遅れてひとり咲くらむ

題知らず　よみ人知らず

一三七 五月《さつき》待つ山時鳥うち羽《は》ぶき今も鳴かなむ去年《こぞ》の古声《ふるごゑ》

古今和歌集　巻第三

夏の歌

題知らず　よみ人知らず

一三五　我が家の池のほとりの藤の花が咲いたよ。山の時鳥はいつここまでやって来て鳴くことだろうか。

この歌、ある人の説では、柿本人麿の作である。

◎時鳥の万葉的な表現類型で詠まれた歌。↓補

四月になって咲いた桜の花を見て詠んだ歌　紀利貞

一三六　「ああ、すばらしい」というほめ言葉を一人占めして他の花々にやるまいと、この花は春が過ぎてからたった一本だけ咲いているのだろうか。

◎時期はずれに咲く桜の花への理由付け。

題知らず　よみ人知らず

一三七　里近く来て鳴く五月になるのを待っている山の時鳥よ、羽ばたきして今すぐにでも鳴いてほしい。去年の古い声そのままでよいから。

◎以下四首、五月になると時鳥が里に来て鳴くという類型による。

伊勢

一三八 五月来《こ》ば鳴きもふりなむ時鳥まだしきほどの声を聞かばや

よみ人知らず

一三九 五月待つ花橘《はなたちばな》の香《か》をかげば昔の人の袖《そで》の香ぞする

一四〇 いつの間に五月来《き》ぬらむあしひきの山時鳥今ぞ鳴くなる

一四一 今朝《けさ》来《き》鳴きいまだ旅なる時鳥花橘に宿は借らなむ

音羽《おとは》山《やま》を越えける時に時鳥の鳴くを聞きてよめる

紀　友則

一四二 音羽山今朝《けさ》越え来れば時鳥梢《こずゑ》はるかに今ぞ鳴くなる

伊勢

一三八　五月になったら、鳴くのも耳馴れてありふれた感じになってしまうだろう。時鳥よ、まだその時節にならないうちの珍しく初々しい声をぜひ聞きたいものだ。

よみ人知らず

一三九　時鳥のやって来る五月を待ちながら咲き始めた橘の花の香をかぐと、以前に親しくしていた人のなつかしい袖の香がして、そのころのことがしみじみと思い出されることだ。

◎「花橘」の背後に「時鳥」を想定。→補

一四〇　いつの間に五月になったのだろう。山の時鳥が、今この人里近くまでやって来て鳴いているよ。

◎「あしひきの」は「山」の枕詞。

一四一　今朝やって来て鳴いたばかりで、まだ旅の気分が抜けないで落ち着かないでいる時鳥よ、この橘の花に宿を借りて、じっくりと鳴く声を聞かせてほしい。

◎「時鳥」は旅人で、「花橘」はその宿。

音羽山を越えた時に、時鳥が鳴くのを聞いて詠んだ歌

紀友則

一四二　音羽山を今朝越えて来ると、時鳥が木高い梢のかなたで、ちょうど鳴いたことだ。

◎音羽山の「音」に鳴き声を響かす。

時鳥《ほととぎす》のはじめて鳴きけるを聞きて　素性

一四三 時鳥初声《はつこゑ》聞けばあぢきなく主《ぬし》さだまらぬ恋せらるはた

奈良の石上寺《いそのかみでら》にて時鳥の鳴くをよめる

一四四 石《いそ》の上《かみ》ふるき都の時鳥声ばかりこそ昔なりけれ

題知らず　よみ人知らず

一四五 夏山に鳴く時鳥心あらば物思ふ我に声な聞かせそ

一四六 時鳥鳴く声聞けば別れにし故里《ふるさと》さへぞ恋しかりける

一四七 時鳥汝《な》が鳴く里のあまたあればなほうとまれぬ思ふものから

時鳥が初めて鳴いたのを聞いて詠んだ歌　素性法師

一四三 時鳥の初声を聞くと、どうしようもなく、誰とも相手定まらない恋心が、わき起こってくることだ、いやまったく。

◎時鳥の鳴き声は慕情をかき立てるもの。

奈良の石上寺で、時鳥が鳴くのを聞いて詠んだ歌　素性法師

一四四 石上布留《ふる》というその名の通り、古い都で鳴く時鳥の声だけは、昔のままだったよ。↓補

題知らず　よみ人知らず

一四五 夏の山で鳴いている時鳥よ、もし私の心を思いやってくれるならば、物思いにふけっている私をますます悩ませるような声を聞かせないでおくれ。↓補

一四六 時鳥が鳴く声を聞くと、その声がなつかしく思われるばかりではなく、立ち去って来たなじみの土地までが、なつかしく思い出されることだ。↓補

一四七 時鳥よ、お前が訪れて鳴く所は、ここだけではなくあちこちにあるので、いとしく思うものの、やはりうらめしくなってしまうよ。

一四八　思ひ出《い》づるときはの山の時鳥韓紅《からくれなゐ》のふり出でてぞ鳴く

一四九　声はして涙は見えぬ時鳥我が衣手《ころもで》のひつを借らなむ

一五〇　あしひきの山時鳥をりはへて誰《たれ》かまさると音《ね》をのみぞ鳴く

一五一　今さらに山へ帰るな時鳥声のかぎりは我が宿に鳴け

一五二　やよや待て山時鳥ことづてむ我世の中に住みわびぬとよ　三国町《みくにのまち》

◎時鳥は相手も居処も定まらず多情という印象がある。

一四八　昔のことを思い出す時は、常盤山の時鳥は、真紅の色を染めるように声をふりしぼり、血を吐きそうなほど悲しげに鳴くことだ。
↓補

一四九　悲しそうな鳴き声は聞えるが、涙がすこしも見えない時鳥よ、私の衣の袖が涙でずぶ濡れになっているのを、借りてほしいものだ。

◎時鳥の鳴き声に悲哀の情を託す。

一五〇　山からやって来た時鳥が、いつまでも絶えることなく、誰の悲しみがもっとも深いかと、競い合って鳴いているよ。

◎「あしひきの」は「山」の枕詞。

一五一　今になってことさらに山へ帰らないでおくれ、時鳥よ。声の続くかぎりは我が家の庭先で鳴いていてほしい。

一五二　三国町　ややあ、ちょっと待っておくれ、山に帰る時鳥よ。山籠りしている友人に言伝てしてほしい。私もつらい世の中に住んでいるのがいやになったと。

◎「山」は隠遁の場所で、時鳥の住み処。

寛平御時后宮《くわんぴやうのおほむときのきさいのみやの》歌合の歌　紀　友則

一五三　五月雨《さみだれ》に物思ひをれば時鳥《ほととぎす》夜深く鳴きていづち行くらむ

一五四　夜《よ》や暗き道やまどへる時鳥我が宿をしも過ぎがてに鳴く

大江千里

一五五　宿りせし花橘《はなたちばな》も枯れなくになど時鳥声絶えぬらむ

紀　貫之

一五六　夏の夜の臥《ふ》すかとすれば時鳥鳴く一声《ひとこゑ》に明くるしののめ

壬生忠岑

一五七　暮るるかとみれば明けぬる夏の夜を飽かずとや鳴く山時鳥

寛平御時后宮歌合の歌　紀友則

一五三　うっとうしい五月雨が降り続くころ、物思いに耽っていると、時鳥が夜更けの空を鳴きながら通り過ぎて行くが、いったいどこに行くのだろうか。

◎五月雨に鳴く時鳥。→補

一五四　夜道が暗いのか、道に迷ったのか。時鳥が我が家の庭先を行き過ぎがたいようすで、いつまでも鳴いている。

◎「時鳥」を旅人によそえる。

大江千里

一五五　宿とした橘の花もまだ枯れないのに、どうして時鳥の声が聞えなくなってしまったのだろうか。

◎「花橘」は時鳥の宿。→一四一

紀貫之

一五六　夏の夜の、横になったと思うのも束の間、時鳥の鋭く鳴く一声に、ほのかに白んできた、この明け方よ。

◎暁の時鳥の一声で明ける夏の短か夜。

壬生忠岑

一五七　暮れたかと思っているとすぐに明けてしまう、そんな夏の短か夜を、飽き足りないと言って鳴くのか、山時鳥は。

◎時鳥に託して、短か夜を惜しむ。

一五八 夏山に恋しき人や入《い》りにけむ声ふりたてて鳴く時鳥
紀 秋岑《あきみね》

題知らず
よみ人知らず
一五九 去年《こぞ》の夏鳴きふるしてし時鳥それかあらぬか声の変らぬ

時鳥の鳴くを聞きてよめる
貫之
一六〇 五月雨の空もとどろに時鳥なにを憂《う》しとか夜《よ》ただ鳴くらむ

さぶらひにて、男《をのこ》どもの酒たうべけるに、召して、「時鳥待つ歌よめ」とありければよめる
躬恒
一六一 時鳥声も聞えず山彦《やまびこ》はほかに鳴く音《ね》をこたへやはせぬ

一五八 夏山に恋しい人でも入って行ってしまったのだろうか。声をふりしぼって鳴いている時鳥よ。↓補
紀秋岑
◎時鳥の鳴くのを夏山入りに結び付けた。

題知らず
よみ人知らず
一五九 去年の夏に聞き飽きるほど鳴いていた時鳥よ。今鳴いているのは、それと同じか、それとも違うか、声はすこしも変らないが。
◎去年鳴いていた時鳥をなつかしむ。

時鳥の鳴くのを聞いて詠んだ歌
紀貫之
一六〇 五月雨が空も鳴り響くばかりはげしく降る中で、時鳥は何がつらいと言って、夜どおし鳴いているのだろうか。
◎五月雨に鳴く時鳥。↓一五三

宮中の控えの間で、殿上人たちが酒宴をしていた時に、お召しになって、「時鳥を待つという歌を詠め」と仰せになったので詠んだ歌
凡河内躬恒
一六一 ここでは待っている時鳥の声も聞えない。せめて山彦がよそで鳴いている声を響かせてくれないものだろうか。
◎聞えぬ鳴き声に山彦を用いた趣向。

山に時鳥《ほととぎす》の鳴きけるを聞きてよめる　貫之

一六二　時鳥人まつ山に鳴くなれば我うちつけに恋ひまさりけり

早く住みける所にて時鳥の鳴きけるを聞きてよめる　忠岑

一六三　むかしべや今も恋しき時鳥故里《ふるさと》にしも鳴きて来《き》つらむ

時鳥の鳴きけるを聞きてよめる　躬恒

一六四　時鳥我とはなしに卯《う》の花の憂《う》き世の中に鳴きわたるらむ

蓮《はちす》の露を見てよめる　僧正遍照

一六五　蓮葉《はちすば》のにごりに染《し》まぬ心もてなにかは露を玉とあざむく

山で時鳥が鳴いたのを聞いて詠んだ歌　紀貫之

一六二　時鳥が人を待つという松山に鳴いているので、私は急に恋しい思いがつのってしまった。

◎「人待つ」を「松山」に掛ける。↓補

以前に住んでいた所で、時鳥が鳴いたのを聞いて詠んだ歌　壬生忠岑

一六三　昔のことが今になっても恋しいのか、あの時鳥は。それで、昔なじみのこの土地にわざわざ鳴きながらやって来たのだろうか。

◎時鳥は懐旧の印象がある。

時鳥が鳴いたのを聞いて詠んだ歌　凡河内躬恒

一六四　時鳥は私と同じ身の上というわけでもないのに、どうして卯の花の名のように憂き世の中に鳴きながら過ごしているのだろうか。

◎「卯の花の」は「憂き」の枕詞だが、季節にちなんだ実景描写的なもの。↓補

蓮の葉の露を見て詠んだ歌　僧正遍照

一六五　蓮の葉は泥水の中に生えていながらすこしも濁りに染まらない清らかな心を持っているのに、どうしてその上に置く露を玉と見せかけて人をだますのか。

◎法華経を踏まえ、「露」「玉」の見立てを巧

月のおもしろかりける夜暁がたによめる

深養父《ふかやぶ》

一六六 夏の夜はまだ宵ながら明けぬるを雲のいづこに月宿るらむ

隣《となり》より(1)常夏《とこなつ》の花を乞《こ》ひにおこせたりければ、惜しみてこの歌をよみて遣《つか》はしける

躬恒

一六七 塵をだに据《す》ゑじとぞ思ふ咲きしより妹《いも》と我が寝《ぬ》るとこなつの花

六月《みなづき》の晦日《つごもり》の日よめる

一六八 夏と秋と行きかふ空の通ひ路はかたへ涼しき風や吹くらむ

みに用いて、聖花の蓮が人をだますという奇抜な趣向にしたてたもの。↓補

月の美しかった夜の明け方に詠んだ歌　清原深養父

一六六　夏の短か夜はまだ夜のままだと思っている間に明けてしまったが、西の空に沈む暇もなさそうな月は、いったい雲のどのあたりに宿をとっているのだろうか。

◎夏の夜の短かさを誇張したもの。

隣の家から常夏の花がほしいと言ってきたので、花をやるのが惜しくて、この歌を詠んで、花の代りに贈った　凡河内躬恒

一六七　咲き始めてから塵一つさえ付けておくまい、と大切に思っております。いとしい妻と共寝する床という名を持っている、この常夏の花は。

(1)なでしこの花。↓補

◎「常夏」に「床」を掛ける。

六月の末の日に詠んだ歌　凡河内躬恒

一六八　去る夏と来る秋と、二つの季節が行きちがう空の通り路は、片側では涼しい風が吹いているのだろうか。

◎季節の交代を秋の到来を告げる涼風によってとらえた趣向。

古今和歌集　巻第四

秋歌上

秋立つ日よめる　　藤原敏行朝臣

一六九 秋来《き》ぬと目にはさやかに見えねども風の音にぞおどろかれぬる

秋立つ日、殿上《うへ》の男《をのこ》ども、賀茂《かも》の川原に川逍遥《かはせうえう》しける供《とも》にまかりてよめる　　貫之

一七〇 川風の涼しくもあるかうち寄する波とともにや秋は立つらむ

古今和歌集　巻第四
秋の歌上

立秋の日に詠んだ歌　　藤原敏行

一六九　秋がやって来たと目にははっきりと見えないけれども、風の音でそれと気づかされた。

◎「風」は立秋の景物。以下五首とも風の歌が並ぶ。

立秋の日に、殿上人たちが賀茂川の川原に川遊びに出かけた時の供について行って詠んだ歌　　紀貫之

一七〇　川風がなんと涼しいことか。この川風に吹き寄せられて立つ波と共に、秋は立つのだろうか。

◎波の「立つ」に秋の「立つ」を掛ける。

題知らず　　よみ人知らず

一七一　私の夫の衣《ころも》の裾をひるがえして吹き、目新しい衣の裏を見せる、新鮮な秋の初風よ。

◎「裏めづらしき」に「心《うら》めづらしき」を

題知らず　　　　　　　　よみ人知らず

一七一　わが背子《せこ》が衣の裾《すそ》を吹き返しうらめづらしき秋の初風

一七二　昨日《きのふ》こそ早苗《さなへ》取りしかいつの間《ま》に稲葉そよぎて秋風ぞ吹く

一七三　(1)秋風の吹きにし日より久方《ひさかた》の天《あま》の川原に立たぬ日はなし

一七四　久方の天の川原の渡守《わたしもり》(1)君渡りなば(2)楫《かぢ》隠してよ

一七五　天の川もみぢを橋に渡せばや(1)たなばたつ女《め》の秋をしも待つ

一七六　恋ひ恋ひて逢ふ夜は今宵《こよひ》天の川霧立ちわたり明けずもあらなむ

掛け、三句までが序詞的に四句を導き出す。

一七二　つい昨日苗代《なわしろ》の早苗を取って田植えをしたばかりと思っていたのに、いつの間に稲葉をそよがせて秋風が吹くようになったのだろうか。

一七三　秋風が吹きはじめた日から、天の川の川原に立って、あなたのおいでをお待ちしない日はありません。

(1)立秋の日。

◎「久方の」は「天」の枕詞。一七四も。彦星を待つ織女の立場からの歌。

一七四　天の川の渡し守よ、あの方が渡ってしまったならば、帰れないように櫂《かい》を隠しておくれ。

(1)彦星。(2)舟を漕ぐ櫓《ろ》や櫂などの道具。

一七五　天の川に散った紅葉を橋として掛け渡すからだろうか、織姫が秋になるのを待ちこがれているのは。

(1)棚機《たなばた》つ女。織女。

一七六　ひたすら恋い続けて、ようやく逢えるのが今夜だ。天の川一面に霧が立ちこめて、いつまでも夜が明けないでおくれ。

◎織女の心情。

寛平御時《くわんぴやうのおほむとき》、七日《なぬか》の夜、「殿上《うへ》にさぶらふ男《をのこ》ども、
歌奉れ」と仰《おほ》せられける時、人に代りてよめる

友則

一七七 天の川浅瀬しらなみたどりつつ渡りはてねば明
けぞしにける

同じ御時、后宮《きさいのみやの》歌合の歌　藤原興風

一七八 契《ちぎ》りけむ心ぞつらきたなばたの年にひとたび逢
ふは逢ふかは

七日の日の夜よめる　凡河内躬恒

一七九 年ごとに逢ふとはすれどたなばたの寝《ぬ》る夜の数
ぞ少なかりける

一八〇 たなばたにかしつる糸のうちはへて年の緒《を》長く
恋ひやわたらむ

宇多天皇の御代、ある年の七夕の夜に、「殿上に出仕する者ども、歌を献上せよ」と仰せ言があった時、人に代って詠んだ歌　紀友則

一七七　天の川の浅瀬がどこかわからないので、白波の立っている所を探し求めながらやって来て、まだ渡り切らないうちにもう夜が明けてしまった。

◎「白波」に「知らなみ」を掛ける。白波の立つのは浅瀬。彦星の立場の歌。

同じ帝（宇多天皇）の御代に、后宮歌合で詠んだ歌　藤原興風

一七八　一年に一度しか逢わないと約束した織姫の心は全く無情なものだ。一年に一度逢うだけでは逢うことにもなるまいに。

七夕の日の夜に詠んだ歌　凡河内躬恒

一七九　毎年逢ってはいるが、織姫が彦星と共寝をする夜は数少ないことだ。

一八〇　織姫に供えた糸のように、いつまでも長く年を経て、私は恋い続けていくことだろうか。→補

題知らず　素性

一八一 今宵《こよひ》来む人には逢はじたなばたの久しきほどに待ちもこそすれ

七日の夜の暁によめる　源　宗于《むねゆき》

一八二 今はとて別るる時は天の川渡らぬ先に袖《そで》ぞひちぬる

八日《やうか》の日よめる　壬生忠岑

一八三 今日《けふ》よりは(1)いま来《こ》む年の昨日《きのふ》をぞいつしかとのみ待ちわたるべき

題知らず　よみ人知らず

一八四 木《こ》の間《ま》より漏《も》りくる月の影見れば心尽くしの秋は来《き》にけり

一八五 (1)大方《おほかた》の秋来るからに我が身こそ悲しきものと思ひ知りぬれ

一八一　題知らず　素性法師
今夜訪ねて来る人には逢うまい。織姫のように長い間恋人を待つようになったならばたいへんだから。

一八二　七夕の夜の明け方に詠んだ歌　源宗于
今はもうこれまでと別れを告げる時には、天の川をまだ渡らないうちに、涙で袖が濡れてしまった。

一八三　八日の日に詠んだ歌　壬生忠岑
今日からはまた、これからやって来る年の昨日を、いつかいつかとばかり待ち続けることになるのだろうか。
(1)来年の七月七日。

一八四　題知らず　よみ人知らず
木の間より漏れてくる月の光を見ていると、物思いの限りを尽くす悲しい秋がやって来たのだ、としみじみ思われる。

一八五　世間の人皆に来る秋がやって来たのにつけて、この自分自身こそ悲しいものなのだ、とつくづく思い知った。
(1)秋は誰しもが悲しいと感じる季節。↓補

一八六 我がために来る秋にしもあらなくに虫の音《ね》聞けばまづぞ悲しき

一八七 (1)物ごとに秋ぞ悲しきもみぢつつ移ろひゆくをかぎりと思へば

一八八 ひとり寝《ぬ》る床《とこ》は草葉にあらねども秋くる宵は露けかりけり

是貞親王家《これさだのみこのいへの》歌合の歌

一八九 いつはとは時は分かねど秋の夜《よ》ぞ物思ふことのかぎりなりける

(1)雷《かむなり》の壺《つぼ》に人々集まりて、秋の夜惜しむ歌よみける(2)ついでによめる　躬恒

一九〇 かくばかり惜しと思ふ夜をいたづらに寝《ね》て明かすらむ人さへぞ憂《う》き

一八六 私だけのために来る秋でもないのに、虫の鳴く声を聞くと、誰よりも先に悲しくなる。

一八七 あらゆる草木につけて秋は悲しく思われる。紅葉し、色あせて散っていくのを、その最後の時と思うと。

(1)ここでは、草木のこと。

一八八 独り寝する寝床は草葉でもないのに、秋のやって来る夜は悲しさが一段とつのって、露が置いたように涙でしっとりと濡れている。

◎「露けし」は涙の比喩で、「草葉」の縁語。

一八九 是貞親王家歌合の歌　よみ人知らず

物思いをするのはいつだと言うように、季節によって違いがあるわけではないが、秋の夜こそ物思いをすることの極みであることだ。

一九〇 雷壺に殿上人たちが集まって、秋の夜を惜しむという題の歌を詠んだ時、ついでに詠んだ歌　凡河内躬恒

これほど惜しいと思うようなすばらしい秋の夜を、むなしく寝て明かしてしまう人までも、いかにも残念なことだと思われる。

→補

(1)宮中五舎の一つ。襲芳舎《しほうしゃ》。(2)身分が高い人が詠んだついでに。

題知らず　よみ人知らず

一九一 白雲に羽うちかはし飛ぶ雁《かり》の数さへ見ゆる秋の夜の月

一九二 さ夜中《よなか》と夜は更《ふ》けぬらし雁が音《ね》の聞ゆる空に月渡る見ゆ

是貞親王家歌合によめる　大江千里

一九三 月見れば千《ち》ぢにものこそ悲しけれ我が身一つの秋にはあらねど

忠岑

一九四 久方《ひさかた》の(1)月の桂《かつら》も秋はなほ紅葉《もみぢ》すればや照りまさるらむ

月をよめる　在原元方

一九五 秋の夜の月の光し明かければくらぶの山も越えぬべらなり

一九一　題知らず　よみ人知らず
白雲の浮ぶ大空に羽を連ねて飛んで行く雁の数まではっきりと分かる、あかあかと明るい秋の夜の月だよ。

一九二　もう真夜中と、夜が更けたらしい。雁の声が聞える空に、月が移って行ったのが見える。

一九三　是貞親王家歌合に詠んだ歌　大江千里
月を見ていると、あれこれともの悲しい思いがしてくる。自分一人だけのためにある秋というわけでもないのに。
◎「千ぢ」の「千」と「一つ」の「一」とを対照させる。↓補

一九四　壬生忠岑
月に生えている桂も秋になるとやはり紅葉するから、このように月の光が一段と明るく輝いているのだろうか。
(1)月に桂が生えているという中国の伝説による。↓補
◎「久方の」は「月」の枕詞。

一九五　月を詠んだ歌　在原元方
秋の夜の月の光はとても明るいので、暗いという名が付いているくらぶの山もたやすく越えられそうだ。
◎「くらぶの山」は暗いという印象。

人のもとにまかれりける夜、きりぎりす(1)の鳴きけるを聞きてよめる　藤原忠房

一九六　きりぎりすいたくな鳴きそ秋の夜のながき思ひは我ぞまされる

是貞親王家《これさだのみこのいへの》歌合の歌　敏行朝臣

一九七　秋の夜の明くるも知らず鳴く虫は我がごとものや悲しかるらむ

題知らず　よみ人知らず

一九八　秋萩《あきはぎ》も色づきぬればきりぎりす我が寝《ね》ぬごとや夜《よる》は悲しき

一九九　秋の夜《よ》は露こそことに寒からし草むらごとに虫のわぶれば

二〇〇　君しのぶ草にやつるる故里《ふるさと》はまつ虫の音《ね》ぞ悲しかりける

よその家に出かけて行った夜、こおろぎが鳴いたのを聞いて詠んだ歌　藤原忠房

一九六　こおろぎよ、あまり鳴かないでおくれ。この秋の夜のように長く尽きない物思いは、私の方がまさっているのだから。

(1)今のこおろぎ。

◎「秋の夜の長き」に「長き思ひ」を掛ける。

是貞親王家歌合の歌　藤原敏行

一九七　長い秋の夜が明けるのも気づかずに鳴き続ける虫は、私と同じように何か悲しいことがあるのだろうか。

題知らず　よみ人知らず

一九八　秋も深まり秋萩も色づいてきたので、こおろぎも、私が悲しくて夜寝られないように、夜はつらくて鳴くのだろうか。

一九九　肌寒い秋の夜は露がことさら冷たく感じられるらしい。どの草むらでも虫がつらそうに鳴いているから。

二〇〇　あなたを偲ぶという名のしのぶ草が生い茂って荒れはてている、見捨てられた里では、人を待つという松虫の声が悲しく聞こえることだ。

◎男から忘れられてやつれはてた女が待ちわびているのを訴えた歌。→補

二〇二 秋の野に道もまどひぬまつ虫の声する方《かた》に宿や借らまし

二〇三 秋の野に人まつ虫の声すなり我かと行きていざとぶらはむ

二〇四 もみぢ葉の散りて積もれる我が宿に誰《たれ》をまつ虫ここら鳴くらむ

二〇五 ひぐらしの鳴きつるなへに日は暮れぬと思ふは山の陰にぞありける

二〇六 ひぐらしの鳴く山里の夕暮れは風よりほかにとふ人もなし

初雁《はつかり》をよめる　在原元方

待つ人にあらぬものから初雁の今朝《けさ》鳴く声のめづらしきかな

二〇二 秋の野で遊んでいるうちに日が暮れて、道も分からなくなってしまった。人を待つという松虫の声がする方に行って、宿を借りることにしようか。

二〇三 秋の野に人を待つという松虫の声がする。私を待っているのかと行って、さあ問い尋ねてみよう。

二〇四 紅葉の葉が散り積もって人も訪ねて来ない我が家で、いったい誰を待つといって、松虫が鳴きしきっているのだろうか。

二〇五 ひぐらしが鳴きはじめたのにつれて、その名のとおり日が暮れたと思ったのは、ちょうど山の陰に入ったからだった。◎蜩の「ひぐらし」に「日暮らし」を掛ける。

二〇六 ひぐらしの鳴く山里のさびしい秋の夕暮は、風よりほかには誰一人として訪ねてくる人もない。

初雁を詠んだ歌　在原元方

二〇七 べつに待っている人というわけでもないが、初雁の今朝鳴いている声は、久しぶりで新鮮な感じがすることだ。◎「初雁」は人を恋い慕い待つ心情を託す景物。

是貞親王家《これさだのみこのいへの》歌合の歌　友則

二〇七　秋風に初雁《はつかり》が音《ね》ぞ聞ゆなる誰《た》が玉梓《たまづさ》をかけて来つらむ

題知らず　よみ人知らず

二〇八　我が門《かど》に稲負鳥《いなおほせどり》の鳴くなへに今朝《けさ》吹く風に雁は来にけり

二〇九　いと早《はや》も鳴きぬる雁か白露の色どる木々も紅葉《もみぢ》あへなくに

二一〇　春霞かすみて去《い》にし雁《かりがね》は今ぞ鳴くなる秋霧の上に

二一一　夜《よ》を寒み衣《ころも》かりがね鳴くなへに萩《はぎ》の下葉《したば》もうつろひにけり

この歌は、ある人のいはく、柿本人麿がなりと。

是貞親王家歌合の歌　紀友則

二〇七　秋風に乗って初雁の声が聞こえてくる。いったい誰からの便りを携えて来たのだろうか。

◎雁は人からの手紙を伝えるもの。↓三〇

題知らず　よみ人知らず

二〇八　我が家の門前で稲負鳥が鳴くのにつれて、一段と涼しくなって今朝吹いた風と共に初雁がやって来た。↓補

二〇九　これはまあ、たいそう早く鳴きだした雁だよ。白露が染めるという木々の葉もまだすっかり紅葉していないのに。

◎露は紅葉を染めるものとされていた。

二一〇　春霞が立つ中をかすんで去って行った雁が、今またやって来て鳴いているよ、秋霧の上に。

◎「春霞」と「秋霧」の対比。

二一一　夜が寒いので衣を借りようとするが、なかなか借りられないと言って、雁が鳴くのにつれて、萩の下葉も色づいてきた。

この歌は、ある人の説では、柿本人麿の歌であるということだ。

◎「衣借りかね」に「雁《かりがね》」を掛ける。

寛平御時后宮《くわんぴやうのおほむときのきさいのみやの》歌合の歌　藤原菅根《すがね》朝臣

二一二 秋風に声をほにあげて来る舟は天《あま》の門《と》渡る雁《かり》にぞありける

雁の鳴きけるを聞きてよめる　躬恒

二一三 憂《う》きことを思ひつらねて雁《かりがね》の鳴きこそ渡れ秋の夜《よ》な夜な

是貞親王家歌合の歌　忠岑

二一四 山里は秋こそことにわびしけれ鹿《しか》の鳴く音《ね》に目をさましつつ

よみ人知らず

二一五 奥山にもみぢ踏みわけ鳴く鹿の声聞くときぞ秋は悲しき

題知らず

二一六 秋萩にうらびれをればあしひきの山下《やました》とよみ鹿の鳴くらむ

寛平御時后宮歌合の歌　藤原菅根

二一二 秋風に漕ぐ音高く帆を張り上げて来る舟は、大空の海峡を渡って行く雁だったよ。↓補

雁の鳴いたのを聞いて詠んだ歌　凡河内躬恒

二一三 つらく悲しいことを思い連ねて、雁が連なって、鳴きながら渡って行くよ、秋の夜ごと夜ごとに。

◎「思ひつらね」に、雁が列になって飛ぶ「連ね」を掛ける。

是貞親王家歌合の歌　壬生忠岑

二一四 山里は秋がとりわけさびしく悲しいものだ。夜には鹿の鳴く声で目をさますこともたびたびで。↓補

よみ人知らず

二一五 奥山に萩の下葉のもみじを踏み分けて行って、妻恋いに鳴く鹿の声を聞く時こそ、秋の悲しさが一しお感じられることだ。↓補

題知らず　よみ人知らず

二一六 秋萩を見て物思いにうち沈んでいるので、あのように山の麓を響かせながら鹿が鳴いているのだろう。

◎「あしひきの」は「山」の枕詞。↓補

二一七 秋萩をしがらみ伏せて鳴く鹿《しか》の目には見えずて音《おと》のさやけさ

是貞親王家《これさだのみこのいへの》歌合によめる　藤原敏行朝臣

二一八 秋萩の花咲きにけり高砂《たかさご》の尾上《をのへ》の鹿は今や鳴くらむ

昔あひ知りて侍《はべ》りける人の、秋の野にて逢ひて物《もの》語《がたり》しけるついでによめる　躬恒

二一九 秋萩の古枝《ふるえ》に咲ける花見ればもとの心は忘れざりけり

題知らず　よみ人知らず

二二〇 秋萩の下葉《したば》色づく今よりやひとりある人の寝《い》ねがてにする

二二一 鳴き渡る雁《かり》の涙や落ちつらむ物思ふ宿の萩の上の露

二一七　秋萩をからませ倒しながら鳴く鹿の、姿は目には見えないが、声の澄み切ってはっきりと聞こえることよ。

是貞親王家歌合に詠んだ歌　藤原敏行

二一八　秋萩の花が咲いた。高砂の峰に住む鹿は今ごろ鳴いているだろうか。

◎「鹿」は「高砂」の景物。

以前知り合っていた人に、秋の野で出逢い、話をした際に詠んだ歌　凡河内躬恒

二一九　秋萩の元の古い枝に咲いている花を見ると、やはり以前と変らない気持を忘れずに持っていたのだな。

◎古枝に咲く萩に以前のなじみの人（女性か）をよそえる。

題知らず　よみ人知らず

二二〇　秋萩の下葉が色づきはじめた。これからは秋も一段と深まり、語り合う相手もいない人はさびしくて、夜眠れないことが多くなるよ。

二二一　鳴きながら空を飛んで行く雁の涙が落ちてきたものだろうか、物思いにうち沈んでいる我が家の庭の萩の上に置いている露は。

◎「露」を「雁の涙」に見立てる。

二二三 萩の露玉に貫《ぬ》かむと取れば消《け》ぬよし見む人は枝《えだ》ながら見よ

ある人のいはく、この歌は、平城帝《ならのみかど》の御歌なりと。

二二三 折りて見ば落ちぞしぬべき秋萩の枝もたわわに置ける白露

二二四 萩が花散るらむ小野《をの》の露霜《つゆしも》に濡《ぬ》れてをゆかむさ夜《よ》はふくとも

是貞親王家歌合によめる　文屋朝康

二二五 秋の野に置く白露は玉なれや貫《つら》ぬきかくる蜘蛛《くも》の糸筋《いとすぢ》

題知らず　僧正遍照

二二六 名にめでて折れるばかりぞ女郎花《をみなへし》我落ちにきと人に語るな

二二三 萩の露を玉のように貫こうとして手に取ると、たちまち消えてしまった。しかたがない、美しさを味わいたい人は、枝についたまま見なさい。

ある人の説では、この歌は、平城天皇の御製であると。

◎「露」を「玉」に見立てる。一二五も。

二二三 折り取って見ようとしたら、皆こぼれ落ちてしまうに違いない。秋萩の枝もたわむほどいっぱいに置いている白露は。

二二四 今はもう萩の花が散っていることだろうが、その野原の露や霜に濡れながら訪ねて行こう、たとえ夜が更けても。

是貞親王家の歌合に詠んだ歌　文屋朝康

二二五 秋の野に置く白露は玉なのだろうか。貫き通して草葉に掛けている蜘蛛の糸の美しさよ。

題知らず　僧正遍照

二二六 女という名前に心ひかれて折り取っただけだ。女郎花よ、私が堕落したなどと人に話してはいけないよ。↓補

僧正遍照がもとに、奈良へまかりける時に、男山《をとこやま》にて女郎花《をみなへし》を見てよめる　布留今道《ふるのいまみち》

二二七 女郎花憂しと見つつぞ行き過ぐる男山にし立てりと思へば

是貞親王家《これさだのみこのいへの》歌合の歌　敏行朝臣

二二八 秋の野に宿りはすべし女郎花名をむつまじみ旅ならなくに

題知らず　小野美材《よしき》

二二九 女郎花多かる野辺に宿りせばあやなくあだの名をや立ちなむ

朱雀院女郎花合《すざくゐんのをみなへしあはせ》によみて奉りける　左大臣《ひだりのおほいまうちぎみ》

二三〇 女郎花秋の野風にうちなびき心一つを誰《たれ》に寄すらむ

僧正遍照のもとに行こうとして、奈良に下った時、男山で女郎花を見て詠んだ歌　布留今道

二二七 女郎花を気にかけて見ながら通り過ぎた。女という名がついているのに、男山に立っているから。

◎「男山」「女郎花」から男女を連想。

二二八 是貞親王家歌合の歌　藤原敏行

秋の野に今夜は泊ることにしよう。そこに咲いている女郎花の女という名に親しみを感じるので。別に旅をしているというわけでもないが。

二二九 題知らず　小野美材

女という名を持つ女郎花がたくさん咲いている野原に泊ったならば、何のいわれもなく浮名を立てることになるだろう。

二三〇 朱雀院女郎花合で詠んで、宇多上皇に献上した歌　藤原時平

女郎花は秋の野風に吹かれてあちこちとなびいているが、いったいたった一つしかない心を、誰に寄せているのだろうか。

藤原定方朝臣

二三一 秋ならで逢ふことかたき女郎花天《あま》の川原に生《お》ひぬものゆゑ

貫之

二三二 誰《た》があきにあらぬものゆゑ女郎花なぞ色に出《い》でてまだき移ろふ

躬恒

二三三 妻恋ふる鹿《しか》ぞ鳴くなる女郎花おのが住む野の花と知らずや

二三四 女郎花吹き過ぎてくる秋風は目には見えねど香《か》こそしるけれ

忠岑

二三五 人の見ることや苦しき女郎花秋霧にのみ立ち隠るらむ

藤原定方

二三一 秋でなければなかなか逢うことができない女郎花よ。年に一度の逢瀬しかない織姫にちなんだ、天の川の川原に生えているものでもあるまいに。

紀貫之

二三二 秋は誰か一人のためのものではなく、女郎花だけがとくに飽きられたわけでもないのに、女郎花よ、どうしてそのように悲しげな様子を表に出して、はやばやと色あせてしまうのか。

凡河内躬恒

二三三 妻を恋い慕って鹿が鳴いている。鹿は女という名を持つ女郎花が自分が住み処にしている野に咲く花と知らないのかしら。

二三四 女郎花が咲いている野原を吹き過ぎて来る秋風は、目には見えないけれども、香りでそれとはっきり知られる。

壬生忠岑

二三五 人が見ることがつらくてたまらないのだろうか。女郎花が秋霧にばかり立ち隠れているようなのは。

二三六 ひとりのみながむるよりは女郎花《をみなへし》我が住む宿に
植ゑてみましを

ものへまかりけるに、人の家に女郎花植ゑたりける
を見てよめる　兼覧王《かねみのおほきみ》

二三七 女郎花うしろめたくも見ゆるかな荒れたる宿に
ひとり立てれば

寛平御時《くわんぴやうのおほむとき》、蔵人所《くらうどどころ》の男《をのこ》ども嵯峨野《さがの》に花見むとて
まかりたりける時、帰るとてみな歌よみけるついで
によめる　平　貞文

二三八 花に飽かでなに帰るらむ女郎花多かる野辺に寝《ね》
なましものを

是貞親王家《これさだのみこのいへの》歌合の歌　敏行朝臣

二三九 何人《なにひと》か来て脱《ぬ》ぎ掛けし藤袴《ふぢばかま》来る秋ごとに野辺を
にほはす

二三六　一人だけぼんやりともの思いにふけっているよりは、できるものならば、あの女郎花を我が家の庭に移し植えてみたいものだが。
◎「女郎花」を女性によそえたもの。

ある所に出かけて行った時に、よその家に女郎花が植えてあったのを見て詠んだ歌　兼覧王

二三七　あの女郎花はいかにも頼りなさそうに見えて気がかりだ。荒れはてた家にただ一人立っているので。

宇多天皇の御代に、蔵人所の人々が嵯峨野に秋の花を見ようといって出かけて行った時に、帰ろうとして皆が歌を詠んだ際に詠んだ歌　平貞文

二三八　花にまだ飽き足りないのに、どうして帰るのだろう。女という名を持つ女郎花がたくさん生えている野原にこのまま泊りたいものなのに。

是貞親王家歌合の歌　藤原敏行

二三九　いったいどのような人がやって来て、脱いで掛けていったのだろう、この藤袴という袴を。秋が来るたびに、高い香りを漂わせ続けている。
◎「藤袴」から「袴」を連想し、衣に薫《た》きしめた香を趣向としたもの。以下三首も同じ。

藤袴をよみて人につかはしける　貫之

二四〇　宿りせし人の形見か藤袴忘られがたき香《か》ににほひつつ

藤袴をよめる　素性

二四一　主《ぬし》知らぬ香《か》こそにほへれ秋の野に誰《た》が脱ぎ掛けし藤袴ぞも

題知らず　平　貞文

二四二　今よりは植ゑてだに見じ花すすきほに出《い》づる秋はわびしかりけり

寛　平　御　時　后　宮歌合の歌《くわんぴやうのおほむときのきさいのみやの》　在原棟梁《むねやな》

二四三　秋の野の草の袂《たもと》か花すすきほに出でて招く袖《そで》と見ゆらむ

二四〇　藤袴を詠んで人に贈った歌　紀貫之
泊っていった人の形見の品か。この藤袴の袴は忘れることができないなつかしい香りを漂わせ続けている。

二四一　藤袴を詠んだ歌　素性法師
用い主が誰かわからない香《こう》の匂いが漂っている。秋の野にいったいどのような人が脱いで掛けていった藤袴の袴なのだろう。

二四二　題知らず　平貞文
もうこれからは野原に出かけて行くことはもちろん、家の庭に植えてさえも、花すすきを見ることはするまい。花すすきの穂が出て、秋の気配が目立ってくると、心細くて悲しくなってくるから。↓補

二四三　寛平御時后宮歌合の歌　在原棟梁
秋の野の草を着物とすれば、花すすきは袂なのだろうか。だから穂が出ると恋の思いをあらわにして招く袖と見えるのだろう。↓補

素性法師

二四四 我のみやあはれと思はむきりぎりす鳴く夕影の大和《やまと》なでしこ

題知らず　よみ人知らず

二四五 緑なる一つ草とぞ春は見し秋は色々の花にぞありける

二四六 (1)百草《ももくさ》の花の(2)紐解《ひもと》く秋の野に思ひたはれむ人なとがめそ

二四七 (1)月草に衣《ころも》は(2)摺《す》らむ朝露に濡《ぬ》れての後《のち》は(3)移ろひぬとも

素性法師

二四四　私一人だけがしみじみと眺めながらもてはやすのだろうか、こおろぎが鳴くさなか、夕方の光に映えながらわびしげに咲いている大和なでしこの花を。

◎「なでしこ」は可憐な幼な児を連想。

題知らず　よみ人知らず

二四五　緑一色で、ただ一種類の草だと春は見ていたが、秋になってみたら、色とりどりで、多くの種類の花だと気がついた。

二四六　さまざまな花が紐を解き花を開き咲かせる秋の野で、花に心を寄せ戯れかけようと思う。人よ、どうかとがめないでおくれ。

(1)多くの種類の花。(2)下紐を解く。花が咲くのを、男女の性愛に結び付けた発想。万葉集に例が多い。「たはれ」も同様。

二四七　露草で衣を摺って染めよう。朝露に濡れた後には、はかなく色あせてしまっても。

(1)露草。(2)染料を塗った形木《かたぎ》に布をこすりつけて染める。(3)露草で染めた衣服は色がすぐにあせるので、心変りしやすい女性によそえる。万葉集に例が多く、この歌も万葉集・巻七・一三五一と同歌。

(1)仁和帝《にんなのみかど》、親王《みこ》におはしましける時、(2)布留《ふる》の滝御覧ぜむとておはしましける道に、遍照が母の家に宿りたまへりける時に、庭を秋の野につくりて、御物語《おほむものがたり》のついでによみて奉りける

僧正遍照

二四八 里は荒れて人は古《ふ》りにし宿なれば庭も籬《まがき》も秋の野らなる

光孝天皇がまだ親王でいらっしゃった時、布留の滝を御覧になろうとしてお出かけになった途中で、遍照の母の家にお泊りなさった際、庭を秋の野の景色のように仕立てて、お話し申し上げたついでに詠んで献上した歌

僧正遍照

二四八　里は荒れ、住む人も年老いてしまったわびしい屋敷ですから、庭も垣根もさながら秋の野のようでございます。

(1)光孝天皇即位の元慶八年（八八四）以前。
(2)奈良県天理市石上神宮辺にあった滝。

古今和歌集　巻第五

秋歌　下

是貞親王家《これさだのみこのいへの》歌合の歌　　文屋康秀(1)

二四九　吹くからに秋の草木のしをるればむべ山風を嵐
といふらむ

二五〇　草も木も色変れどもわたつ海《うみ》の波の花にぞ秋な
かりける

秋の歌合しける時によめる　　紀　淑望《よしもち》

二五一　もみぢせぬ常盤《ときは》の山は吹く風の音《おと》にや秋を聞き
わたるらむ

古今和歌集　巻第五
秋の歌下

是貞親王家歌合の歌　　文屋康秀

二四九　吹くとたちまち秋の草木がしおれてしまうものだから、なるほどそれで山風を嵐というのだろう。

(1)作者は康秀の子の朝康ともいう。

◎「嵐」を「荒らし」に掛け、「山」と「風」を合わせると「嵐」になるという言葉遊び的な歌。漢詩にも字訓詩や離合詩という似た技巧の詩がある。→三三七

二五〇　秋になると草も木も色が変るけれども、海の波の花には秋がなく色も変ることがなかったよ。

◎「波の花」は波を花に見立てた成語。

秋の歌の歌合をした時に詠んだ歌　　紀淑望

二五一　紅葉しない常緑の山という名の常盤山は、草木の色の移ろいで秋を知ることができないから、吹く風の音によって秋の訪れをずっと聞き分けるのだろうか。

◎「常盤の山」はその名から常緑の印象がある。

題知らず　　よみ人知らず

二五二　霧が立ちこめ、雁が鳴いている。片岡

題知らず　　よみ人知らず

二五二　霧立ちて雁《かり》ぞ鳴くなる片岡《かたをか》の朝《あした》の原はもみぢしぬらむ

二五三　神無月《かむなづき》時雨《しぐれ》もいまだ降らなくにかねて移ろふ神《かむ》奈備《なび》の森

二五四　ちはやぶる神奈備山のもみぢ葉に思ひはかけじ移ろふものを

(1)貞観御時《ぢやうぐわんのおほむとき》、(2)綾綺殿《りようきでん》の前に梅の木ありけり。西の方《かた》にさせりける枝のもみぢそめたりけるを、殿上《うへ》にさぶらふ男《をのこ》どものよみける(3)ついでによめる

藤原勝臣《かちおむ》

二五五　同じ枝《え》をわきて木《こ》の葉の移ろふは(4)西こそ秋のはじめなりけれ

の朝の原ではもう草木がすっかり色づいていることだろう。

二五三　木々を紅葉させる十月の時雨もまだ降らないというのに、もう早々と色づいている神奈備の森だよ。

◎「時雨」はしだいに十月、冬の景物として固定していくが、古今集の頃は秋にもあり、季節がまだ不安定。→三一四補

二五四　神奈備山の紅葉に思いをかけたりはすまい。すぐに心変りして色が移ろってしまうものなのだから。

◎「ちはやぶる」は「神」の枕詞。

清和天皇の御代、綾綺殿の前に梅の木があった。その木の西の方に張り出していた枝が色づきはじめたのを見て、殿上人たちが歌を詠んだ時、そこに加わって詠んだ歌　藤原勝臣

二五五　同じ木から出た枝なのに、とりわけ西の方の枝から色づくのは、西から秋が訪れてくるからだったのだ。

(1)清和朝の年号。御代は八五九―八七七年。(2)紫宸《ししん》殿の東北にある宮中の殿舎の一つ。(3)勝臣は殿上人ではなかったが、特に許されて詠んだ。(4)易の五行説では秋を西にあてる。

石山《いしやま》にまうでける時、音羽山《おとはやま》のもみぢを見てよめる
貫之

二五六 秋風の吹きにし日より音羽山峰の梢《こずゑ》も色づきにけり

是貞親王家《これさだのみこのいへの》歌合によめる　敏行朝臣

二五七 白露の色は一つをいかにして秋の木《こ》の葉を千《ち》ぢに染むらむ

壬生忠岑

二五八 秋の夜の露をば露と置きながら雁《かり》の涙や野辺を染むらむ

題知らず　よみ人知らず

二五九 秋の露色々ことに置けばこそ山の木《こ》の葉のちぐさなるらめ

守山《もるやま》のほとりにてよめる　貫之

二六〇 白露も時雨《しぐれ》もいたくもる山は下葉《したば》残らず色づき

石山寺に参詣した時、音羽山の紅葉を見て詠んだ歌　紀貫之

二五六 秋風が吹きはじめた日から、音羽山の峰の梢もめっきり色づいてきた。↓補

是貞親王家歌合に詠んだ歌　藤原敏行

二五七 白露の色は白一色なのに、どのようにして秋の木の葉を色とりどりに染めるのだろうか。

◎紅葉は露が染めるものと考えられていた。以下四首も同じ。「一」と「千」との対比。

壬生忠岑

二五八 紅葉を露が染めるというけれども、秋の夜の露は露として置いたままで、雁の紅涙が野辺の草木を染めるのだろうか。

◎「雁の涙」を悲しみの紅涙として紅葉を染めると着想したもの。

題知らず　よみ人知らず

二五九 秋の露が色とりどりに置くからこそ、山の木の葉がさまざまに色づくのだろう。

守山の辺で詠んだ歌　紀貫之

二六〇 白露も時雨もひどく漏るという名の守山では、草木の下葉まですっかり色づいてしまった。

にけり

秋の歌とてよめる　在原元方

二六一　雨降れど露ももらじを笠取《かさとり》の山はいかでかもみぢそめけむ

神の社《やしろ》のあたりをまかりける時に、(1)斎垣《いがき》のうちのもみぢを見てよめる　貫之

二六二　ちはやぶる神の斎垣に這《は》ふ葛《くず》も秋にはあへず移ろひにけり

是貞親王家歌合によめる　忠岑

二六三　雨降れば笠取山のもみぢ葉は行きかふ人の袖《そで》さへぞ照る

寛平御時后宮《くわんぴやうのおほむときのきさいのみやの》歌合の歌　よみ人知らず

二六四　散らねどもかねてぞ惜しきもみぢ葉は今は限りの色と見つれば

◎「守山」に「漏る」を掛ける。「時雨」も紅葉を染めるものと考えられていた。

二六一　秋の歌として詠んだ歌　在原元方
笠を手に取り持つというその名からして、雨が降っても露一つ漏れることもあるまいに、笠取山はどのようにして色づきはじめたのだろうか。↓補

神社の辺を通った時に、玉垣の中の紅葉を見て詠んだ歌　紀貫之

二六二　たけだけしい神の威光に守られた神社の玉垣に這いかかっている葛でさえも、秋の力にはかなわないで、すっかり色づいてしまったことだ。↓補

(1)神社の垣。玉垣、瑞垣《みずがき》とも。

二六三　是貞親王家歌合に詠んだ歌　壬生忠岑
雨が降って笠を手に取り持つという名の笠取山のもみじ葉は、雨に洗われていっそう色鮮やかになり、行き来する人の袖までが照り映えている。↓補

二六四　寛平御時后宮歌合の歌　よみ人知らず
まだ散らないけれども、散る前からもう惜しまれてならない。このもみじ葉は今にも散りそうな気配に見えるので。

大和国《やまとのくに》にまかりける時、佐保山《さほやま》に霧の立てりけるを見てよめる　紀　友則

二六五　誰《た》がための錦なればか秋霧の佐保の山辺を立ち隠すらむ

是貞親王家《これさだのみこのいへの》歌合の歌　よみ人知らず

二六六　秋霧は今朝《けさ》はな立ちそ佐保山の柞《ははそ》のもみぢよそにても見む

秋の歌とてよめる　坂上是則

二六七　佐保山の柞の色は薄けれど秋は深くもなりにけるかな

人の前栽《せんざい》に、菊に結びつけて植ゑける歌　在原業平朝臣

二六八　植ゑし植ゑば秋なき時や咲かざらむ花こそ散らめ根さへ枯れめや

寛平御時《くわんぴやうのおほむとき》、菊の花をよませ給うける

大和の国に行った時に、佐保山に霧が立ちこめているのを見て詠んだ歌　紀友則

二六五　いったい誰に見せるための錦といって、秋霧は佐保山の辺に立ちこめて、紅葉を隠しているのだろうか。↓補

是貞親王家歌合の歌　よみ人知らず

二六六　秋霧は今朝は立たないでほしい。佐保山の柞の黄葉を、せめて遠くからでも見ようと思うから。↓補

秋の歌として詠んだ歌　坂上是則

二六七　佐保山の柞の黄葉の色はまだ薄いけれども、秋はもうすっかり深まってしまったよ。◎「薄し」「深し」の対比。

ある人の庭の植込みに植えるために贈った菊に結び付けた歌　在原業平

二六八　心をこめて植えましたので、秋がない年ならばともかく、秋がめぐって来るかぎり、必ず咲くことでしょう。たとえ花が散ってしまっても、根まで枯れることはないと思います。↓補

宇多天皇の御代、菊の花をお詠ませになった時、詠んで奉った歌　藤原敏行

敏行朝臣

二六九 久方《ひさかた》の雲の上にて見る菊は天《あま》つ星とぞあやまたれける

この歌は、まだ殿上《うへ》ゆるされざりける時に、召し上げられてつかうまつるとなむ。

是貞親王家歌合の歌　紀　友則

二七〇 露ながら折りてかざさむ菊の花老いせぬ秋の久しかるべく

寛平御時后宮《くわんぴやうのおほむときのきさいのみやの》歌合の歌　大江千里《ちさと》

二七一 植ゑし時花まちどほにありし菊移ろふ秋にあはむとや見し

同じ御時せられける菊合《きくあはせ》に、洲浜《すはま》を作りて菊の花植ゑたりけるに加へたりける歌。吹上《ふきあげ》の浜《はま》の形《かた》に菊植ゑたりけるをよめる　菅原朝臣

二七二 秋風の吹きあげに立てる白菊は花かあらぬか波の寄するか

二六九 雲の上の宮中で拝見する菊はさすがに見事でありまして、天空の星と見まごうばかりでございます。

この歌は、まだ殿上を許されなかった時に、特に召し出されて詠んで献上したということである。

↓補

是貞親王家歌合の歌　紀友則

二七〇 露がついたままで、折り取って挿頭《かざし》にしよう、この菊の花を。年老いることがない秋がいつまでも続くように。↓補

二七一 寛平御時后宮歌合の歌　大江千里

植えた時には花が咲くのが待ち遠しくてならなかった菊の花が、色あせていく秋に逢おうとは思いもしないで見ていたことだった。

同じく寛平の宇多天皇の御代に催された菊合に、洲浜を作って菊の花を植えてあったのに、結びつけた歌。吹上の浜をかたどった洲浜に菊が植えてあったのを詠んだもの　菅原道真

二七二 秋風が吹き上げてくる吹上の浜に立っている白菊は、いったい花なのか、それとも違うものか、白波の寄せてくるのが花と見えるのか。↓補

仙宮《せんきゅう》に菊をわけて人のいたれる形《かた》をよめる

素性法師

二七三　濡《ぬ》れてほす山路の菊のつゆのまにいつか千年《ちとせ》を
我は経《へ》にけむ

菊の花のもとにて人の人待てる形をよめる

友則

二七四　花見つつ人待つ時は(1)白妙《しろたへ》の袖《そで》かとのみぞあやま
たれける

大沢《おほさは》の池の形に菊植ゑたるをよめる

二七五　一本《ひともと》と思ひし花を大沢の池の底にも誰《たれ》か植ゑけ
む

世の中のはかなきことを思ひける折に、菊の花を見
てよめる　貫之

二七六　秋の菊にほふかぎりはかざしてむ花よりさきと
知らぬ我が身を

仙人の住む宮殿に菊の花が咲く道を分けて人が入っていくのをかたどった洲浜を詠んだもの　素性法師

二七三　山路の菊の露に濡れて乾かす、つゆほどのほんのわずかの間に、いったいいつ私は千年もの年月を過してしまったのか。

◎「露」にわずかの意の「つゆ」を掛ける。仙人の世界では時間の経過が速い。

菊の花が咲いている所で、ある人が誰か人を待っているのをかたどった洲浜を詠んだもの　紀友則

二七四　白菊の花を眺めながら人を待っていると、つい待ちかねている人の白い袖と見まちがえてしまうことだ。

(1)カジの木の皮の繊維で織った白い布。
◎菊の花を「白妙の袖」に見立てる。

大沢の池をかたどった洲浜に菊を植えたのを詠んだもの　紀友則

二七五　一本しか咲いていないと思っていた菊の花が、大沢の池の底にも見えるのは、いったい誰が植えたのだろうか。
◎水に映る菊を詠んだもの。

世の中の無常なことを思っていた時に、菊の花を見て詠んだ歌　紀貫之

二七六　この秋の菊の花が美しく咲いているか

白菊の花をよめる　　凡河内躬恒

二七七 心あてに折らばや折らむ初霜の置きまどはせる白菊の花

是貞親王家《これさだのみこのいへの》歌合の歌　　よみ人知らず

二七八 色変る秋の菊をば一年《ひととせ》にふたたびにほふ花とこそ見れ

仁和寺《にんなじ》に菊の花召しける時に、「歌添へて奉れ」と仰《おほ》せられければ、よみて奉りける　　平　貞文

二七九 秋をおきて時こそありけれ菊の花移ろふからに色のまされば

人の家なりける菊の花を移し植ゑたりけるをよめる　　貫之

二八〇 咲きそめし宿し変れば菊の花色さへにこそ移ろひにけれ

ぎりは、挿頭《かざし》としてさしていよう。花より先に死ぬかも知れない我が身なのだから。◎菊の花を挿頭にするのは長寿を願う行為。

二七七 白菊の花を詠んだ歌　　凡河内躬恒
当て推量で、もし折るということならば、折ってみようか。初霜が置いてまぎらわしくさせている白菊の花を。↓補

二七八 是貞親王家歌合の歌　　よみ人知らず
美しく色変りする秋の菊の花を、一年のうちに二度盛りの時がある花と思う。↓補

仁和寺の宇多法皇が菊の花を献上させなさった時に、「歌を添えて奉りなさい」と仰せになったので、詠んで奉った歌　　平貞文

二七九 秋の花盛りはさておいて、もう一度花盛りの時がありましたよ、この菊の花は。色が変っていくにつれて、ますます美しくなっていくのを見ますと。↓補

よその家に咲いていた菊の花を移植したのを見て詠んだ歌　　紀貫之

二八〇 咲きはじめた家から新しい家に移ったので、菊の花は色まですっかり変ってしまったことだ。

題知らず　　よみ人知らず

二八一　佐《さ》保《ほ》山《やま》の柞《ははそ》のもみぢ散りぬべみ夜《よる》さへ見よと照らす月影

宮仕へ久しう仕うまつらで、山里に籠《こも》り侍《はべ》りけるによめる　　藤原関雄《せきを》

二八二　奥山の岩垣《いはがき》もみぢ散りぬべし照る日の光見る時なくて

題知らず　　よみ人知らず

二八三　龍田《たつた》川《がは》もみぢ乱れて流るめり渡らば錦《にしき》中や絶えなむ

この歌は、ある人、平城帝《ならのみかど》の御歌なりとなむ申す。

二八四　龍田川もみぢ葉流る神奈《かむな》備《び》の三《み》室《むろ》の山に時雨《しぐれ》降るらし

または、明日香《あすか》川《がは》もみぢ葉流る。

二八一　題知らず　　よみ人知らず

佐保山の柞の黄葉が今にも散りそうになったので、夜の間も見なさいと照らしている月の光だよ。→二六六補

宮仕えを長い間しないで、山里に引き籠っておりました時に詠んだ歌　　藤原関雄

二八二　奥山のけわしく切り立った岩壁に這いかかっている紅葉が、いよいよ散り果てそうになった。大空に照り輝く日の光を仰ぎ見ることもなくて。→補

題知らず　　よみ人知らず

二八三　龍田川には紅葉が散り乱れて流れているようだ。川を渡ったら、紅葉の錦が真中から断ち切れてしまうだろうか。

この歌は、ある人の説では、平城天皇の御製ということだ。

◎「龍田川」は紅葉の名所。「錦」は「紅葉」の見立て。以下類例が多い。

二八四　龍田川にもみじ葉が流れている。上流の神奈備の三室山に時雨が降って、紅葉を散らしているらしい。

または、一、二句が「飛鳥川にもみじ葉が流れている」となっている。

二八五　恋しくは見ても偲《しの》ばむもみぢ葉を吹きな散らしそ山おろしの風

二八六　秋風にあへず散りぬるもみぢ葉の行方《ゆくへ》定めぬ我ぞ悲しき

二八七　秋は来《き》ぬもみぢは宿に降りしきぬ道踏み分けて訪《と》ふ人はなし

二八八　踏み分けてさらにや訪《と》はむもみぢ葉の降り隠したる道と見ながら

二八九　秋の月山辺《やまべ》さやかに照らせるは落つるもみぢの数を見よとか

二九〇　吹く風の色のちぐさに見えつるは秋の木《こ》の葉の散ればなりけり

二八五　美しい盛りの紅葉が恋しく思い出されたならば、形見として偲ぼうと思う。地面に散り敷いた紅葉を吹き散らさないでおくれ、山おろしの風よ。

二八六　秋風に堪えられないで散ってしまったもみじ葉のように、どこに行くのか分からない我が身の行く末が心細く思われてしみじみと悲しい。

◎風に散る紅葉は風に散る花と類想で、例が多い。

二八七　さびしい秋がやって来た。紅葉も我が家の庭一面に散り敷いている。道を踏み分けて訪ねて来てくれる人とてもない。

二八八　落ち積もる紅葉を踏み分けて、ことさらに訪ねて行こうかしら。紅葉が散り敷いて隠してしまった道と分かっているのだが。

二八九　秋の月が山のあたりをあかあかと照らしているのは、散り落ちた紅葉を一枚ずつ数えるばかりに見よとでもいうのか。

二九〇　吹く風が色とりどりに見えたのは、散った秋の木の葉が舞っているからだったよ。

二九一 霜のたて露のぬきこそ弱からし山の錦《にしき》の織《お》れ　関雄
ばかつ散る

(1)雲林院《うりんゐん》の木の陰にたたずみてよみける　僧正遍照

二九二 わび人のわきて立ち寄る木《こ》の下《もと》は頼むかげな
くもみぢ散りけり

(1)二条后《にでうのきさき》の春宮《とうぐう》の御息所《みやすむどころ》と申しける時に、御屏風《びやうぶ》に
龍田川《たつたがは》に紅葉流れたる形《かた》を描《か》けりけるを題にてよ
める　素性

二九三 もみぢ葉の流れてとまるみなと(2)には紅《くれなゐ》深き
波や立つらむ

業平朝臣

二九四 ちはやぶる神代《かみよ》も聞かず龍田川(1)韓紅《からくれなゐ》に水く(2)
くるとは

藤原関雄

二九一 霜の縦糸、露の横糸が弱いらしい。山の紅葉の錦は織り上げる片端から断ち切れて散らばってしまう。↓補

雲林院の木陰にたたずんで詠んだ歌　僧正遍照

二九二 失意の人がとりわけ頼みにして立ち寄った木の下は、頼りになる木陰もないほどまでに、紅葉が散ってしまっていたよ。

(1)↓七五

二条后（藤原高子）がまだ春宮の御息所と申し上げていた時に、御屏風に龍田川に紅葉が流れている絵が描かれていたのを題にして詠んだ歌　素性法師

二九三 この川一面に散り広がっているもみじ葉が流れて行って辿り着く河口には、紅の色濃い波が立っていることだろうか。

(1)↓八　(2)水門。河口。

在原業平

二九四 不思議なことが多かった神代にも聞いたことがない。龍田川が深紅の色鮮かに水を括り染めにするとは。

(1)舶来の紅の意で、鮮かな濃い紅色。↓一四八補　(2)絞り染め。水が潜《く》ぐる意に解

是貞親王家《これさだのみこのいへの》歌合の歌　敏行朝臣

二九五 我が来《き》つる方《かた》も知られずくらぶ山木々の木《こ》の葉の散るとまがふに

二九六 神奈備《かむなび》の三室《みむろ》の山を秋行けば錦たちきる心地こそすれ　忠岑

北山《きたやま》にもみぢ折らむとてまかれりける時によめる　貫之

二九七 見る人もなくて散りぬる奥山のもみぢは夜《よる》の錦なりけり

秋の歌　兼覧王《かねみのおほきみ》

二九八 龍田姫手向《たむ》くる神のあればこそ秋の木《こ》の葉の幣《ぬさ》と散るらめ

する説もある。

◎「ちはやぶる」は「神」の枕詞。

是貞親王家歌合の歌　藤原敏行

二九五 私が今やって来たばかりの方さえわからなくなってしまった。くらぶ山はその名のように暗いのに、木々の木の葉が散り乱れて、見分けがつかないので。

◎「くらぶ山」は暗いという印象がある。

二九六 神奈備の三室山を秋越えて行くと、紅葉が散りかかり、錦を裁って着物に仕立てて着ているような気持がする。　壬生忠岑

◎「錦」は紅葉の見立て。

北山に紅葉狩をしようとして出かけて行った時に詠んだ歌　紀貫之

二九七 誉めそやす人もないまま散ってしまう奥山の紅葉は、錦の衣裳をまとって夜行くようなもので、何の甲斐もないことだ。↓補

秋の歌　兼覧王

二九八 秋も末近くなって帰り道についた龍田姫が、道中の無事を願って手向をする神があるからこそ、秋の木の葉が幣となって散っているのだろう。↓補

小野《をの》といふ所に住み侍《はべ》りける時、もみぢを見てよめる　　貫之

二九九　秋の山もみぢを幣《ぬさ》と手向《たむ》くれば住む我さへぞ旅心地する

神奈備山《かむなびやま》を過ぎて龍田川《たつたがは》を渡りける時に、もみぢの流れけるをよめる　　清原深養父《ふかやぶ》

三〇〇　神奈備の山を過ぎゆく秋なれば龍田川にぞ幣は手向くる

寛平御時后宮《くわんぴやうのおほむときのきさいのみやの》歌合の歌　　藤原興風

三〇一　白波に秋の木《こ》の葉の浮べるを海人《あま》の流せる舟かとぞ見る

龍田川のほとりにてよめる　　坂上是則

三〇二　もみぢ葉の流れざりせば龍田川水の秋をば誰《たれ》か知らまし

小野という所に住んでおりました時に、紅葉を見て詠んだ歌　　紀貫之

二九九　秋の山が紅葉を散らして幣として手向けるので、住んでいる私までが旅の気分がしてくる。→補

神奈備山を過ぎて龍田川を渡った時に、紅葉の流れていたのを詠んだ歌　　清原深養父

三〇〇　神奈備山を通り過ぎて行く秋なので、龍田川に散る紅葉を幣として手向けたのだな。→二九八

寛平御時后宮歌合の歌　　藤原興風

三〇一　白波に紅葉した秋の木の葉が浮んで流れているのが、漁をする海人が波間に漂わせている舟のように見える。

◎水に浮ぶ紅葉を「舟」に見立てる。

龍田川のほとりで詠んだ歌　　坂上是則

三〇二　龍田川にもみじ葉が流れて美しく彩ることがなかったならば、水に秋が来たことを誰が知ろうか。

志賀の山越えの道すがら詠んだ歌　　春道列樹

三〇三　山の中を流れる川に風がかけた柵とい

(1)志賀《しが》の山越えにてよめる　　春道列樹《はるみちのつらき》

三〇三　山川《やまがは》に風のかけたる(2)柵《しがらみ》は流れもあへぬもみぢなりけり

池のほとりにてもみぢの散るをよめる　　躬恒

三〇四　風吹けば落つるもみぢ葉水清《きよ》み散らぬ影さへ底に見えつつ

亭子院《ていじのゐん》の御屏風《びやうぶ》の絵に、川渡らむとする人の、もみぢの散る木の下《もと》に馬をひかへて立てるをよませ給《たま》ひければ、つかうまつりける

三〇五　立ち止まり見てを渡らむもみぢ葉は雨と降るとも水は増さらじ

是貞親王家《これさだのみこのいへの》歌合の歌　　忠岑

三〇六　山田守《も》る秋の仮庵《かりいほ》に置く露は稲負鳥《いなおほせどり》の涙なりけり

うのは、流れようとしても流れることができないで滞っている紅葉だったよ。

(1)→一一五　(2)水流をせき止めるために、杭《くい》を打ち、横に木や竹などを並べたもの。

三〇四　池のほとりで、紅葉が散るのを見て詠んだ歌　　凡河内躬恒

風が吹くと、池に散りこんで水面に浮ぶ真紅のもみじ葉、それに水が清く澄んでいるので、枝に散り残った紅葉までが映って、水底に見え見えする。

三〇五　亭子院の御屏風の絵に、川を渡ろうとする人が紅葉の散る木の下で馬の手綱を引いて立っている場面が描いてあったのを題にして、宇多上皇がお詠ませになったので、詠んで奉った歌　　凡河内躬恒

立ち止まって心ゆくまで紅葉を見てから川を渡りましょう。もみじ葉ならば、たとえ雨のように降っても、水かさが増して渡れなくなることもありますまいから。→補

三〇六　是貞親王家歌合の歌　　壬生忠岑

秋も深まって山田の番をするために作られた仮小屋に置く露は、稲負鳥の涙であった。→二〇八補

題知らず　よみ人知らず

三〇七　穂にも出《い》でぬ山田を守《も》ると(1)藤衣《ふぢごろも》稲葉《いなば》の露に濡《ぬ》れぬ日はなし

三〇八　刈れる田に生《お》ふるひづち(1)の穂に出でぬは世をいまさらにあきはてぬとか

(1)北山《きたやま》に僧正遍照と茸狩《たけがり》にまかれりけるによめる　素性法師

三〇九　もみぢ葉は袖《そで》にこき入れてもて出でなむ秋はかぎりと見む人のため

(1)寛平御時《くわんぴやうのおほむとき》、「古き歌奉れ」と仰《おほ》せられければ、(2)「龍田川《たつたがは》もみぢ葉流る」といふ歌を書きて、その同じ心をよめりける　興風

三一〇　深山《みやま》より落ちくる水の色見てぞ秋はかぎりと思ひ知りぬる

題知らず　よみ人知らず

三〇七　まだ穂も出ていない山田の番をするということで、この粗末な着物が稲葉の露に濡れない日はない。

(1)藤の繊維で作った粗末な衣服。

三〇八　刈った田の切り株からまた生えてくる芽が穂になって出ないのは、秋も果てて、世を飽き果てて、今さらに出ようともしないというのか。→補

(1)ひこばえ。

北山に僧正遍照といっしょにきのこ狩に行った時に詠んだ歌　素性法師

三〇九　このもみじ葉は袖にたくさんしごき入れて都に持って帰ろう。秋はもう終りだと思っている人のために。

(1)→二九七

宇多天皇の御代に、「古歌を奉れ」と仰せがあったので、「龍田川もみぢ葉流る」という歌を書いて、それと同じ内容を詠んだ歌　藤原興風

三一〇　奥深い山から流れ落ちてくる水が紅葉で色が赤くなっているのを見て、秋はもう終りになったと、つくづく思い知ったことです。

(1)宇多朝の年号。(2)→二八四

秋のはつる心を、龍田川に思ひやりてよめる
貫之

三一一 年ごとにもみぢ葉流す龍田川みなとや秋のとまりなるらむ

九月《ながつき》の晦日《つごもり》の日、(1)大堰《おほゐ》にてよめる

三一二 夕月夜《ゆふづくよ》小倉《をぐら》の山に鳴く鹿《しか》の声のうちにや秋は暮るらむ

同じ晦日の日よめる
躬恒

三一三 道知らば訪《たづ》ねも行かむもみぢ葉を(1)幣《ぬさ》と手向《たむ》けて秋は去《い》にけり

秋が終るという趣旨を、龍田川に思いをはせながら詠んだ歌
紀貫之

三一一 毎年もみじ葉を流している龍田川の河口は、秋の終着の港なのだろうか。↓二九三

九月の末の日に、大堰で詠んだ歌
紀貫之

三一二 ほの暗い小倉山にわびしげに鳴く鹿の声とともに、秋は暮れていくのだろうか。
(1)大堰川。京都市西京区嵐山辺を流れる。
◎「夕月夜」は「小倉山」の枕詞。「鹿」は小倉山の景物。

同じ九月の末の日に詠んだ歌
凡河内躬恒

三一三 秋が立ち去って行く道が分かっているならば、訪ねて行きたいものだ。もみじ葉を幣として手向けながら、秋は行ってしまった。
(1)↓二九八補

古今和歌集　巻第六

冬　歌

題知らず　よみ人知らず

三一四　龍田川《たつたがは》(1)錦織りかく神無月時雨《かむなづきしぐれ》の雨をたてぬきに(2)して

冬の歌とてよめる　源宗于《むねゆき》朝臣

三一五　山里は冬ぞさびしさ増さりける人目も草もかれぬと思へば

題知らず　よみ人知らず

三一六　大空の月の光し清ければ影見し水ぞまづこほりける

古今和歌集　巻第六
冬の歌

題知らず　よみ人知らず

三一四　龍田川は錦を織ってずっと掛けわたしている。十月の時雨を縦糸と横糸にして。

(1)「龍田山」とする伝本も多い。(2)織物の縦糸と横糸。「時雨」の見立て。→二九一

◎「時雨」は紅葉を散らすもの。「錦」は紅葉の見立て。→補

冬の歌として詠んだ歌　源宗于

三一五　山里はいつもさびしいが、冬は一段とさびしさが増さっていることだ。人目も遠ざかり、草も枯れてしまうと思うと。

◎「離《か》る」「枯る」を掛ける。→補

題知らず　よみ人知らず

三一六　大空の月の光が清らかに冴《さ》えかえっているので、さきほどその月影を映していた水が、まっさきに凍ったのだな。

三一七　夕されば衣手《ころもで》寒しみ吉野《よしの》の吉野の山にみ雪降るらし

三一八　今よりはつぎて降らなむ我が宿の薄《すすき》おしなみ降れる白雪

三一九　降る雪はかつぞ消《け》ぬらしあしひきの山のたぎつ瀬音増さるなり

三二〇　この川にもみぢ葉流る奥山の雪げ(1)の水ぞ今増さるらし

三二一　故里《(1)ふるさと》は吉野の山し近ければ一日《ひとひ》もみ雪降らぬ日はなし

三二二　我が宿は雪降りしきて道もなし踏みわけて訪《と》ふ人しなければ

三一七　夕方になると、袖が寒く感じられる。このようすでは、吉野山では雪が降っているらしい。
◎「雪」は吉野山の代表的な景物。

三一八　これからは続けて降ってほしい。我が家の薄を押しなびかせて降り積もっている雪よ。

三一九　降る雪は片端から解けて消えているらしい。山川の早瀬の音が一段と大きく聞えるようになった。
◎「あしひきの」は「山」の枕詞。

三二〇　この川にもみじの葉が流れている。奥山の雪が解けて水が増し、散り残った紅葉を流しだしているらしい。
(1)「げ」は「消《け》」の連濁。

三二一　この古京は吉野山に近いので、一日たりとも、雪の降らない日はない。
(1)吉野離宮の跡とする説が多いが、奈良とする説もある。

三二二　我が家は雪が一面に降り敷いて道さえもない。この雪を踏み分けて訪ねてくれる人もいないので。

冬の歌とてよめる　　紀　貫之

三二三　雪降れば冬ごもりせる草も木も春に知られぬ花ぞ咲きける

(1)志賀《しが》の山越えにてよめる　　紀　秋岑

三二四　白雪の所も分かず降りしけば巌《いはほ》にも咲く花とこそ見れ

奈良の京にまかりける時に、宿りける所にてよめる　　坂上是則

三二五　み吉野《よしの》の山の白雪積もるらし故里《ふるさと》寒くなりまさるなり

寛平御時后宮《くわんぴやうのおほむときのきさいのみやの》歌合の歌　　藤原興風

三二六　浦近く降りくる雪は白波の末《すゑ》の松山《まつやま》越すかとぞ見る

冬の歌として詠んだ歌　　紀貫之

三二三　雪が降ると、冬ごもりしている草にも木にも、春にはかかわりのない花がいっせいに咲いた。

◎「雪」を「花」に見立てる。花を咲かせる春が知らない花というのである。

志賀の山越えの道すがら詠んだ歌　　紀秋岑

三二四　白雪がどこもかしこも区別なく一面に降り敷くので、岩にまで花が咲いたかと見まがわれる。

(1)→一一五、三〇三

奈良の古京に出かけて行った時に、宿った所で詠んだ歌　　坂上是則

三二五　吉野山では白雪が降り積もっているらしい。古京では寒さが一段とつのっている。

→三二一

寛平御時后宮歌合の歌　　藤原興風

三二六　海岸近く降ってくる雪は、白波が末の松山を越えたかのように見える。

◎「末の松山」は波が決して越えることがないと言われる。この時期では恋歌に多く用いられ、叙景歌には珍しい。→一〇九三

三二七　み吉野の山の白雪踏み分けて入りにし人の訪れもせぬ　　壬生忠岑

三二八　白雪の降りて積もれる山里は住む人さへや思ひ消ゆらむ

雪の降るをみてよめる　　凡河内躬恒

三二九　雪降りて人も通はぬ道なれやあとはかもなく思ひ消ゆらむ

雪の降りけるをよみける　　清原深養父《ふかやぶ》

三三〇　冬ながら空より花の散りくるは雲のあなたは春にやあるらむ

雪の木に降りかかれりけるをよめる　　貫之

三三一　冬ごもり思ひかけぬを木の間《こま》より花と見るまで雪ぞ降りける

三二七　吉野山の白雪を踏み分けて、山奥に入って行ったあの人から、その後、便りもない。◎吉野山は隠遁の地という印象がある。　壬生忠岑

三二八　白雪が降り積もっている山里では、雪ばかりでなく住む人までが、さびしくて消え入るような思いでいるのだろう。◎「消ゆ」は「雪」の縁語。「思ひ」の「火」が消えるとも。三二九も同じ。

雪が降ったのを見て詠んだ歌　凡河内躬恒

三二九　雪が降り積もって誰も通って来ない道だからか、雪であたりが跡かたもなく消えてしまうように、はかなく消え入るような思いでいるのだろう。

雪が降ったのを詠んだ歌　清原深養父

三三〇　冬なのに空から花が散ってくるのは、雲の向うは春だからだろうか。

雪が木に降りかかっているのを詠んだ歌　紀貫之

三三一　ものみな冬ごもりの季節で、花のことなど思いもよらないのに、木の間から花と見まごうほど、雪が降ってくる。

大和国《やまとのくに》にまかれりける時に、雪の降りけるを見てよめる　坂上是則

三三二　朝ぼらけ有明《ありあけ》の月と見るまでに吉野《よしの》の里に降れる白雪

題知らず　よみ人知らず

三三三　消《け》ぬが上にまたも降りしけ春霞立ちなばみ雪まれにこそ見め

三三四　梅の花それとも見えず久方《ひさかた》(1)の天霧《あまぎ》る雪のなべて降れれば

この歌、ある人のいはく、柿本人麿が歌なり。

梅の花に雪の降れるをよめる　小野篁《たかむら》朝臣

三三五　花の色は雪にまじりて見えずとも香《か》をだににほへ人の知るべく

大和の国まで出かけて行った時に、雪の降ったのを見て詠んだ歌　坂上是則

三三二　夜明けがた、有明の月がほのかに照っているのかと見まごうほどまでに、吉野の里に降り積もっているこの白雪よ。

◎「雪」を月の光に見立てたもの。

題知らず　よみ人知らず

三三三　前に降った雪が消えないでいるうちに、その上にもっと降り積もれ。春霞が立ったならば、雪もまれにしか見なくなるから。

三三四　梅の花は、それと区別もつかない。空をかき曇らせる雪が、あたり一面に降っているので。

この歌は、ある人の言うことには、柿本人麿の歌である。

(1)空が霧《き》りわたる、かき曇る。万葉集にも「天霧らし」「天霧らふ」など類似した表現が見られる。

◎「久方の」は「天」の枕詞。「花」と「雪」とのまぎれ。

梅の花に雪が降ったのを詠んだ歌　小野篁

三三五　梅の花の色は雪に入り混じって区別がつかなくても、せめて香りだけでも匂っておくれ、人が花だとわかるように。

雪のうちの梅の花をよめる　紀　貫之

三二六　梅の香の降りおける雪にまがひせば誰《たれ》かことごと分きて折らまし

雪の降りけるを見てよめる　紀　友則

三二七　雪降れば木毎《きごと》に花ぞ咲きにけるいづれを梅と分きて折らまし

ものへまかりける人を待ちて十二月《しはす》の晦日《つごもり》によめる　躬恒

三二八　わが待たぬ年は来《き》ぬれど冬草のかれにし人は訪れもせず

年のはてによめる　在原元方

三二九　あらたまの年のをはりになるごとに雪も我が身もふりまさりつつ

雪の中の梅の花を詠んだ歌　紀貫之

三二六　梅の花の香りまでが降り積もった雪に混じり合ってしまったならば、誰が雪と花と区別して折り取ることができようか。

(1)「事事」「異異」などをあてる。

雪の降ったのを見て詠んだ歌　紀友則

三二七　雪が降ると、どの木にも花が咲いているように見える。どれを梅の花と区別して折ったらよいだろうか。

◎離合の歌。「木」と「毎」を合わせて「梅」となる。→二四九

ある所へ出かけて行った人が帰ってくるのを待って、十二月の月末に詠んだ歌　凡河内躬恒

三二八　私が待たない新年の方はやって来たが、枯れた冬草のように離《か》れ離《が》れになってしまった人は、便りも寄こさない。

◎「冬草の」は「枯れ」に掛けて「離れ」の枕詞。

年の終りに詠んだ歌　在原元方

三二九　毎年、年の終りになるたびに、雪も一段と降りつのるが、私の身もますます古びていく。

◎「あらたまの」は「年」の枕詞。「降り」「古り」を掛ける。

寛平御時后宮《くわんぴやうのおほむときのきさいのみやの》歌合の歌　　よみ人知らず

三四〇 雪降りて年の暮れぬる時にこそつひにもみぢぬ
松も見えけれ

年のはてによめる　　春道列樹《はるみちのつらき》

三四一 昨日《きのふ》といひ今日《けふ》と暮らしてあすか川流れて早き
月日なりけり

「歌奉れ」と仰《おほ》せられし時に、よみて奉れる　　紀　貫之

三四二 行く年の惜しくもあるかなます鏡(1)見る影さへに
くれぬと思へば

三四〇　寛平御時后宮歌合の歌　よみ人知らず
雪が降って、年が暮れはてた時になってはじめて、風雪に堪えてあくまで移ろうことのなかった松の存在が知られるのだ。↓補

三四一　年の終りに詠んだ歌　春道列樹
昨日はどうだった、今日はこうだった、と言いながら暮らしているうちに明日になる、その飛鳥川の速い流れではないが、月日の経つのは早いものだ。
◎「飛鳥川」に「明日」を掛けて、「昨日」「今日」を受ける。飛鳥川は無常転変の印象があるが、ここでは流れが速い印象で用いられている。

「歌を献上せよ」と帝が仰せられた時に、詠んで奉った歌　紀貫之
三四二　立ち去って行く年が惜しく思われることだ。澄んだ鏡に映る私の姿までが、年が暮れると共に老いじみてくるように感じられるので。
(1)「真十《まそ》鏡」で、よく整った鏡とも、「真澄《ますみ》鏡」で、きれいに澄んだ鏡ともいう。
◎年が暮れる、我が身が年老いて鏡に映る姿も暗くぼんやりしてくる、の両意を「くれ」にこめる。

古今和歌集 巻第七

賀歌

題知らず　　　　よみ人知らず

三四三 我が君は(1)千代(2)《ちよ》に八千代《やちよ》にさざれ石の巌《いはほ》となりて苔《こけ》のむすまで

三四四 わたつ海《うみ》の浜の真砂《まさご》を数へつつ君が千歳《ちとせ》のあり数にせむ

三四五 しほの山さしでの磯に住む千鳥君が御代《みよ》をば八千代とぞ鳴く

古今和歌集　巻第七
賀の歌

題知らず　　　　よみ人知らず

三四三　あなた様の寿命は、千代も八千代も、小石が大きな岩になり苔が生えるようになるまで、いつまでも末永く続いてほしいものです。

(1)「君」は敬愛する相手を言い、天皇に限らない。(2)「代」は人一代の寿命の長さ。

↓補

三四四　大海の浜辺の砂を一粒一粒と数えて、それぞれを千年にあてて、あなた様の数限りない寿命といたしましょう。

◎「浜の真砂」は数限りなく多いもののたとえ。万葉集では「浜のまなご」(巻四・五九六)。↓八一八、一〇八五

三四五　しおの山さしでの磯に住んでいる千鳥は、あなた様の寿命が八千代までも続きますよと、ちよちよと鳴いております。

◎地名の「塩の山差出の磯」をあてる。「八千代」に千鳥の鳴き声の「ちよ」を掛ける。

三四六　我が齢《よはひ》君が八千代に取り添《そ》へて留めおきてば思ひ出にせよ

仁和《にんな》の御時《おほむとき》、僧正遍照に七十《ななそぢ》の賀賜《たま》ひける時の御歌

三四七　かくしつつとにもかくにもながらへて君が八千代に逢ふよしもがな

仁和帝《にんなのみかど》の親王《みこ》におはしましける時に、御おばの八十《やそぢ》の賀に、銀《しろがね》を杖《つゑ》に作れりけるを見て、かの御おばに代りてよめる　僧正遍照

三四八　ちはやぶる神や伐《き》りけむつくからに千歳《ちとせ》の坂も越えぬべらなり

堀河《ほりかは》の大臣《おほいまうちぎみ》の四十《よそぢ》の賀、九条《くでう》の家にてしける時によめる　在原業平朝臣

三四九　桜花散りかひくもれ老いらくの来《こ》むといふなる道まがふがに

三四六　私の寿命をあなた様の八千代もの長い寿命に付け加えて留め置くことができましたならば、その分長生きなさって、どうぞ後から私のことを思い出して下さい。

光孝天皇の御代に、僧正遍照の七十賀を催された時の帝の御歌

三四七　このような賀宴をこれからも何度も催しながら、私もとにかく何とかして生き長らえて、あなたの八千代の賀宴にめぐり逢いたいものです。↓補

光孝天皇が親王でいらっしゃったころ、おば君の八十賀に、銀製の杖をお贈りになったのを見て、そのおば君に代って詠んだ歌　僧正遍照

三四八　この杖は神が伐ってお作りになったものでしょうか。つくとすぐに元気になって、千年の寿命の坂も楽々と越えられそうです。↓補

◎「ちはやぶる」は「神」の枕詞。

堀河の太政大臣（藤原基経）の四十の賀を、九条の邸で催した時に詠んだ歌　在原業平

三四九　桜の花よ、散り乱れてあたり一帯を曇らせておくれ。老いがやって来ると言われている道が、見分けがつかなくなるように。↓

貞辰《さだとき》の親王のおばの四十の賀を、大堰《おほゐ》にてしける日
よめる　紀　惟岳《これをか》

三五〇 亀《かめ》の尾《を》の山の岩根《いはね》をとめて落つる滝の白玉《しらたま》千代《よ》の数かも

貞保《さだやす》の親王の、后宮《きさいのみや》の五十《いそぢ》の賀奉りける御屏風《びやうぶ》に、桜の花の散る下に、人の花見たる形描《かたか》けるをよめる
藤原興風

三五一 いたづらに過ぐす月日は思《おも》ほえで花見て暮らす春ぞ少なき

本康《もとやす》の親王の七十の賀の後《うしろ》の屏風によみて書きける
紀　貫之(1)

三五二 春来れば宿にまづ咲く梅の花君が千歳のかざしとぞ見る

補

貞辰親王が、おば君の四十賀を、大堰で催した日に詠んだ歌　紀惟岳

三五〇 亀山の岩を伝って落ちる滝が無数の白玉となって飛び散っておりますが、その白玉の数があなた様の限りない寿命の数なのです。
↓補

◎「亀山」から連想される「亀」は長寿を表現する景物。「白玉」は水滴の見立て。

貞保親王が、母の二条后（藤原高子）の五十賀をなさった時の屏風絵に、桜の花の散る下で、人が花を見ている絵を描いてあるのを、詠んだ歌　藤原興風

三五一 むなしく過ごしている月日は一向に気にならないが、花を見て暮らす春の日はいかにも少なくて、つくづく惜しく思われることだ。
↓補

本康親王の七十の賀に、主人の後に置く屏風に詠んで書き記した歌　紀貫之

三五二 春が訪れて来れば、家の庭前にまっ先に咲く梅の花、それは親王様の千年の寿命をお祝いする挿頭《かざし》としてふさわしいものと思います。

(1)祝宴の時などに頭に挿して飾る草木の花など。↓補

素性法師

三五三 いにしへにありきあらずは知らねども千歳《ちとせ》のためし君にはじめむ

三五四 臥《ふ》して思ひ起きて数ふる万代《よろづよ》は神ぞ知るらむ我が君のため

藤原三善《みよし》が六十《むそぢ》の賀によみける　在原滋春《しげはる》

三五五 鶴亀《つるかめ》も千歳ののちは知らなくに飽かぬ心にまかせはててむ

この歌は、ある人、在原時春《ときはる》がともいふ。

良岑経也《よしみねのつねなり》が四十《よそぢ》の賀に、女《むすめ》に代りてよみ侍《はべ》りける　素性法師

三五六 万代をまつにぞ君を祝ひつる千歳の陰に住まむと思へば

素性法師

三五三　昔に前例があったかなかったかは存じませんが、千年の長寿を保つ人の例は、この親王様をもって最初といたしましょう。

三五四　寝ては願い、起きては数えて祈る親王様の万代の長寿は、私がひたすら親王様のために祈願しておりますことを、神もお分かりになって、きっとお守り下さることでしょう。

藤原三善の六十の賀の時に詠んだ歌　在原滋春

三五五　長命といわれる鶴や亀も千年後はどうなるのかわからないでしょうから、あなたの寿命は、いくら長くても満足せずにひたすら長寿を願っております私の心にまかせきってしまいましょう。

この歌は、ある人の説では、在原時春の歌だとも言われる。→補

良岑経也の四十の賀の時に、その娘に代って詠みました歌　素性法師

三五六　万代まで続くお父上の長寿を、この松と鶴に託してお祝い申し上げます。私もお父上にあやかって、松の陰に住む鶴のように、千年もの寿命を保ちたいと思いますので。→補

尚侍《ないしのかみ》の、右大将藤原朝臣の四十《よそぢ》の賀しける時に、
四季の絵描《か》ける後《うしろ》の屛風《びやうぶ》に書きたりける歌

三五七 春日野《かすがの》に若菜摘みつつ万代《よろづよ》を祝ふ心は神ぞ知るらむ

三五八 山高み雲居《くもゐ》に見ゆる桜花心の行きて折らぬ日ぞなき

夏

三五九 めづらしき声ならなくに時鳥《ほととぎす》ここらの年を飽かずもあるかな

秋

三六〇 住《すみ》の江《え》の松を秋風吹くからに声うち添《そ》ふる沖つ白波

尚侍藤原満子が、兄の右大将定国の四十の賀を催した時に、四季の絵を描いた主人の後に立てる屛風に書き記した歌 ↓
補

春　素性法師

三五七　春日野に出て若菜を摘みながら、万代までの長寿を祈っている私の誠意は、神がお見届け下さることだろう。
◎「若菜」は「春日野」の景物。

凡河内躬恒

三五八　山が高いので、空の雲のあたりにあるように見える桜の花、手は届かないが、心だけはそこまで行って、折り取らない日は一日だってない。

夏　紀友則

三五九　毎年ずっと聞いているので、格別めずらしい声でもないのに、この時鳥を多くの年の間よくも聞き飽きることもなく過してきたものだ。

秋　凡河内躬恒

三六〇　住の江の松に秋風が吹いて快く響きわたると、すぐに沖の白波がうち寄せてきて、さわやかな音を添える。
◎「松」は「住の江」の景物。

三六一　千鳥《ちどり》鳴く佐保《さほ》の川霧立ちぬらし山の木《こ》の葉も色増さりゆく

三六二　(1)秋来《く》れど色も変らぬ常盤山《ときはやま》よそのもみぢを風ぞかしける

冬

三六三　白雪の降りしく時はみ吉野《よしの》の山下風《やましたかぜ》に花ぞ散りける

春宮《とうぐう》の生《む》まれたまへりける時に、参りてよめる

典侍《ないしのすけ》藤原因香《よるか》朝臣

三六四　峰高き春日《かすが》の山に出《い》づる日は曇る時なく照らすべらなり

三六一　千鳥が鳴く佐保川の川霧は、今ごろきっと立ちこめていることだろう。山の木の葉の紅葉の色がいよいよ濃くなってきたのを見れば。　壬生忠岑

◎「千鳥」「霧」は「佐保川」の景物。

三六二　常緑という名を持っている常盤山は、秋になっても色は変らないはずだ。すると、あの紅葉は風がよその山から持ってきて、貸してやったのだ。　坂上是則

(1)供える意と解する説もある。↓一八〇、九二七

◎「常盤山」はその名から常緑の印象がある。

冬

三六三　白雪が降りしきる時には、吉野山の麓を吹く風に、花が散っている。　紀貫之

◎「雪」を「花」に見立てる。

三六四　春宮（保明親王）がお生まれになった時に、参上して詠んだ歌　藤原因香

峰高い春日山から出る日は、曇る時もなく照り輝いて、天下に恵みを与えて下さることでしょう。

◎「春日の山」は藤原氏の氏神の春日神社に寄せる。「日」は親王をよそえる。↓補

古今和歌集　巻第八

離別歌

題知らず　　　在原行平朝臣

三六五 (1)立ち別れいなばの山の峰に生ふるまつとし聞かば今帰り来む

よみ人知らず

三六六 (1)すがる鳴く秋の萩原《はぎはら》朝立ちて旅行く人をいつとか待たむ

三六七 かぎりなき雲居《くもゐ》のよそに別るとも人を心におくらさむやは

古今和歌集　巻第八
離別の歌
題知らず　　在原行平

三六五　お別れして、私は因幡《いなば》の国（鳥取県）に赴任していきますが、その因幡の山の峰に生えている松にちなんで、あなたが待っていてくださると聞きましたならば、すぐにでも帰って参りましょう。
(1)行平の因幡守赴任は、斉衡二年（八五五）のこと。
◎「因幡」と「去なば」、「松」と「待つ」を掛ける。

よみ人知らず

三六六　じが蜂が音を立てて飛ぶ秋の萩の花が咲く野原を、朝早く出立して旅に行く人を、いつ帰ってくるかと思って待とうか。とても待ちきれない気がする。
(1)じが蜂。腰がくびれた小形の蜂。万葉集では、女性の腰細の形容に用いられていた（巻九・一七三八、巻十六・三七九一。他に音を立てる例に、巻十・一九七九）。平安時代には鹿と考えられていた。

三六七　はてしない大空のかなたに別れても、あなたを私の心から取り残しておくようなことは決していたしません。

小野千古《ちふる》が陸奥介《みちのくにのすけ》にまかりける時に、母のよめる

三六八 たらちねの親の守りとあひ添《そ》ふる心ばかりは関《せき》なとどめそ

貞辰親王《さだときのみこ》の家にて、藤原清生《きよふ》が近江介《あふみのすけ》にまかりける時に、餞別《むまのはなむけ》しける夜、よめる　紀　利貞《としさだ》

三六九 今日別れ明日はあふみと思へども夜や更けぬらむ袖《そで》の露けき

越《こし》へまかりける人に、よみて遣《つか》はしける

三七〇 かへる山ありとは聞けど春霞立ち別れなば恋しかるべし

人の餞別にてよめる　紀　貫之

三七一 惜しむから恋しきものを白雲の立ちなむ後《のち》はなに心地せむ

友だちの人の国へまかれりけるによめる

在原滋春《しげはる》

三七二 別れてはほどを隔つと思へばやかつ見ながらに

小野千古が陸奥介になって赴任した時に、母が詠んだ歌

三六八 いっしょに行けない親が、守りとして我が子に添えてやるこの心だけは、関所よ、どうか止めないでおくれ。↓補

貞辰親王邸で、藤原清生が近江介になって赴任した時に、送別の宴を催した夜、詠んだ歌　紀利貞

三六九 今日は別れても、明日は任国の近江にちなんで逢う身と思うけれども、夜が更けたのだろうか、袖が露っぽいことだ。↓補

北陸に下った人に、詠んで贈った歌

三七〇 あちらにはかえる山という山があると聞いておりますので、その名のようにすぐ帰ってこられると思いますが、やはり春霞が立つ中を別れてあなたが出立していらっしゃったら、とても恋しくてたまらないことでしょう。↓補

ある人の送別の宴で詠んだ歌　紀貫之

三七一 まだ別れを惜しんでいるこの宴の最中でも、こんなに恋しく思われるのに、白雲の立つはるかかなたに行ってしまった後は、いったいどんな気持がすることだろうか。↓補

友人がどこか地方の国に下って行った時

かねて恋しき

東《あづま》の方へまかりける人に、よみて遣はしける

伊《い》香《か》子淳行《ごのあつゆき》

三七三 思へども身をし分けねば目に見えぬ心を君にたぐへてぞやる

逢坂《あふさか》にて人を別れける時によめる

難波万雄《なにはのよろづを》

三七四 逢坂の関《せき》しまさしきものならば飽かず別るる君をとどめよ

題知らず

よみ人知らず

三七五 唐衣《からころも》たつ日は聞かじ朝露の置きてし行けば消《け》ぬべきものを

この歌は、ある人官《つかさ》を賜《たまは》りて、新しき妻《め》につきて、年経て住みける人を捨てて、ただ、明日《あす》なむ立つ、とばかり言へりける時に、ともかうも言はで、よみて遣はしける。

に詠んだ歌　在原滋春

三七二 別れてしまったならば、お互いに遠く離れてしまうと思うからか、一方でこうして逢っているというのに、別れない前からもう恋しく思われるよ。

東国の方に下っていった人に、詠んで贈った歌　伊香子淳行

三七三 あなたと別れがたく思っても、この身を分けることはできないので、せめて人の目には見えない心だけでも連れ添わせてやりたいと思います。↓補

逢坂で人に別れた時に詠んだ歌　難波万雄

三七四 逢坂の関が逢うというその名のとおりのものならば、名残り尽きずに別れて行くあの人を引き止めておくれ。↓補

題知らず　よみ人知らず

三七五 あなたの出発の日取りは聞きたくありません。あなたが置いて行ってしまったら、私は悲しくて死んでしまうでしょうから。

この歌は、ある人が官職を得て、新しい妻に心を寄せて、長年連れ添った妻を捨てて、ただ、明日任地へ出発する、とだけ言ってきた時に、あれこれ言わないで、詠んで贈った歌である。↓補

常陸《ひたち》へまかりける時に、藤原(1)公利《きみとし》によみて遣《つか》はしける　寵《うつく》

三七六　朝なけに見べき君とし頼まねば思ひたちぬる草《くさ》枕《まくら》なり

(1)紀のむねさだが東《あづま》へまかりける時に、(2)人の家に宿りて、暁出《い》で立つとて、まかり申しければ、(3)女のよみて出だせりける　よみ人知らず

三七七　えぞ知らぬ今試《こころ》みよ命あらば我や忘るる人や訪《と》はぬと

あひ知りて侍《はべ》りける人の、東の方《かた》へまかりけるを送るとてよめる　深養父《ふかやぶ》

三七八　雲居《くもゐ》にも通《かよ》ふ心のおくれねば別ると人に見ゆば

常陸国（茨城県）に下った時に、藤原公利に詠んで贈った歌　寵

三七六　朝にも昼にもお逢いできるお方だと、公利さま、私はあなたを頼りにすることができなくなりまして、思い切って常陸に下ることにした旅なのです。

(1)延喜十年（九一〇）ごろ備中介だった人物。

◎歌の中に「公利」「常陸」を詠みこんだ物名の歌。↓補

紀むねさだが東国に下った時、人の家に泊り、明け方に出立すると言って、別れの挨拶をしたところ、女が詠んでさし出した歌　よみ人知らず

三七七　よくわかりません。さあ、試してごらんなさい。二人が生きながらえたとして、私が忘れてしまうのか、それとも、あなたが訪ねて下さらなくなるのかと。

(1)貫之の兄弟に宗定がいるが、その人か。(2)方違えのためか。(3)むねさだの妻か。

互いに親しくしていた人が、東国の方に下って行ったのを送るのだと言って詠んだ歌　清原深養父

かりなり

友の東へまかりける時によめる　良岑秀崇《よしみねのひでをか》

三七九 白雲のこなたかなたに立ち別れ心を幣《ぬさ》(1)とくだく旅かな

陸奥国《みちのくに》へまかりける人によみて遣はしける　貫之

三八〇 白雲の八重《やへ》に重なる遠方《をち》にても思はむ人に心隔《へだ》つな

人を別れける時によめる

三八一 別れてふことは色にもあらなくに心に染《し》みてわびしかるらむ

三七八　はるか空のかなたにも行き通う私の心はどこまでもあなたにつき従って行くのだから、ただ外見で別れると他人の目に見えるだけだ。

友だちが東国に下った時に詠んだ歌　良岑秀崇

三七九　白雲が空に漂うように、私とあなたとはあちこちに離れ離れになって、さびしさに心を幣のように千々に砕いている旅立ちだよ。

(1)旅に携帯して手向《たむけ》の神に捧げた細かく切った布や紙。切り幣。→二九八、二九九、三〇〇、三一三、四二〇

◎「白雲の」は「立ち別れ」の枕詞。→三七一

陸奥国に下って行った人に詠んで贈った歌　紀貫之

三八〇　白雲の幾重にも重なったはるか遠くにいても、あなたのことを思っている私に心隔てをしないで下さい。

人に別れた時に詠んだ歌　紀貫之

三八一　別れということは色でもないのに、どうしてこのように心に染みついてやるせないのだろう。

あひ知れりける人の越《こし》の国にまかりて、年経て京にまうで来て、また帰りける時によめる

凡河内躬恒

三八二 かへる山なにぞはありてあるかひは来ても留《と》まらぬ名にこそありけれ

越の国へまかりける人に、よみて遣《つか》はしける

三八三 よそにのみ恋ひやわたらむ白山《しらやま》のゆき見るべくもあらぬ我が身は

音羽山《おとはやま》のほとりにて人を別るとてよめる

貫之

三八四 音羽山木高《こだか》く鳴きて時鳥《ほととぎす》君が別れを惜しむべらなり

藤原後蔭《のちかげ》が唐物使《からもののつかひ》に九月《ながつき》の晦日《つごもり》がたにまかりけるに、殿上《うへ》の男《をのこ》ども酒たうびけるついでによめる

互いに親しくしていた人が北陸の国に下って、長年たって上京してきて、また帰った時に詠んだ歌

凡河内躬恒

三八二 かえる山というのは、いったい何なのだろう。その山のある意味は、せっかく上京しても留まらないで帰るという、そんな名の山だったよ。↓三七〇

北陸の国に下って行った人に、詠んで贈った歌

凡河内躬恒

三八三 これからはあなたのことを遠くかけ離れたまま恋い続けることになるでしょうか、白山の雪を行って見ることもできそうにない私は。↓補

音羽山の付近で人に別れるといって詠んだ歌

紀貫之

三八四 音羽山では時鳥が梢高く鳴いて、私と同じようにあなたとの別れを惜しんでいるようだ。↓補

藤原後蔭が外国船の貨物の検査役として九月の末ごろに九州に下った時に、殿上人たちが送別の酒宴をして相伴した際に詠んだ歌

藤原兼茂

三八五 もろともに鳴きてとどめよきりぎりす秋の別れは惜しくやはあらぬ

藤原兼茂《かねもち》

三八六 秋霧のともに立ち出《い》でて別れなば晴れぬ思ひに恋ひやわたらむ

平元規《たひらのもとのり》

源実《さね》が筑紫《つくし》へ湯浴《ゆあ》みむとてまかりける時に、山崎《やまざき》にて別れ惜しみける所にてよめる

白女《しろめ》

三八七 命だに心にかなふものならばなにか別れの悲しからまし

山崎より神奈備《かむなび》の森まで送りに人々まかりて、帰りがてにして別れ惜しみけるによめる

源実《さね》

三八八 人やりの道ならなくに大方《おほかた》は行きうしと言ひていざ帰りなむ

三八五 いっしょに鳴いて、旅立ちして行くお方を引きとめておくれ、こおろぎよ、秋の別れはひとしお名残惜しいものではないか。↓補

平元規

三八六 秋霧が立つのといっしょにあなたが旅立ちして別れてしまったならば、私は晴れない思いで恋い続けることだろう。↓補

源実が九州に湯治に行くといって下って行った時に、山崎で送別した所で詠んだ歌

白女

三八七 命さえ心のままになって、あなたのお帰りを生きながらえて待つことができるものならば、どうして別れがこのように悲しかろうか。↓補

山崎から神奈備の森まで見送りに人々がやって来て、帰りにくそうにして別れを惜しんでいたので詠んだ歌

源実

三八八 別に人から命じられて行く旅というわけではないのだから、よく考えてみて、行きたくないと言って、さあ帰ってしまおうかしら。↓補

「今はこれより帰りね」と実《さね》が言ひける折によみける

藤原兼茂《かねもち》

三八九 慕《した》はれて来《き》にし心の身にしあれば帰るさまには道も知られず

藤原惟岳《これをか》が武蔵介《むさしのすけ》にまかりける時に、送りに逢坂《あふさか》を越ゆとてよみける

貫之

三九〇 かつ越えて別れも行くか逢坂は人頼《ひとだの》めなる名にこそありけれ

大江千古《ちふる》が越《こし》へまかりける餞別《むまのはなむけ》によめる

藤原兼輔朝臣

三九一 君が行く越の白山《しらやま》知らねどもゆきのまにまに跡はたづねむ

人の(1)花山《くわさん》にまうで来て、夕さりつかた帰りなむとし

「それではここから帰ってください」と実が言った時に詠んだ歌　藤原兼茂

三八九 あなたを慕って無我夢中でやって来た心に付き従う身だから、帰る時には道もわかりません。

藤原惟岳が武蔵介になって赴任していく時に、見送りに行って逢坂を越える時に詠んだ歌　紀貫之

三九〇 逢坂は人に逢う所だと思っていたのに、一方では越えて別れて行くのか。逢坂という名は、人に空頼みさせるだけで、まったくあてにならない名だったのだな。↓補

大江千古が北陸に下った時に送別の宴で詠んだ歌　藤原兼輔

三九一 あなたが行く越の白山を私は知らないが、その雪の合間をあなたの行ったままに、跡を訪ねて行こう。↓補

人が花山に訪ねて来て、夕方帰ろうとした時に詠んだ歌　僧正遍照

三九二 夕暮の薄暗い中で、垣根が山のように見えてほしい。人が夜は山越えができないと、

ける時によめる　僧正遍照

三九二　夕暮の籬《まがき》(2)は山と見えななむ夜《よ》は越えじと宿りとるべく

山に登りて帰りまうで来て、人々別れけるついでによめる　幽仙《いうせん》法師

三九三　別れをば山の桜にまかせてむ止《と》めむ止《と》めじは花のまにまに

雲林院《うりんゐん》の親王《みこ》の舎利会《さりゑ》に山に登りて帰りけるに、桜の花の下《もと》にてよめる　僧正遍照

三九四　山風に桜吹きまき乱れなむ花のまぎれに立ち止まるべく

幽仙法師

三九五　ことならば君留《と》まるべくにほはなむ帰すは花のうきにやはあらぬ

泊ってくれるように。

(1)→一一九　(2)竹や柴で粗く編んだ垣。

比叡山に登って帰って来た時、送って来た人々と別れを告げた際に詠んだ歌
幽仙法師

三九三　なかなか別れがたいけれども、私たちが別れるかどうか、比叡山の桜にまかせてしまいましょうか。引き止めるか引き止めないかは、花しだいです。花が美しければ、あなたがたは山に戻るでしょうし、そうでなければ、都に留まるでしょうから。

常康親王が舎利会のために比叡山に登って帰った時に、桜の花の下で詠んだ歌
僧正遍照

三九四　桜よ、山風に吹きまくられ、散り乱れておくれ。落花で帰り道が見分けられなくなって、親王が留まられるように。→補

幽仙法師

三九五　どうせ咲くのならば、親王が留まられるように、色あでやかに美しく咲いてほしい。むざむざお帰しするのは、桜の花にとっても不本意なことではないか。

(1)仁和《にんな》の帝《みかど》、親王《みこ》におはしましける時に、(2)布留《ふる》の滝御覧じにおはしまして、帰りたまひけるによめる

兼芸法師《けんげいほふし》

三六 飽かずして別るる涙滝に添《そ》ふ水増さるとや下《しも》は見ゆらむ

(1)雷鳴《かむなり》の壺《つぼ》に召したりける日、大御酒《おほみき》などたうべて、雨のいたう降りければ、夕さりまで侍《はべ》りて、まかり出《い》で侍りける折に、盃《さかづき》をとりて

貫之

三九七 秋萩《あきはぎ》の花をば雨に濡《ぬ》らせども君をばまして惜し(2)とこそ思へ

とよめりける返し

兼覧王《かねみのおほきみ》

三九八 惜しむらむ人の心を知らぬまに秋の時雨《しぐれ》と身ぞふりにける

光孝天皇がまだ親王でいらっしゃった時に、布留の滝を御覧に行かれて、お帰りなさろうとした時に詠んだ歌

兼芸法師

三九六 飽き足りない思いでお別れして、私が流す涙が滝の水に加わるのを、下流の人には滝が増水したと見えるだろうか。

(1)→二一 (2)奈良県天理市にある滝。→二四八

醍醐天皇が襲芳舎《しほうしゃ》にお召しになった日、お酒などを頂戴して、雨がひどく降ったので、夕方までお側近くいて、退出しようとしました時に、盃を手に取って

紀貫之

三九七 秋萩の花を雨で濡らしてしまったのも惜しいと思いますが、それにもましてあなた様とお別れしなくてはならないのが心残りでございます。

(1)後宮五舎の一つ。清涼殿北の襲芳舎の別名。→一九〇 (2)次に返歌をした兼覧王のこと。

と詠んだのに対する返歌

兼覧王

三九八 私をいとおしんでくれるあなたの心をすこしも知らなかった間に、今降った秋の時

(1)兼覧王にはじめて物語《ものがたり》して別れける時によめる
躬恒

三九九 別るれどうれしくもあるか今宵《こよひ》より逢ひ見ぬ前《さき》になにを恋ひまし

題知らず
よみ人知らず

四〇〇 飽かずして別るる袖《そで》の白玉は君が形見と包みてぞ行く

四〇一 限りなく思ふ涙にそぼちぬる袖は乾かじ逢はむ日までに

四〇二 かきくらしことは降らなむ春雨に濡《ぬ》れ衣着《ぎぬ》せて君を留《とど》めむ

雨となって、我が身もすっかり年古りてしまいました。

◎身の「古る」と時雨の「降る」を掛ける。

兼覧王とはじめてよもやま話をして別れようとした時に詠んだ歌　凡河内躬恒

三九九　これでお別れしますけれども、今夜からあなたのことを思って過ごしますので、嬉しい気がいたします。あなたにお目にかかる前は、いったい誰をこのように恋しく思ったでしょうか。

(1)三九八などの作者。

題知らず
よみ人知らず

四〇〇　飽き足りない思いで別れて流す涙の、この袖の白玉は、あなたの形見の品として大事に包んで旅立ちして行こう。

◎「白玉」は涙の見立て。→五五六、五九九、九二二

四〇一　限りなくあなたのことを思って流す涙ですっかり濡れてしまったこの袖は、あなたにまためぐり逢う日まで乾くことはあるまい。

四〇二　同じことならば、空を真っ暗にして降ってほしい。春雨のせいにしてあの人を引き止めよう。

◎「濡れ衣」は「春雨」の縁語。

四〇三 しひて行く人を留《とど》めむ桜花いづれを道と惑《まど》ふまで散れ

(1)志賀《しが》の山越えにて、(2)石井のもとにてもの言ひける人の別れける折によめる　貫之

四〇四 むすぶ手の雫《しづく》に濁る山の井の飽かでも人に別れぬるかな

道に逢へりける人の車にもの言ひつきて、別れける所にてよめる　友則

四〇五 下の帯の道はかたがた別るとも行きめぐりても逢はむとぞ思ふ

四〇三　むりやりに帰って行こうとする人を引き止めよう。桜の花よ、どれが道かわからなくなるほど散り乱れておくれ。

志賀の山越えの時に、山の井のほとりで言葉を交した人と別れた際に詠んだ歌　紀貫之

四〇四　すくい上げる手から落ちる雫ですぐに濁ってしまう、水が少ししかない山の井のように、私は飽き足りないうちにあなたとお別れしてしまうのですね。

(1)→一一五 (2)清水を石で囲った所で、「山の井」に同じ。場所は不詳。「山の井」は浅くてすぐに濁り、水が十分に飲めない。→七六四

◎三句までが「飽かで」の情景を伴った有心の序詞。

道で逢った人の車にものを言いかけて、別れた所で詠んだ歌　紀友則

四〇五　下着の紐が左右に別れてもまた結び合わされるように、あなたと私がこれから行く道はそれぞれ別になりますけれども、いずれまためぐり逢おうと思います。

◎「下の帯」は、下着の紐で、「めぐる」はその縁語。

古今和歌集　巻第九

羇旅歌

(1)唐土《もろこし》にて月を見てよみける　安倍仲麿

四〇六　天《あま》の原《はら》ふりさけ見れば(2)春日《かすが》なる三笠《みかさ》の山に出《い》でし月かも

この歌は、昔、仲麿を唐土に(3)ものならはしに遣《つか》はしたりけるに、あまたの(4)年を経て、え帰りまうで来《こ》ざりけるを、この国よりまた使《つかひ》まかりいたりけるに、たぐひてまうで来《き》なむとて出で立ちけるに、(5)明州《めいしう》といふ所の海辺にて、かの国の人(6)餞　別《むまのはなむけ》しけり。夜《よる》になりて、月のいとおもしろくさし出でたりけるを見てよめる、となむ語り伝ふる。

古今和歌集　巻第九

羇旅の歌

中国で月を見て詠んだ歌　安倍仲麿

四〇六　大空をはるか遠くながめやると、昔、春日の三笠山から出たのと同じ月が上ってくるよ。

この歌は、かつて仲麿を中国に留学生として派遣したところ、長年を経て帰朝できなかったが、日本からまた遣唐使が派遣されてきたので、いっしょに帰国しようとして出立した時に、明州という所の海岸で、中国の人たちが送別の宴を催した。夜になって、月がたいそう美しくさし上ったのを見て詠んだ歌だ、と語り伝えられている。

(1)中国。当時は唐の玄宗皇帝の時代。(2)奈良市東部の春日にある三笠山。麓の春日神社に遣唐使が出発前に旅の無事を祈願したという。(3)霊亀二年（七一六）、仲麿留学生として渡唐。(4)天平勝宝四年（七五二）に遣唐使として藤原清河が渡唐したこと。(5)浙江《せっこう》省寧波《ねいは》。(6)王維などの餞別の詩が伝えられている。

隠岐国《おきのくに》に流されける時に、船に乗りて出《い》で立つとて、京なる人のもとに遣《つか》はしける

小野篁《たかむら》朝臣

四〇七 わたの原八十《やそ》島かけて漕《こ》ぎ出でぬと人には告《つ》げよ海人《あま》の釣舟《つりふね》

題知らず

よみ人知らず

四〇八 都出でて今日みかの原泉川《いづみがは》川風寒し衣《ころも》かせ山

四〇九 ほのぼのとあかしの浦の朝霧に島隠《しまがく》れ行く船をしぞ思ふ

この歌は、ある人のいはく、柿本人麿がなり。

東《あづま》の方《かた》へ、友とする人、一人二人《ひとりふたり》誘《いざな》ひて行きけり。三河国八橋《みかはのくにやつはし》といふ所に至れりけるに、その川のほとりに、かきつばたいとおもしろく咲けりけるを見て、木の陰に下《お》り居《ゐ》て、かきつばたといふ五文字《いつもじ》を

隠岐の国に流罪になった時に、船に乗って出発しようとして、都にいる人のもとに贈った歌

小野篁

四〇七 大海原に浮ぶ多くの島々をめざし、島から島へとたどりながら、隠岐の国へと漕ぎ出していったと、都に残された人に伝えておくれ、漁師の釣舟よ。↓補

題知らず

よみ人知らず

四〇八 都を出て今日は三日目で、瓶《みか》の原にいる。泉川の川風が寒いから、鹿背《かせ》山よ、その名のように衣を貸しておくれ。↓補

四〇九 ほのぼのと明けていく明石の浦の朝霧の中を、島陰に隠れていく船を見やって、しみじみとした気分に浸っている。↓補

この歌は、ある人の説では、柿本人麿の作である。

東国の方に、友だちを、一人二人誘って旅に出かけていった。三河の国の八橋という所に着いた時に、その川べりに、かきつばたがたいそう美しく咲いているのを見て、木陰に馬から下りて座り、かきつばたという五字を各句の最初に置いて、旅情を詠もうということになって詠んだ歌

在原業平

句の頭《かしら》に据《す》ゑて、旅の心をよまむとてよめる

在原業平朝臣

四一〇　唐衣《からころも》着つつなれにしつましあればはるばる来ぬる旅をしぞ思ふ

(1)武蔵国《むさしのくに》と(2)下総国《しもつふさのくに》との中にある、(3)隅田川《すみだがは》のほとりに至りて、都のいと恋しうおぼえければ、しばし川のほとりに下《お》り居《ゐ》て思ひやれば、限りなく遠くも来《き》にけるかな、と思ひわびてながめをるに、渡守《わたしもり》、「はや舟に乗れ、日暮れぬ」と言ひければ、舟に乗りて渡らむとするに、みな人ものわびしくて、京に思ふ人なくしもあらず。さる折に、白き鳥の嘴《はし》と脚《あし》と赤き、川のほとりにあそびけり。京には見えぬ鳥なりければ、みな人見知らず。渡守に、「これは何《なに》鳥ぞ」と問ひければ、「これなむ(4)都鳥《みやこどり》」と言ひけるを聞きてよめる

四一一　名にしおはばいざ言問《ことと》はむ都鳥我が思ふ人はありやなしやと

四一〇　いつも着ていて身になじんだ唐衣の褄《つま》のように、長年馴れ親しんだ妻を都に残してきたので、はるばるやって来た旅のわびしさがつくづくと思われる。↓補

武蔵の国と下総の国との間にある隅田川の川辺に着いて、都がたいそう恋しく思われたので、しばらく岸辺に馬から下りて座って思いやりながら、随分遠くまでも来てしまったものだな、と心細く思って眺めていたところ、渡し守が、「早く舟に乗りなさい、日が暮れてしまう」と言うので、舟に乗って渡ろうとすると、一行は何となく心細くて、京に恋しく思う人がいないわけでもない。ちょうどその時、白い鳥で口ばしと脚とが赤いのが、川べりで遊んでいる。京では見なれない鳥なので、誰もその名がわからない。渡し守に、「これは何という鳥か」とたずねると、「これが都鳥です」と答えたのを聞いて詠んだ歌　在原業平

四一一　都という名を持っているのなら、都のことを知っているだろうから、さあたずねてみよう。都鳥よ、私が恋い慕っている都の人が、無事に過しているかどうかと。

(1)東京都、埼玉県、神奈川県の一部。(2)

題知らず　　　　　　　　よみ人知らず

四一二　北へ行く雁《かり》ぞ鳴くなる連れて来《こ》し数は足らでぞ帰るべらなる

この歌は、ある人、男女《をとこをむな》もろともに人の国へまかりけり、男、まかり至りてすなはち身まかりにければ、女、一人京へ帰る道に、雁の鳴きけるを聞きてよめる、となむいふ。

東《あづま》の方《かた》より京へまうで来《く》とて、道にてよめる　　乙《おと》

四一三　山隠す春の霞ぞうらめしきいづれ都のさかひなるらむ

越《こし》の国へまかりける時、白山《しらやま》を見てよめる　　躬恒

四一四　消えはつる時しなければ越路なる白山の名は雪にぞありける

千葉県北部と茨城県南部。(3)当時は国境となっていた。(4)ユリカモメ。カモメ科の小型の水鳥で、渡り鳥。「都」を連想。

題知らず　　　　よみ人知らず

四一二　北国へ帰っていく雁が悲しそうに鳴いている。秋にやって来た時に、いっしょに連れてきた家族の数が足りなくなって帰るからなのだろう。

この歌の由来について、ある人が語ることには、男と女がいっしょに地方へ下って行った、男は到着してすぐに死んでしまったので、女が一人で京に帰る道で、雁の鳴いたのを聞いて詠んだ歌だ、ということである。

東国から京に上ってこようとして、道の途中で詠んだ歌　　乙

四一三　山を隠す春の霞がうらめしい。いったいどこが都の境の山になるのだろうか。

北陸の国に下った時、白山を見て詠んだ歌　　凡河内躬恒

四一四　まったく雪が消えてしまう時がないから、北陸路にある白山の名は、白い雪にちなんだものだったのだ。

東へまかりける時、道にてよめる　　貫之

四一五　糸によるものならなくに別れ路の心細くも思ほゆるかな

甲斐国《かひのくに》へまかりける時、道にてよめる　　躬恒

四一六　夜を寒み置く初霜を払ひつつ草の枕にあまたたび寝ぬ

但馬国《たぢまのくに》の湯へまかりける時に、二見《ふたみ》の浦といふ所に泊りて、夕さりの餉《かれいひ》たうべけるに、供《とも》にありける人人、歌よみけるついでによめる　　藤原兼輔

四一七　夕月夜《ゆふづくよ》おぼつかなきを玉匣《たまくしげ》ふたみの浦はあけてこそ見め

東国に下った時、道中で詠んだ歌　　紀貫之

四一五　道は糸に縒《よ》り合わせるものでもないのに、一人別れて都からしだいに遠ざかっていくこの道は、細い糸のように、とても心細く思われるものだ。↓補

甲斐の国（山梨県）に下った時、道中で詠んだ歌　　凡河内躬恒

四一六　夜が寒いので、置く初霜を払いながら、草を枕にして幾晩も旅寝を繰り返してきたことだ。↓補

但馬の国の温泉に湯治に出かけた時、二見の浦という所に泊って、夕食の乾米を食べた時に、供をしていた人々が歌を詠んだので、いっしょに詠んだ歌　　藤原兼輔

四一七　夕方の月が出てあたりはうす暗いから、二見の浦は、箱の蓋《ふた》と身《み》を開けるのにちなんで、夜が明けてから見ることにしよう。↓補

惟喬親王《これたかのみこ》の供《とも》に、狩にまかりける時に、天《あま》の川《がは》といふ所の川のほとりに下《お》り居《ゐ》て、酒など飲みけるついでに、親王の言ひけらく、「狩して天《あま》の川原にいたる、といふ心をよみて、盃《さかづき》はさせ」と言ひければよめる
在原業平朝臣

四一八 狩り暮らしたなばたつめに宿借らむ天の川原に我は来にけり

親王《みこ》、この歌をかへすがへすよみつつ、返しえせずなりにければ、供(1)に侍《はべ》りてよめる
紀　有常

四一九 一年《ひととせ》に一度《ひとたび》来ます君待てば宿貸す人もあらじとぞ思ふ

朱雀院《すざくゐん》の奈良におはしましける時に、手向山《たむけやま》にてよめる
菅原朝臣

四二〇 このたびは幣《ぬさ》もとりあへず手向山もみぢの錦《にしき》神のまにまに

惟喬親王の供をして、狩に行った時に、天の川という所の川辺に馬から下りて座って、酒などを飲んだ折、親王が言うことに、「狩をして天の川原に到着した、という題の歌を詠んで、盃をさせ」と言ったので、詠んだ歌　在原業平

四一八 一日中狩をしているうちに、日も暮れてきた。今夜は織姫に宿を借りることにしよう。天の川原に私はやって来たのだから。↓補

親王はこの業平の歌を繰返し口吟《ずさ》んでいたが、返歌をすることができなかったので、供に従っていて詠んだ歌　紀有常

四一九 一年に一度だけ訪れていらっしゃる彦星を織姫は待っているのだから、そのほかには宿を貸す相手もとてもあるまいと思う。

(1)彦星、牽牛星のこと。

宇多上皇が奈良にお出かけになった時に、手向山で詠んだ歌　菅原道真

四二〇 このたびの旅には幣の用意もせずに参りました。代りにこの手向山の美しい紅葉を幣として手向けますから、神のお気に召すままに御受納下さい。↓補

四二一 手向けにはつづりの袖《そで》も裁《き》るべきにもみぢに飽ける神や返さむ

素性法師

四二一 手向けには私のこの粗末な衣の袖でも切って捧げなければならぬところですが、この美しい紅葉の幣に飽き足りていらっしゃる神はきっとお返しになることでしょう。

素性法師

古今和歌集　巻第十

物　名

うぐひす　　藤原敏行朝臣

四二二　心から花の雫《しづく》にそほちつつ憂《う》く干《ひ》ずとのみ鳥の鳴くらむ

ほととぎす

四二三　来《く》べきほど時過ぎぬれや待ちわびて鳴くなる声の人をとよむる

うつせみ(1)　　在原滋春《しげはる》

四二四　波の打つ瀬見れば玉(2)ぞ乱れける拾はば袖《そで》にはかなからむや

古今和歌集　巻第十

物の名

鶯《うぐいす》　藤原敏行

四二二　自分から好き好んで花の雫《しずく》に濡れながら、どうして、いやなことに羽がすこしも乾かない、とばかりに、あの鳥は鳴いているのだろう。

◎「憂く干ず」に「鶯」を隠す。

時鳥《ほととぎす》　藤原敏行

四二三　来るべきはずの時節が過ぎてしまったからだろうか、待ちあぐねてようやく鳴いたあの声が人をどっと感じ入らせるのは。

◎「ほど時過ぎ」に「時鳥」を隠す。

空蟬《うつせみ》　在原滋春

四二四　波のうち寄せる早瀬を見ていると、玉が散り乱れているようだ。だが、その玉を拾って袂《たもと》に入れたら、むなしく消えてしまわないだろうか。

(1)蟬の脱け殻。(2)水しぶきの見立て。

◎「打つ瀬見れ」に「空蟬」を隠す。

返し　壬生忠岑

四二五　袂よりほかのものでその玉を包むことができようか。これが玉だよ、と袖に移して見せて下さい。拝見しましょう。

◎「移せ見」に「空蟬」を隠す。

返し　　　　　　　　　　　　　　　　　　壬生忠岑

四三五　袂《たもと》よりはなれて玉を包まめやこれなむそれと移せ見むかし

うめ　　　　　　　　　　　　　　　　　よみ人知らず

四三六　あな憂目《うめ》に常なるべくも見えぬかな恋しかるべき香《か》はにほひつつ

(1)かにはざくら　　　　　　　　　　　　　　貫之

四三七　かづけども波の中《なか》には探《さぐ》られで風吹くごとに浮き沈む玉

すもの花

四三八　いま幾日《いくか》春しなければ鶯《うぐひす》もものはながめて思ふべらなり

(1)からももの花　　　　　　　　　　　　　深養父《ふかやぶ》

四三九　逢ふからものはなほこそ悲しけれ別れむことをかねて思へば

梅　　　　　　　　　　　　　　　よみ人知らず

四三六　ああ、なさけない。いつまでも変ることなく花が咲き続けるとも見えないよ。散った後に恋しく思い出させそうな香りは漂わせているが。

◎「憂目」に「梅」を隠す。内容も梅の歌。

かには桜　　　　　　　　　　　　　紀貫之

四三七　水中に潜《もぐ》っても、波の中では探し求めることはできないで、風が吹くたびに浮き沈みしている玉よ。

(1)樺桜というが、諸説ある。樺桜は朱桜といい、うす紅の艶麗な花を付ける。

◎「中には探られ」に「かには桜」を隠す。

李《すもも》の花　　　　　　　　　　　紀貫之

四三八　もう何日も春は残っていないので、鶯もものの思いに沈んで考えこんでいるようだ。

◎「鶯もものはながめ」に「すもの花」を隠す。↓補

杏《からもも》の花　　　　　　　　清原深養父

四三九　逢ったとたんに、やはりもう何となく悲しくなってくる。やがて別れることを前々から思ってしまうので。

(1)杏《あんず》の花。

◎「逢ふからものはなほ」に「からももの花」を隠す。

たちばな

四三〇　あしひきの山立ち離れ行く雲の宿り定めぬ世にこそありけれ　小野滋蔭《しげかげ》

をがたまの木

四三一　み吉野《よしの》の吉野の滝に浮び出づる泡をか玉の消ゆと見つらむ　友則

やまがきの木(1)

四三二　秋は来《き》ぬ今や籬《まがき》のきりぎりす夜な夜な鳴かむ風の寒さに　よみ人知らず

あふひ　かつら

四三三　かくばかり逢ふ日のまれになる人をいかがつらしと思はざるべき

橘《たちばな》　小野滋蔭

四三〇　山から離れてどこともなく漂っていく雲のように、宿も定まらない無常の世であったよ。

◎「立ち離れ」に「橘」を隠す。

おがたまの木　紀友則

四三一　吉野川の急流に浮び出る泡を、玉が消える、と思って見たのだろうか。

◎「泡をか玉の消ゆ」に「をがたまの木」を隠す。↓補

山柿の木　よみ人知らず

四三二　秋がやって来た。今は籬《まがき》の下でこおろぎが毎晩鳴くことだろう。風が冷たくなってきたので。

(1)小さな実が多く付く柿の木の一種。信濃柿、吉野柿とも。

◎「今や籬のきりぎりす」に「山柿の木」を隠す。

葵《あおい》　桂《かつら》　よみ人知らず

四三三　これほど逢う日がまれになってしまった人を、どうして薄情だと思わないでいられようか。

◎「逢ふ日」に「葵」、「いかがつらし」に「桂」を隠す。↓補

四二四 人目ゆゑのちに逢ふ日のはるけくは我がつらきにや思ひなされむ

くたに(1)　僧正遍照

四二五 散りぬればのちはあくたになる花を思ひ知らずもまどふ(2)てふかな

さうび　貫之

四二六 我は今朝《けさ》初《うひ》にぞ見つる花の色をあだなるものといふべかりけり

をみなへし　友則

四二七 白露を玉に貫《ぬ》くとやささがにの花にも葉にも糸をみな綜《へ》し

四二八 朝露を分けそほちつつ花見むと今ぞ野山をみな経《へ》知りぬる

四二四 人目を憚って、次に逢う日までの間が久しくなると、私が薄情だと思いこむのだろうか。↓補

四二五 くたに　僧正遍照
どんなに美しくても散ってしまえばごみになる花なのに、それとも知らないで、花の色香にまどって遊びたわむれている蝶だよ。
(1)龍胆《りんどう》の異名とも言われるが、未詳。
(2)蝶。「といふ」の約とする説もある。
◎「あくたに」に「くたに」を隠す。

四二六 薔薇《ばら》　紀貫之
私は今朝初めて薔薇の花を見た。この花の色はうわべばかりの華やかさというべきものだったよ。
◎「今朝初に」に「薔薇《さうび》」を隠す。内容も薔薇の歌。

四二七 女郎花《おみなえし》　紀友則
白露を玉にして貫くというのだろうか。蜘蛛《くも》が花にも葉にもみな糸をかけ渡した。↓補

四二八 朝露を分けて濡れながら、花を見ようとして、とうとう野山を歩き尽くして、知らない所はなくなってしまった。↓補

朱雀院女郎花合《すざくゐんのをみなへしあはせ》の時に、「をみなへし」といふ五文《いつも》字《じ》を、句のかしらに置きてよめる　貫之

四三九　小倉山《をぐらやま》峰たちならし鳴く鹿《しか》の経《へ》にけむ秋を知る人ぞなき

きちかうの花　友則

四四〇　秋近う野はなりにけり白露の置ける草葉も色変りゆく

しをに　よみ人知らず

四四一　ふりはへていざ故里《ふるさと》の花見むと来《こ》しをにほひぞ移ろひにける

りうたむの花　友則

四四二　我が宿の花踏みしだく鳥打たむ野はなければやここにしも来る

朱雀院女郎花合の後宴で、「をみなへし」の五文字を、各句の最初に置いて詠んだ歌　紀貫之

四三九　小倉山の峰を何度も行き来して鳴く鹿が、どれほどの年の秋を過してきたのか、知っている人はいない。→補

桔梗《ききょう》の花　紀友則

四四〇　秋近く野はなってきた。白露の置いている草葉も色が変っていく。

◎「秋近う野はなり」に「桔梗の花」を隠す。

紫苑《しおん》　よみ人知らず

四四一　わざわざ遠出して、さあ、昔なじみの土地の花を見よう、とやって来たのに、花はもう色あせてしまっていたよ。

◎「来しをにほひぞ」に「紫苑」を隠す。

龍胆《りんどう》の花　紀友則

四四二　わが家の庭の花を踏み荒らす鳥を打ちこらしめてやろう。野は花がないからことさらここにやって来るのだろうか。

◎「鳥打たむ野はなければ」に「龍胆の花」を隠す。

をばな　よみ人知らず

四四三 ありと見て頼むぞかたきうつせみの世をばなしとや思ひなしてむ

けにごし　矢《や》田《た》部《べ》名《のな》実《ざね》

四四四 うちつけに濃《こ》しとや花の色を見む置く白露の染むるばかりを

二条后《にでうのきさき》、春宮《とうぐう》の御息所《みやすむどころ》と申しける時に、めどに削《けづ》り花挿《ばなさ》せりけるをよませたまひける　文屋康秀

四四五 花の木にあらざらめども咲きにけりふりにしこのみなる時もがな

しのぶぐさ(1)　紀　利貞《としさだ》

四四六 山高《たか》みつねに嵐の吹く里はにほひもあへず花ぞ散りける

薄《すすき》　よみ人知らず

四四三　あると思っても、頼りにすることはなかなかできない。いっそこのはかない世をないものと思い定めてしまおうか。

◎「世をばなし」に「薄《をばな》」を隠す。

牽牛子《あさがお》　矢田部名実

四四四　ちょっと見ただけで、濃いと花の色を思えようか。花に置いた白露が染めただけなのに。

◎「うちつけに濃し」に「牽牛子」を隠す。

二条后が春宮の御息所と申しておられた時に、めどに削り花を挿してあったのをお詠ませになったので詠んだ歌　文屋康秀

四四五　花が咲く木でもなさそうなのに、花が咲きました。それならば、古ぼけた木の実が成る時もあってほしいものです。不遇なこの身もお引き立てを。↓補

軒忍《のきしのぶ》　紀利貞

四四六　山が高いので、いつも嵐が吹く里では、美しく咲き映《は》える間もなく、花が散ってしまったよ。

(1)軒忍。羊歯《しだ》の一種。

◎「嵐の吹く里」に「しのぶぐさ」を隠す。

平　篤行《あつゆき》

(1)やまし

四四七　時鳥《ほととぎす》峰の雲にや交《まじ》りにしありとは聞けど見るよしもなき

(1)からはぎ　　よみ人知らず

四四八　空蟬《うつせみ》のからは木ごとにとどむれど魂《たま》の行方《ゆくへ》を見ぬぞ悲しき

かはなぐさ　　深養父《ふかやぶ》

四四九　うばたまの夢になにかは慰まむうつつにだにも飽かぬ心を

(1)さがりごけ　　高向利春《たかむこのとしはる》

四五〇　花の色はただ一盛《ひとさか》り濃けれどもかへすがへすぞ露は染めける

四四七　やまし　　平篤行
時鳥は峰の雲にまぎれ込んでしまったのか。いるらしい声は聞こえてくるが、姿はすこしも見ることができない。
(1)ユリ科の多年草の花菅《はなすげ》の異名という。
◎「雲にや交り」に「やまし」を隠す。

四四八　唐萩《からはぎ》　　よみ人知らず
蟬の脱け殻は木ごとに残されているが、脱け出していった魂の行方がわからないのは悲しいことだ。
(1)唐萩とするが、未詳。
◎「からは木ごとに」に「唐萩」を隠す。

四四九　川菜草《かわなぐさ》　　清原深養父
夢で逢ってもどうして心が慰められようか。現実に逢ってさえ満足しないのに。→補

四五〇　さがりごけ　　高向利春
花の色はただ一時だけの盛りとして濃く咲くが、何度も繰り返して露が念入りに美しく染め上げたものなのだ。
(1)さるおがせの異名というが、未詳。
◎「一盛り濃けれども」に「さがりごけ」を隠す。

四二一　にがたけ
命とて露を頼むにかたければものわびしらに鳴く野辺の虫
滋春《しげはる》

四二二　かはたけ
小夜《さよ》ふけて半《なか》ばたけゆく久方《ひさかた》の月吹き返せ秋の山風
景式王《かげのりのおほきみ》

四二三　わらび
煙《けぶり》立ち燃ゆとも見えぬ草の葉を誰《たれ》かわらび火と名づけそめけむ
真静《しんせい》法師

四二四　ささ　まつ　びは　ばせをば
いささめに時待つまにぞ日は経《へ》ぬる心ばせをば人に見えつつ
紀《きの》乳母《めのと》

四二一　にがたけ　在原滋春
命をつなぐ糧《かて》として露を頼りにしても、はかなくてあてにならないので、何となく心細そうに鳴いている野辺の虫だよ。↓補

四二二　かわたけ　景式王
夜が更けて、もう半ば西に傾きかけた月を吹き戻しておくれ、秋の山風よ。↓補

四二三　蕨《わらび》　真静法師
萌《も》えるといっても、煙が立って燃えるとも見えない草の葉を、いったい誰が藁火《わらび》と名づけはじめたのだろうか。
◎「燃ゆ」に「萌ゆ」を言いかけ、「藁火」に「蕨」を隠す。

四二四　笹　松　枇杷《びわ》　芭蕉葉《ばしょうば》　紀乳母
ついうかうかと逢う機会を待っている間に、日がたってしまった。私の気持だけは、先方に知らせておいたが。
◎「いささめ」に「笹」、「待つ」に「松」、「日は」に「枇杷」、「心ばせをば」に「芭蕉葉《ばせをば》」を隠す。

なし　なつめ　くるみ　兵衛《ひやうゑ》

四五五　あぢきなし歎《なげ》きなつめそ憂《う》きことに逢ひくる身をば捨てぬものから

からことといふ所にて春の立ちける日よめる　安倍清行朝臣

四五六　波の音の今朝《けさ》からことに聞ゆるは春の調べやあらたまるらむ

いかがさき　兼覧王《かねみのおほきみ》

四五七　楫《かぢ》にあたる波の雫《しづく》を春なればいかが咲き散る花と見ざらむ

からさき　阿保経覧《あぼのつねみ》

四五八　かの方《かた》にいつから先に渡りけむ波路《なみぢ》は跡も残らざりけり

伊勢

四五九　波の花沖から咲きて散り来《く》めり水の春とは風や

梨《なし》　なつめ　胡桃《くるみ》　兵衛

四五五　どうしようもないことだ。そんなに思いつめて歎きなさるな。つらいことに出逢ってきた身は、そう簡単に捨てられるものではないが。

◎「あぢきなし」に「梨」、「歎きなつめそ」に「なつめ」、「逢ひくる身」に「胡桃」を隠す。

唐琴《からこと》という所で立春の日に詠んだ歌　安倍清行

四五六　波の音が今朝から変ったように聞えるのは、春の調べに改まったからだろうか。↓補

伊加賀崎《いかがさき》　兼覧王

四五七　櫓《ろ》にあたる波しぶきを、今は春だから、どうして咲き散りする花と見ずにいられようか。↓補

唐崎《からさき》　阿保経覧

四五八　向う岸にいつの間に先に渡ってしまったのだろうか。波の上には舟の跡も残っていないが。↓補

伊勢

四五九　波の花が沖の方から咲いたり散ったりしながらこちらに寄せてくるようだ。水の春というのは、風がそうなるものなのだろうか。

なるらむ

かみやがは　　貫之

四六〇 うばたまの我が黒髪や変るらむ鏡の影に降れる白雪

よどがは

四六一 あしひきの山辺にをれば白雲のいかにせよとか晴るる時なき

かたの　　忠岑

四六二 夏草の上は繁《しげ》れる沼水《ぬまみづ》の行く方《かた》のなき我が心かな

かつらのみや　　源　忠《みなもとのほどこす》

四六三 秋来れど月の桂《かつら》の実《み》やは成る光を花と散らすばかりを

はくわかう　　よみ人知らず

四六四 花ごとに飽かず散らしし風なればいくそばく我が憂《う》しとかは思ふ

↓補

紙屋川《かみやがわ》　紀貫之

四六〇　私の黒髪が変ったのだろうか。鏡に映った姿に降っているこの白雪は。

◎「うばたまの」は「黒髪」の枕詞。「黒髪や変るらむ」に「紙屋川《かみやがは》」を隠す。

淀川《よどがわ》　紀貫之

四六一　山のほとりに籠り住んでいると、白雲が私にこれ以上どうせよというのか、晴れる間もない。

◎「あしひきの」は「山辺」の枕詞。「いかにせよとか晴るる」に「淀川《よどがは》」を隠す。

交野《かたの》　壬生忠岑

四六二　夏草が覆い茂っている沼の水が流れて行く先もないように、遣り所もない私の心だよ。↓補

桂《かつら》の宮　源忠

四六三　秋が来たけれど、月の桂は実が成るだろうか。光を花のように散らしているばかりだが。↓補

百和香《はくわこう》　よみ人知らず

四六四　私が満足に見ないうちに、どの花もみな散らしてしまった風なので、どれほど私はつらく思ったことだろうか。↓補

すみながし　滋春《しげはる》

四六五　春霞中《なか》し通《かよ》ひ路《ぢ》なかりせば秋来る雁《かり》は帰らざらまし

おきび　都良香《みやこのよしか》

四六六　流れ出《い》づる方《かた》だに見えぬ涙川沖干《おきひ》む時や底は知られむ

ちまき　大江千里

四六七　後蒔《のちま》きの遅れて生《お》ふる苗なれどあだにはならぬたのみとぞ聞く

「は」をはじめ、「る」をはてにて、「ながめ」をかけて、時の歌よめ、と人のいひければよめる　僧正聖宝《しやうほう》

四六八　花の中目《なか》に飽くやとて分け行けば心ぞともに散りぬべらなる

墨流《すみながし》　在原滋春

四六五　春霞の中に通い路がなかったならば、秋やって来た雁が、春になっても帰って行くことはないだろうに。↓補

おき火　都良香

四六六　流れ出していく方向さへわからないほど水かさの多い涙川、その沖まで干上った時にはじめて水底の深さ、悲しみの大きさが知られよう。↓補

粽《ちまき》　大江千里

四六七　後から蒔いて遅れて生育する苗だが、決して徒《むだ》にはならないでしっかりとした田の実をつける、頼みになる苗と聞いている。↓補

「『は』を歌の初め、『る』を終りに置いて、『ながめ』を言いかけて、その時節の歌を詠め」と人が言ったので詠んだ歌　僧正聖宝

四六八　花の中を見飽きるかと思いながら分けて行くと、美しさにひかれて、心までが一緒に散ってしまいそうだ。↓補

古今和歌集　巻第十一

恋　歌　一

題知らず　　　　　　よみ人知らず

四六九　時鳥《ほととぎす》鳴くや五月《さつき》の菖蒲草《あやめぐさ》あやめも知らぬ恋もするかな

素性法師

四七〇　音《おと》にのみきくの白露夜《よる》はおきて昼は思ひにあへず消《け》ぬべし

紀　貫之

四七一　吉野《よしの》川《がは》岩波高く行く水のはやくぞ人を思ひ初《そ》めてし

古今和歌集　巻第十一
恋の歌一

題知らず　　　　　　よみ人知らず

四六九　時鳥が里に来て鳴く五月に軒先に葺く菖蒲《あやめ》ではないが、物事の条理《あやめ》も分からないような無我夢中の恋もすることだ。

◎三句までが「あやめ」を導く同音反復の序詞。端午の景。うっとうしい五月の天象が恋のもの思いを暗示。「恋もするかな」は万葉集の「恋もするかも」を受けた類型表現。↓四九〇、四九八、五六一、五六五、五七九

素性法師

四七〇　あなたの噂を聞くばかりで、菊の白露が夜に置き昼には日の光に当って消えてしまうように、夜は起きていて思いこがれ、昼は思いに堪えかねて死んでしまいそうだ。

◎「菊」と「聞く」、「置く」と「起く」、「日」と「思ひ」を掛け、「消」に露が消える、思いで消え入る意を掛ける。

紀貫之

四七一　吉野川の岩に当り高い波を立てて流れていく水が速いように、ずいぶん早くから私はあなたのことを思い初めていたのだ。↓補

四七二　白波の跡なき方《かた》に行く船も風ぞたよりのしるべなりける　藤原勝臣《かちおむ》

四七三　音羽山《おとはやま》音に聞きつつ逢坂《あふさか》の関《せき》のこなたに年を経《ふ》るかな　在原元方

四七四　立ち返りあはれとぞ思ふよそにても人に心をおきつ白波

四七五　世の中はかくこそありけれ吹く風の目に見ぬ人も恋しかりけり　貫之

四七二　前の船の通った跡もなく、何の目印もない方向に行く船でさえも、風が寄るべとなって道案内をしてくれるのだが。私にはあの人に思いを伝える手だてとてもない。　藤原勝臣

四七三　音羽山ではないが、あの人のことを音に聞くばかりで、逢坂の関のこちら側で逢う身にもなれず、むなしく年月を過していることだ。↓補　在原元方

四七四　寄せては返す沖の白波のように、ずっと思い続けている。どんなに離れていてもあの人に心を置きながら。◎「立ち返り」は「沖つ白波」の縁語。「沖」と「置き」を掛ける。

四七五　男女の間がらとはこのようなものだったのだな。吹く風のように噂ばかりでまだ姿を見たこともない人でも、これほど恋しく思われるとは。　紀貫之

右近の馬場《むまば》のひをりの日、むかひに立てたりける車の下簾《したすだれ》より女の顔のほのかに見えければ、よみて遣《つか》はしける

在原業平朝臣

四七六 見ずもあらず見もせぬ人の恋しくはあやなく今日《けふ》やながめ暮さむ

返し

よみ人知らず

四七七 知る知らぬなにかあやなく分きて言はむ思ひのみこそしるべなりけれ

(1)春日祭《かすがのまつり》にまかれりける時に、物見《ものみ》に出《い》でたりける女のもとに、家をたづねて遣はしける

壬生忠岑

四七八 春日野の雪間《ゆきま》を分けて生《お》ひ出でくる草のはつかに見えし君かも

右近衛府の馬場で騎射の試合が行なわれた日、馬場の向い側に止めてあった車の下簾の幕越しに女の顔がかすかに見えたので、詠んで贈った歌　在原業平

四七六 見ないというのでもない、といってはっきりと見たわけでもない、そんなあなたが恋しく思われて、わけもなく今日はもの思いにふけって過すことでしょうか。↓補

返し　よみ人知らず

四七七 見たとか見ないとか、どうしてわけもなく分けへだてをして言われるのでしょうか。ひたむきな愛情だけが、あなたを私に導くものになるのです。

春日神社の祭に行った時に、見物に出ていた女のもとに、家を探し求めて贈った歌　壬生忠岑

四七八 春日野の雪間を分けて萌え出てくる若草のように、わずかに見かけたあなたよ。

(1)春日神社の祭礼は二月と十一月だが、ここは情景からいって二月。

◎「草の」までが、「はつかに見えし」の序詞。

人の花摘みしける所にまかりて、そこなりける人のもとに、後《のち》によみて遣《つか》はしける　貫之

四三九　山桜霞の間《ま》よりほのかにも見てし人こそ恋しかりけれ

題知らず　元方

四四〇　便りにもあらぬ思ひのあやしきは心を人につくるなりけり

凡河内躬恒

四四一　初雁《はつかり》のはつかに声を聞きしより中空《なかぞら》にのみ物を思ふかな

貫之

四四二　逢ふことは雲居《くもゐ》はるかに鳴神《なるかみ》の音に聞きつつ恋ひわたるかな

人が花摘みをしている所にたまたま行き合わせて、そこにいた人のもとに後に詠んで贈った歌　紀貫之

四三九　山桜を霞の間から見るように、ほのかに見かけたあなたが恋しくてたまりません。◎二句までが「ほのかにも見てし」の序詞。

題知らず　在原元方

四四〇　便りを届ける使いでもないのに、恋の思いが不思議なのは、心をあなたのもとに届けてしまったことだよ。

凡河内躬恒

四四一　初雁の声のように、ほんのわずかに初々しいあの人の声を聞いてから、私はずっと恋の思いに取りつかれて、上の空になっていることだ。↓補

紀貫之

四四二　逢うことは遠い空のように隔たっていて、はるかかなたの雷鳴を聞くように時折あの人の噂を聞きながら、恋い続けていることだ。↓補

よみ人知らず

四四三　片糸をあちらこちらから縒り合わせて糸を作るように、あの人と逢うことができなければ、私はいったい何を生きがいとすればよいのだろうか。↓補

よみ人知らず

四八三 片糸をこなたかなたに縒《よ》りかけてあはずはなにを玉《たま》の緒《を》にせむ

四八四 夕暮は雲のはたてにものぞ思ふ天《あま》つ空《そら》なる人を恋ふとて

四八五 刈菰《かりこも》の思ひ乱れて我恋ふと妹《いも》知るらめや人し告げずは

四八六 つれもなき人をやねたく白露のおくとは歎《なげ》き寝《ぬ》とはしのばむ

四八七 ちはやぶる賀茂《かも》の社《やしろ》の木綿《ゆふ》襷《だすき》一日《ひとひ》も君をかけぬ日はなし

四八八 我が恋はむなしき空(1)に満ちぬらし思ひやれども行く方《かた》もなし

四八四 夕方になると、雲の果てを眺めながらもの思いにふけることだ。空のかなたにいるような、あの貴いお方を恋い慕って。↓補

四八五 刈り取った菰のように、思い乱れて私が恋い慕っていると、あの人は知らないだろう。誰かがそれと知らせてくれなければ。↓補

四八六 無情なあの人を、しゃくにさわることだが、私はどうして朝起きては思い歎き、夜寝ては恋い慕うのだろうか。
◎「白露の」は「置く」から「起く」の枕詞。

四八七 賀茂神社の神官は神事に木綿襷をかけるが、私も一日だってあなたに思いをかけない日はない。
◎「ちはやぶる」は「賀茂の社」の枕詞。三句まで「かけ」の序詞。↓補

四八八 私の恋の思いは何もないはずの大空いっぱいになってしまったらしい。いくら思いを晴らそうとしても、そのやり場もないのだから。

(1)漢語「虚空」の翻訳語か。

四八九 駿河《するが》なる田子《たご》の浦波《うらなみ》立たぬ日はあれども君を恋ひぬ日はなし

四九〇 夕月夜《ゆふづくよ》さすや岡辺の松の葉のいつとも分かぬ恋もするかな

四九一 あしひきの山下水《やましたみづ》の木隠《こがく》れてたぎつ心を堰《せ》きぞかねつる

四九二 吉野《よしの》川岩《がは》切り通し行く水の音には立てじ恋ひは死ぬとも

四九三 たぎつ瀬の中にも淀《よど》はありてふをなど我が恋の淵瀬《ふちせ》ともなき

四九四 山高《たか》み下《した》行く水の下にのみながれて恋ひむ恋ひは死ぬとも

四八九 駿河国の田子の浦に波が立たない日はあっても、私が一日だってあなたを恋い慕わない日はない。

四九〇 夕暮の淡い月の光で照らされた岡のあたりの松の葉の色がいつも変りないように、私はいつという区別もなく、あの人のことを恋しく思っている。

◎三句までが「いつとも分かぬ」の序詞。

四九一 山中の谷川の水は、木の間に隠れて早瀬となり激しく流れているが、私も心中のわき立つような恋の思いを押えかねていることだ。↓補

四九二 吉野川の岩間を切り開き音高く激しく流れていく水のように、私は心中の思いを声に出してあの人に告げようとはするまい。たとえ堪えかねて恋い死にしても。↓補

四九三 激しく流れる早瀬にも静かな淀みがあるというのに、どうして私の思いには淵瀬の区別もなく、いつもわき返っているのだろうか。

四九四 山が高いので低みを行く谷川の水が木の間に隠れて流れていくように、心の中で忍び泣きながらいつまでも恋い慕おう。たとえ恋い死にしようとも。↓補

四九五 思ひ出《い》づるときはの山の岩つつじ言はねばこそあれ恋しきものを

四九六 人知れず思へば苦し紅《くれなゐ》の末摘花《すゑつむはな》の色に出でなむ

四九七 秋の野の尾花《をばな》にまじり咲く花の色にや恋ひむ逢ふよしをなみ

四九八 我が園《その》の梅のほつ枝《え》に鶯《うぐひす》の音《ね》に泣きぬべき恋もするかな

四九九 あしひきの山時鳥《やまほととぎす》我がごとや君に恋ひつつ寝《い》ねがてにする

五〇〇 夏なれば宿にふすぶる蚊遣火《かやりび》のいつまで我が身下燃《したも》えをせむ

四九五　あなたのことを思い出す時は、常盤の山の岩つつじではないが、口に出してこそ言わないけれども、とても恋しくてたまらない。↓補

四九六　心の中に思いを秘めて人知れず恋い慕っているのは、もうつらくて堪えられない。色鮮かな紅花《べにばな》のように、思いをはっきりと表面に現してしまおう。↓補

四九七　秋の野のすすきにまじって色美しく咲く花のように、思いをあらわに示して恋い慕おう。逢う手だてとてないのだから。
◎三句まで「色」を導く序詞。

四九八　我が家の庭の梅の梢で鶯が鳴くように、声をあげて泣き出してしまいそうな悲しい恋をしていることよ。
◎三句まで「音に泣き」を導く序詞。

四九九　夜どおし鳴く山時鳥は、私と同じようにあの人を恋しく思ってよく眠れないのだろうか。
◎「あしひきの」は「山時鳥」の枕詞。

五〇〇　夏なので家でくすぶる蚊遣火のように、いったいいつまで私は心の中で恋の思いの火を燃やし続けなければならないのだろうか。
◎三句までが「下燃え」の序詞。

五〇一 恋せじと御手洗川《みたらしがは》にせし禊神《みそぎ》は受けずもなりにけらしも

五〇二 あはれてふ言《こと》だになくはなにをかは恋の乱れの(1)束《つか》ね緒《を》にせむ

五〇三 思ふには忍ぶることぞ負けにける色には出《い》でじと思ひしものを

五〇四 我が恋を人知るらめやしきたへの枕のみこそ知らば知るらめ

五〇五 浅茅生《あさぢふ》の小野の篠原《しのはら》忍ぶとも人知るらめや言ふ人なしに

五〇六 人知れぬ思ひやなぞと葦垣《あしがき》の間近けれども逢ふよしのなき

五〇一 もうこんなにつらい恋はするまいと御手洗川で禊をして神に祈ったが、どうもお受け下さらなかったようだよ。

五〇二 もし、「ああ、恋しい」という言葉さえもなかったならば、恋に乱れてしまった心をどのようにして取りまとめればよいのだろうか。

(1)ものを取りまとめ束ねる紐。

五〇三 あの人を思う心のはげしさには、何か堪え忍ぼうとすることの方が負けてしまった。けっして思いを表面には現すまいと思っていたのに。

五〇四 私の恋の思いをあの人は知っているだろうか。涙に濡れた枕だけは、もし知っているとすれば、知っているだろう。

◎「しきたへの」は「枕」の枕詞。→六七六

五〇五 心の中に思いを秘めて私が恋い慕っているなどと、あの人はすこしも知らないだろう。それと告げ知らせてくれる人は誰もいないのだから。

◎二句までが「忍ぶ」の序詞。

五〇六 人知れない思いなどといっても意味がないといってもよいくらい、すぐ近くに住んでいるのに、どうしても逢う手だてのないことだ。

五〇七 思ふとも恋ふとも逢はむものなれや結《ゆ》ふ手もたゆく(1)解くる下紐《したひも》

五〇八 いで我を人なとがめそ大船《おほふね》のゆたのたゆたに物思ふ頃ぞ

五〇九 伊勢《いせ》の海に釣《つり》する海人《あま》の浮子《うけ》なれや心一つを定めかねつる

五一〇 伊勢の海の海人の釣縄《つりなは》うちはへて苦しとのみや思ひわたらむ

五一一 涙川なに水上《みなかみ》をたづねけむ物思ふときの我が身なりけり

五一二 種しあれば岩にも松は生《お》ひにけり恋ひをし恋ひば逢はざらめやも

◎「葦垣の」は「間近けれ」の枕詞。

五〇七　どんなに思っても恋い慕っても、とても逢えそうもないものなのに、結び直す手がくたびれるほど、何度もほどけるこの下紐よ。

(1)下着の紐が解けるのは人に思われているしるしだという俗信があった。↓七三〇

五〇八　どうか私を人は誰もとがめないでおくれ。大船がゆらゆらと揺れるように、恋の思いに取りつかれて心も揺らいで落着かないでいる時なのだから。↓補

五〇九　私は伊勢の海で釣をしている漁師の浮子《うき》なのだろうか。心一つを定めることができずに、ふらふらさせている。

五一〇　伊勢の海の漁師が釣縄を長く張るように、私も長々とひたすら苦しみながらもの思いを続けていくのだろうか。

◎二句までが「うちはへて」の序詞。

五一一　涙川の源がどこかとどうして探し求めたのだろう。なんと、物思いにふけっている私の身が、その源だったのだ。

五一二　種さえあれば、固い岩の上にでも松は生え育つ。いちずに恋い慕い続けたならば、どうしてあの人に逢えないことがあろうか。

五三 朝な朝な立つ川霧の空にのみ浮きて思ひのある世なりけり

五四 忘らるる時しなければ葦鶴《あしたづ》の思ひ乱れて音《ね》をのみぞなく

五五 唐衣《からころも》ひもゆふぐれになる時は返す返すぞ人は恋しき

五六 宵々《よひよひ》に枕定めむ方《かた》もなしいかに寝し夜か夢に見えけむ

五七 恋しきに命をかふるものならば死にはやすくぞあるべかりける

五八 人の身も慣《な》らはしものを逢はずしていざ試《こころ》みむ恋ひや死ぬると

五三　毎朝立ちのぼる川霧が空にばかり浮いているように、心が上の空で落ち着かない思いをしている、それが男女が織りなすこの世の中のありかただったのだ。◎二句までが「空にのみ浮きて」の序詞。

五四　あの人のことが忘れられる時がないので、葦辺の鶴が乱れ飛びながら鳴くように、私は思い乱れて声を立てて泣くばかりだ。◎「葦鶴の」は「思ひ乱れ」「なく」を枕詞的に導く。

五五　日も夕暮れ時になると、返す返すあの人のことが恋しく思われてたまらなくなる。◎「唐衣」は「紐」から「日も」の枕詞。「日も夕暮れ」に「紐結ふ」を隠す。「返す返す」は「唐衣」の縁語。

五六　毎晩どちらに枕を向けて寝たらよいかわからないで、考えあぐねている。いったいどのような向きで寝た夜に、あの人が夢に見えたのだろうか。

五七　人を恋する苦しさに、命が引き換えられるものならば、死ぬことなどはいともたやすいことだ。

五八　人の身も物事に慣れてしまえばどうにでもなるものだ。逢わないでいて、さあ試し

五一九 忍ぶれば苦しきものを人知れず思ふてふこと誰《たれ》に語らむ

五二〇 来《こ》(1)む世にもはやなりななむ目の前につれなき人を昔と思はむ

五二一 つれもなき人を恋ふとて山彦《やまびこ》の答へするまで歎きつるかな

五二二 行く水に数書くよりもはかなきは思はぬ人を思ふなりけり

五二三 人を思ふ心は我にあらねばや身の惑《まど》ふだに知られざるらむ

五二四 思ひやる境遥《さかひはる》かになりやする惑ふ夢路に逢ふ人のなき

てみよう、苦しみのあまり、はたして恋い死ぬものかどうかと。

五一九 心の中に思いを秘めて堪えているのは苦しいものだ。あの人に知られることなく恋い慕っていることを、いったい誰に語ったらよいのだろうか。

五二〇 あの世に早くなってしまってほしい。目の前で冷い態度をとるこの世の人を、前の世の人と思えるだろうから。

(1)仏教の三世を踏まえた発想。単に未来・現在・過去と解する説もある。

五二一 私の思いにすこしも答えてくれない無情な人を恋するということで、山彦が答えるほど大きな嘆息《ためいき》をもらしてしまった。

五二二 流れる水に数を書くよりもはかないことは、こちらを思ってもくれない人を恋い慕うことだ。↓補

五二三 人を恋い慕う心は、もう我を失っているので、身がこれほどとまどっていることさえ分からないのだろうか。

五二四 私が思いをはせる所は遥かに遠ざかってしまったのだろうか、いくら夢路をさまよってもあの人に逢えないのは。

五三五　夢のうちに逢ひ見むことを頼みつつ暮らせる宵は寝む方もなし

五三六　恋ひ死ねとする業《わざ》ならしむばたまの夜《よる》はすがらに夢に見えつつ

五三七　涙川枕ながるる浮き寝には夢(1)もさだかに見えずぞありける

五三八　恋すれば我が身は影となりにけりさりとて人に添《そ》はぬものゆゑ

五三九　篝火《かがりび》にあらぬ我が身のなぞもかく涙の川に浮きて燃ゆらむ

五三五　夢の中で逢い見ることを心頼みしながら一日を過したこの夜は、いざ寝ようと思ったら、かえって眠れなくなってしまった。

五三六　これではまるで私に恋い死ねというばかりにしむけているらしい。昼は逢えないで、夜は夜どおし夢に現われて焦《じ》らすとは。

◎「むばたまの」は「夜」の枕詞。

五三七　泣く涙が川となって枕も流れ出してしまいそうな悲しい浮き寝では、夢もはっきりと見られないことだ。

（1）夢で恋する人に逢えることを期待している。

◎「流るる」と「泣かるる」を掛ける。「浮き寝」は舟で寝ることで、水鳥にいうことも多い。「憂き寝」を響かせている。

五三八　恋の物思いのために、私の身は影法師のような幻《まぼろし》になってしまった。と言って、あの人に寄り添っていられるわけでもないのに。

◎万葉集では「朝影」を恋のやつれの表現として多用する。巻十一・二三九四、二六一九、二六六四、巻十二・三一三八。

五三九　鵜飼《うかい》の篝火でもない私の身なのに、どうしてこのように涙の川に浮かんで燃えているのだろう。

五三〇 篝火の影となる身のわびしきはながれて下に燃ゆるなりけり

五三一 早き瀬に海松布《みるめ》生《お》ひせば我が袖《そで》の涙の川に植ゑましものを

五三二 沖辺《おきへ》にも寄らぬ(1)玉藻《たまも》の波の上に乱れてのみや恋ひわたりなむ

五三三 葦鴨《あしがも》の騒ぐ入江の白波の知らずや人をかく恋ひむとは

五三四 人知れぬ思ひをつねに駿河《するが》なる富士《ふじ》の山こそ我が身なりけれ

五三〇 篝火の水に映る影のようになった私の身の悲しさは、流れる水底に篝火の光が燃えて見えるように、泣きながら心の奥底で思いの火に燃えていることだよ。
◎「流れ」と「泣かれ」を掛ける。

五三一 早瀬に海松布が生えるものならば、私の袖の激しく流れる涙の川に植えて見たいのだが。きっと見る目があろうから。
◎「海松布」に「見る目」(逢う機会)を掛ける。「海松布」は、食用にする海藻。

五三二 沖の方にも寄る辺のない玉藻が波の上に乱れて漂うように、私は心乱れるばかりで、いちずに恋い続けるのだろうか。
(1)藻の美称。
◎三句まで「乱れて」の序詞。

五三三 葦鴨の騒ぐ入江に立つ白波ではないが、知らないのだろうか、私があなたをこんなに恋い慕っているとは。
◎三句まで「知らず」を導く同音反復の序詞。心中の動揺を暗示。

五三四 誰にも知られないで、恋の思いの火を常に燃やしている駿河の富士山こそは、ほかならぬ私の身であったのだ。
◎「思ひ」と「火」、「常にする」と「駿河」を掛ける。「富士の山」は情熱の象徴。

五三五　飛ぶ鳥の声も聞えぬ奥山の深き心を人は知らなむ

五三六　逢坂《あふさか》の(1)木綿《ゆふ》つけ鳥《どり》もわがごとく人や恋しき音《ね》のみ鳴くらむ

五三七　逢坂の関《せき》に流るる岩清水《いはしみづ》言はで心に思ひこそすれ

五三八　浮き草の上は茂れる淵《ふち》なれや深き心を知る人ぞなき

五三九　うちわびて呼ばはむ声に山彦《やまびこ》の答へぬ山はあらじとぞ思ふ

五四〇　心がへするものにもが片恋《かたこひ》は苦しきものと人に知らせむ

五三五　飛ぶ鳥の声さえも聞えない奥深い山のような、深い恋の思いを心の中に秘めていることを、あの人は知ってほしい。
◎三句までが「深き」の序詞。

五三六　逢坂の関の木綿つけ鳥も、私のように人を恋い慕い、ひたすら声を張りあげて鳴いているのだろうか。
(1)未詳。世情騒がしい時に四境を鎮《しず》めるために、鶏に木綿を付けて四方の関に放したといわれる。→六三四、七四〇、九九五

五三七　逢坂の関に湧き流れる岩清水ではないが私は口に出して言わないで、心の中でしきりに恋い慕っているのだ。
◎三句まで「言はで」を導く同音反復の序詞。岩間から湧き流れる清水に溢れ出る慕情を暗示するか。「岩清水」は逢坂の景物。

五三八　私は浮き草が表面に生い茂っている淵とでもいうのだろうか。深い恋の思いを分かってくれる人は誰もいない。

五三九　恋の苦しさに堪えかねて呼びかける声に、山彦が答えてくれない山はあるまいと思う。

五四〇　心が取り換えられるものであったらよいのに。片思いはどんなにつらいものか、あの人に思い知らせてやりたいから。

五四一　よそにして恋ふれば苦し入れ(1)紐《ひも》の同じ心にいざ結びてむ

五四二　春立てば消ゆる氷の残りなく君が心は我に解けなむ

五四三　明けたてば蟬《せみ》のをりはへ泣き暮らし夜は蛍《ほたる》の燃えこそわたれ

五四四　夏虫の身をいたづらになすことも一つ思ひによりてなりけり

五四五　夕さればいとど干《ひ》がたき我が袖《そで》に秋の露さへ置き添《そ》はりつつ

五四六　いつとても恋しからずはあらねども秋の夕べはあやしかりけり

五四一　遠く離れていて恋い慕うのは、とてもつらいことだ。入れ紐をつなぐように、二人が同じ心になって、さあ契りを結ぼう。
(1)結んで玉にした紐（雄紐）を、輪にした紐（雌紐）に通してつないだもの。袍《ほう》・直衣《のうし》・狩衣《かりぎぬ》などの衣服に用いた。

五四二　春になると解ける氷のように、あなたの心は私にあます所なくうち解けてほしい。

五四三　夜が明けると蟬のように一日中長々と泣き暮らし、夜は夜で蛍のように燃える思いにひたすら身を焦がし続けている。

五四四　夏虫が灯火に飛び込んで身を焼き滅ぼしてしまうことも、思えば私と同じような恋の思いの火によってだったのだ。
◎万葉集・巻九・一八〇七に、「夏虫の火に入るがごと……行きかぐれ」とある。

五四五　夕暮になるとわびしさに恋心がつのりますます乾きにくくなっている私の袖に、さらに秋の露まで置き加わり続けるよ。

五四六　いつといって恋しくない時はないけれども、秋の夕暮は不思議に人恋しさがつのることだよ。→補

五四七 秋の田のほにこそ人を恋ひざらめなどか心に忘れしもせむ

五四八 秋の田の穂の上《うへ》をてらす稲妻《いなづま》の光の間《ま》にも我や忘るる

五四九 人目もる我かはあやな花すすきなどかほに出《い》でて恋ひずしもあらむ

五五〇 淡雪《あはゆき》のたまればかてに砕けつつ我が物思ひのしげき頃かな

五五一 奥山の菅《すが》の根しのぎ降る雪の消《け》ぬとかいはむ恋のしげきに

五四七 秋の田の穂のように、恋心をあらわに見せることはないけれども、どうして心の中ではあなたのことを片時でも忘れたりすることがあろうか。

◎「秋の田の」は「穂」に掛けて「ほ（秀）」の枕詞。

五四八 秋の田の穂の上を照らす稲妻の光が輝く瞬間のような、ほんのわずかの間でも私があなたのことを忘れたりするものか。

五四九 人目をはばかるような私だろうか、とんでもないことだ。どうして表だって恋をしないでいられようか。

◎「花すすき」は「穂」に掛けて「ほ（秀）」の枕詞。

五五〇 淡雪が積もれば重みに堪えられないかのように砕け落ちるが、私も千々に心が砕けて思い乱れることがしきりに起こる今日このごろだ。

◎二句まで「砕け」の序詞。

五五一 奥山の菅《すげ》の根もとまで押しなびかせて降り積もる雪でさえも消えていくように、私も命が消えてしまうとでも言おうか、恋の思いの絶え間ないのに堪えかねて。

◎三句まで「消」の序詞。

古今和歌集　巻第十二

恋歌　二

題知らず　　　小野小町

五五二　思ひつつ寝《ぬ》ればや人の見えつらむ夢と知りせば覚めざらましを

五五三　うたた寝《ね》に恋しき人を見てしより夢てふものは頼みそめてき

五五四　いとせめて恋しき時はむばたまの夜《よる》の衣《ころも》を返してぞ着る

題知らず　　　小野小町

五五二　しきりに恋い慕って寝たから、あの人が夢に見えたのだろう。夢とわかっていたならば、目が覚めないでいればよかったのに。
◎万葉集・巻十五・三七三八「思ひつつ寝《ぬ》ればかもとなぬばたまの一夜《ひとよ》もおちず夢《いめ》にし見ゆる」の例がある。

五五三　仮寝の夢に恋しいあの人を見てから、はかない夢というものをあらためて頼りに思い始めるようになった。

五五四　胸が締めつけられるように恋しくてたまらない時は、夜の衣を裏返しに着て寝ることだ。
◎「むばたまの」は「夜」の枕詞。衣を裏返しに着て寝ると恋人を夢に見るという俗信があったのを踏まえたもの。後撰集・恋四「白露のおきてあひ見ぬことよりは衣《きぬ》返しつつ寝なむとぞ思ふ」など。万葉集では「袖返す」と詠まれた。巻十一・二八一二「わぎもこに恋ひて術《すべ》なみ白妙の袖返ししは夢《いめ》に見えずや」など。

素性法師

五五五　秋風の身に寒ければつれもなき人をぞ頼む暮るる夜《よ》ごとに

(1)下出雲寺《しもついづもでら》に人のわざしける日、(2)真静法師《しんせいほふし》の導師《だうし》にて言へりける言葉を歌によみて、小野小町がもとに遣《つか》はしける　　安倍清行朝臣

五五六　包めども袖《そで》にたまらぬ白玉は人を見ぬ目の涙なりけり

返し　　小町

五五七　おろかなる涙ぞ袖に玉はなす我はせきあへずたぎつ瀬なれば

寛平御時后宮《くわんぴやうのおほむときのきさいのみやの》歌合の歌　　藤原敏行朝臣

五五八　恋ひわびてうち寝《ぬ》るなかに行き通《かよ》ふ夢の直路《ただぢ》はうつつならなむ

素性法師

五五五　秋風が身にしみて寒く感じられるようになったので、無情なあの人もすこしは心やわらいだかと頼みながら心待ちしている、毎夜暮れるたびに。

下出雲寺である人の追善の法事をした日、真静法師が導師になって説法した経文の言葉を歌に詠んで、小野小町のもとに贈った歌　　安倍清行

五五六　経文の無価の宝珠と違って、いくら包んでも袖にたまらず外にこぼれ出す白玉は、思う人に逢えなくて悲しみのあまり目から流れ出る涙でしたよ。

(1)京都の賀茂神社への道の途中にある、後世の御霊神社下社というが未詳。(2)四五三・九二一の作者。↓補

返し　　小野小町

五五七　心のこもっていないいいかげんな涙が、袖に玉となっているのです。私は涙をせきとめることはできません、激しく逆まく早瀬のように流れていますので。

寛平御時后宮歌合の歌　　藤原敏行

五五八　恋い悩んでついまどろんだ夢の中で、あの人のもとに行き通うことができた、まっ

五五九 住《すみ》の江《え》の岸に寄る波夜《よる》さへや夢の通《かよ》ひ路《ぢ》人目避《よ》くらむ

小野美材《よしき》

五六〇 我が恋は深山隠《みやまがく》れの草なれや繁《しげ》さまされど知る人のなき

紀　友則

五六一 宵の間《ま》もはかなく見ゆる夏虫に惑《まど》ひまされる恋もするかな

五六二 夕されば蛍《ほたる》よりけに燃ゆれども光見ねばや人のつれなき

五六三 笹《ささ》の葉に置く霜よりもひとり寝《ぬ》る我が衣手《ころもで》ぞ冴《さ》えまさりける

すぐに通じていたあの道が、どうか現実のものであってほしい。

五五九　住の江の岸にひたひたと寄る波、その夜の夢の中の通い路でまでも、あの人は人目を避けようとするのだろうか。

◎二句までが「寄る」の同音反復で「夜」を導く序詞。寄せる波に慕情を暗示。

小野美材

五六〇　私の恋は山奥深く生い茂る草とでもいうのだろうか、どんなに思いの繁さがつのっても、誰も知る人はいない。

◎草の「繁さ」に恋の「繁さ」を寄せる。

紀友則

五六一　灯火に飛び入って、まだ夜になって早早にはかなく命を落としてしまいそうに見える夏虫よりも、いちだんと迷って、身を焦がすような激しい恋をしていることだ。

五六二　私は夕方になると蛍よりもずっと激しく恋の思いに燃えているのに、光が見えないので、あの人は平然としているのか。

五六三　笹の葉に置く霜よりも、独りわびしく寝ている私の衣の袖の方が、涙で凍ってひとしお寒さが身にしみ渡ることだ。

五六四　我が宿の菊の垣根に置く霜の消えかへりてぞ恋しかりける

五六五　川の瀬になびく玉藻《たまも》の水隠《みがく》れて人に知られぬ恋もするかな

五六六　かきくらし降る白雪の下《したぎ》消えに消えて物思ふ頃にもあるかな　壬生忠岑

五六七　君恋ふる涙の床《とこ》に満ちぬればみをつくしとぞ我はなりける　藤原興風

五六八　死ぬる命生きもやすると試《こころ》みに玉《たま》の緒《を》ばかり逢はむと言はなむ

五六四　私の家の菊の垣根に置く霜が消えやすいように、私は消え入るような思いでひたすら恋い慕っている。◎三句まで「消えかへり」の序詞。

五六五　川の早瀬になびく玉藻が水に隠れて見えないように、私は思う人に心の中の思いを知ってもらえぬ、つらい恋をしていることだ。↓補

五六六　壬生忠岑　空一面を暗くして降る白雪が下の方から消えていくように、身も消え入りそうな思いで過ごしている、今日このごろだよ。↓補

五六七　藤原興風　あなたを恋い慕う涙が寝床いっぱいになってしまったので、私は澪標《みおつくし》となって、思いに身を尽して今にも恋い死なんばかりになっている。↓補

五六八　恋の思いの苦しさに耐えかねて今にも死にそうな命が生き返るかどうか、ためしにほんのわずかの間だけでもいいから逢おうと言ってほしい。↓補

五六九 わびぬればしひて忘れむと思へども夢といふものぞ人頼《ひとだの》めなる

よみ人知らず

五七〇 わりなくも寝ても覚めても恋しきか心をいづちやらば忘れむ

五七一 恋しきにわびて魂《たましひ》惑《まど》ひなばむなしきからの名にや残らむ

紀　貫之

五七二 君恋ふる涙しなくは唐衣《からころも》胸のあたりは色燃えなまし

題知らず

五七三 夜《よ》とともにながれて(1)ぞ行く涙川冬も凍らぬ水泡《みなわ》なりけり

五六九　恋の思いの苦しさにどうにもやりきれなくなって、無理にでも忘れようと思ったが、夢に見てしまう。夢というものは空しい期待を抱かせるものだ。↓補

よみ人知らず

五七〇　寝ても覚めてもむやみに恋しく思われることだ。いったい心をどこにやったならば、恋の思いが忘れられるだろうか。

五七一　恋しさに思いあまって魂がさまよい出してどこかに行ってしまったならば、恋のために脱け殻のような身になってしまったという評判だけが残るだろう。

紀貫之

五七二　あなたを恋い慕う涙がなかったならば、恋の思いの火で私の着物の胸のあたりは真っ赤になって燃え立つことだろう。

題知らず　紀貫之

五七三　毎夜恋の思いのつらさに泣かれて、流れ出していく涙の川は、冬も凍ることがない、泡だち逆まく激流であったよ。

(1)「流れて」に「泣かれて」を掛ける。

五五四 夢路にも露や置くらむ夜もすがら通《かよ》へる袖《そで》のひちて乾かぬ

素性法師

五五五 はかなくて夢にも人を見つる夜は朝《あした》の床《とこ》ぞ起き憂《う》かりける

藤原忠房

五五六 いつはりの涙なりせば唐衣《からころも》忍びに袖はしぼらざらまし

大江千《ち》里《さと》

五五七 音《ね》に泣きてひちにしかども春雨に濡《ぬ》れにし袖と問はば答へむ

敏行朝臣

五五八 我がごとくものや悲しき時鳥《ほととぎす》時ぞともなく夜《よ》ただ鳴くらむ

五五四　夢の中の道にも露が置いているのだろうか。夜どおしつれないあの人のもとに通っているこの袖が、びっしょりと濡れて乾きもしないことだ。

素性法師

五五五　逢ったかどうか、まるではっきりとしないうちに目が覚めるような、頼りない感じで愛する人を夢見た夜の翌朝は、寝床から起き上がりにくいことだ。

藤原忠房

五五六　これがうわべだけの嘘偽りの涙であるならば、こっそりと衣の袖をしぼるようなことはしないだろうに。

大江千里

五五七　あの人を恋い慕うあまり声をあげて泣いて濡れた袖だが、もし人が聞いたならば春雨に濡れたのだと答えよう。

藤原敏行

五五八　私のように何か悲しいことがあるのか。それで、時鳥は時を分かたず夜しきりに鳴いているのだろう。

五五九　五月山梢《さつきやまこずゑ》を高《たか》み時鳥鳴く音《ね》そらなる恋もするかな

貫之

五六〇　秋霧の晴るる時なき心には立ち居《ゐ》の空も思ほえなくに

凡河内躬恒

五六一　虫のごと声に立てては泣かねども涙のみこそ下《した》にながるれ

清原深養父《ふかやぶ》

是貞親王家《これさだのみこのいへの》歌合の歌

よみ人知らず

五六二　秋なれば山とよむまで鳴く鹿《しか》に我劣らめや一人寝《ぬ》る夜は

紀貫之

五五九　木の葉がすっかり生い茂った五月の山では木高く感じられるので、時鳥の声が空から聞えてくる。私もそんな上の空のような心地で、ぼんやりと恋の思いに取りつかれている。

◎「鳴く音」まで、大空に上の空を掛けて「そらなる」を導く序詞。

凡河内躬恒

五六〇　秋霧のように恋の思いが晴れる時がない私の心には、立ったり座ったりの日常の動作さえ、上の空でぼんやりしていることだ。

◎「秋霧の」は「晴るる」の枕詞で、「立ち居」「空」はその縁語。

清原深養父

五六一　私は虫のように声をあげて泣きはしないが、人目を忍んで泣く涙ばかりがしきりに流れている。↓補

是貞親王家歌合の歌　よみ人知らず

五六二　秋になったので山を響かせて妻恋に鳴く鹿の声に、私も劣ることがあろうか、さびしく独り寝する夜は。

題知らず　　　　　　　　　　　　　　　　貫之

五八三　秋の野に乱れて咲ける花の色の千種《ちぐさ》に物を思ふころかな

五八四　一人して物を思へば秋の田の稲葉《いなば》のそよと言ふ人のなき　　　　躬恒

五八五　人を思ふ心は雁《かり》にあらねども雲居《くもゐ》にのみも泣きわたるかな　　　　深養父《ふかやぶ》

五八六　秋風にかきなす琴の声にさへはかなく人の恋しかるらむ　　　　忠岑

五八七　真菰《まこも》刈る淀《よど》の沢水雨降れば常よりことに増さる我が恋　　　　貫之

五八三　題知らず　　　　紀貫之　秋の野に乱れ咲く花が色とりどりなように、あれこれ恋の物思いにふけっている今日このごろだよ。◎三句までが「千種に」を導く序詞。

五八四　凡河内躬恒　ただ一人で恋の物思いにうちふけっていると、秋の田になびく稲葉のように、「そよ」と言って訪ねてくれる人もいないことだ。◎「秋の田の稲葉の」は「そよ」の序詞。稲葉のそよぐ音の「そよ」に、ああそうだと思い出す意の「そよ」を掛ける。

五八五　清原深養父　あの人を恋い慕う私の心は雁というわけではないが、大空ならぬ上の空で泣き続けていることだ。◎「雲居」に、大空と上の空を掛ける。

五八六　壬生忠岑　秋風の中でかき鳴らす琴の音にまで、むなしい物思いと分かっていながら、どうしてこんなに恋心がつのるのだろうか。

五八七　紀貫之　真菰草を刈る淀の沢が雨が降るとふだ

大和《やまと》に侍《はべ》りける人に遣《つか》はしける
五八八 越えぬ間《ま》は吉野《よしの》の山の桜花人づてにのみ聞きわたるかな

三月《やよひ》ばかりに、もののたうびける人のもとに、又人まかりて消息《せうそこ》すと聞きて、よみて遣はしける
五八九 露ならぬ心を花に置き初《そ》めて風吹くごとに物思ひぞつく

題知らず　　坂上是則
五九〇 我が恋にくらぶの山の桜花間《ま》なく散るとも数は増さらじ

宗岳大頼《むねをかのおほより》
五九一 冬川の上《うへ》は凍れる我なれや下《した》にながれて恋ひわたるらむ

んよりも水かさが増すように、いつもよりもいっそうつのっている私の恋の思いよ。↓補

大和国におりましたある女に贈った歌　　紀貫之
五八八 まだ越えない間は、美しいと評判の吉野山の桜の花を、人の噂にばかり聞き続けているだけです。↓補

三月ごろ、前から言葉をかけて下さっていたお方の所に、他の男が行って手紙を贈っていると聞いて、その人に詠んで贈った歌　　紀貫之
五八九 露ではない深い心を露のように花に置き初めてから、風が吹くたびに散りこぼれはしないかと、不安の気持に取りつかれてたまりません。↓補

題知らず　　坂上是則
五九〇 私の恋の思いの繁さに比べれば、くらぶ山の桜が絶え間なく散っても、その数がまさることはあるまい。↓補

宗岳大頼
五九一 冬の川は表面は凍って下は流れているが、そんな私なのか、心の中で泣いて、いつまでも恋い続けていくのだろう。↓補

五九二 たぎつ瀬に根ざしとどめぬ浮草の浮きたる恋も我はするかな

忠岑

五九三 宵々《よひよひ》に脱ぎて我が寝る狩衣《かりごろも》かけて思はぬ時の間《ま》もなし

友則

五九四 東路《あづまぢ》の小夜《さや》の中山《なかやま》なかなかになにしか人を思ひ初《そ》めけむ

五九五 しきたへの枕の下《した》に海はあれど人をみるめは生ひずぞありける

五九六 年を経《へ》て消えぬ思ひはありながら夜の袂《たもと》はなほ凍りけり

壬生忠岑

五九二 激しい流れに根付いて留まることがなくて漂う浮草のように、不安な恋を私はしていることだ。↓補

紀友則

五九三 毎晩私が寝る時に狩衣《かりぎぬ》を脱いで掛けるように、あの人のことを心にかけて恋い慕わぬことは片時だってない。↓補

五九四 東国路の小夜の中山というわけでもないが、なまはんかにどうしてあのようなつれない人を思い初めてしまったのだろう。

◎二句まで同音反復で「なかなかに」を導く序詞。

五九五 恋い慕って泣く涙で、枕の下に海はあるけれども、海松布《みるめ》は生えず、あの人に逢う機会もいっこうにないことだ。

◎「しきたへの」は「枕」の枕詞。「海松布《みるめ》」に「見る目」を掛ける。

五九六 いくら年月がたっても消えない、恋の思いの火はあるけれども、独り寝の夜着の袂はやはり涙で凍っていることだ。

◎「思ひ」に「火」を掛ける。

五九七 我が恋は知らぬ山路にあらなくに惑《まど》ふ心ぞわびしかりける　貫之

五九八 紅《くれなゐ》の振り出《い》でつつ泣く涙には袂のみこそ色まさりけれ

五九九 白玉と見えし涙も年経《ふ》れば韓紅《からくれなゐ》に移ろひにけり

六〇〇 夏虫をなにか言ひけむ心から我も思ひに燃えぬべらなり　躬恒

六〇一 風吹けば峰に別るる白雲の絶えてつれなき君が心か　忠岑

六〇二 月影に我が身をかふるものならばつれなき人もあはれとや見む

五九七　私の恋路は知らぬ山路というわけでもないのに、恋に迷う心はつらく心細いことだ。　紀貫之

五九八　紅色を振り出して染めるように、恋のつらさに紅い血を振りしぼって泣く涙で、袂だけが一段と色鮮やかになることだ。↓一四八

五九九　最初は白玉と見えた涙も、長い年月が経《た》ったら、恋のつらさに色鮮やかな真紅に変ってしまった。↓一四八

六〇〇　夏虫が灯火に飛び入るのを、どうしてあさはかなどと言ったのだろう。私も自分から恋の思いの火で身を焼き尽してしまいそうだ。　凡河内躬恒

六〇一　風が吹くと峰に当って白雲が二つに別れていくように、すっかり途絶えてしまっている、つれないあなたの心だよ。◎三句までが「絶えて」の序詞。　壬生忠岑

六〇二　月の光に私の身を変えることができたならば、つれないあの人もしみじみと感じ入って眺めてくれるだろうか。

六〇三 恋ひ死なば誰《た》が名は立たじ世の中の常なきものと言ひはなすとも　深養父《ふかやぶ》

六〇四 津《つ》の国の難波《なには》の葦《あし》のめもはるにしげき我が恋人知るらめや　貫之

六〇五 手も触れで月日経《へ》にける白檀《しらま》弓《ゆみ》起き臥《ふ》し夜《よる》はいこそ寝《ね》られね

六〇六 人知れぬ思ひのみこそわびしけれ我がなげきをば我のみぞ知る

六〇七 言《こと》に出《い》でて言《い》はぬばかりぞ水《み》無《な》瀬《せ》川《がは》下《した》に通《かよ》ひて恋しきものを　友則

清原深養父

六〇三　私がもし恋い死にしたならば、誰でもない、あなたが無情だという評判が立つことだろう。たとえあなたが、世の中は無常だから私が死んだのだと、言いのがれをしても。

紀貫之

六〇四　津の国の難波の葦が芽を出し見わたすかぎり生い茂っているように、しきりに恋い慕っている私の思いを、あの人は知っているだろうか。↓補

六〇五　手も触れないで長い月日を過してしまった白檀弓のようなあの人、恋の思いがつのって、夜になっても起き上がったり横たわったりして、寝ることもできないでいる。↓補

六〇六　恋する人に知ってもらえない思いはつらいものだ。私が歎きの木で思いの火を燃やしていることは、ただ私だけが知っているばかりだ。↓補

紀友則

六〇七　言葉に出して言わないだけだ。水無瀬川の伏流のように、心の中では思いを通わせて恋い慕っているのだが。↓補

六〇八　君をのみ思ひ寝《ね》に寝し夢なれば我が心から見つるなりけり　躬恒

六〇九　命にもまさりて惜しくあるものは見はてぬ夢の覚むるなりけり　忠岑

六一〇　梓弓《あづさゆみ》引けば本末《もとすゑ》我が方《かた》によるこそまされ恋の心は　春道列樹《はるみちのつらき》

六一一　我が恋は行方《ゆくへ》も知らず果《は》てもなし逢ふをかぎりと思ふばかりぞ　躬恒

六一二　我のみぞ悲しかりける彦星《ひこぼし》も逢はで過ぐせる年しなければ

六〇八　あなたのことばかりひたすら思って寝て見た夢だから、私の思いの深さによって見た夢なのだ。　凡河内躬恒

六〇九　命にもまして惜しいものは、思う人との逢瀬の夢が見終らないうちに覚めてしまうことだ。　壬生忠岑

六一〇　梓弓を引くと両端が自分の方に寄る。その夜こそいちだんとつのる、私の恋い慕う心は。　春道列樹
◎「梓弓」は→二〇。弓の弦《つる》を引くと本（上）と末（下）の両端が寄る。三句まで「寄る」を掛けて、「夜」の序詞。

六一一　私の恋は行く先もわからないし、終りもない。逢うことが落ち着き場所だと思っているだけだ。　凡河内躬恒

六一二　私だけが恋しい人に逢えないで、悲しい思いをしている。あの彦星でも織姫に逢わないで過ごす年はないのだから。

六三　今ははや恋ひ死なましを逢ひ見むと頼めし言《こと》ぞ命なりける

深養父《ふかやぶ》

六四　頼めつつ逢はで年経《ふ》るいつはりに懲《こ》りぬ心を人は知らなむ

躬恒

六五　命やはなにぞは露のあだものを逢ふにし換《か》へば惜しからなくに

友則

清原深養父

六三　今はもう恋い死にしてしまおうよ。思えば、あの人が「いずれ逢いましょう」と頼みに思わせた、あの言葉こそが私の命の支えであった。

凡河内躬恒

六四　そのうちに逢おうと頼りにさせながら、逢うことなく長い年月がたってしまった、偽りの約束に懲りないでひたすら思いつめている、いちずな私の恋の思いを、あの人はわかってほしい。

紀友則

六五　命だって、それが何だというのだ。露のようにはかなくむなしいものではないか。恋する人に逢うのに引き換えられるものならば、すこしも惜しくはないのに。

古今和歌集　巻第十三

恋歌三

三月《やよひ》の一日《ついたち》より、忍びに人にものを言ひて、後《のち》に、雨のそほ降りけるによみて遣《つか》はしける

業平朝臣

六一六 起きもせず寝《ね》もせで夜《よる》を明かしては春のものとてながめ暮らしつ

業平朝臣の家に侍《はべ》りける女のもとに、よみて遣はしける

敏行朝臣

六一七 つれづれのながめに増さる涙川《なみだがは》袖《そで》のみ濡《ぬ》れて逢ふよしもなし

古今和歌集　巻第十三

恋の歌三

三月一日ごろから、ひそかにある女と言葉を交すようになって、その後に、雨がしょぼしょぼと降る日、詠んで贈った歌

在原業平

六一六　あなたを恋い慕って、起きているでもなく、と言って寝ているでもなく、夜を明かして、昼は昼で、春の景物ということで、一日中長雨に降りこめられて、物思いにふけって過ごしました。

◎「眺め」に「長雨」を掛ける。「眺め」は、愛情が叶えられなくて、所在なくもの思いにふけること。

業平の家に住んでいたある女のところに、詠んで贈った歌

藤原敏行

六一七　長雨が降ると川の水が増えますが、私もあなたを恋い慕って所在なくもの思いにふけり、歎き悲しんで流す涙の川も水かさが増しました。その川を渡って通って行こうとしても、袖が濡れるばかりで、逢う手だてもありません。

◎「つれづれのながめ」で、一まとまりの歌語。長雨に降りこめられた所在なさと、思い

かの女に代りて、返しによめる　業平朝臣

六一八　浅みこそ袖《そで》はひつらめ涙川《なみだがは》身さへ流ると聞かば頼まむ

題知らず　よみ人知らず

六一九　寄る辺なみ身をこそ遠くへだてつれ心は君が影となりにき

六二〇　いたづらに行きては来《き》ぬるものゆゑに見まくほしさにいざなはれつつ

六二一　逢はぬ夜の降る白雪と積もりなば我さへともに消《け》ぬべきものを

この歌は、ある人のいはく、柿本人麿が歌なり。

が叶えられないで晴らしようもない屈託した心情とが重ね合わされている。「長雨」に「眺め」を掛ける。

その女に代って、返歌として詠んだ歌　在原業平

六一八　あなたの愛情が薄くて、涙の川が浅いから、袖が濡れたのでしょう。袖どころか身体まで流れると聞きましたら、あなたを頼りにいたしましょう。

題知らず　よみ人知らず

六一九　あなたに近づく手づるがないので、身体こそ遠くに隔たってはいるが、心はあなたの影となって早くから近くに寄り添っていたことだ。

六二〇　訪ねて行ってもむなしく帰って来るだけなのに、どうしても一目逢いたくて、引き寄せられるようについ何度も出かけてしまうことだよ。

六二一　逢えない夜が降る白雪のように積もり重なったならば、雪と一緒にこの私までが命絶えて消えてしまうに違いないよ。

この歌は、ある人の説では、柿本人麿の歌である。

六二二　秋の野に笹《ささ》分けし朝の袖よりも逢はで来《こ》し夜《よ》ぞひちまさりける　　業平朝臣

六二三　みるめなき我が身を浦と知らねばやかれなで海《あ》人《ま》の足《あし》たゆく来る　　小野小町

六二四　逢はずして今宵《こよひ》明けなば春の日の長くや人をつらしと思はむ　　源宗于《むねゆき》朝臣

六二五　有明《ありあけ》のつれなく見えし別れより暁ばかり憂《う》きものはなし　　壬生忠岑

六二六　逢ふことのなぎさにし寄る波なればうらみてのみぞ立ちかへりける　　在原元方

六二二　露深い秋の野に笹を分けて朝歩いて行く袖よりも、逢えないで帰って来て涙で濡れた袖の方が、濡れまさっていることだ。　　在原業平

六二三　逢う折がない私の身は海松布《みるめ》の生えていない浦のようなものだが、それと気が付かないのだろうか、漁師ならぬあのお方は、あきらめて遠ざかることもなく、足がだるくなるほどしきりにやって来る。↓補　　小野小町

六二四　逢えないで今夜が明けてしまったならば、春の日のように長くいつまでもあの人をつれないと思うことだろうか。↓補　　源宗于

六二五　有明の月がそっけなく空にかかって見えた、一晩中かきくどいても逢うことができないで帰って来た、あの別れの時以来、暁ほどつらく感じられるものはない。↓補　　壬生忠岑

六二六　私は逢うことがないという渚に寄せる波なので、浦だけ見て、逢えないのを恨んでは立ち帰ってくるばかりだ。↓補　　在原元方

よみ人知らず

六二七 かねてより風に先立つ波なれや逢ふことなきにまだき立つらむ

忠岑

六二八 陸奥《みちのく》にありといふなる名《な》取川《とりがは》なき名取りては苦しかりけり

御春有助《みはるのありすけ》

六二九 あやなくてまだきなき名の龍田《たつた》川《がは》渡らで止《や》まむものならなくに

元方

六三〇 人はいさ我はなき名の惜しければ昔も今も知らずとを言はむ

六二七　私は風が吹く前に先立って立つ波だとでもいうのか。あの人に逢うこともないのに、どうして噂ばかりが早々と立ってしまうのか。　よみ人知らず
↓補

六二八　陸奥にあると伝えられる名取川ではないが、根も葉もない名（評判）を取るのはやりきれないことだ。　壬生忠岑
◎三句まで同音反復で「なき名取り」を導く序詞。

六二九　わけのわからないことに、早くも根も葉もない噂が、龍田川ではないが、立ってしまった。もっとも川を渡らないで終わるように、思いを遂げずに諦めてしまうものではないのだけれども。　御春有助
◎「なき名の立つ」に「龍田川」を掛ける。

六三〇　あの人はともかく、私は事実無根の噂を立てられると困るので、昔も今もかかわりがない、と言っておこう。　在原元方

六三一　性懲《しょうこ》りもなくまた浮名が立って　よみ人知らず

よみ人知らず

六三一　懲《こ》りずまにまたもなき名は立ちぬべし人憎からぬ世にし住《す》まへば

(1)東《ひむがし》の五条《ごでう》わたりに、人を知りおきてまかり通《かよ》ひけり。忍びなる所なりければ、門《かど》よりしもえ入らで、(2)垣の崩れより通ひけるを、度《たび》重なりければ、主人《あるじ》聞きつけて、かの道に夜ごとに人を伏せて守らすれば、行きけれどえ逢はでのみ帰りて、よみてやりける

業平朝臣

六三二　人知れぬ我が通《かよ》ひ路《ぢ》の関守《せきもり》は宵々《よひよひ》ごとにうちも寝《ね》ななむ

題知らず

貫之

六三三　しのぶれど恋しき時はあしひきの山より月の出《い》でてこそ来《く》れ

しまいそうだ。人に心ひかれるこの世に住んでいるので。

東の京の五条の辺に住む女の人と親しくなって通っていた。内密の所だったので、門から出入りすることができないで、築地《ついじ》の崩れた所から通っていたのを、度重なったものだから、その屋敷の主人が耳にして、その通い路に毎晩人を隠して見張りをさせたので、出かけて行ったけれどもすこしも逢えないで帰って来て、詠んで贈った歌　在原業平

六三二　人に知られないで私がひそかに通って行く恋路の関所の番人は、宵になるたびに居眠りでもしていてほしいものです。

(1)平安京の朱雀大路より東で、五条大路の辺。(2)築地。土塀。

六三三　題知らず　紀貫之

恋の思いを心中に秘めておこうとしても、こらえきれないほど恋しい時は、山から月が出るように、思わず家から出て来てしまう。

◎「あしひきの」は「山」の枕詞。三、四句は「出で」の序詞。

六三四　恋ひ恋ひて稀《まれ》に今宵《こよひ》ぞ逢坂《あふさか》(1)の木綿《ゆふ》つけ鳥《どり》は鳴かずもあらなむ
よみ人知らず

六三五　秋の夜も名のみなりけり逢ふといへばことぞともなく明けぬるものを
小野小町

六三六　長しとも思ひぞ果《は》てぬ昔より逢ふ人からの秋の夜なれば
凡河内躬恒

六三七　しののめのほがらほがらと明けゆけばおのがきぬぎぬなるぞ悲しき
よみ人知らず

六三八　明けぬとていまはの心つくからになど言ひ知らぬ思ひそふらむ
藤原国経朝臣

六三四　長い間恋い慕ってきて、ようやく今夜逢えたのだ。夜明けを告げる逢坂の木綿つけ鳥はどうか鳴かないでほしい。
よみ人知らず

(1)→五三六

◎「逢坂」に「逢ふ」を掛ける。

六三五　長いと言われる秋の夜も、実は言葉の上ばかりのことだった。思う人にいざ逢うということになれば、あっという間に明けてしまうものなのだから。→補
小野小町

六三六　私は秋の夜が長いといちずに思い定めているわけではない。昔から逢う人次第で長くも短くも感じられる、秋の夜なのだから。
凡河内躬恒

六三七　東の空が白くなり、ほのぼのと夜が明けていくと、それぞれ自分の着物を身につけて別れていくのが悲しい。
よみ人知らず

六三八　夜が明けたので、もう別れなければならない、と思ったとたんに、どうして言い表わしようもないような気持が心に付け加わってくるのだろう。
藤原国経

寛平御時后宮歌合《くわんぴやうのおほむときのきさいのみやの》の歌　敏行朝臣

六三九　明けぬとて帰る道にはこきたれて雨も涙も降りそほちつつ

題知らず　寵《うつく》

六四〇　しののめの別れを惜しみ我ぞまづ鳥より先に泣きはじめつる

よみ人知らず

六四一　時鳥《ほととぎす》夢かうつつか朝露《あさつゆ》のおきて別れし暁の声

六四二　玉匣《たまくしげ》明けば君が名立ちぬべみ夜深《よぶか》く来《こ》しを人見けむかも

大江千里《ちさと》

六四三　今朝《けさ》はしもおきけむ方《かた》も知らざりつ思ひ出《い》づるぞ消えて悲しき

寛平御時后宮歌合の歌　藤原敏行

六三九　夜が明けたからといって帰って来る道には、しごき落すように、雨も涙も降り、びしょびしょに濡れてしまって。

題知らず　寵

六四〇　夜明け方の別れを惜しんで、私の方が別れの時を告げる鳥が鳴くのよりも先に泣き出してしまった。

よみ人知らず

六四一　時鳥よ、夢だったのか、それとも現実だったのか。朝露の置く明け方に、愛する人と起きて別れた時に、夢見心地で聞いたあの声は。↓補

六四二　夜が明けたならば、あなたの噂が立つにちがいないと思って、まだ夜の暗い時分に帰って来たのだが、それでも人は見たであろうか。↓補

大江千里

六四三　霜の置いた今朝、別れの悲しさにどのように起きて帰って来たのかもわからない。その時のことを思い出すと、霜が消えるように、命も消え失せそうなほど悲しくてたまらない。↓補

人に逢ひて、朝《あした》によみて遣《つか》はしける　業平朝臣

六四四 寝《ね》ぬる夜《よ》の夢をはかなみまどろめばいやはかなにもなりまさるかな

業平朝臣の伊勢国《いせのくに》にまかりたりける時、斎宮なりける人に、いとみそかに逢ひて、またの朝に、人やるすべなくて、思ひをりけるあひだに、女のもとよりおこせたりける　よみ人知らず

六四五 君や来《こ》し我や行きけむ思ほえず夢かうつつか寝てか覚めてか

返し　業平朝臣

六四六 かきくらす心の闇《やみ》に惑《まど》ひにき夢うつつとは世人《よひと》さだめよ

題知らず　よみ人知らず

六四七 むばたまの闇のうつつはさだかなる夢にいくらもまさらざりけり

女の人と逢って、翌朝に詠んで贈った歌　在原業平

六四四 共寝をした夜の夢のような出逢いがはかなく思われて、うとうとしていると、ますますはかなくなっていくことだ。

業平が伊勢国に下った時、斎宮であった女の人とたいそうひそかに逢って、次の朝に後朝《きぬぎぬ》の手紙を贈る使の人を遣る手だてがなくて、思案していた時に、女の方から贈ってきた歌　よみ人知らず

六四五 あなたがおいでになったのか、私が出かけていったのかよくわかりません。あの出逢いはいったい夢だったのでしょうか、現実だったのでしょうか。寝ていたのでしょうか、起きていたのでしょうか。↓補

返しの歌　在原業平

六四六 私もまっくらな心の闇にまどってしまってよくわかりません。夢か、現実かということは、世間の人よ、定めてください。

題知らず　よみ人知らず

六四七 暗闇の中の逢瀬は現実であってもはかなくて、はっきりとした夢の中の逢瀬にくらべて、ほとんどまさっていないものだったよ。↓補

六四八　さ夜《よ》ふけて天《あま》の門《と》渡る月影に飽かずも君を逢ひ見つるかな

六四九　君が名も我が名も立てじ難波《なには》なるみつとも言ふなあひきとも言はじ

六五〇　名《な》取川瀬《とりがはせ》々《ぜ》の埋《むも》れ木《ぎ》あらはればいかにせむとか逢ひ見そめけむ

六五一　吉野《よしの》川《がは》水の心ははやくとも滝の音には立てじとぞ思ふ

六五二　恋しくは下《した》にを思へ紫の根《ね》摺《ず》りの衣《ころも》色に出《い》づなゆめ

六五三　小野春風

花すすきほに出でて恋ひば名を惜しみ下結《したゆ》ふ紐《ひも》の結ぼほれつつ

六四八　夜がふけて大空を渡っていく月の光に照らされて、飽き足りない思いであなたと出逢ったことだったよ。↓補

六四九　あなたの名前も私の名前も噂に立てないようにしたいと思う。私を見たとも言うな、あなたに逢ったとも言うまい。↓補

六五〇　名取川の浅瀬ごとに現われている埋れ木のように、二人の仲があらわになってしまったならば、いったいどうしようとするつもりで逢い初めてしまったのだろうか。↓補

六五一　吉野川の水のように、心の中は激しくたぎっても、早瀬の音のように噂に立つようなことはするまいと思う。↓補

六五二　恋しく思うのならば、心中ひそかに思っていなさい。紫草の根を摺り染めした衣のように、人目につくようなことはけっしてするな。

◎三、四句は「色に出づ」の序詞。

六五三　小野春風

花薄が穂を出すように、人目を気にせずに恋い慕うと、噂に立つのが憚られるので、下紐の結ばれているように、心が晴れ晴れとしないで思い屈している。↓補

橘清樹《たちばなのきよき》が忍びにあひ知れりける女のもとよりおこせたりける

よみ人知らず

六五四 思ふどち一人一人が恋ひ死なば誰《たれ》によそへて藤《ふぢ》衣《ごろも》着む

返し

橘　清樹

六五五 泣き恋ふる涙に袖《そで》のそほちなば脱《ぬ》ぎかへがてら夜《よる》こそは着め

題知らず

小町

六五六 うつつにはさもこそあらめ夢にさへ人目を守《も》ると見るがわびしさ

六五七 限りなき思ひのままに夜《よる》も来《こ》む夢路をさへに人はとがめじ

六五八 夢路には足もやすめず通《かよ》へどもうつつに一目見しごとはあらず

橘清樹がひそかに逢っていた女の所から贈ってきた歌

よみ人知らず

六五四　人目を忍んで愛し合っている私たち二人の、どちらか一人が恋い死にしたならば、誰にかこつけて喪服を着たらよいのでしょうか。

返し

橘清樹

六五五　亡くなった人を恋い慕って泣く涙で、袖が濡れてしまったならば、着物を脱ぎ替えるついでに、人目につかない夜になって喪服を着ましょう。

題知らず

小野小町

六五六　現実の世界ではしかたがないが、夢の中でまで人目を避けて逢ってくれないと見るのは、つらくてたまらない。

六五七　かぎりのない恋の思いにまかせてせめて夜なりとも逢いに来よう。夢の中の通い路までは、人もとがめることはあるまいから。

六五八　夢の中の通い路では足も休めることもなくせっせと通っているが、現実に一目その姿を見たのには及ばない。

よみ人知らず

六五九 思へども人目づつみの高ければかはと見ながらえこそ渡らね

六六〇 たぎつ瀬の早き心を何しかも人目づつみの堰《せ》きとどむらむ

寛平御時后宮《くわんぴやうのおほむときのきさいのみやの》歌合の歌　　紀　友則

六六一 紅《くれなゐ》の色には出《い》でじ隠《かく》れ沼《ぬ》の下に通ひて恋ひは死ぬとも

題知らず　　躬恒

六六二 冬の池に住む鳰鳥《にほどり》のつれもなくそこに通ふと人に知らすな

六六三 笹《ささ》の葉に置く初霜の夜《よ》を寒《さむ》みしみはつくとも色に出でめや

よみ人知らず

六五九　恋い慕っても、堤が高くて川が渡れないように、人目をはばかって、あの人と見えても通って行けない。◎川の「堤」に「人目慎《づつ》み」を掛ける。→六六〇。「川」に「か（彼）は」を掛ける。あれは（あの人だ）の意。

六六〇　早瀬のように激しくわきたつような恋の思いを、いったいどうして人目をはばかる堤がせきとどめているのだろうか。

寛平御時后宮歌合の歌　　紀友則

六六一　紅の色のようにはっきりと恋の思いを顔に出すようなことはするまい、たとえ隠れ沼のように思いを心の中に秘めて恋い死にするようなことがあっても。→補

題知らず　　凡河内躬恒

六六二　冬の池に住むかいつぶりが平気で水底にもぐって行くように、私はそ知らぬ顔であなたの所に通っている、と人にもらさないでおくれ。→補

六六三　笹の葉に置く初霜が夜が寒くて凍《し》みついても紅葉することがないように、あなたのことが心に染《し》みついても、私は顔に出すようなことは決してしない。→補

よみ人知らず

六六四　山科《やましな》の音羽《おとは》の山の音にだに人の知るべく我が恋ひめかも

この歌は、ある人、近江《あふみ》の采女《うねめ》のとなむ申す。

清原深養父《ふかやぶ》

六六五　満つ潮の流れひるまを逢ひがたみみるめの浦によるをこそ待て

平　貞文

六六六　白川《しらかは》の知らずとも言はじ底清《きよ》み流れて世々《よよ》にすまむと思へば

友則

六六七　下《した》にのみ恋ふれば苦し玉《たま》の緒《を》の絶えて乱れむ人なとがめそ

よみ人知らず

六六四　山科の音羽の山ではないが、私は音（噂）にさえも人に知られるような、はっきりとそぶりに出して恋い慕うことはしない。

この歌は、ある人は近江の采女の歌だと言っている。↓補

清原深養父

六六五　満ち潮が流れ去って干る昼間は逢いにくいので、海松布《みるめ》が浦に寄る夜を、あなたに見る目（逢う折）とひたすら待ちかねている。↓補

平貞文

六六六　白川の水が底まで清らかでいつの世までも澄み切って流れるように、私もあの人のことを知らないとは言うまい。心底をさっぱりとして幾久しく添い遂げようと決心したので。↓補

紀友則

六六七　心中に思いを秘めて恋い慕っていると苦しくてたまらない。連ねていた紐が切れて玉が散り乱れるように、気の向くままに恋に身をまかせよう。人よ、とがめだてしてくれるな。↓補

六六八　私の恋の思いを心中に秘めておくことができなくなってしまったからには、やぶこ

六六八 我が恋を忍びかねてはあしひきの山橘《やまたちばな》の色に出《い》でぬべし

よみ人知らず

六六九 大方《おほかた》は我が名も湊《みなと》漕ぎ出でなむ世をうみべたにみるめすくなし

平　貞文

六七〇 枕よりまた知る人もなき恋を涙堰《せ》きあへずもらしつるかな

よみ人知らず

六七一 風吹けば波うつ岸の松なれやねにあらはれて泣きぬべらなり

この歌は、ある人のいはく、柿本人麿がなり。

六七二 池に住む名ををし鳥の水を浅《あさ》み隠るとすれど顕《あら》はれにけり

うじの実が赤くて目立つように、顔に出してしまいそうだ。↓補

よみ人知らず

六六九 こうなったら私も噂を憚らずに思い切って振舞おう。漁師も海辺に海松布みるめが少ないと湊から沖へ漕ぎ出していくが、世間の目を気にしていたら、いつまでたっても逢う機会が得られない。↓補

平貞文

六七〇 枕よりほかに知る人もない恋を、思いにたえられずつい涙を流してしまって、人に知られてしまったことだ。↓六七六

よみ人知らず

六七一 私は風が吹くたびに波がうち寄せてくる海岸の松とでもいうのだろうか、松は波に根が洗われるが、私は音ねをあげて泣いてしまいそうだ。↓補

この歌は、ある人の説では柿本人麿の歌である。

六七二 池に住むおしどりが水が浅いので隠れようとしても姿があらわになるように、噂が立つのがいやなので、私も隠れようとしたが、人に知られてしまったよ。

◎「名を惜し」を「をし鳥」に掛ける。

六七三　逢ふことは玉《たま》の緒《を》ばかり名の立つは吉野《よしの》の川のたぎつ瀬のごと

六七四　群鳥《むらどり》の立ちにし我が名今さらにことなしぶともしるしあらめや

六七五　君により我が名は花に春霞野にも山にも立ちみちにけり

六七六　知るといへば枕だにせで寝しものを塵《ちり》ならぬ名の空に立つらむ　伊勢

六七三　逢ったのは玉の緒ほどのほんのわずかの間だったが、噂が広がるのは吉野川の早瀬のように速いことだ。
(1)短い時間のたとえ。↓五六八

六七四　群鳥がいっせいに飛び立つように立ってしまった私の噂は、今さらそ知らぬ顔をしてもどうしようもない。
◎「群鳥の」は「立ち」の比喩的枕詞。

六七五　あなたのために、私の噂は花を隠す春霞が野に山に立ちこめるように、はなばなしくいっぱいに立ってしまった。
◎「花」と「春霞」は類型的な配合。「花」に、はなばなしさの意をこめる。三、四句は「立ち満ち」の序詞。

六七六　恋の秘密を知ってしまうというので、枕さえしないで寝たのに、どうして塵が空に立つように、塵でもない私の噂が当て推量で広がったのだろうか。　伊勢
(1)恋の秘密を知るものと考えられていた。↓五〇四、六七〇
◎「空」は「塵」の縁語。

古今和歌集　巻第十四

恋歌四

題知らず　　よみ人知らず

六七七　陸奥《みちのく》の安積《あさか》の沼の花かつみかつ見る人に恋ひやわたらむ

六七八　逢ひ見ずは恋しきこともなからまし音《おと》にぞ人を聞くべかりける

六七九　石《いそ》の上布留《かみふる》の中道《なかみち》なかなかに見ずは恋しと思はましやは　　貫之

古今和歌集　巻第十四
恋の歌四

題知らず　　よみ人知らず

六七七　陸奥の安積の沼の花かつみではないが、一方ではこうして逢っている人を、また一方では恋しさのあまり恋い続けるのだろうか。

(1)野生の花菖蒲か。陸奥に下向した藤原実方が、五月五日に菖蒲の代りに軒にふかせたという(無名抄)。恋する人の面影もあるか。(2)逢う一方で恋しく思う。逢っていても恋しさが満たされない気持を表す。かつがつ、と解する説もある。

◎三句まで同音反復で「かつ」を導く序詞。

六七八　逢わずにいたならば、このように恋しく思うこともなかっただろうに。噂にだけあの人のことを聞いていればよかった。

紀貫之

六七九　石の上布留に行く中道ではないが、なまじっか逢わなかったならば、恋しいと思いこがれることもなかったものを。

◎二句までが同音反復で「なかなかに」を導く序詞。古い昔なじみの仲の意を含むと解する説もある。

藤原忠行

六八〇 君といへば見まれ見ずまれ富士《ふじ》の嶺《ね》のめづらしげなく燃ゆる我が恋

伊勢

六八一 夢にだに見ゆとは見えじ朝な朝な我が面影に恥づる身なれば

よみ人知らず

六八二 石間《いしま》ゆく水の白波立ち返りかくこそは見め飽かずもあるかな

六八三 伊勢《いせ》の海人《あま》の朝な夕なにかづくてふみるめに人を飽くよしもがな

藤原忠行

六八〇 あなたのこととなると、逢っていようがいまいが、富士山が変ることなく燃えているように、絶えず胸の炎をかき立てている私の恋だよ。↓補

伊勢

六八一 現実はともかく、せめて夢の中だけでは、あの人に姿を見られたくない。毎朝起きるたびに、鏡に映った我が身の顔かたちが衰えているのを恥ずかしく思っている私だから。

よみ人知らず

六八二 岩間を流れて行く水に白波が繰り返し立つように、私も繰り返し立ち戻ってはこのようにあなたに逢いたい。それでも飽きたりない思いだ。

◎二句まで「立ち返り」の序詞。

六八三 伊勢の漁師が朝夕海に潜《もぐ》って採るという海松布《みるめ》ではないが、逢った時にあの人に飽きてしまうような手だてがあればよいが。

◎三句までが、「海松布《みるめ》」を掛けて「見る目」の序詞。

六八四 春霞たなびく山の桜花見れども飽かぬ君にもあるかな
友則

六八五 心をぞわりなきものと思ひぬる見るものから恋しかるべき
深養父《ふかやぶ》

六八六 かれはてむ後《のち》をば知らで夏草の深くも人の思ほゆるかな
凡河内躬恒

六八七 飛鳥川淵《あすかがはふち》は瀬になる世なりとも思ひそめてむ人は忘れじ
よみ人知らず

寛平御時后宮《くわんぴやうのおほむときのきさいのみやの》歌合の歌

六八八 思ふてふ言《こと》の葉《は》のみや秋を経《へ》て色も変らぬものにはあるらむ

紀友則

六八四 春霞がたなびく山の桜花のように、いくら見ても飽き足りない、すばらしいあなただよ。↓補

清原深養父

六八五 人間の心というものは理屈に合わないものと思うようになった。こうして逢っているのに、恋しいことがあろうか。

凡河内躬恒

六八六 枯れ果ててしまう後のことを考えないで深く生い繁る夏草のように、恋がさめて遠ざかってしまう後のことはかまわずに、深くあの人が思われることだ。
◎「枯《か》れ」は「夏草」の縁語で、「離《か》れ」を掛ける。「夏草の」は「深く」の枕詞。

よみ人知らず

六八七 飛鳥川の淵が瀬になるように目まぐるしく移り変る世の中であっても、私は一度愛した人のことは決して忘れはしない。↓補

寛平御時后宮歌合の歌 よみ人知らず

六八八 草木の葉とは異なって、愛するという私の言葉だけが、秋が過ぎても色も変らないものなのだろうか。

題知らず　　　　　　よみ人知らず

六八九　さむしろに衣片敷《ころもかたし》き今宵《こよひ》も我を待つらむ宇治の橋姫

または、宇治の玉姫。

六九〇　君や来《こ》む我や行かむのいさよひに真木《まき》の板戸《いたど》もささず寝《ね》にけり

素性法師

六九一　今来《こ》むと言ひしばかりに九月《ながつき》の有明《ありあけ》の月を待ち出《い》でつるかな

よみ人知らず

六九二　月夜よし夜《よ》よしと人に告げやらば来《こ》てふに似たり待たずしもあらず

六九三　君来《こ》ずは閨《ねや》へも入《い》らじ濃紫《こむらさき》我が元結《もとゆひ》に霜は置くとも

題知らず　　　　　　よみ人知らず

六八九　敷物にただ一人衣を敷いて、今夜も私を待っているだろうか、宇治の橋姫は。↓補

あるいは、末句を「宇治の玉姫」とする。

六九〇　あなたが来て下さるか、私が出かけて行こうか、とためらっているうちに、十六夜《いざよい》の月も出て、真木の板戸も閉ざさずに寝てしまった。↓補

素性法師

六九一　今すぐ行く、とあなたが言われたばっかりに、私は九月の秋の夜長を、有明の月が出るまで待ちつくしてしまったことだ。↓補

よみ人知らず

六九二　月が美しい、すばらしい夜だ、とあの人に言ってやったら、来てほしい、と言っているのと同じように聞えて気になる。と言って、待っていないわけでもないのだ。↓補

六九三　あなたが来て下さらないのならば、私は寝室にも入るまい。戸外に立ったまま、たとい濃紫色の元結に霜が置くことがあっても。↓補

六九四 宮城野《みやぎの》のもとあらの小萩《こはぎ》露を重《おも》み風を待つごと
君をこそ待て

六九五 あな恋し今も見てしが山賤《やまがつ》の垣ほに咲ける大和《やまと》
撫子《なでしこ》

六九六 津《つ》の国のなには思はず山城《やましろ》のとはに逢ひ見むこ
とをのみこそ

六九七 敷島《しきしま》の大和《やまと》にはあらぬ唐衣《からころも》頃も経《へ》ずして逢ふよ
しもがな　貫之

六九八 恋しとは誰《た》が名づけけむ言《こと》ならむ死ぬとぞただ
に言ふべかりける　深養父《ふかやぶ》

六九四　宮城野の下葉もまばらになった萩が露が重くて吹き払ってくれる風を待つように、私もあなたのおいでをひたすら待っていることだ。↓補

六九五　ああ恋しい、今すぐにでも逢いたいものだ。山住みの人の垣根に咲いている大和撫子のような、あの人に。

六九六　津の国の難波ではないが、何もあれこれと思うことなく、山城の鳥羽のように、永遠《とわ》に逢い続けることをだけいちずに願っていることだ。
◎「津の国の」は、「難波」に掛けて「何は」の枕詞。「山城の」は「鳥羽」に掛けて「永遠《とは》」の枕詞。

六九七　紀貫之
日本《やまと》ではなくて唐衣、その頃もあまり隔たらないうちに、逢う手だてがあればよいいな。↓補

六九八　清原深養父
「恋し」とはいったい誰が名付けた言葉なのだろうか。「死ぬ」とだけそのままずばり言うべきだった。

よみ人知らず

六九九 み吉野《よしの》の大川《おほかは》の辺《へ》の藤波《ふぢなみ》の並《なみ》に思はば我が恋ひめやは

七〇〇 かく恋ひむものとは我も思ひにき心の占《うら》ぞまさしかりける

七〇一 天《あま》の原《はら》踏みとどろかし鳴る神も思ふ仲をばさくるものかは

七〇二 梓弓《あづさゆみ》ひき野の葛末《つづら》つひに我が思ふ人に言《こと》の繁《しげ》けむ

この歌は、ある人、天《あめ》の帝《みかど》の近江《あふみ》の采女《うねめ》に賜《たま》ひける、となむ申す。

七〇三 夏引《なつび》きの手引《てび》きの糸を繰り返し言《こと》繁くとも絶えむと思ふな

この歌は、返しによみて奉りけるとなむ。

よみ人知らず

六九九 吉野川のほとりに花の咲く藤波のように、並々に思うならば、私はこのようにはげしく恋い慕うだろうか。↓補

七〇〇 このようにはげしく恋い慕うことになるだろうとは、私もかねがね思っていた。心の中で占った結果はまさに当っていたよ。

七〇一 大空を踏みとどろかせて鳴る雷神でも、愛し合っている二人の仲を引き離すことなどできるものか。

七〇二 日置野《ひきの》の葛の先の方が一面に生い茂るように、先々は私が思っている人に噂がうるさく立つことになるのだろう。

この歌は、ある人が、天皇が近江の采女に与えられたものだ、と言っている。↓補

七〇三 夏に手で引き出して繰る糸のように、繰り返して噂が立っても仲が絶えていいなどと思って下さるな。↓補

この歌は、采女が返歌として詠み、天皇に奉った歌だということだ。

七〇四 里人の噂は夏野に生い繁る草のようにうるさくても、草のように枯れ、やがては遠

七〇四 里人《さとびと》の言《こと》は夏野の繁くともかれゆく君に逢はざらめやは

藤原敏行朝臣の、業平朝臣の家なりける女をあひ知りて、文遣《ふみつか》はせりける言葉に、「今まうで来《く》、雨の降りけるをなむ、見煩《みわづら》ひ侍《はべ》る」と言へりけるを聞きて、かの女に代りてよめりける　在原業平朝臣

七〇五 かずかずに思ひ思はず問ひがたみ身を知る雨は降りぞまされる

ある女の、業平朝臣を所《ところ》定めず歩《あり》きすと思ひて、よみて遣はしける　よみ人知らず

七〇六 大幣《おほぬさ》の引く手あまたになりぬれば思へどえこそ頼まざりけれ

返し　業平朝臣

七〇七 大幣と名にこそ立てれ流れてもつひに寄る瀬はありてふものを

ざかっていってしまうあなたに、私は逢わずにいられようか。↓補

藤原敏行が、在原業平の家にいた女性と知り合って、手紙を寄こした言葉に「もうすぐ参上します、雨が降っているのを、どうしようかと見て困っております」と言っているのを聞いて、その女性に代って詠んだ歌　在原業平

七〇五　あれこれと私のことを思って下さるのかそうでないのか、尋ねにくいので、私の身のほどを知っている雨が降りつのって、それと知らせてくれます。

ある女性が、在原業平が相手を求めて所かまわず出歩くと思って、詠んで贈った歌　よみ人知らず

七〇六　あなたは大祓《おおはらえ》の大幣のように、あちらこちらの女の人から引張られておいでだから、私はあなたを愛していても信頼はできません。↓補

返し　在原業平

七〇七　大幣という評判は立っていますが、大幣は流れて行っても、最後に寄りつく瀬はあるといいますよ。私が心から愛しているのはただ一人、あなただけです。

題知らず　　　　　　　　　　　　よみ人知らず

七〇八　須磨《すま》の海人《あま》の塩焼く煙《けぶり》風をいたみ思はぬ方《かた》にたなびきにけり

七〇九　玉葛《たまかづらは》這ふ木あまたになりぬれば絶えぬ心のうれしげもなし

七一〇　誰《た》が里に夜離《よが》れをしてか時鳥《ほととぎす》ただここにしも寝たる声する

七一一　いで人は言《こと》のみぞよき月草の移し心は色ことにして

七一二　いつはりのなき世なりせばいかばかり人の言《こと》の葉《は》うれしからまし

七一三　いつはりと思ふものから今さらに誰《た》がまことをか我は頼まむ

題知らず　　　　　　　　　よみ人知らず

七〇八　須磨の漁師が塩を焼く煙が風がはげしいので思わぬ方角になびいてしまった。あの人の心も意外な相手に移ってしまった。

七〇九　玉葛が這いまつわる木が数多くなっていくように、あなたもあちらこちらと大勢の女性のもとに通っているので、あなたの心が私から離れないと言って下さってもあまりうれしくもない。

◎「玉葛」は、蔓草の美称。多情な相手をよそえる。「絶え」はその縁語。

七一〇　どなたの所に夜離れをして、時鳥はただ私の所がねぐらであるといった様子でしきりに鳴いているのか。

七一一　さあ、人は言葉だけは立派だ。月草で染めた衣のように、移りやすい心はうわべとは異なっていて。↓補

七一二　嘘偽りのない世だったならば、どれほど人の言葉がうれしく思われることだろうに。

七一三　あの人の言葉は偽りだとは思うものの、今となってはいったい誰の言葉を真実だと、私は頼りにしたらよいのだろうか。

素性法師

七四 秋風に山の木《こ》の葉の移ろへば人の心もいかがとぞ思ふ

寛平御時后宮歌合の歌《くわんぴやうのおほむときのきさいのみやのうたあはせのうた》　友則

七五 蟬《せみ》の声聞けばかなしな夏衣《なつごろも》うすくや人のならむと思へば

題知らず　よみ人知らず

七六 空蟬《うつせみ》の世の人言《ひとごと》の繁《しげ》ければ忘れぬもののかれぬべらなり

七七 飽かでこそ思はむ仲は離れなめそをだに後《のち》の忘《わす》れ形見《がたみ》に

七八 忘れなむと思ふ心のつくからにありしよりけにまづぞ恋しき

素性法師

七四　秋風に山の木の葉が色あせ散りがたになっていくのにつけても、人の心もどうかと不安に思われてくる。↓補

寛平御時后宮歌合の歌　紀友則

七五　蟬の声を聞くと悲しくなってくる。夏になって、薄い夏衣のように人の心も薄情になっていかないかと思われて。

◎「夏衣」は「うすく」の枕詞。

題知らず　よみ人知らず

七六　蟬の鳴き声ではないが、世の人の噂がうるさくて、あなたのことを忘れたわけではないが、足が遠ざかってしまいそうだ。

◎「空蟬の」は「世」の枕詞。「蟬」を活かす。「繁し」の縁語「枯れ」と「離《か》れ」を掛ける。

七七　飽きないうちに愛し合っている者どうしは別れた方がよい。せめてその別れがたい気持を、後々の思い出にするために。

七八　あの人のことを忘れてしまおうと思う心がおこるとすぐに、前にもまして一段と恋しい気持が先に立ってくる。

七一九 忘れなむ我をうらむな時鳥《ほととぎす》人の秋には逢はむと
もせず

七二〇 絶えずゆく飛鳥《あすか》の川のよどみなば心あるとや人
の思はむ

この歌、ある人のいはく、中臣東人《なかとみのあづまひと》が歌なり。

七二一 淀川《よどがは》のよどむと人は見るらめど流れて深き心あ
るものを

七二二 底ひなき淵《ふち》やはさわぐ山川《やまがは》の浅き瀬にこそあだ
波はたて

素性法師

七二三 紅《くれなゐ》の初花染《はつはなぞ》めの色深く思ひし心我忘れめや

よみ人知らず

七一九 もうあなたのことを忘れてしまおう。私のことを恨まないでおくれ。あの時鳥だって、人が飽きる秋まで待たないで姿を隠してしまう。私もあなたに飽きられるまで待っていたくない。

◎「秋」に「飽き」を掛ける。

七二〇 絶えず流れていく飛鳥川が淀むように、私の通って行くのがとどこおってしまったならば、何かわけがあると、あの人は疑って見るだろうか。

この歌は、ある人の説では、中臣東人の歌である。↓補

七二一 淀川が淀むように、通うのがとどこおっているとあの人は思うだろうが、どうして、流れる水のような深い愛情があるものを。↓補

七二二 底知れぬ深い淵は静かに水をたたえていて水音も立たない。山川の浅瀬にこそあだ波が立つのだ。↓補

素性法師

七二三 初咲きの紅花で染めた色が深いように、深くあなたを思い初めた頃の愛情を私がどうして忘れようか。

よみ人知らず

◎二句まで「色深く」の序詞。

七二四 陸奥《みちのく》のしのぶもぢずり誰《たれ》ゆゑに乱れむと思ふ我ならなくに

河原左大臣《かはらのひだりのおほいまうちぎみ》

七二五 思ふよりいかにせよとか秋風になびく浅茅《あさぢ》の色ことになる

よみ人知らず

七二六 千《ち》ぢの色に移ろふらめど知らなくに心し秋のもみぢならねば

小野小町

七二七 海人《あま》の住む里のしるべにあらなくにうらみむとのみ人の言ふらむ

下野雄宗《しもつけのをむね》

七二八 曇り日の影としなれる我なれば目にこそ見えね身をばはなれず

七二四 陸奥の信夫《しのぶ》のしのぶ草ですり染めした模様が乱れているように、あなた以外の誰のために心を乱して恋い慕おうとする私ではない、すべてあなたのことを思っているのに。↓補

源融

七二五 これほどに恋い慕っているのに、これ以上どうせよというのか、あの人は秋風になびく浅茅の色が変っていくように心変りしていく。

よみ人知らず

◎三、四句は「色ことになる」の序詞。

七二六 あの人の心は色とりどりに移り変っているようだが、私にはわからない。心は秋の紅葉のように目に見えないから。

小野小町

◎「色に移ろふ」は「もみぢ」の縁語。

七二七 私は漁師の住む里の道案内でもないのに、どうして人は浦を見たい、恨みたいとばかり言うのだろうか。

下野雄宗

◎「浦見む」と「恨みむ」を掛ける。

七二八 曇り日の影法師のようになってしまった私なので、目には見えなくても、あなたの身から離れることはない。

七二九　色もなき心を人に染めしより移ろはむとは思ほえなくに　　貫之

七三〇　めづらしき人を見むとやしかもせぬ我が下紐《したひも》の解《と》けわたるらむ　　よみ人知らず

七三一　陽炎《かげろふ》のそれかあらぬか春雨のふる人なれば袖《そで》ぞ濡《ぬ》れける

七三二　堀江《ほりえ》漕ぐ棚無《たなな》し小舟《をぶね》漕ぎかへり同じ人にや恋ひわたりなむ　　伊勢

七三三　わたつ海《み》とあれにし床《とこ》を今さらに払はば袖や泡と浮きなむ

七二九　色も付いていなかった心を、あなたという色で染めてから、まさか色あせようとは思ってもいなかったのに。　　紀貫之

七三〇　久しく逢ってない人に逢えるという前兆《しるし》だろうか。解こうとするつもりもないのに、衣の下紐がひとりでに何度も解けかかるのは。↓補　　よみ人知らず

七三一　陽炎のようにはっきりしないが、あれは昔のあの人だったのかそうでないのか。久しぶりになじみの人に逢って、春雨の降ったように袖が濡れてしまった。↓補

七三二　堀江を漕いで行く棚無し小舟のように、私は何度も同じ人のもとに行ったり来たりして恋い続けるのだろうか。↓補

七三三　あなたに見捨てられた悲しみの涙で大海のように荒れてしまった寝床を、今さら逢うということで袖で塵を払ったならば、その袖が泡となり浮いてしまうことだろう。↓補　　伊勢

七三四　古《いにしへ》になほたち帰る心かな恋しきことにもの忘れせで

貫之

七三五　人を忍びにあひ知りて、逢ひがたくありければ、その家のあたりをまかり歩《あり》きける折に、雁《かり》の鳴くを聞きてよみて遣《つか》はしける

大伴黒主

思ひ出《い》でて恋しき時は初雁《はつかり》のなきてわたると人知るらめや

七三六　(1)右大臣《みぎのおほいまうちぎみ》住まずなりにければ、かの昔おこせたりける文《ふみ》どもをとり集めて、返すとてよみて贈りける

典侍《ないしのすけ》藤原因香《よるか》朝臣

頼めこし言《こと》の葉《は》今は返してむ我が身ふるれば置き所なし

七三四　昔の思い出にやはり立ち戻っていく心だよ。あなたを恋い慕って、いつまでも忘れることなく。

紀貫之

ある女性とひそかに知り合って、なかなか逢えなかったので、その家のあたりを歩きまわっていた時に、雁の鳴くのを聞いて、詠んで贈った歌　大伴黒主

七三五　あなたのことを思い出して恋しくてたまらない時は、私が初雁の鳴くように泣きながら歩きまわっていると、あなたは知っているでしょうか。

◎「初雁の」は「なきてわたる」の枕詞。

右大臣源能有が通ってこなくなってしまったので、彼が前に送って寄こしていた手紙などをひとまとめにして返そうとして、詠んで贈った歌　藤原因香

七三六　あなたがこれまで私に頼みに思わせてきた手紙を、今はもうお返ししましょう。私の身は年老いて置き所もなく、手紙も置いておく意味がなくなりました。

(1)七三七などの作者。

◎「置き所」は、身と手紙の両方。

返し　近院右大臣《こんゐんのみぎのおほいまうちぎみ》

七三七 今はとて返す言《こと》の葉《は》拾ひおきておのがものから
形見とや見む

題知らず　因香朝臣《よるかのあそむ》

七三八 玉桙《たまぼこ》の道はつねにも惑《まど》はなむ人を訪《と》ふとも我か
と思はむ

よみ人知らず

七三九 待てといはば寝てもゆかなむしひてゆく駒《こま》の足
折れ前の(1)棚橋《たなはし》

中納言源昇朝臣《みなもとののぼるのあそむ》の近江介《あふみのすけ》に侍《はべ》りける時に、よみ
てやれりける　閑院《かんゐん》

七四〇 逢坂《あふさか》の木綿《ゆふ》つけ鳥《どり》にあらばこそ君が往来《ゆきき》を泣く
泣くも見め

返し　源能有

七三七　私たちの愛ももうこれまで、とお返し下さった手紙を拾い集めて取って置き、私の書いたものながら思い出の品として見ることにしましょうか。

◎「拾ひおき」は「言の葉」の縁語。

題知らず　藤原因香

七三八　恋の通い路はいつもこのように間違えてほしいものだ。たとえ目あてはよその人に通うのであっても、初めから私を訪ねるつもりだったと思うことにしよう。

◎「玉桙の」は「道」の枕詞。

よみ人知らず

七三九　待ってくれ、と私が言ったならば、泊っていってほしいものだ。それでもむりやり帰るというのなら、馬の足を踏みぬかせて折ってしまっておくれ、家の前の棚橋よ。

(1)板を棚のように渡した仮橋。

中納言源昇が近江介であった時に、詠んで贈った歌　閑院

七四〇　私が逢うという名の逢坂の関の木綿つけ鳥であったならば、逢う身に通じる近江へのあなたの往来を泣きながらでも見ているのですが。→四七三、五三六

題知らず　伊勢

七四一　故里《ふるさと》にあらぬものから我がために人の心のあれて見ゆらむ

寵《うつく》

七四二　山賤《やまがつ》の垣ほに這《は》へる青(1)つづら人はくれども言伝《ことづ》てもなし

酒井人真《さかゐのひとざね》

七四三　大空《おほぞら》は恋しき人の形見かは物思ふごとに眺めらるらむ

よみ人知らず

七四四　逢ふまでの形見も我はなにせむに見ても心の慰まなくに

題知らず　伊勢

七四一　あの人の心は荒れはてた故里でもないのに、私に対してどうしてあのようによそよそしく見えるのだろう。

◎「荒れ」と「離《あ》れ」を掛ける。

寵

七四二　山住みの人の垣根に這いまつわる青つづらを繰《く》るように、人は近くまでやって来るが、私には言伝て一つもない。

(1)蔓草の一種。アオツヅラフジ。

◎三句まで、「人はくれども」の序詞。「来れ」に「繰《く》れ」を掛ける。

酒井人真

七四三　大空は恋しい人の思い出の品でもないのに、どうして物思いにふけるたびにひとりでに眺められるのだろう。

よみ人知らず

七四四　今度逢う時までの形見といって、あの人が残していったものも、私にとって何の役に立とうか。それを見てもすこしも心が慰められないのに。

親の守りける人の女《むすめ》に、いと忍びに逢ひて、ものら言ひける間《あひだ》に、「親の呼ぶ」と言ひければ、急ぎ帰るとて、(1)裳《も》をなむ脱ぎ置きて入りにける、その後《のち》、裳を返すとてよめる　興風

七四五　逢ふまでの形見とてこそ留《とど》めけめ涙に浮ぶ藻屑《もくづ》なりけり

題知らず　よみ人知らず

七四六　形見こそ今はあたなれこれなくは忘るる時もあらましものを

親が大切にしていた娘にたいそうこっそりと逢って、ものなど言っているうちに、「親が呼んでいる」と告げたので、急いで自分の部屋に戻るということで、裳を脱いで置いたまま奥に入ってしまった。その後、裳を返そうとして詠んだ歌　藤原興風

七四五　この裳は次に逢うまでの形見として残しておいたのでしょう。ですが、あなたを思って流す涙の海に浮ぶ、裳ではなくて、藻屑だったのでした。

(1)袴の上から腰にまとった、女性の正装に用いた衣服の一つ。

◎「裳」と「藻」を掛ける。

題知らず　よみ人知らず

七四六　愛の思い出の品も、今となっては仇敵《かたき》のようなものだ。これがなかったならば、あの人のことを忘れる時もあろうものを。

古今和歌集　巻第十五

恋歌五

(1)五条后宮《ごでうのきさいのみや》の西の(2)対《たい》に住みける人に、(3)本意《ほい》にはあらでもの言ひわたりけるを、正月《むつき》の十日《とをか》あまりになむ、(4)他所《ほか》へ隠れにける。在《あ》り所は聞きけれど、えものも言はで、またの年の春、梅《むめ》の花盛《さか》りに、月のおもしろかりける夜、去年《こぞ》を恋ひて、かの西の対に行きて、月の傾《かたぶ》くまで、あばらなる板敷《いたじき》に臥《ふ》せりてよめる

在原業平朝臣

七四七　(5)月やあらぬ春や昔の春ならぬ(6)我が身一つはもとの身にして

古今和歌集　巻第十五

恋の歌五

五条后（藤原順子）の御住まいの西の対の屋に住んでいた人に、思うにまかせぬまま通っていたところ、正月の十日過ぎに、よそに隠れてしまった。居場所は聞いていたが、便りもできないで、翌年の春、梅の花が盛りで、月の美しかった夜、去年のことを恋しく思って、あの西の対の屋に行って、月が傾くまで、人気《ひとけ》もなくがらんとした板敷に横たわって詠んだ歌

在原業平

七四七　この月は去年と同じではないのか。梅の花が咲くこの春の景色は去年と同じではないのか。あの人がいない今、この私の身だけはもとのままの身で、すべてが変ってしまったように思われる。

(1)左大臣藤原冬嗣の娘の順子。仁明天皇の皇后で、文徳天皇の母。邸宅は五条東の京にあった。(2)順子の姪の高子と後に考えられるようになった。↓四　(3)文永本などの「ほにはあらで」の本文をとって、忍んでと解する説もある。(4)入内など、男が近寄れない所に移ったのである。(5)月や春の景色は去年と同じはずだがという疑問。(6)女が

題知らず　　藤原仲平朝臣

七四八　花すすき我こそ下に思ひしかほに出《い》でて人に結ばれにけり

藤原兼輔朝臣

七四九　よそにのみ聞かましものを音羽川《おとはがは》渡るとなしにみなれそめけむ

凡河内躬恒

七五〇　我《わ》がごとく我《われ》を思はむ人もがなさてもや憂《う》きと世を試《こころ》みむ

元方

七五一　久方《ひさかた》の天《あま》つ空《そら》にも住まなくに人はよそにぞ思ふべらなる

いないため、すべてが変って取り残されたような思いがする。

題知らず　藤原仲平

七四八　花すすきは、私こそが妻にしようと心の中で思っていたのに、穂になって出て、公然と他の男と結ばれてしまった。↓補

藤原兼輔

七四九　縁もゆかりもない他人事として聞いて置けばよかった。別になじみになるつもりもなかったのに、どうして深い仲になってしまったのだろう。

◎「音羽川」は「聞く」の縁語。「渡る」は逢瀬を持つことの比喩。「音羽川」の縁語「水馴る」に「見慣る」を掛ける。

凡河内躬恒

七五〇　私が思っているのと同じくらい、私のことを思ってくれるような人があればよいのに。それでもこの世がつらいものかどうか、試してみようものを。

在原元方

七五一　私ははるか遠い空の上に住んでいるわけでもないのに、あの人はまるで縁もゆかりもないように、私のことをよそよそしく思っているようだ。

◎「久方の」は「天つ空」の枕詞。

七五二　見てもまたも見まくの欲《ほ》しければ馴《な》るるを人は厭《いと》ふべらなり
よみ人知らず

七五三　雲もなくなぎたる朝の我なれやいとはれてのみ世をば経《へ》ぬらむ
紀　友則

七五四　花筐《はながたみ》目並ぶ人のあまたあれば忘られぬらむ数ならぬ身は
よみ人知らず

七五五　うきめのみ生《お》ひてながるる浦なればかりにのみこそ海人《あま》は寄るらめ

七五六　合ひに合ひて物思ふ頃の我が袖《そで》に宿る月さへ濡《ぬ》るる顔なる
伊勢

七五二　一度逢ってもまたすぐ逢いたがるものだから、私と親しくなるのをあの人はいやがっているようだ。
よみ人知らず

七五三　雲ひとつなく穏やかに風も静まっている朝が、私ということなのか。それで、空が「いと晴れて」いるように、愛する人からは「厭《いと》はれて」、この世を過しているのだろうよ。↓補
紀友則

七五四　あの人のまわりには花籠の網目のように美しい人が大勢取りまいているので、きっと忘れられてしまったのだろう、物の数でもないこの私などは。↓補
よみ人知らず

七五五　浮和布《うきめ》ばかり生えて流れている浦なので刈りにだけ漁師が来るように、私は憂き目ばかりに出会って泣き暮している身なので仮初めにだけ人が通って来るようだ。↓補

七五六　ちょうどぴたりと合って、物思いにふけって涙がいっぱいにたまった私の袖に映る月までが、私と同じように涙に濡れたような顔をしていることだよ。
伊勢

◎「逢ひに逢ひて」と解する説もある。

よみ人知らず

七五七 秋ならで置く白露は寝覚《ねざ》めする我が手枕《たまくら》の雫《しづく》なりけり

七五八 須磨《すま》の海人《あま》の塩焼衣《しほやきごろも》(1)筬《をさ》をあらみ間遠《まどほ》にあれや君が来《き》まさぬ

七五九 山城《やましろ》の淀《よど》の若菰《わかごも》かりにだに来《こ》ぬ人頼む我ぞはかなき

七六〇 あひ見ねば恋こそまされ(1)水無瀬川《みなせがは》なにに深めて思ひそめけむ

七六一 暁の鴫《しぎ》の羽《はね》がき百羽《ももは》がき君が来《こ》ぬ夜《よ》は我ぞ数かく

よみ人知らず

七五七 秋でもないのに置いている白露は、恋の思いのつらさに夜半に寝覚めをする私の手枕の袖にかかる、涙の雫だったよ。

七五八 須磨で塩を焼く漁師の着物が筬が粗いので織目の間が離れているように、私たちの間も離れているからでしょうか、あなたがおいでにならないのは。

(1)機《はた》を織る時に織目を詰めるための道具。

◎三句までが、「間遠に」の序詞。

七五九 山城の淀の若菰は刈り取るが、ほんの仮初めにも来ない人を頼りにしている私なんてなんとはかないものだ。

◎二句までが、「刈り」を掛けて「仮」の序詞。「菰」は五八七。

七六〇 逢わないでいると恋しさがますますつのることだ。地下深く流れる水無瀬川ではないが、どうして私は心に深くあの人を恋い慕うようになったのだろうか。

(1)→六〇七。「何に深めて」に続く。

七六一 明け方になると鴫が何度も繰り返して羽ばたきをするように、あなたがおいでにならない夜は私は眠られずに何度も寝返りして身もだえしている。→補

七六二 玉葛《たまかづら》今は絶ゆとや吹く風の音《おと》にも人の聞えざるらむ

七六三 我が袖にまだき時雨《しぐれ》の降りぬるは君が心にあきや来《き》ぬらむ

七六四 山の井の浅き心も思はぬに影ばかりのみ人の見ゆらむ

七六五 忘れ草種《たね》とらましを逢ふことのいとかくかたきものと知りせば

七六六 恋ふれども逢ふ夜のなきは忘れ草夢路にさへや生《お》ひしげるらむ

七六七 夢にだに逢ふことかたくなりゆくは我や寝《い》を寝《ね》ぬ人や忘るる

七六二　今はもうすっかり縁が絶えたとでも思って、風の便りにでも、あの人は何も言って寄こさないのだろうか。↓補

七六三　私の袖にまだその時期でもないのに時雨が降りかかっているのは、あなたの心に秋が来たからなのでしょうか。↓補

七六四　私は山の井のように浅い心であの人を思っていたわけではないのに、どうして水に映る影のようにほんのわずかしか姿を見せてくれないのだろうか。↓補

七六五　憂いを忘れるという忘れ草の種を採っておけばよかった、あの人に逢うことがこれほどたいそうむずかしいものとわかっていたならば。

七六六　これほど恋い慕っているのに夢の中でさえもあの人に逢う夜がないのは、忘れ草が夢の通い路までも生い茂っているのだろうか。

七六七　夢の中でさえも逢うことがむずかしくなっていくのは、私が眠れないからか、それともあの人が忘れてしまったからなのか。

兼芸《けんげい》法師

七六八 唐土《もろこし》も夢に見しかば近かりき思はぬ仲ぞはるけかりける

貞登《さだののぼる》

七六九 一人のみながめふるやのつまなれば人をしのぶの草ぞ生ひける

僧正遍照

七七〇 我が宿は道もなきまで荒れにけりつれなき人を待つとせし間《ま》に

七七一 今来《こ》むと言ひて別れし朝《あした》より思ひくらしの音《ね》をのみぞ泣く

よみ人知らず

七七二 来《こ》めやとは思ふものから蜩《ひぐらし》の鳴く夕暮れは立ち待たれつつ

兼芸法師

七六八 遠いといわれる中国でも、夢に見えたから近かった。それに比べれば、夢にも見ないような思い合うことのない二人の仲は、はるかにかけ離れたものだったよ。

貞登

七六九 長雨が降って古い屋敷の軒の端《つま》に忍ぶ草が生える、その端ならぬ古びた妻の私はただ一人ぼんやりともの思いにふけって、あの人を日々偲《しの》んでいる。↓補

僧正遍照

七七〇 私の家は草が生い茂って道も見えなくなるほどまでに荒れはててしまった。あのつれない人を待つなどということをしているうちに。

七七一 あの人がすぐまた来ようと言って別れていった朝からこのかた、私は思い続けて毎日を暮らし、蜩《ひぐらし》のように声をあげて泣いているばかりだ。↓補

よみ人知らず

七七二 来てはくれまいと思うものの、蜩が鳴く夕暮になると、つい外まで立っていっては待つということを繰り返している。

七三　今しはとわびにしものを蜘蛛《ささがに》の衣《ころも》にかかり我を頼むる

七四　今は来《こ》じと思ふものから忘れつつ待たるることのまだもやまぬか

七五　月夜には来ぬ人待たるかき曇り雨も降らなむわびつつも寝む

七六　植ゑていにし秋田刈るまで見え来《こ》ねば今朝《けさ》初雁《はつかり》の音《ね》にぞなきぬる

七七　来ぬ人を待つ夕暮れの秋風はいかに吹けばかわびしかるらむ

七八　久しくもなりにけるかな住《すみ》の江《え》のまつは苦しきものにぞありける

七三　今となってはもうやって来ないだろうとつらく思っていたけれども、蜘蛛《くも》が着物に這《は》いかかってきて、また私に期待をいだかせることだ。↓補

七四　今はもう来てはくれまいとは思うものの、つい忘れてしまって、あの人の訪れを心待ちするくせが、まだぬけないことだ。

七五　こんな月の美しい夜には通って来ない人が思わず待たれてしまう。いっそすっかり曇って雨でも降ればよい。そうすれば、つらくてもあきらめて寝るだろうから。

七六　早苗《さなえ》を植えて行ってしまってから秋の田を刈るまで、あの人は姿を見せないので、今朝鳴いていた初雁のように、私は声をあげて泣いてしまった。↓補

七七　訪れて来ない人を待っている夕方に吹く秋風は、いったいどのように吹くからといって、これほどわびしく感じられるのだろうか。

七八　あの人が通って来なくなってからずいぶん久しくなってしまったことだ。住の江の松ではないが、待つということはつらいものだったよ。↓補

兼覧王《かねみのおほきみ》

七七九 住《すみ》の江《え》のまつほど久《ひさ》になりぬれば葦鶴《あしたづ》の音《ね》に泣かぬ日はなし

仲平朝臣《なかひらのあそむ》あひ知りて侍《はべ》りけるを、離《か》れがたになりにければ、父が大和守《やまとのかみ》に侍りけるもとへまかるとて、よみて遣《つか》はしける　伊勢

七八〇 三輪《みわ》の山いかに待ち見む年経《としふ》ともたづぬる人もあらじと思へば

題知らず　雲林院親王《うりんゐんのみこ》

七八一 吹き迷ふ野風を寒み秋萩《あきはぎ》の移りもゆくか人の心の

小野小町

七八二 今はとて我が身時雨《しぐれ》にふりぬれば言《こと》の葉《は》さへに移ろひにけり

兼覧王

七七九　あの人を待つことが住の江の松のように久しくなってしまったので、葦の中にいる鶴ではないが、私は声をあげて泣かない日はない。↓補

伊勢

藤原仲平が親しくしておりましたのに、訪れが遠のきはじめたので、父が大和守としておりました所に下って行こうとして詠んで贈った歌

七八〇　人を待つという三輪の山ですが、私はどのように待って逢うことができるでしょうか、たとえ何年経っても訪ねてくる人もあるまいと思っておりますので。↓補

題知らず　雲林院親王

七八一　吹き乱れる野風が寒いので、秋萩が移ろっていく。そしてまた、あの人の心も変っていくことか。

小野小町

七八二　今はこれまでということで、私の身も時雨が降るように古びてしまったので、野山の木の葉ばかりか、あなたの言葉までがすっかり色変りしてしまった。

◎「降り」と「古り」を掛ける。

返し　　　　　　　　　　小野貞樹《さだき》

七八三　人を思ふ心木《こ》の葉にあらばこそ風のまにまに散りも乱れめ

業平朝臣《なりひらのあそむ》、(1)紀有常《きのありつね》が女《むすめ》に住みけるを、恨むることありて、しばしの間《あひだ》、昼は来て夕さりは帰りのみしければ、よみて遣はしける

七八四　天雲《あまぐも》のよそにも人のなりゆくかさすがに目には見ゆるものから

返し　　　　　　　　　　業平朝臣

七八五　行き帰り空にのみして経《ふ》ることは我がゐる山の風早みなり

返し　　　　　　　　　　小野貞樹

七八三　あなたを思う私の心が木の葉のようにはかないものだったならば、風が吹くにつれて散り乱れて、どこかに行ってしまうでしょうが。私はどこまでもあなたのことを思っているのですよ。

在原業平が紀有常の娘と結婚していたが、気に入らないことがあって、しばらくの間、昼にやって来て夕方には帰るというようなことばかりしているので、詠んで贈った歌

七八四　はるか遠く隔った大空の雲のように、あなたはよそよそしい仲になってしまいましたこと。そうは申しましても、目に見える所にはおいでですが。

(1)四一九の作者の娘。

◎「天雲の」は「よそ」の実景的な枕詞。

返し　　　　　　　　　　在原業平

七八五　行ったり戻ったり、落ち着くこともできずにぼんやりと空にばかりいて過しているのは、雲の私がいるはずの山の風のあなたがはげしすぎるからです。↓補

題知らず　　　　　　　　　　　　　　　景式王《かげのりのおほきみ》

七六六　唐衣《からころも》なれば身にこそまつはれめ掛けてのみやは恋ひむと思ひし

　　　　　　　　　　　　　　　　　　　友則

七六七　秋風は身を分けてしも吹かなくに人の心の空になるらむ

　　　　　　　　　　　　　　　源宗于朝臣《むねゆき》

七六八　つれもなくなりゆく人の言《こと》の葉《は》ぞ秋よりさきのもみぢなりける

心地そこなへりけるころ、あひ知りて侍《はべ》りける人の訪《と》はで、心地おこたりてのち、訪《とぶら》へりければ、よみて遣《つか》はしける　　　　　　　兵衛《ひやうゑ》

七六九　死出《しで》の山麓《ふもと》を見てぞ帰りにしつらき人よりまづ越えじとて

題知らず　　　　　　　　　　　　　景式王

七六六　唐衣は着なれれば身にぴたりとまつわりつく、そのようにあの人と親しくなればよかったのに、衣桁《いこう》に衣を掛けるように、ひたすら心に掛けてばかり恋い慕おうとは思いも寄らなかった。

◎「唐衣」に女性をよそえる。

　　　　　　　　　　　　　　　　　紀友則

七六七　秋風は体の中を分けて吹きぬけるわけでもあるまいに、どうして秋風が吹くとあの人の心は上の空になって私につれなくなるのだろうか。

◎「秋風」に「飽き」を掛ける。「空」は体が空洞になる、心が上の空になる意。

　　　　　　　　　　　　　　　　　源宗于

七六八　私につれなくなっていく人の言葉こそ、秋に先がけて色変りする紅葉だったのだ。↓補

　気分が悪かった頃、知り合っておりました人が見舞に来ないで、病気が良くなった後に見舞ってきたので、詠んで贈った歌　　　　　　　　　　　　兵衛

七六九　死出の山の麓を見ただけで帰って来ました。つれない人より先には越えまいと思いまして。

あひ知れりける人のやうやく離《か》れがたになりける間《あひだ》に、焼けたる茅《ち》の葉に文《ふみ》を挿《さ》して遣はせりける

小町姉《こまちがあね》

七九〇 時過ぎてかれゆく小野《をの》の浅茅《あさぢ》には今は思ひぞ絶えず燃えける

物思ひける頃、ものへまかりける道に、野火の燃えけるを見てよめる

伊勢

七九一 冬枯れの野辺《のべ》と我が身を思ひせば燃えても春を待たましものを

題知らず

友則

七九二 水の泡の消えで憂《う》き身といひながら流れてなほも頼まるるかな

知り合っていた人がだんだんと足が遠ざかりがちになっていた頃に、焼けた茅萱《ちがや》の葉に手紙を挿して贈った歌

小野小町の姉

七九〇 盛りの時が過ぎて枯れていく野原の茅萱には、今は野焼きの火が絶え間なく燃えております。愛されていた時も過ぎてあなたが足遠くなった今でも、私は思いの火を燃やし続けております。↓補

物思いにふけっていた頃、ある所へ出かけた道の途中で、野火が燃えていたのを見て詠んだ歌

伊勢

七九一 あの人が遠ざかった私の身を、仮に「冬枯れの野辺」と思うことができたら、野火のように思いの火を燃やして、再び恋が芽生える春を待つのだが。↓補

題知らず

紀友則

七九二 水の泡が消えないで浮いているような、はかなくつらい我が身と言っても、この世を泡が流れるように頼りなく生きながら、それでもやはりあの人を頼みに思わずにはいられないのだ。↓補

七五三　水無瀬《みなせ》川《がは》ありてゆく水なくはこそつひに我が身を絶えぬと思はめ
よみ人知らず

七五四　吉野《よしの》川《がは》よしや人こそつらからめはやく言ひてし言《こと》は忘れじ
躬恒

七五五　世の中の人の心は(1)花染《はなぞ》めの移ろひやすき色にぞありける
よみ人知らず

七五六　心こそうたてにくけれ染めざらば移ろふことも惜しからましや

七五三　よみ人知らず
水無瀬川の地下深くに在って流れて行く水が、万一まったくないというならば、水脈《みお》が絶えるように、あなたからすっかり見捨てられてしまったものと、あきらめましょう。↓補

七五四　凡河内躬恒
たとえあの人がつれなくても、以前に言ってくれた愛情を誓う言葉はけっして忘れまい。
◎「吉野川」は、「よしや」の枕詞で、「早く」は、その縁語。

七五五　よみ人知らず
世の中の人の心などというものは、花で染めた染物のように、すぐに色があせる、変りやすくはかないものだったよ。
(1)露草の花で染めたものとする説が多い。
↓二四七

七五六　心というものこそままにならず憎らしいものだ。なまじっか愛する人という色で染めなかったならば、愛情がさめて色あせていっても、残念がることもあるまいに。

七九七 色見えで移ろふものは世の中の人の心の花にぞありける　小町

七九八 我のみや世を鶯《うぐひす》となきわびむ人の心の花と散りなば　よみ人知らず

七九九 思ふとも離《か》れなむ人をいかがせむ飽かず散りぬる花とこそ見め　素性法師

八〇〇 今はとて君が離《か》れなば我が宿の花をば一人見てや偲《しの》ばむ　よみ人知らず

八〇一 忘れ草枯れもやするとつれもなき人の心に霜は置かなむ　宗于《むねゆき》朝臣

七九七　それと色にも現れないでいて、あせていってしまうものは、世の中の人の心という花だったよ。　小野小町

七九八　私一人だけが、この世の中をつらいものと悲しがって、鶯のように泣くのだろうか。もしあの人の心が変り、花となって散ってしまったならば。　よみ人知らず
◎「鶯」と「憂く」を掛ける。

七九九　私だけが恋しく思っていても、遠ざかっていってしまう人をどうしようか。まだ見飽きないうちに散ってしまう花と思ってあきらめることにしよう。　素性法師

八〇〇　もうこれかぎりだと言って、あなたが去っていってしまったならば、我が家の花を私一人だけで眺めながら、あなたのことをなつかしく偲ぶことにしようか。　よみ人知らず

八〇一　もしかして私のことを忘れる忘れ草が枯れることもあろうかと、つれないあの人の心に霜が置いてほしいものだ。　源宗于

寛平御時《くわんぴやうのおほむとき》、御屛風《びやうぶ》に歌書かせ給《たま》ひける時、よみて書きける　素性法師

八〇二　忘れ草なにをか種《たね》と思ひしはつれなき人の心なりけり

題知らず

八〇三　秋の田のいねてふこともかけなくになにを憂《う》しとか人のかるらむ

紀　貫之

八〇四　初雁《はつかり》のなきこそ渡れ世の中の人の心のあきし憂ければ

よみ人知らず

八〇五　あはれとも憂しとも物を思ふ時などか涙のいとなかるらむ

八〇六　身を憂しと思ふに消えぬものなればかくても経《へ》ぬる世にこそありけれ

宇多天皇の御代、屛風に歌をお書かせになった時、詠んで書いた歌　素性法師

八〇二　忘れ草はいったい何を種として生えるのかと思っていたが、それはつれない人の心だったよ。

題知らず　（兼芸法師）

八〇三　秋の田の稲は刈って稲架《いねかけ》に掛けるが、私が飽きたから去《い》ねと言葉をかけたわけでもないのに、何が気に入らなくて、あの人は遠ざかっていったのだろう。↓補

紀貫之

八〇四　初雁が秋になって鳴きながら空を渡っていくように、私も泣き続けている、世の中の人の心に来る飽きが悲しいので。↓補

よみ人知らず

八〇五　つくづく恋しく思ったり、また、つらいと恨めしく思ったり、あの人のことを恋い慕ってあれこれと物思いにふける時、どうしてこんなに涙がとめどもなく流れるのだろう。◎「いと流る」と「暇《いとな》なし」とを掛ける。

八〇六　恋しい人に見捨てられた我が身を堪えられないほどつらいと思っても、命は消えるものではないから、このようにおめおめとでも生きていられる世であったのだ。

典侍《ないしのすけ》藤原直子《なほいこ》朝臣

八〇七 海人《あま》の刈《か》る藻《も》に住む虫のわれからと音《ね》をこそ泣かめ世をばうらみじ

因幡《いなば》

八〇八 あひ見ぬも憂きも我《わ》が身の唐衣《からころも》思ひ知らずも解《と》くる紐《ひも》かな

寛平御時后宮《くわんぴやうのおほむときのきさいのみやの》歌合の歌　菅野忠臣《すがののただおむ》

八〇九 つれなきを今は恋ひじと思へども心弱くも落つる涙か

題知らず　伊勢

八一〇 人知れず絶えなましかばわびつつもなき名ぞとだに言はましものを

よみ人知らず

八一一 それをだに思ふこととて我が宿を見きとな言ひそ人の聞《き》かくに

八〇七　漁師が刈る海藻に住む虫のわれからではないが、我が身の不運は皆我から、私自身から招いたことと、声をあげて泣きこそすれ、このようになってしまった二人の仲を恨みはすまい。↓補　藤原直子

八〇八　あの人に逢えないのも逢えなくてつらいのもすべて自分から招いた不幸だが、そんな私の気持とかかわりなく、ひとりでに解けてきて、はかない期待を抱かせる衣の下紐だよ。↓補　因幡

寛平御時后宮歌合の歌　菅野忠臣

八〇九　つれないあの人を今はもう恋い慕うまいと思うのだが、心弱くも落ちるこの涙よ。

題知らず　伊勢

八一〇　人に知られずに二人の仲が絶えてしまったならば、つらくても根も葉もない噂だった、と世間の人に言うのだが。

よみ人知らず

八一一　せめてそれだけでも私のことを思ってくれるしるしとして、私の家を見知っていたなどと言って下さるな。人が聞くと困るので。

八二 逢ふことのもはら絶えぬる時にこそ人の恋しきことも知りけれ

八三 わびはつる時さへものの悲しきはいづこを偲《しの》ぶ涙なるらむ

藤原興風

八四 恨みても泣きても言はむ方《かた》ぞなき鏡に見ゆる影ならずして

よみ人知らず

八五 夕されば人なき床《とこ》をうち払ひ歎かむためとなれる我が身か

八六 わたつ海《み》の我が身越す波立ち返り海人《あま》の住むてふうらみつるかな

八二 逢うことがまったく絶えてしまった今になって、はじめて、ほんとうにあの人が恋しいということがわかったよ。

八三 もう二人の仲がまったく見込みがないと絶望しきった今になってまで、まだもの悲しい気分になるのは、いったいどこの人を思って流す涙なのだろう。そんな人はいないはずなのに。

藤原興風

八四 恨んでも泣いても、それを訴える相手とてない、鏡に映る自分の姿以外には。

よみ人知らず

八五 夕方になると、訪れてくる人もない寝床の塵を払い、歎き悲しむためのもとにするようになってしまった我が身なのか。↓七三三

八六 大海の、私の身の丈《たけ》を越すような荒波が、繰り返して漁師の住む浦に押し寄せている。私もつれないあの人の住む方を何度も見やりながら恨めしく思っていることよ。↓補

八一七　新小田《あらをだ》をあら鋤《す》き返し返しても人の心を見てこそやまめ

八一八　荒磯《ありそ》海《うみ》の浜の真砂《まさご》と頼めしは忘るることの数にぞありける

八一九　葦辺《あしべ》より雲居《くもゐ》をさして行く雁《かり》のいや遠ざかる我が身悲しも

八二〇　時雨《しぐ》れつつもみづるよりも言《こと》の葉《は》の心のあきにあふぞわびしき

八二一　秋風の吹きと吹きぬる武蔵野《むさしの》はなべて草葉《くさば》の色変りけり

小町

八二二　秋風にあふ田《た》の実《み》こそ悲しけれ我が身空《むな》しくなりぬと思へば

八一七　新しく開いた田を粗く鋤き返すように、何度も繰り返してあの人の本心をよく確かめ、それでも見込みがなかったならばあきらめることにしよう。↓補

八一八　岩の多い荒海の浜の砂の数に寄せて尽きない愛情を誓って私をあてにさせていたのは、実は忘れることの数の多さだったよ。↓補

八一九　葦の生えている水辺から大空を目ざして飛んでいく雁のように、しだいに遠ざかっていくあの人を見まもっている私の身が悲しく思われることだ。↓補

八二〇　悲しい秋が来て時雨が降って紅葉するのよりも、あの人の心に飽きが来て愛情を誓った言葉が色変りして、私につれなくなるのが悲しい。↓補

八二一　秋風が吹きに吹いている武蔵野はすっかり草葉の色が変ってしまった。あの人の心に飽き風が吹きまくってすっかり愛情が色あせてしまった。↓補

小野小町

八二二　秋風に遇う稲は哀れだ、はげしい風に吹かれて実らないと思うと。頼みにしていた恋人に飽きられた私の身も哀れだ、恋が実らないで空しくなってしまうと思うと。↓補

八二三　秋風の吹き裏返す葛《くず》の葉のうらみてもなほ恨めしきかな

平　貞文

八二四　秋といへばよそにぞ聞きしあだ人の我を古《ふる》せる名にこそありけれ

よみ人知らず

八二五　忘らるる身を宇治橋《うぢばし》の中絶えて人も通《かよ》はぬ年ぞ経《へ》にける

または、こなたかなたに人も通はず。

八二六　逢ふことを長柄《ながら》の橋のながらへて恋ひわたる間《ま》に年ぞ経《へ》にける

坂上是則

八二三　秋風が吹いて裏返す葛の葉のように、私を飽いて急に態度を変えて去って行ったあの人のことを思うと、いくら恨んでもやはり恨めしいことだ。↓補

平貞文

八二四　「秋」と言うと、これまでよそごととして聞いていたが今となって思えば、浮気なあの人が私を見捨てた「飽き」という言葉だったよ。

よみ人知らず

◎「秋」と「飽き」を掛ける。

八二五　あの人に忘れられてつらいと思っている私は、宇治橋が中途で絶えてしまって誰も通らないように、訪れる人もなく一人わびしく年月を過している。

または、下句が「こちらからもあちらからも誰一人として行き来しない」とある。

◎「身を憂し」と「宇治橋」を掛ける。

八二六　逢うこともなく、長柄の橋のように長い間ずっと恋い続けている間に、年月が経ってしまった。

坂上是則

◎「逢ふことを無《な》」を「長柄《ながら》の橋」に掛けて、二句までが「永らへて」の序詞。

友則

八二七 浮きながら消《け》ぬる泡ともなりななむ流れてとだに頼まれぬ身は

よみ人知らず

八二八 流れては妹背《いもせ》の山の中に落つる吉野《よしの》の川のよしや世の中

「恋ひわたる」は「長柄の橋」の縁語。

紀友則

八二七 流れに浮き漂い消えてしまう泡のように、このまま死んでしまいたい。つらい思いを抱《いだ》いて生き永らえていったとて、これからもとても望みを持てようもないこの私の身では。↓補

よみ人知らず

八二八 流れ流れて行って妹《いも》山と背《せ》山の間に入って激しく流れ落ちる吉野川、長い人生の間には男女の仲にもさまざまな波瀾があるもの、まあ、よしよし、それが世の中というものさ。↓補

古今和歌集　巻第十六

哀傷歌

(1)妹《いもうと》の身《み》まかりける時よみける　　小野篁《たかむら》朝臣

八二九　泣く涙雨と降らなむ渡り(2)川水増さりなば帰り来るがに

(1)前太政大臣《さきのおほきおほいまうちぎみ》を(2)白川《しらかは》のあたりに送りける夜よめる　　素性法師

八三〇　血の涙落ちてぞたぎつ白川は君が代までの名にこそありけれ

古今和歌集　巻第十六
哀傷の歌

妹が亡くなった時に詠んだ歌　小野篁

八二九　私が悲しんで泣く涙が雨となって降っておくれ。あの三途《さんず》の川の水かさが増したならば、渡ることができないで、妹が帰ってくるように。

(1)篁物語などに見える恋愛関係にあった異母妹のことと言われるが、確証はない。(2)冥途への旅路にある川。三途の川。「みつせ川」とも。→七八九「しでの山」。

前太政大臣（藤原良房）が亡くなり、白川の辺に野辺の送りをした夜に詠んだ歌　素性法師

八三〇　悲しみにたえかねて泣く私の血の涙が激しく流れ落ちて白川の水が赤く染ってわき返っている。白川というのはあなたが御在世の時までの名であったよ。

(1)藤原良房。貞観十四年（八七二）九月二日薨。(2)白川が流れている左京区一帯の地。良房の愛宕《おたぎ》の墓も近かった。
◎「白川」の「白」と「血」の「赤」を対比。

堀河の太政大臣《おほきおほいまうちぎみ》身まかりにける時に、深草《ふかくさ》の山にをさめて後《のち》によみける　　僧都勝延《そうづしようえん》

八三一　(1)空蟬《うつせみ》は殻《から》を見つつも慰めつ深草の山煙《けぶり》だに立て

上野岑雄《かむつけのみねを》

八三二　深草の野辺の桜し心あらば今年《ことし》ばかりは(1)墨染《すみぞ》めに咲け

藤原敏行朝臣の身まかりにける時に、よみてかの家に遣《つか》はしける　　紀　友則

八三三　寝ても見ゆ寝でも見えけり大方《おほかた》はうつせみの世ぞ夢にはありける

堀河の太政大臣（藤原基経）が亡くなった時に、深草山に埋葬した後で詠んだ歌　　僧都勝延

八三一　蟬の脱け殻を見るように、葬られる前には亡骸《なきがら》を見ては心を慰めていた。だが、火葬された今となっては、それもかなわないことだ。深草の山よ、せめて煙だけでも立てておくれ。

(1)蟬の脱け殻。魂が抜けて姿だけが留まっている亡骸をよそえる。↓補

上野岑雄

八三二　深草の野辺に咲く桜が人のような心を持っているものならば、せめて今年だけは墨染め色に咲いてほしい。

(1)喪服の色。

藤原敏行が亡くなった時に、詠んでその人の家に贈った歌　　紀友則

八三三　亡くなったあの人の姿が、寝ても夢に見え、寝ないでいても幻になって見える。だいたい、この現世ははかない夢のようなものだったのだ。

◎「うつせみの」は「世」の枕詞。原義「現身《うつそみ》」のはかない意を留めている。

あひ知れりける人の身《み》まかりにければよめる　紀　貫之

八三四 夢とこそ言ふべかりけれ世の中にうつつあるものと思ひけるかな

あひ知れりける人の身まかりにける時によめる　壬生忠岑

八三五 寝《ぬ》るがうちに見るをのみやは夢と言はむはかなき世をもうつつとは見ず

姉の身まかりにける時によめる

八三六 瀬《せ》を堰けば淵《ふち》となりても淀《よど》みけり別れをとむる(1)柵《しがらみ》ぞなき

藤原忠房が昔あひ知りて侍《はべ》りける人の身まかりける時に、弔問《とぶらひ》に遣《つか》はすとてよめる　閑院

八三七 先立たぬ悔いの八千《やち》たび悲しきは流るる水の帰り来《こ》ぬなりけり

親しくしていた人が亡くなったので詠んだ歌　紀貫之

八三四　やはり一切は夢だというべきだった。この世の中にたしかな現実があるのだと、うかつにも思いこんでいたよ。

親しくしていた人が亡くなった時に詠んだ歌　壬生忠岑

八三五　寝ているうちに見るものだけを夢と言えようか。このはかない世を実在するものとは思っていない。一切が夢だ。

姉が亡くなった時に詠んだ歌　壬生忠岑

八三六　流れの速い瀬でも堰き止めれば淵となってでも淀むものだ。だが、死に別れていく人を引きとめる柵はないよ。

(1)→三〇三

藤原忠房が以前に親しくしておりました人が亡くなった時に、忠房に弔問の使いを遣《や》るといって詠んだ歌　閑院

八三七　先に立たぬ後悔が何度も繰返して悲しいのは、流れ出た水がけっして源《もと》に戻らないことだ。今になって亡くなったあの人のことが思われてならない。→補

八三八　紀友則が身まかりにける時よめる　　貫之

明日《あす》知らぬ我が身と思へど暮れぬ間《ま》の(1)今日《けふ》は人こそ悲しかりけれ

八三九　　　　　　　　　　　　　　忠岑

時しもあれ秋やは人の別るべきあるを見るだに恋しきものを

八四〇　母が喪《おも》ひにてよめる　　凡河内躬恒

神無月《かむなづき》時雨《しぐれ》に濡《ぬ》るるもみぢ葉はただわび人の袂《たもと》なりけり

八四一　父が喪ひにてよめる　　忠岑

藤衣《ふぢごろも》はつるる糸はわび人の涙の玉の緒《を》とぞなりける

紀友則が亡くなった時に詠んだ歌　　紀貫之

八三八　明日の命はわからない我が身とは思うが、さしあたって日が暮れない間の今日は亡くなったあの人のことが悲しく思われることだ。

(1)日が暮れると明日、という時間意識。

壬生忠岑

八三九　時もあろうに、秋に人が死に別れてよいものだろうか。生きている人を見ても恋しく思われるような、心細くて悲しい季節なのに。

母の喪中に詠んだ歌　　凡河内躬恒

八四〇　十月の時雨に濡れて赤く染まっている紅葉は、母の死を悲しむ私の血の涙で染まった袂そのものだ。

父の喪中に詠んだ歌　　壬生忠岑

八四一　長く着ていてほつれて来た喪服の糸は、父の死を悲しむ私の涙の玉をつなぐ緒となっていることだ。

喪《おも》ひに侍《はべ》りける年の秋、山寺へまかりける道にてよめる　　貫之

八四二　朝露のおくての山田かりそめに憂《う》き世の中を思ひぬるかな

喪ひに侍りける人を弔問《とぶらひ》にまかりてよめる　　忠岑

八四三　墨染《すみぞ》めの君が袂《たもと》は雲なれや絶えず涙の雨とのみ降る

女《め》の親の喪ひにて山寺に侍りけるを、ある人の弔問遣《つか》はせりければ、返事《かへりごと》によめる　　よみ人知らず

八四四　あしひきの山辺《やまべ》に今はすみぞめの衣《ころも》の袖《そで》の干る時もなし

喪に服しておりました年の秋、山寺に出かけた道の途中で詠んだ歌　　紀貫之

八四二　朝露が置いた山田の晩稲《おくて》を刈りはじめているが、私はこのつらく悲しい世の中をまったく仮初めのものと思うようになったよ。

◎朝露の「置く」に「晩稲《おくて》」を掛け、山田「刈り初め」に「仮りそめ」を掛けて、二句までが三句の序詞。ものさびしい晩秋の実景が無常観を導き出している。「露」ははかなさの象徴的景物。

喪に服しておりました人を弔問に出かけて行って詠んだ歌　　壬生忠岑

八四三　墨染めの喪服を着ているあなたの袂は雲なのだろうか。涙が絶え間なくひたすら雨となって降っている。

妻の親の喪に服して山寺に籠っておりましたところが、ある人が弔問の人をよこしたので、返事として詠んだ歌　　よみ人知らず

八四四　喪に服するために今は山辺に住みはじめて、喪服の袖が涙に濡れて乾く時もない。

◎「あしひきの」は「山辺」の枕詞。「墨染め」と「住み初め」を掛ける。

諒闇《りやうあん》の年、池のほとりの花を見てよめる

篁《たかむら》朝臣

八四五 水の面《おも》にしづく花の色さやかにも君が御影《みかげ》の思ほゆるかな

深草帝《ふかくさのみかど》の御国忌《おほむこき》の日よめる

文屋康秀

八四六 草深き霞の谷に影隠し照る日の暮れし今日《けふ》にやはあらぬ

深草帝の御時《おほむとき》に、(1)蔵人頭《くらうどのとう》にて夜昼《よるひる》なれつかうまつりけるを、(2)諒闇《りやうあん》になりにければ、さらに世にもまじらずして、比叡《ひえ》の山に登りて頭《かしら》おろしてけり。そのまたの年、みな人御服《おほむぶく》脱ぎて、あるは(3)冠《かうぶり》賜《たま》はりなど、(4)喜びけるを聞きてよめる

僧正遍照

八四七 みな人は花の衣《ころも》になりぬなり(5)苔《こけ》の袂よかわきだにせよ

天皇が崩御されて喪に服していた年に、池のほとりに咲いていた花を見て詠んだ歌　小野篁

八四五　水面に影を落して沈んで見える花の色が鮮やかなように、お隠れになった天皇の御面影がありありと思い出されることだ。

◎二句まで「さやかにも」の序詞。実景が効果的に用いられている。

仁明天皇の御一周忌の日に詠んだ歌　文屋康秀

八四六　草が深く霞が立ちこめている谷に、光を隠して照り輝く太陽が沈んで暮れた、それが今日という日ではなかったか。→補

仁明天皇の御代に、蔵人頭として夜昼親しくお仕えしていたところ、天皇が崩御され、世の中は諒闇になってしまったので、世間との交際を一切絶ち切り、比叡山に登って出家してしまった。その翌年、世の人々は喪服を脱ぎ、ある者は位階を賜わったりしてなどして、喜んでいるのを聞いて詠んだ歌　僧正遍照

八四七　世の人は皆忌《いみ》が明けたので、喪服を脱いで華やかな平常の服に着がえたようだ。私の変ることがない僧衣の袂よ、せめていつまでも涙に濡れていないで、乾いてほしいも

河原大臣《かはらのおほいまうちぎみ》の身《み》まかりての秋、かの家のほとりを
まかりけるに、もみぢの色まだ深くもならざりける
を見て、かの家によみて入れたりける
近院右大臣《こんゐんのみぎのおほいまうちぎみ》

八四八 うちつけに寂しくもあるかもみぢ葉も主《ぬし》なき宿
は色なかりけり

(1)藤原高経《たかつね》朝臣の身まかりてのまたの年の夏、時鳥《ほととぎす》の
鳴きけるを聞きてよめる　貫之

八四九 時鳥(2)今朝《けさ》鳴く声におどろけば君に別れし時にぞ
ありける

桜を植ゑてありけるに、やうやく花咲きぬべき時
に、かの植ゑける人身まかりにければ、その花を見
てよめる　紀茂行《もちゆき》

のだ。
(1)天皇の秘書的な役をする蔵人所の長官で、二人いて、中弁や近衛の中少将がなった。(2)→八四五　(3)官位が昇進する。(4)平常の服。「苔の袂」に対する。(5)僧衣。

河原左大臣（源融）が亡くなった年の秋、その邸宅の近くを通りかかった時に、紅葉の色がまだあまり濃くなっていなかったのを見て、その家の人に詠んで贈った歌　源能有

八四八　急にさびしくなったことだ。紅葉の葉までが、主人のいないこの家では、喪服を着ている家の人と同じように、色づいていないよ。→補

藤原高経が亡くなって翌年の夏、時鳥が鳴いたのを聞いて詠んだ歌　紀貫之

八四九　時鳥が今朝鳴いた声にはっとして目を覚まし、気がついてみると、一年前の今日はあなたと死別した日だった。

(1)藤原基経の弟。寛平五年（八九三）五月十九日没。(2)「時鳥」は冥途に通う鳥。

桜が植えてあったが、やっと花が咲きそうになった時に、その植えた人が亡くな

八五〇 花よりも人こそあだになりにけれいづれを先に恋ひむとか見し

主《あるじ》身まかりにける人の家の梅の花を見てよめる　貫之

八五一 色も香《か》も昔の濃さに匂へども植ゑけむ人の影ぞ恋しき

河原《かはらのひだりのおほいまうちぎみ》左大臣の身まかりてのち、かの家にまかりてありけるに、塩釜《しほがま》といふ所のさまを作れりけるを見てよめる

八五二 君まさで煙《けぶり》絶えにし塩釜のうらさびしくも見え渡るかな

藤原利基《としもと》朝臣の右近《うこんの》中将にて住み侍《はべ》りける曹司《ざうし》の、身まかりてのち、人も住まずなりにけるに、秋の夜

ってしまったので、その花を見て詠んだ歌　紀茂行

八五〇 はかないはずの花よりも、人の方が早くむなしくなってしまった。花と人とどちらを先に恋い慕おうなどと思って、私は見ていたことか。

主人が亡くなった人の家の梅の花を見て詠んだ歌　紀貫之

八五一 この家の梅の花は色も香も以前と変ることなく美しく鮮やかに咲き香っているが、それにつけても、植えた人の面影が恋しく思い出されることだ。

河原左大臣（源融）が亡くなった後に、その邸宅に行っておりました時、塩釜という所の風景を写して作ってあったのを見て詠んだ歌　紀貫之

八五二 あなたがおられなくなって、塩を焼く煙も絶えてしまったこの塩釜の浦は、心なしかさびしく見渡されることだ。

◎「塩釜の浦」に「うらさびしく」を掛ける。

↓補

藤原利基が右中将として住んでおりました部屋が、亡くなった後に、人も住まな

更《ふ》けて、ものよりまうで来《き》けるついでに見入れければ、もとありし前栽《せんざい》いと繁《しげ》く荒れたりけるを見て、早くそこに侍りければ、昔を思ひやりてよみける

御春有助《みはるのありすけ》

八五三　君が植ゑし一《ひと》むらすすき虫の音《ね》のしげき野辺ともなりにけるかな

惟喬親王《これたかのみこ》の、父の侍りけむ時によめりけむ歌ども、と請《こ》ひければ、書きて送りける奥によみて書けりける

友則

八五四　ことならば言《こと》の葉《は》さへも消えななむ見れば涙の滝まさりけり

題知らず　よみ人知らず

八五五　亡《な》き人の宿に通《かよ》はば時鳥《ほととぎす》かけて音《ね》にのみ泣くと告げなむ

くなってしまったのを、秋の夜更けに、用事で出かけて帰って来たついでにのぞいてみたら、生前に植えてあった前栽がたいそう生い茂って荒れはててしまっていたのを見て、以前にそこにお仕えしていたので、往時をなつかしく偲んで詠んだ歌

御春有助

八五三　あなたが植えた一群のすすきがすっかり生い茂って、虫の音がしきりに聞こえる野原のようになってしまったよ。↓補

惟喬親王が、私の父が在世中に詠んだ歌を見たい、と求めてきたので、書き写して贈った最後に詠んで書きつけた歌

紀友則

八五四　同じ消え失せてしまうのならば、命ばかりでなく言葉までも消えてしまってほしかった。この父の詠んだ和歌を見ていると、滝のように流れる涙がますます増してくることだ。↓補

題知らず　よみ人知らず

八五五　亡き人が住んでいた家に行ったならば、時鳥よ、私があの人を心にかけて、声を立ててひたすら泣いていると告げてほしい。↓補

八五六　誰《たれ》見よと花咲けるらむ白雲の立つ野と早くなりにしものを

式部卿親王《しきぶきやうのみこ》、閑院《かんゐん》の五の皇女《みこ》に住みわたりけるを、いくばくもあらで皇女の身《み》まかりにける時に、かの皇女の住みける帳《ちやう》のかたびらの紐《ひも》に、文《ふみ》を結《ゆ》ひつけたりけるを取りて見れば、昔の手にてこの歌をなむ書きつけたりける

八五七　かずかずに我を忘れぬものならば山の霞をあはれとは見よ

男の、人の国にまかりける間《ま》に、女にはかに病《やまひ》をして、いと弱くなりにける時、よみおきて身まかりにける

よみ人知らず

八五八　声をだに聞かで別るる魂《たま》よりもなき床《とこ》に寝む君ぞ悲しき

八五六　いったい誰に見よと言って花が咲いているのだろう。主人が亡くなったこの家は、もう早々と白雲が飛び立つ野のようにわびしい所になってしまったのに。↓補

式部卿敦慶親王が閑院の第五皇女のもとに夫婦としてずっと通っていたが、いくらも経たないうちに皇女が亡くなってしまった時に、親王が皇女の寝起きしていた帳台の垂れ布の合わせ目の紐に、書いたものが結び付けてあったのを手に取って見ると、亡き人の生前の筆跡で、この歌を書きつけてあった

八五七　あれこれと何かにつけて私のことを忘れないで思い出してくださるのならば、山の霞をしみじみと見てほしい。あれは私の火葬の煙なのだから。↓補

男が地方の国に下っていた間に、女が急に病気になって、たいそう衰弱してしまった時、詠み残して亡くなってしまった、その歌

よみ人知らず

八五八　あなたの声さえも聞かないで死に別れていく私の魂よりも、帰ってきた時に、私のいない床に一人さみしく寝ようとするあなたが、いたわしく思われてならない。

病《やまひ》にわづらひ侍《はべ》りける秋、心地の頼もしげなくおぼえければ、よみて人のもとに遣《つか》はしける

大江千里

八五九 もみぢ葉を風にまかせて見るよりもはかなきものは命なりけり

身《み》まかりなむとてよめる

藤原惟幹《これもと》

八六〇 露をなどあだなるものと思ひけむ我が身も草に置かぬばかりを

病して弱くなりにける時によめる

業平朝臣

八六一 (1)つひに行く道とはかねて聞きしかど昨日今日《きのふけふ》とは思はざりしを

病気をわずらっていた時の秋、余命いくばくもないと心細く思われたので、詠んで人のもとに贈った歌

大江千里

八五九 今にも散りそうなもみじの葉を風の思いのままにまかせて見るよりも、もっとはかないものは人間の命であったよ。

今にも死にそうになった時に詠んだ歌

藤原惟幹

八六〇 これまでどうして露をはかないものと思っていたのだろう。私の身も草に置かないだけで、はかないということでは露とすこしも変りはないのに。

病気をして衰弱した時に詠んだ歌

在原業平

八六一 いずれ人生の最後には行かなくてはならない道だとは前から聞いていたが、まさか昨日今日というほどさし迫ったこととは思っていなかったのに。

(1)死出の旅。

甲斐国《かひのくに》にあひ知りて侍りける人訪《とぶら》はむとてまかりけるを、道中《みちなか》にてにはかに病をして、今々《いまいま》となりにければ、よみて、「京にもてまかりて母に見せよ」と言ひて、人につけ侍りける歌　在原滋春《しげはる》

八六二　かりそめの行きかひ路《ぢ》とぞ思ひ来《こ》し今は限りの門出なりけり

甲斐国に親しくしておりました人を訪問しようとして下って行ったところが、道の途中で急に病気になって、今にも死にそうになったので、詠んで、「京に持って行って母に見せておくれ」と言って、人に託しました歌　在原滋春

八六二　今度の甲斐の国への旅はほんの一時の往来《ゆきき》と思ってやって来たが、今になって思へば、人生最後の旅の門出だったのだ。

◎「行き交《か》ひ路《ぢ》」に「甲斐路」を掛ける。

古今和歌集　巻第十七

雑《ざふの》歌《うた》　上

題知らず　　　　　　　　よみ人知らず

八六三　我が上に露(1)ぞ置くなる天《あま》の川門(2)《と》渡る舟の櫂《かい》の雫《しづく》か

八六四　思ふどち円居《まとゐ》せる夜《よ》は唐錦(1)《からにしき》たたまく惜しきものにぞありける

雑の歌上

八六三　題知らず　　　　　よみ人知らず
私の上にどうやら露が置いているようだ。天の川の川門を渡っている彦星の舟の櫂の雫なのだろうか。
(1)七夕の夜の小雨か。万葉集・巻十・二〇五二「この夕べ降り来る雨は彦星のはや漕ぐ舟の櫂の散りかも」。(2)川などの狭くなった所。舟の渡り場になる。

八六四　気の合っている者どうしが団欒《だんらん》している夜は、りっぱな錦を裁《た》ち切ることが惜しいように、むざむざと途中で座を立って帰るのはまったく惜しいことだ。
(1)中国舶来の高級な織物。裁断することが惜しいことから、「たたまく惜しき」の枕詞的な働きをする。
◎「裁つ」に「立つ」を掛ける。

八六五 うれしきをなにに包まむ(1)唐衣《からころも》袂《たもと》ゆたかに裁《た》てと言はましを

八六六 限りなき君がためにと折る花は時し(1)も分かぬものにぞありける

ある人のいはく、この歌は、(2)前太政大臣《さきのおほきおほいまうちぎみ》のなり。

八六七 紫の一本《ひともと》ゆゑに武蔵野《むさしの》の草はみながらあはれとぞ見る

妻《め》のおとうとを持《も》て侍《はべ》りける人に、袍《うへのきぬ》を贈るとて、よみてやりける

業平朝臣

八六八 紫の色濃き時はめもはるに野なる草木ぞわかれざりける

八六五 このうれしさを何に包んでおいたらよいのだろうか。着物の袖をもっとたっぷり仕立てておくれと言えばよかったのに。

(1)衣服の歌語。舶来の上等な着物の意。

八六六 限りない寿命を保っておられるあなたを祝って折り取ったこの花は、これこのとおり季節の区別がなくいつも咲いている花でしたよ。

ある人の説では、この歌は前太政大臣の作である。

(1)造花。返り咲きの花とする説もある。

(2)藤原良房かと言われるが、未詳。

八六七 なじみの紫草が一本生えていることから、武蔵野の草はすべてなつかしく心ひかれて見えるよ。↓補

妻の妹と結婚しておりました人に、袍《ほう》を贈るといって詠んでやった歌

在原業平

八六八 紫草が色濃い時は、見渡す限り遥々と芽を張っているすべての草木が区別することなくいとしく思われることだ。妻への愛情が深い時は、その縁につながるすべての人が分けへだてなく親しく感じられることだ。↓補

大納言藤原国経《くにつね》朝臣宰相より中納言になりける時に、染めぬ袍《うへのきぬ》の綾《あや》を贈るとてよめる

近院右大臣《こんゐんのみぎのおほいまうちぎみ》

八六九 色なしと人や見るらむ昔より深き心に染めてしものを

石上並松《いそのかみのなむまつ》が宮仕へもせで、石上《いそのかみ》といふ所にこもり侍《はべ》りけるを、にはかに冠《かうぶり》賜はれりければ、喜び言ひ遣《つか》はすとてよみて遣はしける

布留今道《ふるのいまみち》

八七〇 日の光藪《やぶ》し分かねば石《いそ》の上《かみ》古《ふ》りにし里に花も咲きけり

二条后《にでうのきさき》の、まだ春宮《とうぐう》の御息所《みやすむどころ》と申しける時に、大原《おほはら》野《の》に詣《まう》で給《たま》ひける日よめる

業平朝臣

八七一 大原や小塩《をしほ》の山も今日《けふ》こそは神代《かみよ》のことも思ひ出《い》づらめ

大納言藤原国経が参議から中納言になった時に、袍にするためのまだ染めてない綾絹を贈ると言って詠んだ歌　源能有

八六九 無色だとあなたは御覧になるでしょうが、この綾絹は以前からあなたに対する深い心で染められているのです。↓補

石上並松が宮仕えもしないで、石上という所に籠っておりましたが、急に五位を授けられたので、祝いの言葉をかけようとして、詠んで贈った歌　布留今道

八七〇 日の光は草藪《くさやぶ》だからといって分けへだてをして照らさないようなことはないので、石上の古くてさびれた里にもやはり花は咲いたよ。↓補

二条后（藤原高子）が、まだ春宮の御息所と申されていた時に、大原野神社に参詣なさった日に詠んだ歌　在原業平

八七一 大野原の小塩山も、今日の盛儀を目の前にして、藤原氏の祖先の天児屋根命《あめのこやねのみこと》が天孫降臨の時に活躍した神代のことを思い出して感無量であろう。↓補

五節の舞姫を見て詠んだ歌　僧正遍照

八七二 天の風よ、雲が往来《ゆきき》する天上の道

五節《ごせち》の舞姫《まひひめ》を見てよめる　良岑宗貞《よしみねのむねさだ》

八七二 天《あま》つ風《かぜ》雲の通《かよ》ひ路《ぢ》吹きとぢよをとめの姿しばしとどめむ

五節の朝《あした》に、簪《かむざし》の玉の落ちたりけるを見て、誰《た》がならむととぶらひてよめる　河原左大臣《かはらのひだりのおほいまうちぎみ》

八七三 主《ぬし》や誰《たれ》問へど白玉《しらたま》言はなくにさらばなべてやあはれと思はむ

寛平御時《くわんぴやうのおほむとき》に、殿上《うへ》の侍《さぶら》ひに侍りける男《をのこ》ども、瓶《かめ》を持たせて、后宮《きさいのみや》の御方に、「大御酒《おほみき》のおろし」と聞えに奉りたりけるを、蔵人《くらうど》ども笑ひて、瓶を御前《おまへ》にもて出でて、ともかくも言はずなりにければ、使ひの帰り来て、さなむありつる、と言ひければ、蔵人の中に贈りける　敏行朝臣

八七四 玉だれの小瓶《こがめ》やいづらこよろぎの磯の波わけ沖に出《い》でにけり

を吹きとざしておくれ。美しく舞うこの天女たちの姿をもうしばらく留めておきたいから。↓補

五節の舞が行なわれた翌朝に簪の玉が落ちていたのを見て、誰のだろうかと問い尋ねて詠んだ歌　源融

八七三　お前の持主は誰か、と尋ねても、白玉は知らないふりをして答えないよ。それでは昨夜の舞姫の皆を同じように持主と考えて、いとしく思おうよ。↓補

宇多天皇の御代に、殿上の間におりました殿上人たちが、酒瓶を持たせて、皇后の宮の御方に、「大御酒のお下がりをください」と申しに使いをさしあげてあったのを、女蔵人《にょくろうど》たちが笑いながら瓶を御前に持って出ていったまま、何の応答もなくなってしまったので、使いが帰って来て、これこれの次第であった、と言ったから、女蔵人たちの中に贈った歌　藤原敏行

八七四　あの小瓶はどこに行ったのかしら。小亀のようにこよろぎの磯の波を分けて沖の方に、奥の皇后様の御前の方に出て行ったよ。↓補

女どもの見て笑ひければよめる　兼芸法師《けんげい》

八七五　かたちこそ深山隠《みやまがく》れの朽木《くちき》なれ心は花になさばなりなむ

方違《かたたが》へに人の家にまかれりける時に、主《あるじ》の衣《きぬ》を着せたりけるを、朝《あした》に返すとてよみける　紀　友則

八七六　蟬《せみ》の羽《は》の夜《よる》の衣はうすけれど移り香《が》濃くも匂ひぬるかな

題知らず　よみ人知らず

八七七　おそく出《い》づる月にもあるかなあしひきの山のあなたも惜しむべらなり

八七八　我が心慰めかねつ更級《さらしな》や姨捨山《をばすてやま》に照る月を見て

女たちが見て笑ったので詠んだ歌　兼芸法師

八七五　姿かたちこそ深山に隠れている朽木のようにみすぼらしいが、心はきれいな花にしようと思えば、できるのだよ。

方違えによその家に行った時に、そこの主人の服を貸して着せてくれたのを、その翌朝に返すといって詠んだ歌　紀友則

八七六　蟬の羽のように夜の衣は薄いけれども、移り香はかえって濃く匂っておりましたよ。
◎「蟬の羽の」は比喩だが、枕詞的に三句にかかる。「うすし」と「濃し」と対比。

題知らず　よみ人知らず

八七七　ずいぶん遅く出る月だよ。きっと山の向うの人も月と別れるのを惜しんでいるのだろう。
◎「あしひきの」は「山」の枕詞。

八七八　私の心をどうしても慰めることができないでいる。更級のその名も姨捨山の月を見ていると。↓補

業平朝臣

八七九　大方《おほかた》は月をもめでじこれぞこのつもれば人の老いとなるもの

月おもしろしとて、凡河内躬恒がまうで来たりけるによめる　　紀　貫之

八八〇　かつ見れどうとくもあるかな月影のいたらぬ里もあらじと思へば

池に月の見えけるをよめる

八八一　二つなきものと思ひしを水底《みなそこ》に山の端《は》ならで出《い》づる月影

題知らず　　よみ人知らず

八八二　天《あま》の川《がは》雲の水脈《みを》にてはやければ光とどめず月ぞ流るる

八八三　飽かずして月の隠るる山もとはあなた面《おもて》ぞ恋しかりける

在原業平

八七九　よく考えてみて、なまはんかな気持で月が美しいなどと賞讃するようなことはやめておこう。これこの月こそは積もると人の老いをもたらすものなのだから。

◎空の「月」と年月の「月」を重ねる。

月が美しい、と言って、凡河内躬恒が訪れてきた時に詠んだ歌　　紀貫之

八八〇　こうして美しいと思っても、一方ではうとましく思われることだ。月の光が行き届かない里はあるまいと思うと。

池に月影が映って見えたのを詠んだ歌　　紀貫之

八八一　まさか二つはないものと思っていたが、池の水底に、山の端でもないのに、出た月の姿が見えているよ。

題知らず　　よみ人知らず

八八二　天の川は、雲が水の流れとなっていて、その流れが速いので、月の光が留まることなく流れていく。

◎「水脈」は水が流れていく道筋。雲を天の川の水と見立てたもの。

八八三　まだ見飽きないうちに月が隠れてしまう山の麓《ふもと》にいると、山の向う側が恋しく思われることだ。

(1)惟喬親王《これたかのみこ》の、狩しける供《とも》にまかりて、宿りに帰りて、夜《よ》一夜《ひとよ》酒を飲み物語《ものがたり》をしけるに、十一日の月も隠れなむとしける折に、親王酔《ゑ》ひてうちへ入《い》りなむとしければ、よみ侍《はべ》りける　業平朝臣

八八四 飽かなくにまだきも月の隠るるか山の端《は》逃げて入れずもあらなむ

田村帝《たむらのみかど》の御時《おほむとき》に、斎院《さいゐん》に侍りける慧子内親王《あきらけいこのみこ》を、母過《あやま》ちありといひて、斎院を替へられむとしけるを、その事やみにければよめる　尼敬信《きやうしん》

八八五 大空を照りゆく月し清ければ雲隠せども光消《け》なくに

題知らず　よみ人知らず

八八六 石《いそ》の上《かみ》ふるから小野《をの》の本柏《もとかしは》もとの心は忘られなくに

惟喬親王が狩をした供に行って、宿所に帰って、夜もすがら酒を飲み、世間話をしているうちに、十一日の月も隠れようとした時に、親王が酔って部屋の中へ入って行こうとしたので、詠みました歌　在原業平

八八四　まだ見飽きないのに、もう月が隠れてしまうのか。山の端よ、逃げていって、月を入れないでいておくれ。

(1)七四などの作者。

◎「月」を親王によそえる。

文徳天皇の御代に、賀茂の斎院でありました慧子内親王を、母に過失があるといって、斎院を交代させられようとしたのを、その事が取りやめになったので詠んだ歌　敬信尼

八八五　大空を照り輝きながら行く月は清らかだから、雲が隠そうとしても、光が消えることはなかったよ。↓補

題知らず　よみ人知らず

八八六　葉がすっかり落ちて草木の幹だけが目立つ冬枯れの野に、葉を残してもとの姿をとどめている柏の木のように、私は今になっても初心を忘れることはありませんよ。↓補

八八七　以前は冷たい水がわき出ていた野中の

八八七　いにしへの野中の清水《しみづ》ぬるけれどもとの心を知る人ぞ汲《く》む

八八八　いにしへの倭文《しづ》の苧環《をだまき》賤《いや》しきもよきも盛《さか》りはありしものなり

八八九　今こそあれ我も昔は男山《をとこやま》さかゆく時もあり来《こ》しものを

八九〇　世の中に古《ふ》りぬるものは津《つ》の国の長柄《ながら》の橋と我となりけり

八九一　笹《ささ》の葉に降りつむ雪の末《うれ》を重み本《もと》くたちゆく我が盛りはも

八九二　大荒木《おほあらき》の森の下草《したくさ》老いぬれば駒《こま》もすさめず刈る人もなし

またはは、桜麻《さくらあさ》の苧《を》生《ふ》の下草老いぬれば。

清水も今はなまぬるい水になってしまったが、以前のことを知っている人はあい変らず汲んでいるよ。↓補

八八八　古代の倭文を織る時に用いた苧環ではないが、賤しい者も身分の高い者もみな同じように若くて盛りの時はあったものなのだよ。↓補

八八九　今はこんな年寄りだが、私だって以前は男山の坂を登っていくように、男盛りで栄えていく時もあったのだよ。

◎「男山」と「男」、「坂行く」と「栄行く」を掛ける。

八九〇　この世の中で古びてしまったものは、摂津国《せっつのくに》の長柄の橋と私とだったよ。

◎「長柄橋」は、古びたもののたとえによく引かれる。↓一〇五一

八九一　笹の葉に降り積もる雪の先の方が重いので、茎がたわんでだんだん下がっていくように、衰えていくわが盛りだよ。

◎四句の「本」までが「くたちゆく」の序詞。

八九二　大荒木の森の下草が盛りを過ぎ固くなってしまったので、馬も食べようとしないし、刈る人もいない。

　または、桜麻の畑の下草が老いて固くなってしまったので、とも。↓補

八九三　数ふればとまらぬものをとしといひて今年はいたく老いぞしにける

八九四　おしてるや難波《なには》の御津《みつ》に焼く塩のからくも我は老いにけるかな

　　　または、大伴《おほとも》の御津の浜辺に。

八九五　老いらくの来《こ》むと知りせば門《かど》さしてなしと答へて逢はざらましを

　　　この三つの歌は、昔ありける三人《みたり》の翁《おきな》のよめるとなむ。

八九六　さかさまに年もゆかなむ取りもあへず過ぐる齢《よはひ》やともに帰ると

八九七　取りとむるものにしあらねば年月《としつき》をあはれあな憂《う》と過ぐしつるかな

八九八　とどめあへずむべもとしとは言はれけりしかもつれなく過ぐる齢か

八九三　早く過ぎ去って止まることがないものを年と言うが、数えてみれば今年はずいぶん年をとって老いてしまったことだ。
◎「年」に「疾《と》し」を掛ける。→八九八

八九四　難波津で焼く塩がからいように、つらいことに私は年老いてしまったよ。
　または、大伴の御津の浜辺で、とも。
→補

八九五　老いがやって来ると知っていたならば、門を閉じて、「留守だ」と答えて、逢わなかっただろうに。
　以上の三首は、昔いたという三人の老人が詠んだといわれている。

八九六　さかさまに年月が流れて行ってほしい。つかまえることもできないまま過ぎ去ってしまった年齢《とし》が、年月と共に帰って来るかとも思うので。

八九七　引き留められるものではないので、年月を「ああ、うれしい」「ああ、つらい」などと言って、むなしく過して来たよ。

八九八　とても引き留められない。「年」を「疾《と》し」とは、なるほどうまく言ったものだ。まさにその通り、私の思いとかかわりなくどんどん過ぎて行く年齢だよ。

八九九 鏡山《かがみやま》いざ立ち寄りて見てゆかむ年経《へ》ぬる身は老いやしぬると

この歌は、ある人のいはく、大伴黒主がなり。

業平朝臣の母の内親王《みこ》、長岡《ながをか》に住み侍《はべ》りける時に、業平、宮仕へすとて、時々もえまかり訪《とぶら》はず侍りければ、師走《しはす》ばかりに母の内親王のもとより、とみの事とて文《ふみ》をもてまうで来たり。開けて見れば、言葉はなくてありける歌

九〇〇 老いぬればさらぬ別れもありといへばいよいよ見まくほしき君かな

返し　業平朝臣

九〇一 世の中にさらぬ別れのなくもがな千代《ちよ》もとなげく人の子のため

八九九 鏡山の鏡をさあ立ち寄って見ていこう。長い年月を過ごした、この私の身が老いてしまったかどうかと。↓補

この歌は、ある人の説では、大伴黒主の作である。

在原業平の母の伊都内親王が長岡に住んでおりました時に、業平が宮仕えが忙しいということで、そう何度も訪ねて行くことができないでおりましたので、十二月ごろに母の内親王の所から、急用の事といって手紙を持ってやって来た。開けてみると、手紙の言葉はなくて、書いてあった歌

九〇〇 年老いると、誰もが避けられない別れ、死別があるということなので、ますます逢いたく思う、あなたですよ。↓補

返し　在原業平

九〇一 この世の中にどうしても避けることができない別れというものがなければよいのですが。千年も長生きしてほしいと切に願っている子供のために。

寛平御時后宮《くわんぴやうのおほむときのきさいのみやの》歌合の歌　在原棟梁《むねやな》

九〇二 白雪の八重《やへ》降りしけるかへる山かへるがへるも
老いにけるかな

同じ御時、殿上《うへ》の侍《さぶら》ひにて男《をのこ》どもに大御酒《おほみき》賜ひて、
大御遊《おほみあそび》ありけるついでにつかうまつれる

敏行朝臣

九〇三 老いぬとてなどか我《わ》が身をせめきけむ老いずは
今日《けふ》に逢《あ》はましものか

題知らず　よみ人知らず

九〇四 ちはやぶる宇治《うぢ》の橋守《はしもり》汝《なれ》をしぞあはれとは思ふ
年の経《へ》ぬれば

九〇五 我見ても久しくなりぬ住《すみ》の江《え》の岸の姫松(1)幾世《いくよ》経《へ》
ぬらむ

寛平御時后宮歌合の歌　在原棟梁

九〇二　白雪が幾重にも降り積もっているかえる山のように、私も年月を繰り返し重ねて、すっかり年老いてしまったよ。
◎「白雪」は「白髪」を連想。三句まで同音反復によって「かへるがへる」（雪と老いが積もり重なる）を導く序詞。

同じ宇多天皇の御代に、清涼殿の殿上の間で、殿上人たちにお酒を賜わって、管絃の遊びをなさった時に、詠んで献上した歌　藤原敏行

九〇三　年老いたといって、どうして自分の身を責めさいなんできたのだろうか。年を取らなかったら、今日のようなすばらしい催しに出逢うことができようか。

題知らず　よみ人知らず

九〇四　宇治の橋守よ、お前のことをとりわけしみじみと心にかけて思うよ。年月がたって、ずいぶんと年老いただろうから。
◎「ちはやぶる」は、「宇治」の枕詞。

九〇五　私が初めて見てからでもずいぶん年月久しくなった。あの住の江の岸の姫松はいったい幾世を経てきたのだろうか。
(1)背の低い松。住の江の景物。

九〇六 住吉《すみよし》の岸の姫松人ならば幾世か経《へ》しと問はましものを

九〇七 梓弓磯辺《あづさゆみいそべ》の小松誰《た》が世にか万代《よろづよ》かねて種をまきけむ

この歌は、ある人のいはく、柿本人麿がなり。

九〇八 かくしつつ世をや尽くさむ(1)高砂《たかさご》の尾《を》の上《へ》にたてる松ならなくに

藤原興風

九〇九 誰《たれ》をかも知る人にせむ高砂の松も昔の友ならなくに

よみ人知らず

九一〇 わたつ海《み》の沖つ潮会《しほあひ》に浮ぶ泡の消えぬものから寄る方もなし

九〇六 住吉の岸の姫松が人だったならば、「いったい幾世を経てきたのか」と尋ねてみるのだが。

九〇七 磯辺に生えている小松は、いったい誰の世に万代の寿命を願って種をまいたのだろうか。

この歌は、ある人の説では、柿本人麿の作である。

◎「梓弓」は、「磯辺」の枕詞。

九〇八 このようにむなしく人生を終えてしまうのだろうか。高砂の峰の上に立っている松でもないのに。

(1)無為孤独の老年を象徴する景物。

藤原興風

九〇九 老いさらばえた自分はいったい誰を話相手にしたらよいのだろうか。あの高砂の松だって、昔からの友人というわけでもないのに。

よみ人知らず

九一〇 大海の沖の潮の流れが出逢う所に浮かんでいる泡のように、私はどうやら命が消えないでいるものの、身を寄せる所もないよ。

↓補

九二一 わたつ海《み》の挿頭《かざし》にさせる白妙《しろたへ》の波もてゆへる淡《あは》路《ぢ》島山《しまやま》

九二二 わたの原寄せくる波のしばしばも見まくのほしき玉津《たまつ》島《しま》かも

九二三 難波潟《なにはがた》潮満ちくらし雨衣《あまごろも》田《た》蓑《みの》の島に鶴《たづ》鳴きわたる

貫之が和泉国《いづみのくに》に侍《はべ》りける時、大和《やまと》より越えまうで来て、よみて遣《つか》はしける　藤原忠房

九二四 君を思ひ興津《おきつ》の浜に鳴く鶴《たづ》のたづね来《く》ればぞありとだに聞く

返し　貫之

九二五 沖つ波高師《たかし》の浜の浜松の名にこそ君を待ちわたりつれ

九二一　海の神が髪飾りにさしている白い波をまわりに結《ゆ》いめぐらしているように見える淡路島よ。

九二二　大海原から絶え間なく寄せてくる波のように、何度でも繰り返して見ていたい玉津島だよ。◎二句までが「しばしばも」を導く序詞。

九二三　難波潟に潮が満ちて来たらしい。田蓑の島をめざして鶴が鳴きながら飛んで行くよ。◎「雨衣」は、「田蓑」の連想から「田蓑の島」の枕詞。

貫之が和泉国におりました時に、大和から山を越えてやって来て、詠んで贈った歌　藤原忠房

九二四　あなたのことをずっと気にかけて、興津の浜で鳴く鶴のように、訪ねて来たからこそ、やっと御健在だということだけでもわかったのですよ。↓補

返し　紀貫之

九二五　沖の波が高い高師の浜の浜松の「待つ」という名のように、私はずっとあなたのことを待ち続けていたのですよ。↓補

難波に下った時詠んだ歌　紀貫之

難波にまかれりける時によめる

九二六 難波潟生《お》ふる玉藻《たまも》をかりそめの海人《あま》とぞ我はなりぬべらなる

あひ知れりける人の住吉《すみよし》に詣《まう》でけるに、よみて遣はしける　壬生忠岑

九二七 住吉と海人は告ぐとも長居《ながゐ》すな人忘れ草生《お》ふといふなり

難波へまかりける時、田蓑の島にて雨にあひてよめる　貫之

九二八 雨により田蓑の島を今日《けふ》行けど名には隠れぬものにぞありける(1)

法皇、西川《にしかは》におはしましたりける日、「鶴《つる》、洲《す》に立てり」といふことを題にて、よませ給《たま》ひける

九二九 葦鶴《あしたづ》の立てる川辺を吹く風に寄せて返らぬ波かとぞ見る

九二六　難波潟に生えている美しい藻を初めて刈る、かりそめの漁師となって、私は長居してしまいそうだ。↓補

九二七　親しくしていた人が住吉神社に参詣した時に、詠んで贈った歌　壬生忠岑

住吉を住みよいと漁師が言っても長居してはいけませんよ。人を忘れさせる忘れ草が生えているということです。

◎「住吉」と「住み良し」を掛ける。「忘れ草」に「人忘れ」を言いかける。

九二八　難波に下った時に、田蓑の島で雨に降られて詠んだ歌　紀貫之

雨に降られたので濡れないように、田蓑の島に今日は行ったのだが、田蓑という名前だけではやはり身を隠すことはできないものだったよ。

(1)↓九一三

◎「名には」に「難波」を隠す。

宇多法皇が大堰川に御幸なさった日に、「鶴、洲に立てり」という句を題にしてお詠ませになった歌　紀貫之

九二九　白い鶴が立っている川のほとりを、吹いてくる風に寄せられてそのまま返らずにとどまっている白波ではないかと、つい見てしまうよ。↓補

中務親王《なかつかさのみこ》の家の池に、舟を作りて下《お》ろしはじめて、遊びける日、法皇御覧じにおはしましたりけり。夕さりつかた、帰りおはしまさむとしける折に、よみて奉りける　伊勢

九二〇　水の上に浮べる舟の君ならばここぞ泊《とまり》と言はましものを

唐琴《からこと》といふ所にてよめる　真静《しんせい》法師

九二一　都まで響き通《かよ》へる唐琴は波の絃《を》すげて風ぞ弾きける

(1)布引《ぬのびき》の滝にてよめる　在原行平朝臣

九二二　こき散らす滝の白玉《しらたま》拾ひおきて世の憂き時の涙にぞ借る

中務卿敦慶親王の邸宅の池に、舟を作って進水させ、管絃の遊びをなさった日、父の宇多法皇が御覧になるため御幸なさった。夕方になるころ還御《かんぎょ》なさろうとした時に、詠んで献上した歌　伊勢

九二〇　水の上に浮んでいる舟が法皇様であったならば、ここが今夜の停泊地ですよ、と申し上げましたでしょうに。↓補

唐琴という所で詠んだ歌　真静法師

九二一　都まで響き聞こえているこの唐琴は、波の絃を張って風が弾いていたよ。

◎地名（↓四五六）から楽器の「唐琴」を連想。

布引の滝で詠んだ歌　在原行平

九二二　しごいて散らしたように一面に飛んでいる滝の白玉を拾っておいて、世の中がつらくなった時には流す涙の代りとして借りよう。

（1）神戸市中央区葺合町にある滝。↓九二三、九二七

◎「白玉」は滝の水の見立てで、涙にもよそえる。

布引の滝のもとにて、人々集りて歌よみける時によめる　　業平朝臣

九二三　抜き乱る人こそあるらし白玉の間《ま》なくも散るか袖《そで》のせばきに

吉野《よしの》の滝を見てよめる　　承均《そうく》法師

九二四　誰《た》がために引きてさらせる布《ぬの》なれや世を経《へ》て見れど取る人もなき

題知らず　　神退《しんたい》法師

九二五　清滝《きよたき》の瀬々《せぜ》の白糸《しらいと》繰りためて山分《やまわ》け衣《ごろも》織りて着ましを

龍門《りうもん》にまうでて、滝のもとにてよめる　　伊勢

九二六　裁《た》ち縫《ぬ》はぬ衣《きぬ》着し人もなきものをなに山姫の布さらすらむ

布引の滝のほとりで、人々が集まって歌を詠んだ時に詠んだ歌　　在原業平

九二三　緒を引き抜いて散らしている人がどうやらいるらしい。白玉が絶え間なくあたりに飛び散っているよ、受けとめようにも私の袖はこんなに狭いのに。↓九二二

吉野の滝を見て詠んだ歌　　承均法師

九二四　いったい誰のために張って曝《さら》してある布なのだろうか。永い間見ているが、取り込む人もいないことだ。↓補

題知らず　　神退法師

九二五　清滝川のあちこちの瀬にかかっている白糸を繰ってためておいて、修行のために入山する時の衣に織って着たいものだ。↓補

龍門寺に参詣して、滝のほとりで詠んだ歌　　伊勢

九二六　裁ったり縫ったりしない着物を着た仙人も今はもういないのに、どうして山姫はあのように布を曝《さら》しているのだろうか。↓補

朱雀院帝《すざくゐんのみかど》、布引《ぬのびき》の滝御覧ぜむとて、七月《ふむづき》の七日《なぬか》の日おはしましてありける時に、侍《さぶら》ふ人々に歌よませ給《たま》ひけるによめる

橘　長盛《ながもり》

九二七　主《ぬし》なくてさらせる布をたなばたに我が心とや今日《けふ》はかさまし

比叡《ひえ》の山なる音羽《おとは》の滝を見てよめる

忠岑

九二八　落ちたぎつ滝の水上《みなかみ》年積もり老いにけらしな黒き筋《すぢ》なし

同じ滝をよめる

躬恒

九二九　風吹けど所も去らぬ白雲は世を経《へ》て落つる水にぞありける

宇多上皇が布引の滝を御覧になろうとして、七月七日に御幸なさって滝のほとりにいらっしゃった時に、お供の人々に歌をお詠ませなさったので詠んだ歌

橘長盛

九二七　持主もなくて曝《さら》してある布を、今日は七夕だから、織女星に私の心づくしの品としてお供えしようか。↓一八〇

比叡山にある音羽の滝を見て詠んだ歌

壬生忠岑

九二八　激しい勢いで落ちている滝も、上流は年を取り老いてしまったらしい。髪が白くなって黒い筋が一本もない。↓補

同じ滝を詠んだ歌

凡河内躬恒

九二九　風がどんなに吹いても少しも居場所を変えない白雲は、実は永い間落ち続けている滝の水だったよ。↓補

文徳天皇の御代に、清涼殿の台盤所で御屏風の絵を御覧になっていた時に、「滝の落ちている所が興味深い。これを題にして歌を詠みなさい」とお側《そば》にいた人に仰せになったので詠んだ歌

田村《たむら》の御時《おほむとき》に、女房の侍《さぶら》ひにて御屏風《びやうぶ》の絵御覧じけるに、「滝落ちたりける所おもしろし。これを題にて歌よめ」と侍ふ人に仰《おほ》せられければよめる

三条町《さんでうのまち》

九三〇 思ひせく心のうちの滝なれや落つとは見れど音のきこえぬ

屏風の絵なる花をよめる　貫之

九三一 咲き初《そ》めし時より後《のち》はうちはへて世は春なれや色の常なる

屏風の絵によみ合はせて書きける　坂上是則

九三二 刈りて干す山田の稲のこきたれてなきこそわたれ秋の憂《う》ければ

三条町

九三〇 つのる思いをせきとめている心の内の滝だからかしら、水が落ちていると目には見えるけれども、音はいっこうに聞えてこないのは。

◎「せく」は滝の縁語。

屏風の絵に描いてある花を詠んだ歌　紀貫之

九三一 咲き初めた時からこのかた、ずっと世の中は春なのだろうか、花の色は少しも変りはないよ。

屏風の絵に合わせて詠んで書きつけた歌　坂上是則

九三二 刈って干した山田の稲をしごき落すように、私は涙をしきりに落しながら、雁《かり》が鳴いて渡っていくように、泣いて毎日を過している、秋の悲しさがたまらないので。↓補

古今和歌集　巻第十八

雑《ざふの》歌《うた》　下

題知らず　よみ人知らず

九三三　世の中はなにか常なる飛鳥川《あすかがは》昨日《きのふ》の淵《ふち》ぞ今日《けふ》は瀬になる

九三四　幾世しもあらじ我が身をなぞもかく海人《あま》の刈る藻《も》に思ひ乱るる

九三五　雁《かり》の来る峰の朝霧晴れずのみ思ひ尽きせぬ世の中の憂《う》さ

古今和歌集　巻第十八
雑の歌下

題知らず　よみ人知らず

九三三　この世の中はいったい何が変ることがないといえばよいのか。飛鳥川は昨日は深い淵だったのが、今日は浅い瀬になっているのだから。

◎「飛鳥川」は、めまぐるしい変化を象徴する地名。「明日」を連想させ、「昨日」「今日」と対応して、明日はどうなるか予測がつかないことを暗示する。

九三四　幾世代も生きてはいられない我が身なのに、どうしてこのように漁師の刈る藻さながら思い乱れるのだろうか。

◎「海人の刈る藻に」は、「思ひ乱れる」の比喩。

九三五　雁が越えてくる峰の朝霧は晴れることがないが、私の心も少しも晴れず、もの思いに絶えることがないこの世の中の何と厭わしいことか。

◎二句まで、「晴れず」を導く序詞。

小野篁

九三六　だからと言って、世を捨てて出家する

小野篁《たかむら》朝臣

九三六 しかりとて背《そむ》かれなくに事しあればまづ歎かれぬあな憂《う》世の中

甲斐守《かひのかみ》にて侍《はべ》りける時、京へまかり上《のぼ》りける人に遣《つか》はしける

小野貞樹《さだき》

九三七 都人《みやこびと》いかにと問はば山高み晴れぬ雲居《くもゐ》にわぶと答へよ

文屋康秀が三河掾《みかはのぞう》になりて、「県見《あがたみ》にはえ出《い》で立たじや」と言ひやれりける、返事《かへりごと》によめる

小野小町

九三八 わびぬれば身をうき草の根を絶えて誘ふ水あらば去《い》なむとぞ思ふ

題知らず

九三九 あはれてふ言《こと》こそうたて世の中を思ひ離れぬ絆《ほだし》なりけれ

わけにもいかないのに、何か事があると、まっさきについ嘆息してしまう。ああつらい、この世の中は、と。

甲斐守でありました時に、京に上っていった人に贈った歌　小野貞樹

九三七　都の人が、あの男はどうしているか、と聞くことがあったならば、山が高いので晴れることがない遠い国で、心も晴れずにわびしく暮している、と答えて下さい。

◎「晴れぬ」は、空と心の両方が晴れない意を重ねる。「雲居」は遠い所の比喩。

文屋康秀が三河掾になって、「私の任地の視察にはお出かけになりませんか」と文を送った、その返事に詠んだ歌　小野小町

九三八　つらい思いで過していくうちに、この身がすっかりいやになってしまいましたので、いっそ浮き草のように根なしになって、誘ってくれる水があるならば、どこへでも漂っていこうと思います。↓補

題知らず　小野小町

九三九　「あはれ」という言葉こそが、困ったことに、この世の中を思い切ることをできなくする足かせだったよ。↓九五五

よみ人知らず

九四〇 あはれてふ言《こと》の葉《は》ごとに置く露は昔を恋ふる涙なりけり

九四一 世の中の憂《う》きもつらきも告げなくにまづ知るものは涙なりけり

九四二 世の中は夢かうつつかうつつとも夢とも知らずありてなければ

九四三 世の中にいづら我が身のありてなしあはれとや言はむあな憂《う》とや言はむ

九四四 山里はもののわびしきことこそあれ世の憂きよりは住みよかりけり

惟喬親王《これたかのみこ》

九四五 白雲の絶えずたなびく峰(1)にだに住めば住みぬる世にこそありけれ

よみ人知らず

九四〇 「あはれ」という言葉のそれぞれに置く露は、昔をしのぶ涙だったよ。◎言葉を「葉」、涙を「露」に見立てる。

九四一 この世の中の憂さもつらさもいっさい告げてはいないのに、まっさきにそれを知るものは涙だったよ。◎「涙」を擬人化している。

九四二 いったいこの世の中は、夢だろうか現実だろうか。現実だとも夢だともわからない。あってないようなものなのだから。

九四三 この世の中に、いったいどうしたのか、我が身はあってなきがごとしだ。ああおもしろい、と言おうか、それとも、ああいやだ、と言おうか。

九四四 山里は何かと心細いことがあるが、それでも世の中のつらさよりはずっと住みやすかったよ。

惟喬親王

九四五 白雲が絶えずなびいている山の上でさえも、住もうと思えば住むことができる世の中なのだ。→九七〇

(1)親王は京都大原の辺、小野に隠遁した。

九四六　知りにけむ聞きても厭《いと》へ世の中は波の騒ぎに風ぞしくめる
布留今道《ふるのいまみち》

九四七　いづくにか世をば厭はむ心こそ野にも山にもまどふべらなれ
素性

九四八　世の中は昔よりやは憂かりけむ我が身一つのためになれるか
よみ人知らず

九四九　世の中を厭ふ山辺の草木とやあなうの花の色に出《い》でにけむ

九五〇　み吉野《よしの》の山のあなたに宿もがな世の憂き時の隠《かく》れ家《が》にせむ

九四六　もうとっくにわかっているだろうが、今ここであらためて聞いて厭わしく思いなさい。この世の中は波が荒だっているところに風が吹きつのるようなひどいものなのですよ。
布留今道

九四七　いったいどこに世を捨てて隠れ住めばよいのか。心だけは野にも山にもさまよい出て行くようだが。
素性法師

九四八　この世の中は昔からこんなにつらいものだったのか、いやそんなはずはない。だとすれば、私一人のためにつらいものになっているのだろうか。
よみ人知らず

九四九　人が世の中を厭わしがって住む山中の草木ということで、卯の花が、ああいやだ、と顔色に出して咲いているのか。
◎「あな憂」と「卯の花」を掛ける。

九五〇　遠い吉野山のもっと向うに宿る所がほしいものだ。世の中がいやになった時の隠れ家にしようと思うので。
◎吉野は異郷、隠遁の地の印象があった。

九五一 世に経《ふ》れば憂《う》さこそまされみ吉野《よしの》の岩のかけ道《みち》踏みならしてむ

九五二 いかならむ巌《いはほ》の中に住まばかは世の憂きことの聞えこざらむ

九五三 あしひきの山のまにまに隠れなむ憂き世の中はあるかひもなし

九五四 世の中の憂《う》けくに飽きぬ奥山の木《こ》の葉に降れるゆきや消《け》なまし

同じ文字なき歌　物部良名《もののべのよしな》

九五五 世の憂きめ見えぬ山路《やまぢ》へ入らむには思ふ人こそ絆《ほだし》なりけれ

山の法師のもとへ遣《つか》はしける　凡河内躬恒

九五六 世を捨てて山に入る人山にてもなほ憂き時はいづち行くらむ

九五一　世の中に長く生きていると、つらいことばかりが多くなってくる。吉野山の桟道《さんどう》を踏みしめながら奥深く分け入って行こう。→三二七、九五〇

九五二　いったいどんな岩屋の中に住んだら、世の中のいやなことが聞えてこないだろうか。

九五三　どんな山であっても、その山のあるがままに隠れてしまおう。このいやな世の中は住んでいる甲斐もないから。
◎「あしひきの」は「山」の枕詞。

九五四　世の中のつらさはもう十分に味わい尽してしまった。奥山の木の葉に降りかかる雪が消えるように、私も奥山に行き消えてしまおうかしら。→補

一首の中に同じ文字を用いてない歌　物部良名

九五五　世の中のつらいめに出逢わない山路に入ろうとするのには、愛する人が足かせだったよ。

山の法師のところに贈った歌　凡河内躬恒

九五六　世を捨てて山に入る人は、もし山に住んでもやはりまだつらくてたまらない時には、いったいどこへ行くのでしょうか。

物思ひける時、いときなき子を見てよめる

九五七　今さらになに生《お》ひ出《い》づらむ竹の子の憂き節《ふし》しげきよとは知らずや

題知らず　　よみ人知らず

九五八　よに経《ふ》れば言《こと》の葉《は》しげき呉竹《くれたけ》の憂き節《ふし》ごとに鶯《うぐひす》ぞ鳴く

九五九　木にもあらず草にもあらぬ竹の節《よ》の端《はし》に我が身はなりぬべらなり

ある人のいはく、高津《たかつの》内親王《みこ》の歌なり。

九六〇　我が身から憂き世の中と歎きつつ人のためさへ悲しかるらむ

隠岐国《おきのくに》に流されて侍《はべ》りける時によめる　　篁《たかむら》朝臣

九六一　思ひきやひなの別れに衰へて海人《あま》の縄たき漁《いさ》りせむとは

物思いにふけっていた頃、幼い子を見て詠んだ歌　　凡河内躬恒

九五七　今さらまたどうして生い育っているのだろうか。竹の子はつらい折節が多いこの世と知らないのだろうか。↓補

題知らず　　よみ人知らず

九五八　この世に生きていると、あれこれと中傷する人の言葉が多くてつらいので、生い茂った竹の節ごとに鶯が鳴くように、私は泣いている。↓補

九五九　木でもなく草でもない竹の、しかも節《ふし》の間の節《よ》のような、中途半端なありさまに私はなってしまいそうだよ。

ある人の説では、これは高津内親王の歌である。

九六〇　自分自身のせいでつらい世の中だと歎きながら、どうしてこのうえ他人のためにまで心を痛めるのだろう。↓補

隠岐国に流されておりました時に詠んだ歌　　小野篁

九六一　思いもよらなかったよ。都の人々と別れての田舎住まいにすっかりやつれ果て、漁師の網をたぐり寄せて漁をして暮らすようになろうとは。↓四〇七

田村《たむら》の御時《おほむとき》に、事にあたりて、津《つ》の国の須磨《すま》といふ所に籠《こも》り侍《はべ》りけるに、宮の内に侍りける人に遣《つか》はしける

在原行平朝臣

九六二　わくらばに問ふ人あらば須磨の浦に藻塩《もしほ》たれつつわぶと答へよ

(1)左近将監《さこんのしやうげん》解けて侍りける時に、女《め》の訪《とぶら》ひにおこせたりける返事《かへりごと》によみて遣はしける

小野春風

九六三　天彦《あまびこ》のおとづれじとぞ今は思ふ我か(2)人かと身をたどる世に

官《つかさ》解けて侍りける時よめる

平　貞文

九六四　憂《う》き世には門《かど》させりとも見えなくになどか我が身の出《い》でがてにする

文徳天皇の御代に、ある事件にかかわり合って、摂津《せっつ》の国の須磨という所に引き籠っておりました時に、宮中にお仕えしていた人に贈った歌　在原行平

九六二　ひょっとして私のことをどうしているかと尋ねる人がおりましたならば、須磨の浦で泣き悲しみながらわびしく過しているとお答え下さい。↓補

左近将監の職を解任されておりました時に、妻が見舞に寄こした手紙の返事に詠んで贈った歌　小野春風

九六三　こだまのように折返して今すぐにあなたを訪れることはするまいと思っております。とにかく自分か他人かわからなくなっているありさまですから。

(1)左近衛府の三等官。中傷で解任されたという。(2)動転している様子。こだまの反響を暗示。

◎「天彦の」は、「音」に掛けて「訪れ」の枕詞。

職を解任されておりました時に詠んだ歌　平貞文

九六四　このつらい世の中には門があって閉ざしているとも見えないのに、どうして私が出家したいと思ってもなかなか果たすことができないのだろうか。

九六五　ありはてぬ命待つ間《ま》のほどばかり憂きことしげく思はずもがな

親王宮《みこのみや》の帯刀《たちはき》に侍りけるを、宮仕へつかうまつらずとて、解けて侍りける時によめる　宮道潔興《みやぢのきよき》

九六六　筑波嶺《つくばね》の木《こ》のもとごとに立ちぞ寄る春のみやまの陰を恋ひつつ

時なりける人のにはかに時なくなりて歎《なげ》くを見て、自《みづか》らの歎きもなく喜びもなきことを思ひてよめる　清原深養父《ふかやぶ》

九六七　光なき谷には春もよそなれば咲きてとく散る物思ひもなし

桂《かつら》に侍りける時に、七条中宮《しちでうの》のとはせ給《たま》へりける御《おほん》返言《かへりごと》に奉りける　伊勢

九六八　久方《ひさかた》の中に生《お》ひたる里なれば光をのみぞ頼むべらなる

九六五　いつまでも生きていられない命の尽きるのを待つわずかの間だけでも、つらいことを多く味わわずにいたいものだ。

春宮の帯刀でおりましたのを、勤めぶりがはかばかしくないといって、職を解任されておりました時に詠んだ歌　宮道潔興

九六六　「筑波嶺のこのもかのも」の歌のように、木陰を求めて木ごとに立ち寄っております。春のみ山ならぬ春の宮様のお恵みをお受けしたいと願いまして。↓補

時めいていた人が急に羽ぶりがわるくなって歎いているのを見て、自分はそんな歎きもなく喜びもないことを思って詠んだ歌　清原深養父

九六七　日の光があたらないこの谷間では春などは遠いよそごとなので、花が咲いたかと思うとすぐに散ってしまうというような心配事もない。↓補

桂におりました時に、七条后（藤原温子）がお見舞い下さった、そのお返事に奉った歌　伊勢

九六八　私のおりますのは月の中に生い育つという桂の名をもった里ですから、月の光のようなお后さまのお引き立てだけを頼りにいたしております。↓補

紀利貞《きのとしさだ》が、阿《あ》波介《はのすけ》にまかりける時、餞別《むまのはなむけ》せむとて、「今日」と言ひ送れりける時に、ここかしこにまかり歩《あり》きて、夜更《ふ》くるまで見えざりければ、遣《つか》はしける

業平朝臣

九六九 今ぞ知る苦しきものと人待たむ里をば離《か》れず訪《と》ふべかりけり

紀利貞が阿波介になって赴任した時、送別の会をしようといって、「今日しよう」と言ってやった時に、利貞があちらこちらと歩きまわっていて、夜が更けるまで姿を見せなかったので贈った歌

在原業平

九六九 今はじめてわかりました、人を待つのはつらいものだと。私を待っている女の里には絶えることなく通っておくべきでしたよ。

↓補

惟喬親王《これたかのみこ》のもとにまかり通ひけるを、頭《かしら》おろして小《を》野《の》といふ所に侍《はべ》りけるに、正月《むつき》に訪《とぶら》はむとてまかりたりけるに、比叡《ひえ》の山の麓《ふもと》なりければ、雪いと深かりけり。しひてかの室《むろ》にまかりいたりて拝《をが》みけるに、つれづれとして、いともの悲しくて、帰りまうで来てよみて贈りける

九七〇 忘れては夢かとぞ思ふ思ひきや雪踏みわけて君を見むとは

惟喬親王のもとに出入りしていたのを、親王が出家して小野という所に住んでおりましたので、正月にお見舞しようと出かけていったところ、比叡山の麓だったから、雪がたいそう深かった。雪をおしてその庵室に行き着いて拝顔すると、親王は所在なさそうにしていたので、たいそうもの悲しくなって、帰って参りまして、詠んで贈った歌

在原業平

九七〇 現実であることをつい忘れてしまって、まるで夢かと思います。深い雪を踏み分けて親王様にお目にかかるようになろうとは、思いもしませんでした。↓補

深草《ふかくさ》の里に住み侍りて、京へまうで来《く》とて、そこなりける人によみて贈りける

九七一 年を経《へ》て住み来《こ》し里を出《い》でて往《い》なばいとど深草《ふかくさ》野《の》とやなりなむ

返し　　よみ人知らず

九七二 野とならばうづらと鳴きて年は経《へ》むかりにだにやは君は来《こ》ざらむ

題知らず

九七三 我を君なにはのうらにありしかばうきめをみつのあまとなりにき

この歌は、ある人、「昔、男ありける女《をうな》の、男訪《と》はずなりにければ、難波《なには》の三津《みつ》の寺にまかりて尼になりて、よみて男に遣《つか》はせりける」となむ言へる。

深草の里に住んでおりまして、京都に移り住もうとして、そこに住んでいた親しい女の人に詠んで贈った歌　在原業平

九七一 何年も共に住んで来たこの里を私が出て行ってしまったら、その後は名の通り草深い野になってしまうでしょうか。↓補

返し　　よみ人知らず

九七二 あなたに見捨てられてここが野になったら、私は「鶉《うづら》」となって「憂《う》、辛《つら》」と鳴きながら年を過しましょう。仮そめに狩にさえ来ないことはあるまいと思いますので。↓補

題知らず　　よみ人知らず

九七三 私のことをあなたは何とも思って下さらずつれなくなさったので、浮海布《うきめ》を刈る御津《みつ》の漁師《あま》ではありませんが、憂き目にであって三津寺の尼になってしまいました。↓補

この歌は、ある人が、「昔、夫のいた女が、夫が通ってこなくなってしまったので、難波の三津寺に行き、尼になって、詠んで夫に贈った歌だ」と語った。

返し

九七四 なには潟《がた》うらむべき間《ま》も思《おも》ほえずいづこをみつのあまとかはなる

題知らず

九七五 今さらに訪《と》ふべき人も思ほえず八重葎《やへむぐら》して門《かど》させりてへ

友達の久しうまうで来《こ》ざりけるもとへ、よみて遣《つか》はしける　躬恒

九七六 水の面《おも》に生《お》ふる五月《さつき》の浮き草の憂きことあれやねを絶えて来《こ》ぬ

人を訪《と》はで久しうありける折に、あひ恨みければよめる

九七七 身を捨てて行きやしにけむ思ふよりほかなるものは心なりけり

返し　よみ人知らず

九七四　私があなたにつれなくしたと恨まれるような途絶えがあったなどとは思われません。いったいどこを見て、あなたは御津《みつ》の漁師《あま》ならぬ三津寺の尼になったのですか。↓補

題知らず　よみ人知らず

九七五　今さら私を訪ねて来そうな人も思い浮かばない。生い茂った葎で門が閉ざされていて入れない、と言っておくれ。↓補

久しく訪ねて来なかった友人のもとに詠んで贈った歌　凡河内躬恒

九七六　水面に生い茂っている五月の浮き草ではないが、何か気に入らないことでもあるのですか、根が絶えたように、少しも音沙汰《おとさた》がないのは。↓補

人を訪ねないで長い間たった時に、その人が恨んだので詠んだ歌　凡河内躬恒

九七七　あなたについ御無沙汰《ごぶさた》してしまったのは、心が私の身から離れてどこかに行ってしまったためでしょうか。ほんとうに思うにまかせぬものは心でしたよ。

宗岳大頼《むねをかのおほより》が越《こし》よりまうで来たりける時に、雪の降りけるを見て「おのが思ひは、この雪のごとくなむ積もれる」と言ひける折によめる
凡河内躬恒

九七八 君が思ひ雪と積もらば頼まれず春よりのちはあらじと思へば

返し
宗岳大頼《むねをかのおほより》

九七九 君をのみ思ひこし路《ぢ》の白山《しらやま》はいつかは雪の消ゆる時ある

越なりける人に遣はしける
紀　貫之

九八〇 思ひやる越の白山知らねども一夜《ひとよ》も夢に越えぬ夜ぞなき

題知らず
よみ人知らず

九八一 いざここに我が世は経《へ》なむ菅原《すがはら》や伏見《ふしみ》の里の荒れまくも惜し

宗岳大頼が北陸から上京してきた時に、雪の降ったのを見て、「私のあなたへの思いは、この雪のように積もっております」と言った折に詠んだ歌　凡河内躬恒

九七八 あなたの思いが雪となって積もっているのならば頼りにはできません。春から後には消え失せてしまうと思いますので。

返し　宗岳大頼

九七九 あなたのことばかり思ってはるばるとやって来ましたのに。あの越路《こしじ》の白山はいったいいつ雪の消える時がありましょうか。◎「思ひ来し」と「越路」を掛ける。「白山」は雪が消えることがないとされた。

北陸にいる人に贈った歌　紀貫之

九八〇 はるか遠く思いやる越の白山を私はまだ実際には知りませんが、一夜だって夢の中では越えない夜はありません。↓補

題知らず　よみ人知らず

九八一 さあここで私の生涯を過すことにしよう。この菅原の伏見の里が荒れてしまうことが惜しいから。

九八二 我が庵《いほ》は三輪《みわ》の山もと恋しくはとぶらひ来《き》ませ杉立てる門《かど》

九八三 我が庵は都《みやこ》の辰巳《たつみ》しかぞ住む世をうぢ山《やま》と人は言ふなり

喜撰法師

九八四 荒れにけりあはれ幾世《いくよ》の宿なれや住みけむ人の訪《おとづ》れもせぬ

よみ人知らず

奈良へまかりける時に、荒れたる家に女の琴ひきけるを聞きて、よみて入れたりける

良岑宗貞《よしみねのむねさだ》

九八五 わび人の住むべき宿と見るなべに歎き加はる琴の音《ね》ぞする

九八二 私の住まいは三輪の山の麓にあります。恋しく思ったならば、訪ねてきて下さい、目印に杉が立っているこの門口《かどぐち》へ。

九八三 私の庵《いおり》は都の東南にあって、このように心安らかに住んでいる。それなのに、世を厭《いと》う人が隠れ住む所だと、この宇治山を世間の人は言っているようだ。

喜撰法師

◎「世を憂」「宇治山」を掛ける。

九八四 荒れはててしまったものだ。ああ、いったい幾世代を経た家なのだろうか。かつて住んでいただろう人まで訪れようともしない。

よみ人知らず

奈良に下って行った時に、荒れた家で女が琴を弾いていたのを聞いて、詠んで差し入れた歌

僧正遍照

九八五 世を厭う人が住むような家だと思って見ておりますと、折しも歎きがいっそう増すような琴の音が聞えてきましたよ。

初瀬《はつせ》に詣《まう》づる道に、奈良の京《みやこ》に宿れりける時よめる

二条

九八六 人古《ふる》す里をいとひて来《こ》しかども奈良の京も憂《う》き名なりけり

題知らず

よみ人知らず

九八七 世の中はいづれかさして我がならむ行き止まるをぞ宿と定むる

九八八 逢坂《あふさか》の嵐の風は寒けれど行方《ゆくへ》知らねばわびつつぞ寝《ぬ》る

九八九 風の上にありか定めぬ塵《ちり》の身は行方も知らずなりぬべらなり

家を売りてよめる

伊勢

九九〇 飛鳥川淵《あすかがはふち》にもあらぬ我が宿もせに変りゆくものにぞありける

長谷寺に参詣する途中で、奈良の都に泊った時に詠んだ歌

二条

九八六 私を古びさせて人から見捨てられるようにする京の都がいやになってやって来たけれども、考えてみれば奈良の都も古京《ふるさと》と呼ばれていやな名だったよ。

題知らず

よみ人知らず

九八七 無常のこの世の中ではいったいどこを我が家としたらよいのだろうか。どこでもよい、行って止まった所を我が家と定めるのだ。

九八八 逢坂山に吹きすさぶ嵐は寒いけれども、私はどこに行ってよいのかわからないので、つらく思いながらもどうしようもなく、ここに寝ているよ。

九八九 風に吹き上げられて居場所も定まらない塵のような身は、いずれ行方もわからないようになってしまうだろう。

家を売って詠んだ歌

伊勢

九九〇 飛鳥川の「淵」でもない我が家も、意外なことには「瀬」ではなくて「銭《せ》」に変っていくものだったよ。

◎九三三を踏まえて、「瀬に」と「銭《せ》（ん）に」（「銭《ぜに》」とも）を掛ける。「淵」に「扶持《ふち》」を隠すと解する説もある。

筑紫《つくし》に侍《はべ》りける時に、まかり通ひつつ碁うちける人のもとに、京に帰りまうで来て遣《つか》はしける
紀　友則

九九一　故里《ふるさと》は見しごともあらず斧《をの》の柄《え》の朽《く》ちし所ぞ恋しかりける

女友達と物語《ものがたり》して、別れてのちに遣はしける
陸奥《みちのく》

九九二　飽かざりし袖《そで》の中にや入《い》りにけむ我が魂《たましひ》のなき心地する

寛平御時《くわんぴやうのおほむとき》に、唐《もろこし》の判官《はうぐわん》に召されて侍りける時に、春宮《とうぐう》の侍《さぶら》ひにて、男《をのこ》ども酒たうべけるついでによみ侍りける
藤原忠房

九九三　なよ竹のよ長き上に初霜のおきゐて物を思ふ頃かな

九州におりました時に、いつも出かけていっては碁を打っていた友人のところへ、京に帰ってきてから贈った歌　紀友則

九九一　この都はすっかり変っていて、以前の面影はありません。時のたつのも忘れて碁にふけっていた筑紫の生活がなつかしくてたまりません。↓補

女友だちと世間話をして、別れたあとで贈った歌　陸奥

九九二　話が尽きることがなくて、満ち足りない思いが、あなたの袖の中に入りこんで留まっているのでしょうか。家に帰っても私の魂が脱けてしまったようにぼんやりとした気持でおります。

◎「袖」は玉を包み隠すもの。↓五五六、九二三。「魂」を玉に見立てている。

宇多天皇の御代に、遣唐使の判官に任命されておりました時に、東宮御所の侍所《さぶらいどころ》で侍臣たちに酒を賜わった折に詠んだ歌　藤原忠房

九九三　なよ竹の長い節《よ》に初霜が置いている秋の夜長に、ずっと起きていて、あれこれともの思いにふけっている今日この頃だよ。↓補

題知らず　よみ人知らず

題知らず　　　よみ人知らず

九九四　風ふけば沖つ白波たつた山夜半《よは》にや君が一人越ゆらむ

ある人、この歌は、「昔大和国《やまとのくに》なりける人の女《むすめ》に、ある人住みわたりけり。この女、親もなくなりて、家もわろくなりゆく間《あひだ》に、この男、河内国《かはちのくに》に人をあひ知りて通ひつつ、離《か》れやうにのみなりゆきけり。さりけれども、つらげなる気色《けしき》も見えで、河内へ行くごとに、男の心のごとくにしつつ出《い》だしやりければ、あやしと思ひて、もしなき間《ま》にこと心もやあると疑ひて、月のおもしろかりける夜、河内へ行くまねにて、前栽《せんざい》の中に隠れて見ければ、夜ふくるまで琴をかき鳴らしつつうち歎きて、この歌をよみて寝にければ、これを聞きて、それよりまたほかへもまからずなりにけり」となむ言ひ伝へたる。

九九五　誰《た》が禊《みそぎ》木綿《ゆふ》つけ鳥《どり》か唐衣《からころも》龍田《たつた》の山にをりはへて鳴く

九九四　風が吹くと沖の白波が立つ、そんな名の龍田山を夜中にあなたは一人さびしく越えて行くのだろうか。↓補

ある人が、この歌は、「昔、大和国にいた人の娘に、ある男が長い間連れ添っていた。この女は親もなくなって、家もしだいに貧しくなっていくうちに、この男は河内国に別な女と知り合って通うようになり、足が遠のくばかりになっていった。そうであったけれども、女はつらそうなようすも見せないで、河内に行くたびに、男の思いのままに出してやったので、男は変だと思って、もしかしたら自分が留守の間に浮気心でも起こしているのではないかと疑って、月の美しい夜、河内に行くふりをして、庭の植込みの間に隠れて見ていると、夜がふけるまで琴をかき鳴らしてはため息をついて、この歌を詠んで寝てしまったので、男はこれを聞いて、それ以後はほかの女の所へ出かけないようになった」と語り伝えている。

九九五　いったい誰が禊をして木綿を付けた鳥なのか、龍田山でずっと鳴いているのは。↓補

九九六 忘られむ時偲《しの》べとぞ浜千鳥《はまちどり》行方《ゆくへ》も知らぬ跡をとどむる

貞観御時《ぢやうぐわんのおほむとき》、「万葉集はいつばかり作れるぞ」と問はせ給《たま》ひければ、よみて奉りける　文屋有季《ふんやのありすゑ》

九九七 神無月《かむなづき》時雨《しぐれ》降りおける楢《なら》の葉の名に負《お》ふ宮の古《ふる》言《ごと》ぞこれ

寛平御時《くわんぴやうのおほむとき》、歌奉りけるついでに奉りける　大江千里

九九八 葦鶴《あしたづ》のひとりおくれて鳴く声は雲の上まで聞えつかなむ

藤原勝臣《かちおむ》

九九九 人知れず思ふ心は春霞立ち出《い》でて君が目にも見えなむ

九九六　忘れられようとした時思い出してほしいと、浜千鳥が足跡を残してどこ知らず飛び去るように、私もたどたどしい筆跡を留めておくのだ。↓補

清和天皇の御代に、「万葉集はいつごろ編纂されたか」とお尋ねになったので、詠んで奉った歌　文屋有季

九九七　十月の時雨に美しく染まった楢の葉にちなむ、楢の都の時代の古歌を集めたものです、この万葉集は。↓補

宇多天皇の御代に、和歌を献上したついでに詠んで奉った歌　大江千里

九九八　鶴が群れから一羽だけ取り残されて鳴く声は、雲の上まで聞えるように届いてほしいものです。↓補

藤原勝臣

九九九　人知れず和歌に託しておりました私の心が、春霞のように立ち現れて、帝のお目にもとまってほしいものです。↓補

醍醐天皇が歌をお召しになった時に献上するということで、詠んでその最後に書

歌召しける時に奉るとて、よみて奥に書きつけて奉りける　伊勢

一〇〇〇　山川《やまがは》の音にのみ聞く百敷《ももしき》を身を早ながら見るよしもがな

き加えて奉った歌　伊勢

一〇〇〇　山川の流れる音のように今は噂だけに聞いております宮中を、以前と同じような身の上でもう一度拝見する手だてがあればよいと思っております。↓補

古今和歌集　巻第十九

雑《ざっ》躰《てい》

短　歌

題知らず　　　　　　　　　　　　よみ人知らず

一〇〇一　逢ふことの　まれなる色に　(1)思ひそめ　我が身
は常に　天雲《あまぐも》の　晴るる時なく　(2)富士《ふじ》の嶺《ね》の
燃えつつ永久《とは》に　思へども　逢ふことかたし
なにしかも　人を恨みむ　(3)わたつ海《み》の　沖を深
めて　思ひてし　思ひは今は　いたづらに　(4)な
りぬべらなり　行く水の　絶ゆる時なく　かく
なわに　思ひ乱れて　降る雪の　消《け》なば消《け》ぬべ
く　思へども　(5)閻浮《えぶ》の身なれば　なほやまず

古今和歌集　巻第十九
雑躰

短歌（長歌）

題知らず　　　　　　　　　　　よみ人知らず

一〇〇一　逢うことがめったにない人を思い初めてから、私はいつも心が空にかかる雲のように晴れる時がなく、富士山の煙が絶えないようにいつまでも燃えながら思っているが、逢うことはむずかしい。だが、どうしてあの人を恨むことができようか。大海の沖の底のように深く思いこんだ私の思いは今はもう何のかいもなくなってしまいそうだ。流れて行く水のように絶える時もなく、縄のようにねじれた結び菓子のように思い乱れて、降る雪のように消えるものならばこの世から消えてしまいたいと思うけれども、煩悩《ぼんのう》が多い人間界に住む身なので、やはり思いは絶えることなく深まるばかりだ。山の下を木隠れて激しく流れる谷川の水のように、抑えきれないでいる私の思いをいったい誰と語り合って慰めたらよいのか。そんな思いをもし顔色に出したならば世間の人が知ってしまいそうなので、うす暗い夕暮に部屋にただ一人座っていて、「ああ、ああ」とため息をついても収まらず、どうしようもなく庭に出て、あても

思ひは深し　あしひきの(6)　山下水《やましたみづ》の　木隠《こがく》れて
たぎつ心を　誰《たれ》にかも　あひ語らはむ　色に出《い》
でば　人知りぬべみ　墨染《すみぞ》めの　夕べになれば
ひとりゐて　あはれあはれと　歎きあまり　せ
む術《すべ》なみに　庭に出でて　立ちやすらへば　(7)白《しろ》
妙《たへ》の　衣《ころも》の袖《そで》に　置く露の　消なば消ぬべく
思へども　なほ歎かれぬ　春霞　よそにも人に
逢はむと思へば

古歌《ふるうた》奉りし時の目録の序《そ》の長歌　　貫之

一〇〇二　ちはやぶる　神の御代《みよ》より　呉竹《くれたけ》の　世々《よよ》にも
絶えず　天彦《あまびこ》の　音羽《おとは》の山《やま》の　春霞　思ひ乱れ
て　五月雨《さみだれ》の　空もとどろに　さ夜《よ》ふけて　山《やま》
時鳥《ほととぎす》　鳴くごとに　誰《たれ》も寝覚《ねざ》めて　唐錦《からにしき》　龍田《たつた》
の山の　もみぢ葉を　見てのみしのぶ　神無月《かむなづき》
時雨《しぐれ》しぐれて　冬の夜の　庭もはだれに　降る

なく歩きまわっていると、衣の袖に露が置き、この露のように消えられるものならば消えてしまいたいと思うけれども、やはりため息が出てしまう。はるか遠くに見える春霞のように、よそながらでもよいから一目逢いたいと思うので。→補

(1)「初め」に「染め」を掛け、「色」の縁語。(2)燃えるような思いを表現する。(3)「わたつ海の沖を」は「深め」の序詞。(4)紐を結んだような形をした餅菓子。縄のようにねじれているので「乱れ」を導く。(5)「閻浮提《えんぶだい》」「南瞻部洲《なんせんぶしゅう》」のこと。仏教語で、人間界をさす。(6)以下四句、四九一をそのまま用い、「せきぞかねつる」を暗示。(7)「白妙の衣の袖に置く露の」は「消なば消ぬべく」の序詞。

古歌を献上した時の目録の序の長歌　　紀貫之

一〇〇二　和歌は神代から幾世代も絶えることなく続いてきて、音羽山の春霞に思い乱れて（春）、五月雨が空もとどろくばかり降り、夜ふけて山時鳥が鳴くたびに、誰も皆が寝覚めて（夏）、龍田山のもみじ葉を見てしきりに美しさを味わい（秋）、十月になると時雨が絶えず降って、冬の夜の庭にはらはらと降る

雪の　なほ消えかへり　年ごとに　時につけつつ　あはれてふ　ことを言ひつつ　君をのみ　千代にと祝ふ　世の人の　(1)思ひ駿河《するが》の　富士《ふじ》の嶺《ね》の　燃ゆる思(2)ひも　飽かずして　別るる涙　藤衣《ふぢごろも》　織れる心も　八千草《やちくさ》の　言《こと》の葉《は》ごとに　すべらぎの　仰せかしこみ　巻々《まきまき》の　中に尽くすと　(3)伊勢《いせ》の海の　浦の潮貝《しほがひ》　拾ひ集め　採《と》れりとすれど　玉《たま》の緒《を》の　短き心　思ひあへず　なほあらたまの　年を経《へ》て　大宮にのみ　久方《ひさかた》の　昼夜《ひるよる》分かず　仕ふとて　顧みもせぬ　我が宿の　しのぶ草生《お》ふる　板間《いたま》あらみ　降る春雨の　漏りやしぬらむ

古歌《ふるうた》に加へて奉れる長歌　壬生忠岑

一〇〇三 呉竹《くれたけ》の　世々《よよ》の古言《ふるごと》　なかりせば　(1)伊香保《いかほ》の沼の　いかにして　思ふ心を　述《の》ばへまし　あ

雪のように、やはり消え入るような思いをして（冬）、毎年、四季折々につけて「ああすばらしい」という言葉を繰り返して発し、あなたばかりは千年もの長命をと祝う世の人が（賀）、誰も恋をして駿河国の富士山のように燃える思いの火も（恋）、名残り尽きない別れの涙も（離別と旅）、喪服の藤衣を織って着る心も（哀傷）、さまざまな和歌それぞれに（雑）、天皇の仰せを恐れ多くも承って、巻々の中に収め尽そうとして、伊勢の海の浦の潮貝のように拾い集め採り収めることができたと思うけれども、至らない心では考えも及ばないで、やはり長年宮中にばかり昼も夜も分かたずお仕えするといって顧みることもしない、我が家のしのぶ草が生えている板屋根が、隙間だらけになって降る春雨が漏るように、すぐれた歌を漏らしていないだろうか。

↓補

(1)「思ひする」「駿河なる」を掛ける。(2)「思ひ」に「火」を掛ける。(3)催馬楽・伊勢の海「伊勢の海の清き渚《なぎさ》に潮間《しほかひ》になのりそや摘まむ貝や拾はむ玉や拾はむ」による。

古歌に添えて献上した長歌　壬生忠岑

一〇〇三 幾世代も伝えられて来た古歌がもしも

はれ昔べ　ありきてふ　人麿《ひとまろ》こそは　うれしけれ　身は下《しも》ながら　言《こと》の葉《は》を　天《あま》つ空《そら》まで　聞えあげ　末《すゑ》の世までの　軌《あと》となし　今も仰せの　下《くだ》れるは　塵《ちり》に継《つ》げとや　塵の身に　積もれる言《こと》を　問はるらむ　これを思へば　(2)いにしへに　薬《くすり》けがせる　けだものの　雲にほえけむ　心地して　千々《ちぢ》の情《なさけ》も　思ほえず　(3)一つ心ぞ　誇《ほこ》らしき　かくはあれども　照る光　(4)近き衛《まも》りの　身なりしを　誰《たれ》かは秋の　来る方《かた》に　あざむき出《い》でて　御垣《みかき》より　外《と》の重守《へも》る身の　御垣守《みかきもり》　をさをさしくも　思ほえず　九《ここ》の重《かさ》ねの　中にては　嵐の風も　聞かざりき　いまは野山し　近ければ　春は霞に　たなびかれ　夏は空蟬《うつせみ》　鳴き暮らし　秋は時雨《しぐれ》に　袖《そで》を貸し　冬は霜にぞ　責めらるる　かかるわびしき　身ながらに　積もれる年を　しるせれば　五《いつ》つの六《む》つに　なりにけり　これに添《そ》はれる　私《わたくし》の　老いの数さ

なかったならば、どうして心に思うことを述べることができようか。ああ、その昔いたという人麿こそはありがたい人だ。その身分は低かったけれども、和歌を天皇のお耳にまでお届け申し上げ、後の世までの規範としたが、今また勅撰集撰進の御下命があったのは、その後塵を拝せというお考えで、取るにも足らないこの私に長年の間に積もった和歌についての知識をお問いになるのだろうか。これを思えば、昔、仙薬をなめて昇天した獣が雲の中で吠えたというような気持がして、ほかのさまざまな心情はどこかに行ってしまって、ただいちずに和歌の面で認められたという誇らしさでいっぱいだ。そうではあるけれども、以前私は帝のお側近くお仕えする近衛《このえ》の身であったのに、誰ならぬ私自身が西の方の右衛門に誘い出して、御所から外側の御門を守る衛士の身となってしまったが、職責に堪えられるとも思われない。宮中で天皇のお側近くお仕えしていた時は、嵐の音も聞かずに安穏だった。今は外の勤めで野や山も近いものだから、春は霞にたなびかれて心乱れ、夏は蟬となって泣き暮らし、秋は時雨に袖を濡らし、冬は霜に責められる。このようにつらい勤めの身だが、宮仕えの年を数えてみると、三十年にもなってしまった。これに加えて出

へ　やよければ　身はいやしくて　年高き　こ
との苦しさ　かくしつつ　(5)長柄《ながら》の橋の　なが
らへて　難波《なには》の浦に　立つ波の　波の(6)皺《しわ》にや
おぼほれむ　さすがに命　惜しければ　越《こし》の国
なる　白山《しらやま》の　頭《かしら》は白く　なりぬとも　(7)音羽《おとは》
の滝の　音に聞く　老いず死なずの　薬《くすり》もが
君が八千代《やちよ》を　若《わか》えつつ見む

一〇〇四　君が代に逢坂山《あふさかやま》の岩清水《いはしみづ》木隠《こがく》れたりと思ひける
かな

冬の長歌　　　凡河内躬恒

一〇〇五　ちはやぶる　神無《かむな》月《づき》とや　今朝《けさ》よりは　(1)曇りも
あへず　うちしぐれ　もみぢとともに　ふる里

仕以前の年齢までがますます数多いので、身分は低くて年齢だけが高くなっていることのつらさよ。このようにして、長柄の橋のように生き長らえて、難波の浦に立つ波のようにおびただしい皺の波で溺れてしまうのではないかと思うほどだ。それでもやはり命は惜しいから、越の国の白山のように頭髪が白くなっても、噂に聞く不老不死の薬がほしいものだ。帝の末長い御寿命を若返っていつまでも拝見したいので。↓補

(1)「いかにして」の序詞。(2)この二句は『忠岑集』で補う。仙薬を口にした犬と鶏とが昇天して雲の中で鳴いたという『神仙伝』の故事による。(3)「千々」と対応する。(4)左近衛番長から右衛門府生に転任したことをいう。(5)「ながらへて」の序詞。長柄の橋は古いものという印象がある。(6)皺の見立て。(7)「音」の序詞。

一〇〇四　逢坂山の岩清水が木に隠れて見えないように、私も人に知られないまま埋もれてしまうのかと思っていたが、この帝の御代にめぐり逢って時を得たよ。↓補

冬の長歌　凡河内躬恒

一〇〇五　十月になったためとでもいうのか、今

の　吉野《よしの》の山の　山嵐《やまあらし》も　寒く日ごとに　なり
ゆけば　玉《たま》の緒《を》解《と》けて　こき散らし　霰《あられ》乱れて
霜こほり　いや固まれる　庭の面《おも》に　むらむら
見ゆる　冬草の　上に降りしく　白雪の　積も
り積もりて　あらたまの　年をあまたも　過ぐ
しつるかな

七条后《しちでうのきさき》、失《う》せ給《たま》ひにける後《のち》によみける　伊勢

一〇〇六　沖つ波　荒れのみまさる　宮のうちは　年経《へ》て
住みし　伊勢《いせ》の海人《あま》も　舟流したる　心地して
寄らむ方なく　悲しきに　涙の色の　紅《くれなゐ》は　我
らがなかの　時雨《しぐれ》にて　秋のもみぢと　人々は
おのが散り散り　別れなば　頼む陰なく　なり
はてて　とまるものとは　花すすき　君なき庭
に　群れ立ちて　空を招かば　初雁《はつかり》の　鳴き渡
りつつ　よそにこそ見め

朝からは曇る間もなく初時雨が紅葉とともに降り、古里の吉野山の山嵐も日ましに寒くなっていくので、玉を貫く緒が解けて玉をしごいて散らしたように、霰が散り乱れて霜が凍り、すっかりいてついてしまった庭の面に、あちらこちら群がって見える冬草の上に、降りしきる白雪が積もり重なるように、私は多くのつらい年を過してきたよ。→補

(1)「降る」に「古里」を掛ける。

七条后（藤原温子）が崩御された後に詠んだ歌　伊勢

一〇〇六　沖の荒波のように、日ごとに荒れ果てていくこの宮では、長年住みなれてきた伊勢の漁師も、舟を波にさらわれてしまったような気持になってしまって、身を寄せる所もなくなり、悲しみは尽きないで、流す涙が血のような紅色なのは、まさしく私たちが降らせる時雨であって、赤く紅葉を染め、秋の木の葉のように人々がそれぞれ散り散りになって別れていってしまったならば、いよいよ頼りとする陰もなくなって、残るものといっては花すすきだけが、主人のいない庭に群がり立って、空に向って招くと初雁が鳴きながら飛んでいくが、私も泣き暮らしながら遠くから偲《しの》びやることにしよう。→補

旋《せ》頭《どう》歌《か》

題知らず　よみ人知らず

一〇〇七 うちわたす遠方人《をちかたびと》にもの申す我《われ》　そのそこに白く咲けるはなにの花ぞも

返し

一〇〇八 春されば野辺にまづ咲く見れど飽かぬ花(1)　まひなしにただ名のるべき花の名なれや

題知らず

一〇〇九 初瀬川《はつせがは》　(1)布留川《ふるかは》の辺《へ》に(2)二本《ふたもと》ある杉　年を経《へ》てまたも逢ひ見む二本ある杉

貫之

一〇一〇 君がさす三笠《みかさ》の山のもみぢ葉の色　神無月時雨《かむなづきしぐれ》の雨の染めるなりけり

旋頭歌

題知らず　よみ人知らず

一〇〇七　はるか向うに見える遠くの方に、私がちょっとお尋ねいたします。それそこに白く咲いているのは、いったい何の花ですか。

返し　よみ人知らず

一〇〇八　春になると野原にまっ先に咲く、いくら見ても飽きない花。お礼も戴かないで、やすやすと教えてしまってよいような花の名でしょうか。

(1)梅の花をさすといわれる。

題知らず　よみ人知らず

一〇〇九　初瀬川と布留川とが流れ合うあたりに立っている二本杉。年がたってからまた逢おう、あの二本杉のように。

(1)古い川と解する説もある。(2)相生いと解する説もある。

紀貫之

一〇一〇　三笠山の美しい紅葉の色は、十月の時雨が染めたものだったよ。↓補

(1)誹《はい》諧《かい》歌《か》

題知らず　　よみ人知らず

一〇一一 梅の花見にこそ来つれ鶯《うぐひす》のひとくひとくと厭《いと》ひしもをる

素性法師

一〇一二 山吹《やまぶき》の花色衣主《はないろごろもぬし》や誰《たれ》問へど答へずくちなしにして

藤原敏行朝臣

一〇一三 いくばくの田を作ればか時鳥《ほととぎす》しでの田《た》長《をさ》を朝な朝な呼ぶ

七月六日《ふみづきのむいか》、たなばたの心をよめる　藤原兼輔朝臣

一〇一四 いつしかとまたぐ心を脛《はぎ》にあげて天《あま》の川原を今日《けふ》や渡らむ

誹諧歌

(1)「ひかいか」とも。

題知らず　　よみ人知らず

一〇一一 私は梅の花を見に来ただけなのに、鶯は「人が来た、人が来た」といやがっているよ。→補

素性法師

一〇一二 美しい山吹の花の黄色の衣、お前の持主はいったい誰なのかと尋ねても答えない。なにしろ梔子《くちなし》の実で染めたものだから、口無しなので。◎山吹の花を衣に見立てたもの。「梔子《くちなし》」に「口無し」を掛ける。

藤原敏行

一〇一三 いったいどれほどの田を作っているからといって、時鳥はしでの田長《たおさ》を毎朝呼んでいるのか。→補

七月六日に彦星の思いを詠んだ歌　藤原兼輔

一〇一四 いつ逢えるかとはやり立つ心で、脛《すね》まで衣の裾をまくり上げて、天の川を今日にでも渡ってしまおうか。

題知らず　凡河内躬恒

一〇一五 睦言《むつごと》もまだ尽きなくに明けにけりいづらは秋の長《なが》してふ夜《よ》は

僧正遍照

一〇一六 秋の野になまめきたてる女郎花《をみなへし》あなかしがまし花も一時《ひととき》

よみ人知らず

一〇一七 秋来れば野辺にたはる女郎花いづれの人か摘《つ》まで見るべき

一〇一八 秋霧の晴れて曇れば女郎花花の姿ぞ見え隠れする

一〇一九 花と見て折らむとすれば女郎花うたたあるさまの名にこそありけれ

題知らず　凡河内躬恒

一〇一五 寝物語もまだ語り尽きないのに、もう夜が明けてしまったようだ。いったいどこにいったのだ、秋の長いといわれている夜は。

僧正遍照

一〇一六 秋の野に美しさを競い合って立っている女郎花よ。ああ、やかましいことだ、花の盛りもわずか一時だというのに。
◎以下「女郎花」はいずれも若く美しい女を連想。

よみ人知らず

一〇一七 秋になると野原で乱れたわむれている女郎花、いったいどのような人が摘みもしないで見ていられようか。↓補

一〇一八 秋霧が晴れたり曇ったりすると、それにつれて女郎花の美しい姿が見えたり隠れたりすることだ。

一〇一九 花だと見て折り取ろうとすると、女郎花なんて、どうもいわくありげな花の名だったよ。

寛平御時后宮《くわんぴやうのおほむときのきさいのみやの》歌合の歌　在原棟梁《むねやな》

一〇二〇 秋風に(1)綻《ほころ》びぬらし藤袴《ふぢばかま》(2)つづりさせてふきりぎりす鳴く

明日《あす》春立たむとしける日、隣の家の方《かた》より風の雪を吹き越しけるを見て、その隣へよみて遣《つか》はしける　清原深養父《ふかやぶ》

一〇二一 冬ながら春の隣の近ければ中垣《なかがき》よりぞ花は散りける

題知らず　よみ人知らず

一〇二二 石《いそ》の上古《かみふ》りにし恋の神さびて祟《たた》るに我は寝《い》ぞ寝《ね》かねつる

一〇二三 枕より後《あと》より恋のせめくればせむ方《かた》なみぞ床中《とこなか》にをる

一〇二〇 寛平御時后宮歌合の歌　在原棟梁
秋風に吹かれて藤袴が綻《ほころ》びてしまったらしい。こおろぎが「綻びを綴り刺せ、綴り刺せ」と言って鳴いているよ。
(1)花が咲くこと。「藤袴」を「袴」に見立てて、その縁語。(2)こおろぎの鳴き声を「つづりさせ」と聞いた擬声語で、綻びをつくろう「綴り刺せ」の意に解された。「藤袴」の縁語。

一〇二一 明日立春になろうとしていた日、隣の家の方から風が雪を吹き寄こしたのを見て、その隣の家に詠んで贈った歌　清原深養父
まだ冬でありながら、春が隣の家まで来ていて近いので、境の垣根から花がはらはらと散ってきたよ。↓補

一〇二二 題知らず　よみ人知らず
石上の布留ではないが、もうすっかり古びてしまった昔の恋が、神がかってきて祟りをするので、私はよく寝られないでいることだ。↓補

一〇二三 枕の方からも足もとからも恋がしきりに迫ってくるので、どうにもしかたがなくて、私は寝床の真中に身動きもできなくてちぢこまっている。

一〇二四 恋しきが(1)方《かた》も方《かた》こそありと聞け立てれ居《を》れども
なき心地する

一〇二五 ありぬやと試《こころ》みがてら逢ひ見ねばたはぶれにく
きまでぞ恋しき

一〇二六 耳なしの山のくちなし得てしがな思ひの色の下《した》
染《ぞ》めにせむ

一〇二七 あしひきの山田の(1)案山子《そほづ》おのれさへ我を欲《ほ》しと
いふうれはしきこと

紀《きの》　乳母《めのと》

一〇二八 富士《ふじ》の嶺《ね》のならぬ思ひに燃えば燃え神だに消《け》た
ぬむなし煙《けぶり》を

一〇二四　恋しがり方にもやはり決まった仕方があると聞いていたが、立っていても座っていてもどうしようもなくて、そんなきまりなんて何もないような気がするよ。
(1)方法と解したが、方向とか形とか解する説もある。

一〇二五　逢わないでも我慢《がまん》していられるかと、ためしに逢わないでいたら、冗談にもできないくらい恋しくてたまらない。

一〇二六　耳成《みみなし》山に生えている梔子《くちなし》の実を手に入れたいものだ。それを思いの緋《ひ》色の下染めにしよう。耳も口もなければ、人に知られることもなく、思いのままに恋することができようから。↓補

一〇二七　山田の案山子《かかし》よ、お前までが私を欲しいと言うの。どうも困ったこと。
(1)相手の男をよそえたもの。
◎「あしひきの」は「山田」の枕詞。

紀乳母
一〇二八　富士山のように、成就しない思いの火に燃えるのならば燃えなさい。神でさえ消すことができないむなしい煙を立てながら。↓
補

紀 有朋《ありとも》

一〇二九 逢ひ見まくほしは数なくありながら人につきなみ惑《まど》ひこそすれ

小野小町

一〇三〇 人に逢はむつきのなきには思ひおきて胸《むね》走《はし》り火《び》に心焼けをり

寛平御時后宮《くわんぴやうのおほむときのきさいのみやの》歌合の歌 藤原興風

一〇三一 春霞たなびく野辺の若菜にもなりみてしがな人も摘(1)むやと

題知らず よみ人知らず

一〇三二 思へどもなほうとまれぬ春霞かからぬ山のあらじと思へば

一〇二九 紀有朋
逢い見たいという気持は星のように数かぎりなくあるけれども、思う人に近づく手だてがないので、月のない闇夜のように心迷いしていることだ。↓補

一〇三〇 小野小町
人に逢う手だてもない月の出ぬ闇夜には、熾火《おきび》の燃えるような恋の思いで寝られもせず、胸の中は落ち着くことなく火が走りまわり、心はいらだって焼けていることだ。↓補

一〇三一 寛平御時后宮歌合の歌 藤原興風
春霞がたなびく野辺の若菜にもなってみたいものだ。そうすれば、人も摘んでくれるかと思うので。
(1)「抓《つ》む」(つねる)を掛ける解もある。

一〇三二 題知らず よみ人知らず
あの人を愛しているのだが、やはりどうも頼りきれない気がする。春霞がかからない山がないように、あの人がかかわりを持たない相手はないように思われるので。

一〇三三 春の野の繁《しげ》き草葉の妻恋《つまご》ひに飛び立つ雉《きじ》のほろろとぞなく

平　貞文

一〇三四 秋の野に妻なき鹿《しか》の年を経《へ》てなぞ我が恋のかひよとぞ鳴く

紀《きの》　淑人《よしひと》

一〇三五 蟬《せみ》の羽《は》のひとへに薄き夏衣《なつごろも》なればよりなむものにやはあらぬ

躬恒

一〇三六 隠《かく》れ沼《ぬ》の下より生《お》ふるねぬなはの寝ぬ名は立てじくるな厭《いと》ひそ

忠岑

平貞文

一〇三三　春の野に生い繁った草葉のように繁くつのる妻恋しさに飛び立つ雉の鳴くように、私は人目もはばからずほろほろと泣いている。↓補

紀淑人

一〇三四　秋の野に妻のいない鹿が長年もたって、「どうしたことか、私の恋のかいはこんなものか」と鳴いている。↓補

凡河内躬恒

一〇三五　蟬の羽のように単衣《ひとえ》で薄い夏の衣は、着馴《な》れると皺《しわ》が寄ってしまうが、それと同じように、ひたすらにつれない人でも馴れ親しめばひとりでに寄り添ってしまうものではないのか。↓補

壬生忠岑

一〇三六　水の出口もない隠れ沼の底から生えている蓴菜《ねぬなわ》ではないが、共寝もしないのにしたという噂は立てさせておきません。噂どおりにしたいから、私がやって来るのを拒まないで下さい。↓補

よみ人知らず

一〇三七 ことならば思はずとやは言ひ果てぬなぞ世の中の玉襷《たまだすき》なる

一〇三八 思ふてふ人の心の隈《くま》ごとに立ち隠れつつ見るよしもがな

一〇三九 思へども思はずとのみ言ふなればいなや思はじ思ふかひなし

一〇四〇 我をのみ思ふと言はばあるべきをいでや心は大幣《おほぬさ》にして

一〇四一 我《われ》を思ふ人を思はぬむくいにや我が思ふ人の我《われ》を思はぬ

一〇三七 同じことならば、いっそのこと愛していないと言い切ってくれないか。どうして二人の仲は襷《たすき》が交差しているようにこうも食い違っているのだろうか。

一〇三八 私のことを愛しているという人の心の中にこっそりと入りこんで、心の隅々《すみずみ》に隠れていながら本心をじっくりと見定める手だてがあればよいな。

一〇三九 私がいくら思っても、あの人は私が思っていないとばかり言っているようなので、いやだ、もうこれ以上、思わないようにしよう、思っても何のかいもないのだから。

一〇四〇 私だけを愛していると言ってくれるならば、それでよいのだが、さあどうだろうか、あの人の心は大幣のようにあちらこちら引かれるばかりで。↓七〇六

一〇四一 私を思ってくれる人を私が思わないむくいだろうか、私が思っている人は私を思ってくれない。

深養父《ふかやぶ》

一〇四二 思ひけむ人をぞともに思はましまさしやむくいなかりけりやは

よみ人知らず

一〇四三 出《い》でて行かむ人をとどめむよしなきに隣の方《かた》に鼻もひぬかな

一〇四四 紅《くれなゐ》に染めし心も頼まれず人をあくには移るてふなり

一〇四五 厭《いと》はるる我が身は春の駒《こま》なれや野飼《のが》ひがてらに放ち捨てたる

一〇四六 鶯《うぐひす》の去年《こぞ》の宿りの古《ふる》すとや我には人のつれなかるらむ

清原深養父

一〇四二 私を思ってくれていたようだったあの人を、あの時私も共に思っていたらよかった。まさしくそのむくいがあって、今は私が思う人が私を思ってくれない。

よみ人知らず

一〇四三 出て行ってしまおうとする人を引きとめようとする手だてもないので、隣の家でくしゃみでもしてくれないかな。◎くしゃみをすると人を引きとめられるといった俗信でもあったか。

一〇四四 紅色に深く染めた愛情もあまり頼りにできない。人を飽きるという灰汁《あく》で洗うと色あせるというから。↓補

一〇四五 あの人から嫌われた私は春の駒のようなものというのか。春の駒が野原で放し飼いしているついでに捨てられるように、私も遠ざけられているうちに捨てられてしまった。↓補

一〇四六 鶯が去年の宿にした古巣ではないが、私を古ぼけた女にでもしようというので、私にあの人がつれなくしているのだろうか。↓補

一〇四七 さかしらに夏は人まね笹《ささ》の葉のさやぐ霜夜《しもよ》を我が一人寝《ぬ》る

一〇四八 逢ふことの今ははつかになりぬれば夜深《よふか》からではつきなかりけり
平中興《たひらのなかき》

一〇四九 唐土《もろこし》の吉野《よしの》の山に籠《こも》るともおくれむと思ふ我ならなくに
左大臣《ひだりのおほいまうちぎみ》

一〇五〇 雲晴れぬ浅間《あさま》の山のあさましや人の心を見てこそやまめ
中興

一〇五一 難波《なには》なる長柄《ながら》の橋も作るなり今は我が身をなににたとへむ
伊勢

一〇四七 利口ぶって夏には人真似《まね》をして独り寝していたが、冬になって笹の葉が冷たい風でさやさやとそよぎ霜の置く寒い夜になっても、私は相変らず一人さびしく寝ているよ。

一〇四八 二十日になって夜更けでなくては月が出ないように、逢うことが今はもうわずかになってしまったので、夜更けでないともう逢う手だてがなくなってしまった。↓補
平中興

一〇四九 たとえあなたが唐土の吉野山にお籠りになったとしても、一人取り残されるような私ではありませんのに。↓補
藤原時平

一〇五〇 雲が晴れなくてよく見えない浅間山ではないが、あの人の心は思いもよらぬあきれはてたものだった。よく心底を見きわめて、思い切ることにしよう。↓補
平中興

一〇五一 古びはてた難波の長柄の橋も作り替えているそうだ。これからは私の身を何にたとえたらよいだろう。↓補
伊勢

よみ人知らず

一〇五二 まめなれどなにぞは良けく刈萱《かるかや》の乱れてあれど悪《あ》しけくもなし

興風

一〇五三 なにかその名の立つことの惜しからむ知りて惑《まど》ふは我一人かは

従兄弟《いとこ》なりける男によそへて、人の言ひければ　くそ

一〇五四 よそながら我が身に糸のよると言へばただいつはりにすぐばかりなり

題知らず　讃岐

一〇五五 ねぎ言《ごと》をさのみ聞きけむ社《やしろ》こそ果《は》てはなげきの森となるらめ

よみ人知らず

一〇五二 真面目にしていても何の良いことがあろうか。刈り取った萱《かや》のように、乱れて好き勝手なことをしていても特に悪いこともない。↓補

藤原興風

一〇五三 いったいどうして浮き名が立つことがいけないのだろうか。噂が立つのがわかっていながら恋に惑うのは、自分一人だけだろうか、いやそんなことはない。

従兄弟であった男とかかわりがあるように、人が噂をしたので詠んだ歌　久曾

一〇五四 何のかかわりもないのに、世間では私の身に糸を縒《よ》るように従兄弟が言い寄っていると噂をするので、ただそんなことは偽りだと言って、聞き流しているばかりだ。↓補

題知らず　讃岐

一〇五五 お参りに来た人の願いの言葉をそれほど多く聞いてきた神社こそ、しまいには人々の歎きが集まって、歎きの木の森になってしまうことだろう。↓補

一〇五六　なげきこる山とし高くなりぬれば頰杖《つらづゑ》のみぞまづつかれける　大輔

一〇五七　なげきをばこりのみ積みてあしひきの山のかひなくなりぬべらなり　よみ人知らず

一〇五八　人恋ふることを重荷《おもに》と担《にな》ひもてあふごなきこそわびしかりけれ

一〇五九　宵《よひ》の間《ま》に出《い》でて入りぬる三日月の割れてもの思ふ頃にもあるかな

一〇六〇　そゑにとてとすればかかりかくすればあな言ひ知らずあふさきるさに

大輔
一〇五六　歎息《ためいき》が薪《たきぎ》にする投げ木を樵こる山のように高くなってしまったので、山に登る杖ならぬ頰杖《ほおづえ》だけが何よりも先につかれるようになってしまった。↓補

よみ人知らず
一〇五七　投げ木を樵《こ》っては積み上げてばかりいて山の峡《かい》が埋まってなくなってしまうように、歎きばかり凝《こ》り積もるばかりで思いが叶えられるわけでもなく何のかいもなくなってしまった。↓補

一〇五八　人を恋することを重荷として担いながら、朸《おうご》（天秤《てんびん》棒）ならぬ逢う期《ご》がないのはつらいことだ。↓補

一〇五九　夜早々に出てすぐに隠れてしまう三日月のように、心が割れ砕けるほどにはげしく思い悩む今日この頃だよ。↓補

一〇六〇　そうだからと言って、ああすればこうなり、こうすればああなる。ああ、何と言ってよいかわからない。あれもこれもくいちがってばかりいて。↓補

一〇六一 世の中の憂《う》きたびごとに身を投げば深き谷こそ浅くなりなめ

一〇六二 世の中はいかに苦しと思ふらむここらの人に恨みらるれば

在原元方

一〇六三 なにをして身のいたづらに老いぬらむ年の思はむことぞやさしき

よみ人知らず

一〇六四 身は捨てつ心をだにもはふらさじつひにはいかがなると知るべく

興風

一〇六五 白雪のともに我が身はふりぬれど心は消えぬものにぞありける

千里

一〇六一 世の中がつらく思われるたびごとに、身を投げていたならば、深い谷もすぐに浅くなってしまうだろう。

一〇六二 在原元方

世の中はどれほど苦しいと思っていることだろう。多くの人々に恨まれているのだから。

一〇六三 よみ人知らず

何をしてこの身はむなしく老いてしまったのだろう。年がいったい私をどのように思って見ているだろうか、そのことが恥ずかしくてならない。

一〇六四 藤原興風

この身は捨ててしまった。だが、せめて心だけはうち捨てないでおこう。しまいには捨てた身がどうなるか、知ることができるように。

一〇六五 大江千里

白雪が降ると共に私の身は年をとってしまったが、心だけは雪が消えるようには消えないで、いつまでも変ることなく若々しい気持でいるものだったよ。

◎「降る」に「古る」を掛ける。

題知らず

一〇六六 よみ人知らず

私は梅の花が咲いて、その後に成る実

題知らず　　よみ人知らず

一〇六六 梅の花咲きてののちのみなればやすきものとのみ人の言ふらむ

(1)法皇、西川《にしかは》におはしましたりける日、「猿《さる》、山の峡《かひ》に叫ぶ」といふことを題にて、よませ給《たま》うける

躬恒

一〇六七 わびしらにましらな鳴きそあしひきの山のかひある今日《けふ》にやはあらぬ

題知らず　　よみ人知らず

一〇六八 世を厭《いと》ひ木《こ》の下《もと》ごとに立ち寄りて(1)うつぶし染《ぞ》めの麻《あさ》の衣《きぬ》なり

のような身だから、酸《す》き物ならぬ好色者《すきもの》とばかり世間の人が噂して言うのだろうか。

◎「実」と「身」、「酸《す》き物《もの》」と「好色者《すきもの》」を掛ける。

宇多法皇が大堰川に御幸なさった日、「猿、山の峡に叫ぶ」ということを題にして歌をお詠ませになった時に詠んだ歌　凡河内躬恒

一〇六七 そんなに心細そうに猿よ鳴かないでおくれ。山も峡《かい》ならぬ効《かい》のある今日ではないか。

(1)延喜七年（九〇七）九月。→九一九

◎「峡」に「効」を掛ける。「今日」に「峡《けふ》」を掛けるという解もある。

題知らず　　よみ人知らず

一〇六八 この衣は、世を厭わしく思って行脚《あんぎや》をして歩く僧侶が、木の下ごとに立ち寄ってうつ臥して寝る、その空五倍子《うつぶし》染めの麻の衣だよ。

(1)ぬるでの木に寄生する虫によってできる瘤《こぶ》が中空になっているのを「空五倍子《うつぶし》」と言い、それを染料として薄墨色に染めたもの。「俯臥《うつぶし》」に掛ける。

古今和歌集　巻第二十

大歌所御歌

(1)おほなほびの歌

一〇六九　新《あたら》しき年の始めにかくしこそ千《ち》歳《とせ》をかねて楽し(2)きを積《つ》め

(3)日本紀には、つかへまつらめ万代《よろづよ》までに。

(1)古き大和舞《やまとまひ》の歌

一〇七〇　しもと結《ゆ》ふ葛城山《かづらきやま》に降る雪の間《ま》なく時なく思ほゆるかな

近江《あふみ》ぶり

一〇七一　近江より朝立ち来ればうねの野に鶴《たづ》ぞ鳴くなる明けぬこの夜《よ》は

古今和歌集　巻第二十

大歌所の御歌

大直日《おおなおび》の神を祭る歌

一〇六九　新しい年の始めに、このようにして千年もの繁栄を期待しながら、御竈木《みかまぎ》を積み重ねるように、楽しいことを積み重ねている。

続日本紀には、下句が「帝にお仕えしよう、万代までも」とある。

(1)大直日の神は禍を吉事に変える神で、伊奘諾尊が黄泉国から帰って穢れを浄めた時に生まれた神という。(2)「楽しき」に、毎年正月十五日に百官から献上された御竈木の「木」を掛ける。(3)続日本紀の天平十四年(七四二)正月十六日の記事。

大和舞の古い歌

一〇七〇　葛城山に降る雪のように、絶え間なく時も定めずあの人のことが恋しく思われることだ。

(1)大和国を中心として伝来した舞楽で、大嘗会など儀礼の場で舞われた。

◎三句まで「間なく時なく」の序詞。「しもと結ふ」は、「葛城山」の枕詞。

近江ぶり

水茎《みづぐき》ぶり

一〇七二 水茎の(1)岡《をか》の屋形《やかた》に妹《いも》と我《あれ》と寝ての朝明《あさけ》の霜の降りはも

四極山《しはつやま》ぶり

一〇七三 四極山うち出《い》でて見れば笠《かさ》ゆひの島漕《こ》ぎ隠る棚《たな》無し小舟《をぶね》

神遊びの歌

(1)採《と》り物の歌

一〇七四 神垣《かみがき》の(2)三室《みむろ》の山の榊葉《さかきば》は神の御前《みまへ》に茂りあひにけり

一〇七一 近江から朝早く出てくると、うねの野に鶴が鳴いているよ。すっかり明けてしまった、この夜は。↓補

水茎ぶり

一〇七二 岡の仮屋に妻と私と共寝をした夜の明け方の、霜の降りようのなんと寒々としていることよ。

(1)普通名詞ではなくて、地名。

◎「水茎の」は「岡」の枕詞。

四極山ぶり

一〇七三 四極山を越えて遠くを眺めやると、笠ゆいの島に漕いで隠れていくよ、棚無し小舟が。

◎万葉集・巻三・二七二の歌。

神楽歌

採り物の歌

一〇七四 神垣で囲まれた神のいらっしゃる御室の山の榊の葉は、神前に一段と生い茂っているよ。

(1)神楽を舞う時に手に持つ、榊・幣《みてぐら》・杖《つえ》・篠《ささ》・弓・剣《たち》・鉾《ほこ》・杓《ひさご》・葛《かずら》の九つの品にちなんだ歌。以下六首にこれらの品物が詠み込まれている。(2)神のいる山。古くは三輪山をさすことが多い。

一〇七五 霜八度《やたび》置けど枯れせぬ榊葉《さかきば》の立ち栄《さか》ゆべき神の巫覡《きね》かも

一〇七六 巻向《まきもく》の穴師《あなし》の山の山人《やまひと》と人も見るがに山葛《やまかづら》せよ

一〇七七 深山《みやま》には霰《あられ》降るらし外山《とやま》なるまさきの葛《かづら》色づきにけり

一〇七八 陸奥《みちのく》の安達《あだち》の真弓《まゆみ》我が引かば末さへ寄り来《こ》しのびしのびに

一〇七九 我が門《かど》の板井《いたゐ》の清水《しみづ》里遠み人し汲《く》まねば水草《みくさ》生《お》ひにけり

ひるめの歌

一〇八〇 ささのくま檜隈川《ひのくまがは》に駒《こま》とめてしばし水かへ影をだに見む

一〇七五 霜が何度おりても枯れない榊の葉のように、いよいよ栄えていくに違いない神に仕える巫女《みこ》たちだよ。↓補

一〇七六 巻向の穴師の山に住む山人だと人が見間違えるぐらい、山葛を頭にいっぱいつけなさい。

一〇七七 奥山では霰が降っているらしい。里近い山にあるまさきの葛が色づいてきたよ。

一〇七八 陸奥の安達の郡《こおり》で産する檀《まゆみ》の木で作った弓ではないが、私が誘ったら、今だけではなく行く末までも寄り添って下さい、人に知られないようにして。↓補

一〇七九 私の家の門前の板で囲った井戸の水は人里から離れているから誰も汲みに来ないので、すっかり水草が生えてしまったよ。
◎「杓《ひさご》」にちなんだ歌。

天照大神《あまてらすおおみかみ》を祭る歌

一〇八〇 檜隈川のほとりに馬を止めてしばらく水を飲ませてやって下さい。その間、私はせめてあなたのお姿だけでも見ておりましょう。↓補

返し物の歌

一〇八一 青柳《あをやぎ》を片糸《かたいと》に縒《よ》りて鶯《うぐひす》の縫《ぬ》ふてふ笠《かさ》は梅の花笠

一〇八二 真金《まがね》ふく吉備《きび》の中山帯《なかやまおび》にせる細谷川《ほそたにがは》の音のさやけさ

この歌は、承和《じようわ》(1)の御嘗《おほんべ》の吉備国の歌。

一〇八三 美作《みまさか》や久米《くめ》の皿山《さらやま》さらさらに我が名は立てじ万《よろづ》代《よ》までに

これは水尾《みづのを》の御嘗(1)の美作国の歌。

一〇八四 美濃《みの》の国関《せき》の藤川《ふぢかは》絶えずして君に仕《つか》へむ万代までに

これは元慶《がんぎやう》(1)の御嘗の美濃の歌。

返し物の歌

一〇八一 青柳を片糸にして縒《よ》った糸で鶯が縫うという笠は、梅の花笠だよ。↓補

一〇八二 鉄を精錬する吉備の中山が帯のようにめぐらしている、細谷川の流れる音のなんとすがすがしいことか。

これは仁明天皇の大嘗会《だいじょうえ》の吉備国の歌である。

(1)天長十年(八三三)。

◎「真金ふく」は「吉備」(岡山県と広島県の一部)の枕詞。

一〇八三 美作の久米の皿山ではないが、さらさら私の浮き名は立てないようにしよう、いつの代までも。

これは清和天皇の大嘗会の美作国の歌である。

(1)貞観元年(八五九)。

◎二句まで同音反復で「さらさらに」を導く序詞。

一〇八四 美濃国の関の藤川が絶えることなく流れているように、絶えることなく帝にお仕えしよう、いつの代までも。

これは陽成天皇の大嘗会の美濃国の歌である。

(1)元慶元年(八七七)。

一〇八五 君が代は限りもあらじ長浜《ながはま》の真砂《まさご》の数はよみつくすとも

これは仁和《にんな》(1)の御嘗《おほんべ》の伊勢国《いせのくに》の歌。

大伴黒主

一〇八六 近江《あふみ》のや鏡の山を立てたればかねてぞ見ゆる君が千歳《ちとせ》は

これは今上《きんじやう》(1)の御嘗の近江の歌。

東《あづま》歌《うた》

陸奥歌《みちのくうた》

一〇八七 阿武隈《あぶくま》に霧立ちくもり明けぬとも君をばやらじ待てばすべなし

◎二句まで「絶えずして」の序詞。

一〇八五 帝の御代は限りもなく続くことだろう。たとえ、伊勢の長浜の真砂の数は数え尽くすようなことがあるとしても。

これは光孝天皇の大嘗会の伊勢国の歌である。

(1)元慶八年(八八四)。

大伴黒主

一〇八六 近江国には鏡の山を立ててあるので、即位した今からはっきり映って見える、帝の御代がいつまでも続くことが。

これは、今上の醍醐天皇の大嘗会の近江国の歌である。

(1)寛平九年(八九七)。

東歌

陸奥歌

一〇八七 阿武隈川に霧が立ちこめて夜が明けてしまっても、あなたを帰しはしません。あなたのおいでを待っておりますと、どうしようもないほどつらいので。

一〇八八 陸奥はいづくはあれど塩釜《しほがま》の浦漕《こ》ぐ舟の綱手《つなで》かなしも

一〇八九 我が背子《せこ》を都にやりて塩釜の籬《まがき》の島のまつぞ恋しき

一〇九〇 小黒崎《をぐろざき》みつの小島の人ならば都の苞《つと》にいざと言はましを

一〇九一 みさぶらひ御笠《みかさ》と申せ宮城野《みやぎの》の木《こ》の下露《したつゆ》は雨にまされり

一〇九二 最上川《もがみがは》上れば下る稲舟《いなふね》のいなにはあらずこの月ばかり

一〇九三 君をおきてあだし心を我が持たば末《すゑ》の松山《まつやま》波も越えなむ

一〇八八 陸奥はどこもそうだが、とりわけ塩釜の浦を漕ぐ舟を引き綱で引いていく光景が心にしみじみと感じられる。

一〇八九 私の夫を都に送り出して、塩釜の籬の島の松ではないが、ひたすら帰ってくるのを待っているのは、恋しくてたまらないものだよ。

◎三・四句は「まつ」の序詞。「松」に「待つ」を掛ける。

一〇九〇 小黒崎みつの小島が、もし人であるならば、都への土産《みやげ》に、さあ一緒に行こうと言って、誘っていきたいところなのだが。

一〇九一 お供の人よ、「御笠をどうぞ」と御主人に申し上げなさい。何しろ宮城野の木の下露は雨以上に濡れるものなのだから。

一〇九二 最上川を上り下りしている稲舟ではないが、否《いな》とお断りしているわけではありません。今月だけはどうしても都合が悪くてお逢いできないのです。↓補

一〇九三 あなたをさしおいて、もし私が他の人に心を移すようなことがありましたならば、末の松山を波も越えることでしょう。↓補

相模歌《さがみうた》

一〇九四 こよろぎの磯立ちならし磯菜《いそな》つむめざし濡《ぬ》らすな沖にをれ波

常陸歌《ひたちうた》

一〇九五 筑波嶺《つくばね》のこのもかのもに陰はあれど君が(1)御陰《みかげ》にます陰はなし

一〇九六 筑波嶺の峰のもみぢ葉落ち積もり知るも知らぬもなべてかなしも

甲斐歌《かひうた》

一〇九七 甲斐が嶺《ね》をさやにも見しがけけれなく横ほり臥《ふ》せる小夜《さや》の中山

一〇九八 甲斐が嶺を嶺越《ねこ》し山越し吹く風を人にもがもや言伝《ことづ》てやらむ

相模歌

一〇九四 こよろぎの磯をあちこち歩きまわって磯菜を摘んでいる少女を濡らすな。波よ、沖の方でじっとしていなさい。↓補

常陸歌

一〇九五 筑波山のこちら側にもあちら側にも木陰はいくらでもありますが、君のお陰にまさるものはありません。

(1)両序で恩寵の意に解しているのに従ったが、本来は恋歌で、姿の意か。

一〇九六 筑波山の峰の紅葉が落ち積もって、秋も深まってきたことがしみじみと感じられるようになり、知っている人も知らない人も皆同じように愛《いと》しく思われることだ。

甲斐歌

一〇九七 甲斐の山をはっきりと見たいものだ。それなのに心なく手前に横たわっている小夜の中山だよ。

一〇九八 甲斐の山を嶺を越え山を越えて吹く風が人であってほしいものだ。そうすれば、便りを託して送ろうと思うから。

伊勢歌《いせうた》

一〇九九 麻生《をふ》の浦に片枝《かたえ》さしおほひ成る梨《なし》の成りも成らずも寝《ね》て語らはむ

冬の賀茂《かも》の祭の歌　藤原敏行朝臣

一一〇〇 ちはやぶる賀茂《かも》の社《やしろ》の姫小松《ひめこまつ》万代《よろづよ》経とも色は変らじ(1)

伊勢歌

一〇九九 麻生の浦に片方の枝が生い広がって一面を覆うように成る梨のように、恋が成るにしろ成らぬにしろ、とにかく共寝して語り合おうではないか。

◎三句まで同音反復で「なり」の序詞。「なり」は、実が成る意に恋が成就する意を重ねる。

賀茂神社の臨時の祭の歌　藤原敏行

一一〇〇 賀茂神社の姫小松は、万代を経ても色が変ることはあるまい。

(1)色が変らないことは神威の象徴。→二六二

◎「ちはやぶる」は、「賀茂の社」の枕詞。

家々に証本と称する本に書き入れながら、墨を以ちて滅《け》ちたる歌

今、別に之を書く

家々称《ニスル》二証本《ト》一之本乍《ニラ》二書入《キレ》一以《チテ》レ墨《ヲ》滅《チタル》歌　今別《ニ》書《ク》レ之《ヲ》

巻第十　物名部

ひぐらし　　貫之

一一〇一 杣人《そまひと》は宮木《みやぎ》ひくらしあしひきの山の山彦《やまびこ》呼びとよむなり

在《リ》二時鳥《ほととぎすノ》下、空蟬《うつせみノ》上《ニ》一

勝臣《かちおむ》

一一〇二 かけりてもなにをか魂《たま》の来ても見む殻《から》は炎とな

それぞれの家で証本と呼んでいる古今集の伝本に書き入れられてはいるが、墨で消したしるしが付いている歌

今、別にこれらを抜き出して書いておく。

巻第十　物名の部

ひぐらし　紀貫之

一一〇一 きこりたちが宮殿を造る木を切り出しているらしい。山のこだまが響き合って聞こえてくる。

「時鳥」の歌（四二三）の次、「空蟬」の歌（四二四）の前にある。

◎「挽《ひ》くらし」に「蜩《ひぐらし》」を隠す。「あしひきの」は「山」の枕詞。

藤原勝臣

一一〇二 空を飛んで帰って来たところで、いったい魂は何を見ることができようか。亡骸《なきがら》は火葬されて、もう炎になって燃えてしまっているのに。

紀友則の「をがたまの木」の歌（四三一）の次にある。

◎二三句に「をがたまの木」を隠す。

くれのおも　紀貫之

一一〇三 あの人が来てくれた時刻だと思って恋

りにしものを

をがたまの木　友則ノ下

二〇三　来《こ》し時と恋ひつつをれば夕暮れの面影にのみ見えわたるかな　　貫之

〔1〕くれのおも

しのぶぐさ　利貞ノ下

二〇四　熾火《おき》のゐて身を焼くよりもかなしきは都島辺《しまべ》の別れなりけり　　小野小町

おきの井　都島《みやこしま》

唐琴《からこと》　清行ノ下

二〇五　憂《う》きめをばよそ目とのみぞ逃《のが》れゆく雲のあはたつ山の麓《ふもと》に　　あやもち

染殿《そめどの》　粟田《あはた》

この歌は、水尾帝《みづのをのみかど》の、染殿より粟田へ移り給うける時によめる

桂《かつら》の宮《みや》ノ下

い慕っていると、夕暮の中にあの人の面影ばかりが見え続けることだよ。

紀利貞の「しのぶぐさ」の歌（四四六）の次にある。

(1)香りの高い薬草。ういきょうの古名ともいう。

◎三四句に「くれのおも」を隠す。

二〇四　おきの井　都島　　小野小町

真っ赤に燃えている火を置いて身を焼くよりもせつないことは、都と遠い島とに二人が別れて離れ住むことだよ。

安倍清行の「唐琴」の歌（四五六）の次にある。

◎初句、四句にそれぞれ「おきの井」「都島」を隠す。

二〇五　染殿　粟田　　あやもち

世の中のつらいことをよそめに見ようと、私は逃れていくよ、雲がわき上がっていく山の麓を目ざして。

この歌は、清和天皇が染殿から粟田へお移りなさった時にあやもちが詠んだ歌である。

「桂の宮」の歌（四六二）の次にある。

◎二句、四句に「染殿」「粟田」を隠す。

巻第十一

奥山の菅《すが》の根しのぎ降る雪ノ下

二〇六 今日《けふ》人を恋ふる心は大堰川《おほゐがは》流るる水に劣らざりけり

二〇七 我妹子《わぎもこ》に逢坂山《あふさかやま》の篠《しの》すすきほには出《い》でずも恋ひわたるかな

巻第十三

恋しくは下にを思へ紫のノ下

二〇八 犬上《いぬがみ》の鳥籠《とこ》の山なる名取川《なとりがは》いさと答へよ我が名もらすな

この歌は、ある人、天《あめ》の帝《みかど》近江《あふみ》の采女《うねめ》に賜へると。

巻第十一

「奥山の菅の根しのぎ降る雪の」の歌（五五一）の次にある歌　よみ人知らず

二〇六　今日あの人を恋い慕う心は、大堰川を激しく流れる水の勢いに決して劣るものではないよ。

二〇七　自分が愛する人に逢うという名を持つ逢坂山の篠すすきはまだ穂が出ていないが、私も恋心を心の中に秘めて恋い続けていることだ。

◎「逢坂山」に「逢ふ」を掛ける。三句までが「ほには出でず」の序詞。

巻第十三

「恋しくは下にを思へ紫の」の歌（六五二）の次にある歌　よみ人知らず

二〇八　犬上の鳥籠の山の麓を流れる名取川ではないが、浮き名を取ってはいけないから、人から聞かれたら、「さあ、どうでしょうか」と答えて下さい。決して私の名を口外しないように。

この歌は、ある人が言うことには、ある天皇が近江の采女にお与えになったものである、と。→七〇二

◎万葉集・巻十一・二七一〇の転じたもの。「名取川」は、浮き名を取るを暗示。

返し　　　　　　　　　采女《うねめ》の奉れる

二〇九　山科《やましな》の音羽《おとは》の滝の音にだに人の知るべく我が恋
ひめやも

巻第十四

思ふてふ言《こと》の葉《は》のみや秋を経て　ノ下
(1)衣通姫《そとほりひめ》の独りゐて帝《みかど》を恋ひ奉りて

二一〇　我が背子《せこ》が来《く》べき宵《よひ》なり(2)ささがにの蜘蛛《くも》の振舞《ふるま》
ひかねてしるしも

深養父《ふかやぶ》　恋しとは誰《た》が名づけけむ言《こと》ならむ　ノ下
貫之

二一一　道知らば摘みにも行かむ住《すみ》の江《え》の岸に生《お》ふてふ
恋忘れ草

二〇九　返し　　采女が奉った歌
山科の音羽の滝のように、噂になって人に知られるような恋を私は決していたしません。
◎二句まで同音反復で「音」を導く序詞。

巻第十四
「思ふてふ言の葉のみや秋を経て」の歌（六八八）の次にある歌
衣通姫が独りでさびしくしておられた時に、允恭《いんぎょう》天皇を恋い慕われてお詠みになった歌

二一〇　私の夫が今晩は訪ねてきてくれそうだ。蜘蛛がしきりに動きまわっているのが、今からもうそれとはっきり示しているよ。
(1)この歌は允恭紀八年の条に見える。(2)蜘蛛が動きまわるのは待人が来る前兆という俗信に基づくもの。→七七三
◎「ささがにの」は「蜘蛛」の枕詞。

清原深養父の「恋しとは誰が名づけけむ言ならむ」の歌（六九八）の次にある歌　　紀貫之

二一一　道がわかりさえすれば、摘みに行きたいものだ、住吉の岸に生えているという恋の苦しさを忘れる草を。
◎万葉集・巻七・一一四七を踏まえた歌。「忘れ草」は住吉の景物。

古今和歌集序

紀淑望

夫和歌者。託(1)二其根於心地一。発二其花於詞林一者也。人之在レ世。不レ能二無為一。思慮易レ遷。哀楽相変。感生(2)二於志一。詠形二於言一。是以逸者其声楽。怨者其吟悲。可(3)二以述レ懐。可二以発レ憤。動(4)二天地一。感二鬼神一。化(5)二人倫一。和二夫婦一。莫レ宜二於和歌一。

それ和歌は、其《そ》の根を心地に託《つ》け、其の花を詞林に発《ひら》くものなり。人の世に在《あ》るや、無為なること能《あた》はず。思慮遷《うつ》り易く、哀楽相変ず。感は志に生じ、詠は言に形《あら》はる。是《ここ》を以《も》ちて、逸せる者は其《そ》の声楽しく、怨ぜる者は其の吟悲し。以ちて懐《おもひ》を述ぶべく、以ちて憤《いきどほり》を発すべし。天地を動かし、鬼神を感ぜしめ、人倫を化し、夫婦を和《やは》ぐるは、和歌より宜《よろ》しきは莫《な》し。

和(6)歌有二六義一。一曰風(7)。二曰賦(8)。三曰比(9)。四曰興(10)。五曰雅(11)。六曰頌(12)。

(1)「心」「詞」を草木の「根」「花」によそえた。
(2)詩経・大序の「情ハ中ニ動キテ言ニ形《あら》ハル」による。
(3)毛詩正義・序の「以ッテ懐ヲ暢《の》べ、憤ヲ舒《の》ブル所」による。
(4)詩経・大序の「天地ヲ動カシ、鬼神ヲ感ゼシムルハ、詩ヨリ近キハ莫《な》シ」による。
(5)詩経・大序の「人倫ヲ厚クシ」「夫婦ヲ経《をさ》ム」による。
(6)詩経・大序の「故ニ詩ニ六義有リ。一ニ曰ク風。二ニ曰ク賦。三ニ曰ク比。四ニ曰ク興。五ニ曰ク雅。六ニ曰ク頌」による。
(7)政治を諷刺する詩。
(8)直叙的な詩。
(9)直喩を用いた詩。
(10)暗喩を用いた詩。
(11)良政を讃美する詩。
(12)神徳を賞讃する詩。

古今和歌集序

紀　淑《よし》望《もち》

〔和歌の本質と効用〕

そもそも和歌というものは、その根を心の大地に下ろし、その花を詞《ことば》の林に咲かせるものである。人が生きている限り、何もしないでいることはあり得ない。思考は次から次へと移っていき、哀楽の心情も絶えず変っていく。感動が心の中に生じると、歌となって言葉に表れる。だから、安楽に過している人はその声が楽しく、怨恨を抱いている人はその歌が悲しい。それゆえ、歌によって思いを述べ、怒りを示すことができるのである。天や地を動かし、魂や神を感じさせ、人々を教え導き、夫婦の仲を和らげるのに、和歌にまさるものはない。

〔和歌の六義〕

和歌には六義がある。その第一を「風」、その第二を「賦」、その第三を「比」、その第四を「興」、その第五を「雅」、その第六を「頌」

和歌に六義あり。一に曰く風、二に曰く賦、三に曰く比、四に曰く興、五に曰く雅、六に曰く頌。

若夫　春鶯(1)之囀二花中一。秋蟬之吟二樹上一。雖レ無二曲折一。各発二歌謡一。(2)物皆有レ之。自然之理也。然而(3)神世七代。(4)時質人淳。情欲無レ分。和歌未レ作。逮三于(5)素戔嗚尊。到二出雲国一。始有二三十一字之詠(6)一。今反歌之作也。其後雖二(7)天神之孫。海童之女一。莫乙不下以二和歌一通上レ情者甲。

もしそれ、春の鶯の花中に囀《さへづ》り、秋の蟬の樹上に吟ずる、曲折無しといへども、各《おのおの》歌謡を発す。物皆これあるは自然の理なり。然るに、神世七代、時質《すなほ》にして人淳《あつ》く、情欲分るる無く、和歌いまだ作《おこ》らず。素戔嗚尊《すさのをのみこと》の出雲の国に到るに逮《およ》びて、始めて三十一字の詠有り。今の反歌の作《おこり》なり。其《そ》の後、天神《あまつかみ》の孫、海童《わたつみ》の女《むすめ》といへども、和歌を以ちて情を通ぜざるは莫《な》し。

爰及二(8)人代一。此風大興。長歌短歌(9)旋頭(10)混本之類。雑体非レ一。(11)源流漸繁。譬猶下払レ雲樹。生レ自二寸苗之煙一。浮レ天浪。起中於

(1)毛詩正義・序の「燕雀ハ啁噍《ちゅうしょう》之感ヲ表ハシ、鸞鳳ハ歌舞之容有リ」によるか。

(2)文選の「物既ニ之《これ》有リ。文モ亦《また》宜シク然ルベシ」による。

(3)日本書紀の、国常立尊《くにとこたちのみこと》から伊奘諾尊《いざなぎのみこと》、伊奘冉尊《いざなみのみこと》までの七代を言う。

(4)文選・序の「世質ニ民淳クシテ斯文未ダ作《おこ》ラズ」による。

(5)日本書紀によると、素戔嗚尊《すさのおのみこと》は出雲の国(島根県)で奇稲田姫《くしいなだひめ》と結婚して、「八雲立つ出雲八重垣妻ごめに八重垣作るその八重垣を」という歌を詠んだ。

(6)短歌のこと。

(7)日本書紀の、天照大神《あまてらすおおみかみ》の曾孫の彦火火出見尊《ひこほほでみのみこと》が海神

という。

〔和歌の起源〕

いったい、春の鶯が花の中でさえずり、秋の蟬が木の上でなくのは、とくに工夫があるわけではないが、それぞれ歌をうたっているのである。すべてのものが皆歌を持っていることは、いわば自然の理法である。しかしながら神世七代の間は、世の中が質実で人の心も淳朴《じゆんぼく》であって、感情や欲望が分化しておらず、和歌はまだ作られていなかった。素戔嗚尊《すさのおのみこと》が出雲《いずも》の国にお下りになるに及んで、初めて三十一文字の歌が生まれた。今の反歌の起源である。その後は天の神の子孫と海の神の娘とでさえも、和歌によって思いを通じ合えないということはなくなった。

〔上古の和歌〕

こうして、人間の時代になって、和歌を詠む風潮が大いに盛んになった。長歌・短歌・旋頭歌《せどうか》・混本歌《こんぽんか》の類などさまざまな歌体が一つな

の娘の豊玉姫《とよたまひめ》と結婚したこと。
(8)神武天皇以後を言う。
(9)五七七五七七の歌体。
(10)短歌より一句少ない四句形式の歌体らしいが、実体は不明。
(11)文選・序の「衆制鋒起シ源流間ま出ヅ」による。

一滴之露上。至レ如下(1)難波津之(2)什献二天皇一。(3)富緒川之篇報中太子上。或事関二神異一。或興入二幽玄一。但見二上古歌一。多存二古質之語一。未レ為二(4)耳目之翫一。徒為二教戒之端一。古天子。毎二良辰美景一。詔下侍臣。預二宴莚一者上献二和歌一。君臣之情。由レ斯可レ見。賢愚之性。於レ是相分。所下以随二民之欲一。択中士之才上也。

爰《ここ》に人代に及びて、此《こ》の風大きに興る。長歌・短歌・旋頭・混本の類、雑体一にあらず、源流漸《やうや》く繁し。譬《たと》へばなほ、雲を払ふ樹の寸苗《すんべう》の煙より生じ、天を浮かぶる浪の一滴の露より起るがごとし。難波津の什《じふ》を天皇に献じ、富緒川の篇を太子に報ぜしが如きに至りては、或は、事神異に関《あづか》り、或は、興幽玄に入る。但し、上古の歌を見るに、多く古質の語を存す。いまだ耳目の翫《もてあそび》となさず、徒《ただ》に教戒の端《はし》となせるのみ。古《いにしへ》の天子、良辰美景ごとに、侍臣の宴莚《えんえん》に預《あづか》る者に詔《みことのり》して、和歌を献ぜしむ。君臣の情、斯《これ》によりて見るべく、賢愚の性、是《ここ》に於《おい》て相分《わか》る。民の欲《ねがひ》に随ひて士の才を択《えら》ぶ所以《ゆゑん》なり。

自三(5)大津皇子之。初作二詩賦一。(6)詞人才子。慕レ風継レ塵。移二

(1)日本書紀の、王仁が仁徳天皇に献じた、「難波津に咲くやこの花冬ごもり今は春べと咲くやこの花」の歌。
(2)和歌のこと。もとは詩の数え方。
(3)日本霊異記・拾遺集などの、飢え人に身をやつした聖人(文殊菩薩の化身の達磨《だるま》と言う)が聖徳太子の慈悲に感じて詠んだ、「斑鳩《いかるが》や富緒川《とみのをがは》の絶えばこそ我が大君の御名《みな》を忘れめ」の歌を言う。
(4)文選・序の「耳ニ入ル之娯為《たのしみたり》」「目ヲ悦バシムル之玩為《もてあそびたり》」による。
(5)天武天皇第三皇子。懐風藻に四首の詩、万葉集に四首の歌を残す。大友皇子や川島皇子の方が詩人としては古いが、日本書紀に、「詩賦ノ興《おこり》、大津ヨリ始マルナリ」とあるのによる。

らず生じてきて、もとの流れもしだいに複雑になった。言うなれば、雲を払うほどの大木でも塵のような小さな苗木から生育し、大空の姿を映すほどの大波でも一しずくの露からわき起こるようなものである。かの王仁《わに》が難波津《なにわづ》の歌を仁徳《にんとく》天皇に献上し、飢え人が富緒川《とみのおがわ》の歌を聖徳太子に奉ったというようなことについては、事が神秘的なものにかかわって内容も奥深くわかりにくい。けれども、一般的に上古の歌を見ると、多くは古風で質朴な語を残している。まだ見聞きして楽しみを与えるというようなものではなく、ひたすら教化のために一端を担っているだけだ。古代の天皇は、よい時節や美しい景色につけて、宴席に侍っている臣下に命じて、和歌を献上させなさる。この歌によって、君臣の交情もうかがい知られ、臣下の賢愚のほども見分けられたのである。和歌は臣民の希望に応じ、人材を抜擢《ばってき》する手段であったわけである。

（6）文選・序に、「詞人才子」とある。

〔和歌の衰微〕

大津皇子《おおつのみこ》が初めて中国風の詩賦を作ってから、詩人や才学のある人

彼漢家之字一。化二我日域之俗一。民業一改。和歌漸衰。然猶有二先師柿本大夫(1)者一。高振二神妙之思一。独二歩古今之間一。有二山辺(2)赤人者一。並和歌仙也。其余業二和歌一者。綿々不レ絶。及下彼時変二澆漓一。人貴中奢淫上。浮詞雲興。艶流泉涌。其実(3)皆落。其花孤栄。至レ有下好色之家。以レ之為二花鳥之使一。乞食(4)之客。以レ之為中活計之媒上。故半為二婦人之右一。難(5)レ進二丈夫之前一。

大津皇子の初めて詩賦を作りしより、詞人才子、風を慕ひ塵に継ぐ。かの漢家の字を移して、我が日域の俗と化す。民業一たび改りて、和歌漸《やうや》く衰へたり。然《しか》れども、なほ先師柿本大夫といふ者あり、高く神妙の思ひを振ひ、古今の間に独歩せり。山辺赤人といふ者あり。並びて和歌の仙《ひじり》なり。其《そ》の余《よ》、和歌を業とする者、綿々として絶えず。彼《か》の、時澆漓《げうり》に変じ、人奢淫《しやいん》を貴ぶに及びて、浮詞雲と興《おこ》り、艶流泉と涌く。其の実皆落ち、其の花孤《ひと》り栄ゆ。好色の家には、之《これ》を以《も》ちて花鳥の使となし、乞食《きつしよく》の客《かく》は、之を以ちて活計の媒《なかだち》となすことあるに至る。故に、半ばは婦人《たわやめ》の右《たすけ》となり、丈夫《ますらを》の前に進めがたし。

(1)四位五位の者を言うが、ここは官人の尊称。
(2)万葉集は山部だが、平安時代は山辺が多い。
(3)和歌の内容と表現を、植物の花実によそえた。
(4)遊芸の人。托鉢《たくはつ》して歩く僧尼とする説もある。
(5)和歌が恋愛や芸能など私的な場に追いやられて、宮廷文学としての公的な場では顧みられなくなったことを言う。

はその作風を慕い後塵を拝そうとした。かの中国の文学を移入して、日本の風俗に変えてしまった。これによって国民の営みはすっかり改まり、和歌はしだいに衰退していった。

だが、それでも先師の柿本人麿という人がいた。高らかに神のようにすぐれた歌をよみ、古今に並ぶ者がなかった。また、山部赤人という人がいた。人麿と並んで和歌の仙《ひじり》であった。その他にも和歌の詠作を務めとする人が綿々として絶えることがなかった。やがて時代が軽薄になり、人々が派手さを好むようになって、うわべばかりの詞《ことば》が雲のように広がり、華やかなだけの調べが泉のように湧き溢れた。和歌の実が皆落ち尽くして花ばかりが咲き栄えた。このような和歌をもって、色好みの家では花鳥につけての恋の媒《なかだ》ちとし、門付けをする人は生活の手段とするようになった。そのために、和歌は大方は婦女子のためのものとなり、しっかりとした男子の前には持ち出しにくくなってしまった。

近代存二古風一者。纔二三人(1)。然長短不レ同。論以可レ辨。花山(2)僧正。尤得二歌体一。然其詞花而少レ実。如三図画好女徒動二人情一。(3)在原中将之歌。其情有レ余。其詞不レ足。如下萎花雖レ少二彩色一。而有中薫香上。(4)文琳巧詠レ物。然其体近レ俗。如三賈人之著二鮮衣一。宇治山僧喜撰。其詞花(5)麗。而首尾停滞。如下望二秋月一遇中暁雲上。小野小町之歌。古衣通姫之流也。然艶而無二気力一。如三病婦之著二花粉一。大友黒主之歌。(6)古(ママ)猿丸大夫之次也。頗有二逸興一。而体甚鄙。如三田夫之息二花前一也。

近代、古風を存する者、纔《わづ》かに二三人なり。然れども、長短同じからず、論じて以ちて辨《わきま》ふべし。花山の僧正は尤《もつと》も歌の体を得たり。然れども、其の詞花《ことば》にして、実《み》少し、図画の好女の徒《いたづ》らに人の情を動かすがごとし。在原の中将の歌は、其の情《こころ》余りありて、其の詞足らず。萎《しぼ》める花の彩色少しといへども薫香あるがごとし。文琳は巧みに物を詠ず。然れども、其の体俗に近し。賈人《あきひと》の鮮かなる衣を著《き》たるがごとし。宇治山の僧喜撰は、其の詞花麗にして首尾停滞せり。秋の月を望むに暁の雲に遇へるが如し。小野小町の歌は、古《いにしへ》の衣通姫《そとほりひめ》の流なり。然れども、艶にして気力無し。病める婦《をんな》の花粉を著《つ》けたるがごとし。

(1) 六人。
(2) 僧正遍照。京都市山科区花山にあった元慶寺に住んでいた。
(3) 在原業平。元慶元年(八七七)右衛門権中将になった。
(4) 文屋康秀。中国風な呼び方。
(5) 華麗。
(6) 奈良時代にいたという伝説的な歌人で、伝未詳。三十六歌仙の一人だが、猿丸大夫集は古歌を集成したもの。

〔六歌仙〕

近代になって昔のよい歌風を伝えている人は、わずかに六人だけである。ところがその六人でさえ長所短所がまちまちである。そこで論じてそれぞれの歌風を明らかにしてみよう。僧正遍照はもっとも歌のさまが整っている。だが、その表現は華やか過ぎて真実味が乏しい。絵に描かれた美人がむなしく人の心を刺激するようなものである。在原業平の歌は心情が有り余って、表現が及ばない。しおれた花が色あせているのに、まだ芳香が残っているようなものである。文屋康秀は上手に物を歌に詠むが、歌のさまは俗っぽい。商人が色あざやかな衣服を着たようなものである。宇治山の喜撰法師は表現が華やかで美しいが、首尾が一貫しない。秋の月を眺めているうちに、明け方の雲に出逢って隠されてしまったようなものである。小野小町の歌は昔の衣通姫《そとおりひめ》の流派に属するが、なよなよとして気力がない。病気の女性が白粉《おしろい》を付けているようなものである。大伴黒主の歌は昔の猿丸大夫の系列に入る。なかなか軽妙な面白さもあるが、歌のさまはたいへん卑俗である。農夫が花の前で休息しているようなものである。

大友黒主の歌は、古の猿丸大夫の次《つぎて》なり。頗《すこぶ》る逸興あれども、体甚だ鄙《いや》し。田夫の花の前に息《いこ》へるがごとし。

此外氏姓流聞者。不レ可二勝数一。其大底皆以レ艶為レ基。不レ知二和歌之趣一者也。俗人争事二栄利一。不レ用レ詠二和歌一。悲哉悲哉。雖下貴兼二(1)相将一。富余中金銭上。而骨未レ腐二於土中一。名先滅二於世上一。適為二後世一被レ知者。唯和歌之人而已。何者。語近二人耳一。義慣二神明一也。

此の外、氏姓流れ聞ゆる者、勝《あ》げて数ふべからず。其の大底《おほむね》は皆艶なるを以ちて基となし、和歌の趣きを知らざる者なり。俗人争ひて、栄利を事とし、和歌を詠ずるを用ゐず。悲しきかな、悲しきかな。貴きことは相将を兼ね、富めることは金銭を余すといへども、骨いまだ土中に腐《く》ちざるに、名は先だちて世上に滅す。適《たまたま》後世のために知らるるは、唯《ただ》和歌の人のみ。何《いか》にとなれば、語《ことば》は人の耳に近く、義《こころ》は神明に慣へばなり。

昔(2)平城天子詔二侍臣一。令レ撰二万葉集一。(3)自レ爾以来。時歴二(4)十代一。

(1)大臣と大将。
(2)平城天皇。この天皇の御代に万葉集が勅撰集として編纂されたと考えられていた。
(3)文選・序の「姫漢《きかん》ヨリ以来、……時ハ七代ヲ更ヘ、数ハ千祀ヲ逾《こ》エタリ」による。
(4)平城・嵯峨・淳和・仁明・文徳・清和・陽成・光孝・宇多・醍醐天皇の十代。

〔和歌の意義〕

このほかに名前が伝えられている歌人は数えあげられないほど多い。だが、その多くの人は皆表面的な華やかさをもって基本と考え、和歌のあるべき姿を知らない人ばかりである。だいたい俗人は競って栄達や利益ばかりに関心を持って、和歌を詠むことを心がけない。まことに悲しいことだ。身分においては大臣と大将を兼ね、財産としては有り余るような金銭を持っていると言っても、いったん死んでしまえば、その埋葬された骨がまだ腐ってしまわないうちから、そんな名声はもう早々とこの世から消えてしまうのである。偶然に後世に名前が知られる人は、ただ和歌を詠んだ人だけである。なぜならば、和歌の言葉は耳に親しみやすいものであるし、和歌の心は神の意向にかなうものだからである。

〔古今集の撰進〕

かつて、平城天皇は臣下に命じて「万葉集」を撰進させなさった。それから今日まで、天皇の御代は十代、年数は百年を経過した。その

数過二百年(1)一。其後和歌。弃不レ被二採一。雖下風流如二野宰相(2)一。軽情如中在(3)納言上。而皆以二他才一聞。不下以二斯道一顕上。

昔、平城の天子、侍臣に詔《みことのり》して万葉集を撰ばしむ。それより以《この》来《かた》、時は十代を歴《へ》、数は百年を過ぐ。其の後、和歌は棄《す》てて採られず。風流は野宰相の如く、軽情は在納言の如しといへども、皆他の才を以ちて聞え、斯《こ》の道を以ちて顕《あら》はれず。

伏惟、陛下御宇。于(4)レ今九載。仁流二秋(5)津洲之外一。恵茂二筑(6)波山之陰一。淵(7)変為レ瀬之声。寂々閉レ口。砂(8)長為レ巌之頌。洋々満レ耳。思レ継二既絶之風一。欲レ興二久廃之道一。爰詔二大内記紀友則。御書所預紀貫之。前甲斐少目凡河内躬恒。右衛門府生壬生忠峯(ママ)等一。各献二家集。并古来旧歌一。曰二続(9)万葉集一。於レ是重有レ詔。部二類所レ奉之歌一。勅(10)為二二十巻一。名曰二古今和歌集一。

伏して惟《おも》ひみるに、陛下の御宇《あめのしたしろしめすこと》、今に九載なり。仁は秋津《あきつ》洲《しま》の外に流れ、恵は筑波山の陰よりも茂し。淵変じて瀬となるの声、寂々《じやくじやく》として口を閉ぢ、砂長《いさご》じて巌となるの頌《しよう》、洋々として耳に満て

(1)平城天皇即位の大同元年（八〇六）から、古今集撰進の醍醐天皇の延喜五年（九〇五）まではちょうど百年。
(2)小野篁。承和十四年（八四七）宰相（参議）になった。
(3)在原行平。元慶六年（八八二）中納言になった。
(4)醍醐天皇の即位した寛平九年（八九七）から延喜五年（九〇五）まで九年間。
(5)日本の古名。
(6)一〇九五の歌による。
(7)九三三の歌による。
(8)三四三の歌による。
(9)二度下命があって、最初の形態のものが「続万葉集」と呼ばれたことは、真名序のみの記述。
(10)現在の「古今集」の形態に相当する。

後、和歌は見捨てられて顧みられなかった。風流では小野篁のような人、超俗では在原行平のような人がいるが、いずれも他の才学をもって評判になったのであって、和歌の道によって著名になったのではなかった。

おそれ多くも思いめぐらしてみると、今年は今上陛下の御代になってから九年目である。帝《みかど》の御仁徳は日本の国外にまで及び、御恩恵は筑波山の木陰よりも厚い。飛鳥川の淵瀬に無常の世を嘆く声はひっそりと途絶えて、さざれ石が巌となるまでの長久をことほぐ歌ばかりが、溢れるばかりに耳にいっぱい聞えてくる。そこで、帝はすでに絶えてしまった歌を詠む風習を受け継ごうとお思いになり、長らくすたれていた和歌の道を再興されようとお望みになった。

こうして、大内記《だいないき》紀友則、御書所預《ごしょのところのあずかり》紀貫之、前甲斐少目《さきのかいのしょうかん》凡河内躬恒、右衛門府生《うえもんのふしょう》壬生忠岑らに詔勅を下して、それぞれの家の集と昔から伝えられている古歌とを献上させ、これを「続万葉集」と命名

り。既に絶えにし風を継がむことを思《おぼ》し、久しく廃《すた》れたる道を興さんことを欲《おぼ》す。爰《ここ》に、大内記紀友則、御書所預紀貫之、前甲斐少目凡河内躬恒、右衛門府生壬生忠峯等に詔《みことのり》して、各《おのおの》の家の集幷びに古来の旧歌を献ぜしめ、続万葉集と曰《い》ふ。是《ここ》に於《お》いて、重ねて詔有り。奉る所の歌を部類して、勒《ろく》して二十巻となし、名づけて古今和歌集と曰ふ。

臣等詞(1)少二春花(2)之艶一。名竊二秋(3)夜之長一。況乎進恐二時俗之嘲一。退慙二才芸之拙一。適遇二和歌之中興一。以楽二吾(4)道之再昌一。嗟呼(5)人麿既没。和歌不レ在レ斯哉。于レ時延喜五年歳次乙丑四月十(6)八日。臣貫之等謹序。

臣等、詞は春の花の艶少く、名は秋の夜の長きを竊《ぬす》めり。況《いはむ》や、進みては時俗の嘲《あざけり》を恐れ、退きては才芸の拙《つたな》きを慙《は》づ。適《たまたま》和歌の中興に遇《あ》ひて、以《も》ちて吾が道の再び昌《さか》りなることを楽しむ。嗟呼《ああ》、人麿既に没したれども、和歌斯《ここ》に在らずや。時に延喜五年、歳の乙丑《きのとうし》に次《やど》る四月十八日、臣貫之等謹みて序す。

(1)撰者たちの和歌。
(2)「艶」の序で、「秋夜」に対する。
(3)「長」の序。
(4)歌道意識の萌芽が見られる。
(5)論語・子罕《しかん》篇の「文王既ニ没シタレドモ文斯《ここ》ニ在ラズヤ」による。
(6)十五日とする本文も多い。

した。ここで、再び詔勅を下して、献上した和歌を部類分けして二十巻に編集し、「古今和歌集」と命名した。

〔和歌の再興〕

私たち撰者は、作歌においては春の花の美しさに及ばないのに、名誉ばかりは秋の夜の長さをむさぼっている。そのうえ、人前に出ては世間の嘲笑を恐れ、我が身を顧みては学才の乏しさを恥じているのである。だが、思いがけず和歌の再興の時に出逢って我が志す和歌の道がまたも盛んになったことを嬉しく思っている。ああ、人麿はすでに世を去ったが、和歌はここにしっかりとしてあるではないか。時に延喜五年乙丑四月十八日、臣貫之ら謹んで序を記す。

校訂付記

本書は天和二年（一六八二）刊の北村季吟の『八代集抄』の『古今集』を底本とし、西下経一・滝沢貞夫氏編の『古今集校本』（昭和五二年、笠間書院）などを参照して校訂を施した。改訂した部分について、頁、行または歌番号、改訂本文、底本本文の順に掲げた。

二四頁9行　寝にける―寝にけり
二六頁5行　聞えたる人は―聞ゆる人は
三三頁3行　古き歌―歌
三三頁9行　浜の真砂の―浜の真砂
三四頁1行　同じく生まれて―生まれて
一一四詞書　歌合せむと―歌合せむとて
一一八詞書　歌合の時によめる―歌合の歌
一六二詞書　聞きてよめる―聞きて
二一八作者　藤原敏行朝臣―ナシ
二七二詞書　吹上の浜の形に―吹上の浜に
三〇七　穂にも出でぬ―穂に出でぬ
三一一　もみぢ葉流す―もみぢ葉流る
三五一　過ぐす―過ぐる
四〇六左注　出で立ちけるに―出でたりけるに
〃　さし出でたりけるを―出でたりけるを
四一一詞書　日暮れぬ―暮れぬ
四二九作者　深養父―ナシ
四五七　波の雫を―さをの雫を
五〇〇　下燃えを―下燃えに
五四〇　片恋は―片恋に
五四五　夕されば―夕暮は
五九八　振り出でつつ―振り出でて
七四七詞書　本意にはあらで―本意にあらで
七七六　植ゑていにし―植ゑていねし
八四二　おくての山田―おくての稲葉
八五三詞書　まうで来ける―来ける
八六二詞書　まかりけるを―まかりける
八六九　深き心に―深き心は
九〇〇詞書　住み侍りける時に―住み侍りけるに
九〇七　万代かねて―よろづかねて
九一八　行けど―行けば
九二四　取る人も―取る人の
九三三　瀬になる―瀬となる
九四四　わびしき―さびしき

九六五　思はずもがな―歎かずもがな
九七三左注　男訪はずなりにければ―訪はずなりにければ
〃　まかりて―まかり
九七五詞書　題知らず―ナシ
九九二　入りにけむ―とめてけむ
九九四左注　住みわたりけり―住みわたりける
〃　なりゆく間に―なりゆく間
九九六　時偲べとぞ―時偲べとか
一〇〇二詞書　奉りし時の―奉りし時
一〇〇二　別るる涙―別る涙
一〇〇三　塵に継げとや―塵に継げとか
〃　いにしへに薬けがせる―ナシ
一〇三〇　心焼けをり―心焼けけり
一〇七三　島漕ぎ隠る―島漕ぎかへる
三一八頁2行　上古歌―上古之歌
三一四頁4行　和歌―歌
三一四頁5行　於土中―土中
三一六頁1行　不被採―不被採用

なお、助動詞の「む」「らむ」「けむ」、助詞の「なむ」の「む（ん）」は、すべて「む」に統一した。

補注

一 万葉集・巻二十・四四八八―九〇は年内立春の歌。四四八八「み雪降る冬は今日のみ鶯の鳴かむ春べは明日にしあるらし」など。「立春在十二月二十六日」「元年立春十二月十九日」と題する菅原道真の詩もある。

六 「見らむ」は、「見るらむ」の約。

八 「春宮」は皇太子で、中国では春を東にあてるので、「春宮」「東宮」両様に書く。「御息所」は天皇や皇太子の妃で、皇子を生んでから言うことが多い。藤原高子が生んだ陽成天皇が春宮であったのは、貞観十一年（八六九）二月より十八年十一月まで。

一四 谷より出る鶯は、詩経・伐木「伐木丁々《とうとう》タリ、鳥鳴嚶々《おうおう》タリ、幽谷ヨリ出デテ喬木ニ遷ル」による。

一八 「飛火」は危急を知らせる烽火《のろし》。和銅五年（七一二）正月、春日野にも烽火をあげる設備が置かれ、「飛火野」と呼ばれた。「若菜」は食用にする野草で、正月に芽生えたばかりのものを食べると、その生命力にあやかって、健康でその一年を過ごすことができると考えられていた。やがて七草粥の行事となる。

二四 「ひとしほ」は、染料の中に一度浸して染めること。

二五 「我が背子が衣張る」が「春雨」を導く掛詞的序詞。序詞の部分も有意で、夫の衣服の世話をする若妻と新緑萌える野辺と、人事自然一体となって春の喜びをうたい上げている。

二六 「青柳」が芽ぶいて風になびくさまを片糸を縒《よ》って懸けるのに見立てて、「より」「かくる」「はる」「みだれ」「ほころび」はみな「糸」の縁語。「花」が咲くのを衣の縫い目がほころびるのによそえる。糸を「よる」と「ほころぶ」の対照の妙。

二七 西寺。左京の東寺に対して、朱雀大路を挟んで、九条大路に面し、右京に建てられていた寺。現存せず、遺跡がある。

二八 「百千鳥」は古今伝授の三鳥の一つで、古くは鳥の名と考えられていた。

二九　「呼子鳥」も三鳥の一つで、郭公《かっこう》などと言われるが、未詳。

四二　「初瀬」は長谷寺で、奈良県桜井市初瀬にあり、石山寺と並んで観音信仰の対象として平安貴族に人気があった社寺の一つ。

四四　「散りかかる」に「塵かかる」を掛ける。水面に散る花を鏡が曇るのに見立てた。

五二　藤原明子は良房の娘で、文徳天皇の中宮、清和天皇（惟仁親王）の生母。染殿は良房の邸宅。清和天皇は嘉祥三年（八五〇）立太子、天安二年（八五八）即位し、良房は後に人臣初の摂政となったが、この歌の詠歌時は五十代か。

五三　「渚院」は惟喬親王《これたかのみこ》の別邸。大阪府枚方市《ひらかた》渚《なぎさ》にあった。伊勢物語・八十二段、土佐日記・承平五年（九三五）二月九日条などに見える。

五六　「春の錦」は、劉後村・鶯梭「洛陽三月春錦ノ如シ」など。「秋の錦」である紅葉とも対比される。

六一　陰暦では太陽の運行とのずれを修正するために閏月を設けた。これは延喜四年（九〇四）のものか。

七五　「雲林院」は京都市北区紫野の大徳寺の辺にあった天台宗の寺院。仁明天皇皇子の常康親王が住み、その死後、遍照が管理した。花の名所であった。

七九　元永本など、作者を清原深養父とする伝本も多い。

八一　「春宮」は醍醐天皇の皇子保明親王。延長元年（九二三）二十一歳で薨。→三六四補。「雅院」は春宮の御座所。儀式に用いるが、平常は学問所。

八五　「春宮の帯刀の陣」は、春宮御所の警護の武官の詰所。春宮は→八一補。

八七　「比叡」は比叡山。天台宗の総本山、伝教大師が開いた延暦寺がある。

九三　「春の色」は漢語の「春色」の翻訳語と言われる。花の早遅や有無を面白く言ったもの。

九四　万葉集・巻一・一八・額田王「三輪山をしかも隠すか雲だにも心あらなも隠さふべしや」の一・二句を取り、花を隠す霞の類型的発想を巧みに用いたもの。

九五　「北山」は衣笠山東麓の現在の金閣寺の辺の地。雲林院に行く途中に立ち寄ったのであろう。

「花の陰」は雲林院をよそえたものだから、雲林院を意識の中に含めている。常康親王は七八一の作者。

一一五 「志賀の山越え」は、京都の北白川から滋賀県の大津市北部へ抜ける山越えの道。志賀寺（崇福寺）参詣などによく利用された。

一一六 万葉集・巻八・一四二四・山部赤人「春の野にすみれ摘みにと来し我ぞ野をなつかしみ一夜寝にける」や古今集・三四九を踏まえたものと言う。

一一九 「志賀」は志賀寺（崇福寺）。天智天皇の勅願寺で、大津市南志賀にあり、平安時代には隆盛していた。「花山」は花山寺（元慶寺）。清和天皇の勅願により貞観十年（八六八）建立し、遍照が住持していた。京都市山科区花山にある。

一二七 年月の経過を弓で矢を射るにたとえることは、文選・陸子衡「年ノ往クコト勁矢ヨリモ迅シ」、千字文・周興嗣「年ノ矢毎《つね》ニ催ス」など。

一三五 「藤」は春の景物だが、「時鳥」との結び付きで夏の巻頭に置かれている。なお、八代集では、拾遺集だけが「藤」を夏の景物にしている。藤と時鳥の配合は、万葉集によく見られる類型。巻十・一九四四、一九九一、巻十七・三九九三、巻十八・四〇四二、四〇四三、巻十九・四一九二、四一九三、四二〇七、四二一〇など。藤の花を波に見立てた「藤波」も万葉集以来の歌語。「時鳥」が四月は山にいて忍び鳴き、五月になると里近く飛んで来て木高く鳴くという時節意識は、すでに万葉集で「時鳥来鳴く五月」という類型が巻三・四二三、巻十・一九八一、巻十七・三九九六、三九九七、巻十八・四一〇一、四一一一、四一一六、巻十九・四一六九などに見えるが、一方、四月立夏に来て鳴くという類型もあり、巻十七・三九八四左注「霍公鳥《ほととぎす》は立夏の日に来鳴くこと必定す」、巻十八・四〇六六―四〇六九、巻十九・四一六六「木の暗《くれ》の四月し立てば夜隠《よごも》りに鳴く時鳥」などに見られる。この歌も立夏の時鳥だろう。

一三九 「花橘」と「時鳥」との配合は万葉集から、巻八・一四七三、一四八一、一四八三、一四八六、一四九三、一五〇七、一五〇九、巻九・一七五五、巻十・一九五〇、一九五四、一九五八、一九六八、一九七八、一九八〇、巻十七・三九〇九、三九一二、三九一六、三九一八、三九八四、巻十八・四〇九二、四一〇一、四一一一、四一六六、四一六

九、四一七二、四一八〇、巻十九・四一八九、四二〇七など例が多い。この歌でも、時鳥と花橘とを男女に見立ててよそえたものと解せるし、また、「時鳥」そのものにも懐旧の印象がある。

一四四 「石上寺」は素性が住持していた良因院。奈良県天理市布留町の石上神宮辺にあった。「石の上」は布留に掛けて「古き」の枕詞。「古き都」は平城京か。

一四五 時鳥の鳴き声は思慕や憂愁の情をかき立てつのらせるもの。

一四六 時鳥の鳴き声は懐旧の情を催すもの。

一四八 「時は」を「常盤山」に掛ける。「韓紅」は舶来の紅で、鮮やかな紅色。染める時に布を振り動かすことから、「ふり出で」の序詞。時鳥は鳴いて血を吐くと言われる。

一五三 雨と時鳥との結び付きは、万葉集では、巻八・一四九一、巻九・一七五六、巻十・一九六三、一九七七などかなり多い。

一五八 「夏山入り」は仏道修行のために山籠りすることで、夏安居《げあんご》という。

一六二 万葉集・巻二十・四四六四・大伴家持「時鳥かけつつ君がまつ陰に紐解き放《さ》くる月近づきぬ」という例がある。「松」と「時鳥」との配合は、巻十・一九三七、巻十九・四一七七にも。

一六四 「卯の花の」が「憂き」の序詞の例が、万葉集・巻十・一九八八「鶯の通ふ垣根の卯の花の憂きことあれや君が来まさぬ」に見られる。「時鳥」と「卯の花」との配合は、万葉集に巻八・一四七二、一四七七、一四八二、一四九一、一五〇一、巻九・一七五五、巻十・一九四二、一九四五、一九五三、一九五七、一九六三、一九七六、巻十七・三九七八、三九九三、四〇〇八、巻十八・四〇六六、四〇八九、四〇九一など例が多い。

一六五 法華経・涌出品「世間ノ法ニ染マラザルコト、蓮花ノ水ニ在ルガ如シ」による。

一六七 万葉集ではすべて「なでしこ」で、愛する女性によそえることが多い。秋の七草に数えられるが、夏にも多く詠まれている。古今集では他に二四四、六九五で、いずれも「やまとなでしこ」。

一八〇 「かす」は、供えるの意。手芸の上達を祈って針や糸を供える乞巧奠《きこうでん》（七夕祭）の風習を詠んだもの。「年の緒」は「年」に同じで、「うちはへて」と共に「糸」の縁語。

一八五 「大方」は「我が身」に対する。自分の悲しさは誰もが感じる秋の悲しさではなくて格別なものだというのである。この歌は句題和歌に見え、白氏文集の「秋来リテ只此ノ身ノ哀シキヲ識ル」の翻案という。

一九〇「さへ」は、……までも。諸説あるが、ふだんの夜ならばともかく、こんなすばらしい月夜は、むなしく寝て過ごしてしまう人までが残念に思われる、という解による。

一九三 この歌は白氏文集の「燕子楼中霜月ノ色秋来リテ只一人ノ為ニ長シ」の翻案という。

一九四 万葉集・巻十・二二〇二「黄葉する時になるらし月人の楓《かつら》の枝の色づく見れば」と類想の歌がある。

二〇〇「君しのぶ」に「しのぶ草」を掛ける。「やつるる」は、故里が荒廃するに、自分がやつれる意を重ねる。「故里」はここでは見捨てられた土地で、人から忘れさられた身の上をよそえる。「松虫」は「待つ」を掛け、二〇一・二〇二・二〇三も同じ。

二〇八「稲負鳥」は、秋の田にいる鳥らしいが、実体は未詳。古今伝授の三鳥の一つ。→二八、二九。

二一二「ほにあげて」は、声を高く張り上げての意で、「舟」の縁語の「帆」を張り上げてを掛ける。空を海に見立てて、「舟」に「雁」をよそえる。雁の鳴き声を舟の櫓の音によそえたのは、白氏文集の「秋雁櫓声来タル」によるという。

二一四「山里」は、いつもわびしい所。→三一五補。

二一五 この「もみぢ」は、歌の配列から、萩の下葉の黄葉という。

二一六「萩」は「鹿」の妻とされる。万葉集・巻八・一五四一「我が丘にさ雄鹿来鳴く初萩の花妻問ひに来鳴くさ雄鹿」など。

二二六「女郎花」はその名から若く美しい女性を連想するので、折り取ったことを、僧侶の身でありながら女性に近付いて堕落したと戯れて詠んだもの。

二四二「ほに出づ」は、すすきの穂が出る意に、表面に現れる意を掛ける。

二四三「秋の野の草」を衣服に見立てて、「花すすき」を「袂」「袖」によそえ、風になびくのを人を「招く」姿と見る。

二五六　「石山寺」は滋賀県大津市石山の、聖武天皇の勅願により良弁僧正が開基した真言宗の寺。

二六一　「笠取の山」は「笠取り」を掛けて、笠を手に取り持つ印象がある。二六三も同じ。

二六二　「ちはやぶる」は「神」の枕詞。

二六三　「雨降れば」は「笠取山」の枕詞とする説があるが、いずれにしても実景的。

二六五　「秋霧」は「佐保山」の景物。紅葉を隠す霧は花を隠す霞と同類の発想で、しばしば見られる類型。

二六六　「柞」は黄葉する落葉高木で、ナラともコナラともいう。「佐保山」の景物。

二六八　「植う」の畳語による強調。

二六九　「寛平」は宇多朝の年号で、八八九―八九八年。敏行は寛平年間は権中将蔵人頭ですでに殿上人であり、左注は歌才を示すための説話化。

二七〇　「久方の」は「雲」の枕詞。「天つ星」は「菊」の見立てで、「雲」の縁語。

二七〇　菊の露を飲むと長寿になるという、中国河南省の内郷《ないきょう》県菊水にまつわる故事を踏まえたもの。

二七二　「洲浜」は砂浜をかたどった台に自然の景物をあしらった、箱庭や島台のような飾り物。「吹上」に「吹き上げ」を掛ける。「波」と「花」との見立て。

二七七　「霜」と「菊」の色のまぎれを詠んだもの。

二七八　当時は霜にあたって変色しかけた「菊」の美しさを「移ろひ盛り」（伊勢物語・八十一段）と言ってもてはやした。二七九・二八〇も同じ。

二七九　「仁和寺」は京都市右京区御室にあり、仁和四年（八八八）宇多天皇が創建、退位落飾後延喜四年（九〇四）より移居していた。「菊」に法皇をよそえて賀の意を表現している。

二八二　関雄は禅林寺（京都市左京区永観堂）に籠居していた。「岩垣もみぢ」は諸説あるが、未詳。岩が切り立って垣のようになっている所にある紅葉という説による。関雄をよそえる。「日の光」は天皇の恩寵をよそえる。

二九一　万葉集・巻八・一五一二「経《たて》もなく緯《ぬき》も定めずをとめらが織れる黄葉《もみぢ》に霜な降りそね」、懐風藻・大津皇子・述志「天紙風筆雲鶴ヲ画キ、山《さん》機《き》霜杼葉錦《さうちよえふきん》ヲ織《お》ラム」などの類例がある。

二九七　「北山」は、京都市北区衣笠山の辺。「夜の錦」は、史記・項羽本紀「富貴ニシテ故郷ニ帰ラザルハ、繡ヲ衣《き》テ夜行クガ如シ」による。

二九八「龍田姫」は龍田大社の祭神で、秋の神とされた。「手向く」は道祖神に旅の安全を願って幣などを供える。「幣」は神に捧げるために絹などを細かく切ったもの。紅葉の見立て。

二九九「小野」は、京都市左京区、修学院から八瀬・大原にかけての辺。→九四五・九七〇

三〇五「亭子院」は、宇多天皇が退位落飾後住まわれた御所。

三〇八「秋果て」と「飽き果て」を掛ける。

三一四「時雨」は古今集では秋と冬の両方に見られる。神無月の例は、二五三、八四〇、九九七、一〇〇二、一〇〇五、一〇一〇。秋の例は、二六〇、二八四、三九八、七六三、八二〇、一〇〇三、一〇〇六。七八二は季節不明。

三一五「山里」は顧みる人もないさびしい所。また、隠遁閑居の場所。

三四〇 論語・子罕篇「歳寒クシテ然ル後ニ松柏之凋ムニ後ルルコトヲ知ル」による。

三四三 和漢朗詠集は「君が代は」。この形が一般に流布していって、国歌となった。二句「千代にましませ」の形が古本にかなり見られる。西陽雑俎に、水中より拾ってきた石を仏殿に長年置いておいたら大きな岩になったとある。長久の時間を表現する「苔むすまで」は、万葉集にも巻二・二二八、巻三・二五九、巻十一・二七五〇、巻十三・三二二七、三二二八など例が多い。

三四七 遍照の七十賀は仁和元年（八八五）十二月十八日に催された（日本三代実録）。この年、光孝天皇は五十六歳。長寿の祝は算賀と言い、四十歳から十年ごとに行われた。

三四八 光孝天皇が即位されたのは元慶八年（八八四）。「杖」は長寿を祝って贈ったもので、竹製のものが多かったが、これは銀製。「八十ニシテ朝ニ杖ツク」（礼記）とあり、「端ニ鳩鳥ヲ以テ飾ト為ス」（後漢書）とある。「おば」は「祖母《おば》」か「伯母《をば》」「叔母《をば》」か未詳。

三四九 藤原基経は貞観十七年（八七五）に四十歳。基経邸は五条堀河にあった。九条は別邸か。

三五〇 貞辰親王は、清和天皇第七皇子。「おば」は未詳。

三五一 貞保親王は、清和天皇第五皇子。高子は寛平三年（八九一）に五十歳。

三五二 本康親王は、仁明天皇第五皇子。七十賀が行なわれた年は未詳。延喜元年（九〇一）ごろと

も言われる。貫之は能書家で、自分で書いたのである。

三五五　藤原三善は、家系も伝記も未詳。「鶴」はここでは複合して「つるかめ」となっているが、単独では「たづ」（九一三、九一四、一〇七一）。「鶴亀」の寿命が千年というのは、白詩文集・淘潜ノ体ニ効フ詩「松柏ト鶴亀与《と》、其寿皆千年」など。時春は滋春の子。

三五六　日本三代実録・貞観十七年五月十九日条に、「従四位下行丹波守良岑朝臣経世卒ス」とある。「待つ」に「松」、完了の助動詞「つ」の連体形「つる」に「鶴」を掛ける。「鶴」に娘、「陰」に親の庇護をよそえる。

三五七　「尚侍」は内侍所の長官。ここでは、藤原定国の妹の満子で、延喜七年（九〇七）任。定国の四十の賀は延喜五年二月。三六三までが一連の四季屛風歌。この時の執筆者は素性で、素性の歌は最初の一首だけである。他の資料で作者名を補った。最初の歌二首は春の歌なので「春」を補った。当時は屛風歌の記述で冒頭の春を省略することがままある。

三六四　「春宮」は、醍醐天皇第一皇子の保明親王。母は、藤原基経の娘、穏子。親王は、延喜三年（九〇三）誕生、四年立太子、二三年薨。

三六八　千古は、伝未詳。「陸奥介」は、陸奥の国（現在の福島・宮城・岩手・青森県）の次官。国府は、宮城県多賀城市にあった。「たらちねの」は、「親」「母」の枕詞。

三六九　貞辰親王は、三五〇。清生は、藤原魚名流の従五位下大和守に至った人物か。「近江介」は、近江の国（滋賀県）の次官。「餞別《むまのはなむけ》」は、送別の宴。乗っていく馬の鼻先を旅立ちの方向に向けたことから。「近江」と「逢ふ身」を掛ける。「露けき」は、涙を暗示。

三七〇　「越《こし》」は、越前・加賀・能登・越中・越後の国（現在の福井・石川・富山・新潟県。北陸地方）の総称。「かへる山」と「帰る」を掛ける。「春霞」は、「立つ」の枕詞。情景も伴っている。

三七一　「白雲の」は、「立つ」の枕詞。はるか遠い所を暗示。

三七三　「東《あづま》」は、東海道・東山道諸国の総称。

三七四　「逢坂の関」は、「逢ふ」を連想。旅行く人をここまで送り迎えする慣習があった。

三七五　「唐衣」は「立つ」の枕詞。「朝露の」は

「置く」の枕詞。「消ぬ」はその縁語で、死ぬ意。

三七六 作者名を「うつく」「てう」「くら」などと読む説があり、「うつく」の他に「てう」「くら」を歌の中に詠みこんでいるという解もある。

三八三 「白山の」は、景物の「雪」に掛けて、「行き」の枕詞。

三八四 「音羽山」は、「音」から「時鳥」の鳴き声を連想。

三八五 後蔭は、一〇八の作者。「唐物使」は、外国船が筑紫（九州）に着いた時に貨物を検査するために京都から派遣された使者。「秋の別れ」は、秋における別れと共に、秋との別れをも意味する。

三八六 「立ち出づ」は、「秋霧の」「立つ」を掛け、「晴れぬ」は縁語。

三八七 源実は、三八八の作者。「山崎」は、京都府乙訓郡大山崎町。山城（京都府）と摂津（大阪府）との国境。淀川の船着場で、西国に行くにはここから船に乗る。

三八八 神奈備の森は、神の鎮座する森。山崎付近のもので、二五三とは別。

三九〇 惟岳は、長良の孫で、大宰少弐などになった人か。「武蔵介」は、武蔵の国（東京都、埼玉県、神奈川県の一部）の次官。「逢坂」は→三七四。

三九一 千古は、音人《おとんど》の子で、千里の弟。「越の白山」は「知らねども」を同音で序詞的に導く。→九八〇補。「雪」は白山の景物で、「雪の間に間に」と「行きのまにまに」を掛ける。→三八三補。

三九四 「雲林院」は→七五。常康親王は、七八一の作者。「舎利会」は、舎利（仏陀《ぶつだ》の遺骨）を供養する法会。円仁が創始。現在も比叡山では毎年五月八日に行なわれている。

四〇七 「隠岐国」は、島根県隠岐島。篁は遣唐副使に任じられたが、命に背き、承和五年（八三八）隠岐に流罪となり、難波（大阪市）より船出した。二年後には召還されている。

四〇八 「瓶の原」と「三日」、「鹿背山」と「貸せ」を掛けている。

四〇九 「ほのぼのと」は「明かし」に掛けて「明石」の実景的な枕詞。

四一〇 「八橋」は、愛知県知立市。湿地帯で多くの橋を架けたことからの名。「かきつばた」は、アヤメ科の多年生植物。沼地に群生し、紫または白の花を五月ごろ付ける。この歌は折句の歌で、各句の初めに「かきつばた」の五文字が詠み込まれる。↓四三九。「唐衣着つつ」は、「なれ」の序詞。「馴《な》れ」と「萎《な》れ」、「妻」と「褄《つま》」、「はるばる」と「張る」、「来」と「着」とを掛ける。「萎れ」「褄」「張る」「着」は「唐衣」の縁語。

四一五 片糸を縒《よ》り合わせて「糸」にする。「糸」は「心細し」に通じる。

四一六 「草枕」は、旅寝。草を結んで枕として野宿すること。「あまたたび」と「旅寝」を掛ける。

四一七 「但馬国」は、兵庫県北部。「湯」は、城崎《きのさき》温泉か。「餉《かれいひ》」は蒸した米を干し固めた、旅行などの携帯用食料。湯を加えてもどして食べる。転じて、旅行で食べる米飯すべてにいう。「夕月夜」は、夕方の月。「玉匣《たまくしげ》」は、美しい櫛箱の意で、「蓋《ふた》」「身《み》」が縁語となり、「二見《ふたみ》の浦」の枕詞となる。「玉匣」の縁語「開け」と夜が「明け」を掛ける。

四一八 惟喬親王は、七四・九四五の作者。地名の「天の川」から銀河の「天の川」を連想し、七夕伝説を趣向とし、「たなばたつめ」（織女星、織姫）を詠む。

四二〇 朱雀院は、宇多上皇。退位後に朱雀院を御所にした。この御幸は、昌泰元年（八九八）十月のこと。「手向山」は、旅行者が手向をする所。峠。奈良山、若草山などをあてる説もある。「幣」は、二九八・三七九など。

四二八 万葉集・巻十九・四一四〇・大伴家持「我が園《その》の李《すもも》の花か庭に散るはだれのいまだ残りたるかも」。

四三一 「をがたまの木」は、古今伝授の三木の一つ。↓四四五、四四九。モクレン科の常緑喬木。黄心樹《こうしんじゅ》。

四三三 「葵」「桂」は、賀茂神社の葵祭に「諸鬘《もろかづら》」として共に用いる。

四三四 「逢ふ日」に「葵」、「我がつらき」に「桂」を隠す。

四三七 「綜《ふ》」は、経糸《たていと》を機《はた》にかけて織れるようにすること。「糸をみな綜《へ》し」に「女郎花《をみなへし》」を隠す。

四三八 「野山をみな経知りぬる」に「女郎花」を隠す。

四三九 「をみなへし」を各句の初めに置いた折句の歌。↓四一〇。

四四五 「春宮の御息所」は↓八。「めど」は、「馬《め》道《だう》」説もあるが、「めどはぎ」（萩に似たマメ科の多年草）説によるべきか。古今伝授の三木の一つ。「削り花」は、木を削って花の形にした造花。「あらざめども」に「めど」を隠す。「木の実」に「この身」を言いかける。

四四九　「かはなぐさ」は、川菜《かわな》草《ぐさ》で、川に生える藻の一種というが、未詳。古今伝授の三木の一つ。「うばたまの」は、「夢」の枕詞。「何かは慰まむ」に「川菜《かはな》草《ぐさ》」を隠す。

四五一　「にがたけ」は、茸《きのこ》の一種か。宇津保物語・国譲下「にがたけなど調じて」。竹の一種とする説もある。「頼むにかたければ」に「にがたけ」を隠す。

四五二　「かはたけ」は、川竹（まだけ、めだけの異名という）か。後撰集・雑四・一二七三・よみ人知らず「移ろはぬ名に流れたる川竹のいづれの世にか秋を知るべき」。革茸《こうだけ》とも。「半ばたけゆく」に「かはたけ」を隠す。

四五六　「今朝からことに」に地名の「唐琴」を隠し、楽器の「唐琴」を連想。季節によって、音楽の調子が異なる。

四五七　「いかが咲き散る」に「伊加賀崎」を隠す。

四五八　「いつから先に」に「唐崎《からさき》」を隠す。

四五九　「沖から咲きて」に「唐崎」を隠す。

四六二　三句までは比喩的な序詞で、「行く方のなき」を導く。「行く方の」に「交野《かたの》」を隠す。

四六三　「桂の宮」は、六条の北、西洞院の西にあった宇多天皇皇女孚子《ふし》の御所ともいわれるが、未詳。「月の桂」は→一九四。「桂の実やは成る」に「桂の宮」を隠す。

四六四　「百和香」は、香の一種だが、未詳。「いくそばく我が憂し」に「百和香《はくわかう》」を隠す。

四六五　「墨流し」は、墨や絵具を水の上に流し、紙をその上に浮べて、水面にできた乱れ模様を染めたもの。「春霞中し」に「墨流し」を隠す。

四六六　「おき火」は、真っ赤におこった炭火。「涙川」は、流れる涙の比喩。→五一一、五二七、五七三、六一七、六一八。「沖干む」に「おき火」を隠す。

四六七　「粽《ちまき》」は、餅を笹などで巻き、藺草《いぐさ》でしばったもの。五月の節句に食べる。「後蒔《のちま》き」に「粽《ちまき》」を隠す。「田の実」に「頼み」を掛ける。

四六八　「は」「る」の沓冠《くつかむり》の歌。「花の中目に」に「ながめ」を隠す。

四七一　三句までが「速く」「早く」の掛詞的序詞。

吉野川の激流に激しい慕情を暗示。

四七三　「音羽山」は同音反復で「音」にかかる枕詞となっているが、逢坂山の西南に接し、「逢坂の関」にちなむ。「逢坂」は「逢ふ」を連想し、関を越えれば「近江」すなわち「逢ふ身」となる。

四七六　「ひをり」は、毎年五月六日に右近衛府の馬場で行なわれた騎射の試合。真手番《まてつがい》と呼ばれ、五月三日から左近の荒手番《あらてつがい》、真手番、右近の荒手番、真手番の順に行なわれ、最後の日にあたる。

四八一　「下簾」は、牛車の簾の内側に垂らす絹布の幕で、端は外に出る。

四八二　「初雁」は、同音反復で「はつか」にかかる枕詞で、恋の雰囲気があり、初々しい印象を表現する。「中空」は「初雁」の縁語。

四八三　「はるか」は、「逢ふことは」「雲居」の両方を受ける。「鳴神の」は「音」の枕詞で、「雲居はるかに鳴る」と上にもつながる。

四八四　三句まで「あは」の序詞。「玉の緒」は、「片糸」の縁語。

四八五　「雲のはたてに」は、たなびく旗手雲のように心乱れて、と解する説もある。

四八五　「刈菰の」は、「思ひ乱れて」の枕詞。

四八七　「木綿襷」は、神事を行なう時に袖をからげるのに用いた木綿《ゆう》の襷。

四九一　「あしひきの」は、「山下水」の枕詞。三句までが「たぎ」の序詞で、「木隠れて」で忍ぶ恋を暗示。「たぎ」「堰き」は「山下水」の縁語。

四九二　三句までが「音には立て」の序詞。

四九四　三句までが、「流れて」「泣かれて」の掛詞的な序詞。

四九五　「ときは（常盤）の山の岩つつじ」は、上には「思い出づる時は」の掛詞で続き、下には「岩」「言は」の同音反復の序詞として続く。

四九六　三、四句は「色」の序詞。「色」は、花の色と顔色の両意を重ねる。

五〇八　「ゆたのたゆたに」は、万葉集・巻七・一三五二「我が心ゆたにたゆたに浮薄辺《うきぬなはへ》にも沖にも寄りかつましじ」から出た表現。

五二二　「行く水に数書く」は、はかないことのたとえ。涅槃《ねはん》経に、「是ノ身ハ無常ナリ、念々住《とど》マラズ。猶《なほ》雷光ト暴水ト幻炎トノ如ク、亦《また》水ニ画クニ随ッテ画ケバ随ッテ合フガ如シ」に依ったもの。万葉集・巻十一・二四三三「水の上に数書くごとき我が命妹に逢はむと祈誓《うけひ》つるかも」。

五四六　白氏文集・暮立「大抵四時心物《す》べテ苦シ、就中《なかんづく》腸ノ断ツハ是レ秋天」、万葉集・巻十一・二三七三「何時《いつ》はしも恋ひぬ時とはあらねども夕かたまけて恋はすべなし」などの例がある。

五五六　「白玉」は、法華経・五百弟子受記品を踏まえたもの。ある人が自分の衣の袖の裏に無価の宝珠が付けられていたのを、教えられるまで気づかなかったという。

五六五　三句までが、「人に知られぬ」の序詞。

五六六　二句までが、「下消えに消えて」の序詞。

五六七　「澪標」は、「水脈《みを》つ串《くし》」で、水路を示すために海中に立てる標識。「身を尽し」を掛ける。

五六八　「玉の緒」は、玉を貫いた緒。短いことのたとえ。

五六九　夢に相手を見るのは、その人が自分を思っているからだと信じられていた。

五八一　「流るれ」と「泣かるれ」を掛ける。

五八七　三句までが「常よりことに増さる」の序詞。

五八八　「桜花」に大和の女性をよそえる。

五八九　「のたうび」は「のたまひ」の変化したもの。相手は身分の高い女性。

五九〇　「くらぶの山」に「比ぶ」を掛ける。

五九一　「流れ」に「泣かれ」を掛ける。

五九二　三句までが「浮き」の序詞。

五九三　三句までが「かけ」の序詞。

六〇四　三句まで「しげき」の序詞。「葦」は難波の景物。「芽も張る」に「目も遥《はる》」を掛ける。「しげき」に、葦の繁さと恋の繁さを掛ける。

六〇五　「白檀弓」は、檀の木で作った弓。恋する女性の比喩だが、三句までが「起き臥し」の序詞。「起き臥し」は、弓を起こしたり伏せたりする意から、弓の縁語にもなる。「寝《い》」に「射《い》」を掛け、やはり弓の縁語。

六〇六　「思ひ」と「火」、「歎き」と「投木《なげき》」（薪《たきぎ》にする雑木）を掛ける。

六〇七　「水無瀬川」は、地下で伏流となっていて、雨の降る時のほかは水のない川。

六二三　「海松布《みるめ》」と「見る目」を掛ける。「海人《あま》」に相手の男性をよそえる。

六二四　「春の日の」は、「長く」にかかる比喩的な枕詞。

六二五　「有明」に、つれない女性をよそえる。

六二六　「渚《なぎさ》」に「無き」、「浦見」に「恨み」を掛ける。「立ちかへり」は「波」の縁語。

六二七　「無き」に「凪《なぎ》」を掛ける。「立つ」は、波が立つと噂が立つとの両意。

六三五　万葉集・巻十・二三〇三「秋の夜を長しと言へど積もりにし恋を尽くせば短くありけり」の類例がある。

六四一　「朝露の」は、「おきて」の実景的な枕詞。「置きて」と「起きて」を掛ける。

六四二　「玉匣《たまくしげ》」は「明け」の枕詞。→四一七。

六四三　「しも」（強意の助詞）と「霜」、「置き」と「起き」を掛ける。「消え」は「霜」の縁語。

六四五　「斎宮」は、伊勢神宮に奉仕する未婚の皇女。また、その居所。

六四七　「むばたまの」は「闇」の枕詞。

六四八　空を海に、月を船に見立てたもの。→二一二。

六四九　「難波なる」は、地名の「御津《みつ》」から「見つ」の枕詞。「あひき」は、「逢ひき」に「難波」の縁語の「網引《あび》き」を掛ける。万葉集・巻四・五七七「我が衣《ころも》人にな着せそ網引きする難波男の手には触るとも」。

六五〇　「名取川」に「名取り」（噂になる）を掛ける。「埋れ木」は、名取川の景物。二句までが「あらはれ」の序詞。

六五一　「吉野川」は激流の印象で、「水」「滝」を導き、「心ははやく」「音には立てじ」の比喩的表現を導き出す。

六五三　「花薄」は「ほ」の枕詞。「ほに出でて」は、薄の穂が出る、慕情があらわになる、の両意を重ねる。四句は「結ぼほれ」の序詞。

六六一　「紅の」は「色」の枕詞。「隠《かく》れ沼《ぬ》」は「下」の枕詞。万葉集の「隠《こも》り沼」から出た語という。「隠り沼」は、水の出口がなくて、地下を流れ出ていく沼。また、草に隠れて見えない沼とも。

六六二　二句までが「つれもなくそこに通ふ」の比喩的な序詞。水の「底《そこ》」に居場所の「其処《そこ》」を掛ける。

六六三　三句までが「しみ」の序詞。「凍《し》み」に「染《し》み」を掛ける。「色に出で」は、紅葉する、恋心を顔に出す、の両意を重ねる。

六六四　二句までが同音反復で「音」を導く序詞。「采女」は、→七〇二補。

六六五　「干る間」と「昼間」、「海松布」と「見る目」、「寄る」と「夜」を掛ける。

六六六　「白川の」は、同音反復で「知ら」にかかる枕詞。「底」は、川底、心底の両意を重ねる。「澄まむ」と「住まむ」を掛ける。「底」「流れ」「澄ま」は「白川」の縁語。

六六七　「玉の緒の絶えて」が「乱れ」の序詞。

六六八　「あしひきの」は「山橘」の枕詞。三、四句は「色に出で」の序詞。

六六九　「我が名も湊漕ぎ出でなむ」は、噂が立つのを憚らない意をこめる。「海辺《うみべた》」と「憂み」、「海松布《みるめ》」と「見る目」を掛ける。

六七一　「根に洗はれて」と「音に現はれて」を掛ける。

六八〇　富士山の燃える火は恋の思いの象徴。↓五三四、一〇〇一、一〇二八。「恋」に「火」を掛け、「燃ゆる」の縁語。

六八四　三句まで「見れども飽かぬ」の序詞。

六八七　「飛鳥川淵は瀬になる」は、変りやすいことのたとえ。↓九三三。

六八九　「さむしろ」は、筵《むしろ》。「さ」は接頭語。「寒し」が響いているとする説もある。「宇治の橋姫」は、宇治橋の守り神。待っている女性によそえる。

六九〇　「いさよひ」(ためらう意)に「十六夜《いざよひ》」の月を掛ける。「真木」は、檜・杉などの美称。

六九一　一夜だけではなく、長い月日待ったと解する説がある。

六九二　万葉集・巻六・一〇一一「我が宿の梅咲きたりと告げやらば来《こ》と言ふに似たり散りぬともよし」という類例がある。

六九三　万葉集・巻二・八九「居明かして君をば待たむぬばたまの我が黒髪に霜は降るとも」という類例がある。

六九四　「もとあらの小萩」は、宮城野の景物。

六九七　「敷島の」は「大和」(日本)の枕詞。二句までが「唐衣」を導き出し、三句までが同音反復で「頃も」を導く序詞。

六九九　三句までが同音反復で「並に」を導く序詞。万葉集・巻五・八五八「若鮎《わかゆ》釣る松浦《まつら》の川の川波の並《なみ》にし思はば我恋ひめやも」の類例がある。

七〇二　「梓弓」は「ひき野」(日置野《ひきの》か)の枕詞。「葛」は、蔓草《つるくさ》の一種。ツヅラフジ。二句まで「末」を導く序詞。「繁け」は「葛」の縁語。「天の帝」は、天皇。天智天皇とも言われるが、未詳。「采女」は、天皇の御膳など雑事に奉仕した地方出身の女官。→六六四。

七〇三「夏引き」は、夏抜き取った草木から糸を作ること。万葉集・巻七・一二七二「太刀《たち》の後鞘《しりさや》に入野《いりの》に葛《くず》引く我妹《わぎも》真袖《まそで》もち着せてむとかも夏草刈るも」。「手引き」は、手で糸を引き出すこと。枠《わく》に巻き付けて、繰り返し作った。二句までが「繰り返し」の序詞。

七〇四「繁く」は、夏草が繁茂する、噂がしきりである、の両意を重ねる。「離《か》れ」と「枯れ」を掛ける。「枯れ」は「夏野」の縁語。万葉集・巻十・一九八三「人言《ひとごと》は夏野の草の繁くとも妹と我としたづさはり寝ば」。

七〇六「大幣」は、六月・十二月の大祓《おおはら》えの時に用いる大きな串に付けた幣帛《へいはく》。人々が自分の所に引き寄せて祈願する。儀式の後は、川に流す。→七〇七。

七一一「月草」は、露草。染料にするが、色があせやすいので、「月草の」は「移し心」の枕詞となる。「移し心」に「現し心」を掛けて、現実の心は、と解する説もある。

七一四「秋風」に「飽き」を響かせ、「人の心」の「移ろへ」を連想させる。

七二〇 二句までが「よどみ」の序詞。万葉集・巻九・一三七九「絶えず行く飛鳥の川の淀めらば故しもあるごと人の見まくに」の異伝か。中臣東人は、万葉歌人。

七二一「淀川の」は「よどむ」の枕詞。

七二二 口先だけ上手な人間とは異なっている、自分の誠意がわかってほしい、という暗示的な歌。

七二四「信夫」に「しのぶ」草を掛ける。本来は、忍ぶ恋の意をこめるか。「もぢずり」は、草を布の上に載せ、石ですり付けて汁を出して染めたものという。乱れ模様となり、二句までが「乱れ」の序詞。

七三〇 衣の下紐が解けるのは、愛する人に逢える前兆とする俗信による。→五〇七。

七三一「陽炎《かげろふ》の」は、「それかあらぬか」の枕詞。「春雨の」は、「ふる人」の枕詞。「降る」を「古《ふる》人《ひと》」に掛ける。「濡れ」は、「春雨」の縁語。

七三二「堀江」は、人工の川。難波の堀江。「棚無し小舟」は、舟棚のない小さな舟。二句までが「漕ぎかへり」の序詞。

七三三「離《あ》れ」と「荒れ」を掛ける。床を袖で払うのは、男の訪れを待つ行為。万葉集・巻十一・

二六六七「真袖もち床うち払ひ君待つと居りし間に月傾きぬ」。

七四八「花すすき」は、相手の女性をよそえる。「穂」はその縁語で、「ほに出で」は、公然と態度や行為に表して、の意。

七五三「いと晴れて」と「厭はれて」を掛ける。

七五四「花筐《はながたみ》」は、花籠。編目が細かく並んでいることから、「目並ぶ」の枕詞。「数ならぬ」は、「あまた」の縁語。

七五五「浮和布《うきめ》」（波間を漂う海藻）と「憂き目」、「流るる」と「泣かるる」、「刈り」と「仮」を掛ける。「浦」に女性、「海人」に相手の男性をよそえる。

七六一　上三句を比喩と解したが、二句または三句までを序詞とする説もある。「数かく」は、未詳。数多くの他に、数をかぞえるとする解もある。

七六二「玉葛」は、「絶ゆ」の枕詞。三句以下は、「風信」などを踏まえて、音信・消息の比喩。

七六三「時雨」は、涙の比喩。ここでは秋の景物としている。「秋」に「飽き」を掛ける。

七六四　万葉集・巻十六・三八〇七「安積山《あさか》影さへ見ゆる山の井の浅き心を我《わ》が思はなくに」を踏まえる。

七六九「眺《なが》め経る」「長雨《ながめ》降る」「古る」「古屋」を掛ける。また、軒の「端《つま》」と「妻」、「忍ぶ草」と「偲《しの》ぶ」を掛ける。

七七一「思ひ暮らし」と「蜩《ひぐらし》」を掛け、「蜩の音《ね》」で「音をのみぞ泣く」を導く。

七七三　蜘蛛《くも》が現れるのは待ち人が訪れて来る前兆という俗信によったもの。↓一一一〇。

七七六「初雁の」は、「音に泣く」の実景的枕詞。

七七八「住の江の」は、「松」に掛けて「待つ」の枕詞。「住の江の松」は、老松で、長久の年月を象徴する歌語。

七七九「住の江の」は、七七八。「葦鶴の」は、「音に泣く」の枕詞。「松」と「鶴」という類型的配合。

七八〇　仲平は、七四八の作者。伊勢の父藤原継蔭は、寛平七年（八九五）正月まで大和守だった。「三輪の山」は、九八二の「恋しくはとぶらひ来ませ」を踏まえたもの。

七八五「空」は、天空、上の空、の両意。

七八八「言の葉」を木の葉によそえる。

七九〇「枯れゆく」と「離《か》れゆく」、「思ひ」と

「火」を掛ける。「小野」には小野という姓を響かせている。

七九一　「冬枯れ」に「離《か》れ」を掛ける。野火だったら、春になれば草が芽生えるが、我が身は何の期待も持てないことを、「せば……まし」の反実仮想の表現で示す。

七九二　「憂き」と「浮き」を掛ける。「流れ」に「永らふ」を掛けるとする説もある。「浮き」「流れ」は、「泡」の縁語。

七九三　「水無瀬川」は、→六〇七補。表面に水がないように見えるので、「あり」と対比。「我が身を」に「水脈《みを》」を掛ける。

八〇三　「秋」と「飽き」、「稲」と「去《い》ね」、「刈る」と「離《か》る」を掛ける。「かけ」に、稲を掛ける、言葉をかける、の両意を重ねる。無記名なので、八〇二と同じく素性の歌ということになるが、これは定家本の誤りで兼芸法師の方がよいと言われる。

八〇四　「初雁の」は「なきこそ渡れ」の実景的枕詞。「秋」と「飽き」を掛ける。

八〇七　二句までが、「われから」の序詞。海藻に住む虫の「割殻《われから》」と「我から」を掛ける。

八〇八　「唐衣」に「我が身から」を言い掛ける。衣の下紐が解けるのは、恋人に逢える前兆という。→五〇七。

八一六　二句まで、「立ち返り」の比喩的な序詞。「浦見」と「恨み」を掛ける。

八一七　二句まで、同音反復で「返して」を導く序詞。

八一八　仮名序の「たとへ歌」の例歌「我が恋はよむとも尽きじ」を踏まえたもの。

八一九　三句まで、「いや遠ざかる」の序詞。

八二〇　「時雨」は、紅葉をもたらす。「秋」と「飽き」を掛ける。

八二一　「秋風」に「飽き」を掛ける。八六七と関連づける解もある。

八二二　「秋風」と「飽き」、「田の実」と「頼み」、「実」と「我が身」を掛ける。

八二三　三句まで、「うらみ」の序詞。「秋風」に「飽き」を掛け、「裏返す」に比喩的な意味合いを持たせる。「裏見」と「恨み」を掛ける。

八二七　「浮き」と「憂き」を掛ける。「流れて」は、「永らへて」を響かせ、「泡」の縁語。

八二八　「流れて」は、「永らへて」を響かせる。四句までが「よしや」の序詞。妹背《いもせ》の間に吉野川が水をさす、といった比喩的な意味合いを読み取る解もあるが、もっと総括的なものとした方がよいかも知れない。

八三一　「堀河の太政大臣」は、寛平三年（八九一）正月十三日に薨じた、藤原基経。墓は木幡《こわた》（宇治市）にあり、深草山には比較的近い。

八三七　「後悔前ニ立タズ、流水源ニ帰ラズ」という諺句を踏まえたもの。あの人に先立たなかったことを悔むと解する説も多い。

八四六　「深草帝」は、仁明天皇。嘉祥三年（八五〇）三月二十一日崩御。「御国忌」は、天皇の一周忌。「草深き」は、仁明陵のある深草を暗示。「霞の谷」は、貴人の死を意味する「昇霞」の意をこめるとする説もあり、後世には地名説も出てくる。「暮れ」に崩御をよそえる。

八四八　「河原大臣」は、寛平七年（八九五）八月二十五日に薨じた源融。「色なかり」は、喪服の色を暗示。

八五二　源融は奥州の名所塩釜にあこがれて、その景色を自邸河原院に写し出したという。伊勢物語・八十一段。今昔物語集・巻二十四・四十六話。

八五三　藤原利基は、兼輔の父。「虫の音のしげき」と「しげき野辺」を掛ける。

八五四　「父」は、友則の父、有朋。元慶四年（八八〇）没。

八五五　「亡き人の家」は、冥途と解する説もある。

八五六　「白雲の立つ野」は、荒涼とした雰囲気を表現する。

八五七　「式部卿親王」は、敦慶親王。宇多天皇皇子で、醍醐天皇の同母弟。前に中務卿。→九二〇。「閑院の五の皇女」は、未詳。「山の霞」は、火葬の煙をなぞらえたもの。

八六七　「紫」に恋人をよそえて、そのゆかりの人にも親しみを感じる、と詠んだものと解されている。

八六八　「紫の色濃き」は、愛情が深いことのたとえ。「目も遥《はる》」と「芽も張《は》る」を掛ける。

八六九　国経は、六三八の作者。「宰相」は、参議の唐名。「袍の綾」は、束帯用の上衣である袍の材料にする綾織の絹。袍の色は、参議が濃緋《のうひ》、中納言が薄紫《うすむらさき》。

八七〇　石上並松は、仁和二年（八八六）正月七日、従七位上から従五位下となる（三代実録）。「石《いその》上《かみ》」は、今の奈良県天理市内の地。「冠賜はれりければ」は、五位になったので、の意。叙爵したのである。「日の光」は、帝寵の比喩。歌の「石の上」は、並松をよそえながら、「古り」の枕詞。「花も咲きけり」は、昇進の比喩。

八七一　「二条后」は→八。「大原野」は、藤原氏の氏神の大原野神社。「神代のこと」は、天孫降臨の神話に基づくが、伊勢物語などでは、かつての業平と高子の恋の思い出としている。

八七二　「五節」は、新嘗会や大嘗会に宮中で行なわれた少女の舞楽。毎年十一月中の丑の日から辰の日までの四日間に催された。「をとめ」は、舞姫を天女に見立てたもの。

八七三　「白玉」に「知ら」を掛ける。

八七四　「玉だれの」は、「小瓶」の枕詞。「小瓶」に「小亀」を掛け、「沖」に「奥」（皇后の御前）を響かす。風俗歌「玉垂れの小瓶を中に据ゑて主《あるじ》はもや魚求《さかなま》きに魚取りにこゆるぎの磯のわかめ刈り上げに」を踏まえる。

八七八　大和物語や俊頼髄脳などに伝えられる棄老説話に結び付くのは、地名から老婆を捨てることを連想したものか。

八八五　「田村帝」は、文徳天皇。「斎院」は、賀茂神社に奉仕する未婚の皇女。慧子内親王は、文徳天皇皇女で、母は藤原是雄の娘であるが、過失は密通の疑いか。無実だったので、斎院を交代しなくて済んだ。「月」に慧子をよそえる。

八八六　「石の上」は「ふる」の枕詞。「ふるから小野」は、古幹《ふるから》小野。葉が落ち、草木の幹だけが残っている、冬枯れの野。「本柏《もとかしは》」は、柏が春まで枯れたもとの葉をつけているもの。三句まで「もと」の序詞。

八八七　「野中の清水」は、歌枕として、兵庫県加古川市から明石市にかけての印南野《いなみの》や奈良県の布《ふ》留野《るの》にあった清水とする説もある。年老いた我が身をよそえる。

八八八　二句までは「倭文《しづ》」に「賤《しづ》」を掛けて「賤《いや》しき」を導く序詞。「倭文」は日本古来の織物で、文様を織り出したもの。舶来の綾《あや》より粗末なものとされていた。「苧環《をだまき》」は機織の道具の一つで、紡いだ糸を巻き取るもの。

八九二　「大荒木」は、奈良県五条市の荒木神社とも、大殯《おおあらき》（仮葬の場所）とも言う。「桜麻《さくらあさ》の苧《を》生《ふ》」は、桜麻の畑。万葉集・巻十一・二六八七、巻十二・三〇四九に例がある。

八九四 「おしてるや」は、「難波」の枕詞。「御津」は、港。皇室の港だったから、こう言う。三句まで、塩からい意と辛《つら》い意を掛けて、「からく」の序詞。「大伴」は、難波の辺の古名で、「御津」にかかる。

八九九 「鏡山」という名から「鏡」を連想。

九〇〇 「長岡」は、京都府長岡京市。平安京の前の都。

九一〇 三句までが、「消え」の序詞。

九一四 二、三句は「君を思ひ置きつ」の掛詞で上を受け、「鶴《たづ》の」の同音反復で、「たづね米つれば」を導く序詞。

九一五 「高師の浜」に「沖つ波高し」を掛け、「浜松」から「待つ」を連想。

九一六 「刈り初め」と「仮初め」を掛ける。

九一九 「法皇」は、宇多法皇。「西川」は、大堰《おおい》川のことで、御幸のあったのは、延喜七年（九〇七）九月十日。いわゆる大井川御幸。「葦鶴」は、鶴。葦辺にいるから、こう言う。「白波」は、鶴の見立て。

九二〇 「中務親王」は→八五七。荀子・王制「君ハ舟也、庶人ハ水也、水能ク舟ヲ載セ、亦《ま》タ能ク舟ヲ覆ス」を踏まえる。

九二四 「布」は、滝の見立て。九二六、九二七も同様。「吉野の滝」は→四三一。

九二五 「白糸」は、早瀬の見立て。

九二六 「裁ち縫はぬ衣」は、天衣無縫で、仙人が着る。龍門寺（奈良県吉野郡吉野町にあった寺）には三人の仙人がいたという（扶桑略記）。「山姫」は、山の女神。

九二八 「水上」に「皆髪」または「髪」を響かす。「黒き筋なし」は、滝を白髪に見立てたもの。「音羽の滝」は、京都市左京区一乗寺辺にあった滝という。→九二九。

九二九 「白雲」は、滝の見立て。

九三二 「刈りて干す」に「雁」を隠す。「こきたれて」は、稲こきに激しく泣くさまを言い掛ける。「なき」は、雁が鳴くのに自分が泣くのを重ねる。

九三八 「三河掾」は、三河の国（愛知県）の国司の三等官。「身を憂き」と「浮き草」を掛ける。

九五四 「雪」に「行き」を掛け、雪が消えるように姿を消す（隠遁する、または死ぬ）ことをよそえる。

九五七 「竹の子の」は、幼い子の比喩で「節《よ》しげき」の枕詞。「世」に「竹の子」の縁語の「節《よ》」を掛ける。

九五八 「世」に「節《よ》」を掛け、「言の葉」に竹の「葉」を掛ける。「呉竹の」は「節《ふし》」の枕詞で、「節《よ》」「葉」「節《ふし》」はその縁語。「鶯」は我が身をよそえる。「憂く」を言い掛けているか。竹と鶯の配合も一つの類型。

九五九 戴凱之《たいがいし》「竹譜」の「植物ノ中ニ名ヅケテ竹ト曰フモノ有リ、剛ナラズ柔ナラズ、草ニ非ズ、木ニ非ズ」による。高津内親王は、桓武天皇皇女で、嵯峨天皇妃となったが、間もなく退けられる。承和八年（八四一）四月薨。

九六二 行平が須磨に流罪になったことは、歴史の記録になく、事件の内容は不明。一時籠居でもしたのか。「藻塩たれ」は、製塩のために塩水を藻に垂らすのと涙を流すのとを掛けていったもの。「田村の御時」は→八八五、九三〇。

九六六 「親王宮」は春宮で、ここは醍醐天皇皇子保明親王。「帯刀」は、警護役の舎人《とねり》。一〇九五を踏まえたもので、「春のみやま」に「春の宮」（東宮）を隠す。→三六四補。

九六七 「光なき谷」は、権勢とは無縁な我が身をよそえる。

九六八 伊勢は、宇多天皇の寵愛を受けて、生まれた皇子を桂に住まわせていたという（伊勢集）。「七条中宮」は、伊勢が仕えていた宇多天皇中宮の藤原温子。「久方」は、月。「里」は、桂。京都市西京区。→一九四。「光」は、温子の庇護恩寵をよそえる。

九六九 利貞は一三六などの作者。「阿波介」は、阿波の国（徳島県）の国司の二等官。「餞別《むまのはなむけ》」は、送別の宴。

九七〇 惟喬親王は、貞観十四年（八七二）出家。

九七一 「深草」は、深草（京都市伏見区）に草深いを掛ける。

九七二 「鶉《うづら》」と「憂《う》、辛《つら》」、「狩」と「仮」を掛ける。

九七三 「難波の浦」と「何は」「憂」、「浮海布《うきめ》」と「憂き目」、「御津」「三津」と「見つ」、「海人《あま》」と「尼」を掛ける。「浮海布」「御津」「海人」は「難波の浦」の縁語。三津寺は大阪市南区にある寺。

九七四 「難波潟」は、「何は」を掛け、「うらむ」の枕詞。「浦」と「恨む」、「御津」「三津」と「見つ」、「海人」と「尼」を掛ける。「浦」「御津」「海人」は、「難波潟」の縁語。

九七五　「葎《むぐら》」は「蓬《よもぎ》」「浅茅《あさぢ》」などと共に「荒廃」を象徴する景物。

九七六　三句まで、同音反復で「憂き」を導く序詞。「浮き草」の縁語の「根」と「音《ね》」を掛ける。

九八〇　「越の白山」は、越の人を暗示。同音反復で「知らねども」に続いて行く。

九九一　晋の王質が仙人の碁を打つのを見ていたら、一勝負終らないうちに持っていた斧の柄が朽ちてしまうほども時間が過ぎて、帰ってみたら誰も知った人がいなかったという故事（述異記）を踏まえる。

九九三　「唐の判官」は、遣唐使の三等官。寛平六年（八九四）八月十一日に任命されたが、遣唐使は菅原道真の意見で中止された。「なよ竹の」は、「節《よ》」に掛けて「夜《よ》」の枕詞。「初霜の」は、「置き」に掛けて「起き」の枕詞。三句まで序詞とする説もある。

九九四　二句まで、「立つ」を掛けて、「龍田山」を導く序詞。「大和国」は奈良県。「河内国」は大阪府の一部。

九九五　禊《みそぎ》には木綿《ゆう》を用いる。「木綿つけ鳥」は、五三六・六三四・七四〇。「唐衣」は、「裁《た》つ」に掛けて「龍田山」の枕詞。

九九六　「跡」は、足跡と筆跡を掛ける。漢字は鳥の足跡を見て作られたという故事による。

九九七　「貞観御時」は→二五五。「楢の葉の名に負ふ宮」は、奈良の都。仮名序では、万葉集の成立は「ならの帝」の時代とされている。

九九八　「葦鶴」は、千里自身をよそえる。「ひとりおくれて」は、献上歌を卑下したもの。「雲の上」は、天皇をよそえる。「詩経」小雅「鶴九皐《こう》ニ鳴キ、声天ニ聴ユ」を踏まえたものという。「九皐」は、奥深い沼地。

九九九　「春霞」は、「立ち出で」の枕詞。

一〇〇〇　「山川の」は、「音」の枕詞。「早」と水の流れの「速」と掛けて、「山川」の縁語。

一〇〇一　この歌の枕詞は、「天雲の」「晴るる（時なく）」、「富士の嶺の」「燃え（つつ）」、「行く水の」「絶ゆる（時なく）」、「かくなわに」「思ひ乱れ（て）」、「降る雪の」「消（なば消ぬべく）」、「あしひきの」「山下水（の）」、「墨染めの」「夕べ」、「白妙の」「衣」、「春霞」「よそ（にも）」など。

一〇〇二　この歌の枕詞は、「ちはやぶる」「神」、「呉竹の」「世々（にも）」、「天彦の」「音羽の山」、「唐錦」「龍田の山」、「玉の緒の」「短き」、「あらたまの」「年」、「久方の」「昼」など。

一〇〇三　この歌の枕詞は、「呉竹の」「世々」。

一〇〇四　「逢坂山」に「逢ふ」を掛ける。

一〇〇五　この歌の枕詞は、「ちはやぶる」「神無月」、「あらたまの」「年」。

一〇〇六　七条后藤原温子（→九六八）は、延喜七年（九〇七）六月八日崩御。「伊勢の海人」は、伊勢をよそえ、「舟」は温子をよそえる。「寄る」は、「舟」の縁語。「時雨」は、紅葉を染め散らすという印象があった。「散り散り」「陰」は、「もみぢ」の縁語。この歌の枕詞は、「沖つ波」「荒れ」、「初雁の」「鳴き渡り」。

一〇一〇　「三笠山」は、「笠」を連想し、「君がさす」が枕詞となる。「時雨」は縁語。

一〇一一　鶯の鳴き声を「ひとく（人来）」としたもの。

一〇一三　時鳥の鳴き声を「しでのたおさ」としたもので、「たおさ」は田の行事を取りしきる「田長」だが、「しで」は未詳。「死出」、「賤」の転、「幣垂」などと解されている。

一〇一七　「摘《つ》む」に「抓《つ》む」（つねる）を掛けていると解する説もある。

一〇二一　「雪」を「花」に見立てる。

一〇二二　「石の上」は、「古り」の枕詞。

一〇二六　「耳成《みみなし》の山」と「耳無し」、「梔子《くちなし》」と「口無し」、「思ひ」と「緋の色」を掛ける。

一〇二八　「思ひ」に「火」を掛ける。

一〇二九　「逢ひ見まく欲《ほ》し」と「星」、「つき」（手段）と「月」を掛ける。「星」「月」は縁語。

一〇三〇　「つき」（手段）と「月」、「思ひ起き」と「火」「熾《おき》」、「胸走り」と「走り火」（火の粉がはね飛ぶこと）を掛ける。「熾」「走り火」「焼け」は「火」の縁語。

一〇三三　万葉集・巻八・一四四六「春の野にあさる雉《きぎす》の妻恋ひにおのがありかを人に知れつつ」という類歌がある。

一〇三四　「かひ」（効）に鹿の鳴き声「ひよ」（「かひよ」とも）を掛ける。

一〇三五　「蟬の羽の」は「薄き」の枕詞。「単衣《ひとへ》」と「ひとへ」（ひたすらに）を掛ける。「なれば寄りなむ」は、着馴れて皺が寄る、馴れ親しんで寄り添うの意を重ねる。

一〇三六 「隠れ沼」は→六六一。「ねぬなは」は、蓴菜《じゅんさい》。三句まで、同音反復で、「寝ぬ名は」を導く序詞。「来る」に「ねぬなは」の縁語「繰る」を掛ける。

一〇四四 「飽く」に「灰汁《あく》」を掛ける。灰汁は色をうすくする。

一〇四五 「野飼ひ」に「のがひ」（遠ざける）を掛ける。

一〇四六 「古巣」と「古す」（古くする。過去の女にする）を掛ける。

一〇四八 「はつか」（わずか）と「二十日《はつか》」、「つき」（手段）と「月」を掛ける。

一〇四九 「吉野山」は、隠遁の場所、異郷の印象がある。「唐土」で、さらに遥か遠くの印象が加わる。どこまでも追いかけて行く意。

一〇五〇 二句まで、同音反復で「あさましや」を導く序詞。浅間山がよく見えないという印象も比喩的に用いられている。

一〇五一 長柄の橋は古いものの典型と考えられていた。→八九〇。

一〇五二 刈り取った茅萱《ちがや》は乱雑になりやすいので、「乱れ」の比喩的枕詞。

一〇五四 「糸」に「従兄弟《いとこ》」を暗示。「縒《よ》る」と「寄る」、「針」と「偽り」、「挿《す》ぐ」と「過ぐ」を掛け、「糸」の縁語を連ねている。

一〇五五 「ねぎ言」は、神への願いの言葉。「歎き」を「木」に見立てる。

一〇五六 「歎き凝る」と「投げ木樵る」、「頬《つら》杖」と「山」の縁語の「杖」を掛ける。

一〇五七 「歎きをば凝り」と「投げ木をば樵り」、「峡《かひ》」と「かひ」（効）を掛ける。「あしひきの」は「山」の枕詞。

一〇五八 「朸《あふご》」（天秤棒）と「逢《あ》ふ期《ご》」を掛ける。

一〇五九 三句までが「割れて」の序詞。

一〇六〇 「そゑに」は、「そゆゑに」の約。それ故に。

一〇七一 「近江ぶり」は、曲の名。歌の最初の言葉で名付けたもの。一〇七二・一〇七三も同じ。

一〇七五 「きね」は、「木根《きね》」として根のしっかりと生えた木と解する説もある。

一〇七八 二句まで、「引く」の序詞。「引く」は、誘う意に弓を引く意を重ねる。「末」は、行く末の意に弓の端の意を重ねる。

一〇八〇　万葉集・巻十二・三〇九七の転じたもので、「ささのくま」は「檜隈川《ひのくまかわ》」の枕詞。原歌は「さひのくま」。

一〇八一　「返し物の歌」は、呂《りょ》から律《りつ》に転調する時にうたう歌などと言われるが、未詳。「梅の花笠」は、梅の花の見立て。

一〇九二　三句までが同音反復で「いな」を導く序詞。「稲舟」は、稲を積んだ舟。

一〇九三　「末の松山」は、波が越えることが決してないと言われ、愛情の誓いの引合いに出された。

一〇九四　「磯菜」は、磯に生えている海藻。「めざし」は少女の髪形で、額髪が垂れ下がり、目を刺すような状態のものという。ここでは、めざし髪の少女のこと。

解説

万葉から古今へ

国風暗黒時代などと呼ばれる九世紀の前半は漢詩文の隆盛期であり、和歌は宮廷文学の座から遠ざかっていた時期である。嵯峨朝や淳和朝には勅撰漢詩集の『凌雲新集』が弘仁五年（八一四）に、『文華秀麗集』が弘仁九年（八一八）に、『経国集』が天長四年（八二七）に撰集され、律令体制を文人官僚が支え、君臣が一体となって文雅の道を楽しむといった文章経国の思想が謳歌された。

だが、和歌史の命脈はまったく断ち切れてしまったわけではなく、『古今集』「仮名序」に「色好みの家に埋れ木の、人知れぬこととなりて」、同じく「真名序」に「好色の家には、之《これ》を以ちて花鳥の使となし、乞食《きつしよく》の客は、之を以ちて活計の媒《なかだち》となすことあるに至る」と記されているように、和歌は私的な恋愛の場や吟遊芸人の世界などに追いやられてしまったとはいえ、依然として根強く継承されていた。よみ人知らずの時代に当たるこの時期には、末期万葉の巻十・十一・十二などの作者未詳歌の世界に直結しており、奈良時代末期に至って和歌は作者層を拡大しながら日常化し、言葉に対する意識が強くなって類型的な表現によりかかった恋歌などが詠まれるようになったが、平安時代に入ってもそのような動向は続き、一方では漢詩文の発想や表現の影響を受けてしだいに変容しながら、やがて来たるべき宮廷文学として復権し開花する時期を待っていたのである。『万葉集』の歌と『古今集』の歌とでは発想や表現の類似や共通性はあっても、やはり詠風には際立った相違が認められるが、『万葉集』の基盤と受容がなくては『古今集』は成り立ち得なかったのであって、和歌史の断絶はあり得ないと言ってよい。

大陸文化志向の強かった桓武天皇と反して、平城天皇は『万葉集』に関心が深く和歌を愛好したが、薬子《くすこ》の変で失脚した後、嵯峨・淳和朝は政権が安定し、漢詩文の隆盛ももたらされた。仁明朝に至って、藤原良房が承和の変に乗じて恒貞親王を廃して妹の順子の生んだ道康親王（文徳天皇）を立太子させ、外戚として勢威を振うようになった頃から、和歌の宮廷文学としての復興の兆しが見えてきた。良房の娘の明子《あきらけいこ》が文徳天皇女御となって清和天皇の生母となり、良房の養子となった基経の妹の高子《たかいこ》が清和天皇女御となって陽成天皇の生母となるというように、藤原氏が摂関政治の基盤を固めていくにつれて、後宮の比重が大きくなり、女性が中心となった私的で文芸趣味的な雰囲気の中で、しだいに和歌がもてはやされるようになったからである。一方では、藤原氏の台頭によって疎外された人々にとっても、和歌は心やりの具として愛好され、和歌復興に一役かった。嘉祥二年（八四九）三月に仁明天皇の四十賀に良房邸に宿泊した興福寺の僧たちが長歌を奉献したことや、嘉祥四年（八五一）三月に前年崩御された仁明天皇の追善供養の法華講がやはり良房邸で催されて漢詩と共に和歌が詠作されたことなどは、和歌復興の気運を象徴する事件といわれる。

和歌が宮廷文学として復興してくる過程は、また仮名が発生して普及し、唐絵に代って大和絵が愛好されるようになる経緯と重なり合うものでもあった。漢字で和歌を記すことは万葉仮名として早くからあり、一字一音の表記もすでに行なわれていたが、摂関政治によって律令制度の基盤が揺さぶられて漢字文化の権威が弱まるという政治的動向の中で、漢字の桎梏から解放されて、漢字を崩し書きすることによって簡略化し、新しい国字として平仮名が生み出された。平仮名は漢字の知識の低い女性たちにとくに用いられて女手《おんなで》と呼ばれるようになり、その優美な書体は実用ばかりでなくて、美術的価値も生じてきて、また、和歌の表記に留まらず、仮名散文の発展をもたらして、王朝文学として物語や日記などの隆盛を導き出すことになった。一方、大和絵も屛風絵などとして盛んに描かれるようになり、和歌に対して固有の美意識や映像性を持った歌語や歌材を加えることになり、やはり和歌の進展に大いにかかわることになった。

仁明・文徳・清和朝の頃の和歌の復興期は、六歌仙時代と呼ばれ、在原業平・小野小町・遍照などいわゆる六歌仙が活躍した時期である。よみ人知らずの歌を中心として小野篁《たかむら》などの和歌も残されている、よみ人知らずの時代には、古拙で素朴な前代的な詠風と優美で繊細な王朝的な詠風とが混在し、技法的には序詞や枕詞が多用されていたが、六歌仙の時代には古今的な詠風がほぼ確立し、掛詞や縁語が盛んに用いられ、歌語の使用も自覚的となり、擬人法や見立ても見られるようになり、漢詩文的な発想が色濃くなるが、表現技巧だけが遊離することなく、歌人の個性が反映して心情が豊かに表出されていることも目立っている。

『古今和歌集』の成立

六歌仙の時代に至って宮廷文学として復活してきた和歌は、陽成・光孝朝には、元慶六年（八八二）の『日本書紀』講読に参加した官人や文人が詩会の形成に倣って史上の人物を題材として和歌を詠作する「日本紀竟宴和歌《にほんぎきようえんわか》」、仁和初年（八八五—八八七）頃の現存最古の歌合である在原行平主催の「在民部卿《ざいみんぶきようの》歌合」などが催されていよいよ活発となり、宇多朝の寛平年間（八八九—八九八）には、『古今集』成立前夜といった異常なまでの熱気がこもった和歌的な行事や作品が見られるようになった。菅原道真・素性・紀友則などが参加した「内裏菊合《だいりのきくあわせ》」に続いて、「是貞親王家《これさだのみこのいえの》歌合」「寛平御時后宮《かんぴようのおおんときのきさいのみやの》歌合」といった大規模な歌合が催され、紀貫之・凡河内躬恒・紀友則・壬生忠岑・素性・伊勢・藤原敏行・藤原興風・在原元方・大江千里・坂上是則・源宗于《むねゆき》・在原棟梁《むねやな》など撰者の時代と呼ばれるこの時期の代表的な歌人がほぼ顔をそろえ、理智的で優雅な古今的な詠風が完成し、序詞が多用され、掛詞や縁語に習熟し、見立てや擬人法も発達した。とくに、「后宮歌合」は春・夏・秋・冬・恋の五題、二〇番・二〇〇首という充実したもので、『古今集』に六〇首ほども入集しており貫之らには歌壇登場の契機であり、古今的な世界の形成に大きくかかわるものであった。

この時期は漢詩文との交流もめざましく、そのような動向を端的に示しているのが、寛平五年（八九三）の『新撰万葉集』と翌六年の『句題和歌（大江千里集とも）』とである。『新撰万葉集』は、「是貞親王家歌合」「寛平御時后宮歌合」などの歌を四季・恋に部立分けをして、和歌を万葉仮名で記し、七言絶句に漢詩訳したもので、菅原道真の著といわれるが、否定説もある。『句題和歌』は、大江千里が漢詩句を題にして和歌を詠作し、四季・風月・遊覧・雑（離別とも）・述懐に部立したものである。いずれも和歌と漢詩との密接な関連を示すものとなっている。

昌泰元年（八九八）には、前年退位した宇多上皇が「亭子院女郎花合《ていじのいんのおみなえしあわせ》」を催し、壬生忠岑・凡河内躬恒・藤原興風が出詠し、伊勢・紀貫之・藤原定方らも詠作した。この年、宇多上皇は吉野宮滝にも御幸し、藤原道真や素性などが供奉して、詩歌が詠作され、和歌的な行事は依然として活発に催されていた。とりわけ、この時点でのめざましい歌壇活動を裏書するのは、「紀師匠曲水宴和歌《きのししょうごくすいのえんのわか》」である。開催の事実の有無に疑問を投じる説もあるが、延喜二、三年（九〇二、三）頃の成立といわれ、紀貫之を中心に、凡河内躬恒・藤原伊衡《これひら》・紀友則・藤原興風、大江千里・坂上是則・壬生忠岑の八人が参加し、「花浮春水」「灯懸水際明」「月入花灘暗」の句題で和歌を詠作したものであり、躬恒が「さても今宵あらざらむ人は、歌の道も知らで惑ひつつ、天の下知り顔するなめり」と記しているのは、まさに『古今集』成立を間近にした意気軒昂としたものがある。

菅原道真を積極的に登用した宇多天皇の文治主義の時代が終って、寛平九年（八九七）に醍醐天皇が即位すると、藤原時平や藤原定国などを中心として律令制度の再編と摂関政治の梃入れが行なわれ、活発な政策が推進され、その一環として勅撰和歌集撰集の気運が盛り上がってきた。寛平以後めざましい歌壇活動を続けてきた紀友則・紀貫之・凡河内躬恒・壬生忠岑の四人が撰者に任命されて、『古今集』の編纂が着手された。『貫之集』の、

延喜御時、やまと歌知れる人を召して、むかし今の人の歌奉らせたまひしに、承香殿の東《ひむがし》なる所で歌撰《え》らせたまふ。夜の更くるまでとかう言ふほどに、仁寿殿のもとの桜の木に時鳥《ほととぎす》の鳴くを聞こしめして、四月六日の夜なりければ、めづらしがりをかしがらせたまひて、召し出でてよませたまふに奉る

こと夏はいかが鳴きけむ時鳥今宵ばかりはあらじとぞ聞く　（歌仙家集本）

は、『古今集』の成立の経緯を示す資料としてしばしば引用されるが、深夜まで撰歌について議論し、例年聞く時鳥の声までが新鮮なものとして感じられるような、紀貫之らの白熱した撰集への傾倒ぶりを如実に伝えている。編纂の最初の日とする『貫之集』の本文もあり、その意気ごみも首肯できるのである。成立の過程は必ずしも明確ではないが、「仮名序」や「真名序」、紀貫之や壬生忠岑の古歌を奉った時の長歌などを資料として、醍醐天皇がまず勅を下して家集や古歌を献上させてまとめさせ（これを「続万葉集」と呼んだ

らしい）、さらに重ねて勅を下して歌を部類配列して二〇巻とし、『古今和歌集』と命名して奏上させたというように、推定されている。延喜五年（九〇五）四月十八日（「真名序」には十五日とする本文もある）という日付けが両序に記されているが、これが奉勅の日なのか奏上の日なのかについて古来論議があり、近年では奏上説を採る立場の方が多い。奏上説を採るにしても、『古今集』の現行の伝本の中には、延喜七年に紀貫之・凡河内躬恒・壬生忠岑・坂上是則・藤原伊衡・大中臣頼基らが参加した「大堰川御幸和歌《おおいがわごこう》」、延喜十三年に紀貫之・凡河内躬恒・坂上是則・藤原興風・伊勢などが出詠した「亭子院《ていじのいんの》歌合」の歌などが収められているので、延喜五年に奏上後もある程度の増補や改訂が加えられていることになる。延喜五年には撰者たちを中心に、「藤原定国四十賀屏風歌」や「平貞文家歌合」など歌壇活動も活発で、『古今集』の編纂作業に対応している。

『古今和歌集』の組織と内容

『古今集』は二〇巻、歌数は流布本で一一一一首、前後に「仮名序」と「真名序」が付けられている。「真名序」は伝本によってはないものもある。二〇巻は春上・下、夏、秋上・下、冬、賀、離別、羇旅、物名、恋一—五、哀傷、雑上・下、雑躰、大歌所御歌ほかに部立されており、全体の半数以上の巻を占める四季の歌と恋の歌とが中心になっていて、巻数は『万葉集』と同じだが、雑歌、相聞、挽歌を部立の根本とする構成とまったく異なって面目を一新しており、この組織立てが以後の撰集の部立の大枠を決定することになった。『古今集』の部立は先行の『文華秀麗集』の遊覧、宴集、餞別、贈答、詠史、述懐、艶情、楽府、梵門、哀傷、雑詠といった部立や『新撰万葉集』『句題和歌』の部立などを参考にしたものであろうが、和歌の実態に即して、細分化され体系化された独自な部立を創始したのである。各部立の内部はただ和歌が漫然と配列されているのではなく、時間の推移や循環、対比や照応の妙、問答や論議の面白さなど、緊密な内容の連関によって配列されており、部立全体、『古今集』総体が一つの美的で知的な有機的構造体を形成している。『古今集』は体系的に統一された作品世界として、複雑で精巧な様式美を構築しているのであって、以後の日本文化の美意識や美的理念の軌範となっていくのである。

四季の部立は歳時や自然の景物によって季節の推移を辿るように構成されており、「春歌上」は、立春・雪・鶯・解氷・若菜・霞・草木の緑・柳・百千鳥・呼子鳥・帰雁・梅・桜などの順で歌材が配列されており、雪にとざされた早春から桜花爛漫の陽春までの春の光景が繰り広げられ、「春歌下」は、桜・花を中心に、藤・山吹などを加えて、散る花、逝く春を惜しむ歌がちりばめられている。晩春の光景が眼目だが、抽象化一般化された花が一括された主題となっているのは注目される。来る春を待ち、逝く春を惜しみ、咲く花、散る花、来鳴き、やがて去る鳥に一喜一憂する王朝の都人の自然との触れあいが如実に浮彫りされている。「夏歌」は、時鳥が中心となり、花橘・卯の花・五月雨などと関連させつつ、声を聞くことに情熱を燃やし、思慕・憂愁・懐旧などさまざまな心情をこめながら、五月に山から里に来て鳴く時鳥に耳を傾ける人々の横顔を描き出している。他に遅れ咲きの花・蓮・短夜の月・常夏・六月晦の歌などが興を添えている。「秋歌上」は、立秋・秋風・七夕・悲しい秋・秋の夜・月・虫・雁・鹿・萩・露・女郎花・藤袴・薄・撫子・百草の花・月草・野などの順に景物が配列され、情趣的な景物によって悲しく寂しい秋の季節感が表出されている。「秋歌下」は、紅葉の歌が多く三分の二近くを占めている。紅葉は春の花に対して秋の花というべきものであって、花の歌と発想や表現において共通する面が多い。露や時雨によって紅葉が染められるというのが当時の通念であり、移ろう紅葉、散る紅葉が愛惜をこめてうたわれた。他に、秋の草木・菊・山田・九月晦の歌が収められ、菊は移ろい盛りといって、花盛りを過ぎて少し色ばみかけたものも賞美され、菊の露に長寿の願いが託された。「冬歌」は、時雨・冬の山里・氷・歳暮の歌などもあるが、夏の時鳥のように雪が素材のほとんどを占めている。雪は冬の花であり、寂莫とした季節をひたすら花を観想することによって来るべき春を待ちながら耐え忍ぶのである。四季の歌によって王朝の季節は推移し循環する。花紅葉、花鳥風月、雪月花の美学は『古今集』によって成立したと言ってよい。

「賀歌」は、長寿を祈り祝う歌が収められており、人間関係を考慮して配列されている。出生を慶賀する歌もあるが、大部分は四十歳から十歳ごとに祝いの賀宴が催される算賀の歌である。「離別歌」は、遠地へ旅立つ人を送る餞別の歌を中心としており、「うまのはなむけ」と呼ばれる送別の宴や逢坂や山崎など見送りの地での歌などが多く、受領層の任地下向の折の哀歓の姿が反映されている。さらに、遊覧や訪問の帰途、恋人どうしの別れ、道での出逢いの別れなど特異な別れの歌も含まれている。「羇旅歌」はさまざまな旅の歌を収め、異国での郷愁の歌に始まり、流謫の歌、旅情の歌、東下りの歌、任国への旅の歌、遊覧行幸の歌などに及んでいる。「物名歌」は、事物の名を隠して歌に詠みこむという特殊な技巧の歌で、発生的には言霊信仰による呪術的な要素もあったと思われるが、言語遊戯性の色濃いものである。歌の意味性にかかわりなくかなり無理をして事物の名を取り入れているので、発想や表現に特異な面も見られ、動植物・地名・食物など題となる事物にも正統な歌には詠まれない卑俗なもの日常的なものも含まれ、独自性を持った部立として注目される。ほかに折句や沓冠《くつかむり》の歌も収められている。

恋の歌は恋愛の発生・展開・破綻の過去を段階の推移を追って配列してあり、恋物語を歌で綴ったような面もあり、悲喜こもごもの王朝的な恋愛絵巻の諸相が集約されている感がある。「恋歌一」「恋歌二」は噂に聞くばかりで見たこともない人、仄かに見ただけで逢ったこともない人への思慕の情が心中深く秘められてしだいに切実な片思いになっていく過程が辿られており、「恋歌一」はよみ人知らずの歌が多く、素朴で民謡風な詠みぶりで、『万葉集』の末期の恋歌と連接している感もある。「恋歌三」では、さらに恋の進展が見られ、逢えない歎きから、あらぬ噂が立つ悩み、恋の成就の喜び、暁の別れの辛さ、恋仲の世間への憚り、評判が立つことへの恐れというように、愛情の成立の前後の経緯が感覚豊かに描き出されている。「恋歌四」は、激しい愛情が相手の恋心への不安と疑惑、愛情の葛藤へと波乱を含みながら展開し、やがて相手が遠ざかり、形見によって偲ぶといった恋の苦悩が多様に語られている。「恋歌五」は、破綻した愛情の結末を描く巻であり、遠ざかった相手をなつかしみ、厭われ忘れられて来ぬ人を待ちわび、愛情の移ろいを歎き恨み、やがては諦め、最後にままならぬ愛情を慨歎して終っている。恋の歌も類型的な発想や表現が確立して、心情が概念化され、物語などを生み出す土壌が形成されてきている。

「哀傷歌」は、人の死にまつわる歌を収めており、『万葉集』の挽歌を継承するものであって、人の死を哀悼する歌、葬送・弔問・服喪・諒闇の歌・追慕の歌・辞世の歌の順で配列されている。「雑歌上」は、宮廷生活を中心とした社交や行事にまつわる歌、月の歌、老いを歎く歌、海・川・池・滝の歌、屏風歌というように、これまでの部立に収まらなかった人事や自然のさまざまな主題や歌材をいくつかにまとめて並べている。「雑歌下」は、無常・厭世・憂愁・隠遁・籠居・不遇・孤独・流離・変転など不如意な現実を絶望的にうたい上げた歌を収め、そこから逃れ脱しようとする期待をこめた歌を最後に据えている。雑の歌は喜怒哀楽の人生の種々相を現実感強く映し出しており、王朝の雅びの反面を描き出している。

「雑躰」は、長歌・旋頭歌・誹諧歌と形式や風体の異なった歌を収めている。長歌は項目名は「短歌」となっており、諸本一致していて、なぜこのように誤られたのかは明らかではない。旋頭歌は五七七五七七と片歌が繰り返される形式のもので、『万葉集』からすでに見える。誹諧歌は「ひかいか」と読み、おどけそしるような詠みぶりの歌であるとする説がある。通説では、正格からはずれた滑稽味のあるもので、やや古い時期のものであるという。『古今集』の理智的なものへの好尚を端的に示した風体の歌で、物名歌などに通じる面がある。「大歌所御歌」は、歌謡として歌われていた和歌を収めたもので、これも特異な部立である。大歌は宮中の公的な儀式に歌われた歌謡で、大歌所で掌られていた。ただし、「大歌所御歌」は最初の五首だけで、「神遊びの歌」や「東歌」は別のものだとされている。

『古今集』の「仮名序」や「真名序」の成立の先後や筆者について諸説あるが、「仮名序」は紀貫之の和歌観や歌論を具体的に述べたものであって、和歌は心情の表出であるという本質論に始まり、和歌の効用と沿革を述べ、和歌の表現や風体の六つの「さま」を掲げて論じ、和歌のあるべき理想的な姿を説いてから、『万葉集』から六歌仙時代までの和歌史を批評的に語り、『古今集』の成立の経緯を記してその完成を寿ぐ、といった構成によって執筆しており、君臣合体して公的な宴遊の場で和歌を詠むのが宮廷文学としての和歌の理想的なあり方であると誇らかに主張し、心詞調和の風体を志向する表現美学を提示する。これはさらに「大堰川御幸和歌序」や『新撰和歌』の「真名序」へと展開していくことになる。

『古今集』の主要歌人の入集歌数は、紀貫之が一〇二首、凡河内躬恒が六〇首、紀友則が四六首、壬生忠岑が三六首と撰者たちの歌が圧倒的に多く上位を占め、合計で二四四首に達し、全体の二割余りを占めており、撰者たちの歌が『古今集』の詠風に大きくかかわっていることが知られる。他に五首以上の歌人を挙げれば、素性三六首（兼芸法師作といわれる八〇三を加えれば、三七首）、在原業平三〇首、伊勢二二首、藤原敏行一九首、小野小町一八首、遍照・藤原興風・清原深養父一七首、在原元方一四首、大江千里一〇首、平貞文九首、坂上是則八首、源宗于六首、小野篁・文屋康秀・兼覧王《かねみのおおきみ》五首などであり、六歌仙の有力歌人の歌もかなり目立っている。よみ人知らずの歌の多くは九世紀前半のものと思われるが、四五〇首を越えて全体の四割にも及んでおり、『古今集』の「古」の部分の形成に大きくあずかっている。

『古今和歌集』の表現の特質

紀貫之は『古今集』の仮名序で、和歌は心情の表出であり、心情を景物に託して表現していくという和歌のあり方を説いている。これは対象を直接にうたうのではなく、対象によそえて心情をうたう、すなわち対象を観念に即して再構成するという『古今集』の詠風の特質を述べたものであり、心情と表現との緊張関係を追求する心と詞の美学の根本ともなっている。『古今集』の本質は言語への関心であり、四季の自然や喜怒哀楽の心情が斬新な趣向や複雑な表現技巧によって詠出され、優美繊細で典雅端正な美の世界が展開される。宮廷社会の社交的な雰囲気と王朝貴族の教養主義が、『万葉集』以来の和歌の伝統と漢詩文の表現の影響を織りまぜて、このような言葉のあやを楽しむ遊戯的な文芸趣味の世界をもたらしたのである。
七五調で三句切れの歌が多く、優雅な『古今集』の心と詞の美学の根底となるのが、歌語と修辞技法とである。歌語は、地名（歌枕）や天象・地儀、歳時、動植物などの自然の景物などが中心となるが、恋・離別・慶賀・哀傷・述懐などさまざまな人事の場における心情・行為・様態なども、複雑微妙な語感や美意識を備えて様式化された歌語となっており、『古今集』を形成するすべての言葉が一つの表現体系を形成しているといってもよいのである。
歌語の用法の基本は類型的な印象と掛詞的な連想とである。地名を例にとってみれば、まず土地と景物には特定の結び付きが見られる。吉野山の雪や桜、龍田川の紅葉といった類である。

み吉野の山辺に咲ける桜花雪かとのみぞあやまたれける
龍田川もみぢ乱れて流るめり渡らば錦中や絶えなむ

難波の葦とか住吉の松などもよく知られている例である。次に、地名の形から他の事物、動作・行為・心情・様態などを連想するものが見られる。「鏡山」から「鏡」、「かへる山」から「帰る」、「くらぶ山」から「暗（し）」を掛詞的に連想するものであって、地名が名詞・動詞・形容詞などと同様な表現機能を果たすことになる。

鏡山いざ立ち寄りて見てゆかむ年経ぬる身は老いやしぬると
かへる山ありとは聞けど春霞立ち別れなば恋しかるべし

梅の花にほふ春べはくらぶ山闇に越ゆれどしるくぞありける

次に、地名に特定の印象が付随しているものが見られる。昨日の淵が今日は瀬になる飛鳥川は無常転変、波が決して越えることがないという末の松山は愛情の証などを示す。

世の中は何か常なる飛鳥川昨日の淵ぞ今日は瀬になる

君をおきてあだし心を我が持たば末の松山波も越えなむ

このような用法はすべての歌語に共通するものであり、梅と鶯、花橘や卯の花と時鳥、萩と鹿などの取り合わせ、「藤袴」から「袴」、「松虫」から「待つ」、「卯の花」から「憂(し)」などの連想、春の到来を告げ逝く春を惜しむ鶯、四月は山にいて五月になると里に来て鳴く時鳥、紅葉を色とりどりに染める露といった印象など、さまざまな例が見られる。

この多彩な用法を持った歌語を要素として一首の歌として構成する修辞技法の基本となるのは比喩と掛詞とであって、『古今集』の表現として代表的な見立てと擬人法となる。花を雪と見る、雪を花と見るというように、事物を類似した他の事物によそえて表現するのが見立てであり、天象・地象や動植物を人間として扱い、自然を人事に引き寄せるのが擬人法である。

霞立ち木の芽もはるの雪降れば花なき里も花ぞ散りける

花の色は霞にこめて見せずとも香をだに盗め春の山風

前代からの序詞や枕詞とともに、『古今集』では掛詞や縁語が発達した。

青柳の糸よりかくる春しもぞ乱れて花のほころびにける

みるめなき我が身を浦と知らねばやかれなで海人の足たゆく来る

「糸」によそえられた青柳に「よりかく」「乱る」「ほころぶ」が縁語として連なり、「見るめ」「海松布」、「憂」「浦」、「離る」「刈る」という掛詞や男の比喩の「海人」が「浦」の縁語として複雑な言葉の関連をもたらしている。

類型と連想を軸とする歌語を用い、比喩や掛詞によって映像の重層や意味の複合を導き出すのが『古今集』の表現構造であり、その奥行の深い表現は自然の中に人事を織りこむことを可能にし、心情や思惟の情感豊かな表現伝達を導き出した。『古今集』によって、言葉の表現性が自覚され、仮名文字の普及ともあいまって、王朝貴族は自在な言葉の使用を獲得するに至ったのであり、王朝貴族の屈折した精神を表出する媒体となった和歌は時間の推移に応じた息の長い表現もできるようになり、やがては散文の発達ももたらすようになる。

『古今和歌集』の本文

『古今集』の本文については、西下経一氏『古今集の伝本の研究』（明治書院　昭和二九年）の伝写の過程に即して系統立てした説、久曾神昇氏『古今和歌集成立論 資料編 研究編』（風間書房　昭和三五～三六年）の成立の過程に即して系統立てした説があるが、西下氏の説によって現存伝本を位置付けすると、次のようになる。流布本は定家本で、貞応本（二条家本）・嘉禄本（冷泉家本）・伊達家本（定家自筆本で嘉禄本に近い）などが知られており、とくに貞応本が圧倒的に流布していた。定家本の親本になるのが俊成本で、これは新院（崇徳院）御本と基俊本とを校合してできたものである。新院御本は陽明門院御本や小野皇太后宮御本と共に当時の三証本と呼ばれる由緒正しい本で、いずれも貫之自筆本といわれる。清輔本は小野皇太后宮御本直系の通宗本を定本として他の証本と校合したものであり、雅経本も新院御本の直系で、有力な伝本である。これらに対して、元永本は系統を異にする古本で、完備した伝本としては現存最古のものであるが、本文的には必ずしも善本ではないといわれる。定家本・俊成本・清輔本・雅経本・元永本などが現存伝本の代表的な系統であって、定家本が流布本として通行している。本書の底本とした八代集抄本は貞応本系統の末流本だが、江戸時代の代表的な流布本としての意義が認められる。一方、久曾神氏は編纂過程においてさまざまな形態の本文が生じ、最初から形態が分かれていたとして、部類の相異、仮名序の有無と相異、真名序の有無、詞書や作者表記、部類名、切出歌の出入などによって、初撰本と再撰本とに大別し、再撰本を私稿本・公稿本（一―五次）・奏覧本（六次）に類別しており、定家本など代表的伝本の多くは五次本に位置づけている。西下氏の本文研究の成果は、滝沢貞夫氏の協力によって『古今集校本』（笠間書院　昭和五二年）としてまとめられ、近年では西下説への支持が多い。

参考文献

本文・索引

〔本文研究〕

西下経一『古今集の伝本の研究』明治書院　昭和二九年
久曾神昇『古今和歌集成立論』風間書房　昭和三五〜三六年
久曾神昇『古今集古筆資料集』風間書房　平成二年
秋永一枝『古今和歌集声点本の研究　資料編　索引編　研究編上・下』校倉書房　昭和四七年〜平成三年

〔校本・本文〕

小沢正夫『作者別年代順古今和歌集』明治書院　昭和五〇年
西下経一・滝沢貞夫『古今集校本』笠間書院　昭和五二年

〔索引〕

西下経一・滝沢貞夫『古今集総索引』明治書院　昭和三三年
片桐洋一監修・ひめまつの会編『八代集総索引　和歌自立語篇』大学堂書店　昭和六一年
久保田淳監修『八代集総索引』新日本古典文学大系別巻　岩波書店　平成七年

注釈

＊田村緑「古今和歌集注釈書目録」（新日本古典文学大系『古今和歌集』所収）参照

〔古注〕

慶應義塾大学付属研究所斯道文庫編『古今集注釈書伝本書目』勉誠出版　平成一九年

日本歌学大系　風間書房
巻一『奥義抄』昭和二三年　別巻四『顕昭註』『顕昭序註』昭和五五年　別巻五『顕註密勘』『僻案抄』昭和五六年
「古注七種集成」（後掲『竹岡全評釈』所収）
『清輔勘物・書入』『教長註』『顕昭註』『顕註密勘』『寂恵勘物・書入』『両度聞書』『栄雅抄』
片桐洋一『中世古今集注釈書解題　一～六』赤尾照文堂　昭和四六～六二年
『為家古今序抄』『三秘抄古今聞書』『明疑抄』『古今和歌集序聞書三流抄』『伝頓阿作古今序注』『弘安十年本古今集歌注』『六巻抄（東山御文庫蔵本）』『近衛尚通本両度聞書』『蓮心院殿説古今集注』『古今集抄（書陵部本）所引聞書』
古今集古注釈集成　笠間書院　平成七年～
『浄弁注』『耕雲聞書』『伝冬良注』『鈷訓和謌集聞書（書陵部蔵本）』『伝心抄』『後水尾院講釈聞書』
慶應義塾大学付属研究所斯道文庫監修　古今集注釈書影印叢刊　勉誠出版　平成一九年～
『僻案抄』『古今和歌集註（伊達文庫蔵本）』『古今集童蒙抄』『古訓密勘注』『古今灌頂巻・和歌灌頂次第秘密抄・幽旨（静嘉堂蔵本）』『古今拾穂抄（全四冊　川上新一郎蔵本）』

＊

藤原清輔『奥義抄』（前掲）　井上宗雄編『大東急記念文庫善本叢刊　中古中世篇四　和歌Ⅰ』汲古書院　平成一五年
藤原教長『古今集註』　日本古典全集古今和歌集　刊行会　昭和二年
顕昭『古今集註』『古今集序註』（前掲）
藤原俊成『古今問答』　国語国文学研究史大成『古今集・新古今集』三省堂　昭和三五年　天理大学出版部『天理図書館善本叢書　和歌物語古註続集』八木書店　昭和五七年
顕昭・藤原定家『顕註密勘』（前掲）　日本古典文学影印叢刊二二　財団法人日本古典文学会　昭和六二年
藤原定家『僻案抄』（前掲）　天理大学出版部『天理図書館善本叢書　平安時代歌論集』八木書店　昭和五二

年
著者未詳『古今集注抄出』　東京大学国語研究室資料叢書　汲古書院　昭和六〇年
冷泉為相『古今集註』　京都大学国語国文資料叢書　臨川書店　昭和五九年
二条為世・定為『行乗・古今和歌集聞書　六巻抄』　赤羽淑解説　ノートルダム清心女子大学国文学研究室古典叢書刊行会　福武書店　昭和五三年
『浄弁注』（前掲）
著者未詳『毘沙門堂本古今集註』　未刊国文古註釈大系　帝国教育会出版部　昭和一〇年　古今集古註釈大成　日本図書センター　昭和五三年　片桐洋一編影印本　八木書店　平成一〇年
二条義徳『古今秘註抄』　未刊国文古註釈大系　帝国教育会出版部　昭和一〇年
北畠親房『古今集序註』　続群書類従
『耕雲聞書』（前掲）
『伝冬良注』（前掲）
冷泉持為『古今抄（広島大学蔵本）』　翻刻平安文学資料稿　広島平安文学研究会　田野慎二・山崎真克校　平成八・九年
東常縁『宗祇・両度聞書』（前掲）
一条兼良『古今集童蒙抄』　群書類従
宗祇『牡丹花肖柏聞書・古聞（尊経閣文庫蔵本）』　斯道文庫論集二二・二三　昭和六三年・平成元年
尭恵『古今集延五記（天理図書館蔵本）』　秋永一枝・田辺佳代　笠間書院　昭和五三年
飛鳥井雅親『栄雅抄』（前掲）　未刊国文古註釈大系　昭和一三年　帝国教育会出版部
宗祇『宗碩聞書』　斯道文庫論集二一　昭和六〇年
猪苗代兼載『兼純聞書　古今私秘聞』　赤羽淑解説　ノートルダム清心女子大学国文学研究室古典叢書刊行会　昭和四五年
『平松本古今集抄』　京都大学国語国文資料叢書　臨川書店　昭和五五年

『古今和歌集聞書（東大本）』　東京大学国語研究室資料叢書　汲古書院　昭和六〇年
三条西実枝『伝心抄』（前掲）
『古今和歌集三條抄』　徳江元正編　三弥井書店　平成二年
『古今集秘書（稲賀敬二旧蔵本）』　翻刻平安文学資料稿　広島平安文学研究会　陳文瑤・岡（小川）陽子・相原宏美校　平成一六・一七年
北村季吟『八代集抄』　山岸徳平『八代集全註』　有精堂　昭和三五年　北村季吟古注釈集成　片桐洋一解説　新典社　昭和五四・五五年
北村季吟『教端抄（初雁文庫本）』　片桐洋一解説　新典社　昭和五四年

〔古今伝授〕

新井栄蔵『曼殊院蔵古今伝授資料一〜七』　汲古書院　平成二〜四年
『古今切紙集（書陵部蔵）』　京都大学国語国文資料叢書　臨川書店　昭和五八年
横井金男『古今伝授の史的研究』　臨川書店　昭和五五年
横井金男・新井栄蔵編『古今集の世界——伝授と享受』　世界思想社　昭和六一年
井上宗雄『中世歌壇史の研究　室町後期』　明治書院　昭和四七年　改定新版昭和六二年
三輪正胤『歌学秘伝の研究』　風間書房　平成六年
日下幸男『近世伝授史の研究　地下篇』　新典社　平成一〇年

〔新注〕

荷田春満『古今集序釈』ほか　荷田春満全集六　おうふう　平成一八年
契沖『古今余材抄』　契沖全集八　岩波書店　昭和四八年　前掲古今集古註釈大成
賀茂真淵『古今和歌集打聴』　賀茂真淵全集九　続群書類従刊行会　昭和五三年
賀茂真淵『続万葉論』　賀茂真淵全集一〇・一一　続群書類従刊行会　昭和六〇年　平成二年
本居宣長『古今和歌集遠鏡』　本居宣長全集三　筑摩書房　昭和四四年　東洋文庫　今西祐一郎校注　全二冊　版本と稿本との異同補記　平凡社　平成二〇年

尾崎雅親『古今和歌集鄙言』　後藤剛編『古今和歌集鄙言の国語学的研究　影印・翻刻篇』武蔵野書院　平成元年
香川景樹『古今和歌集正義』　滝沢貞夫編　勉誠社　昭和五三年
香川景樹講義『中川自休・熊谷直好聞書　古今和歌集正義講稿』賀・離別・物名・恋一　竹岡正夫解説　勉誠社　昭和五九年
藤井高尚『古今和歌集新釈』　歌書刊行会　明治四四年　序から恋四まで　井上通泰稿・編「藤井高尚伝・年譜」を付す。複刻版　島田良二おくがき　平成元年
ほかに、宮下正岑『古今和歌集朗解』、富樫広蔭『古今和歌集紀氏直伝解』など。

〔注釈書〕

金子元臣『古今和歌集評釈』明治書院　明治三四〜四一年　新訂版昭和二年
窪田空穂『古今和歌集評釈』東京堂　昭和一〇〜一二年　改定版昭和三五年　後に角川書店版窪田空穂全集所収
三浦圭三『古今和歌集新講』天泉社　昭和一八年
松田武夫『新釈古今和歌集　上・下』風間書房　昭和四三・五〇年
竹岡正夫『古今和歌集全評釈　上・下』右文書院　昭和五一年　補訂版昭和五六年
片桐洋一『古今和歌集全評釈上・中・下』講談社　平成一〇年

〔校注書〕

西下経一『日本古典全書』朝日新聞社　昭和二三年
小西甚一『新註国文学叢書』講談社　昭和二四年
佐伯梅友『日本古典文学大系』岩波書店　昭和三三年　解説・本文校訂・索引など、西下経一・滝沢貞夫担当
小沢正夫『日本古典文学全集』小学館　昭和四六年　本文校訂・出典考証などを松田成穂が担当し、その成果が『古今集研究資料稿』(名古屋平安文学研究会　昭和四七年)となった。

折口信夫『全集ノート編一二』仮名序・巻一・巻二〇、作者別講義、選釈、輪講　中央公論社　昭和四六年
奥村恒哉『新潮日本古典集成』新潮社　昭和五三年
杉谷寿郎・菅根順之・半田公平編『古今和歌集』新典社　昭和五六年
小島憲之・新井栄蔵『新日本古典文学大系』岩波書店　平成元年
小沢正夫・松田成穂『新編日本古典文学全集』小学館　平成六年

＊

窪田章一郎『角川文庫』角川書店　昭和四八年
久曾神昇『講談社学術文庫』全四巻　講談社　昭和五四〜五八年
片桐洋一『全対訳日本古典新書』創英社　昭和五五年　後に笠間文庫　笠間書院　平成一七年
佐伯梅友『岩波文庫』岩波書店　昭和五六年
小町谷照彦『旺文社文庫』旺文社　昭和五七年〈本書の原著〉　後に同社対訳古典シリーズ
高田祐彦『角川ソフィア文庫』角川書店　平成二一年

入門・鑑賞

〔講座・シリーズ〕

窪田章一郎『古今和歌集』続日本古典読本　日本評論社　昭和一九年
藤川忠治『古今和歌集』現代語訳日本古典文学全集　河出書房
窪田章一郎『古今集』アテネ文庫　弘文堂　昭和三〇年
窪田章一郎・石田吉貞・伊藤嘉夫・高崎正秀『古今集・新古今集・山家集・金槐集』　日本古典鑑賞講座
角川書店　昭和三三年
窪田章一郎他『古今和歌集・新古今和歌集』古典日本文学全集　筑摩書房　昭和四〇年
窪田空穂・窪田章一郎他『古今和歌集・新古今和歌集』日本の古典　河出書房新社　昭和四七年

窪田章一郎・杉谷寿郎・藤平春男『古今和歌集・後撰和歌集・拾遺和歌集』鑑賞日本古典文学　角川書店　昭和五〇年
藤平春男・杉谷寿郎・上野理『古今和歌集入門』有斐閣　昭和五三年
秋山虔・久保田淳『古今和歌集・王朝秀歌撰』鑑賞日本の古典　尚学図書　昭和五七年
川村晃生『古今和歌集』日本の文学・古典編　ほるぷ出版　昭和六一年

〔読解〕
大岡信『四季の歌恋の歌　古今集を読む』筑摩書房　昭和五四年　ちくま文庫版　昭和六二年
『竹西寛子の古今集　空に立つ波』平凡社　昭和六〇年
『尾崎左永子の古今和歌集・新古今和歌集』わたしの古典　集英社　昭和六二年
山下道代『古今集　恋の歌』筑摩書房　昭和六二年

〔図説・図典〕
大岡信『古今集・新古今集』現代語訳日本の古典　学習研究社　昭和五六年
久保田淳・白畑よし・目崎徳衛『古今和歌集・新古今和歌集』図説日本の古典　集英社　昭和五四年　新装版　昭和六三年
小町谷照彦・田久保英夫『古今和歌集』新潮古典文学アルバム四　新潮社　平成三年
小町谷照彦編『カラー版古今和歌集』おうふう　昭和六三年
松田修『古今・新古今集の花』カラー版古典の花　国際情報社　昭和五七年

作品研究

〔入門書・研究案内書〕
藤平春男編『古今集新古今集必携』学燈社　昭和五四年
久保田淳『古典和歌必携』学燈社　昭和六一年

田中登・山本登朗編『平安文学ハンドブック』和泉書院　平成一六年
＊
藤岡忠美司会　片桐洋一・増田繁夫・小町谷照彦・藤平春男『シンポジウム日本文学　古今集』学生社　昭和五一年
『古文研究シリーズ　古今和歌集』尚学図書『国語展望』別冊　昭和五二年
片桐洋一編『王朝和歌の世界』世界思想社　昭和五九年
後藤祥子編『王朝和歌を学ぶ人のために』世界思想社　平成九年
谷知子『和歌文学の基礎知識』角川選書　角川学芸出版　平成一八年
渡部泰明『和歌とは何か』岩波新書　岩波書店　平成二一年
＊
片桐洋一監修・ひめまつの会編『平安和歌歌枕地名索引』大学堂書店　昭和四七年
片桐洋一『歌枕歌ことば辞典』角川書店　昭和五八年　増訂版　笠間書院　平成一一年
久保田淳・馬場あき子編『歌ことば歌枕大辞典』角川書店　平成一一年
木村陽二郎監修『図説草木名彙辞典』柏書房　平成三年
平田喜信・身崎壽『和歌植物表現辞典』東京堂出版　平成六年
〔研究史〕
西下経一他編『古今集・新古今集』国語国文学研究史大成　三省堂　昭和三五年　増補版　昭和五二年
日本文学研究資料叢書刊行会編『古今和歌集』小町谷照彦解説　有精堂　昭和五一年
〔論集〕
和歌文学会編『論集　古今和歌集』笠間書院　昭和五六年
小沢正夫編『三代集の研究』明治書院　昭和五六年
平安文学論究会編『講座平安文学論究　第二輯』風間書房　昭和六〇年
『一冊の講座　古今和歌集』有精堂　昭和六二年

藤岡忠美編『古今和歌集連環』和泉書院　平成元年
島津忠夫編『和歌史の構想』和泉書院　平成二年
和漢比較文学会編『古今集と漢文学』和漢比較文学叢書　汲古書院　平成四年
上野理編『古今集』和歌文学講座　勉誠社　平成五年
『古今集とその前後』和歌文学論集　風間書房　平成六年
『古今和歌集研究集成　一生成と本質　二本文と表現　三伝統と評価』増田繁夫・小町谷照彦・鈴木日出男・藤原克己編　風間書房　平成一六年
浅田徹・藤平泉編『古今集新古今集の方法』和歌文学会論集　笠間書院　平成一六年
森正人・鈴木元『文学史の古今和歌集』和泉書院　平成一九年

〔古今集論〕

安田喜代門『古今集時代の研究』六文館　昭和七年
小沢正夫『古今集の世界』塙書房　昭和三六年　増補版昭和五一年
松田武夫『古今集の構造に関する研究』風間書房　昭和四〇年
奥村恒哉『古今集・後撰集の諸問題』風間書房　昭和四六年
村瀬敏夫『古今集の基盤と周辺』桜楓社　昭和四六年
奥村恒哉『古今集の研究』臨川書店　昭和五五年
菊池靖彦『古今的世界の研究』笠間書院　昭和五五年
中田武司『古今和歌集の形成』桜楓社　昭和五七年
今井優『古今風の起原と本質』和泉書院　昭和六〇年
島田良二『古今集とその周辺』笠間書院　昭和六二年
田中常正『万葉集より古今集へ』『万葉集より古今集へ　第二』笠間書院　昭和六二年・平成元年
片桐洋一『古今和歌集の研究』明治書院　平成三年
小町谷照彦『古今和歌集と歌ことば表現』岩波書店　平成六年

神谷かをる『古今和歌集用語の語彙的研究』和泉書院　平成一一年
平沢竜介『古今歌風の成立』笠間書院　平成一一年
鈴木宏子『古今和歌集表現論』笠間書院　平成一二年
徳原茂実『古今和歌集の遠景』和泉書院　平成一七年
熊谷直春『古今集前後』武蔵野書房　平成二〇年
宇佐美昭徳『古今和歌集論　万葉集から平安文学へ』笠間書院　平成二〇年
岩井宏子『古今的表現の成立と展開』和泉書院　平成二〇年
佐田公子『古今集の桜と紅葉』笠間書院　平成二〇年

〔和歌史〕

久松潜一『日本文学評論史　古代・中世篇』至文堂　昭和一一年　著作集　昭和四三年
松田武夫『勅撰和歌集の研究』日本電報通信社出版部　昭和一九年
中島光風『上世歌学の研究』筑摩書房　昭和二〇年
久松潜一『古代和歌史』和歌史二　東京堂出版　昭和三五年
小沢正夫『古代歌学の形成』塙書房　昭和三八年
藤岡忠美『平安和歌史論――三代集時代の基調――』桜楓社　昭和四一年
松田武夫『平安朝の和歌』有精堂　昭和四三年
目崎徳衛『平安文化史論』桜楓社　昭和四三年
窪田敏夫『王朝和歌史論』角川書店　昭和四四年
風巻景次郎『和歌の伝統』全集五　桜楓社　昭和四五年
山岸徳平『和歌文学研究』著作集二　有精堂　昭和四六年
橋本不美男『王朝和歌史の研究』笠間書院　昭和四七年
小沢正夫・島津忠夫編『古今・新古今とその周辺』大学堂書店　昭和四七年
山口博『王朝歌壇の研究　宇多醍醐朱雀朝篇』桜楓社　昭和四八年

目崎徳衛『王朝のみやび』吉川弘文館　昭和五三年
山口博『王朝歌壇の研究　桓武仁明光孝朝篇』桜楓社　昭和五七年
森本元子『和歌文学新論』明治書院　昭和五七年
鈴木日出男『古代和歌史論』東京大学出版会　平成二年
川村晃生『摂関期和歌史の研究』三弥井書店　平成三年
小沢正夫『万葉集と古今集――古代宮廷叙情詩の系譜――』新典社　平成四年
熊谷直春『平安朝前期文学史の研究』桜楓社　平成四年
工藤重矩『平安朝律令社会の文学』ぺりかん社　平成五年
片桐洋一『古今和歌集以後』笠間書院　平成一二年
藤岡忠美『平安朝和歌　読解と試論』風間書房　平成一五年
近藤みゆき『古代後期和歌文学の研究』風間書房　平成一七年
平沢竜介『王朝文学の始発』笠間書院　平成二一年

〈関連分野〉

小島憲之『古今集以前』塙書房　昭和五一年
渡辺秀夫『平安朝文学と漢文世界』勉誠社　平成三年
三木雅博『平安詩歌の展開と中国文学』和泉書院　平成一一年
金原理『詩歌の表現――平安朝韻文攷――』九州大学出版会　平成一二年
工藤重矩『平安朝和歌漢詩文新考　継承と批判』風間書房　平成一二年
中野方子『平安前期歌語の和漢比較文学的研究』笠間書院　平成一七年

＊

萩谷朴『平安朝歌合大成』全一〇巻　私家版　昭和三二〜四四年　全五巻　同朋舎増補新訂版　平成七〜八年
峯岸義秋『歌合の研究』桜楓社　昭和四〇年

家永三郎『上代倭絵全史』『上代倭絵年表』墨水書房　改定版　昭和四一年
『屛風歌と歌合』和歌文学論集　風間書房　平成七年
田島智子『屛風歌の研究　論考篇　資料篇』和泉書院　平成一九年

＊

森重敏『文体の論理』風間書房　昭和四二年
小松英雄『やまと歌――古今和歌集の言語ゲーム』講談社　平成六年
滝沢貞夫『王朝和歌と歌語』笠間書院　平成一二年
小松英雄『みそひと文字の抒情詩』笠間書院　平成一六年

〔紀貫之論〕

目崎徳衛『紀貫之』人物叢書　吉川弘文館　昭和三六年
萩谷朴『新訂土佐日記』日本古典全書　朝日新聞社　昭和四四年
大岡信『紀貫之』日本詩人選　筑摩書房　昭和四六年
村瀬敏夫『紀貫之伝の研究』桜楓社　昭和五六年
長谷川政春『紀貫之論』新鋭研究叢書　有精堂　昭和五九年
藤岡忠美『紀貫之　歌ことばを創る』王朝の歌人　集英社　昭和六〇年
村瀬敏夫『宮廷歌人　紀貫之』新典社　昭和六二年
神田龍身『紀貫之』ミネルヴァ日本評伝選　ミネルヴァ書房　平成二一年

歌合・屏風歌一覧

歌合

中将御息所歌合《ちゆうじやうのみやすむどころのうたあはせ》　光孝天皇の御代の歌合らしいが、詳細は未詳。一〇八・一一四

寛平御時菊合《くわんびやうのおほむときのきくあはせ》　宇多天皇の御代の仁和四年（八八八）から寛平三年（八九一）までの秋に行なわれたもので、名所の菊にちなんだ歌が詠まれた。十番二十首の歌が残されている。二七二・二七三・二七四・二七五

是貞親王家歌合《これさだのみこのいへのうたあはせ》　光孝天皇の第二皇子是貞親王が主催した歌合。寛平五年（八九三）九月以前に行なわれ、三十五番で、すべて秋の歌より成る。作者は、壬生忠岑・藤原敏行・紀友則・大江千里・在原元方・紀貫之・凡河内躬恒・藤原興風など。一八九・一九三・一九四・一九七・二〇七・二一四・二一五・二一八・二二五・二三八・二四九・二五〇・二五七・二五八・二六三・二六六・二七〇・二七八・二九五・二九六・三〇六・五八二

寛平御時后宮歌合《くわんびやうのおほむときのきさいのみやのうたあはせ》　宇多天皇の生母班子《はんし》女王主催の歌合で、寛平五年（八九三）九月以前成立。春・夏・秋・冬・恋の各二十番二百首の大規模なもの。作者は、藤原興風・紀友則・紀貫之・在原棟梁・源宗于・藤原敏行・壬生忠岑・素性・大江千里・凡河内躬恒・在原元方・伊勢・坂上是則・小野美材・菅野忠臣・文屋朝康など。一二・一三・一四・一五・二四・四六・四七・六〇・九二・一〇一・一〇二・一〇三・一一六・一一八・一三一・一五三・一五四・一五五・一五六・一五七・一五八・一七八・二二二・二四三・二四四・二六四・二七一・三〇一・三三六・三三七・三三八・三四〇・五五八・五五九・五六〇・五六一・五六二・五六三・五六四・五六五・五六六・五六七・五六八・五六九・五七〇・五七一・五七二・六三九・六六一・六六八・七一五・八〇九・九〇二・一〇二〇・一〇三一

朱雀院女郎花合《すざくゐんのをみなへしあはせ》　宇多上皇が昌泰元年（八九八）秋に朱雀院で催した女郎花合に伴う歌合。作者は、壬生忠岑・凡河内躬恒・藤原興風・伊勢・紀貫之など。二三〇・二三一・二三二・二三三・二三四・二三五・二三六・四三九

秋歌合《あきのうたあはせ》　延喜四年（九〇四）以前の秋に催されたものらしいが、未詳。二五一

亭子院歌合《ていじのゐんのうたあはせ》　延喜十三年（九一三）三月十三日、宇多上皇の御所亭子院で催された歌合。題は、仲春・季春・初夏・恋の四題で、三十番六十首。作者は、凡河内躬恒・藤原興風・紀貫之・伊勢・坂上是則など。仮名日記は伊勢が執筆したという。
六八・八九・一三四

屏風歌

清涼殿台盤所屏風　文徳天皇御代
滝　九三〇三条町
二条后藤原高子屏風　陽成天皇東宮時代
龍田川の紅葉　二九三素性・二九四在原業平
二条后藤原高子五十賀屏風　寛平三年（八九一）
（貞保親王主催）
桜の落花を見る人　三五一藤原興風

屏風　宇多天皇御代
忘れ草　八〇二素性
仁明天皇第七皇子本康親王七十賀屏風
梅　三五二紀貫之　長寿祈念　三五三・三五四素性
右大将藤原定国四十賀四季屏風　延喜五年（九〇五）二月十日（尚侍藤原満子主催）
春　春日野の若菜　三五七素性
　　桜花　三五八凡河内躬恒
夏　時鳥　三五九紀友則
秋　住の江の松と秋風　三六〇凡河内躬恒
　　佐保の川霧と千鳥　三六一壬生忠岑
　　常盤山の紅葉　三六二坂上是則
冬　吉野山の雪　三六三紀貫之
亭子院屏風　延喜七年（九〇七）頃
川辺の紅葉　三〇五凡河内躬恒
屏風　詠作事情未詳　花　九三一紀貫之
屏風　詠作事情未詳　山田の稲と雁　九三二坂上是則

作者略伝・作者名索引

【あ行】

安倍清行《あべのきよゆき》（—朝臣）　大納言安仁の子。讃岐《さぬき》の父。天長二年（八二五）生。承和三年（八三六）春、文章生となり、周防守、左衛門権佐、右少弁、伊予守、播磨守、左少弁、右中弁、陸奥守を経て、寛平六年（八九四）正月讃岐守、翌七年八月従四位上に至った。昌泰三年（九〇〇）没。　四五六・五五六

安倍仲麿《あべのなかまろ》　中務大輔舟守の子。文武二年（六九八）生。霊亀二年（七一六）、遣唐留学生に選ばれ、吉備真備《きびのまきび》や玄昉《げんぼう》などと共に翌年入唐し、朝衡《ちょうこう》の唐名で玄宗《げんそう》に仕え、李白や王維などと交わった。天平勝宝五年（七五三）、遣唐使の藤原清河と共に帰国しようとしたが、暴風に会って安南に漂着し、かろうじて唐に戻り、そこで没した。潞洲大都督《ろしゆうだいとく》の称号を贈られた。神護景雲四年（七七〇）没。承和三年（八三六）、贈正二位。　四〇六

阿保経覧《あほのつねみ》　寛平五年（八九三）七月、主計権少属となり、算博士、左右の少史、大史を経て、延喜七年（九〇七）正月、従五位下、二月、主計助、同十一年九月、主税頭に至る。延喜十二年（九一二）正月十七日没。　四四八

洽子《あまねいこ》（典侍《ないしのすけ》—朝臣）　生没年未詳。参議従三位春澄善縄《はるずみのよしなわ》の娘。元慶元年（八七七）十一月正五位下、仁和三年（八八七）正月従四位下、掌侍、寛平八年（八九六）正月従四位上、延喜二年（九〇二）正月従三位。　一〇七

あやもち　伝未詳。　一一〇五

在原滋春《ありはらのしげはる》　業平の三男だが、次男の師尚《もろなお》が高階《たかしな》氏の養子になったので、次男とされ、大和物語などでは在次《ざいじ》の君と呼ばれている。六位内舎人であったという。延喜五年（九〇五）没か。　三五五・三七二・四二四・四五一・四六五・八六二

在原業平《ありはらのなりひら》（—朝臣）　平城天皇第一皇子阿保《あぼ》親王五男で、母は桓武天皇皇女伊都《いと》（登・豆とも）内親王。行平の弟。天長二年（八二五）生。天長三年、在原姓を賜わり、臣籍降下。承和八年（八四一）、右近衛将監、貞観七年（八六五）右馬頭、同十五

年従四位下、元慶元年（八七七）、右近権中将、従四位上、のち相模権守・美濃権守も兼任。同三年、蔵人頭。元慶四年（八八〇）五月二十八日没。六歌仙・三十六歌仙の一人。業平集がある。三代実録には、「体貌閑麗。放縦不拘。略無才学。善作倭歌」と評せられ、伊勢物語の主人公として虚像が形成された。在五中将と呼ばれる。五三・六三・一三三・二四八・二九四・三四九・四一〇・四一一・四一八・四七六・六一六・六一八・六二二・六三二・六四四・六四六・七〇五・七〇七・七四七・七八五・八六一・八六八・八七一・八七九・八八四・九〇一・九二三・九六九・九七〇・九七一

在原業平朝臣母《ありはらのなりひらあそんのはは》　桓武天皇皇女伊都《いと》（登・豆とも）内親王。平城天皇皇子阿保《あぼ》親王妃。業平の母。兼子内親王、桂内親王ともいう。貞観三年（八六一）九月没。九〇〇

在原棟梁《ありはらのむねやな》　業平の長男。貞観十一年（八六九）三月、東宮舎人。元慶九年（八八五）正月、従五位下。雅楽頭・左兵衛佐兼安芸介・左衛門佐を経て、寛平九年（八九七）七月、従五位上、同十年二月、筑前守に至り没する。寛平御時后宮歌合の作者。一五・二四三・九〇二・一〇二〇

在原元方《ありはらのもとかた》　業平の孫。棟梁《むねやな》の子。藤原国経《くにつね》の猶子となった。大和物語などに見える戒仙《かいせん》と同一かともいう。寛平御時后宮歌合などの作者。一・一〇三・一三〇・一九五・二〇六・二六一・三三九・四七三・四七四・四八〇・六二六・六三〇・七五一・一〇六二

在原行平《ありはらのゆきひら》（―朝臣）　業平の兄。弘仁九年（八一八）生。承和七年（八四〇）正月、蔵人、同八年十一月、従五位下、因幡守・兵部大輔・中務大輔・左馬頭・播磨守・内匠頭・左京大夫・信濃守・大蔵大輔・左兵衛督・備中守などを経て、貞観十二年（八七〇）正月、参議、左兵衛督・左衛門督・蔵人頭・検非違使別当・大宰権帥・治部卿・備中守・近江守などを兼ねたりして、元慶六年（八八二）正月、中納言、同八年二月、正三位、同三月、民部卿、同九年二月、按察使に至った。仁和三年（八八七）四月、七十歳で致仕した。寛平五年（八九三）七月十九日没。奨学院を創設し、在民部卿歌合を主催。文徳天皇の時代に須磨に流されたといわれ、松風村雨伝説などを生んだ。二二・三六五・九二二・九六二

幽仙法師《いうせんほふし》　右近将監藤原宗道の子。尊卑分脈では、幽仁。承和三年（八三六）生。寛平二年（八九〇）十月、権律師。同七年十月、律師。昌泰二年

(八九九)延暦寺別当。同三年(九〇〇)二月二十七日没。三九三・三九五

伊香子淳行《いかごのあつゆき》 伝未詳。三七三

伊勢《いせ》 大和守藤原継蔭の娘。父が仁和元年(八八五)から寛平二年(八九〇)まで伊勢守だったので、伊勢と呼ばれた。藤原基経娘の七条后温子に仕え、その兄弟の仲平を愛したが、失恋し、その後、仲平の兄時平や平貞文などの求愛を拒み、宇多天皇の寵を受けて皇子を生み、天皇退位とともに宮廷を退いていたが、さらに宇多天皇皇子敦慶《あつよし》親王に愛されて、歌人中務《なかつかさ》を生む。三十六歌仙の一人。亭子院歌合などに出詠。伊勢集がある。三一・四三・四四・六一・六八・一三八・四五九・六七六・六八一・七三三・七四一・七七六・七八〇・七九一・八一〇・九二〇・九二六・九六八・九七〇・一〇〇〇・一〇〇六・一〇五一

因幡《いなば》 仲野親王《なかののみこ》の孫で、基世王《もとよのおおきみ》の娘。父が仁和五年(八八九)に因幡権守になっていることからの呼び名。八〇八

寵《うつく》 大納言源定の孫、大和守源精の娘。チョウと呼んだり、内蔵《くら》の誤写とする説もある。三七六・六四〇・七四二

采女《うねめ》 近江の采女。伝未詳。一二〇九→六六四・七〇三

雲林院親王《うりんゐんのみこ》 仁明天皇の第七皇子常康《つねやす》親王。母は紀名虎《なとら》の娘、種子。嘉祥四年(八五一)二月、出家し、雲林院にこもった。貞観十一年(八六九)五月十四日没。没後、親王と親しかった遍照素性親子が雲林院に住持した。七八一

乙《おと》 壬生益成《みぶのよしなり》の娘。益成は、仁和三年(八八七)正月、従五位下、同四年二月、遠江介。四三三

大江千里《おほえのちさと》 参議音人《おとんど》の子。昌泰四年(九〇一)三月、中務少丞、延喜二年(九〇二)二月、兵部少丞、同三年三月、大丞。伊予権守にもなった。寛平六年(八九四)、『句題和歌』を奉った。寛平御時后宮歌合などの作者。一四・一五五・一九三・二七一・四六七・五七七・六四三・八五九・九九八・一〇六五

凡河内躬恒《おほしかふちのみつね》 寛平六年(八九四)二月、甲斐権少目。延喜七年(九〇七)正月、丹羽権大目。同十一年正月、和泉権掾。のち淡路掾。撰者の一人で、延喜七年の宇多法皇の大堰川御幸、同十六年の石山寺御幸、同二十一年の春日神社御幸に供奉して、和歌を献上。寛平御時后宮歌合などの作者。三十六歌仙の一人。躬恒集がある。三〇・四〇・四一・六七・八六・一〇四・一一〇・一二〇・一二七・一三三・一三四・一六一・一六四・一六七・一六八・一七九・一八〇・一九〇・二二三・二二九・二三三・二三

四・二七七・三〇四・三〇五・三一三・三一九・三二八・三五八・三六〇・三
八三・三八三・三九九・四一四・四一六・四八一・五八〇・五八四・六〇〇・
六〇八・六一一・六一三・六一四・六三六・六六二・六六三・六八六・七五
〇・七五四・八四〇・九二九・九五六・九五七・九七六・九七七・九七八・一
〇〇五・一〇一五・一〇三五・一〇六七

大伴黒主《おほとものくろぬし》　弘文天皇の末裔とされ、近江国滋賀郡大友郷に住んだ豪族。天長年間（八二四―八三五）ごろ生か。寛平九年（八九七）、醍醐天皇の大嘗《だいじよ》会《うえ》に風俗歌を奉り、延喜十七年（九一七）、宇多法皇の石山寺御幸の折に接待役を務めて打出《うちで》の浜《はま》で歌を奉ったりした（大和物語）。六歌仙の一人。延喜末年頃（九二〇―九二三）没か。八八・七三五・一〇八六・八九九左

【か行】

景式王《かげのりのおほきみ》　文徳天皇皇子四品惟条親王の御子。寛平九年（八九七）七月十三日、従四位下。四五二・七八六

兼覧王《かねみのおほきみ》　惟喬親王の御子。仁和二年（八八六）正月、従四位下、中務大輔・民部大輔・山城守・大舎人頭・神祇伯・弾正大弼・大和権守などを経て、延長二年（九二四）正月、正四位下、同三年六月、宮内卿。承平二年（九三二）没。二三七・二九八・三九七・三九八・四五七・七七九

河原左大臣《かはらのひだりのおほいまうちぎみ》　嵯峨天皇の皇子、源融《とおる》。塩釜の風景を模したという風流をこらした河原院に住んでいたために河原左大臣と呼ばれた。弘仁十三年（八二二）生。承和五年（八三八）十一月、正四位下、同八年正月、相模守・近江守・右近中将・美作守・左右の衛門督・伊勢守・参議・備中守・中納言・按察使・大納言を経て、貞観十四年（八七二）八月、左大臣、仁和三年（八八七）十一月、従一位に至る。寛平七年（八九五）八月二十五日没。七二四・八七三

上野岑雄《かむつけのみねを》　承和頃（八三四―八四八）の人ともいうが、寛平三年（八九一）藤原基経の死にあって哀傷歌を詠んでいるので、活動期は光孝・宇多朝ごろか。八三二

閑院《かんゐん》　命婦。延喜頃（九〇一―九二三）の人。七四〇・八三七

閑院《かんゐん》の五《ご》の皇女《みこ》　雄法王の娘の広井女王ともいうが、未詳。八五七

喜《き》撰法師《せんほふし》　基泉・窺詮などとも。伝未詳。宇治山に住んでいた僧。六歌仙の一人。和歌作式（喜撰式）の著者に仮託されている。九八三

紀秋岑《きのあきみね》　美濃守善峯の子。六位か。寛平御時后宮歌合の作者。一五八・三二四

紀有常《きのありつね》　正四位下名虎《なとら》の子。弘仁六年（八一五）生。承和十年（八四三）正月、左兵衛大尉、左近衛将監・左馬助・左兵衛佐・讃岐介・左近少将・少納言・肥後権守・刑部権大輔・信濃権守・雅楽頭などを経て、貞観十八年（八七六）正月、従四位下、同十九年周防権守に至る。同一月二十三日没。四一九

紀有常女《きのありつねがむすめ》　在原業平の妻。七八四

紀有朋《きのありとも》　友則の父。承和十一年（八四四）二月、内舎人。武蔵介・三河介・摂津権介などを経て、元慶三年（八七九）正月、従五位下、同年八月、宮内少輔に至る。元慶四年没。六六・一〇二九

紀惟岳《きのこれをか》　元慶頃（八七七—八八五）の人で、六位か。三五〇

紀貫之《きのつらゆき》　茂（望）行の子。貞観十四年（八七二）生か。延喜五年（九〇五）には御書所預となっており、同六年二月、越前権少掾、その後、内膳典膳・少内記・大内記・加賀介・美濃介・大監物・右京亮などを経て、延長八年（九三〇）正月、土佐守、天慶三年（九四〇）三月、玄蕃頭、五月、朱雀院別当、同六年正月、従五位上、同八年三月、木工権頭に至った。撰者の一人で、寛平御時后宮歌合や亭子院歌合などの作者となり、延喜七年の宇多法皇の大堰川御幸に供奉して、歌と序文を献上している。三十六歌仙の一人で、貫之集があり、新撰和歌を撰し、土佐日記を執筆し、多くの屏風歌を残している。天慶八年（九四五）八月から十月までの間に没か。二・九・二二・二五・二六・三九・四二・四五・四九・五八・五九・七八・七九・八二・八三・八七・八九・九四・一一五・一一六・一一七・一一八・一二四・一二八・一五六・一六〇・一六二・一七〇・二三三・二四〇・二五六・二六〇・二六二・二七六・二八〇・二九七・二九九・三一一・三一二・三二三・三三六・三四二・三五二・三六三・三七一・三八〇・三八一・三八四・三九〇・三九七・四〇四・四一五・四二七・四二八・四三六・四三九・四六〇・四六一・四七一・四七五・四七九・四八二・五七二・五七三・五七四・五七九・五八三・五八七・五八八・五八九・五九七・五九八・五九九・六〇四・六〇五・六〇六・六三三・六七九・六九七・七二九・七三四・八〇四・八三四・八三八・八四二・八四九・八五一・八五二・八八〇・八八一・九一五・九一六・九一八・九一九・九三二・九八〇・一〇〇二・一〇一〇・一一〇一・一一〇三・一一一一

紀利貞《きのとしさだ》　紀貞守の子。貞観十七年（八七五）正月、少内記、元慶三年（八七九）正月、大内記、同年十二月、従五位下、同四年五月、弾正少弼、同五

年二月、阿波介。同年没。一三六・三六九・三七〇・四四六

紀友則《きのとものり》　有朋の子。寛平九年（八九七）正月、土佐掾、同十年正月、少内記、延喜四年（九〇四）正月、大内記。延喜五年、六年の没か。撰者の一人で、寛平御時后宮歌合などの作者となっている。三十六歌仙の一人。友則集がある。一三・三八・五七・六〇・八四・一四二・一五三・一五四・一七七・二〇七・二六五・二七〇・二七四・二七五・三三七・三五九・四〇五・四二一・四二七・四三八・四四〇・四四二・五六一・五六二・五六三・五六四・五六五・五九三・五九四・五九五・五九六・六〇七・六一五・六六一・六六七・六六八・六八四・七一五・七五三・七八七・七九二・八二七・八三三・八五四・八七六・九九一

紀乳母《きのめのと》　紀全子。元慶六年（八八二）正月、従五位上。陽成天皇御乳母。四五四・一〇二八

紀茂行《きのもちゆき》　望行とも。貫之の父。有朋の弟。承和頃（八三四―八四八）の人という。貫之の幼時に没か。八五〇

紀淑人《きのよしひと》　長谷雄《はせお》の子、淑望の弟。延喜九年（九〇九）正月、左近衛将監、延長三年（九二五）正月、従五位上、左衛門権佐・河内守・伊予守・丹波守などを歴任して、天暦二年（九四八）正月、河内守再任。一〇三四

紀淑望《きのよしもち》　長谷雄の子、淑人の兄。寛平八年（八九六）二月、文章生、民部大丞・刑部少輔・勘解由次官・大学頭・東宮学士などを経て、延喜十二年（九一二）正月、従五位上。同十三年正月、兼信濃権介。同十九年没。「真名序」の作者という。二五一

敬信《きやうしん》（尼―）　藤原因香の母。小野千古の母ともいう。八八五

清原深養父《きよはらのふかやぶ》　清原房則の子で、元輔の父（祖父ともいう）。延喜八年（九〇八）正月、内匠允、延長元年（九二三）六月内蔵大允、同八年十一月、従五位下。深養父集がある。一三九・一六六・三〇〇・三三〇・三七八・四二九・四四九・五八一・五八五・六〇三・六一三・六五五・六八五・六九八・九六七・一〇二一・一〇四二（七九を深養父の歌とする本も多い）

久曾《くそ》　源作《つくる》の娘。安倍清行の娘ともいう。一〇五四

兼芸法師《けんげいほふし》　伊勢少掾古之の子で、大和国城上郡の人という。陽成・光孝朝（八七六―八八七）の人か。三九六・七六八・八〇三（他本による）・八七五

惟喬親王《これたかのみこ》　文徳天皇の第一皇子、母は紀名虎の娘静子。承和十一年（八四四）生。藤原良房の娘の染殿后明子に惟仁親王（清和天皇）が生まれたので、皇太子になれなかった。天安二年（八五八）十一

月、大宰帥。貞観十四年（八七二）七月出家、小野にこもった。法名は算延。小野宮という。寛平九年（八九七）没。**七四・九五**

近院右大臣《こんゐんのみぎのおほいまうちぎみ》　文徳天皇の皇子、源能有。承和十二年（八四五）生。貞観四年（八六二）正月、従四位上、大蔵卿・参議・左右の衛門督・検非違使別当・民部卿・左右の大将・皇太子傅・大納言・按察使などを歴任して、寛平二年（八九〇）正月、正三位、同八年七月、右大臣。同九年六月八日没。**七三七・八四八・八六九**

【さ行】

坂上是則《さかのうへのこれのり》　延喜八年（九〇八）正月、大和権少掾、中監物・少内記・大内記を経て、延長二年（九二四）正月、従五位下、加賀介。三十六歌仙の一人で、是則集がある。寛平御時后宮歌合などの作者。**二六七・三〇二・三二五・三三二・三六二・五九〇・八二六・九三二**

酒井人真《さかゐのひとざね》　仁和五年（八八九）二月、備前権大目、左右の少史や大史などを経て、延喜十四年（九一四）正月従五位下、土佐守。同十七年四月没。**七四三**

前太政大臣《さきのおほきおほいまうちぎみ》　藤原冬嗣の子、良房。延暦二十三年（八〇四）生。天長三年（八二六）正月、蔵人、参議・権中納言・大納言などを経て、天安元年（八五七）二月、太政大臣、四月、従一位。貞観二年（八六〇）八月、摂政。同十四年九月二日没。贈正一位。忠仁公と呼ばれた。**五二**

貞登《さだのぼる》　仁明天皇の第十五皇子で光孝天皇の弟。承和（八三四—八四八）初年に源姓を賜わったが、母の更衣三国町の過失により出家した。法名、深寂。貞観八年（八六六）還俗して、貞姓を賜わる。同九年正月、従五位下、土佐守・大和権守・備中守・越中介・紀伊権守などを経て、寛平六年（八九四）正月、正五位下。**七六九**

讃岐《さぬき》　讃岐守であった安倍清行の娘。**一〇五五**

三条町《さんでうのまち》　紀名虎の娘、静子。文徳天皇の更衣で、惟喬親王の母。**九三〇**

下野雄宗《しもつけのをむね》　伝未詳。**七二八**

聖宝《しやうほう》（僧正—）　光仁天皇皇子の春日親王の後裔という。寛平六年（八九四）十二月、権律師。昌泰四年（九〇一）正月東大寺大別当。延喜二年（九〇二）三月僧正。同九年七月六日没。**四四八**

勝延《しようえん》（僧都—）　笠氏。天長四年（八二七）生。延暦寺の僧。昌泰元年（八九八）十二月、少僧都。

昌泰四年（九〇一）二月十八日没。八三一

白女《しろめ》　摂津国江口の遊女。大江音人《おとんど》の子玉淵《たまぶら》の娘か。源告《つぐる》の娘ともいう。三八七

真静法師《しんせいほふし》　河内国の人。御導師。四五三・九二一

神退法師《しんたいほふし》　近江国滋賀郡の人という。九二五

菅野高世《すがののたかよ》　参議真道の子。従五位下兵部少輔で、弘仁十一年（八二〇）周防守。八一

菅野忠臣《すがののただおむ》　元慶三年（八七九）、中宮大進、従五位下。寛平御時后宮歌合の作者。八〇九

菅原朝臣《すがはらのあそむ》　是善の子、道真。承和十二年（八四五）生。貞観四年（八六二）四月、文章生、翌五年正月、得業生、文章博士・式部権大輔などを経て、寛平六年（八九四）遣唐使に任ぜられたが、建議して廃止し、同七年十月、従三位中納言、同九年六月、権大納言兼按察使などを歴任し、昌泰二年（八九九）二月、右大臣、同四年正月、従二位に至り、間もなく大宰権帥に左遷され、延喜三年（九〇三）二月二十五日、当地で没した。同二十三年、左大臣、正暦四年（九九三）正一位太政大臣を追贈された。寛平御時菊合の作者。昌泰元年、吉野宮滝御幸に供奉。詩文集に菅家文草・菅家後集があり、新撰万葉集の著者とされ、日本三代実録や類聚国史を編纂した。死後、天神として祭られ、北野天神縁起などに伝説化されている。二七二・四二〇

承均法師《そうくほふし》　伝未詳。元慶ごろ（八七七―八八五）の人か。七五・七七・九四

素性法師《そせいほふし》　遍照の子。俗名、良岑玄利。出家して、雲林院に住み、寛平八年（八九六）宇多天皇の雲林院行幸の日に権律師となった。のち石上《いそのかみ》の良因院に移り、昌泰元年（八九八）、宇多上皇の吉野宮滝御幸に良因朝臣と名のって供奉し、菅原道真などと共に和歌を献上している。寛平御時后宮歌合などの作者となり、屏風歌も多い。三十六歌仙の一人で、素性集がある。延喜九年（九〇九）頃没か。六・三七・四七・五五・五六・七六・九二・九五・九六・一〇九・一一四・一二六・一四三・一四四・一八一・二四一・二四四・二七三・二九三・三〇九・三五三・三五四・三五六・三五七・四二一・四七〇・五五五・五七五・六九一・七一四・七二三・七九九・八〇二・八〇三（兼芸法師か）・八三〇・九四七・一〇一二

衣通姫《そとほりひめ》　允恭天皇の皇后大中姫《おおなかのひめ》の妹。『古事記』『万葉集』の衣通王とは別人。伝説的な美女で、容姿が衣を通して光りかがやいたことからの呼称。大和の藤原京に住んでいたが、のちに姉皇后の嫉妬

をはばかり河内の茅渟《ちぬ》に移り住む。二二〇

【た行】

大輔《たいふ》　但馬守源弼《たすく》の娘。延喜頃（九〇一―九二三）の人か。一〇三六

高向利春《たかむこのとしはる》　寛平二年（八九〇）二月、刑部丞、延喜十四年（九一四）二月、従五位下、同十八年二月、武蔵守。延長六年（九二八）正月、甲斐守。四五〇

橘清樹《たちばなのきよき》　数雄の子。貞観十九年（八七七）二月、大宰少監。仁和二年（八八六）正月、従五位下。同二月、弾正少弼。同四年二月、肥前守。寛平八年（八九六）正月、阿波守。昌泰二年（八九九）三月没。六五五

橘長盛《たちばなのながもり》　秋実の子。寛平九年（八九七）二月、大膳少進、少監物・兵部大丞・式部大丞を経て、延喜十三年（九一三）正月、従五位下、同二十六年、長門守。九二七

平篤行《たひらのあつゆき》　光孝天皇の孫、興我王の子。兼盛の父。寛平五年（八九三）文章生、式部大丞・三河守を経て、延喜八年（九〇八）正月、従五位上、加賀守。同年二月筑前守、同九年九月、大宰少弐を兼ねる。同十年正月没。四四七

平貞文《たひらのさだふみ(ん)》　定文とも。好風の子。寛平三年（八九一）十二月、内舎人、三河介・侍従・右馬助・左兵衛佐などを経て、延喜二十二年（九二二）正月、従五位上、延長元年（九二三）六月、三河権介。同年九月二十七日没。平貞文家歌合を延喜五、六年に主催。伝説的な色好みで、平中物語の主人公。二三八・二四二・二七九・六六六・六七〇・八二三・九六四・九六五・一〇三三

平中興《たひらのなかき》　忠望王の子。右大弁季長の子ともいう。昌泰元年（八九八）十二月、蔵人、文章生・大内記・遠江守・讃岐守などを経て、延喜十五年（九一五）正月、従五位上、近江守、同十九年正月、左衛門権佐、同二十二年正月、美濃権守。延長八年（九三〇）没。一〇四八・一〇五〇

平元規《たひらのもとのり》　中興の子。寛平九年（八九七）七月、昇殿、右馬権大允・左兵衛大尉などを経て、延喜六年（九〇六）正月、蔵人、左衛門大尉、同八年正月従五位下となり、まもなく没。三八六

東三条左大臣《とうさんでうのひだりのおほいまうちぎみ》　源常《ときわ》。嵯峨天皇の皇子。弘仁三年（八一二）もしくは弘仁五年生。兵部卿・中納言・左大将・大納言を経て、承和七年（八四〇）八月、右大臣兼皇太子傅、同十一年七月、左大臣、嘉祥三年（八五〇）四月、正二位。仁寿四

年（八五四）六月十三日没。三六

【な　行】

難波万雄《なにはのよろづを》　伝未詳。三七四

平城帝《ならのみかど》　平城《へいぜい》天皇。宝亀五年（七七四）生。桓武天皇の第一皇子。延暦四年（七八五）立太子。大同元年（八〇六）五月即位。同四年四月譲位。藤原薬子を寵愛し、薬子の乱をひき起こした。弘仁元年（八一〇）出家、天長元年（八二四）七月七日崩。九〇

二条《にでう》　源至の娘。伝未詳。九六

二条后《にでうのきさき》　藤原長良の女高子。承和九年（八四二）生。貞観元年（八五九）従五位下、五節舞姫《ごせちのまいひめ》となる。清和天皇の東宮時代に妃となり、貞観十年、陽成天皇を生み、同十三年正月、従三位、女御、貞観十九年（八七七）正月、陽成天皇即位によって皇太夫人（中宮）となり、元慶六年（八八二）皇太后となったが、寛平八年（八九六）僧善祐と通じたということで后位を止められた。延喜十年（九一〇）三月没。天慶六年（九四三）本位に復された。四

仁和帝《にんなのみかど》　光孝天皇。仁明天皇の第三皇子、母は藤原沢子。諱《いみな》は時康。小松天皇とも。天長八年（八三一）生。常陸太守・中務卿・上野太守・上総太守・大宰帥・式部卿などを歴任し、元慶八年（八八四）即位。仁和三年（八八七）八月二十八日崩。二・二四七

【は　行】

春道列樹《はるみちのつらき》　新名宿弥の子。延喜十年（九一〇）文章生、左右の大史・肥前介などを経て、延喜二十年壱岐守となったが任地に向かわないうちに没。三〇

三・二四一・六二〇

左大臣《ひだりのおほいまうちぎみ》　藤原時平。基経の子。本院大臣とも。貞観十三年（八七一）生。仁和二年（八八六）正月、元服の際には光孝天皇が加冠の役を務めた。寛平三年（八九一）十一月、従三位、参議、同四年二月、中納言、同九年六月大納言、昌泰二年（八九九）二月、左大臣、延喜七年（九〇七）正月、二位。菅原道真の大宰府流謫の立役者となって、藤原氏の政権把握の基盤を導いた。日本三代実録や延喜式の編纂を推進した。延喜九年四月四日没。正一位太政大臣を追贈。二三〇・一〇四九

兵衛《ひやうゑ》　藤原高経の娘で、藤原忠房の妻となる。四五

五・七八九

藤原興風《ふぢはらのおきかぜ》　浜成の曾孫。道成の子。昌泰三年（九〇〇）正月、相模掾、延喜四年（九〇四）正月、上野権大掾、同十四年四月、下総権大掾。管絃をよくした。三十六歌仙の一人で、興風集があり、寛平御時后宮歌合や亭子院歌合の作者となっており、寛平三年（八九一）、貞保親王の后宮の五十の賀に屏風歌を詠んでいる。一〇一・一〇二・一一三・一七八・三〇一・三一〇・三三六・三五一・五六七・五六八・五六九・七四五・八一四・九〇九・一〇三一・一〇五三・一〇六四

藤原勝臣《ふぢはらのかちおむ》　越後介発生の子。元慶七年（八八三）正月、阿波権掾、五位。二五五・四七三・九九九・一一〇二

藤原兼輔《ふぢはらのかねすけ》（―朝臣）利基の子。元慶元年（八七七）生。寛平十年（八九八）正月、讃岐権掾、左右の兵衛佐・左近少将・近江介・内蔵頭などを経て、延喜十七年（九一七）十一月、従四位下蔵人頭、同二十一年正月、参議、延長五年（九二七）正月、従三位中納言、同八年十二月、兼右衛門督。三十六歌仙の一人で、兼輔集があり、藤原定方と共に紀貫之や凡河内躬恒などを後援した。賀茂川堤に邸があったので堤中納言といわれた。紫式部の曾祖父にあたる。承平三年（九三三）二月十八日没。三九一・四一七・七四九・一〇一四

藤原兼茂《ふぢはらのかねもち》　利基の子、兼輔の兄。讃岐権掾・蔵人・左衛門佐・右近少将・備前介・権中将などを経て、延喜十七年（九一七）正月、従四位下、兼播磨守、同二十三年正月参議、左兵衛督。同年三月七日没。三八五・三八九

藤原国経《ふぢはらのくにつね》（―朝臣）長良の子で、基経の兄。天長四年（八二七）生。貞観元年（八五九）従五位下左衛門大尉、播磨介・右馬頭などを経て、元慶六年（八八二）参議、延喜二年（九〇二）大納言、同三年正三位、延喜八年六月二十九日没。六二八

藤原言直《ふぢはらのことなほ》　従五位下安縄の子で、昌泰三年（九〇〇）因幡掾、内豎頭に任ぜられたという。一〇

藤原惟幹《ふぢはらのこれもと》　伝未詳。六位か。八六〇

藤原定方《ふぢはらのさだかた》（―朝臣）内大臣高藤の子。貞観十八年（八七六）生。同十年生とも。寛平四年（八九二）二月、内舎人、備前守・近江介・左近権中将などを経て、延喜九年（九〇九）四月、参議、同十三年正月、従三位中納言、同二十年正月、大納言、同二十一年正月、正三位、延長二年（九二四）正月、右大臣、同四年正月、従二位、同八年十二月、左大将。承平二年（九三二）八月四日没。

従一位、追贈。三条右大臣と呼ばれ、兼輔と共に歌壇の庇護に尽した。定方集がある。三一

藤原菅根《ふぢはらのすがね》（—朝臣）良尚の子。斉衡二年（八五五）生。元慶八年（八八四）春、文章生。大内記・式部少輔・文章博士・蔵人頭を経て、延喜元年（九〇一）正月、大宰少弐に左遷、同三年、蔵人頭に復官、同四年正月、式部大輔、同六年十一月、従四位上、同八年正月、参議、七月七日没。従三位追贈。寛平御時后宮歌合の作者。二二

藤原関雄《ふぢはらのせきを》 真夏の子。延暦二十四年（八〇五）生。天長二年（八二五）文章生。勘解由判官・刑部少判事を経て、承和六年（八三九）正月、従五位下、同九年正月、下野守、嘉祥三年（八五〇）六月、治部少輔、仁寿三年（八五三）正月、兼斎院長官。同三年二月没。俗塵を嫌い、風流文事を愛し、琴や草書をよくしたので、東山進士と呼ばれた。六二・三九一

藤原忠房《ふぢはらのただふさ》 信濃掾是嗣の子。寛平五年（八九三）四月、播磨権少掾、同九年七月、蔵人・左近衛将監、備前介・左兵衛佐・左近権少将・近江介・美作介などを経て、延喜十五年（九一五）正月、正五位下、同二十二年正月、大和守、延長三年（九二五）正月、山城守。同六年十二月一日没。笛の名手で、「胡蝶楽」を作ったといわれる。一九六・三七六・九四・九三

藤原忠行《ふぢはらのただゆき》 近江守有貞の子。仁和三年（八八七）二月、土佐守、寛平二年（八九〇）正月、従五位下、昌泰三年（九〇〇）正月、遠江守、延喜五年（九〇五）十月、刑部大輔、同六年正月、若狭守となり、同年没。六八〇

藤原敏行《ふぢはらのとしゆき》（—朝臣）陸奥出羽按察使富士麿の子。母は紀名虎の娘。貞観八年（八六六）正月、少内記、図書頭・因幡守・右兵衛佐・右近少将・権中将・蔵人頭・春宮亮などを経て、寛平九年（八九七）七月、従四位上、同九月右兵衛督。延喜元年（九〇一）没。同七年没ともいう。三十六歌仙の一人で、敏行集がある。寛平御時后宮歌合などの作者。書をよくした。一六九・一九七・二一八・二二八・二三九・二五七・二六九・二九五・四一三・四二三・五五八・五五九・五七八・六一七・六三九・八七四・九〇三・一〇一三・一一〇〇

藤原仲平《ふぢはらのなかひら》（—朝臣）基経の子、時平の弟。枇杷《びわ》大臣《おとど》と呼ばれた。貞観十七年（八七五）生。寛平二年（八九〇）二月、宇多天皇の加冠によって元服、正五位下。蔵人頭・参議・左衛門督・春宮大

夫・中納言・大納言・按察使・左大将などを経て、承平三年（九三三）二月、右大臣、同七年正月、左大臣、天慶六年（九四三）正月、正二位、七年四月皇太子傅を兼ねた。同八年（九四五）九月五日没。七四八

藤原直子《ふぢはらのなほいこ》（典侍―朝臣）貞観十六年（八七四）正月、従五位下、延喜二年（九〇二）正月、正四位下。八〇七

藤原後蔭《ふぢはらのちかげ》 中納言有穂の子。寛平七年（八九五）二月、大蔵大丞、同九年五月、蔵人、左兵衛佐・右近少将・越前介・讃岐介・信濃権守を経て、延喜十九年（九一九）正月、従四位下、備前権守。一〇八

藤原好風《ふぢはらのよしかぜ》 良風とも。左近少将兼陸奥守滋実の子。散位正野の子ともいう。寛平十年（八九八）正月、左兵衛少尉、右衛門尉・大和権大掾を経て、延喜十一年（九一一）正月、従五位下、出羽介。八二五

藤原因香《ふぢはらのよるか》（典侍―朝臣）高藤と尼敬信《きょうしん》の娘。源能有の妻。貞観十三年（八七一）正月、従五位下、寛平九年（八九七）十一月、従四位下掌侍。のち典侍になった。八〇・三六四・七二六・七三八

布留今道《ふるのいまみち》 貞観三年（八六一）八月、内蔵少属、元慶六年（八八二）正月、従五位下、寛平四年（八九二）二月、下野介、寛平十年（八九八）正月、三河介。三一七・八七〇・九四六

文屋朝康《ふんやのあさやす》 康秀の子。寛平四年（八九二）正月、駿河掾、延喜二年（九〇二）二月、大舎人大允。寛平御時后宮歌合の作者。二二五

文屋有季《ふんやのありすゑ》 伝未詳。貞観頃（八五九―八七七）の人か。六位。九九七

文屋康秀《ふんやのやすひで》 縫殿助宗于の子。文琳と称した。貞観二年（八六〇）三月、刑部中判事。三河掾を経て貞観十九年（八七七）正月、山城大掾、元慶三年（八七九）五月、縫殿助。六歌仙の一人。八・二四九・二五〇・四四五・八四六

遍照《へんぜう》（僧正―、良岑宗貞）遍昭とも。宗貞は俗名。桓武天皇の皇孫で、安世の子。弘仁七年（八一六）生。承和十一年（八四四）正月、蔵人、同十二年正月、従五位下、左兵衛佐・左近少尉などを経て、嘉祥二年（八四九）正月、蔵人頭、同三年正月、従五位上。同三月、仁明天皇の崩によって出家。貞観十一年（八六九）二月、法眼和尚の位を授かり、元慶三年（八七九）権僧正、仁和元年（八八五）十月、僧正に任じて、同十二月、仁寿

殿において七十の賀を賜わり、翌年三月、食邑百戸の下賜とともに輦車《てぐるま》で宮門を出入りすることを許された。貞観年間に山科の花山に元慶寺を創設し、座主となって、花山僧正と呼ばれた。六歌仙・三十六歌仙の一人で、遍照集がある。寛平二年（八九〇）正月十九日没。二七・九一・一一九・一六五・三六・二四八・二九二・三四八・三九二・三九四・四三五・七七〇・七七一・八四七・八七二・九八五・一〇一六

【ま行】

三国町《みくにのまち》　貞登の母。仁明天皇の更衣。紀名虎の娘ともいう。一五二

陸奥《みちのく》　従五位下石見権守橘葛直の娘。九九二

源実《みなもとのさね》　参議左衛門督舒の子。元慶四年（八八〇）正月、左兵衛少将、蔵人・左近衛少将などを経て、寛平九年（八九七）七月、従五位上、昌泰二年（八九九）正月、信濃守。同三年没。三八

源忠《みなもとのほどこす》　恵とも。但馬守弼《たすく》の子。延喜四年（九〇四）二月、主殿助、信濃守・伊豆守・治部大輔・山城守・斎院長官・右衛門権佐などを経て、延長四年（九二六）正月、正五位下、同六年正月、丹波守。同九年没。四六三

源当純《みなもとのまさずみ》　右大臣能有の子。寛平六年（八九四）正月、大皇太后宮少進、大蔵少輔・縫殿頭・摂津守を経て、延喜三年（九〇三）二月、少納言、同七年従五位上。寛平御時后宮歌合の作者。一三

源宗于《みなもとのむねゆき》（―朝臣）　光孝天皇の孫で是忠親王の御子。寛平六年（八九四）正月、従四位下、源姓を賜わる。兵部大輔・右馬頭・伊勢権守などを経て、承平三年（九三三）十月、右京大夫、天慶二年（九三九）正月、正四位下。同年没。三十六歌仙の一人で、宗于集がある。寛平御時后宮歌合の作者。二四・一八二・三一五・六六四・七六八・八〇一

御春有助《みはるのありすけ》　延喜二年（九〇二）二月、左衛門権少志、同十二年三月、左衛門権少尉。藤原敏行の家人《けにん》で河内国の人という。六二九・八五三

壬生忠岑《みぶのただみね》　従五位下安綱の子。忠見の父。和泉大将藤原定国の随身。左近衛番長などを経て、延喜五年（九〇五）には右衛門府生。左近衛将監・御厨子所預・摂津権大目などに任ぜられた。三十六歌仙の一人で、古今集の撰者となり、延喜七年の大堰川御幸に供奉して和歌を詠進、忠岑集があり、和歌体十種（忠岑十体）の著者といわれる。寛平御時后宮歌合などの作者。二・一五七・一六三・一八三・一

九四・二一四・二三五・二三六・二五八・二六三・二九六・三〇六・三一七・三一八・三六一・四二五・四六二・四七八・五六六・五八六・五九二・六〇一・六〇二・六〇九・六二五・六二八・八二五・八三六・八三九・八四一・八四三・九一七・九二八・一〇〇三・一〇〇四・一〇三六

都良香《みやこのよしか》 従五位下主計頭桑原貞継の子。本名言道。承和元年（八三四）生。貞観二年（八六〇）四月、文章生。のち文章博士。同十二年二月、少内記、同十五年正月、従五位下、同十八年二月、兼越前権介、同四月、侍従。元慶三年（八七九）二月二十五日没。漢詩文にすぐれ、文徳実録の編集に参加、都氏文集、和漢朗詠集、新撰朗詠集などにその作品が収められている。四六六

宮道潔興《みやぢのきよき》 寛平十年（八九八）二月、内舎人、昌泰三年（九〇〇）五月、内膳典膳、延喜七年（九〇七）二月、越前権少掾。九六六

宗岳大頼《むねをかのおほより》 父祖未詳。算博士。五九一・九七九

物部良名《もののべよしな》 吉名とも。伝未詳。九五五

【や行】

矢田部名実《やたべのなざね》 元慶八年（八八四）六月、文章生、阿波権掾・少内記を経て、昌泰二年（八九九）大内記。同三年没。四四四

良岑秀崇《よしみねのひでをか》 元慶三年（八七九）十月、文章生、但馬掾・治部少掾・兵部大丞を経て、寛平八年（八九六）正月、従五位下、伯耆守。三七九

【わ行】

小野小町《をののこまち》 伝未詳。仁明・文徳朝（八三八―八五三）ごろの人。六歌仙・三十六歌仙の一人で、小町集がある。多くの伝説に包まれた謎の歌人。二三・五三二・五三三・五三四・五五七・六一三・六二五・六五六・六五七・六五八・七一七・七八二・七九七・八一三・九二八・九二九・一〇三〇・一一〇四

小野小町姉《をののこまちがあね》 伝未詳。七九〇

小野貞樹《をののさだき》 嘉祥二年（八四九）閏十二月、春宮少進、刑部少輔・甲斐守を経て、斉衡二年（八五五）正月、従五位上、貞観二年（八六〇）正月、肥後守。六八三・九三七

小野滋蔭《をののしげかげ》 仁和四年（八八八）二月、大蔵少丞、同十一月、従五位下、周防守・信濃介を経て、寛平五年（八九三）四月、掃部頭。同八年没。四三〇

小野篁《をののたかむら》（―朝臣） 岑守の子。延暦二十一年（八〇二）生。弘仁十二年（八二一）秋、文章生、大内記・蔵人・大宰少弐・東宮学士・弾正少弼・美作介などを経て、承和元年（八三四）遣唐副使に任

ぜられたが大使藤原常嗣と争い、病いと称して出立しなかったので、同五年十二月、隠岐国に流罪、同七年召還された。同八年閏九月、正五位下、刑部大輔・陸奥守・式部大輔・蔵人頭・右中弁などを経て、同十四年正月、参議、弾正大弼・信濃守・勘解由長官・近江守などを経て、仁寿二年(八五二)左大弁、従三位。同年十月二十二日没。詩歌の才に秀で、機智を示す説話も多く伝えられ、篁物語の主人公となっている。野相公と称された。三三五・四〇七・八二九・八四五・九三六・九六一

小野千古母《をののちふるがはは》 小野道風の妻。三六八

小野春風《をののはるかぜ》 仁寿四年(八五四)十一月、右衛門少尉、右近将監・武蔵介・鎮守府将軍・相模介・摂津権守・右近衛少将・陸奥権守などを経て、寛平三年(八九一)正月、讃岐権守、同十年正月五位下。六五三・九六三

小野美材《をののよしき》 小野篁の孫、俊生(後生とも)の子。文章生となり、伊勢少掾・少内記を経て、寛平九年(八九七)七月、大内記、従五位下、昌泰二年(八九九)二月、伊予権介、同三年二月信濃権介、延喜二年(九〇二)没。寛平御時后宮歌合の作者。三二九・五六〇

地名索引

【あ行】

明石浦《あかしのうら》　播磨。兵庫県明石市辺の海岸。「明かし」を掛ける。四九
安積沼《あさかのぬま》　陸奥。福島県郡山《こおりやま》市の安積山公園の辺。「花かつみ」が景物。六七七
浅間山《あさまのやま》　長野県（信濃）と群馬県（上野）との境にある火山。噴煙がいつも晴れないという印象。「あさまし」を導く序詞を構成。一〇五〇
朝原《あしたのはら》　→片岡《かたをか》の朝原
飛鳥川《あすかがは》　大和。奈良県高市《たかいち》郡明日香村辺を流れ、大和川に注ぐ川。「あすかのかは」とも。二八四左
(1)「明日」を掛ける。二四一
(2)流れが速い。絶えず流れる。二四一・七二〇
(3)無常。淵が瀬になる。六八七・九二三・九七〇
安達《あだち》　陸奥。福島県二本松市辺。「真弓」を伴って、「引く」を導く序詞を構成。一〇七八
東《あづま》　三七三詞・三七七詞・三七八詞・三七九詞・四一〇詞・四一三詞・四一五詞
東路の小夜の中山《あづまぢのさやのなかやま》　→小夜の中山
穴師山《あなしのやま》　→巻向《まきもく》の穴師山
粟田《あはた》　山城。京都市左京区。逢坂山への道筋にあった。ここは藤原基経の邸、粟田院。一一〇五（物名）・一一〇五左
淡路島山《あはぢしまやま》　播磨。兵庫県の淡路島。九一一
阿武隈《あぶくま》　陸奥。福島県から宮城県に流れ、太平洋に注ぐ阿武隈川。「霧」が景物。一〇八七
逢坂《あふさか》　京都府（山城）と滋賀県（近江）との境にある山で、関所があった。三七四詞・三九〇詞
(1)「逢ふ」を掛ける。三七四・三九〇・四七三・六三四・一〇〇四・一一〇七
(2)「木綿《ゆふ》つけ鳥《どり》」が景物。五三六・六三四・七四〇・五三七・一〇〇四
(3)「岩清水《いはしみづ》」で「言はで」「木隠れたり」を導く。
(4)嵐が寒い。九八八
(5)「篠薄《しのすすき》」で「ほ」を導く。一一〇七
逢坂関《あふさかのせき》　→逢坂
逢坂山《あふさかやま》　→逢坂

近江《あふみ》　滋賀県。一〇七一・一〇八六・一〇八六左。「逢ふ身」を掛ける。三六九

天野川《あまのかは》　四一八詞

天の川原《あまのかはら》　河内。大阪府枚方《ひらかた》市を流れる天野川の川原。銀河の天の川を連想。四一八

伊加賀崎《いかがさき》　河内。大阪府枚方市伊加賀。滋賀県(近江《あふみ》)大津市石山とする説もある。四五七(物名)・四五七詞

伊香保沼《いかほのぬま》　上野。群馬県の榛名湖《はるなこ》。「いかにして」を導く序詞を構成。一〇〇三

石山《いしやま》　二五六詞

伊勢《いせ》　→伊勢海

伊勢海《いせのうみ》　伊勢。三重県の伊勢湾。(1)「海人《あま》」が景物。「泛子《うけ》」「釣縄《つりなは》」「海松布《みるめ》」「舟《ふね》」などと合わせて詠まれる。五〇九・五一〇・六八三・一〇〇六　(2)「貝」が景物。一〇〇三

伊勢国《いせのくに》　六四五詞・一〇八五左

石上《いそのかみ》　八七〇詞

石上寺《いそのかみでら》　一四四詞

石上布留《いそのかみふる》　大和。奈良県天理市石上町の石上神宮の辺。「石上」は「布留」「古」にかかる枕詞として用いられる。一四四・六七九・八七〇・八八六・一〇二二

和泉国《いづみのくに》　九一四詞

泉川《いづみがは》　山城。京都府の木津川。四〇八

因幡山《いなばのやま》　因幡。鳥取県岩美郡国府町辺の山。稲羽山とも。「去なば」を掛ける。三六五

犬上の鳥籠山《いぬがみのとこのやま》　近江。滋賀県彦根市の正法寺山という。「犬上」は近江国の郡名。一一〇八

妹背山《いもせのやま》　紀伊。和歌山県伊都《いと》郡かつらぎ町辺の紀ノ川を間に向い合った二つの山。「妹背」、夫婦を暗示。八二八

宇治《うぢ》　山城。京都府宇治市。ここでは「橋姫」「橋守」とあるので、宇治橋のこと。六八九・九〇四　→宇治橋

宇治橋《うぢばし》　山城。京都府の宇治川にかかる橋。「憂し」を掛け、「中絶えて人も通はぬ」を導く。八二五

宇治山《うぢやま》　山城。京都府宇治市の喜撰山。「憂し」を掛ける。九八三

蒲生野《うねのの》　近江。滋賀県近江八幡市、八日市市、安土《あづち》町などにわたる蒲生野《がもうの》の別称。一〇七一

雲林院《うりんゐん》　七五詞・七七詞・二九二詞

興津浜《おきつのはま》　和泉。大阪府泉大津市の海岸。「思ひ置きつ」を掛ける。九一四

片岡《かたをか》の朝原《あしたのはら》 大和。奈良県香芝《かしば》市の野。二五二

桂《かつら》 九六八詞

葛城山《かづらきやま》 大阪府（河内）と奈良県（大和）との境にある山。一〇七〇

桂 宮《かつらのみや》 未詳。京都市の六条北、西洞院《にしのとういん》西にあった宇多天皇皇女孚子《ふし》内親王の邸宅、京都市西京区桂辺にあった宮殿とする説などがある。四六三（物名）・四六三詞

河内《かはち》 九四左

河内国《かはちのくに》 九四左

甲斐嶺《かひがね》 甲斐（山梨県）の山。一〇九七・一〇九八

甲斐路《かひぢ》 甲斐（山梨県）への道。「行き交ひ」を掛ける。八六二（物名）

甲斐国《かひのくに》 四一六詞・八六二詞

返山《かへるやま》 越前。福井県南条郡南越前町今庄鹿蒜《かひる》にある山。

(1)「帰る」を連想。三七〇・三八二

(2)「かへるがへる」を導く序詞を構成。九〇三

紙屋川《かみやがは》 山城。京都市北方の鷹峰《たかがみね》に発し、北野神社と平野神社の中間を南流し、桂川に注ぐ川。四六〇（物名）・四六〇詞

神奈備《かむなび》の三室山《みむろのやま》 本来は普通名詞で、神霊が降り居る場所をいうが、ここでは奈良県（大和）生駒《いこま》郡斑鳩《いかるが》町辺を流れる龍田川に沿った山か。二八四左の「飛鳥川」の場合は、奈良県高市郡明日香村の雷丘《いかずちのおか》。「紅葉」が景物。二八四・二九六

神奈備森《かむなびのもり》 奈良県（大和）生駒郡斑鳩町神南辺の森というが、未詳。本来は普通名詞で、ここでは龍田か飛鳥辺の森か。「紅葉」が景物。二五三・三八八詞

神奈備山《かむなびやま》 未詳。本来は普通名詞で、ここでは三室山など奈良県（大和）生駒郡斑鳩町龍田辺の山か。「かむなびのやま」とも。「紅葉」が景物。二五四・三〇〇・三〇〇詞

亀尾山《かめのをのやま》 山城。京都市の大堰川北岸にあり、小倉山の東南に接した山。亀山。三五〇

賀茂川原《かものかはら》 一七〇詞

賀茂社《かものやしろ》 山城。京都市の賀茂神社。上賀茂と下賀茂と二社ある。

(1)「木綿襷《ゆふだすき》」を伴って「懸け」を導く序詞を形成。四八八

(2)「姫小松」が景物。一〇〇

唐琴《からこと》 備中。倉敷市児島唐琴町。四五六詞・九三二詞・二〇四左。楽器の「唐琴」を連想。四五六（物名）・九三二

唐崎《からさき》　近江。滋賀県大津市。四六・四九（いずれも物名）・四六詞・四九詞
北山《きたやま》　九五詞・二九七詞・三〇九詞
吉備国《きびのくに》　一〇八二左
吉備中山《きびのなかやま》　備中。岡山市高松の吉備津神社背後の山。一〇八二
京《きやう》　五六詞・三八二詞・四〇七詞・四一一詞・四一二左・四一三詞・八六三詞・九三七詞・九七一詞・九九一詞
清滝《きよたき》　山城。京都市右京区嵯峨清滝町。九二五
久米《くめ》の皿山《さらやま》　美作。岡山県津山市にある山。元は久米郡佐良山《さらやま》村。「さらさらに」を導く序詞を構成。一〇八三
暗部《くらぶ》（布）山《やま》　未詳だが、京都市（山城）左京区の鞍馬《くらま》山とする説が多い。「くらぶのやま」とも。三九〇詞
(1)暗いという印象がある。三九・一九五・二九五
(2)「比ぶ」を掛ける。五九〇
花山《くわさん》　一二九詞・三九二詞　「はなやま」とも。
越《こし》　三〇詞・三七〇詞・三九一詞・九七八詞・九八〇詞
越路《こしぢ》　北陸地方への道筋。四一四
越路《こしぢ》の白山《しらやま》　→越の白山、白山。「思ひ来《こ》し」を掛ける。九七九
越国《こしのくに》　北陸地方。新潟県、富山県、石川県、福井県にまたがる地方。三八二詞・三八三詞・四一四詞・一〇〇三
越《こし》の白山《しらやま》　福井県、石川県、岐阜県にまたがる白山《はくさん》。→越路の白山、白山。「知らねども」の序詞。三九一・九八〇
小余綾《こよろぎ》の磯《いそ》　相模。小田原市国府津《こうづ》から大磯辺の海岸。こゆるぎの磯。八七四・一〇九四

【さ　行】

嵯峨野《さがの》　三二八詞
差出磯《さしでのいそ》　→塩山差出磯《しほのやまさしでのいそ》
佐保川《さほのかは》　大和。奈良市北東部の佐保辺を流れる川。「川霧」「千鳥」が景物。三六一
佐保山《さほのやま》　大和。奈良市北東部の佐保辺の山。「さほやま」とも。二六五詞
(1)「秋霧」が景物。二六五・二六六
(2)「紅葉」、とくに「柞《ははそ》の黄葉」が景物。二六五・二六六・二六七・二八一
小夜《さや》の中山《なかやま》　遠江。静岡県掛川市東部の日坂《にっさか》と菊川の間の山で、金谷に至る。東海道の難所。一〇九七。
更級《さらしな》　信濃。長野県の長野市や千曲《ちくま》市辺。「なかなかに」を導く序詞を構成。五九四・八七八

皿山《さらやま》 →久米の皿山
志賀《しが》 一一五詞・一一九詞・三〇三詞・三二四詞・四〇四詞
四極山《しはつやま》 摂津。大阪市東住吉区長居《ながい》辺、あるいは住吉区辺の丘陵というが、未詳。一〇七三
塩釜《しほがま》 八五二詞
塩釜浦《しほがまのうら》 陸奥。宮城県塩釜市辺の海岸。松島湾。一〇八八。「うらさびし」を掛ける。八五二
塩釜の籬島《しほがまのまがきのしま》 陸奥。宮城県塩釜市の東、松島湾の島。「松」が景物。一〇八九
塩山差出磯《しほのやまさしでのいそ》 甲斐。山梨県甲州市塩山《えんざん》の笛吹川岸というが、未詳。三四五
下出雲寺《しもついづもでら》 五五六詞
下総国《しもつふさのくに》 四一一詞
白川《しらかは》 山城。比叡山に発し、東山山麓を南流して、賀茂川に注ぐ川。八三〇詞
(1)「知らず」にかかる枕詞。六六六
(2)白いと連想。八三〇
白山《しらやま》 →越路の白山、越の白山。四一四詞
(1)「雪」が景物。三八三・四一四
(2)「白く」を導く序詞を構成。一〇〇三
菅原や伏見の里《すがはらやふしみのさと》 大和。奈良市菅原町辺。元は奈良県生駒郡伏見町菅原。九八一
須磨《すま》 →須磨浦。
須磨浦《すまのうら》 摂津。神戸市須磨区辺の海岸。九六二詞。「海人《あま》」が景物で、「塩」「塩焼衣」「藻塩」などを伴う。七〇八・七五八・九六二
隅田川《すみだがは》 四一一詞
住江《すみのえ》 摂津。大阪市住吉区の住吉神社辺の入江。
(1)「松」が景物。三六〇・七七八・七七九・九〇五。七七八・七七九は枕詞的に用いられ、九〇五は「岸の姫松」となっている。
(2)「忘れ草」が景物。一一一一
(3)「寄る波」を伴って、「夜」を導く序詞を構成。五五九
住吉《すみよし》 摂津。大阪市住吉区の住吉神社辺。この形の時は郡名か郷名というが、歌語の用法としては「住江」と変りはなく、本文の流動も見られる。九一七詞
(1)「岸の姫松」が景物。九〇六
(2)「住み良し」を掛ける。「忘れ草」が景物。九一七。なお、この歌の「長居すな」にも地名の長居が隠されていると解する説もある。
駿河《するが》 静岡県東部。四八九。「思ひする」を掛ける。五三四・一〇〇一

末松山《すゑのまつやま》　陸奥。宮城県多《た》賀城《がじよう》市八《や》幡《はた》にあったという山。波が決して越えないと言われ、ありえないことのたとえに用いられた。三二六・一〇九三

関《せき》**の藤川**《ふぢかは》　美濃。岐阜県不破《ふわ》郡辺を流れる藤子川。「絶えず」を導く序詞を構成。一〇八四

染殿《そめどの》　一一〇五詞・左

【た行】

高砂《たかさご》　播磨。兵庫県高砂市辺の加古川河口辺の砂山。(1)「松」が景物。孤独な老年の象徴。九〇八・九〇九　普通名詞と考える説もある。(2)「鹿」が景物。二一八

高師浜《たかしのはま》　和泉。大阪府高石《たかいし》市辺の海岸。「松」が景物。「高し」を掛ける。九一五

田子浦《たごのうら》　駿河。静岡県富士市の田子浦。四八九

但馬国《たじまのくに》　四一七詞

橘《たちばなのこじまのさき》**小島崎**　山城。京都府宇治市の宇治川にある中洲。「山吹」が景物。一二一

龍田川《たつたがは》　大和。奈良県の生駒山中に発し、生駒郡斑《いか》鳩《るが》町で大和川に注ぐ川。二九三詞・三〇〇詞・三〇二詞・三一〇詞・三一一詞
(1)「紅葉」が景物。二八三・二八四・二九四・三〇〇・三〇二・三一一・三一四
(2)「名の立つ」を掛ける。六二九

龍田山《たつたのやま》　大和。奈良県生駒郡斑鳩町龍田辺を中心に、大和《やまと》（奈良県）から河内（大阪府）へ行く道筋に沿った山の総称。「たつたやま」とも。
(1)「春霞立つ」「沖つ白波立つ」を掛ける。一〇八・九九四
(2)「唐衣裁つ」「唐錦裁つ」を掛けて、枕詞を受ける。九九五・一〇〇二

玉津島《たまつしま》　紀伊。和歌山市和歌浦の玉津島神社辺。九一五

田蓑島《たみののしま》　摂津。大阪湾の淀川河口の中洲。大阪市の堂島川にかかる田蓑橋辺という。九一八詞。「田蓑」を掛けて、「雨衣」という枕詞を受ける。九一三・九一八

手向山《たむけやま》　本来は普通名詞だが、奈良市（大和）東方の若草山の南にある手向山神社辺とする説が多い。四二〇詞。「手向《たむけ》」を連想。四二〇

筑紫《つくし》　三八七詞・九九一詞

筑波嶺《つくばね》　常陸。茨城県の筑波山。一〇九六。君主の恩寵のたとえに用いる。九六六・一〇九五

津国《つのくに》　三六二詞

津国《つのくに》**の長柄橋**《ながらのはし》　→長柄橋

津国《つのくに》の難波《なには》　→難波

亭子院《ていじのゐん》　三〇五詞

常盤山《ときはのやま》　本来は普通名詞だが、京都市（山城）右京区常盤辺の妙心寺西の丘陵をさすこともある。「ときはやま」とも。

(1)「思ひ出づる時は」を掛ける。一四八・四九五

(2)紅葉しない印象がある。三五一・三六二

鳥籠山《とこのやま》　→犬上《いぬがみ》の鳥籠山

鳥羽《とば》　山城。京都市伏見区鳥羽。「永遠《とは》」を掛け、枕詞的な「山城の」を受ける。六九六

飛火《とぶひ》　大和。奈良市東方の春日野に狼煙《のろし》をあげるために置かれた烽《とぶひ》のあった所。飛火野。一八　→春日野

【な 行】

長浜《ながはま》　伊勢国（三重県）員弁《いなべ》郡の地名だが、未詳。一〇八五

長柄橋《ながらのはし》　摂津。大阪市大淀区の淀川にかかる橋。

(1)「ながらへて」を導く序詞を構成。八二六・一〇〇三

(2)古びたものという印象がある。八九〇・一〇五一

(3)「無（し）」を掛ける。八二六

長居《ながゐ》　→住吉

長岡《ながをか》　九〇〇詞

渚院《なぎさのゐん》　五三詞

名取川《なとりがは》　陸奥。宮城県名取市で仙台湾に注ぐ川。一一〇八は万葉集・巻十一・二七一〇の訛伝。「浮き名を取る」という印象がある。→犬上の鳥籠山

(1)「なき名取り」を導く序詞を構成。六二八

(2)「埋れ木」を伴って、「あらはれ」を導く序詞を構成。六五〇

難波《なには》　摂津。大阪市。九一六詞・九一八詞・九七三左・一〇五一

(1)「葦」が景物。「しげき」を導く序詞を構成。六〇四

(2)「御津」に掛けた「見つ」を導く枕詞的に用いる。六四九

(3)「何は」を掛け、枕詞的な「津の国の」を受ける。

(4)「難波の御津」で「塩」を伴って、「からくも」を導く序詞を構成。八九四

(5)「名には」を掛ける。九一八（物名）

難波潟《なにはがた》　摂津。大阪湾。九一三

(1)「海人」「玉藻」が景物。九一六

(2)「浦」に掛けた「恨む」を導く枕詞的に用いられる。九七四

難波浦《なにはのうら》　摂津。大阪湾。

(1)「何は」を掛け、「御津の海人」「三津の尼」を伴う。九七三
(2)「波」を伴って、「波の皺」を導く序詞を構成。一〇〇三
奈良《なら》 一四詞・三七詞・四二〇詞・九八五詞
奈良京《ならのみやこ》 大和。奈良市。三五詞・九八六詞。旧都で、見捨てられた地の印象がある。九〇・九八六
西川《にしかは》 九一九詞・一〇六七詞
西大寺《にしのおほてら》 二七詞
布引滝《ぬのびきのたき》 九二二詞・九二三詞・九二七詞
野中清水《ののなかのしみづ》 普通名詞と解すべきだろうが、兵庫県（播磨）印南郡、奈良県（大和）天理市布留などの説もある。変化を表す。八八七

【は 行】

初瀬《はつせ》 四二詞・九八六詞
初瀬川《はつせがは》 大和。奈良県桜井市初瀬辺を流れる川。一〇九九
比叡《ひえ》 八七詞
比叡山《ひえのやま》 八四七詞・九二七詞・九七〇詞
日置野《ひきの》（引野）和泉。大阪府堺市の引野町や日置《ひき》荘《しょう》辺という。「葛《つづら》」を伴って、「末」を導く序詞を構成。七〇二
常陸《ひたち》 三七六詞
檜隈川《ひのくまがは》 大和。奈良県高市郡明日香村檜前《ひのくま》辺を流れる川。一〇八〇
東五条《ひむがしのごでう》 六二三詞
深草《ふかくさ》 山城。京都市伏見区深草。八三二。草深い印象がある。九七一
深草山《ふかくさやま》 山城。京都市伏見区深草辺の山。八三一・八三二詞
吹上《ふきあげ》 紀伊。和歌山県西南辺の海岸。「菊」が景物。「吹き上げ」を掛ける。二七二
吹上浜《ふきあげのはま》 二七二詞
富士嶺《ふじのね》 富士山。燃えるような恋の思いを表す。五三四・六八〇・一〇〇一・一〇〇二・一〇二八
富士山《ふじのやま》 →富士嶺
伏見里《ふしみのさと》 →菅原《すがはら》や伏見の里
二見浦《ふたみのうら》 播磨。兵庫県明石市二見町辺の海岸。四一七詞。「蓋《ふた》」「身《み》」を掛け、「玉匣《たまくしげ》」という枕詞を受ける。四一七
藤川《ふぢかは》 →関《せき》の藤川
布留《ふる》 →石上布留《いそのかみふる》
布留川《ふるかは》 大和。奈良県天理市布留辺を流れて初瀬川

に注ぐ川。「古川」と普通名詞にも解せる。一〇〇九

布留滝《ふるのたき》 二四八詞・三九六詞

細谷川《ほそたにがは》 備中。岡山市高松の吉備津神社辺を流れる川。一〇八二

堀江《ほりえ》 摂津。大阪市の堂島川辺にあった堀江。「棚無し小舟」を伴って、「恋ひ渡り」を導く序詞を構成。七三二

【ま 行】

籬島《まがきのしま》 →塩釜《しほがま》の籬島《まがきのしま》

巻向《まきもく》の穴師山《あなしのやま》 大和。奈良県桜井市穴師にある三輪山の北の山。一〇七六

三笠山《みかさのやま》 大和。奈良市東方の春日にある御蓋山《みかさ》。四〇六。「御笠」を掛けて、「君がさす」という枕詞を受ける。一〇一〇

瓶原《みかのはら》 山城。京都府木津川市加茂町辺。木津川が流れ、鹿背山や恭仁《くに》京跡がある。「三日」を掛ける。四〇八

三河国《みかはのくに》 四一〇詞

陸奥《みちのく》 出羽（秋田県、山形県）を除く東北地方。六二八・六七七・七二四・一〇七八・一〇八八

陸奥国《みちのくに》 三八〇詞

御津《みつ》 摂津。大阪の港。九七三・九七四は大阪市南区の三津寺の意も。

(1)「見つ」を掛ける。六四九・九七三・九七四

(2)→難波(4)。八九四

美豆小島《みつのこじま》 →小黒崎《をぐろさき》美豆小島

三津寺《みつのてら》 九七三左

御津浜辺《みつのはまべ》 八九四左

水無瀬川《みなせがは》 本来は伏流を表す普通名詞だが、京都府（山城）乙訓《おとくに》郡山崎辺を流れる川をさすようになった。「伏流」の連想から、心中に秘めた思い、浅い愛情、絶えた望みなどのたとえになっている。「下に通ひて」「何に深めて」の枕詞的にもなる。六〇七・七六〇・七九三

美濃《みの》 一〇八四左

美濃国《みののくに》 岐阜県。一〇八四

美作《みまさか》 岡山県。一〇八三

美作国《みまさかのくに》 一〇八三左

三室山《みむろのやま》 →神奈備《かむなび》の三室山。一〇七四

宮城野《みやぎの》 陸奥《みちのく》。仙台市東方の野。

(1)「もとあらの小萩」が景物。六九四

(2)「露」が景物。六九四・一〇九一

都島《みやこじま》 東北地方の地名らしいが、未詳。一一〇四（物

名）・一二〇四詞
み吉野《よしの》　→吉野川《よしのがは》、吉野山《よしののやま》
三輪山《みわのやま》　大和。奈良県桜井市三輪にある山。大神神《おおみわ》社の御神体。「みわやま」とも。
(1)「春霞」「花」が景物。九四
(2)人を待つ印象がある。七八〇・九八二
武蔵野《むさしの》　武蔵。東京都と埼玉県にまたがる多摩川から荒川への流域の原野。「草」、とくに「むらさき」が景物。八二一・八六七
武蔵国《むさしのくに》　四二一詞
最上川《もがみがは》　出羽。山形県を流れ、日本海に注ぐ川。日本三大急流の一つ。「稲舟」を伴って、「いな」を導く序詞を構成。一〇九二
守山《もるやま》　近江。滋賀県守山《もりやま》市。二六〇詞。「漏る」を掛ける。二六〇
唐土《もろこし》　中国。四〇六詞・九九三詞。遠い所を表す。七六八・一〇四九

【や行】

八橋《やつはし》　四一〇詞
大和《やまと》　五八八詞・九一四詞
大和国《やまとのくに》　二六五詞・三三三詞・九九四左
吉野川《よしのがは》　大和。奈良県吉野郡を流れる川。紀ノ川の上流。「よしのかは」とも。一二四詞
(1)「山吹」「藤」が景物。一二四・六九九（み吉野の大川）
(2)「よしや」を導く枕詞や序詞。七五四・八二六
(3)激流で、流れが速く音を立てて流れるという印象から、「早く」「音には立てじ」「名の立つ」を導く序や比喩を構成。四七一・四八二・六五一・六七三
吉野里《よしののさと》　大和。奈良県吉野郡吉野町辺。「雪」が景物。三三二
吉野滝《よしののたき》　大和。奈良県吉野郡吉野町宮滝辺。九二四詞。「み吉野の吉野の滝」の形。激流の印象。四三一
吉野山《よしののやま》　大和。奈良県吉野郡の山。「みよしののよしののやま」、「みよしののやま」とも。
(1)「雪」が景物。三一・三二七・三三二・三三五・三三七・三六三・一〇〇五
(2)「桜花」が景物。六〇・五八八
(3)隠遁の地、異郷、遠い所という印象。三二七・九五〇・九五二（み吉野の岩のかけ道）・一〇四九（唐土の吉野の山）
淀《よど》　山城。京都市伏見区淀。「菰《こも》」が景物。
(1)「真菰」や「沢水」を伴って、「常よりことにまさる」を導く序詞を構成。五八七

(2)「若菰」を伴って、「かりに」を導く序詞を構成。
七五九

淀川《よどがは》　滋賀県（近江）、京都府（山城）、大阪府（摂津）を流れ、大阪湾に注ぐ川。琵琶湖に発し、瀬田川、宇治川となり、木津川、桂川を合流し、神崎川、新淀川、長柄川、安治川などに分かれる。四六一（物名）・四六二詞。「よどむ」の枕詞となる。七三

【ら行】

龍門《りうもん》　九二六詞

【わ行】

井手《ゐで》　山城。京都府綴喜《つづき》郡井手町。「山吹」「蛙」が景物。一二五

岡《をか》　筑前《ちくぜん》。福岡県遠賀《おんが》郡芦屋《あしや》町辺という。一〇七三

小倉山《をぐらのやま》　山城。京都市右京区嵯峨。大堰川北岸の山で、嵐山に対する。
(1)「小暗し」という印象があり、「夕月夜」という枕詞を受ける。三一二
(2)「鹿」が景物。三一二・四三九

小黒崎美豆小島《をぐろさきみつのこじま》　宮城県（陸奥）内の地らしいが、未詳。一〇九〇

小塩山《をしほのやま》　山城。京都市西京区大原野の西方の山。八七一

男山《をとこやま》　山城。京都府八幡市の石清水八幡のある山。二二七詞。「男」「荘夫」を連想。二二七・八八九

小野《をの》　二九九詞・九七〇詞

姨捨山《をばすてやま》　信濃。長野県千曲《ちくま》市と東筑摩《ちくま》郡筑北村との境にある山。姨捨伝説で知られる。心慰まない印象がある。「月」が景物。八七八

麻生浦《をふのうら》　志摩。三重県鳥羽市の海岸。「梨」を伴って、「なり」を導く序詞を構成。一〇九九

四季の景物一覧

◉春

立春　旧年立春　一
　立春解氷　二
残雪　吉野山の雪　三
　雪中の鶯　四・五・六
　雪の花　六・七・九
　頭の雪　八
谷川解氷　波の初花　一二
鶯　春を告げる鶯　一〇・一一
　鶯誘う花の香　一三
　谷の鶯　一四
　山里の鶯　一五
　野辺の鶯　一六
春の野　野焼　一七
　若菜　一八・一九・二〇・二二・二三
　春日野の若菜　一九・二三
　若菜と衣手の雪　二一
春雨　二〇・二五
霞　霞の衣　二三
緑　松の緑　二四
　野辺の緑　二五
柳　青柳　二六
　柳の糸　二六・二七
　春の錦　五六
鳥　百千鳥　二八
　呼子鳥　二九
帰雁　三〇・三一
梅　梅と鶯　五・三二・三六
　梅の花笠　三六・一〇八一
　梅の香　三三・三四・三五・三九・四〇・四一・四二・四六・四七・四八
　梅の色香　三七・三八
　暗部（布）山の梅　三九
　暗闇の梅　四一
　月光との紛れ　四〇
　水に映る梅　四三・四四
　移ろい散る梅　四四・四五・四七・四八

桜——咲く桜　盛りの桜
初めての開花　四九
山の桜　五〇・五二・五八・六九・四七九
自足（染殿后の比喩）　五二
盛りの桜への愛着　五三
家土産の桜　五四・五五
春の錦　五六
嘆老　五七
物名（桜―咲くらめど）　五七
霞の隠す桜　五八
白雲への見立て　五九
雪への見立て　六〇・六三
閏月の桜　六一
あだ名の立つ桜　六二
盛りの桜を折る　六四・六五
衣を桜色に染める　六六
花見がてらに来る人　六七
山里の桜　六八
——移ろう桜　散る桜
移ろい散る桜　六九
霞との紛れ　六九
散る桜への愛着　七〇・七二・八二
無常の世の花　七一・七三
桜への訣別　七四
落花の雪への見立て　七五
桜を散らす風　七六・八五・八六・八七
栄枯盛衰　七七
再来を待つ花　七八
落花を隠す霞　七九
病臥の間に移ろう桜　八〇
御溝水に散り流れる桜　八一
落花と変心　八二
せわしく散る桜　八四
落花を悲しむ春雨　八八
落花の波への見立て　八九
花——咲く花　盛りの花
故京奈良の花　九〇
花を隠す霞　九一・九四・一〇三
花の香　九一・一〇三
花への愛着　九二
春色と開花の有無　九三
三輪山の花　九四
花の陰　九五
魅せる野の花　九六

花と人の命　九七
不変の花　九八
風に散る花　九九
花と鶯　一〇〇
あだなる花　一〇一
花に染まる霞　一〇二
花の香を運ぶ風　一〇三
――移ろう花　散る花
花と共に移ろう心　一〇四
衰え散る花を嘆く鶯　一〇五・一〇六・一〇七・一〇八・一〇九・一一〇
龍田山の鶯　一〇八
故里の花　一一一
花の雪　一一一
無常の世と花　一一二
花と容色の衰え　一一三
糸となって落花を貫き留める心　一一四
落花によそえられる女性たち　一一五
落花で迷う既知の道　一一六
夢の中の落花　一一七
藤　風と谷川で知る深山隠れの花　一一八
這いからまって人を引き留める藤の花　一一九
何度も立ち返って藤の花を見る人　一二〇
山吹　橘の小島の崎の山吹の花　一二一
春雨にはえる山吹の花の色香　一二二
咲きがいのない山吹　一二三
吉野川の岸辺の風に散る山吹　一二四
散る井手の山吹　一二五
井手の山吹と蛙　一二五
逝く春　春と花を惜しむ山辺の旅寝　一二六
早く過ぎ去る春　一二七
散る花を惜しむ鶯　一二八
山川を流れる落花　一二九
霞と共に去る春　一三〇
逝く春を惜しむ鶯　一三一
落花に寄り添う心　一三三
逝く春を惜しみ雨に濡れて藤の花を折る　一三四
春の果ての日に立ち去りがたい花の陰　一三五

◉夏

残花　藤の花と山時鳥　一三五
四月の桜　一三六
五月を待つ時鳥　去年の古声　一三七

初声　一三八
花橘　懐旧の花橘の香　一三九
時鳥　五月に里に飛来する山時鳥　一四〇
時鳥の宿の花橘　一四一・一五五
時鳥と卯の花　一六四
音羽山の時鳥　一四三
石の上布留の都の時鳥　一四四
常盤山の時鳥　一四八
時鳥の鳴き声と主定まらぬ恋　一四二
時鳥の声がもたらす心情　憂愁　一四五
懐旧　一四六　思慕　一六二
多情な時鳥　一四七
鳴いて血を吐く時鳥　一四八
涙を流さずに鳴く時鳥　一四九
鳴き声を競い合う時鳥　一五〇
山に帰らず鳴く時鳥　一五一
隠遁している知人に伝言する時鳥　一五二
五月雨の夜に鳴く時鳥　一五三・一六〇
道を迷う時鳥　一五四
夏の短か夜と時鳥　一五六・一五七
夏山入りの人と時鳥　一五八
時鳥の懐かしい去年の鳴き声　一五九
時鳥の鳴き声と山彦　一六一
昔を懐かしむ時鳥　一六三
憂き世に鳴く時鳥　一六四
蓮の花　露を玉と欺く　一六五
夏の短か夜　月の居場所の雲　一六六
常夏の花　妹と我が寝る床　一六七
夏と秋の交代　空の片側の涼風　一六八

◉秋

立秋・初秋　秋風　一六九・一七〇・一七一・一七二
七夕　天の川を行き来する彦星を待つ織姫　一七三・一七四・一七五・一七六・一七七
年に一度だけの彦星と織姫の逢瀬　一七八・一七九・一八一
織姫に供えた糸のような長らく思い慕う恋　一八〇
七夕の後朝　一八二・一八三
悲しい秋　木の間の月影と心尽くしの秋　一八四
我が身一つに感じる大方の秋　一八五
虫の音の悲しさ　一八六
草木の移ろい　一八七
秋の夜　独り寝の床のわびしさ　一八八
物思いの極み　一八九

その素晴らしさ　一九〇
秋の月　飛ぶ雁の数も見える明るい月　一九一
雁の声と夜更けの空の月　一九二
もの悲しさをそそる月　一九三
月の桂の紅葉　一九四
暗部（布）山も越えられるほど明るい月　一九五
虫　蟋蟀《きりぎりす》の鳴き声と秋の夜の長き思い　一九六
夜明けも知らず鳴く虫　一九七
色づく秋萩に夜を悲しむ蟋蟀の鳴き声　一九八
露の置く草むらでわびしく鳴く虫　一九九
人を待つ松虫　二〇〇・二〇一・二〇二・二〇三
蜩の鳴く夕暮　二〇四・二〇五
雁　初雁の声　二〇六・二〇七
雁信　二〇七
稲負鳥と飛来する雁　二〇八
早々と鳴く雁　二〇九
春霞の中を帰り秋霧と共に飛来した雁　二一〇
夜寒で鳴く雁と移ろう萩の下葉　二一一
漕ぐ音高く帆を張り上げ空の海峡を渡る舟　二一二
憂きことを思いつらねて鳴き渡る雁　二一三
鹿　鹿の声に目覚める秋の山里　二一四
萩と鹿　二一五・二一六・二一七・二一八
奥山に萩の下葉の黄葉を踏み分け鳴く鹿　二一五
高砂の尾上の鹿　二一八
萩　秋萩の古枝に咲く花と懐旧　二一九
色づく秋萩の下葉とつらい独り寝　二二〇
露　萩の露　二二一・二二二・二二三
雁の涙　二二一
露の玉を貫く　二二二・二二五
萩の散った野の露霜　二二四
秋の野の白露の玉を貫く蜘蛛の糸　二二五
女郎花（すべて女性の表象――物語性）
花を折ったから堕落したと人に語るな　二二六
女郎花が男山にあったから気にかかった　二二七
その名にひかれて秋の野に野宿する　二二八
女郎花の多い野に宿ったら浮き名が立つ　二二九
風になびく女郎花は心を誰に寄せているか　二三〇
七夕ではないが秋にしか逢えない女郎花　二三一
飽きられもしないのに色褪せる女郎花　二三二
女郎花があるのに妻恋の鹿が鳴いている　二三三
女郎花を吹き過ぎて来る風は香が著しい　二三四
恥ずかしいのか女郎花が霧に隠れている　二三五
物思いせずに女郎花を家に植えよう　二三六
荒れた家に女郎花一人なのが気がかりだ　二三七

帰らずに女郎花の多い野に宿りたい　二三八
藤袴　香を焚き染めた袴を脱いで衣桁に掛けるという類型的な趣向　二三九・二四〇・二四一
花薄　穂に出る　二四二・二四三
招く　二四三
撫子　可憐さ　二四四
百草　緑一色の春と色とりどりの秋　二四五
花の紐を解く　二四六
月草　色褪せやすい染色　二四七
秋の野　秋の野の景に仕立てた庭　二四八
紅葉　草木をしおらせる山風（嵐）　二四九
紅葉しない波の花や常盤山　二五〇・二五一
紅葉の名所　片岡の朝の原　二五二
神奈備の森　二五三　神奈備山の紅葉　二五四
音羽山　二五六　守山　二六〇　笠取山　二六一・二六三
佐保山の柞の黄葉　二六五・二六六・二六七・二八一
秋の方角の西側から色づく紅葉　二五五
露や雁の涙で染まる紅葉　二五七・二五八・二五九
瑞垣に這う葛の紅葉　二六二
散る前から紅葉を惜しむ　二六四
紅葉を隠す秋霧　二六五
紅葉の錦　二六五・二八三・二九一・二九六・二九七・三一四・四二〇

菊　心を込めて植えた菊　二六八
雲の上の星と見る宮中の菊　二六九
長寿をもたらす菊の花の挿頭　二七〇・二七六
色褪せる菊の花　二七一
菊合の洲浜　吹上の浜の菊　二七二　仙宮の菊　二七三
菊の花の許で人を待つ　二七四　大沢池の菊　二七五
霜と白菊との紛れ　二七七
移ろい盛りの菊　二七八・二七九・二八〇
散る紅葉　散る佐保山の柞の黄葉　二八一
散る奥山の岩垣紅葉　二八二
龍田川の紅葉　二八三・二八四・二九四・三〇二・三一〇・三一一
風に吹き散らされる紅葉　二八五・二八六
地面に散り敷いた紅葉　二八七・二八八
落葉を照らす月　二八九
紅葉で千種の色に見える風　二九〇
霜の縦糸露の横糸で織った紅葉の錦　二九一
わび人の立ち寄る木陰もなく散る紅葉　二九二
河口に立つ紅葉の紅色の波　二九三
散る暗部山や三室山の紅葉　二九五・二九六
夜の錦　奥山の紅葉　二九七
紅葉の幣の手向け　二九八・二九九・三〇〇・三一三
白波に浮かぶ落葉の舟　三〇一

流れる紅葉で知る水の秋　三〇二
山川に風の架けた紅葉の柵　三〇三
池のほとりの散る紅葉　三〇四
増水しない紅葉の雨　三〇五

山田　山田守る　三〇六・三〇七
仮庵の露は稲負鳥の涙　三〇六
稲葉の露に濡れる藤衣　三〇七
穂にならないひこばえ　三〇八

逝く秋　秋の証拠の紅葉を持ち帰る　三〇九
秋の末に流れる深山の紅葉　三一〇
龍田川の河口は秋の終着の港　三一一
小倉山の鹿の声と共に暮れる秋　三一二
秋の行く先を尋ねたい　三一三

◉冬

初冬　神無月時雨の糸で龍田川の錦を織る　三一四
人目も離れ草も枯れる寂しい冬の山里　三一五
清らかな月の光で凍る水　三一六

雪　吉野山の雪　三一七・三二一・三二五・三二七・三六三・一〇〇五
袖が寒いので吉野山に雪が降るらしい　三一七
我が家の薄を押し伏せて降る雪　三一八
消える雪で増水し激しく流れる山川　三一九
奥山の紅葉を川に流し出す雪消の水　三二〇
吉野山に近いので毎日雪の降る古京　三二一
雪に降り込められた我が家　三二二
春に知られぬ雪の花　三二三
巌に咲く雪の花　三二四
吉野山に降る雪で寒くなる古京　三二五
末の松山の波のように見える浦近く降る雪　三二六
吉野山の雪を踏み分けて山に隠遁した人　三二七
白雪の降り積もる山里に住む人の寂しさ　三二八
雪に降り込められて消え入るような思い　三二九
雪の花の散り来る雲の彼方の春　三三〇
木の間より降る花と見まがう雪　三三一
有明の月と見まがう吉野の里の白雪　三三二
春になれば見られない雪　三三三
雪の中の梅の花　三三四・三三五・三三六・三三七

歳の暮　老いを感じさせる年末　三三八・三三九・三四二
貞節な松　三四〇
飛鳥川のように流れる月日　三四一

歌語索引

歳時

◉春

春　一・二・四・五・六・一〇・一一・一四・一五・二三・二四・二六・二八・三〇・四三・四六・四九・六一・七五・九二・九七・一〇一・一二七・一二九・一三一・一三三・一三四・一三六・二四五・三二三・三三〇・三五一・三五二・四二八・四五七・五四三・七四九・七九一・九三一・九六七・九七八・一〇〇三・一〇〇八・一〇二一

春べ　三九

春の日　八・八四

　春の日の〔枕〕　六三四

春の夜　四一

春霞　三・三一・五一・五八・六九・七九・九四・一〇三・一〇八・一三〇・二一〇・三三三・四六五・六七五・六八四・一〇〇二・一〇二三・一〇三二

〔枕〕　三七〇・九九九・一〇〇一

　春の霞　四一三

春風　八五

　春の山風　九一

春の雪　九

春雨　二〇・二五・八八・一一三・四〇二・五七七・一〇〇二

　春雨の〔枕〕　七三一

春のみ山　九六六

　春の山辺　九五・一〇三・一一五・一一七・一二六

春の野　二一・一一六・一〇三三

春の初花　三

春の柳　二七

春の駒　一〇四五

春の色　九三二

春のもの　六一六

春の行方　八〇

春の心　五三

春の調べ　四五六

春の錦　五六

（春の宮）　九六六

水の春　四五九

昔の春　七四七

◉夏

夏　一五九・一六八・五〇〇・一〇〇三・一〇四七
夏の夜　一五六・一五七・一六六
夏山　一四五・一五八
夏野　七〇四
夏草　四六二
　夏草の〔枕〕　六六六
夏虫　五四四・五六一・六〇〇
夏衣　一〇三五
　〔枕〕　七一五
夏引　七〇三

◉秋

秋　一六八・一六九・一七〇・一七五・一八四・一八五・一八六・一八七・一八八・一九三・一九四・二一四・二一五・二三一・二三三・二三九・二四二・二四五・二五一・二五五・二六二・二六七・二六八・二七〇・二七一・二七九・二八七・二九六・三〇〇・三〇八・三〇九・三一〇・三一二・三一三・三六二・四三三・四三九・四四〇・四六三・四六五・五八二・六六八・七五七・七六三・七八八・八二四・八三九・九三三・一〇〇三（2）・一〇一七
秋（飽き）　二三二・三〇八・七一九・七六三・八〇四・八二〇・八二三（秋風）・八二四
秋の夕べ　五四六
秋の夜　一八九・一九六・一九七・一九九・五八四・六二五・六三六
　秋の長してふ夜　一〇一五
　秋の夜の月（の光）　一九一・一九五
　秋の夜の露　二五八
　秋の夜な夜な　二一三
秋風　一七二・一七三・二〇七・二二二・二三四・二五六・二七二・二八六・三六〇・五五五・五八六・七一四・七二五・七七七・七八九・八二一・八二二・八二三・一〇二〇
　秋の山風　四五二
　秋の野風　二三〇
　秋の初風　一七一
秋霧　二二〇・二二五・二六五・二六六・三八六・一〇一八
　秋霧の〔枕〕　五八〇
秋の露　二五九・五四五　→秋の夜の露
秋の月　二八九　→秋の夜の月
秋の時雨　三九八
秋の山　二九九
秋の野　二〇一・二〇二・二二五・二二八・二四一・二四三・二四六・四九七・五八三・六三三・一〇一六・一〇三四
秋の野ら　二四八

秋田　七二六
　秋の田の穂　五四八
　秋の田の稲葉　五八四
　秋の田の稲　八〇三
　秋の田の〔枕〕　五四七
秋の仮庵　三〇六
秋の草木　二四九
秋の木の葉　二五七・二九〇・二九八・三〇一
秋の紅葉　七二六・一〇〇六
秋萩　一九八・二二六・二二七・七八一
　秋萩の花　二一八・三九七
　秋萩の古枝　二一九
　秋萩の下葉　三三〇
　秋萩の枝　二三三
　秋の萩原　三六六
秋の菊　二七六・二七八
秋のとまり　三三一
秋の別れ　三八五
水の秋　三〇二
人の秋　七二九
　世の中の人の心の秋　八〇四
　心の秋　八三〇

◉冬

冬　三一五・三三〇・五七三・一〇〇三・一〇二一
冬の夜　一〇〇二
冬川　五九一
冬の池　六〇二
冬草　一〇〇五
　冬草の〔枕〕　三二八
冬ごもり　三三一
　冬ごもりす　三三三

天象

◉天空・日・月・星

空　八九・一六〇・一六六・一九二・三三〇・四八八・五一三・五七九・五八〇・六七六・七八五・七八七・一〇〇二・一〇〇六
天つ空　四八四・七五一・一〇〇三
大空　三一六・七四三・八八五
中空　四八一
天《あま》の門《と》　二一三・六四八
天《あま》の原　四〇六・七〇一
雲居　三五八・三六七・三七八・四八二・五八五・八一九・九三七

＊

日　八・八四・二八二・三六四・八四六・八七〇
晴る　三八六・四六一・五八〇・七五三・九三五・九三七・一〇〇一・一〇一八・一〇五〇
照る　二六三・二八二・八四六・八七八・一〇〇三
　照り増さる　一九四
　照り行く　八八五
照らす　二八一・二八九・三六四・五四八
陽炎《かげろふ》　七三一

＊

月　一六六・一八四・一九一・一九二・一九三・一九四・一九五・二八九・三一六・三三二・四〇六・四五二・四六三・六三三・六九一・七四七・七五六・八七七・八七八・八七九・八八二・八八三・八八四・八八五・一〇二九・一〇三〇・一〇四八
秋の(夜)の月　一九一・一九五・二八九
(長月の)有明の月　三三二・六九一
月の桂　一九四・四六三
月影　二八一・六〇二・六四八・八八〇・八八一
月夜　四〇・六九二・七七五
夕月夜　四一七・四九〇
〔枕〕　三二
三日月　一〇五九

＊

星　一〇二九
天《あま》つ星　二六九
彦星　六一三
織女《たなばた》　一七八・一七九・一八〇・一八一・九二七
　織女《たなばたつめ》　一七五・四一八
天《あま》の川　一七五・一七六・一七七・一八二・八六三・八八二
天《あま》の川原　一七三・一七四・三三一・四一八・一〇一四

◉雲・風・霞・霧

雲 一六六・二六九・三三〇・四三〇・四四七・四八四・七五三・八四三・八七
二・八八二・八八五・九九八・一〇〇三・一〇五〇・一一〇五
白雲 三〇・五九・一九一・三八〇・四六一・六〇一・八五六・九二九・九四
五
白雲の〔枕〕 三七一・三七九
曇り日 七二八
曇る 四四・三六四・一〇〇五・一〇一八
かき曇る 七七五
立曇る 一〇八七
散りかひ曇る 三四九
天雲《あまぐも》の〔枕〕 七八四・一〇〇一

*

風 二・一三・七六・八三・八六・八七・八九・九九・一〇三・一〇五・一
〇六・一一八・一二四・一六八・一六九・二〇五・二〇八・二五一・二八五・
二九〇・三〇三・三〇四・三六二・四二七・四三二・四五九・四六四・四七
二・四七五・五八九・六〇一・六二七・六七一・六九四・七〇八・七六二・七
八三・七八五・八五九・九一九・九二二・九二九・九四六・九八八・九八九・
九九四・一〇〇三・一〇九八
春風 八六五
春の山風 九一

秋風 一七二・一七三・二〇七・二二三・二三四・二五六・二七二・二八六・
三六〇・五五五・五八六・七一四・七二五・七七七・七八七・八二一・八二
二・八三三・一〇二〇
秋の初風 一七一
秋の山風 四五二
秋の野風 二三〇
初風 一七一
天《あま》つ風 八七二
山風 三三・九一・二四九・三九四・四五二
山の風 七八五
山嵐 一〇〇五
山おろしの風 二八五
山下風 三六三
谷風 三
野風 二三〇・七八一
川風 一七〇・四〇八
羽風 一〇九
嵐 二四九・四四六・九八八・一〇〇三

*

霞 九・一三・九一・一〇三・四一三・四七九・八四六・八五七・一〇〇三
霞む 二一〇
春霞 三・三二・五一・五八・六九・七九・九四・一〇二・一〇八・一三

〇・二〇・三三三・四六五・六七五・六八四・一〇〇三・一〇三二・一〇三三
〔枕〕 三七〇・九九九・一〇〇一
*
霧 一七六・二五二・一〇八七
秋霧 二〇・二三五・二六五・二六六・三八六・五八〇・一〇一八
朝霧 四〇九・九三五
川霧 三六一・五一三
天霧《あまぎ》る 三三四

◉雨・雷・雪・霰

雨 二六一・二六三・三〇五・三一四・三九七・五八七・六三九・七〇五・七七
五・八二九・八四二・九一八・一〇一〇・一〇九一
長雨 一一三・六一六・六一七・七六九
春雨 二〇・二五・八八・一三一・四〇二・五七七・七三二・一〇〇二
五月雨《さみだれ》 一五三・一六〇・一〇〇二
時雨《しぐれ》 二五三・二六〇・二八四・三一四・三九八・七六三・七八二・八四〇・
九九七・一〇〇二・一〇〇三・一〇〇六・一〇一〇
初時雨 一〇〇五
時雨《しぐ》る 八二〇・一〇〇二
雨衣《あまごろも》〔枕〕 九一三
*
稲妻 五四八
雷《なるかみ》 四八二・七〇一
*
雪 三・四・五・七・八・九・一九・二一・六〇・六三・七五・八六・
一一一・三一九・三二三・三二六・三二九・三三一・三三四・三三
五・三三六・三三七・三三九・三四〇・三八三・三九一・四一四・四五一・八
九一・九五四・九七〇・九七八・九七九・一〇〇一・一〇〇二・一〇七〇
淡雪《あはゆき》 五五〇
白雪 六・三一八・三二四・三二五・三二七・三二八・三三二・三六三・四六
〇・五六六・六二一・九〇二・一〇〇五・一〇六五
み雪《ゆき》 三一七・三二一・三三三
雪消《ゆきげ》 三三〇
雪間 四七八
*
霰《あられ》 一〇〇五・一〇七七

◉露・霜・氷

露 一六五・一九九・二二一・二二二・二五八（2）・二五九・二六一・二七
〇・二七三・二九一・三〇六・三〇七・四五〇・四五一・五四五・五七四・五
八九・六一五・六九四・八六〇・八六三・九四〇・一〇〇一
朝露 二四七・四二八

朝露の〔枕〕 三七五・六四一・八四二
白露 二七・二〇九・二二三・二二五・二五七・二六〇・四三七・四四〇・四
四四・四七〇・七五七
白露の〔枕〕 四八六
下露 一〇九一
露霜 二二四
露けし 一八八・三六九
*
霜 二九一・五六三・五六四・(六四三)・六九三・八〇一・一〇〇三・一〇〇
五・一〇七二・一〇七五
初霜 二七七・四一六・六六三
初霜の〔枕〕 九九三
霜夜 一〇四七
露霜 二二四
*
氷 三・五四二
凍る 二・四・三一六・五七三・五九一・五九六・一〇〇五

◉暦時・世々・古今

時 四八・一二四・一四八・一八二・一八九・二二五・二六八・二七一・二七
四・二七九・二八二・三四〇・三六三・三六四・四一四・四二三・四四五・四
五四・四六一・四六六・四九五・五二一・五二四・五二五・五五四・五七八・
五八〇・五九三・六三三・七二五・七四六・七九〇・八〇五・八二三・八二
三・八三九・八四四・八四九・八六六・八六八・八八九・九二三・九三二・九
五〇・九五六・九七九・九九六・一〇〇二(2)・一〇〇三・一〇七〇・一一〇
三
一時 一〇一六
*
年 一・四四・五三・五七・六一・六三・一二三・一六八・一七九・一八
三・三二一・三二八・三三九・三四〇・三四二・三五九・四七三・五九六・六
三・八二五・八二六・八九九・九〇四・九七一・九七三・一〇〇三(2)・
一〇〇五・一〇〇六・一〇〇九・一〇三四・一〇六九
一年《ひととせ》 一・一三一・二七八・四一九
今年 一・四九・一一〇・八三二・八九三
去年《こぞ》 一・一三七・一五九・一〇四六
年の緒 一八〇
年月 一三七・八九七
*
月 一〇九二
五月《さつき》 一三七・一三八・一三九・一四〇・四六九・九七六
九月《ながつき》 六九一
十月《かむなづき》 二五三・三一四・八四〇・九九七・一〇〇三・一〇〇五・一〇一〇
月日《つきひ》 三四一・三五一・六〇五

*

日 一七三(2)・二〇四・二五六・三〇七・三一一・三五八・三七五・四〇一・四三三・四四四・四五四・四八七・四八九・五一五・六二四・七三一・七七九・一〇〇五

昨日《きのふ》 一七三・一八三・三四一・九三三

昨日今日 八六一

今日 二・一七・二〇・六三・六四・七六・九五・一二四・一八三・二四一・三六九・四〇八・四七六・八二八・八四六・八七一・九〇三・九一八・九二七・九三三・一〇一四・一〇六七・一一〇六

明日 二〇・六三・三四一・三六九・八二八・九三三

一日《ひとひ》 三二一・四八七

幾日《いくか》 一八・一一三・四一八

二十日 一〇四八

三日《みか》 四〇八

*

世 七三・九八・一一三・三〇八・四三〇・四四三・五一三・五二〇・五七三・六三一・六六九・六八七・七一二・七一六・七五〇・七五三・七九八・八〇六・八〇七・八三〇・八三三・八三五・九〇七・九〇八・九一三・九二四・九二九・九三一・九四四・九四五・九四七・九五〇・九五一・九五二・九五五・九五六・九五七・九五八・九六三・九八一・九八三・一〇〇三・一〇〇四・一〇六八・一〇八五

世々 六六六・一〇〇二・一〇〇三

幾世《いくよ》 九〇五・九〇六・九三四・九八四

末の世 一〇〇三

御代《みよ》 三四五・一〇〇二

千代 九六・三四三・三五〇・九〇一・一〇〇二

八千代 三四三・三四五・三四六・三四七・一〇〇三

千歳《ちとせ》 二七三・三四四・三四八・三五二・三五三・三五五・三五六・一〇六九・一〇八六

万代《よろづよ》 三五四・三五六・三五七・九〇七・一〇八三・一〇八四・一一〇〇

閻浮《えぶ》 一〇〇一

*

古《いにしへ》 三五三・七三四・八八七・八八八

昔 四二・九八・一三九・一四四・五三〇・六三〇・六三六・七四七・八五一・八六九・八八九・九〇九・九四〇・九四八

同じ昔 五七

昔べ 一六三・一〇〇三

*

今 四・一八・二四・九二・一三一・一三七・一四〇・一四三・一六三・一八二・一八三・二一〇・二一八・二三〇・二四二・二六四・三一八・三三〇・三六五・三七七・四二八・四三三・四三八・六一三・六三〇・六三八・六九一・六九五・七三六・七三七・七四六・七六二・七七一・七七三・七七四・七八二・七九〇・八〇〇・八〇九・八四四・八六二・八八九・九六三・九六九・一〇〇一・一〇〇三(2)・一〇四八・一〇五一

◉朝・昼・夜

暁　六三五・六四一・七六一
朝　三六六・六三三・七五三・一〇七一
朝明《あさけ》　一〇七二
朝な朝な　一六・五一三・六八一・一〇一三
朝《あさ》な日《け》に　三七六
朝な夕な　六八三
朝ぼらけ　三三三
朝《あした》　五七五・七一一
有明　三三二・六二五・六九一
東雲《しののめ》　一五六・六三七・六四〇
今朝　一四一・一四二・二〇六・二〇八・二六六・四三六・四五六・六四三・七七六・八四九・一〇〇五
後朝《きぬぎぬ》　六三七

＊

昼　四七〇
昼間　六六五
昼夜《ひるよる》　一〇〇二

＊

夕　三一七・五四五・五六二・八一五
夕べ　五四六・一〇〇一
夕暮　二〇五・三九二・四八四・五一五・七七三・七七七・一一〇三
夕影　二四四
↓夕月夜《ゆふづくよ》
宵　一六六・一八八・五二五・五六一・一〇五九・一一一〇
今宵　一三三・一七六・一八一・三九九・六二四・六三四・六八九
宵々　五一六・五九三・六三三

＊

夜《よ》　四一・一一七・一五四・一五六・一五七・一六〇・一六六・一七六・一七九・一八九・一九〇・一九一・一九二・一九五・一九六・一九七・一九九・二一一・二五八・三六九・四一六・五一六・五五五・五七五・五七八・五八二・六三二・六三三・六三五・六三六・六四四・六六三・六九二・七六一・七六六・八六四・九八〇・一〇〇三・一〇一五・一〇七一
　春の夜　四一
　夏の夜　一五六・一五七・一六六
　秋の夜　一八九・一九一・一九五・一九六・一九七・一九九・二五八・六三五・六三六
　冬の夜　一〇〇二
夜《よる》　一九八・二八一・二九七・三九二・四七〇・五二六・五四三・五五四・五五九・五九六・六〇五・六一〇・六一六・六五五・六五七・六六五・八七六
夜な夜な　二一三・四三三
夜半　九九四
夜もすがら　五七四

夜深し　一五三・六四二・一〇四八
夜長し　九三
夜離《よが》れ　七一〇
一夜《ひとよ》　九八〇
小夜《さよ》　三一四・四五二・六四八・一〇〇三
　小夜中　一九二
↓霜夜
↓月夜

地儀

◉山・岩砂・野原・里・田

山　五〇・五八・五九・六九・八七・一〇三・一二九・一五一・二〇四・二五九・二六一・二九一・二九九・三〇〇・三一九・三三五・三三七・三五〇・三五八・三六一・三九二・三九三・四一三・四三〇・四四六・四九四・五三九・五八二・六三三・六七五・六八四・七一四・七八五・八五七・八七七・九三七・九四七・九五〇・九五三・九五六（2）・一〇二六・一〇三三・一〇五六・一〇五七・一〇六七・一〇九八・一一〇一・一一〇五
奥山　二一五・二八二・二九七・三三〇・五三五・五五一・九五四
深山《みやま》　一一九・三三〇・一〇七七　み山　九六六
　深山隠れ　一一八・五六〇・八七五
外山《とやま》　一〇七七
野山　四二八・一〇〇三
夏山　一四五・一五八
五月山《さつきやま》　五七九
松山　一六二
山辺　六〇・九五・一〇三・一一五・一一七・一二六・二六五・二八九・四六一・八四四・九四九
山もと　八八三・九八二

山下　二六
　山下風　三六三
　山下水　四九一・一〇〇一
山中　二九
山の端　八六一・八八四
山路　二七三・五九七・九五五
山川《やまがは》　三〇三・七三三・一〇〇〇
山の井　四〇四・七六四
山彦　一六一・五三二・五三九・一一〇一
天彦《あまびこ》の〔枕〕　九六三・一〇〇三
山賤《やまがつ》　六九五・七四二
山人《やまびと》　一〇七六
杣人《そまびと》　一一〇一
山姫　九二六
山分け衣《ごろも》　→服飾
＊
尾上《をのへ》　三一八・九〇八
峰　五一・二五六・三六四・三六五・四三九・四四七・六〇一・九三五・九四五・一〇九六
峡《かひ》　五九・九五三・一〇五七・一〇六七
谷　一四・一一八・八四六・九六七・一〇六一
麓　七八九・一一〇五

坂　二四八・八八九
＊
岡辺　四九〇
＊
巌《いはほ》　三一四・三四三・九五二
岩　四九二・五二二・九五一
岩根　三五〇
石間《いしま》　六八二
石ばしる〔枕〕　五四
さざれ石　三四三
真砂《まさご》　三四四・八一八・一〇八五
＊
野　二一・一一六・二〇一・二〇二・二二五・二二八・二三三・二四一・二四三・二四六・四四〇・四四二・四九七・五八三・六三三・六七五・八五六・八六八・九四七・九七一・九七二・一〇一六・一〇三三・一〇三四
　春の野　二一・一一六・一〇三三
　秋の野　二〇一・二〇二・二二五・二二八・二四一・二四三・二四六・四九七・五八三・六三三・一〇一六・一〇三四
夏野　七〇四
深草野　（九七一）
冬枯れ　七九一
野ら　二四八

野辺　一六・一九・二五・九六・一〇五・一三九・二三八・二三九・二五八・四五一・七九一・八二三・八五三・一〇〇八・一〇一七・一〇三一
小野　三二四・五〇五・七九〇・八八六
野中の清水　八八七
野守　一八
野山　四二八・一〇〇三
*
篠原　五〇五
菅原　九八一
萩原　三六六
*
里　九・三一・七三・九三・一四七・二四八・四四六・七二〇・七二七・八七〇・八八〇・九六八・九六九・九七一・九八六・一〇七九
里人　七〇四
故里《ふるさと》　四三・九〇・一一一・一四六・一六三・二〇〇・三三一・三三五・四四一・七四一・九九一・一〇〇五
故里人　七四
山里　一五・六八・二〇五・二一四・三一五・三三八・九二四
*
田　三〇八・五四七・五四八・五八四・八〇三・一〇一三
秋田　七七六
新小田《あらをだ》　八一七
山田　三〇六・三〇七・八四二・九二三・一〇二七
稲舟　一〇九三
案山子《そほづ》　一〇二七

◉海・島・川・池沼・水

海　五九五
海辺《うみべた》　六六九
荒磯海　八一八
わたつ海《うみ》　二五〇・三二四
わたつ海《み》　七三三・八一六・九一〇・九二一・一〇〇一
海《わた》の原《はら》　四〇七・九一三
浦　三三六・六二三・六二六・六六五・七二七・七五五・八一六・八五三・一〇〇三・一〇八八
沖　四五九・四六六・八七四・一〇〇一・一〇九四
沖辺　五三二
浜　三四四・八一八
渚　六二六
磯　八七四・一〇九四
磯辺　九〇七
入江　五三三
*

島　一〇七三
　島辺　一一〇四
八十《やそ》島《しま》　四〇七
＊
波　三・八九・一七〇・二五〇・二七二・二九三・四二四・四二七・四三六・四五七・四五九・五三二・五五九・六二六・六二七・六七一・六八一・八七四・九一一・九一三・九一九・九二一・九四六・一〇〇三（2）・一〇九三・一〇九四
あだ波　七三三
岩波　四七一
浦波　四八九
沖つ波　九一五
〔枕〕　一〇〇六
沖つ白波　三六〇・四七四・九九四
白波　一七七・三〇一・三三六・四七二・五三三・六八二
波路　四五八
潮　六六五・九一三
沖つ潮合ひ　九一〇
水脈《みを》　七九三・八八二・一〇〇〇
澪標《みをつくし》　五六七
＊
海人《あま》　三〇一・四〇七・五〇九・五一〇・六二三・六八三・七〇八・七二七・七五五・七五八・八〇七・八一六・九一六・九一七・九三四・九六一・九七三・（九七四）・一〇〇六
漁《いさり》　九六一
藻《も》　八〇七・九三四
玉藻　五三三・五六五・九一六
藻屑　七四五
浮海布《うきめ》　七五五・九七三
海草松《みるめ》　五三一・五九五・六二三・六六五・六六九・六八三
磯菜　一〇九四
塩　七〇八・八九四
藻塩　九六三
塩焼き衣《ごろも》　七五八
釣《つり》　五〇九
釣縄　五一〇
釣舟　四〇七
泛子《うけ》　五〇九
舟　三三・三〇一・四〇九・四七二・八六三・九二〇・一〇〇六・一〇八八
棚無し小舟《をぶね》　七三三・一〇七三
大船　五〇八
櫂《かい》　八六三
楫《かぢ》　一七四・四五七
帆　三三

綱手　一〇八八
渡守　一七四
湊《みなと》　二九三・三一一・六六九
泊《とまり》　三一一・九二〇
＊
川　四三二・三一〇・五一九・五三一・五六五・六五九
冬川　五九一
御手洗川《みたらしがは》　五〇一
水無瀬川《みなせがは》　六〇七・七六〇・七九三
渡り川　→別れ
川瀬　一一二〇
川辺　九一九
寄る辺　六一九
岸　一三四・五一九・六七一・九〇五・九〇六・一一一一
堤　六五九・六六〇
柵《しがらみ》　三〇三・八三六
橋　一七五
棚橋　七三九
橋姫　六八九
橋守《はしもり》　九〇四
堀江　七三三
＊
池　一三五・二七五・六六三・六七三
隠れ沼《ぬ》　六六一・一〇三六
＊
瀬　三一九・四一四・五三一・五五七・五六五・五九三・六七三・六八七・七〇七・七三三・八三六・九三三・九九〇
瀬々　六五〇・九二五
浅瀬　一一七
淵　五二八・六八七・七三三・八三六・九三三・九九〇
淵瀬　四九三
滝　五一四・三五〇・三九六・六五一・九二三・九二八・九三〇
滝つ瀬　四九三・六六〇
淀　四九三
＊
水　二・四三・四四・八一・八九・一一八・一三九・二九四・三〇二・三〇四・三〇五・三一〇・三二六・三三〇・三九六・四五九・四七一・四九二・四九四・五三三・六五一・六七三・六八二・七九二・七九三・八二九・八三七・八四五・九二〇・九二九・九三八・九七六・一〇〇一・一一〇六
岩清水　五三七・一〇〇四
沢水　五八七
清水　八八七・一〇七九
板井　一〇七九
沼水　四六二

水上　五二一・九二八
水底　八八一
水泡　五七三
泡　八一・四二一・七三三・七九二・八二七・九二〇
雫　四〇四・四三・四五七・七五七・八六三

◉道

道　一五・一六・一三〇・一五四・二〇一・二八七・二八八・三一三・三二・三三九・三四九・三八八・三八九・四〇三・四〇五・六三九・七三八・七七〇・八六一・一一二一
桟道《かけみち》　九五一
家路　七三
通ひ路　一六八・四六五・五五九・六三三・八七三
直路《ただぢ》　五五八
行き交ひ路　八六二
別れ路　四一五

動植物

◉動物

獣《けだもの》　一〇〇三
駒　一一・七三九・八九二・一〇四五・一〇八〇
　野飼ひ　一〇四五
鹿　二四・二五・二六・二七・二八・二三三・三二二・四三九・五八二・一〇三四
猿《ましら》　一〇六七
＊
蛙《かはづ》　一二五
亀
　小亀　八七四
　↓鶴亀
潮貝　一〇〇二
＊
鳥　四三三・四四二・五三五・六四〇
葦鴨　五三三
稲負鳥《いなおほせどり》　二〇八・三〇六
鶯　四・五・六・一〇・一一・一三・一四・一五・一六・二三・三六・一

〇〇・一〇五・一〇六・一〇七・一〇八・一一〇・一二六・一三一・（四二
二）・四二八・四九八・七九八・九五八・一〇二一・一〇四六・一〇八一
鶉《うづら》　九七二
雁　三〇・三一・一九一・二〇八・二〇九・二二二・二三一・二五二・二五
八・四二三・四六五・五八五・八一九・（九三三）・九三五
雁が音　一九二・二一〇・二二一・二二三
初雁　二〇六・四八一
初雁の〔枕〕　七三五・七七六・八〇四・一〇〇六
初雁が音　二〇七
雉《きじ》　一〇三三
鴫《しぎ》　七六一
鶴《たづ》　九一三・九一四・一〇七一
鶴《つる》　三五六
鶴亀《つるかめ》　三五五
葦鶴《あしたづ》　九一九・九九八
葦鶴の〔枕〕　五一四・七七九
千鳥　三四五・三六一
浜千鳥　九九六
鳰鳥《にほどり》　六六二
時鳥《ほととぎす》　一三八・一四一・一四二・一四三・一四四・一四五・一四六・一四七・
一四八・一四九・一五一・一五三・一五四・一五五・一五六・一五八・一五
九・一六〇・一六一・一六二・一六三・一六四・三五九・三八四・（四二
三）・四四七・四六九・五七八・五七九・六四一・七一〇・七一九・八四九・
八五五・一〇一三
山時鳥　一三五・一三七・一四〇・一五〇・一五二・一五七・四九九・一
〇〇三
都鳥　四一一
群鳥《むらどり》の〔枕〕　六七四
百千鳥　二八
木綿《ゆふ》つけ鳥《どり》　五三六・六三四・七四〇・九九五
呼子鳥《よぶこどり》　二九
鴛鴦《をしどり》　六七二

＊

虫　一八六・一九七・一九九・四五一・五八一・八〇七・八五三
夏虫　五四四・五六一・六〇〇
蟋蟀《きりぎりす》　一九六・一九八・二四四・三八五・四三二・一〇二〇
蜘蛛《くも》　三三五・一一一〇
蜘蛛《ささがに》　四三七・七七三
蜘蛛《ささがに》の〔枕〕　一一一〇
蟬　五四三・七一五・八七六・一〇三五
空蟬　四二四・四二五・四四八・八三一・一〇〇三
空蟬の〔枕〕　七三・四四三・七一六・八三三
蜩《ひぐらし》　二〇四・二〇五・七七一・七七二・一一〇一
蜂《すがる》　三六六

蛍　五四三・五六二
松虫　二〇〇・二〇一・二〇二・二〇三
＊
羽《は》　八七六・一〇三五
　羽風　一〇九
　百羽《ももは》掻《が》き　七六一
　羽《はね》　一九一
　羽掻《はねが》き　七六一
＊
狩　九七三

◉植物

麻　一〇六八
浅茅《あさぢ》　七三五・七九〇
　浅茅生《あさぢふ》　五〇五
葦《あし》　六〇四
　葦辺　八一九
葵　（四三三・四三四）
菖蒲草《あやめぐさ》　四六九
稲　八〇三・九三二・一二一八
　稲葉　一七二・三〇七・五八四
　田の実　四六七・八三三
　晩稲《おくて》　八〇三
　後蒔《のちま》き　四六七
苗　四六七
　早苗　一七三
　穭《ひつち》　三〇八
岩躑躅《いはつつぢ》　四九五
卯の花　九四九
　卯の花の〔枕〕　一六四
桂《かつら》　一九四・（四三三・四三四）・四六三
葛
　玉葛《たまかづら》　七〇九
　〔枕〕　七六二
　まさきの葛　一〇七七
　山葛　一〇七六
かはたけ　（四五二）
川菜草《かはなぐさ》　（四四九）
杏《からもも》の花　（四二九）
菊　二六九・二七一・二七三・二七六・二七八・四七〇
　花（菊）　二六八・二七一・二七四・二七五・二七六・二七八
　菊の花　二七〇・二七九・二八〇
　白菊　二七二

白菊の花　二七七
菊の垣根　五六四
桔梗《きちかう》の花　（四四〇）
葛《くず》　二六二・八二三
くたに　（四三五）
梔子《くちなし》　一〇一二・一〇二六
胡桃《くるみ》　（四五五）
索牛子《けにごし》　（四四四）
苔　三四三・八四七
若菰《わかごも》　七五九
刈菰《かりこも》　四八五
真菰《まこも》　五八七
薔薇《さうび》　（四三六）
榊葉《さかきば》　一〇七四・一〇七五
さがりごけ　（四五〇）
桜　五三・五六・五八・六四・七〇・七五・七七・八〇・三九三・三九四・八三二
物名（桜―さくらめど）　五七
花（桜）　五二・六三・六六・七六・八一・八四・八五・三五一・三九五
桜花　四九・五〇・五四・五五・五九・六〇・六一・六二・六五・六八・六九・七一・七二・七四・七八・七九・八二・八三・八六・八七・八八・八九・三四九・三五八・四〇三・五八八・五九〇・六八四
桜の花　五二・六三・六六・七六・八一・八四・八五・三五一・三九五
花桜　七三
山桜　五一・四七九
山の桜　五八・三九三
山の桜花　六九・五八八
吉野の山の桜花　五九〇
暗部の山の桜花　六八四
かには桜　（四二七）
桜色　→感覚（色）
笹　（四五四）・五六三・六三三・六六三・八九一・一〇四七
忍ぶ草　（四四六）・二〇〇・七六九・一〇〇二
紫苑《しをに》　（四四一）
菅《すが》の根　五五一　→すがはら
杉　九八二・一〇〇九（2）
薄《すすき》　三一八
花薄　二四二・二四三・七四八・一〇〇六
〔枕〕　五四九・六五三
一群薄　八五三
篠薄　一一〇七
尾花　（四四三）・四七九
李《すもも》の花　（四二八）

末摘花　四九六
竹　九五九
節《よ》　九五七・九五九・九九三
節《ふし》　九五七・九六八
竹の子　九五七
呉竹の〔枕〕　九六八・一〇〇二・一〇〇三
なよ竹　九九三
橘　（四三〇）
花橘　一三九・一四一・一五五
月草　二四七
月草の〔枕〕　七一一
葛《つづら》　七〇三
青葛　七四三
常夏の花　一六七
梨　（四五五）・一〇九九
なつめ　（四五五）
楢《なら》　九九七
にがたけ　（四五一）
根蓴菜《ねぬなは》　一〇三六
萩
萩の花　二一八・二一九・二三四・三九七
花が花　二三四
萩の下葉　二二一
萩の露　二三一
萩の上の露　二三二
秋萩　一九八・二一六・二一七・七八一
秋萩の花　二一八・三九七
秋萩の下葉　二三〇
秋萩の枝　二三三
秋萩の古枝に咲ける花　二一九
宮城野のもとあらの小萩　六九四
唐萩　四四八
芭蕉葉《ばせをば》　（四五四）
蓮葉《はちすば》　一六五
花かつみ　六七七
柞《ははそ》
佐保山の柞の色　二六七
佐保山の柞の黄葉　二六六・二八一
枇杷《びは》　（四五四）
藤
藤の花　二一九
藤波　二三〇・一三五・六九九
藤袴　三三九・二四〇・二四一・一〇三〇
真木《まき》

真木の板戸　六九〇
松　一九・二四・三四〇・三五六・三六〇・三六五・（四五四）・四九〇・五一二・六七一・七七八・七七九・九〇八・九〇九・一〇八九
小松　九〇七
姫松　九〇五・九〇六
姫小松　一一〇〇
浜松　九一五
梅《むめ》　一三
花（梅）　四二・四三・四四・三五二・一〇二一・一〇六六
花の色　三三五
梅の花　三二・三四・三五・三六・三七・三八・三九・四〇・四一・四五・四七・四八・三三四
梅の花笠　一〇八一
梅が枝　五
梅が香　四六
梅《うめ》　（四二六）
紫　六五二・八六七・八六八
めど　（四四五）
本柏《もとかしは》　八八六
柳　二七・五六
青柳　二六・一〇八一
葎《むぐら》
八重葎　九七五
山柿の木　（四三二）
やまし　（四四七）
山橘　六六八
大和撫子　二四四・六九五
山吹　一二三
吉野川岸の山吹　一二四
井手の山吹　一二五
山吹の花　一二一
橘の小島の崎の山吹の花　一二一
山吹の花色衣　一〇一二
龍胆《りうたむ》の花　（四四二）
蕨　（四五三）
忘れ草　七六五・七六六・八〇一・八〇二
恋忘れ草　一一一一
人忘れ草　九一七
をがたまの木　（四三一）
女郎花《をみなへし》　二二六・二二七・二二八・二二九・二三〇・二三一・二三二・二三三・二三四・二三五・二三六・二三七・二三八・（四三七・四三八・四三九）・一〇一六・一〇一七・一〇一八・一〇一九

＊

草　二〇〇・二四三・二五〇・三一五・三三三・四五三・四七八・五六〇・七六

九・八四六・八六〇・八六七・九五九
浮き草 五二八・五九二・九二八・九七六
水《み》草《くさ》 一〇七九
夏草 四六二
夏草の〔枕〕 六八六
冬草 一〇〇五
冬草の〔枕〕 三二八
下草 八九二
一つ草《ぐさ》 二四五
百草《ももくさ》 二四六
若草の〔枕〕 一七
草木 二四九・八六八・九四九
草葉 一八八・四四〇・八二一・一〇三三
草群《くさむら》 一九九
叢々《むらむら》 一〇〇五
藪 八七〇
＊
若菜 一八・一九・二〇・二一・三一・一二六・三五七・一〇二一・一一一三
芽 九・六〇四
葉 二五五・二五七・二五九・二九〇・二九五・二九八・三〇一・三六一・四三七・四五三・四九〇・五六三・六六三・六八八・七一四・七八三・八二三・八九一・九四〇・九五四・九九七・一〇四七
下葉 二一一・二三〇・二六〇
穂 二四二・二四三・三〇七・三〇八・五四七・五四八・五四九・六五三・七四八・一一〇七
実 四四五・四六三・一〇六六
種 五一三・七六五・八〇二・九〇七
根 二六八・六七一・九二八・九七六
根ざし 五九二
＊
木《き》 九二・二五〇・三三三・三三七・四二一・四二三・四四五・四四八・七〇九・七一四・九五九・一〇五五・一〇五六・一〇五七・一〇六九
木々 二〇九・二九五
草木 ↓草
朽木 八七五
埋《むも》れ木 六五〇
宮木《みやき》 一一〇一
木《こ》 九・一八四・二五五・二五七・二五九・二九〇・二九二・二九五・二九八・三〇一・三三一・三六一・四四五・七八三・九五四・九六六・一〇六八・一〇九一
枝《えだ》 六・八一・一一九・二二二・二二三
枝《え》 五
上《ほ》つ枝《え》 四九八
片枝《かたえ》 一〇九九

同じ枝《え》 二五五
古枝《ふるえ》 二一九
古幹《ふるから》 八八六
梢 一四二・二五六・五七九
末《うれ》 八九一
もとあら →萩
常盤《ときは》 二四
＊
森 八九二・一〇五五
＊
花 六・七・九(2)・一〇・一三・一五・二六・三一・九〇・九一・九二・九三・九四・九五・九六・九七・九八・一〇〇・一〇一・一〇二・一〇三・一〇四・一〇五・一〇六・一〇七・一〇八・一〇九・一一〇・一一一・一一二・一一三・一一四・一一五・一一六・一一七・一一八・一二八・一二九・一三二・一三四・二四五・二四六・三二三・三二四・三三〇・三三一・三三七・三六三・四三二・四三五・四三七・四三八・四四一・四四二・四四四・四四五・四四六・四五〇・四六四・四六八・四九七・五八三・五八九・六七五・七九七・七九八・七九九・八〇〇・八四五・八五〇・八五六・八六六・八七〇・八七五・一〇〇七・一〇〇八(2)・一〇三二
波の花 二五〇・四五七・四五九
月の桂の花 四六三
花の衣《ころも》 八四七
花笠 一〇八一
花筐《はながたみ》〔枕〕 七五四
花見 八〇七
初花《はつはな》 三
初花染め 七三三
＊
紅葉 一七五・一九四・二一五・二五一・二五二・二六六・二八一・二八三・二八七・二八九・二九二・二九七・二九九・三〇三・三六二・四二〇・四二一・七三六・七八八・一〇〇五・一〇〇六
紅葉葉 二〇三・二五四・二六三・二六四・二八四・二八五・二八六・二八八・二九三・三〇二・三〇四・三〇五・三〇九・三一一・三一三・三二〇・八四〇・八四八・八五九・一〇〇二・一〇一〇・一〇九六
岩垣紅葉 二八二
もみぢあふ 二〇九
もみぢそむ 二六一
もみづ 一八七・三四〇・八二〇

人事

◉閨怨・哀傷

寝《い》 六〇五・七六七・一〇三三
寝《ぬ》 一一七・一六七・一七九・一八八・一九〇・一九八・二三八・四一六・四八六・五一六・五二五・五三二・五六三・五七〇・五八二・五九三・六〇五・六〇八・六一六・六四四・六四五・六七六・六九〇・七一〇・七三九・七六七・七七五・八三三(2)・八三五・八五八・九八八・一〇三六・一〇四七・一〇七二・一〇九九
うち寝 五五八・六三三
浮き寝 五二七
うたた寝 五五三
思ひ寝 六〇八
旅寝 七三・一三六
寝覚め 七五七
　寝覚む 一〇〇二
閨《ねや》 六九三
床《とこ》 一六七・一八八・五六七・五七五・七三三・八一五・八五八
　床中《とこなか》 一〇三三
枕 五〇四・五一六・五二七・五九五・六七〇・六七六・一〇三三
手枕《たまくら》 七五七
狭筵《さむしろ》 六八九
妻恋《つまご》ひ 一〇三三
睦言《むつごと》 一〇一五
後朝《きぬぎぬ》 六三七

＊

涙 四・八八・一四九・二三一・二五八・三〇六・三九六・四〇一・五二九・五三一・五五六・五五七・五六七・五七二・五七六・五八一・五九八・五九九・六三九・六五五・六七〇・七四五・八〇五・八〇九・八一三・八二九・八四一・八四三・八五四・九三三・九四〇・九四一・一〇〇二・一〇〇六
血の涙 八三〇
涙川 四六六・五二一・五二七・五七三・六一七・六一八
　涙の川 五二九・五三一
歎き 六〇六・九八五・一〇五五・一〇五六・一〇五七
ながめ 一一三・六一七
ながむ 三三六・四二八・七四三・七六九
ながめくらす 四七六・六一六
つれづれ 六一七
悔い 八三七
懲《こ》りずま 六三二
報い 一〇四一・一〇四二
心尽くし 一八四

片恋　五四〇
物思ひ　五二・五五〇・五八九・九六七
名残　八九
形見　四六・六六・二四〇・四〇〇・七三七・七四三・七四四・七四五・七四六
忘れ形見　七一七

◉移ろい・変心

移る　一〇四・一一三・七八一・一〇四四
移ろふ　四五・六九・八〇・八五・九二・一〇五・一二四・二一一・二三二・二四七・二五三・二五四・二五五・二六二・二七一・二七九・二八〇・四四一・五九九・七一四・七二六・七二九・七八二・七九六・七九七
移ろひやすし　七九五
移ろひ行く　一八七
はかなし　一三二・四二四・五三三・五六一・五七五・五八六・六四四・七五九・八三五・八五九
はかな　六四四
むなし　四八八・五七一・八二三・一〇二八
＊
あだ　三二九
あだし心　一〇九三
あだ人　八二四
あだ物　六一五
あだなり　六二・八一・一〇一・四二六・四六七・八五〇・八六〇
移し心　七一一
すきもの　一〇六六
偽《いつはり》　五七六・六一四・七一二・七一三・一〇五四
まこと　七一三
かりそめ　八六二・九一六
仮《かり》　五八五・七五五

◉老い・別れ

老い　三六・八七九
老いす　二七〇・八九三・八九九
老いらく　三四九・八九五
老いの数　一〇〇三
老いず死なずの薬　一〇〇三
命　九七・三七七・三八七・四五一・五一七・五六八・六〇九・六一三・六一五・八五九・九六五・一〇〇三
玉の緒　四八三・五六八・六七三・一〇〇五
玉の緒の〔枕〕　六六七・一〇〇二
別る　一四六・一八二・三六七・三六九・三七二・三七四・三七八・三八六・三九六・三九九・四〇〇・四〇四・四〇五・四二九・六〇一・六四一・七

一・八三九・八四九・八五八・八六八・一〇〇三・一〇〇六
別れ　三八一・三八四・三八七・三九三・六三五・六四〇・八三六・九六一・
一二〇四
別れ路《ぢ》　↓道
＊
つひに行く道　八六一
煙《けぶり》　四五三・七〇八・八三一・八五二・一〇二八
渡り川　八二九
死出の山　七八九
死出の田長《たをさ》　七八九
死ぬ　五六八・六九八
死に　五一七
亡き人　八五五
＊
墨染め　八三三・八四三・一〇〇一
墨染めの衣　八四四
わび人　二九二・八四〇・八四一・九八五
藤衣　三〇七・六五四・八四一・一〇〇二
苔の袂　八四七

◉憂愁・苦悩

あぢきなし　三四・一四三・四五九
あはれ　三三・三七・二四四・四七四・六〇二・八〇五・八五七・八六七・
八七三・九〇四・九四三
あはれてふ　一三六・五〇二・九三九・九四〇・一〇〇二
あはれ〔感動〕　八九七・九八四・一〇〇三
あはれあはれ〔感〕　一〇〇一
憂し　七一・一六〇・一六四・一九〇・二一三・二二七・三九五・四二三・四
五五・四六四・五七五・六二五・六六九・七五〇・七九二・八〇三・八〇四・
八〇五・八〇六・八〇八・八二七・八四二・九三一・九三二・九二八・九四
一・九四四・九四八・九五〇・九五二・九五三・九五六・九五七・九五八・九
六〇・九六五・九七六・九八六・一〇六一
行き憂し　三八八
物憂し　一五・一二八
うれはし　一〇二七
憂《う》　四二六・六二三・六六九・七九八・八二五・八九七・九三六・九四三・
九四九・九七二・九八三
憂き目　七七・七五五・九五五・九七三・一一〇五
憂き世　九六四
憂けく　九五四
憂さ　九三五・九五一
うらめし　四一三・八二三
うらむ　七六・一〇六・一一三・六二六・七一九・七二七・八〇七・八一

四・八一六・八二三・九七四・一〇〇一・一〇六二
おぼつかなし　二一九・四一七
かなし　一八五・一八六・一八七・一九三・一九七・一九八・二〇〇・二一五・二八六・三八七・四二九・四四八・五七八・六三七・六四三・七一五・八一三・八一九・八二三・八三七・八三八・八五八・一〇〇六・一〇八八・一〇九六・一二〇四
くるし　三三五・四九六・五一〇・五一九・五四〇・五四一・六二八・六六七・七七八・九六九・一〇六二
くるしさ　一〇〇三
心ぼそし　四一五
さびし　八四八・九四四
うらさびし　八五二
さびしさ　三一五
つらし　一七八・四三三・四三四・六二四・七八九・七九四・九四一
辛《つら》　九七二
つれなし　五二〇・五六二・六〇一・六〇三・六二五・七七〇・八〇三・八〇九・八九八・一〇四六
つれもなし　四八六・五三一・五五五・六六二・七八八・八〇一
わびし　八・一〇八・二一四・二四二・三八一・五三〇・五九七・六〇六・七七七・八二〇・一〇〇三・一〇五八
わびしさ　六五六
わび人　二九二・八四〇・八四一・九八五
わぶ　五〇・一九九・五六九・五七一・七三三・七三五・八二〇・九三七・九三八・九六二・九八八
わびしらなり　一〇六七
ものわびしらなり　四五一
わびはつ　八一三
うちわぶ　五三九
恋ひわぶ　五五八
住みわぶ　一五三
泣きわぶ　七九八
待ちわぶ　四一三

◉夢・うつつ

うつつ　四四九・五五八・六四一・六四五・六四七・六五六・六五八・八二四・八三五・九四二(2)
夢　二一七・四四九・五一六・五二五・五二六・五二七・五三二・五三三・五五八・五五九・五六九・五七五・六〇八・六〇九・六四一・六四四・六四五・六四七・六五六・六八一・七六七・七六八・八二三・八二四・八三五・九四二(2)・九七〇・九八〇
夢うつつ　六四六
夢路　五二四・五七四・六五七・六五八・七六六
面影　六八一・一二〇三

◉感覚

色 二四・二五・三三・三八・四一・五七・六九・八〇・九一・九二・九三・一〇三・一〇四・一一三・一二三・二三三・二五〇・二五七・二六四・二六七・二七八・二七九・二八〇・二九〇・三一〇・三三五・三六一・三六二・三八一・四三六・四四〇・四四四・四五〇・四九六・四九七・五〇三・五七二・五八三・五九八・六五二・六六一・六六三・六六八・六八八・七一一・七二三・七二五・七二六・七二九・七九五・七九七・八二一・八四五・八四八・八五一・八六八・八六九・九三一・九四九・一〇〇一(2)・一〇〇六・一〇一〇・一〇二六・一一〇〇
色々 二四五・二五九
色香 三七

＊

紅 二九三・四九六・五九八・六六一・七三三・一〇〇六・一〇四四
韓紅 一四八・二九四・五九九
黒し 九二八
濃紫 六九三
桜色 六六
白し 一〇〇三・一〇〇七
緋 一〇二六
緑 二四・二五・二四五
浅緑 二七

＊

香《か》 一三・三三・三四・三五・三八・四〇・四一・四二・四六・四八・五七・九一・一〇三・一一三・一三九(2)・二三四・二四〇・二四一・三三五・三三六・四二六・八五一
移り香 八七六
百和《はくわ》香《かう》 四六四

＊

音 一六九・二一七・二五一・三一九・四五六・四七〇・四七三・四八二・四九二・六五二・六六四・六七八・七六二・九三〇・一〇〇〇・一〇〇三・一〇八二・一一〇九
声 一四・一六・一〇八・一三一・一三八・一四四・一四五・一四六・一四九・一五一・一五五・一五八・一五九・一六一・二〇一・二〇三・二〇六・二三・二二五・三一三・三五九・三六〇・四三三・四八一・五三五・五三九・五八一・五八六・六四一・七一〇・七一五・八四九・八五八・九九八
初声 一四三
一声 一五六
古声 一三七
音《ね》 一五・一一〇・一五〇・一六一・一八六・二〇〇・二一四・四九八・五一四・五三六・五七七・五七九・六七一・七七一・七七六・七七九・八〇七・八五三・八五五・九八五
調べ 四五六
琴 五八六・九八五

唐琴　九二一
＊
光　八・八四・一九五・二八二・三一六・四六三・五四八・五六二・八七〇・
八八二・八八五・九六七・九六八・一〇〇三
影　一二四・一八四・三〇四・三一六・三四二・三五六・四六〇・五二八・五三
〇・六一九・七一八・七六四・八一四・八四六・八五一・一〇〇六・一〇八
〇・一〇九五(2)
陰《かげ》　九五・一〇三・一二四・二〇四・二九二・三五六・九六六
闇　三九・四一・六四六・六四七
＊
火　五三四・五四四・五九六・六〇〇・六八〇・七九〇・七九一・九〇〇・一〇
二八・一〇三〇
熾火《おきび》　四六五
熾　一二〇四・一〇三〇
篝火《かがりび》　五二九・五三〇
蚊遣火　五〇〇
飛火　一八
走り火　一〇三〇
藁火　四五三
炎　一一〇二
煙《けぶり》　四五三・七〇八・八三一・八五二・一〇二八

◉服飾・布・糸・紐

衣《ころも》　二三・二五・六六・一七一・二二一・二四七・四〇八・五五四・六五二・
六六九・七七三・八四四・八四七・八七六・一〇〇一
衣《きぬ》　九二六・一〇六八
衣々　六三七
雨衣《あまごろも》〔枕〕　九一三
唐衣《からころも》　四一〇・五七二・六九七・七八六
〔枕〕　三七五・五一五・五七六・八〇八・八六五・九九五
狩衣　五九三
塩焼き衣　七五八
夏衣　七一五・一〇三五
花色衣　一〇一二
藤衣　三〇七・六五四・八四一・一〇〇二
山分け衣　九二五
濡れ衣《ぎぬ》　四〇二
袖　二・三一・三三・四三・四六・四七・一三九・一八二・二四三・
二六三・二七四・三〇九・三六九・四〇〇・四〇一・四二一・四二四・五三
一・五四五・五五六・五五七・五七四・五七六・五七七・六一七・六一八・六
三・六五五・七三一・七三三・七五六・七六三・八四四・九一三・九九二・
一〇〇一・一〇〇三
袂《たもと》　二四三・四二五・五九六・五九八・八四〇・八四三・八四七・八六五

衣手《ころもで》 二一・一四九・三一七・五六三
裳 七四五
裾 一七一
褄 四一〇
帯 四〇五・一〇八二
玉 二七・一六五・二二二・二二五・四二四・四二五・四二七・四三一・四三七・四四八・五五七・八四一・一一〇二
白玉《しらたま》 三五〇・四〇〇・五五六・五九九・八七三・九二二・九二三
*
布 九二四・九二六・九二七
錦 五六・二六五・二八三・二九一・二九六・二九七・三一四・四二〇
唐錦 八六四
〔枕〕 一〇〇二
綴《つづり》 四二二・一〇二〇
経《たて》 二九一
緯《ぬき》 二三・二九一
経緯 三一四

筬《をさ》 七五八
*
糸 二六・二七・一一四・一八〇・四二五・四二七・七〇三・八四一・一〇五四
白糸 九二五
片糸 四八三・一〇八一
糸筋 三三五
手引き 七〇三
夏引き 七〇三
針 一〇五四
*
紐 二四六・六五三・八〇八
下紐 五〇七・七三〇
入れ紐 五四一
緒《を》 八四一・九二一
束ね緒 五〇二
縄 九六一
絆《ほだし》 九二九・九五五

初句索引

【あ】

あかざりし　九二
あかずして
　つきのかくるる　八八三
　わかるるそでの　四〇〇
　わかるるなみだ　三九六
あかつきの　七六一
あかでこそ　七一七
あかなくに　八八四
あきかぜに
　あふたのみこそ　八二三
　あへずちりぬる　二八六
　かきなすことの　五八六
　こゑをほにあげて　二一二
　はつかりがねぞ　二〇七
　ほころびぬらし　一〇二〇
　やまのこのはの　七一四
あきかぜの
　ふきあげにたてる　二七三
　ふきうらがへす　八二三
　ふきとふきぬる　八二一
　ふきにしひより　一七三
　ふきにしひより　二五六
　みにさむければ　五五五
あきかぜは　七八七
あききぬと　一六九
あきぎりの
　ともにたちいでて　三八六
　はるるときなき　五八〇
　はれてくもれば　一〇一八
あきぎりは　二六六
あきくれど
　いろもかはらぬ　三六二
あきくれば　四六三
　つきのかつらの　一〇一七
あきちかう　四四〇
あきといへば　八二四
あきならで
　あふことかたき　二三一
　おくしらつゆは　七五七
あきなれば　五八二
あきのきく　二七六
あきのたの
　いねてふことも　八〇三
　ほにこそひとを　五四七
　ほのうへをてらす　五四八
あきのつき　二六九
あきのつゆ　二五九
あきののに
　おくしらつゆは　三一五
　ささわけしあさの　六〇三
　つまなきしかの　一〇三四
　なまめきたてる　一〇一六
　ひとまつむしの　二〇二
　みだれてさける　五八三
　みちもまどひぬ　二〇一
　やどりはすべし　三一八
あきのの
　くさのたもとか　二四三

　をばなにまじり　四九七
あきのやま　二九九
あきのよの
　あくるもしらず　一九七
　つきのひかりし　一九五
　つゆをばつゆと　二五八
あきのよは　一九九
あきのよも　六三五
あきはぎに　二一六
あきはきぬ
　いまやまがきの　四三二
　もみぢはやどに　二八七
あきはぎの
　したばいろづく　二二〇
　はなさきにけり　二一八
　はなをばあめに　三九七
　ふるえにさける　二一九
あきはぎも　一九八
あきはぎを　二一七
あきをおきて　二七九
あけたてば　五四三
あけぬとて
　いまはのこころ　六三八

　かへるみちには　六二九
あさぢふの　五〇五
あさつゆの　八四二
あさつゆを　四二八
あさなあさな　五一三
あさなけに　三七六
あさぼらけ　三三二
あさみこそ　六一八
あさみどり　二七
あしがもの　五三三
あしたづの
　たてるかはべを　九一九
　ひとりおくれて　九九八
あしひきの
　やましたみづの　四九一
　やまたちはなれ　四三〇
　やまだのそほづ　一〇二七
　やまのまにまに　九五三
　やまべにいまは　八四四
　やまべにをれば　四六一
　やまほととぎす　一五〇
　やまほととぎす　四九九
あしべより　八一九

あすかがは
　ふちにもあらぬ　九九〇
　ふちはせになる　六八七
あすしらぬ　八三八
あだなりと　六二
あたらしき　一〇六九
あぢきなし　四五五
あづさゆみ
　いそべのこまつ　九〇七
　おしてはるさめ　二〇
　はるたちしより　一二七
　はるのやまべを　一一五
　ひきののつづら　七〇二
　ひけばもとすゑ　六一〇
あづまぢの　五九四
あなうめに　四二六
あなこひし　六九五
あはずして　六二四
あはぬよの　六二一
あはゆきの　五五〇
あはれてふ
　ことこそうたて　九三九
　ことだになくは　五〇二

　ことのはごとに　九四〇
　ことをあまたに　一二六
あはれとも　八〇五
あひにあひて　七五六
あひみずは　六七八
あひみぬも　八〇八
あひみねば　七六〇
あひみまく　一〇二九
あふからも　四二九
あぶくまに　一〇八七
あふことの
　いまははつかに　一〇四八
　なぎさにしよる　六六六
　まれなるいろに　一〇〇一
　もはらたえぬる　八二三
あふことは
　くもゐはるかに　四八二
　たまのをばかり　六七三
あふことを　八二六
あふさかの
　あらしのかぜは　九八八
　せきしまさしき　三七四
　せきにながるる　五三七
　ゆふつけどりに　七四〇
　ゆふつけどりも　五二六
あふまでの
　かたみとてこそ　七四五
　かたみもわれは　七四四
あふみのや　一〇八六
あふみより　一〇七一
あまぐもの　七六四
あまつかぜ　八七一
あまのがは
　あさせしらなみ　一七
　くものみをにて　八八一
　もみぢをはしに　一七五
あまのかる　八〇七
あまのすむ　七一七
あまのはら
　ふみとどろかし　七〇一
　ふりさけみれば　四〇六
あまびこの　九六三
あめにより　九一八
あめふれど　二六一
あめふれば　二六三
あやなくて　六二九
あらたまの　三三九
あらをだを　八一七
ありあけの　六二五
ありそうみの　八一八
ありとみて　四四三
ありぬやと　一〇二五
ありはてぬ　九六五
あれにけり　九四四
あをやぎの　二六
あをやぎを　一〇八一

【い】

いかならむ　九五三
いくばくの　一〇一三
いくよしも　九二四
いけにすむ　六七三
いざけふは　九五
いざここに　九八一
いざさくら　七七
いささめに　四五四
いしばしる　五四
いしまゆく　六八二
いせのあまの　六八三

【う】

うきくさの　五三八
うきことを　二一三
うきながら　八二七
うきめのみ　七五五
うきめをば　一一〇五
うきよには　九六四
うぐひすの
　かさにぬふてふ　三六
　こぞのやどりの　一〇四六
　たによりいづる　一四
　なくのべごとに　一〇五
うたたねに　五五三
うちつけに
　こしとやはなの　四四四
　さびしくもあるか　八四八
うちわたす　一〇〇七
うちわびて　五三九
うつせみの
　からはきごとに　四四八
　よにもにたるか　七三
　よのひとごとの　七一六
うつせみは　八三一
うつつには　六五六
うばたまの→むばたまの
うめ→むめ
うらちかく　三二六
うらみても　八一四
うれしきを　八六五
うゑしうゑば　二六八
うゑしとき　二七一
うゑていにし　七七六

【え】

えぞしらぬ　三七七
えだよりも　八一

【お】

おいぬとて　九〇三
おいぬれば　九〇〇
おいらくの　八九五
おきつなみ
　あれのみまさる　一〇〇六
　たかしのはまの　九一五
おきのゐて　一一〇四
おきへにも　五三三
おきもせず　六一六
おくやまに　二一五
おくやまの
　いはがきもみぢ　二八二
　すがのねしのぎ　五五一
おしてるや　八九四
おそくいづる　八七七
おちたぎつ　九二八
おとにのみ　四七〇
おとはやま
　おとにききつつ　四七三
　けさこえくれば　一四二
　こだかくなきて　三八四
おなじえを　二五五
おほあらきの　八九二
おほかたの　一八五
おほかたは
　つきをもめでじ　八七九
　わがなもみなと　六六九
おほぞらの　三一六
おほぞらは　七四三
おほぞらを　八八五

きみまさで 八五三
きみやこし 六四五
きみやこむ 六九〇
きみをおきて 一〇九三
きみをおもひ 九一四
きみをのみ
　おもひこしぢの 九七九
　おもひねにねし 六〇八
きよたきの 九二五
きりぎりす 一九六
きりたちて 二五二

【く】

くさふかき 八四六
くさもきも 二五〇
くべきほど 四一三
くもはれぬ 一〇五〇
くももなく 七五三
くもりびの 七二八
くもゐにも 三七八
くるとあくと 四五
くるるかと 一五七
くれたけの 一〇〇三
くれなゐに 一〇四四
くれなゐの
　いろにはいでじ 六六一
　はつはなぞめの 七二三
　ふりいでつつなく 五九八

【け】

けさきなき 一四一
けさはしも 六四三
けぬがうへに 三三三
けふこずは 六三
けふのみと 一三四
けふひとを 一一〇六
けふよりは 一八三
けぶりたち 四五三
けふわかれ 三六九

【こ】

こえぬまは 五八八
こきちらす 九二三
こころあてに 二七七
こころがへ 五四〇
こころから 四二二
こころこそ 七九六
こころざし 七
こころをぞ 六八五
こしときと 一一〇三
こぞのなつ 一五九
こづたへば 一〇九
ことしより 四九
ことならば
　おもはずとやは 一〇三七
　きみとまるべく 三九五
　ことのはさへも 八五四
　さかずやはあらぬ 八二
ことにいでて 六〇七
こぬひとを 七七七
このかはに 三一〇
このさとに 七二
このたびは 四二〇
このまより 一八四
こひこひて
　あふよはこよひ 一七六
　まれにこよひぞ 六三四
こひしきが 一〇二四
こひしきに

こぬひとまたる 七七五
それともみえず 四〇
つきよよし 六九二
つくばねの
このもかのもに 一〇九五
このもとごとに 九六六
みねのもみぢば 一〇九六
つつめども 五五六
つのくにの
なにはおもはず 六九六
なにはのあしの 六〇四
つひにゆく 八六一
つまこふる 二三三
つゆながら 二七〇
つゆならぬ 五九九
つゆをなど 八六〇
つるかめも 三五五
つれづれの 六一七
つれなきを 八〇九
つれもなき
ひとをこふとて 五二一
ひとをやねたく 四八六
つれもなく 七八八

【て】

てもふれで 六〇五

【と】

ときしもあれ 八三九
ときすぎて 七九〇
ときはなる 二四
としごとに
あふとはすれど 一七九
もみぢばながす 三一一
としのうちに 一
としふれば 五二
としをへて
きえぬおもひは 五九六
すみこしさとを 九七一
はなのかがみと 四四
とどむべき 一三二
とどめあへず 八九八
とぶとりの 五三五
とりとむる 八九七

【な】

ながしとも 六三六
ながれいづる 四六六
ながれては 八二八
なきこふる 六二五
なきとむる 一二八
なきひとの 八二五
なきわたる 二二一
なくなみだ 八二九
なげきこる 一〇五六
なげきをば 一〇五七
なつくさの 四六三
なつとあきと 一六八
なつなれば 五〇〇
なつのよの 一五六
なつのよは 一六六
なつびきの 七〇三
なつむしの 五四四
なつむしを 六〇〇
なつやまに
こひしきひとや 一五八
なくほととぎす 一四五

なとりがは　六五〇
なにかその　一〇五三
なにしおはば　四一
なにはがた
　うらむべきまも　九七四
　おふるたまもを　九一六
　しほみちくらし　九二三
なにはなる　一〇五一
なにひとか　二三九
なにめでて　二二六
なにをして　一〇六三
なみだがは
　なにみなかみを　五一
　まくらながるる　五一七
なみのうつ　四〇四
なみのおとの　四五六
なみのはな　四五九
なよたけの　九九三

【ぬ】

ぬきみだる　九二三
ぬししらぬ　二四一
ぬしなくて　九二七
ぬしやたれ　八七三
ぬるがうちに　八六五
ぬれつつぞ　一三三
ぬれてほす　二七三

【ね】

ねぎごとを　一〇五五
ねてもみゆ　八二三
ねになきて　五七七
ねぬるよの　六〇四

【の】

のこりなく　七
のちまきの　四六七
のとならば　九七二
のべちかく　一六

【は】

はかなくて　五七五
はぎがはな　二三四
はぎのつゆ　二三三
はちすばの　一六五
はつかりの
　なきこそわたれ　八〇四
　はつかにこゑを　四八一
はつせがは　一〇九
はながたみ　七五四
はなごとに　四六四
はなすすき
　ほにいでてこひば　六六三
　われこそしたに　七四八
はなちらす　一七六
はなちれる　一二九
はなとみて　一〇九
はなにあかで　二三八
はなのいろは
　うつりにけりな　一一三
　かすみにこめて　九一
　ただひとさかり　四五〇
　ゆきにまじりて　三三五
はなのかを　一三
はなのきに　四四五
はなのきも　九二
はなのごと　九八
はなのちる　一〇八
はなのなか　四六八

はなみつつ　二七四
はなみれば　一〇四
はなよりも　八五〇
はやきせに　五三一
はるがすみ
　いろのちぐさに　一〇二
　かすみていにし　二一〇
　たつをみすてて　二一
　たてるやいづこ　三
　たなびくのべの　一〇二一
　たなびくやまの　六九
　たなびくやまの　六八四
　なかしかよひぢ　四六五
　なにかくすらむ　七九
はるかぜは　八五
はるきぬと　二
はるくれば
　かりかへるなり　三〇
　やどにまづさく　三五二
はるごとに
　ながるるかはを　四三
　はなのさかりは　九七
はるさめに　三
はるさめの　八八
はるされば　一〇〇八
はるたてど　一五
はるたてば
　きゆるこほりの　五四二
　はなとやみらむ　六
はるのいろの　九二
はるのきる　二二
はるののに　二六
はるのの　一〇三三
はるのひの　八
はるのよの　四一
はるやとき　一〇

【ひ】

ひかりなき　九六七
ひぐらしの
　なきつるなへに　二〇四
　なくやまざとの　二〇五
ひさかたの
　あまつそらにも　七五一
　あまのかはらの　一七四
　くものうへにて　二六九
　つきのかつらも　一九四
　なかにおひたる　九六八
　ひかりのどけき　八四
ひさしくも　七七八
ひとこふる　一〇五八
ひとしれず
　おもふこころは　九九
　おもへばくるし　四九六
　たえなましかば　八〇
ひとしれぬ
　おもひのみこそ　六〇六
　おもひやなぞと　五〇六
　おもひをつねに　五三四
　わがかよひぢの　六二三
ひととせに　四一九
ひとにあはむ　一〇三〇
ひとのみも　五一八
ひとのみる　三三五
ひとはいさ
　こころもしらず　四二
　われはなきなの　六三〇
ひとふるす　九八六
ひとめみし　七八

ひとめもる　五四九
ひとめゆゑ　四三四
ひともとと　二七五
ひとやりの　三六八
ひとりして　五六四
ひとりぬる　一六八
ひとりのみ
　ながむるよりは　二三六
　ながめふるやの　七六九
ひとをおもふ
　こころこのはに　七八三
　こころはかりに　五六五
　こころはわれに　五三三
ひのひかり　八七〇

【ふ】

ふかくさの　八三三
ふきまよふ　七六一
ふくかぜと　二一八
ふくかぜに　九九
ふくかぜの　二九〇
ふくかぜを　一〇六
ふくからに　二四九

ふしておもひ　三三四
ふじのねの　一〇一八
ふたつなき　八八一
ふぢごろも　八四一
ふみわけて　二六八
ふゆがはの　五九一
ふゆがれの　七九一
ふゆごもり　三三一
ふゆながら
　そらよりはなの　三一〇
　はるのとなりの　一〇二一
ふゆのいけに　六六三
ふりはへて　四四一
ふるさとと　九〇
ふるさとに　七四一
ふるさとは
　みしごともあらず　九九一
　よしののやまし　三三一
ふるゆきは　三一九

【ほ】

ほととぎす
　けさなくこゑに　八四九
　こゑもきこえず　一六一
　ながなくさとの　一四七
　なくこゑきけば　一四六
　なくやさつきの　四六九
　はつこゑきけば　一四三
　ひとまつやまに　一六三
　みねのくもにや　四四七
　ゆめかうつつか　六四一
　われとはなしに　一六四
ほにもいでぬ　三〇七
ほのぼのと　四〇九
ほりえこぐ　七三三

【ま】

まがねふく　一〇八二
まきもくの　一〇七六
まくらより
　あとよりこひの　一〇三三
　またしるひとも　六七〇
まこもかる　五八七
まつひとに　三〇六
まつひとも　一〇〇
まてといはば　七三九

むめのはな
　さきてののちの　一〇六六
　それともみえず　三三四
　たちよるばかり　三五
　にほふはるべは　三九
　みにこそきつれ　一〇一一
むらさきの
　いろこきときは　八六八
　ひともとゆゑに　八六七
むらとりの　六七四

【め】

めづらしき
　こゑならなくに　三五九
　ひとをみむとや　七三〇

【も】

もがみがは　一〇九二
ものごとに　一八七
もみぢせぬ　二五一
もみぢばの
　ちりてつもれる　二〇三
　ながれざりせば　三〇二
　ながれてとまる　二九三
もみぢばは　三〇九
ももくさの　二四六
ももちどり　二八
もろこしの　一〇四九
もろこしも　七六八
もろともに　三八五

【や】

やどちかく　三四
やどりして　一一七
やどりせし
　はなたちばなも　一五五
　ひとのかたみか　二四〇
やまかくす　四一三
やまかぜに　三五四
やまがつの　七四二
やまがはに　三〇三
やまがはの　一〇〇〇
やまざくら
　かすみのまより　四七九
　わがみにくれば　五一
やまざとは
　あきこそことに　二一四
　ふゆぞさびしさ　三一五
　もののわびしき　九四四
やましなの
　おとはのたきの　一一〇九
　おとはのやまの　六六四
やましろの　七五九
やまたかみ
　くもゐにみゆる　三五八
　したゆくみづの　四九四
　つねにあらしの　四四六
　ひともすさめぬ　五〇
　みつつわがこし　八七
やまだもる　三〇六
やまのゐの　七六四
やまぶきの　一〇一二
やまぶきは　一二三
やよやまて　一五二

【ゆ】

ゆきかへり　七八五
ゆきとのみ　八六

わすれなむと　七一八
わたつうみの　三四四
わたつみと　七三三
わたつみの
　おきつしほあひに　九一〇
　かざしにさせる　九一一
　わがみこすなみ　八一六
わたのはら
　やそしまかけて　四〇七
　よせくるなみの　九一三
わびしらに　一〇六七
わびぬれば
　しひてわすれむと　五六九
　みをうきくさの　九三八
わびはつる　八一三
わびびとの
　すむべきやどと　九八五
　わきてたちよる　二九二
わりなくも　五七〇
われのみぞ　六一三
われのみや
　あはれとおもはむ　二四四
　よをうぐひすと　七九八
われはけさ　四三六
われみても　九〇五
われをおもふ　一〇四一
われをきみ　九七三
われをのみ　一〇四〇

【を】

をぐらやま　四三九
をぐろざき　一〇九〇
をしとおもふ　一一四
をしむから　三七一
をしむらむ　三九八
をしめども　一三〇
をちこちの　二九
をふのうらに　一〇九九
をみなへし
　あきののかぜに　二三〇
　うしとみつつぞ　二三七
　うしろめたくも　二三七
　おほかるのべに　二二九
　ふきすぎてくる　二三四
をりつれば　三二
をりてみば　二二三
をりとらば　六四

本書は一九八二年六月十五日に旺文社より刊行された
『現代語訳対照　古今和歌集』（旺文社文庫）を底本とし、
全面的に見直して改稿したものである。

戦後日本漢字史　阿辻哲次

GHQの漢字仮名廃止案、常用漢字制定に至る制度的変遷、ワープロの登場。漢字はどのような議論や試行錯誤を経て、今日の使用へと至ったか。

現代小説作法　大岡昇平

西欧文学史に通暁し、自らの作品においては常に事物を明晰に観じ、描き続けた著者が、小説作法の要諦を論じ尽くした名著を再び。（中条省平）

折口信夫伝　岡野弘彦

古代人との魂の響き合いを悲劇的なまでに追求した人・折口信夫。敗戦後の思想まで、最後の弟子が師の内面を描く。追慕と鎮魂の念に満ちた傑作伝記。

日本文学史序説（上）　加藤周一

日本文学の特徴、その歴史的発展や固有の構造を浮き上がらせて、万葉の時代から源氏・今昔・能・狂言を経て、江戸時代の徂徠や俳諧まで。

日本文学史序説（下）　加藤周一

従来の文壇史やジャンル史などの枠組みを超えて、幅広い視座に立ち、江戸町人の時代から、国学や蘭学を経て、維新・明治、現代の大江まで。

村上春樹の短編を英語で読む 1979～2011（上）　加藤典洋

英訳された作品を糸口に村上春樹の短編世界を読み解き、その全体像を一望する画期的批評。村上の小説家としての「闘い」の様相をあざやかに描き出す。

村上春樹の短編を英語で読む 1979～2011（下）　加藤典洋

デタッチメントからコミットメントへ——。デビュー以来の80編におよぶ短編を丹念にたどることで浮かびあがる、村上の転回の意味とは？（松家仁之）

江戸奇談怪談集　須永朝彦編訳

江戸の書物に遺る夥しい奇談・怪談から選りすぐった百八十余篇を集成。端麗な現代語訳により、古の妖しく美しく怖ろしい世界が現代によみがえる。

王朝奇談集　須永朝彦編訳

『今昔物語集』『古事談』『古今著聞集』等の古典から稀代のアンソロジストが流麗な現代語訳で遺した82編。幻想とユーモアの玉手箱。（金沢英之）

江戸の想像力　田中優子
平賀源内と上田秋成という異質な個性を軸に、江戸18世紀の異文化受容の屈折したありようとダイナミックな近世の〈運動〉を描く。（松田修）

日本人の死生観　立川昭二
西行、兼好、芭蕉等代表的古典を読み、「死」の先達から「終（しま）い方」の極意を学ぶ指針の書。日本人の心性の基層とは何かを考える。（島内裕子）

鏡のテオーリア　多田智満子
天然の水鏡、銅鏡、ガラスの鏡――すべてを容れる鏡は古今東西の人間の心にどのような光と迷宮をもたらしたか。テオーリア（観照）はつづく。

魂の形について　多田智満子
鳥、蝶、蜜蜂などに託されてきた魂の形象。夢のようでありながら真実でもあるものに目を凝らし、想念を巡らせた詩人の代表的エッセイ。（金沢百枝）

頼山陽とその時代（上）　中村真一郎
江戸後期の歴史家・詩人頼山陽の生涯は、病による異変とともに始まった――。山陽や彼と交流のあった人々を活写し、漢詩文の魅力を伝える傑作評伝。

頼山陽とその時代（下）　中村真一郎
江戸の学者や山陽の弟子たちを眺めた後、畢生の書『日本外史』をはじめ、山陽の学藝を論じて大著は幕を閉じる。芸術選奨文部大臣賞受賞。（揖斐高）

定家明月記私抄　堀田善衞
美の使徒・藤原定家の厖大な日記『明月記』を読みとき、大乱世の相貌と詩人の実像を生き生きと描く名著。本篇は定家一九歳から四八歳までの記。

定家明月記私抄　続篇　堀田善衞
壮年期から、承久の乱を経て八〇歳の死まで。乱世を生きぬき宮廷文化最後の花を開いた藤原定家の人と時代を浮彫りにする。（井上ひさし）

都市空間のなかの文学　前田愛
鷗外や漱石などの文学作品と上海・東京などの都市空間――この二つのテクストの相関を鮮やかに捉えた近代文学研究の金字塔。（小森陽一）

紀貫之　大岡信
子規に「下手な歌よみ」と痛罵された貫之。この評価は正当だったのか。詩人の感性と論理的実証によって新たな貫之像を創出した名著。（堀江敏幸）

現代語訳 信長公記（全）　太田牛一　榊山潤訳
幼少期から「本能寺の変」まで、織田信長の足跡をつぶさに伝える一代記。作者は信長に仕えた人物で、史料的価値も極めて高い。（金子拓）

現代語訳 三河物語　大久保彦左衛門　小林賢章訳
三河国松平郷の一豪族が徳川を名乗って天下を治めるまで、主君を裏切ることなく忠勤にはげんだ大久保家。その活躍と武士の生き方を誇らかに語る。

雨月物語　上田秋成　高田衛／稲田篤信校注
上田秋成の独創的な幻想世界「浅茅が宿」「蛇性の婬」など九篇を、本文、語釈、現代語訳、評を付しておくる〝日本の古典〟シリーズの一冊。

一言芳談　小西甚一校注
往生のために人間がなすべきことは？　思いきった逆説表現と鋭いアイロニーで貫かれた、中世念仏者たちの言行を集めた聞書集。（臼井吉見）

古今和歌集　小町谷照彦訳注
王朝和歌の原点にして精髄と仰がれてきた第一勅撰集の全歌訳注。歌語の用法をふまえ、より豊かな読みへと誘う索引類や参考文献を大幅改稿。

枕草子（上）　清少納言　島内裕子校訂・訳
芭蕉や蕪村が好み与謝野晶子が愛した、北村季吟の注釈書『枕草子春曙抄』の本文を採用。江戸、明治と読みつがれてきた名著に流麗な現代語訳を付す。

枕草子（下）　清少納言　島内裕子校訂・訳
『枕草子』の名文は、散文のもつ自由な表現を全開させ、優雅で辛辣な世界の扉を開いた。随筆文学屈指の名品は、また成熟した文明批評の顔をもつ。

徒然草　兼好　島内裕子校訂・訳
後悔せずに生きるには、毎日をどう過ごせばよいか。人生の達人による不朽の名著。全二四四段の校訂原文と、文学として味読できる流麗な現代語訳。

方丈記
鴨長明
浅見和彦校訂・訳
天災、人災、有為転変。そこで人はどう生きるべきか。この永遠の古典を、混迷する時代に生きる現代人ゆえに共鳴できる作品として訳解した決定版。

梁塵秘抄
植木朝子編訳
平安時代末の流行歌、今様。みずみずしく、時にユーモラス、また時に悲惨でさえある、生き生きとした今様から、代表歌を選び懇切な解説で鑑賞する。

藤原定家全歌集（上）
藤原定家
久保田淳校訂・訳
『新古今和歌集』の撰者としても有名な藤原定家自作の和歌約四千二百首を収録。上巻には私家集『拾遺愚草』を収め、全歌に現代語訳と注を付す。

藤原定家全歌集（下）
藤原定家
久保田淳校訂・訳
下巻には『拾遺愚草員外』『同員外之外』および「初句索引」等の資料を収録。最新の研究を踏まえ、現在知られている定家の和歌を網羅した決定版。

定本 葉隠〔全訳注〕（上）（全3巻）
山本常朝／田代陣基
佐藤正英校訂
吉田真樹監訳注
武士の心得として、一切の「私」を「公」に奉る覚悟を語り、日本人の倫理思想に巨大な影響を与えた名著。上巻はその根幹「教訓」を収録。決定版新訳。

定本 葉隠〔全訳注〕（中）
山本常朝／田代陣基
佐藤正英校訂
吉田真樹監訳注
常朝の強烈な教えに心を衝き動かされた陣基は、武士のあるべき姿の実像を求める。中巻では、治世と乱世という時代認識に基づく新たな行動規範を模索。

定本 葉隠〔全訳注〕（下）
山本常朝／田代陣基
佐藤正英校訂
吉田真樹監訳注
躍動する鍋島武士たちを活写した聞書八・九と、信玄・家康などの戦国武将を縦横無尽に論評した聞書十、補遺篇の聞書十一を下巻には収録。全三巻完結。

現代語訳 応仁記
志村有弘訳
応仁の乱——美しい京の町が廃墟と化すほどのこの大乱はなぜ起こり、いかに展開したのか。室町時代に書かれた軍記物語を平易な現代語訳で。

現代語訳 藤氏家伝
沖森卓也／佐藤信／矢嶋泉訳
藤原氏初期の歴史が記された奈良時代後半の書。藤原鎌足とその子貞慧、そして藤原不比等の長男武智麻呂の事績を、明快な現代語訳によって伝える。

古事談（上）　源顕兼編　伊東玉美校訂・訳

鎌倉時代前期に成立した説話集の傑作。空海、道長、西行、小野小町など、奈良時代から鎌倉時代にかけての歴史、文学、文化史上の著名人の逸話集成。

古事談（下）　源顕兼編　伊東玉美校訂・訳

代々の知識人が、歴史の副読本として活用してきた名著。各話の妙を、当時の価値観を復元して読み解く。現代語訳、注、評、人名索引を付した決定版。

古事記注釈　第四巻　西郷信綱

高天の原より天孫たる王が降り来り、天照大神は伊勢に鎮まる。王と山の神・海の神との聖婚から神武天皇が誕生し、かくて神代は終りを告げる。

風姿花伝　世阿弥　佐藤正英校注・訳

秘すれば花なり――。神・仏に出会う「花」（感動）をもたらすべく能を論じ、日本文化史上稀有な、奥行きの深い幽玄な思想を展開。世阿弥畢生の書。

不動智神妙録／太阿記／玲瓏集　沢庵宗彭　市川白弦訳・注・解説

日本三大兵法書の『不動智神妙録』とそれに連なる二作品を収録。沢庵から柳生宗矩に授けられ山岡鉄舟へと至る、剣と人間形成の極意。（佐藤錬太郎）

万葉の秀歌　中西進

万葉研究の第一人者が、珠玉の名歌を精選。宮廷の貴族から防人まで、あらゆる地域・階層の万葉人の心に寄り添いながら、味わい深く解説する。

日本神話の世界　中西進

記紀や風土記から出色の逸話をとりあげ、かつて息づいていた世界の捉え方、それを語る言葉を縦横に考察。神話を通して日本人の心の源にわけいる。

解説　徒然草　橋本武

『銀の匙』の授業で知られる伝説の国語教師が、「徒然草」より珠玉の断章を精選して解説。その授業実践が凝縮された大定番の古文入門書。（齋藤孝）

解説　百人一首　橋本武

灘校を東大合格者数一に導いた橋本武メソッドの源流と実践がすべてわかる！　名文を味わいつつ、語彙や歴史も学べる名参考書文庫化の第二弾！

ちくま学芸文庫

古今和歌集《こきんわかしゅう》

二〇一〇年三月十日　第一刷発行
二〇二三年四月十日　第五刷発行

著者　小町谷照彦（こまちや・てるひこ）
発行者　喜入冬子
発行所　株式会社　筑摩書房
東京都台東区蔵前二―五―三　〒一一一―八七五五
電話番号　〇三―五六八七―二六〇一（代表）
装幀者　安野光雅
印刷所　中央精版印刷株式会社
製本所　中央精版印刷株式会社

ISBN978-4-480-09275-5 C0192